段宝林文集

民间叙事的立体研究

段宝林 著

上海人民出版社

序

“民间叙事”是民间文学中叙事文学作品的总称，包括民间神话、传说、故事和民间史诗、民间故事诗等等具有故事情节的作品。

因为民间叙事是民间文学的一种，而民间文学是立体的文学，所以，对民间叙事的研究，应该是立体的。

民间文学是立体文学，这是我首先提出来的。1985 年，我的《论民间文学的立体性特征》在《民间文学论坛》第 5 期发表后，引起了很大的反响，受到了热烈的欢迎，当时正进行民间文学研究银河奖的评选，于是当即经过群众的投票，被选为“银河奖”得主，成为民间文学银河中的一颗星。

民间文学的立体性表现在许多方面，如表演性、实用性、流传中的变异、与环境和观众的互动关系等等，这些特性都是立体的。这是民间文学同书面的作家文学不同的特点所在。

过去的研究，往往是平面的，只从一个角度去研究。例如从文学角度去分析民间文学作品；或者从民俗学角度去调查研究它所反映的民俗；或者从历史学的角度研究民间文学反映的历史，如此等等。这往往是不全面的。

因此必须进行立体的研究，用六维的立体思维进行全面的立体的研究，除长、宽、高三维的静止立体，从各个不同角度对民间文学进行全面的、多角度的立体研究之外，还要关注第四维时间，研究动态的民间文学自始至终的运动状态；还要深入研究第五维——民间文学的内在本质和第六维它的外部环境各种因素的变化。这是一项新的工作，必须进行新的探索。

这本书里的文章，大多是进行这种探索的成果。有的发表后曾经引起过大家的重视和好评，例如，对龙图腾的研究和对龙文化的调查、对义和团故事的调查研究、在西藏对仓央嘉措情诗的研究、对阿凡提笑话的调查与研究、对故事家描写研究的反思等等。据中国民协的领导、《民间文学》主编贺嘉同志说，日本的故事学大师关敬吾教授对我在《民间文学》上发表的关于故事和故事家立体描写的文章反响很好，说日本调查收集了许多故事，但是只记录本文，缺少立体描写。我们的文章引起了他的反思。

我以为，这种创新的研究，是民间文学研究的一种突破，它更加接近民间文学的立体性特征，所以可以大大加深对民间文学社会价值和艺术魅力的认识和体会，因而是值得重视和推广的。

所以我把我五十多年的研究成果汇集起来，编成《民间叙事的立体研究》文集贡献给大家，希望得到批评指正，以便对民间叙事的研究更加深入、更加生动活泼。

民间文学本来是文学的一个不可缺少的组成部分，甚至可以说民间文学是文学的始祖和先锋，几乎所有的文学体裁、艺术技巧，都是从民间文学中创造出来，然后被作家学习、利用和发展、提高的。这是鲁迅的《不识字的作家》、郭沫若的《在中国民间文艺研究会成立大会上的讲话》和胡适的许多著作所明确指出的真理。

本来，文学界也非常重视民间文学，中国民间文艺研究会成立时，文学大师郭沫若、茅盾、老舍、赵树理、李季等人都是积极的参加者，还成为主席、副主席、理事等领导成员。

可是，自从1984年之后，强调民间文学是“无意识的精神文化产品”，反对把它当做意识形态的文学来研究，完全跟着西方跑，把民间文学作为民俗学、心理学等等科学研究的资料，于是，民间文学就离开了文学界。在贾芝同志主持民研会工作时，《新文学大系》中本来是有“民间文学卷”的，而1984年后就没有了。

这种情况是很不正常的。民间文学本来就是民俗中的文学，是人民大众千百年来一直喜爱的文学。民间文学不只是一般的文学，而且是作家文学的祖先和奶娘。正如周扬同志所说：

“古今中外的大作家，都是一个个胖娃娃，但他们都是吃民间文学的奶长大的。”

著名诗人公刘在《古今民间诗律》的序言中说：

“民歌是诗歌的母亲。如果诗人不重视学习民歌，就是忘本——不认娘亲。”

1984年在石家庄举行的民协大会上的工作报告，“说‘民间文学是民族无意识的精神文化产品’”。美其名曰“和国际接轨”。实际上是全盘西化思想的一个组成部分。当时在大会上理所当然地受到了我和许多同志的激烈反对，以致未能通过。这是大家都记忆犹新的历史事实。

不止如此，自从石家庄大会之后，就把我作为“对手”进行围剿打压，组织山民在《民间文学论坛》和贵州的民间文学刊物上，以“彻底否定传统民间文学理论”的名义，对我的《中国民间文学概要》进行大规模的围剿，不发表我的反批评文章，我只好在《北京社会科学》《民族文学研究》等等刊物发表反批评文章。这是我记忆犹新的历史事实。我的反围剿文章在此书和我的其他著作中也所在多有。

当前我们的任务，就是要大力拨乱反正，大大加强文学角度的民间文学研究。要恢复《新文学大系·民间文学卷》，要多多出版文学角度研究的文章和专著。

真理是不怕批评的。学术围剿绝不能消灭真理。我的《中国民间文学概要》不是已经受到国内外的普遍欢迎，而获得意大利的国际大奖“彼得奖”和最近的“教育部优秀教材奖”了吗！这本教材不但年年加印，已经出到第四版，而且已经列为翻译成外文向国外推荐的教材和学术著作了。

我的科学探索是受到大家欢迎的，我的这些研究成果，分别获得全国性大奖“山花奖”、“银河奖”。

这一段历史很值得研究。这是中国民间文学学术史的非常重要的一部分。不能空缺。

但愿此书能对民间文艺家、作家、艺术家和广大文艺爱好者有用，希望大家喜欢。有人给我来信说我的许多理论文章一点不空洞抽象，很像散文，读起来是一种艺术享受。这是令人高兴的。当然，也欢迎各种各样的批评，这是我们提高水平的活水源头。

是为序。

段宝林序于北京大学五道口嘉园

2016年10月21日长征胜利80周年纪念日

目　录

神话的调查研究

重视中国神话与史诗的研究

中国神话与史诗是中国文学中的非常重要的组成部分，但是在文学史著作中却写得很少，而且几十年来变化不大。一些权威专家甚至在《中国文学概论》这样的重要理论著作中断言："中国没有长篇史诗"。[①]据作者说，他是指的汉族，并且说，大家都是如此的。

这是用汉族取代少数民族了，是很不科学的，即使汉族，也有吴歌英雄史诗《华抱山》和神话史诗《黑暗传》。而少数民族史诗则更多，南北方各民族的神话史诗和英雄史诗，有数十部之多，其中的藏族英雄史诗《格萨尔》则是全世界最长的史诗。难道少数民族不是属于中国的吗？如果有意无意地把少数民族置于中国之外，岂不是要犯严重的政治错误！

由于长期以来，学界对民间文学和少数民族文学的忽视和隔膜，流传在人民口头的民间神话与史诗，至今未能进入文学史的教材和讲课之中。

神话和史诗是民族文化的根基，而根基是处于地下的，人们往往看不到，一叶障目不见泰山，人们为什么不重视神话与史诗，其重要原因就是人们对民间文学的不了解。

过去在大学中文系，只有一小部分开设了民间文学课，许许多多大学的中文系不开设民间文学课，像清华大学中文系至今也没有民间文学课。

虽然我们在民间文学教材如拙作《中国民间文学概要》中，早已具体介绍了《格萨尔》等等"三大史诗"和许多神话史诗，但是影响甚微，人们对中国的民间神话和史诗，仍然没有什么印象。

神话和史诗，这是民族文化的根基，对民族精神的形成和民族文化的发展都产生了极其巨大的作用和影响，后现代主义则更加重视神话和史诗。

从远古到现在，中国神话与史诗仍然在民间流传，这是中国得天独厚之处。然而，随着现代化的发展，神话与史诗这些国宝，面临着衰亡的威胁。

---

① 袁行霈：《中国文学概论》，高等教育出版社 1990 年版，第 13 页。

改革开放以来，经过全国各民族民间文学工作者、少数民族文学专家们的共同努力，在抢救和保护非物质文化遗产的工作中，记录和编印了许许多多神话资料和史诗作品，有的已经翻译为汉文。对传承人和文本的调查研究都取得了巨大的成绩。早已打破了胡适等人所说“中国人不善幻想，故神话很少”、“中国没有长篇史诗”等等成说。

但是，由于资料繁杂、分散及其他种种原因，神话和史诗的调查研究成果始终未能引起人们的注意。

因此对神话和史诗进行总体的收集和研究，势在必行。这是一个难度非常巨大的课题，必须投入巨大的人力物力组织全国各民族专家进行重点攻关，迫切希望作为全国性的社科研究重点攻关项目列入计划，在教育部的领导和关怀下，尽快组织攻关。

这是一个具有重大政治性和学术性的科研项目。

对于中国民族精神的建设，对于建设民族团结的和谐社会，都是一项不可或缺的基础工程。

对于打破“中国没有民族史诗”（黑格尔）的国内外传统偏见，在全世界弘扬中国文化的伟大优秀成果，对于打破以汉族文学史取代中国文学史的不科学的传统习惯，也都具有极其重大的现实意义。

当然，这也是我国非物质文化遗产保护的一项重大成果。把所有神话与史诗作品资料和所有的研究论著资料，全部收集起来，编选出优秀作品，写出研究论著，是国内外前所未有的壮举，正是人类文化发展的迫切需要。

我们北京大学民俗学会曾经组织过对全国 56 个民族民间诗律的攻关，组织过《中华民俗大典》35 卷本的全国攻关项目，深知其难度，但过去是我们自费攻关，尚且已经能较好地完成。如果得到国家支持，这个神话与史诗的攻关项目，则是一定能够完成的吧。

《神话与史诗》一书的学术创新

一、成果引用或被采纳情况

神话与史诗的创新成果，曾经多次在各种神话与史诗研究的专题学术研讨会上发表，并被编入会议文集，如《中国龙文化与龙舞艺术学术研讨会论文集》①、《蚩尤文化研究》(第1—5集，蚩尤文化研究会编)等等；曾在《民间文化论坛》《民族文学研究》《伏羲文化研究》《东方文化》《文史知识》《黄河文化论坛》《人民日报·学术版》《中国青年报·文学百题专栏》《天津今晚报·学术副刊》等等学术刊物和许多大学的学报上发表。

并且作为中央电视台与北大共同组织制作的150集大型系列片《中华文明之光》的第2集《说龙》和第70集《藏族英雄史诗格萨尔》在CCTV反复多次播出过；在中国教育电视1台“电视大学专题讲座《中国民俗文化》(上、下)”和北京电视台文化专题等等节目中都曾经播出过相关的内容。

在中国文联领导人学习胡锦涛总书记关于建设和谐社会的讲话的会议上，《发扬龙的精神、建设和谐社会、实现文艺腾飞》中的龙文化精神也曾作为大会正式发言被整章引用，并编入中国文联理论研究室所编的会议论文集《谱写和谐文化新篇章》一书中公开出版。②

对史诗的研究成果被许多大型的文学工具书所采用，如《中外文学名著精品赏析》③、《世界诗库》④、《民间文学词典》⑤等等。

书中许多成果多是作者在50多年的民间文学教学和研究中所独创的，这

---

① 中国铜梁龙灯艺术节组委会编：《中国龙文化与龙舞艺术学术研讨会论文集》，重庆出版社2000年版。

② 中国文联理论研究室编：《谱写和谐文化新篇章》，中国文联出版社2007年版。

③ 王强主编：《中外文学名著精品赏析》(中国现当代文学卷)，首都师范大学出版社1999年版。

④ 飞白主编：《世界诗库》，花城出版社1994年版。

⑤ 段宝林、祁连休主编：《民间文学词典》，河北教育出版社1988年版。

些新的观点，经受过长期的考验，受到学界的肯定。在许多地方被使用，对民间文学教学和研究工作，对民间文化的宣传和普及工作，在社会上都产生了很好的影响。

1981 年 1 月出版的《中国民间文学概要》第一版教材中，即已经开始使用了这些观点和内容，与时俱进，不断增补，一直到 1985 年第二版、2002 年第三版、2009 年第四版，以及《中国民间文艺学》①、《中国民间文艺学概要》②等教材中，都有神话与史诗部分，这些独到的丰富的内容以其理论创新和生动具体，始终受到师生们的肯定与欢迎。

二、成果内容简介

此书分为上下两册，上册为《中国神话博览》、下册为《中国史诗博览》，按照世界博览会展示最有代表性内容的方法，在书中点面结合地、全面展示并重点深入介绍中国神话与史诗最重要的基本知识、基本理论与代表作品。

（一）上册的内容主要有六大板块

1. 神话总述板块

对神话的定义、本质、神话思维的特点、神话的影响等等神话基本知识、基本理论，作了简明扼要的说明。作者认为神话是关于神的故事。神话和迷信不同，是原始人在劳动生活中产生的不自觉的文学创作，其创作方法，是现实反映与幻想手法的结合而以幻想为主。神话是文学的源头之一，对人民的生活和伟大作家的创作都有重大的影响。

2. “龙图腾神话研究”板块

作者指出龙是中国南北方许多民族的图腾，它的产生与农业生产有关。关于龙的形成过程，作者根据闻一多先生的科学考证，加以发挥，认为龙是在氏族、部落兼并的过程中，在蛇图腾的基础上，先后吸收了牛图腾的角、马图腾

① 段宝林主编：《中国民间文艺学》，文化艺术出版社 1987/2007 年版。

② 段宝林主编：《中国民间文艺学概要》，澳门大学出版中心 1997 年版。

的脸和鬣鬃毛、虎和犬图腾的腿、鹰图腾的爪、鱼图腾的鳞或尾，此外还有鳄鱼、蝾螈、蜥蜴等等动物甚至花图腾的成分，在想象中复合成为龙图腾。几十年来，闻一多的理论不断得到考古成果的证实。在河南发现了6 400年前的蚌壳龙，后来又在辽宁阜新发现了8 000年前的红褐色摆饰龙。这个事实就雄辩地把中华民族的文化起源，提前了3 000年之多。

龙图腾的形成，反映了我们中华民族的和合性、协和性，也反映了我们民族的高度想象力和创造力，这正是我们民族精神的形象体现。针对一些反对龙图腾的言论，作者特别作了很深入的研究，以大量调查研究的事实，证明我们中华民族确实是龙的传人，说明龙的文化体现在中国人民民俗生活中的各个方面。作者引用了许多文献确凿地证明，我们最古老的祖先从伏羲、女娲、神农、黄帝到尧、舜、夏禹等等都是龙；同时龙在古代也是一种民族、部落的形象标志。这些都完全符合图腾的条件，从而反驳了那种认为龙不是图腾，说我们不是“龙的传人”的种种误解说法。当然，我们不能笼统地说“龙是我们中国的图腾”，几千年来，随着时代的发展，龙由远古的图腾，已经变为象征，例如孔子就把杰出人物老子说成“犹龙”。后来秦始皇、汉高祖等封建王朝则把龙作为帝王的象征。辛亥革命以后，龙又成为我们中华民族的象征。作者首创对龙的精神作深入研究并集中分析了龙的精神，提出龙是中华民族大团结的象征，是中华腾飞的象征，也是吉祥如意的象征、战无不胜的民族自信心的象征。认为这正是我们民族精神的主要之点。故而发扬几千年来人民传承不断的龙的精神，对我们建设和谐社会与和谐世界，具有很大的现实意义。

3.“盘古研究”板块

书中对盘古神话的产生和流传变异、盘古和盘瓠的关系以及盘古神话的科学内涵和现实意义等等问题，都提出了自己新的看法。作者认为盘古在混沌中开天辟地，以自己的身体化为世间万物，这表现了一种具有唯物主义、辩证法成分的人本主义思想。这和西方的神本主义的创世神话大不一样。因此在建设人类历史上最美好的理想社会的过程中，盘古神话所体现的盘古精神，具有很大的现实意义。作者认为发扬盘古精神就是要大胆创新、开拓进取、实事求是、以人为本、无私奉献、劳动创造、克服一切困难去实现人类最美好的理想。

从不少地方流传的活态盘古神话与人民生活的密切联系，作者提出了“口头文学究竟能流传多久”的问题。这是关系民间文学基本理论的大问题。

4.“伏羲神话”板块

对人祖伏羲的神话进行了较全面的深入探讨。作者考证伏羲是华胥之子,应该是属于花图腾氏族的。花在古代与华是通用的,花就是华,这也就是中华的华。伏羲是女娲的丈夫,同时又是兄弟,这说明他们是远古血缘婚时代的人物。书中还对伏羲与三皇、伏羲与日月光华、伏羲与太极八卦、伏羲与武术起源和武德的关系,都作了深入的论证分析。说明伏羲不仅是中国人最早的始祖,而且是中华文明的创始者,影响极其深远。

5.“轩辕黄帝神话传说”板块

由“黄帝的出生神话”、“黄帝的母亲”、“从天帝到地上的文化英雄——种种文化创造发明的始祖”、“黄帝形象与神话思维的特点”、“中韩开国神话的比较研究”等部分组成。对黄帝神话的内容作了全面的论述,认为黄帝作为中国的文明始祖是历史上公认的,实际上他是作为群众创造的代表人物出现的,这种神话思维,把同类的事情集中在一个人物身上,是一种不自觉的艺术典型化手法。如此的思维模式,反映了我们中华民族重视并崇敬文化创造的英雄、重视文化创造的重大价值。这也是中华民族精神的主要内容之一。

6.“蚩尤神话与传说”板块

由“蚩尤考——蚩尤是伟大的还是邪恶的?”“蚩尤续考——再论两极人物蚩尤的评价问题”和“蚩尤与龙”三部分组成,主要论述“蚩尤与黄帝的关系”、“蚩尤的战神形象”、“蚩尤是炎帝吗”、“蚩尤与苗族”、“蚩尤与图腾形象”、“蚩尤部族与民族融合”以及“蚩尤冤案的缘由”等等内容。

作者认为蚩尤是苗族的文明始祖、民族英雄,也是不少汉族帝王崇拜的战神;但是在一般人心目中,在《国语》《史记》等等许多主流史书的记载中,在许多文学、戏剧和影视作品中,蚩尤却是一个邪恶的反面人物,是“乱臣贼子”、“杀戮无辜”的“贪虐”典型。这是正统观念和历史偏见长期影响的结果,也是人们民族学、人类学知识欠缺的表现。于是,作者为了科学研究和民族团结的需要,搜集了大量民族学、人类学的调查研究资料,进行对蚩尤神话传说的总体研究,为蚩尤翻案,以澄清历史事实。在书中列举了蚩尤作为当时先进的农业部落联盟的首领——九黎之君,在农耕、冶金、天文、法制等等许多方面实际上是比作为游牧部落的黄帝更加先进的,以许多历史文献和调查研究成果证实了这一点。例如文献上说蚩尤“食沙石子”,就反映了食肉部落对农业部落吃粮食(粒食)的嘲笑,而当时“粒食”的农业部落显然是比吃肉而不知吃粮的游牧部落更先进一些的。

书中对苗族人民几千年来,崇拜蚩尤祖公的种种民俗也进行了深入的分析和介绍,论证了蚩尤与炎帝、黄帝一样是中华三祖之一的历史地位。

(二)下册为史诗部分,分为四个板块

1.“民间史诗总论”板块

简明扼要地介绍了民间史诗的基本知识和基本理论,对“史诗的概念”、“史诗的分类法”和“史诗研究方法论”提出了自己独到的、具有开创性的见解,认为史诗是民间长诗的一种,是歌唱历史题材的叙事长诗。它是口传的历史教材,同时也是人民喜爱的文艺作品。作者是中国民间文学界最早全面研究史诗的学者,早在1978年的兰州会议(全国少数民族文学教材编写暨学术讨论会)上就发表过全面研究民间长诗的专题论文。

作者把民间史诗分为神话史诗和英雄史诗两大类,这种分类是西方文学研究所没有的,西方只研究英雄史诗,没有提出过神话史诗的科学概念。故而这是重要的学术创新。

作者以《苗族古歌》为代表进行了重点分析,认为神话史诗是以韵文的形式歌唱开天辟地、创造万物、民族起源与民族迁徙等等内容的带有系统性的神话,是巫师的祭祀唱词,民间宗教(摩教)的经典,也是原始性的文学作品。

在史诗与民间叙事诗的关系上,作者认为史诗也是一种叙事诗,如果把民间史诗和民间叙事诗并列起来,分为两章,即把全体与部分并列,似乎史诗就不是叙事诗了,这显然是说不通的,不合逻辑的,也是不科学的。所以书中在民间叙事诗大类下面,分为民间史诗和民间故事诗两类,民间故事诗则是中篇的故事长诗,以叙述爱情婚姻故事为主。如此分类才符合实际和科学思维的基本要求。

在史诗研究方法上,由于中国还保存着许多活态的神话史诗和英雄史诗,所以作者特别提出描写研究的科学方法,这也是西方没有提出过的方法论的创新。此外,对史诗的比较研究和多角度研究书中也作了具体的分析。

2.“中国史诗代表作品的具体分析和鉴赏”板块

分为“中国民间叙事长诗导读”、“中国民间长诗精品赏析”两章对神话史诗《苗族古歌》(苗族)、《创世纪》、《黑白战争》(纳西族)、《大黑天神》(白族)、

《开天立地》(水族)、《奥色密色》(哈尼族)等等作品作了全面的、简明扼要的分析。对中国各民族的英雄史诗《格萨尔》(藏族)、《江格尔》(蒙古族)、《玛纳斯》(柯尔克孜族)等"三大史诗"和其他各民族的英雄史诗作品都作了全面的、简明扼要的介绍和重点的艺术分析。书中对三大史诗的分析和鉴赏,内涵相当丰富、详细,包括史诗的版本、章节、主要内容、基本情节、人物形象、艺术特点等等具体情况,对中国史诗如此丰富、具体的艺术分析,是国内外不多见的。

3."中国新出版的民间史诗研究"板块

对近年来出版的大型神话史诗《布洛陀》(壮族)和汉族吴歌史诗《华抱山》进行了重点研究。

"神话史诗《布洛陀》的世界意义"分析了"宗教迷信"与民俗文化的关系,以马克思主义六维的立体思维对整个神话史诗的概念和国内外的理论根据,进行了全面的探索,认为《布洛陀》经诗是民间摩教巫师的经典,也是一部神话史诗,其中保存着许许多多原始神话的成分,这是非常珍贵的文化遗存,保存得如此完好,在全世界极为罕见,具有一定的世界意义。作为民间信仰的经书,其中固然有一些迷信的成分,但是却不是什么"封建迷信",而是原始的文化遗存,有许多对美好生活的希望和追求,也有一些历史的真实反映与科学成分的内核,这是宝贵的文化遗产,绝不能全盘否定。布洛陀作为古越人的人文始祖,正是劳动创造的化身,他由祖先神演变为创世主神,表现了人民大众对劳动和智慧的崇拜,这种民间信仰,作为人类原始宗教的难得的标本,在宗教学研究中具有填补空白的作用和世界性的普遍意义。我们应该认识并尊重人民的信仰,它是根深蒂固、难以动摇的,是人民精神生活的需要。每年 4 月广西田阳赶壮山的"布洛陀庙会"有几十万人参加,绝不是偶然的。我们应该尊重人民群众的宗教信仰,那也是对人民的尊重,这对于广泛团结人民大众共同建设社会主义和谐社会,是十分重要的。

4."外国史诗博览"板块

作为附录,对全世界五大洲的 30 多部外国史诗(包括英雄史诗和神话史诗)的主要内容、艺术特点和流传情况,进行了简明扼要的全面介绍。从巴比伦两部史诗:5 000 年前的神话史诗《埃努玛·埃里什》、2 700 年前的英雄史诗《吉尔伽美什》,古印度的两大史诗《摩诃婆罗多》《罗摩衍那》,古希腊荷马演唱的两大英雄史诗《伊利亚特》《奥德赛》到古波斯史诗《列王记》、亚美利亚史诗《沙逊的大卫》、土耳其史诗《先祖洞尔库特书》、格鲁吉亚史诗《虎皮骑士》、英格兰史诗《贝奥武夫》、古日耳曼史诗《希尔特布兰特之歌》、德国史诗《尼伯龙根之歌》、芬兰史诗《卡勒瓦拉》、俄国史诗《伊戈尔远征记》、冰岛史诗《艾达》和《佛尔松萨迦》、法国英雄史诗《罗兰之歌》、西班牙英雄史诗《熙德之歌》直到美洲印第安人神话史诗《波波尔·乌》和玛雅史诗《拉维纳尔武士》以及非洲黑人英雄史诗《松迪亚塔》等等,尽可能具体介绍了史诗的故事情节和主要内容。

最后附录为赫哲族史诗《伊玛堪》的评奖推荐书和《活着的荷马》一文,介绍中国西藏、新疆等地活着的史诗艺人的情况。

三、学术创新与学术价值、研究方法、学术影响或社会效益等

神话与史诗是中国文学研究中最薄弱的部分,一些著名学者权威如黑格尔等人,就明确说"中国没有民族史诗!"有些人则说中国人比较务实,不善幻想,所以神话很少。然而几十年来,我国的各民族民间文学工作者调查发现了大量活态的神话与史诗作品,事实早已打破了这些过时的理论,但是在大学和中学的文学教学中,神话所占的份额极少,而史诗教学则几乎完全是空白。一般人(包括绝大部分知识分子)往往不了解神话与史诗的基本知识。而民间文学教学往往受到很大的排挤,许多重点大学都没有开设民间文学课程,以致在60年代,作者几乎单人独马进行民间文学教学,被钟敬文先生说成"具有张志新精神"。

此书集中了作者50多年来关于神话与史诗的教学与研究成果,作者认为马克思主义是最有创造性的。在填补空白的研究中,几乎在每一个部分都有许多学术创新。例如,在神话学基本理论上,国内外学者几乎都是主要研究创世神话,并且认为创世神话是最早的神话。作者认为这是不符合实际的。因为创世神话已经在探讨世界万物的起源这样的大问题了,这已经是一种科学的探索,不可能是最原始的;最原始的人是大自然的奴隶,他们最早崇拜的神其实并不是人而是动物、植物、日月风雷等等自然物,是一种图腾崇拜,所以最早的神话是图腾神话。书中对龙神话的研究,证明早在8 000年前龙文化已经形成,这就证实中国文化至少已有8 000年的历史。这些都是突破性的重大理

论学术创新。

书中对“神话的艺术思维”的论述也是前人所未有的神话学和文艺理论方面的学术创新。

作者坚持辩证唯物主义的科学方法,进行独立思考,努力避免教条主义空洞晦涩的八股文风,以明白精炼的语言进行写作。在研究方法上也进行了很重要的探索和创新。

作者用自创的“六维立体思维”模式进行全面研究,不只是从长宽高三维的静态立体,去进行多角度的观察,运用文艺学、人类学、民俗学、宗教学的方法,进行多角度、多学科的神话与史诗研究,并且还从第四维——时间一维去进行动态研究,考察神话和史诗的发生、发展和兴亡的历史;作者还提出第五维——内部空间的研究方法,由表及里、由浅入深地进行多层次的本质研究,探讨神话和史诗的发展规律与本质内涵——神话精神、史诗功能等等重要问题;又从第六维——事物的外部空间一维,研究神话与史诗的生态环境。

如此六维的立体研究是最全面的,也是最深入的。所以处处都有新的发现。从第五维进行的研究,如对龙的精神、盘古精神的专题研究,就是具有很大的开创性的。这种对几千年前神话精神的实事求是的科学探索,已经接触到中华民族精神的最深远的根源。这对于建设社会主义精神文明具有很强的现实意义。

在神话与史诗的基本理论、范畴概念上,书中的创新之处还有:最先提出创世神话(代替原有的“开辟神话”),神话史诗(提出时间比“创世史诗”早,并且也更加确切,书中有具体论证),故事诗等等名词术语、关键词,对“图腾神话”理论也进行了新的开拓。对龙文化、伏羲神话与花图腾、黄帝神话、蚩尤神话、神话史诗《苗族古歌》、《布洛陀》和英雄史诗《格萨尔》的分析都有许多重要创新,已如前述。这些创新正是社会迫切需要的,因而受到学界专家的好评和读者的广泛欢迎。

作者很注重理论联系实际,亲自到有关地区进行田野考察,不仅多次赴西藏、新疆、云南、广西、贵州、黑龙江、内蒙古等等地区调查,而且曾经去印度的迈索尔古城(1995)、希腊的奥林匹斯山、德尔菲阿波罗神庙遗址、迈锡尼古城、克里特岛(2009)、雅典卫城(2002、2009)奥林比亚(2002)、土耳其的特洛伊古城、以色列的耶路撒冷(2009)以及开罗(2000)、墨尔本(2001)等地进行实地考察。不仅从实际出发进行科学研究,而且特别注意把研究和教学工作以及我国民间文学的调查采录工作，结合起来，去解决实际工作中迫切需要解决的实际问题。

从1958年到1966年，青海省文联曾经从藏区收集过许多史诗《格萨尔》的作品资料，但是由于对史诗的民间文学特性认识不足等等原因，搜集的全都是手抄本和木刻本的书面作品。针对这种情况，1983年在青海西宁的史诗研讨会上，作者提出“史诗描写研究的方法论”研究成果，并且在当时举行的“《格萨尔》讲习班”上，作为主讲人讲解了民间文学的口头性、立体性特点和立体描写研究的调查记录方法，这些研究成果，强调史诗作为立体的活态民间文学的特点，引起了领导和专家们的重视。从而在我国各民族的史诗调查收集中，全面展开了对口头艺人演唱史诗的科学记录和描写研究，如今已经记录了好几千个磁带的史诗录音录像资料，出版了不少史诗艺人的说唱本、艺人传记和史诗调查报告。这些都与作者创新的调查研究方法论有很大关系，是科学研究所获得的很重大的社会效益。

当然，国外也有“表演理论”，但是那并不是一种调查方法，这是“表演理论”的发明人美国鲍曼教授亲口对作者说的。我们的理论是六维立体的，是更加全面的：我们的“民间文学立体性”内涵，除了“表演性”之外，还有民间文学的实用性、多功能性、民间文学活动的生态环境、民间文学的文化空间、民间文学说唱的即兴发挥和变化、民间文学的多异文性等等民间文学立体特性的许多非常丰富的内容，比国外的表演理论更加全面得多，也更有实践性。其社会效益当然也更加大得多。这是运用科学的六维立体思维的成果之一。

《中国神话博览》开头的话

朋友！我们是中国人，你知道中国有哪些重要的神话吗？

龙是中国远古的图腾，我们是龙的传人，你知道龙是什么样的动物吗？

你知道图腾是怎么一回事吗？你知道龙是怎样产生的，它的历史究竟有多长吗？

你知道为什么说我们是“龙的传人”，龙的精神是什么吗？

有人说：“龙是封建专制的象征”，为什么是错误的呢？

你知道神话和民族精神究竟有什么关系吗？

神话是一种民间故事，充满了幻想，但为什么又被专家们称为“严肃故事”呢？

你知道最早的神话是什么神话？盘古开天辟地等创世神话是最早的神话吗？

如果不是最早的，那么最早的神话是什么神话呢？

盘古神话至今仍在民间流传，究竟流传在哪些地方？

盘古庙、盘古村、盘古的姓究竟还有多少？民间是怎样祭祀盘古的呢？

盘古和盘瓠（龙犬）是一回事吗？“盘王书”歌颂的究竟是盘古还是盘瓠？

你知道图腾神话是怎样变成始祖神话的吗？

最早的人——伏羲、女娲为什么是人首蛇身的形象？

女娲是怎样造人的？她是如何补天的？她属于什么图腾？

伏羲的母亲是华胥，姓华（华就是花的古写），是属于花图腾吗？伏羲是“人祖爷”，与女娲为什么既是夫妻，又是兄妹呢？

一场大洪水之后，人类只剩下他们兄妹二人，他们是怎样结婚的呢？他们为什么能结婚呢？

有人说：“我们都是炎黄子孙”，这种提法有什么问题吗？

炎帝与蚩尤是什么关系？

炎黄大战与黄帝对蚩尤的战争是一回事吗？

蚩尤是东夷的“九黎之君”，属农业民族，比西部的游牧氏族轩辕黄帝先进，为什么由九战九胜到失败被杀了呢？

蚩尤被杀之后，为什么又成为黄帝的战神兵主？成了黄帝的首席大臣？

秦始皇、汉高祖、宋太祖为什么在打仗之前要祭蚩尤呢？

蚩尤八十一兄弟“铜头铁额、四目六足、食沙石子”是怎么回事？

蚩尤究竟是好人还是坏人？为什么司马迁等历史学家要否定他呢？

为什么要把炎帝、黄帝和蚩尤并列为“中华三祖”呢？

……

所有这些关于中国神话的种种疑问，都关系到我们中华民族远古的历史，关系到中国各民族的关系。而我们中华儿女，都是应该知道的！

神话产生于远古，当时还没有文字，只能靠口口相传、代代传承。因此，其中充满了原始思维的幻想，但幻想也是历史生活的反映，是从社会现实生活中来的。所以，神话的幻想里面包含着历史的影子。说蚩尤部族“食沙石子”，难道不是食肉的牧民对农业化民族吃粮食（古代叫“粒食”）的一种想象的说法吗？

神话是远古的民间故事，是民族文化的根基。人们都非常喜爱神话的幻想。那神奇美妙的幻想，表现了“人类童年的天真，具有不朽的艺术魅力”。神话是民族文化的源头，深刻表现了民族精神。神话原型被认为是“文学基因”而代代相传至今。因此，人们都希望多了解一些神话的知识。

但是，过去许多专家、权威都认为“中国人不善于幻想”、“比较务实”，所以“中国没有神话”或“很少神话”。

其实，这是一种误解。

自从新中国建立以后，特别是改革开放以来，经过党和国家对民间文艺的支持和广大民间文艺工作者的艰苦努力，中国学者不只从古书上摘录、汇集了许许多多古代神话资料，而且从广大的民众中采录了许多千百年来在民间流传的活态神话故事，其数量和品种都十分巨大。

现在，我们完全可以说：中国各民族神话是源远流长、相当丰富的。

本书用点面结合的方法揭示中国古代神话深藏的奥秘，把中国神话的基本情况作一个深入浅出、生动具体的介绍，对中华神话作比较深入的挖掘，以满足人们寻根问祖的需要。其中有许多最新的研究成果。

最早的神话是什么神话？

一般人都认为是创世神话，认为创世神话从开天辟地讲起，应该是最早的。

其实这是不对的！

最早产生的神话并不是创世神话，创世神话的产生是相当晚的，甚至是最晚的。因为创世神话是对天地万物来由的一种科学思考，它已具有一定的哲理性，所以是比较晚才能产生的。

最早的神话是什么神话？是图腾神话。

因为人们首先崇拜的神并不是人，而是动物，以及植物、无生物，这就是图腾。

原始人是大自然的奴隶，在大自然面前往往软弱无力，而崇敬大自然。他们分不清人与动植物的区别，认为一些对人比较好，或人们需要的动物、植物是自己的祖先或保护神，这就是图腾的由来。

图腾是印第安语，但图腾的神话和崇拜图腾的事实则是全世界各民族普遍都有的。中国各民族在古代都有自己的图腾，如汉族、匈奴、苗族等南北许多民族的图腾是龙。而一个民族又往往不止一个图腾，如苗族除龙之外，古代又有牛图腾、枫树图腾、蝴蝶图腾，等等。

关于图腾，有许多神话故事，这就是最早的神话。

人们常说：中华民族是龙的传人。

这就是说，我们都认同龙是中国远古的图腾。

龙是怎样诞生的呢？龙的精神是怎样的？有什么意义呢？龙又怎样成了自己的祖先，图腾神话又怎样发展为始祖神话？

本书对此作了重点介绍，不是一般叙述，而是用大量事实（包括古书上的文献材料、民间的调查材料）和专家的研究成果来证明，使人们得以较深入地了解神话。

随着社会的进步，人们在劳动中不断提高自己的生产能力和工作效率，逐渐产生了征服自然力的一些创造发明，显示了人类生产生活的主动性。这些最先创造发明的人就往往被作为英雄来崇拜，甚至被奉为了神，如在征服了野马之后，骑在马上的人会被神化，说成是人头马身的神。这就是文化英雄的产生。

这些文化英雄又被看成是氏族的始祖，受到崇拜，关于他们的神话故事，就是始祖神话。

始祖神话与图腾神话的互渗、结合，就使得图腾动物增加了人的形象。

例如，造人的女神——女娲和“人祖爷”（最早的人）伏羲，就被说成了人首龙身（蛇身）的神。这种形象在汉代时山东、河南的画像石、画像砖和壁画上都出现过；在唐代新疆吐鲁番的墓室顶部也画了许多，已发现的就有几百幅之多。

他们既是图腾神，又是祖先神。而这些始祖神话比图腾神话增加了许多创造发明的故事，他们的形象也就逐渐增加了人的成分，成了劳动英雄、文化英雄。

创世神话就是在许许多多文化英雄的创造发明神话故事的基础上逐渐产生的。

既然一些具体的工具、物品可以由文化英雄创造出来，那么整个天地万物当然也可以由人创造出来。这就发展成为创世神话了。

可见，创世神话的出现不是偶然的。

如果人还只是大自然的奴隶，只是被动地求生而适应大自然，是不可能产生创世神话的。

创世神话的产生至少有两个条件：

一是人们的科学思考能力已达到相当高的水平，才会提出“世界是怎样创造出来的”、“世界万物是如何创造的”等带有科学探索思考的问题。

一是人们在劳动、发明中已增加了改造自然的力量，在某一方面成了大自然的主宰，使人的力量突显出来。

所以，要产生创世神话，就要有社会进化到相当高度的生产、社会、文化条件，这应是文明社会以后的事了。在蒙昧时代或野蛮时代，还谈不上进行这样科学探索的思考，也就不可能产生创世神话。

创世神话不只有短篇的散文故事，而且还有许多古歌古诗，这就是神话史诗。神话史诗中的神话是经过加工的、系统性的神话，故事更加完整、丰富。有的篇幅很长，如《苗族古歌》共有十多首长歌，共 5 000 多行，每一部说一个故事：开天辟地、洪水滔天、铸金铸银、打柱撑天、锻造日月、兄妹开亲，等等。这些神话故事非常新鲜、有趣。

如果对中国各民族的活态神话一无所知，对一个中国人、中国作家来说，将是一个极大的损失。作为一个中国人，都应该了解这些珍贵的历史文化遗产。这是中国各族人民的集体创作，是人民心灵与理想的纯真而又奇幻的表现，是中华文明的精华。可惜，目前学界许多专家们对此尚不知晓。

为此，笔者把几十年来学习神话的调研成果编成一本《中国神话博览》，奉献给大家。上海世界博览会就要在2010年举办了。在会上将展出各国最出色的物质文化产品和精神文化产品，《中国神话博览》也是按照这次博览会的标准编写的。

几十年来，因为教学的需要，笔者一直尽力搜集一切有关民间文学的书刊、资料，包括公开出版的和内部出版的资料，以及北京大学、澳门大学等全国各地的学生的调查作业。2007年12月，笔者把一万多册关于这方面的藏书捐献给北京大学图书馆，建成了一个"北京大学民俗文化文献中心"，目前已经对外开放。

笔者愿意做一只小小的蜜蜂，像蜜蜂采花粉一样，精选萃取花粉酿成蜂蜜，奉献给大家享用。

本书坚持从事实出发，而不是从概念或某些教条出发，用精选的、典型的事实来分析、说明问题，尽力弄清事情的来龙去脉，绝不含糊其辞，是符合"科学发展观"的要求的。

希望这本书能得到大家的喜爱，进而能由此进入中国民间文化百花园，甚或成为培育鲜花的园丁，就是笔者的最终目的。

把神话知识编成一本书来全面研究神话的主要作品和理论知识，过去还没有，这项工作带有探索性，其中的问题肯定不少，希望能得到专家和读者的指教，以便不断改进，臻于完美。

（2009年5月9日晨）

神话语源考

神话就是关于神的故事，这是对神话的一个简明的定义。这也是古代中国的说法。神话这个名词术语，是梁启超1902年从国外引进的。中国古代并没有神话这个词，但是，古代有神、有话。在古代，“话”就是故事的意思。

为什么这么说呢？有什么根据呢？

当然有的。这需要把“神”与“话”的词义，做一个历史的考察。

许慎《说文解字》：“神，天神，引出万物者也。”

《康熙字典》对此作了解释：“神，申，即引申也。天之降气以感万物，故言引出万物。”

于此可见，两千年前的东汉时期，神即指天神，这是世界万物的创造者。神在天上，用气来感发万物——引出万物。可以理解为神是万物的创造者。神就是造物主了。

其实，这种神已经是比较晚的神了。

根据人类学家对原始社会的调查研究，发现最早的神，都是自然物——太阳神、月亮神、山神、河神、各种动物神、植物神等等。因为原始人是自然的奴隶，他们不能不匍匐于大自然的权威之下：崇拜大自然。所以，“帝”，原来就只是指天神，老天爷而已。

后来，人们在劳动中科技不断进步，掌握了一些自然的规律，逐渐能够控制自然了。一些创造发明的人、战胜自然的英雄，就被崇拜为神，这就是人神，如发明畜牧业的伏羲、神射手羿、发明农业的神农、发明冶金的蚩尤，领导发明文字、音乐等等的黄帝、尧、舜，治洪水的大禹等等。开始时只是某一方面的神。后来，随着阶级和国家的产生，出现了人间的帝王，这样就由多神变为一神。帝也成了人间的帝王。天帝就成了最高的神。这个最高的神就是造物主创世神。这是比较晚出的神。

神话就是关于神的故事。由于神是多种多样的，所以神话也是非常丰富的。神话的“话”，就是故事的意思。

可是，我们查了词典，却大都没有这个义项。商务印书馆出版的《古代汉语词典》中的"话"有三个义项：(1)言语；如《诗经·大雅·抑》："慎尔出话"。(2)告；宣告之意。如《尚书·盘庚》："乃话民之弗率"。(3)谈论；如孟浩然《过故人庄》："把酒话桑麻"。此外，就没有其他义项了。

商务印书馆出版的《古汉语常用字字典》压根儿就没有"话"这个词条。

上海辞书出版社出版的《辞海》中的"话"有一个义项是："指历史或小说的故事。如元稹《酬翰林白学士一百韵》：'光阴听话移'自注：'又尝于新昌宅说一枝花话，自寅至巳，犹未毕词也。'"这"一枝花话"就是李公佐的小说《李娃传》的故事。如此解释似乎不错。

然而，话，是否只是指历史和小说中的故事呢?

事实似乎并不如此。

"话"的本义是指一切故事，首先是民间故事。

话，作为故事解，早在隋代即已经有了记载，其起源可能更早。

《太平广记》卷二四八引隋·侯白《启颜录》：

"侯白在散官……才出省门，即逢素(杨素)子玄感，乃云：'侯秀才可以(与)玄感说一个好话。'"

侯白是当时说笑话的大家名人，杨玄感要他"说一个好话"——说一个好笑话，这笑话就是"可笑的故事"，"话"就是故事的意思了。

这种用法在唐代很流行。如元稹诗中的"光阴听话移"的话，也是指一般的故事，而不是指历史故事或小说的故事。胡士莹教授在《话本小说概论》中说："这些'话'字都作故事解，而且是一般的故事，并非伎艺性的故事。"①

还有"说话"这个词，就是指说故事，却主要指专业艺人的伎艺故事。

"话本"的"话"也是指艺人的故事。

"平话"、"评话"是指艺人所说的历史故事。

而"诗话"、"词话"则是关于诗词的故事了。

顺便说一下在隋代以前，故事并不用"话"来表示。

那更古的时代"故事"是用什么词儿来表示的呢?

隋代以前是用"说"来指代故事。这在先秦就已有记载了。但是在现代辞典和民间文艺著作中，却没有记载。

① 胡士莹：《话本小说概论》，中华书局1982年版，第157页。

上海辞书出版社出版的《辞海》中“说”有8个义项，却没有一个有“故事”之解。

商务印书馆出版的《古代汉语词典》中的“说”字，有5个义项，也没有一个是“故事”。《现代汉语词典》中的“说”字，有6个义项，也没有一个是“故事”。《古汉语常用字字典》中的“说”字，有4个义项，也没有一个是“故事”。《新华字典》中的“说”字有4个义项，也没有一个是故事。

《康熙字典》中的“话”与“说”也都没有“故事”的义项。

但是，在古代的书籍中则有很多用“说”来表示“故事”的。

如《韩非子》中的《说林》《内储说》《外储说》等几篇的“说”都是指故事。因为，这些篇都是故事汇集。这篇名上的“说”当然是故事的意思了。

汉代《说苑》书名中的“说”，也是故事的意思。这部书正是记录搜集了许多故事的园地。所谓“说苑”，就是“故事集”的意思。

班固《汉书·艺文志》中记有《黄帝说》40篇是“迂诞依托”的神话故事；《尹伊说》27篇“其语浅薄，似依托也”，当然也是民间流传的故事；《鬻子说》19篇，这可能是楚国祖先鬻熊的传说，也可能是关于卖东西的商人的故事，或是关于儿童稚子的故事。《虞初周说》943篇，这是汉武帝时的方士侍郎号“黄车使者”的洛阳人虞初到全国各地搜集的故事。总之这里的“说”是故事无疑。

据班固《汉书·艺文志》说：这些都属于小说的范围之中，都是小说。这样，小说，也就是小故事、短篇故事的意思了。他说：“小说家者流，盖出于稗官，街谈巷语，道听途说者之所造也。”后来，文人不仅记录故事，而且创作故事，小说也就成了文人创作的一体了。不但有了短篇小说，而且有了中篇小说和长篇小说。于此可见，小说这种文体，就是从口传的民间故事发展而来的。

南北朝《世说新语》的“说”也是故事的意思。因为书中记录的都是文人的故事传说。据《隋书·经籍志》记载：著名作家沈约也有《俗说》3卷，当然也是记录民间的故事传说。可惜已经亡佚。

南宋曾慥《类说》是把故事分门别类编成的书，其“说”当然也是故事的意思。

“传说”这个名词中的“说”，也是故事的意思。但是《古代汉语词典》中没有“传说”这一个词条。《辞海》中有“传说”的词条，它共有3个义项，但是却没有“故事”这个义项。

传说一般是指比较有名的人物的故事。《汉书·艺文志》说：“置写书之官，下及诸子传说，皆充秘府。”而一般人的故事则叫“小说”，即是班固《汉书·艺文志》中所说的“小说家者流”所记录的“街谈巷语、道听途说”的常人故事。

故事这个词，古代也是有的。但多不是专指民间故事这种文体。如《史记·太史公自序》：“余所谓述故事，整齐其世传，非所谓作也。”这里的“故事”二字，是指过去的旧事，当然也包括民间故事，但是并不专指民间故事。《红楼梦》第 61 回：“吃腻了肠子，天天又闹起故事来了。”这里的“故事”二字当然也不是指民间故事，而是麻烦、事故的意思。

《隋书·经籍志》记有《汉武故事》一书，无作者名，一说为班固所著，因为其中内容与《汉书》大同小异。其中记汉武帝的一些小故事，属历史传说。这里的“故事”仍旧是“旧事”之意。还不是指一般的故事，所以只此一例，并没有流行通用开来。

总之，在中国古代，故事就有如下几种说法：说、传说；话、说话。而“故事”一词，虽然其中包括有民间故事的意思，但还没有专指故事这一种文体，更没有流传开来。

论中华龙图腾

“我们中华民族是龙的传人”，这是大家常常说的口头语，也是大家公认的事实。

我们为什么是龙的传人呢？

一般都认同：因为龙是我们中华民族远古的图腾。2000年我曾经专门写过一篇《“龙的传人”之说不可否定》对图腾说作了较为详细的论证。但是，影响不大。至今还常常看到一些文章或著作否定龙为图腾的观点。

这就说明，龙的来源和本质问题，是非常复杂的。对龙的起源与图腾本质，还需要作更多的分析和论证。本文即以此问题为中心，做一个进一步的补充说明和分析。希望得到大家的批评和指正。

一、什么是图腾？

要理清龙的图腾说问题，首先要明确什么是图腾。

有些不同看法，就是因为对图腾的看法和认识不同而引起的。

我们先来看看最流行的权威词典的图腾定义和解释。这是代表当代学术界的普遍观点和学术见解的。

《现代汉语词典》对图腾的解释是：“原始社会的人认为跟本氏族有血缘关系的某种动物或自然物，一般用做本氏族的标志。”这是简明扼要的定义。抓住了图腾的主要内容。

《宗教词典》“图腾崇拜”条目的解释是：“‘图腾’为印第安语 totem 的音译，有‘亲属’和‘标记’的含义。……许多民族社会的原始人相信，各民族分别源出于各种特定的物类；大多数为动物（如某种鸟、兽、鱼等），其次为植物，少数也有其他物种。对于本氏族的图腾物种，常加以特殊爱护。晚近的考察表明，图腾本身大都并非崇拜的直接对象；按想象而刻制的‘图腾柱’（一般树立于村头或家宅前）亦仅作为氏族的标记而并不对之膜拜。所谓‘图腾崇拜’只是氏族社会在对自然力或自然神进行崇拜中常与图腾观念相连；处理图腾物种，有时也举行一定的宗教仪式……”下面解释还有很多，如有的氏族对图腾动物是禁食的，有的氏族却相反，认为食用图腾动物可以获得它的优良品性，等等。

这些定义和解释，反映了人类学、民俗学、宗教学等等学科对图腾的主要研究成果，是学术界公认的。

据我看，这些图腾的定义和解释说明的要点有五：

第一，图腾是一种原始文化自然崇拜的产物，产生于远古的氏族社会。

第二，图腾是某种动物、植物或其他自然物（如日月星辰、山水等等）。

第三，图腾被认为是氏族的亲属、祖先等等有血缘关系的物种。这反映了原始人当时崇拜自然，还是大自然的奴隶，认识能力很低，还分不清人与自然物的区别，把自然物当成自己的祖先和保护者，这是人类最早的神。

第四，图腾是氏族的标志，往往刻画在房屋上、衣服上、身体上或专门的图腾柱上。目的是表示如此可以得到图腾的保护，例如古越族人在身上画上龙的花纹“以像龙子”，为的是得到龙祖先的保佑。同时图腾标志也是氏族外婚制的需要。同一个图腾氏族的人是不能结婚的。

第五，作为图腾，是受到很大的敬畏甚至崇拜的。有的氏族禁止吃图腾动物，有的氏族却相反，经过一定的崇拜仪式，可以吃图腾动物，据说这样可以把图腾的优良品性传给自己。例如，鄂伦春族以熊为图腾，传说母熊是鄂伦春人的祖先。他们后来也吃熊肉。不过在吃之前，大家要学乌鸦“哇哇、哇哇！”叫，并且要说：“并不是我们吃你，是乌鸦吃你呀……”

按照以上关于图腾的定义，我们的中华龙，在远古就是我们中华民族的祖先，当然也是我们中华民族中的许许多多氏族、部落的图腾。这是有许许多多证据作证的。绝不是空口说说而已的。

“我们中华民族是龙的传人”的证据，非常充分，包含三个资料库的全部。不只有大量的书面文献资料，而且有许多考古文物资料，还有民间文化中活态的大量资料——人类学、民俗学、神话学、社会学等等新型人文科学的田野作业调查研究的许许多多成果资料。

现在我们就来看看这些确凿无误的大量资料。

二、第一资料库的书面文献资料

中国古代虽然并没有图腾的说法，但是，却有着许许多多关于动物作为自己的祖先和标志的记载。请看：

人祖伏羲、女娲是龙图腾。

《左传·昭公十七年》："太昊氏以龙纪，故为龙师而龙名。"太昊就是伏羲氏，这是一个最古老的氏族始祖，他的形象标志是龙。这就证明龙是伏羲氏族的图腾，而伏羲则是我们最古老的祖先。《左传》是先秦古老的史书，它的记录是可靠的。

《帝王世纪》也说："庖牺氏，蛇身人首。"说明伏羲（即庖牺）本身就是龙体。中国古代龙蛇往往不分。

还有一个中国最古老的祖先——女娲，也是龙体。汉代王逸《楚辞·天问》注："女娲人头蛇身。"王逸的儿子王延寿《鲁灵光殿赋》："遂古之初，五龙比翼，人皇九头；伏羲麟身，女娲蛇躯。"文选注引《玄中记》："伏羲龙身，女娲蛇躯。"

鲁灵光殿是汉武帝之前的建筑，其中的壁画有伏羲女娲的图腾形象，是很可靠的证据，证明伏羲、女娲的图腾确实是龙，至少这也是在汉代保存了远古龙图腾的遗存。这是确定无疑的。

否定龙为图腾的一个理由是："自古以来，从没有人把龙当做自己的祖先来对待。"①在这里，伏羲、女娲难道不是我们最古老的祖先吗？他们不都是以龙为图腾的吗？显然，这种否定是没有任何事实根据的，因而也是站不住脚的。

何止是伏羲、女娲，就是黄帝、尧、舜、大禹等等古代帝王也都是属于龙图腾的。《史记·天官书》："轩辕，黄龙体。"其注曰："人首蛇身，尾交首上，黄龙体。"可见在古人的心目中，人首蛇身，就是"龙体"，就是龙图腾的形象表现。

尧是他的母亲庆都和赤龙合婚而生的。《诗纬含神雾》："庆都与赤龙合

---

① 王红旗：《大话龙年——听来自民间的说法》，《民间文化》2000 年 3 月号。

婚，生赤帝伊祁，尧也。”唐尧又称伊耆氏、伊祁氏，是以红色的龙为图腾的。古称赤帝。

虞舜也是龙的传人，《宋书·符瑞志》记载：舜是他的母亲与天上的虹彩交合“意感而生”的，生下来就是“龙颜大口黑色，身长六尺一寸”。《孝经援神契》也说舜的形象是“龙颜、重瞳、大口”。这天上的虹彩，长长地像一条龙，所以虹也是龙的原型来源之一。这些当然都是民间想象的产物。应该是属于第三资料库的。民间传说中还有不少关于舜的故事，有的也与龙相关。如说舜受到继母的虐待，有一次被埋在井下，舜因为穿着龙衣，于是化为一条游龙，钻入地下水道，从另一个井里出来了。这里龙衣，是图腾标志，说明图腾是保护自己安全的。也说明舜自己也是一条龙。

夏禹是治水的，也是一条龙。《归藏·启噬》记曰：“鲧死……化为黄龙”。他的父亲鲧是龙，禹当然也是龙了。“禹”字从“虫”，大虫、长虫就是蛇，当然也是属于龙族的。在“夏墟”山西陶寺出土了4 000年前的陶盘，上面刻的是一条粗壮的龙蛇，这陶盘在当时是很珍贵的神圣的，应该与图腾和祭祀有关。古代还有一种舞蹈叫“禹步”，是独脚跳舞的步子。显然，这是模仿龙蛇的形象表现，是一种图腾的舞蹈，也是禹属于龙图腾氏族的一个旁证。

大禹葬在浙江会稽，这是古代越人的地方。古越人崇拜龙，以龙为图腾，有许多古代记载。西汉刘安《淮南子·原道》记曰：“九疑之南，陆事寡而水事众，于是民人被发文身，以像鳞虫。”高诱注曰：“文身，刻画其体，内墨其中，为蛟龙之状，以入水，蛟龙不害也。故曰以像鳞虫也。”这就是说龙作为一种图腾标志，刻画在身上，用墨文身，其目的是为了使龙看到之后，能够保护自己——龙的子孙、龙的传人。

当时龙已经成为人们崇拜信仰的神。刘向《说苑·奉使》篇：越族居住在南方“海垂之际”，因有蛟龙“是以剪发文身，灿然成章以像龙子者，将避水神也”。龙作为水神，在西汉已经非常普遍了。这显然是远古图腾的遗存。

在古代文献中，龙图腾的记录是很多很多的，许许多多最古老的祖先，几乎都被看成是龙图腾。在《广博物志》(卷九)中还记载说：“盘古之君，龙首蛇身”。开天辟地的盘古，也是龙图腾。

《史记》《汉书》的《匈奴传》都记载中国北方的少数民族匈奴和西胡等等民族，也都崇拜龙，匈奴每年祭龙三次，大会龙城。辽国的首都就叫“黄龙府”，所以岳飞要“直捣黄龙”。

这些古代文献中的确凿记录，完全可以证明，龙作为中国远古许多民族、部落的图腾，许多民族都说自己是"龙的传人"，这是毋庸置疑的事实。

三、第二资料库考古文物中的证据

龙作为中国远古的图腾，在考古文物中不断得到越来越多的证据，这是几十年来大家非常熟悉的事实。请看：

1971年，在内蒙古赤峰市翁牛特旗三星塔拉村出土了一件5 000年前的玉雕龙，总长近60厘米，高26厘米，宽29厘米。头稍长鼻平似马头，双眼突起，有鬣鬃毛长达21厘米，在背上弯曲上翘，而身体弯曲似蛇。有人认为像马，叫它"马龙"；也有人说它像猪，是"猪龙"；但不管是什么龙，它总是蛇和马或猪等等动物形象的集合，是一件玉龙。我们知道，玉在中国古代是一种神圣的石头，往往用在祭祀之中，所以这件玉龙，当是作为图腾标志的神物。1975年在赤峰市巴林右旗羊场公社又出土一件曲体玉龙，与三星塔拉玉龙相似，时代也相近，但无鬣鬃毛，头也不像马而像猪，头大身小，眼大，身体较粗短，首尾相连，被称为"猪龙"。于此可见，这种玉龙在当地是比较普遍的，是一种珍贵的图腾标志神物。

1987年至1988年，在河南省濮阳县西水坡，考古工作者发掘出三组用蚌壳摆塑成的龙的形象，这是6 400年前的陪葬物，当时被誉为"华夏第一龙"。影响很大。一条大龙在墓主人的旁边，另一边则是一只老虎的形象。有人考证说这是黄帝的孙子颛顼的墓，也有人说是蚩尤。但不管是谁，终归是中国古代的祖先，显然是属于龙族的，是以龙为图腾的。

1993年6月湖北省黄梅县白湖乡张城村焦墩遗址发现了6 000多年前的卵石摆塑龙。身长4.46米，高2.28米，昂着头，曲颈，直身，卷尾，背部有三个鳍，腹下有3条腿，独角向上扬，似腾飞之状。这是一条巨龙的侧面形象。龙鳞用五颜六色的卵石摆成，很有神性。附近还有龟、蛇、羊或鹿以及蝴蝶等等动物造像。

1994年至1995年，在东北辽宁省阜新市茶海遗址，发现了8 000年前后的更大的龙的形象。这是用红褐色的石块摆塑成的一条很大的龙的形象。全身长接近 20 米，宽约 2 米，张口弓背，这是一条蛇形的大龙。值得注意的是，这条大龙，是摆放在居民遗址几十座房屋中心的一间约有 120 平方米大堂的南边的。大龙的南边，还有排列紧凑的墓葬和祭祀坑。显然，这是祭祀祖先的所在，大龙为图腾无疑。

在日用器物上的龙形象，古代也有很多。如在山西襄汾县陶寺龙山文化遗址出土的一个红褐色的陶盘上，用红颜色画了一条盘龙，头在圆心，方头，小眼，长嘴微张，口中有整齐的牙齿，吐树叶形的长信。身体较粗，上面有方点形对称的花纹，尾在外边，似一条长长的谷穗或是松枝。这是蛇形龙，无足，尾巴是植物。距今 4 500 年，这被一些专家认为是国家形成期的标志和象征，是一种祭祀用的礼器。

又如，陕西宝鸡北首岭仰韶文化遗址出土的一个 7 000 年前的蒜头瓶，上面用黑色画了一条方头的鱼龙，腮部有三角形双角，有两个鳍，身稍长而弯曲，有鳞，后面有一只大鸟，它的长喙靠着龙的尾巴。这是一条鱼龙。《山海经·海外西经》："龙鱼陵居其北，一角。"鱼龙也就是龙鱼。古代鱼龙变化是很流行的民间传说。特别是在黄河中游的龙门，传说鲤鱼只要跳过了龙门，就变成了龙。

甘肃省甘谷西坪遗址出土了一个彩陶双耳瓶，时代在 5 500 年前后，在红陶上面用黑彩画了一条娃娃鱼(即水陆两栖动物"鲵")。其头似人脸，有双眼和大嘴；身长而弯，有网纹鳞甲；有一对前足四爪。同是甘肃省武山傅家门遗址也出土了一个相似的彩陶双耳瓶，也画了一条娃娃鱼，时代在 5 000 年前，但却有六条腿，右前腿四爪，其余五条腿三爪。在当时的物质条件下，如此的绘画的陶瓶是相当珍贵的，应当是一件贵重的礼器。这形象是幻想中的神性动物，古代西北地区的一种龙。

甲骨文、金文中的"龙"字多为一条有角张口的蛇，有的还有两条腿。

以上考古文物资料充分证明，龙在 5 000 年到 8 000 年前，就是我们中华民族的远古氏族的图腾。其范围从东北到华中，从辽河流域到黄河流域和长江流域。在远古的社会生活中，成为自然崇拜和祖先崇拜的对象，并且作为民族的标志，不是图腾，又是什么呢？它完全符合图腾的条件，当是图腾无疑。

到后来的文明时代阶级社会中，龙被统治阶级所独占，成了帝王的象征，这是图腾在后代的变化，这种变化，非但没有否定图腾是氏族、国家的标志，反而进一步证明作为国家代表人物的帝王是利用自己的特权，垄断了龙图腾。

“朕即国家”，帝王就是国家，是国家的代表。于是龙也就成了帝王的象征，是图腾的转化。“真龙天子”这是帝王尊贵地位的证明。所以，在帝王的宫殿中，处处都有龙的形象。只是故宫中就有一万多条龙。门前华表上雕刻了大龙，台阶石雕了大龙，屋檐、梁柱上更描绘了许许多多大大小小的龙。皇帝坐的是龙椅，上面雕刻了许多龙，穿的是龙袍，绣了很大的龙，几乎所有宫廷的用具都有龙的标志。帝王垄断了龙，老百姓还是尊敬帝王的，连造反的水浒英雄也有许多人是“只反贪官，不反皇帝”的。龙是尊贵的、吉祥的神物，老百姓在思想上总是把杰出人物称为龙。

还有一件事值得注意，在新疆吐鲁番的阿斯塔拉发现的高昌故城隋唐时代的汉族古墓中，有几百幅女娲、伏羲人头蛇身交尾图，是画在丝帛上的彩色画图，盖在棺材上面，这是为什么？这不是在丧俗中让死者的灵魂回归元祖图腾吗？这么多人如此做，难道他们全部都是皇帝家的吗？在河南、山东、江苏等地，也有许许多多汉画像石画的也是伏羲、女娲人首蛇身交尾图。其性质是完全一样的。去年我在河南、江苏徐州的很大的汉画像石展览馆中看到那么多龙图腾的画像，确实是非常震惊而又非常惊喜的，这个事实充分说明，几千年来，在许许多多百姓的古墓中、在祭祖祠堂的壁画上，一般人还是念念不忘人祖伏羲、女娲，而他们的形象，还是从远古一直流传下来的图腾形象——“女娲蛇躯，伏羲龙身”。这是中华龙图腾的铁证。

老百姓在自己的生活中，仍然崇拜龙神，念念不忘。尽管龙已经由远古的图腾，逐渐转化成为一种文化象征。龙作为中华民族精神的体现，作为一种吉祥美好的形象标志，在人民生活中，至今仍是无处不在，时时处处，所在多有。

四、第三资料库中的种种龙的民俗

许多民族都崇拜龙、信仰龙。这是中国人民最喜爱的神圣的动物，在日常说话的成语中，在节日的庆祝活动中，在衣食住行的种种民俗中，处处都可以看到龙的形象，其影响之大，令人吃惊。

中华龙，几千年来，始终生龙活虎地活跃在各族人民的社会生活之中。请看：

端午节的划龙舟,这是各地年年都要举行的重大的节日庆典,在中原,在边疆,许多民族都有划龙舟的习俗。

现在一般人认为划龙舟起源于抢救屈原,这是后来对这一民俗的新的解释。其实,早在屈原之前的原始时代,已经有了这一民俗。我在奥林匹克村体育博物馆看到一幅划龙舟的图像,是在宁波附近出土的一个铜钺上的雕刻图像,画的是几个头戴长羽毛帽子的人,排成一列在划龙舟。其时代是春秋,远在屈原之前好几百年,屈原是战国时代的人。可见,早在屈原之前,早已有了划龙舟的风俗。

宁波是古越人的生活地区。据闻一多先生的考证,古越人是以龙为图腾的。划龙舟正是古代越人的一种图腾祭典。原来划龙舟的时间并不在端午的五月五日,而是在每年的夏至——阳历 6 月 22 日。人类在远古最早只知道两个节日——冬至和夏至。冬至是新年,夏至也是非常重大的节日,所以要举行图腾的祭礼,进行划龙舟的活动。你看,这划龙舟的历史是多么古老。几千年来,这种民俗始终受到人民的强烈喜爱,这是民族精神的纯真体现,代代相传,念念不忘,绝不是偶然的吧!

同样,正月十五元宵节的龙舞,也是在全国各地非常普遍流行的一种民俗。不但在内地,而且在海外,都非常流行,成为全世界华人共同的民族象征。我们都是龙的传人,生龙活虎地舞起了龙灯,感到特别自豪。

据《中国舞蹈集成》总编辑部的具体负责人梁力生同志说,全国各地的龙舞丰富多彩、多种多样,一共不下一百多种。龙的样式、舞法都有许多不同。北方的龙灯多为 7—12 节的,南方的大龙则更长。不但有一字龙、盘龙,而且有滚龙,舞得圆圆的好多圈,巨龙游动,激情洋溢,非常壮观。只是浙江一个省,龙舞就有好几十种,不但有布龙,而且还有竹龙、香龙(龙泉县)、板龙(余杭县)、三节龙(衢县)、百页龙(长兴县)、滚龙(黄岩县)等等。这可能与古越人的悠久传统相关,这是一种非常久远的传统。广东也是古越人活动的地区,龙舞也非常流行,有火龙、草龙等等,舞火龙是非常壮观的,整个龙身上不断向外喷火,而舞龙的人,却不穿上衣,光着身子举棍舞龙,许多火花落在身上,皮肤烫伤在所难免,一点也不在乎,还以此自豪。这是一种什么精神力量在支持着他们。

记得在澳门看过非常热闹的醉龙,在葡萄牙人治下,中国人保持着中国传统的文化,一直传承着这种很有特色的龙舞。舞者穿中国民族服装,包扎着头巾，一边喝酒，一边舞龙，舞步浪漫，好多条醉龙，同时起舞，从关帝庙出发一直浪舞到海边，其中有许多隆重的仪式，开始是先在庙前祭龙，然后纷纷起舞，人们前呼后拥，紧紧跟随，最后，又排起长长的队伍，来领取“龙头饭”，相信吃了龙头饭之后，就会平安、幸福、聪明伶俐。海边鱼行，早已做好了好几大桶美味的盖浇饭，有金针、木耳、大鱼、大肉等等菜肴，象征着龙的馈赠。

港澳人民的龙的情节特别深，还可以从20世纪90年代香港、澳门回归时，他们扎起的几公里长的巨龙，可以看到。中华龙是祖国的象征，回到祖国的怀抱，就是回到了龙的故土，所以感到特别的自豪。我们在北京长城上展现的几公里长的巨龙，也是龙的传人伟大自豪感的生动体现。

彝族（云南花腰彝）是古羌族后裔，彝族尼苏支系，他们的龙舞有雌雄之分。男子舞雄龙——黄龙；女子舞雌龙——青龙。雌龙由15—18岁的姑娘12人来舞，据说代表12生肖——12年。电影《花腰新娘》就是描写这舞龙队的。

二月二，龙抬头，也是一个重要的节日。这是一个专门以龙为主的节日，可以说是一个龙的节日。又叫“春龙节”。这也是迎接春天的节日。

普米族在正二月间，有“祭龙潭节”。每家在深山中都有自己的龙潭，过节时，全家人到龙潭边露宿，搭起高高的“龙塔”，祭奉龙神。塔前树一支百尺高杆，上面挂着七个“七角斗架”，作为龙宫。在龙塔上供牛奶、清酒、酥油、乳饼、茶叶鸡蛋等等祭品。巫师登坛念经，全家叩拜祈祷，把50个涂油的面人儿，投入龙潭。然后全村寨还要举行隆重的祭龙仪式。他们还有一种龙舞，是连臂踏歌的集体舞蹈，人们结成长龙，跳时可以变换成“龙钻空”、“龙摆尾”、“龙欢腾”等等套路。

二月二，北方又叫“龙头节”，传说玉皇大帝对武则天这个女皇帝非常不满，怒而命龙王三年不下雨，以示重罚。但是龙王非常爱民，看到干旱使人民受苦，非常难过，就私自下了雨。结果被玉帝压在大山之下。立碑写道：“龙王降雨犯天规，当受人间千年罪，要想重登凌霄殿，除非金豆开花时。”老百姓为了救龙王，就想法使金豆开花，在二月二炒玉米花，给玉帝上供，说是金豆开的花。于是玉帝放了龙王。龙王出来，就使人民获得了丰收。于是民谣曰：“二月二，龙抬头，大屯满，小屯流。”

北京明代即有“引龙回”的风俗。在二月二，用灶灰由门外画线进屋，绕着水缸画一圈，叫“引龙回”。山西大同的风俗则是“提壶汲井水注缸，曰‘引青龙’”。河北则把这个风俗叫做“引钱龙”，为什么呢？清水县是在汲水桶中放乾隆铜钱，当然就是“引钱龙”。山西又不同，享县以丝线系一个铜钱，顺着炉灰画的龙身，拖钱入室，叫“引钱龙”。这些风俗细节不同，但都是吉祥如意，发财致富之意。说明龙是会给人们带来吉祥幸福的。

这个龙的节日，什么都与龙连在一起。吃的饼子叫“龙鳞”，面条叫“龙须”，水饺叫“龙牙”，米饭就叫“龙子”……

一些地方把二月二叫“中和节”是和谐的节日。这和龙的精神密切相关。因为龙作为一种集合图腾，在远古即和谐团结、多元一体的产物。

二月二在古代为土地神(社神)的生日，这一天要击社鼓祈年。饮社酒治耳聋，妇女在社日“停针线”是怕刺伤龙眼。“社日必有雨”当然与龙神有关。

许多少数民族有二月二祭龙的风俗。壮族二月二祭龙山，五月祭龙。瑶族二月二(有的地方是三月三)，举行祭龙仪式，全寨人集资杀猪分祭肉，进行扫寨活动，跳祭龙舞，求谷魂，祭谷娘，祭盘古、玉皇、神农等等许多活动。

苗族12年过一次“招龙节”，在猴年2月的猴日(申日)。全寨14岁以上的男子在祭师、长老的带领下，到山顶祭龙，祭师洒“招龙米”，念招龙词，大家敲铜鼓迎龙，迎龙回来时，每经过一个山头，都要插上白的招龙纸，寨上的男女老幼在“迎龙坪”摆好了祭品，从附近龙脉上取来的招龙土，祭龙，祭的是水牛龙，然后祭师把祭肉和招龙土、米，一起分给各人，叫“接龙回家”，保佑人畜兴旺，平安幸福。

侗族也有12年一次的“接龙”风俗，在第7年的二月二日，接龙的队伍载歌载舞去邻村接一头白水牛回村，把它牵进水塘，叫“白龙归位”，跳芦笙、踩鼓舞，热烈欢庆。这里把牛当成龙，是一种牛龙，很古老。

广西毛南族以龙为图腾，完全继承了古吴越族的“分龙节”的民俗。传说每年夏至后的第一个辰日，天上的龙开始分水，这一天要接龙进行慰问。分龙节的祭礼在“三界庙”举行，故又称庙节。节日前一天，各村寨在庙前集体杀牛祭龙，叫“椎牛”。除此之外，还有家祭、家宴，有盛大的歌舞——舞龙、舞狮，对歌、赛歌，年轻人谈情说爱。这个节日就是他们的端午节，他们唱道“五月分龙是端阳，哥妹同来祭龙王，今年哥妹同排坐，明年哥妹进洞房”。这种民俗特别古老，因为端午节就是由夏至演变而来的。夏至是人类最古老的两个节日之一。这是一个龙图腾祭祀的节日。

彝族也是以龙为古代的图腾，在九隆神话中，说其先祖母沙壹在水中捕鱼，“触沉木若有感，因怀孕。”后来这沉木“化为龙”，所生的儿子名九隆，就是

“哀牢夷”(即彝族等等居住在云南哀牢山地区的少数民族)的祖先,“种人皆刻画其身,像龙文,衣皆着尾。九隆死,世世相继”。[①]这是一个典型的龙图腾案例。云南新平县有“龙树林”的民俗,龙树林在龙潭、龙箐附近,说其中的树木是“龙角”、“龙须”。彝族每年都要祭龙,每12年还有一次“祭大龙”,在12年中的马年马月马日举行盛大的祭祀,由一位德高望重的老人(龙头)带领大家祭龙树,拜龙神。在马年祭龙,说明这是马龙。马龙也是很古老的龙。

水族二月二祭龙,三月的第一个“蛇场天”祭龙潭,这个节日很隆重,村村寨寨都要杀猪、杀牛、杀羊祭龙。

傣族也是属于古越族的,他们说自己的祖先是龙变的。因而在身上刻画龙纹。村寨中也有龙的雕塑。花腰傣(傣雅人)特别信仰龙神、龙树,见到大蛇要磕头,认为大蛇要变成龙。每年二月栽秧前祭龙神龙树。元江县在二月的牛日祭龙。一群孩子捧着盛了咸肉和烂饭的葫芦瓢,绕龙树跑三圈,巫师向天空洒玉米花,边喊边洒“龙上天啰! 龙上天啰!”众人去接,接得多的得福也多。

纳西族在三月有“龙王庙会”,又称“三月会”,会期三天到七天,在丽江的龙王潭龙神祠举行,由祭龙求雨又发展为盛大的商品交流会。

阴历四月八,是浴佛节,印度传说,佛祖诞生时天龙喷出香雨洗涤佛身。所以佛教僧徒在这一天浴佛。湖北则传说四月八是弥勒佛的生日,《荆楚岁时记》说这一天做“龙华会”,庆弥勒生日。为什么叫龙华? 因为树的枝长如龙,开的花像龙头,故名“龙华树”。印度佛教的龙与中国传统的龙结合起来,龙的文化内涵,更广泛了。

中国的龙王,有了人形,龙头人身,有帝王之像。这并不是中国的土产,而是由印度传入的。龙王庙到处都有,是人民崇敬的,因为他行云布雨,和中国几千年来的农业社会关系密切。这当然已不是图腾,却与中国龙的传统文化密切相关。

五月下旬,苗族有非常盛大的龙舟节,在清水江上划独木龙舟比赛。几十个苗族村寨轮流过节,逐日举行龙舟大赛。这个时间,比端午节更加接近夏至,所以是一个非常古老的图腾节日,传说是分吃龙肉,所以又叫“分龙节”,各村寨分龙肉的时间,就是过节的日子。

六月六,是湘西土家族的“晒龙袍日”。

---

① (宋)范晔:《后汉书·南蛮西南夷列传》。

七月二十是云南瑶族的“龙母上天节”；八月二十则是瑶族的“龙公上天节”。九月初十是湘西苗族“接龙”的节日，祭龙、安龙、人人吃龙粑，寨寨唱“龙歌”。

云南共山县的独龙族将一年划为十二个节令，每个节令都以龙命名。所以他们每个月都过龙节。

龙是中华民族精神最古老、最深的根源，是中国人民重要的精神寄托，所以，龙的情节、龙的文化渗透在人民生活的各个方面。举凡衣食住行、婚丧嫁娶、社会庆典、文艺创作等等许许多多方面都有龙的形象和龙的影响。

在封建时代，只有皇帝才能穿龙袍，但生活在深山中的苗族，是化外之民，他们人人都穿龙衣龙袍。贵州苗族龙衣上的龙形象，有上百种。如牛龙、蛇龙、猪龙、鱼龙、虾龙、猫龙、鸡龙、羊龙、马龙、鸟龙、狮龙、象龙、穿山甲龙、虹蛾龙、螟松龙、泥鳅龙、螃蟹龙、树龙、花龙等等，这些龙的形象都非常古老，非常原始。因为这些两种动物或植物与人头合成的龙，几乎都是二合的，这是龙形象合成的最初阶段的产物，这些龙几乎都没有脚。苗族的龙舟也是用独木舟做成，船上画的龙也没有脚。①

龙是许多高级名食的名称，如“龙汤”、“龙虎斗”、“龙须面”、“乌龙茶”、“龙井茶”、“盘龙大鳝”、“龙酒”、“龙眼”、“火龙果”、“龙盘”、“龙碗”、“龙火锅”、“龙凤水饺”、“龙船饭”等，同时，“九龙杯”、“龙瓶”等等食具的花纹、图案也是龙。

居住民俗特别讲究风水，而风水又特别讲究龙脉。所谓龙脉，就是像龙形的长长的山脉。有山必有水。凡是民居、坟地，都喜欢靠山面水，占有龙脉。这是最美好、最吉利的地方。以龙做地名的各处都有、千千万万，如黑龙江、白龙江、卧龙山、黄龙洞、黑龙潭、龙潭湖、滚龙井、五龙泉、化龙桥、龙门、龙城、黄龙府……无法枚举。村寨附近有水源林，许多地方就叫“龙树林”。树枝就叫“龙角”、“龙爪”。很多树的名字与龙有关，如“龙凤松”、“龙爪槐”、“九龙柏”、“龙鳞松”、“卧龙松”、“盘龙松”等等。还有五龙亭、龙王庙、二龙塔、龙泉塔、遇龙桥、化龙桥、野龙桥、九龙门等等建筑，都有不少民间传说，例如，黄河中段的龙门，就有一个“鲤鱼跳龙门”的故事，传说黄河里的鲤鱼，只要跳过了龙门，就变成了龙。所以人们就把科举考试的胜利叫做“跃登龙门”、“登龙”。几千年来，人们总是把杰出的人物叫做龙。如孔子去拜见老子求教，学生们问他老子

① 庞进：《中国龙文化》，重庆出版社 2007 年版，第 141 页。

怎么样？孔子回答说："犹龙"，就是像龙一样。父母盼望儿子将来有出息，就说是"望子成龙"。在这里"龙"显然并不是指皇帝而是指的老百姓。

有关龙的成语很多，老百姓很爱说，在日常生活中比比皆是。如"龙飞凤舞"、"龙腾虎跃"、"龙行虎步"、"龙骧虎视"、"龙盘虎踞"、"龙盘凤逸"、"龙马精神"、"龙潭虎穴"、"龙蛇飞动"、"龙蛇混杂"等等，都有很深的文化内涵，是人们在近千年的社会生活中提炼出来的语言精粹。龙与虎在一起，就使人想起6 400年前的河南濮阳的古墓中墓主人身边的左龙右虎。龙与蛇在一起，就使人联想到龙与蛇的密切关联。古代是龙蛇不分的。这都是远古的图腾遗迹。这些也都是中国人的图腾意识的自然流露。这绝不是偶然的。

五、否定龙图腾种种理由的分析

2000年在重庆的潼南县举行了一次"龙文化与龙舞艺术学术研讨会"，有全国各地包括港、澳、台的几十位学者参加，还同时出版了一本很厚的论文集，是由重庆出版社公开出版的，但是影响不大。虽然我们与会的所有学者，都认同龙图腾的存在，我当时还特别邀请了持有不同观点的学者如王红旗等人参加，但是可惜他们没有出席。虽然如此，当然并不等于意见已经完全一致。在一些报刊和网站上还是有时会看到否定龙图腾的文章，特别是2006年曾经在新华网等处展开了一次规模不小的讨论，虽然仅仅是一种群众性的、非专业的讨论，但是影响却很大。因此，我在这里还是需要认真地把各种不同的意见，作一个学术性的仔细的分析，希望尽可能解决一些重大的问题。当然，这也只是我研究的结果，是否符合事实，还欢迎大家进行充分的讨论，提出不同的看法，使认识更加全面更加深刻。

现在我就把我了解到的一些不同看法，一一提出，并加以分析。

"图腾都是实有的单一的动物，而龙却是多种动物集合而成的幻想动物，所以不是图腾，不符合图腾的条件。"

前面我们已经用大量的事实，证明中华龙完全符合图腾的条件。这里还可以补充一些少数民族以龙为图腾的事实，如前述彝族、傣族，就有很明显的龙图腾的习俗，不再重复了。云南白族也是有龙图腾的神话传说的。

当今白族最高的神是“九隆圣母”，被看成始祖之神。其神话传说在《华阳国志》《后汉书·南蛮西南夷列传》中早有记载，传说她在水中捕鱼时，碰到龙变成的大木头而怀孕，生下十个孩子，只有第九个孩子九隆留了下来，被推举作了国王。九隆圣母的形象是很神圣的，她的凤冠上伸出九个龙头，表示她是“九龙之母”、“百龙之首”，这是民族始祖母的伟大形象。又是始祖，又是形象标志，这不是图腾的遗迹，又是什么。经历了几千年，仍然如此强烈，说明龙图腾的意识是非同一般的呀！

龙图腾是国学大师闻一多教授发现的，他在《伏羲考》中，用三个资料库中的大量事实进行推理论证，这是一个伟大的发现，其科学性几十年来不断得到事实的证明，在考古发现中，龙的形象是如此明显，是任何人也否定不了的。这是铁定的事实。中国各民族有关龙的民俗是如此深入人心、融化在中国人的一言一行一举一动之中。研究龙的专家和著作，又不断发现古代文献中许多有关龙的遗迹。这些又是铁定的事实。

可惜的是许多人只凭自己随意的、主观想象，就无理否定龙是中国远古的图腾，这是很不科学的。而科学是不以人的主观意志为转移的。

我认为，说“外国没有幻想的集合图腾，中国就不能有！”这个意见似有以偏概全的嫌疑。外国没有集合图腾，中国就不能有吗？只要符合图腾的标准，中国就完全可以有集合图腾。

图腾是多种多样的。

说外国没有，所以中国也不能有，这种洋框框是没有道理的。完全不符合科学逻辑。过去，我们中国人认为只有黄种人才是人，和我们不一样的高鼻子凹眼睛的白种人就不符合人的标准，就不是人，而把他们叫做鬼，还加了一个表示轻视的“子儿头”，叫做“洋鬼子”、“鬼子”、“鬼女”等等，这在文献上和民间都非常流行。今天回过头来看，这种标准是以偏概全的，用民间的话说就是“少见多怪”。

这种逻辑显然是完全错误的，我们今天不能再如此去思考了。

事实上，在国外，也是有幻想性的集合图腾的。一些专门研究图腾文化的著作，如倍松的《图腾主义》、何星亮的《中国图腾文化》等书谈到了图腾的分解和融合的问题。印第安人的氏族分化出几个子氏族，子氏族的图腾就是分解的图腾，把母氏族的图腾的一部分作为子氏族的图腾。澳大利亚的土人有好几百个图腾，都是动物的一个部分，如袋鼠的尾巴、胃、板油等等。

摩尔根《古代社会》也记载了龟氏族分化为小龟、大龟、泥龟等等子部落的图腾分化现象。

图腾的复合也是有的。如远古的埃及就有鹰和鳄鱼的复合图腾。大洋洲的许多氏族都有不止一个图腾，一个主要图腾和几个次要图腾。美拉尼西亚人有几个图腾，一个主要的图腾，主要是鳄鱼、蜥蜴和鸟（有点龙凤的味道），还有几个次要的图腾。非洲班布蒂人不仅有自己氏族的图腾，而且还有妻子氏族的图腾，还有新加入者的图腾。北美印第安人海达人的图腾柱上顶端为大鹰，下面是熊，这是自己氏族的图腾，中间则是狼——妻子家的图腾。

图腾的分解和复合的思维，在中国就表现为龙、凤、玄武、麒麟等等动物集合形象的创造，把几个动物的一部分，集合在一个动物身上，于是就成了一个新的幻想性的动物。这是中国特色，也是完全符合图腾思维的一般规律的。

“图腾是崇拜物，不能毁伤，而中国却有许多斩龙、斗龙、贬龙、乘龙、豢龙之说，可见龙不是图腾。”

这种意见是不能作为否定龙图腾的理由的。因为在古代，图腾往往只是一个氏族的图腾，本氏族当然是非常崇敬自己的图腾的。但是别的氏族呢？别的氏族当然会斩龙、斗龙、贬龙的。这不是很自然吗？

但是，在氏族的斗争中，图腾在不断分化、融合，一些对立的氏族被兼并之后，他们自己的图腾往往就被消灭了，这些是外国一般的情况；但是我们中国人比较注意团结、和合，在兼并时不是把氏族和图腾同时全部消灭，而是把被兼并者的图腾的一部分，吸收到自己的图腾上来。这就是龙的起源。这反映了我们中华民族的民族精神——和合性。

斗龙、斩龙、贬龙，都是龙图腾在形成过程中的现象。一点也不奇怪。在龙成为象征之后，龙也有善龙、恶龙之分。西方的恶龙较多，但是也不是没有善龙。英国威尔士人就有崇拜龙的，他们的区旗至今还是一条龙。这绝不是个别的例子。

不过，西方的dragon一般都是指的恶龙，屠龙者十分有名，影响很大。过去我们都是如此翻译的，今天看来，很不全面、很不科学，dragon应该译为恶龙。我们的龙不应该译为dragon，而应该用音译，就译为long，这才合理，才符合龙的实际。

“龙没有固定的形象，不断在变，怎么能是图腾？”

龙是多种图腾的结合，在形成的过程中，当然有各种各样的形象，有各种各样的龙。但是现象虽然多种多样，其本质却都是龙，这是不变的。这个事实，正说明龙的生命力是无穷的。怎么能否定变化无穷的龙呢？

“龙只是汉族的图腾，其他民族并不以龙为图腾。”

我们在前面已经列举了大量的事实，证明龙绝不只是汉族的图腾，不仅南方的少数民族有不少是以龙为图腾祖先的，如苗族、彝族、瑶族、白族等等。而且北方的少数民族，有许多也是崇拜龙图腾的。岳飞决心收复中原“直捣黄龙”。这黄龙府就是北方少数民族辽国的首都，他们年年祭龙，以龙为标志。蒙古人早在元代就有“五色龙旗”①。满族更加崇拜龙了，有关龙的民俗更多。甚至用大龙作为大清的国旗。这还不说明问题吗？

“龙只是海外华人的崇拜物，‘龙的传人’是海外传进来的。”甚至有人还说：“一首歌催生了新的龙图腾崇拜”。

这种观点更是一种无中生有的想当然，完全不符合事实。

龙是我们中国 8 000 年前就有的图腾，在民间流传到现在，海外华人在国外更能体验到龙的优越性而感到无限的自豪，龙图腾怎么可能从国外进口，一首歌曲又怎么能催生全国人民的新的图腾崇拜，真是匪夷所思的异想天开。使人感到莫名其妙。

“龙是封建的标志，宣扬龙就是宣扬皇权，与现代精神背道而驰！……会使人唯我独尊、专制独裁，顺我者昌，逆我者亡。”

这个观点是相当流行的，主要是出于无知。他们完全不知道龙有 8 000 年以上的历史，而封建王朝的历史只有 2 000 多年。他们更不知道龙是怎样产生的。而龙的精神和他们的理解正好相反，不但不是专制独裁、残暴灭族的，而是和合的、团结的、尊重对方的。我们已经做过相当多的论证。这里就不重复了。

“‘护龙天使’唯我独革，把反对者都说成是‘汉奸走狗卖国贼’。”

我还没有见过这样的“护龙天使”，不过，我知道一些不怀好意的人，是非常仇恨龙的。一些自称临驾于人民之上的所谓“精英”之流，就是首先给龙扣上“封建独裁”的大帽子的。当然绝对不能说所有反对龙的人都是汉奸走狗卖国贼，许多人只是由于狂妄无知。但是也不能说就完全没有那种别有用心的人。

---

① (明)宋濂、王袆：《元史·舆服二》。

但是，不管他是什么人，他们的无知是共同的。我真心希望不同意见的平等讨论，不要扣大帽子，这是无济于事的。科学的问题，只能用科学的方法——摆事实、讲道理的方法去解决。

如今龙文化，已经由远古的图腾，转变为我们中华民族的象征。我们信仰龙、崇拜龙，已经不是什么新的图腾崇拜。但是我们中华儿女却全都认同我们是龙的传人。我们都要发扬龙的精神——和合和谐、奋发进取、乐观自信……和全世界人民一起为建设最美好的未来而努力。

这是一个关系到我们对民族精神、民族文化的根源的理解和认识的极其重大的问题，急需提高我们的认识，最好取得全民族的共识。不是一般的认同，而是打根上有深刻的具体的认识。这才能万众一心自觉地去建设我们共同的美好的精神家园——我们全世界龙的传人的美好的精神家园。

（2012 年 1 月 3 日 14 时初稿，

原载《广西师院学报》2013 年第 4 期）

“龙的传人”之说不可否定

2000年是龙年。2000年3月号《民间文化》登了一篇《大话龙年——听来自民间的说法》的文章。在文章中作者力图纠正一些关于龙的误传,有的是建立在事实的基础上的,比较可靠,如“龙年是多灾年”就是“子虚乌有的附会”。这是好的。但此文否定了“龙的传人”的说法,就缺少历史根据了。作者比较随便地否定了闻一多《伏羲考》的科学论证,难以说服人。文章写道:“说中国人是‘龙的传人’,据说是因为龙是中华民族的‘祖先’、‘图腾’。事实上,这种说法是对中国龙文化的一种误谈。”并说:“我们说龙不是中华民族的祖先,我们不是‘龙的传人’,也许会使一些人感到不舒服,然而,这恰恰意味着清醒和进步。其实,中华民族的凝聚力是建立在辽阔壮美的国土和历史悠久、博大精深的文化底蕴之上的。我们有太多值得弘扬的好东西。实在没有必要对这条老龙倾注过多的热情。”

过去也听到过一种说法:龙是封建帝王的象征,谈龙就意味着宣扬封建思想。

此类观点都是由于对龙产生的历史、龙与中华民族大团结以及龙所体现的民族精神不了解而产生的误解。试分析而解述之。

首先,我们要谈谈“龙与图腾”的关系问题。

文章认为:“在中国,并未曾存在过‘龙’的图腾”,说殷图腾是鸟,周祖先为“巨人迹”所生。“即使如此,也与龙没有任何关系。”对于闻一多先生在《伏羲考》一文中对龙图腾的考证,只毫无根据地说一句:“事实已经证明,这只是一种推测。”从而轻易否定了。

这是很不严肃的轻率做法。

事实上,闻一多先生的《伏羲考》是在认真钻研了大量中国古典文献和许多人类学、民族学、民俗学调查资料以及考古资料的基础上写成的,不但有第二手书面资料,而且有第一手的亲身调查资料。证据确凿,是否定不了的。据中国民俗学会副理事长、中央民族大学终身教授马学良先生的《历史的足音》

一文介绍，1938年他与闻一多先生等西南联大师生组成“湘黔滇旅行团”，徒步行军1 500多公里路由长沙到云南。马先生随闻教授“一路采风问俗，访古探幽”，“使久居书斋的闻先生和我们学生耳目一新。这些资料不仅丰富了他的神话、古典文学研究，也引起了他对民俗学、民族学、人类学等方面的兴趣，使他后来的学术研究超出古书堆，脚踏实地，深入民间，采集大量第一手资料，再结合印证古籍，提出了很多独创性的见解。”接着马先生谈到龙图腾崇拜在民间的情况与闻一多先生研究之关系：“如他写的《从人首蛇身像谈到龙与图腾》一文，就起因于我们在湘西一个苗寨的路旁一座类似汉地的土地庙中看到的一个人首蛇身的石像。石像造型优美，栩栩如生，当时闻先生在石像前徘徊良久，不忍离去。他不胜感叹地说，多年来从各种古籍中查稽到不少古老的神话传说，却无从实证，想不到今天居然找到了堪为印证的实物。”

这难道不是活生生的龙图腾的事实吗？怎么能说“事实已经证明，这只是一种推测”呢？

确实，缺少人类学、民族学、民俗学的知识，很难理解古人对蛇、龙、虎、龟等图腾的崇拜，觉得那是不光彩的事情，从而轻易否定远古的历史，文章认为“探寻龙的历史足迹”只能追溯到生肖文化。因为龙是十二生肖之一。“自古以来从没有人把龙当做自己的祖先来对待，人们关注龙只是因为龙是通天的使者、是瑞兽，是掌管着与人们生活性命攸关的降雨权力的‘神’。封建帝王钟情于龙，那是为了神化自己，满足政治上的需要。”甚至认为：“‘龙的传人’这种说法，是近代以来在海外形成并传入中国大陆的……在这些漂洋过海的人中间，他们最熟悉的东西莫过于家乡那到处可见的龙王庙，很自然龙就被他们看做中国的标志，将自己称作‘龙的传人’，以唤起归属感和凝聚力，应对恶劣的生存环境。”这样就把远古形成的龙图腾和龙的传人的悠久历史，轻轻一笔抹得精光。这是无视历史的做法，实在令人不敢苟同。

历史事实是不以任何人的主观愿望为转移的。事实就是事实。闻一多先生的考证已铁案如山，科学性很强。几十年来的考古发掘和民俗学、民族学、人类学研究成果进一步证实了闻一多考证的真理性。

龙是不是一种图腾？中国是否有过龙的图腾？

关于“图腾”的定义，说法虽然不同，但意思都是差不多的，这主要是说：原始人分不清人与其他生物或无生物的界线。把动物或植物、无生物等作为自己的祖先或亲属——有血缘关系的人物，并以它的形象作为氏族的标志，画在

英国寻龙记

龙是中华古老的图腾。我曾经在中央电视台的《中华文明之光》系列节目中讲过《说龙》一讲。写过不少考证和分析龙文化的文章。当然对西方的龙很感兴趣。

据说,西方的龙是邪恶的,所以 2008 年奥运会时,我们提出以龙为吉祥物时,被否定了。

我不知道当时讨论的情况。不过,似乎所有的人都说:在西方,人们都认为——龙是邪恶的。

最有名的是《圣乔治屠龙》的故事和油画。这幅画非常有名。故事也流传很广。在《圣经》中都有龙是撒旦魔鬼的神话。

怀着对西方龙的兴趣,我 2014 年 6 月中下旬到英国去调查了 20 天,收获很大。

基本上否定了以前的认识,弄清了英国龙的真相。有许多新的发现。

我到大英博物院和国家画廊(美术馆)看到不少东西方的龙。其中最突出的是英国国家画廊第 51—52 室 1555 年画的《圣乔治和龙》(第 1183 号)在门口,地位显著。在这幅画中,龙的形象与中华龙显然不同。后来,我在英国的许多地方,又看到许许多多的龙,其形状都是这样的,可见这是英国和西方龙的代表。

这西方龙和中华龙的形状有什么不同呢?

我发现这西方龙在油画和各种雕塑中的形象都是这样的:

西方龙的身体不是像蛇一样长的,而是像虎豹、狮子等等野兽一样,身体是短的。

其次,西方龙是长有翅膀的。中华龙则虽然能飞上天,却是没有翅膀的。这是第二点不同。(最近,我打开“西方龙”的网页,发现这样的西方龙极多,大家可以去看。)

在这里,龙是被神圣的圣乔治屠杀的对象,是撒旦魔鬼,当然是邪恶的了。

但是，当我在英国各地看到更多各种各样功能的龙之后，我发现，西方龙，至少是英国龙，并不全是邪恶的。甚至可以说在社会生活中绝大部分的龙是吉祥的，是对人有好处的。

这就完全颠覆了我过去的看法。

我过去只知道，英国威尔士区的区旗就是龙旗。龙在这里已经是威尔士区的标志，当然是吉祥的了。但是，我总以为这只是偶然的例外。这次我到了英国，发现威尔士地区很大，是和英格兰、苏格兰并列的大区，不是很小的地方。而且这里是英国最古老的地方，原始的巨石阵就在这里。龙可能就是威尔士古老的图腾。

当然，这是英国龙，与中华龙并不一样。

我后来收集硬币，发现在1英镑的硬币中也有龙。

有一种应用很普遍的1英镑硬币上的形象，就是一条龙。当然，也是长着翅膀的英国龙。这是令人吃惊的。

当我在给英国华人做关于龙文化的报告时，谈到这件事，拿出这个龙硬币，他们看了都大吃一惊：在每天都使用的1英镑硬币中，居然还有一条龙！这是他们从来没有想到的。

这钱币上的龙，当然也是吉祥的，而绝不会是邪恶的了吧！

在我参观严复曾经读书的海军学院的博物馆时，发现不少海军的勋章上的形象就是一条龙。当然，也是英国龙。

这勋章上的龙，应该是吉祥而英武的吧！

我在息斯敏教堂大本钟的大门上，看到有不少龙的雕刻形象。这是守卫大门的龙吧。龙是把守大门最好的吉祥物，有点儿“姜太公在此百无禁忌”的味道。

后来，我在各种民俗博物馆中，在许许多多的民居的大门上，又看到类似的许许多多的龙。这就是说，不仅是教堂的大门，而且一般老百姓的大门，也有龙在看守着。

把守大门的龙，当然是吉祥的。

这究竟是怎么一回事呢？龙在西方民俗中的形象究竟是怎样的呢？

我想，可能在古代宗教的斗争传说中，有一种龙曾经是邪恶的。但是，在民间，龙只是作为一种幻想中极其凶猛的动物而已，并没有认为它是邪恶的。以为他很有力、很凶猛，所以就用它来把守大门。并且把它作为英武有力的化身。这样它就是吉祥的了。

这样,英国龙—西方龙同中华龙一样,都是吉祥的了。

何止如此呢,我在英国的英国民俗博物馆的售书处,问:"有没有关于龙的书"时,售货员说没有。但是一位热情的英国妇女马上说:

"有,中国的书上,有许多龙!"

她还高兴地对我说:

"我很喜欢中国的龙!"

对此,我也感到很吃惊!英国的老百姓也喜欢中华龙。

原来英国人中,不仅有喜欢英国龙的,而且还有喜欢中华龙的!

最近,看到美国新的航天飞船也叫"龙飞船"了。这显然也是把龙看成吉祥物了。

我在大英博物院中看到印第安人的雕刻、南太平洋土著的雕刻中,也有龙的形象,还有人首龙身的形象。这和中华龙有不少相似之处,莫非是由中国去的吗?在远古,是有可能的。我曾经在《台湾民族文化的历史源流》一文中,做过一些考证。

因为签证难弄,所以我虽然去过欧洲三四次,却没能去英国。这次终于去了英国,这是我去过的第32个国家。我80岁,身体很好,一个人去英国跑,还去了爱尔兰。20天收获不小,很高兴。

如果有可能的话,我还想到美洲去寻龙。看看西方更多的龙。

(2015年7月18日于北大五道口嘉园)

龙虎图腾谁为先？

——评汪玢玲《中国虎文化研究》

老虎是大家很熟悉的。但对虎文化恐怕就比较陌生了。最近看到汪玢玲教授的《中国虎文化研究》一书，大开了眼界。这是关于中国虎文化的集大成之作。此书把中国虎文化的研究成果、资料信息，全部熔于一炉，铸造出了一尊中华虎的全新塑像。既有广博完整的最新材料，又有深入细致的分析说明。新见迭出，有理有据，而又要言不烦，精练流畅，很有吸引力。许多精彩的内容往往使人耳目一新。

早在六七千年前，中原即已有了龙虎造型。河南濮阳西水坡原始墓葬中的龙虎图像是用蚌壳精心摆砌而成的。龙在墓主之右，虎在墓主之左。墓主可能是黄帝之孙颛顼。龙虎当为部族图腾。这两种图腾哪一个更古老呢？据人类学原理，图腾一般为某种动物，被原始人认为是自己族类的祖先、保护神。先有自然界的动物图腾，然后才有氏族兼并融合后产生的复合图腾。如此说来，虎图腾应比复合而成的龙图腾要更加古老。中国古代以左为大。虎在左侧，当比龙更为尊贵。传说中的人类始祖伏羲，古写为“虑戏”二字，均从虎，可见伏羲原为打虎英雄，狩猎能手。过去只强调他发明渔网，其实他也打猎，是渔猎时代的英雄祖先。黄帝的部落中也是有虎而无龙。后来打败并兼并了以龙蛇为图腾的东方部族之后，才又吸收了龙图腾。龙图腾与农业文化关系密切，比渔猎经济进步，后来日益占了优势。但作为幻想虚构的复合图腾，龙显然比虎晚出。虎文化是更为古老的。

彝族一贯以虎为图腾。云南彝族的神话史诗《梅葛》唱开天辟地时说，是老虎的身体变成了世界万物，“左眼做太阳，右眼做月亮”，这部史诗的原始记录中说：虎就是盘古。古代汉文典籍中也说盘古开天辟地，“垂死化身：气成风云，声为雷霆，左眼为日，右眼为月，四肢五体为四极五岳……”这些都可能与虎图腾密切相关。于此可见中国虎文化的历史厚度是多么深邃宽广。书中又以大量实证资料分析了“龙盘虎踞黄帝陵”、“豹尾虎齿而善啸”、“人面虎身”的西王母以及黑龙江边石崖上雕凿的虎画……对中国古老的虎文化作了许多新的生发。

此书内容确实非常丰富，是作者多年积累而在古稀之年写成的很有分量的著作。从虎的自然生态与黠虎趣闻，到虎崇拜的深远渊源；从虎图腾与虎神话到民间宗教与崇虎习俗；从老虎故事的种种类型到打虎伏虎的英雄传说；从虎典虎谚到虎画虎联，从干支虎历到十二生肖；从东北崇虎与中原文化的联系到美洲虎文化与中国的关系……乃至护虎文化的建设，都有许多新的探索。内容新颖别致，引人入胜。如对虎之“挂爪”的描述，讲老虎与熊瞎子通过比赛“挂爪”的高度来决定对某地区的占有权，这是对老虎生态进行科学考察的成果，很有知识性与可读性。

作者将大量生动的资料，条分缕析，娓娓道来，明白如话，令人爱不释手。这种深入浅出的写作，去粗取精，是下了很大工夫的。

（原载《人民日报·海外版》1999 年 7 月 21 日）

盘古新考

“自从盘古开天地,三皇五帝到如今”。这个历史常识是家喻户晓的。但盘古神话的丰富内涵,则不一定为人们所了解,一般人只知其名而不详其事,对于盘古神话的思想和盘古精神则更感茫然。这就需要我们进行研究与普及。盘古是中国神话中开天辟地的英雄祖先,是远古最古老的祖先神。但是,关于盘古的记载却比较晚,这是为什么呢?盘古神话的内涵很丰富,它具备了世界上众多的创世神话的诸项内容,其社会内涵与哲学内涵都值得研究。

前人对盘古文化已作过许多研究与考证,这些研究主要有茅盾《中国神话研究ABC》、吕思勉《盘古考》、饶宗颐《安荼论与吴晋间之宇宙观》、杨宽《中国上古史导论》、袁珂《中国神话通论》、张振犁《中原神话流变论考》、何新《盘古神话之谜的阐释》、叶舒宪《从盘古之谜到中国原始创世神话之谜》、祁连休和程蔷《中华民间文学史》、马卉欣《盘古之神》、覃乃昌等《盘古国与盘古神话》、过伟《人文精神的基石(广西人文始祖)》、余云华《重庆民间盘古文化及其考古学支持》等著作和论文。虽然作了各种论证,但许多问题仍值得进一步研究探讨。

因为盘古是中国神话体系中最古老的神,它的产生很古老,长期流传在人们口头,直到三国时才由吴国文人徐整记录下来,离它的产生已有了很长时间,它的内容与作者、时代等等,就很难弄清。用过去的文献法去考证肯定是不够的。好在民间尚有许多活态的盘古神话与崇拜习俗,必须用民俗学、人类学的理论与方法才能作出新的突破。本文拟从前人成果出发,作新的探索,故曰“盘古新考”。

一、史籍与民间口传中的“盘古开天辟地”

开天辟地的盘古,在先秦西汉的文献中无明确记载,直到三国时才有徐整

的《三五历纪》(《艺文类聚》卷一引文)、《五运历年纪》(《绎史》卷一引文)中有两段记录,主要情节是:

第一,天地浑沌如鸡子,盘古生其中。

第二,经过一万八千岁,天地开辟,阳清为天,阴浊为地。盘古在其中,一日九变,神于天,圣于地。

第三,天日高一丈,地日厚一丈,盘古日长一丈,如此一万八千岁。天数极高,地数极深,盘古极长。

第四,以后乃有三皇……①

第五,首生盘古,垂死化身:气成风云,声为雷霆,左眼为日,右眼为月,四肢五体为四要五岳,血液为江河,筋脉为地里(理),肌肉为田土,发须为星辰,皮毛为草木,齿骨为金石,精髓为珠玉,汗流为雨泽,身之诸虫,因风所感,化为黎甿。②

民间口传文学是活的立体的文学。它是不断发展的。其创作不是一次完成,它的流传过程,就是创作过程。

在另外的记载中,我们又可以看到盘古神话的其他内容,如盘古是“龙首蛇身”的伟大君主,“盘古化夫妻,阴阳之始也”③等等。

从这些记述,可以看出盘古神话流传的情况,时间上从秦汉时代就有流传(当然其实可能更早),而流传的主要地区在南方。更重要的是盘古神话不仅在民间流传,而且已经有了许多习俗,深入人们生活——以盘古为姓,说明他们把盘古作为祖先神进行祭祀。由此可见,盘古神话如此深入民间绝非几百年的事,而是自古而然的。

二、盘古神话“外来说”,站不住脚

事实证明,盘古神话从古至今,已流传了好几千年。但近代曾流行“外来说”。其主要观点有:(1)印度是世界上神话、故事的重要发源地,盘古神话的

---

① (三国·吴)徐整:《三五历纪》。
② (三国·吴)徐整:《五运历年纪》。
③ (南朝·梁)任昉:《述异记》。

两大母题——卵生神话母题、尸体化生母题，在印度《吠陀》神歌中都可找到。(2)后汉所译佛经《摩登伽经》等里的大神发荼义为鸡卵，安荼神话中包括此两大母题。徐整写作时可能看过此经。(3)印度婆罗门教创世大神梵天(简称"梵"，其读音与"盘"或"盘古"相近)。

这些观点似乎有一定的道理，但仔细分析一下，是不大可能的。在汉代即有记载的《六韬》"大明"篇(传为周初姜太公子牙所著，不是没有可能)，早已记载"盘古之宗"是不可动摇的。早已有的盘古，怎么会忽然成为印度进口的。这当然是绝无可能的。

《六韬》中的"盘古之宗"不只是一个神名问题，而且关系到"天道清净、地德生成、人事安宁"等天地人和谐统一的问题，其思想是正宗的中国传统观念，没有什么佛教思想。"外来说"显然是站不住脚的。

三、盘古神话的科学内核与思想内涵

神话是远古人们口传的文学，同时包含着历史、科学、文化等极其丰富的内容，它是古人综合性的意识形态，其中蕴含着原始的科学、哲学与历史记录。这已是国际人类学、神话学的常识。但是近几年来，却受到一些学者的否定，他们以"反传统"、"反实证"自诩，说什么"神话是科学吗？回答显然是否定的。"

在他们眼中，似乎神话只是原始人的胡思乱想，是一种幻想的虚构，其中怎么会有科学成分、哲理思想呢？这不但无视国际上把神话传说作为"严肃故事"的分类理论，而且也堵塞了对神话内涵的深入研究。我以为这是不符合科学要求的，因而是错误的。这种随便否定前人的"反传统"做法是要不得的。

如果我们仔细分析盘古神话的丰富内涵，就会发现，它们虽然幼稚，但却是古人对宇宙起源、人类起源和万物起源的一种科学探索，其中当然充盈着幻想与夸张的成分，但同时也不乏科学与哲学的因子，从中还可以看到一些历史事实的影子。这里试作一具体分析。

(一) 盘古神话中的唯物论思想

在世界各国的创世神话中，大致可分为两类，一类是"无中生有"，认为世界是某个大神(如上帝等)"从无到有"创造出来的;另一类则是由物质的改造、变化而创造出来的。从无到有的创世,是唯心的,而有物质基础、物质根据的创世则是唯物的。

盘古神话显然属于后者。它说宇宙原为混沌一团,像鸡蛋一般,天地人均生于其中,万物由它变化而来。这种"卵生神话",许多国家都有,可能有同源互传的,但也可能是根据神话思维的规律各自创造出来的,因为在相同的社会历史发展环境中,往往会产生相似的想象。

人们看到从鸡蛋中可以生出小鸡来,就会自然地想到宇宙万物也会如此从蛋一样的物体中产生出来。这种思维是一种类比思维,有很大的主观幻想成分,但比无中生有的唯心论还是更符合科学一些。

在天文学的最新成果中,对宇宙起源有多种假说,有一种假说越来越受到更多科学家的认同,这就是宇宙原为一团混沌,经过突然爆炸而产生出了无数星球,逐渐演化出人类社会。这种"混沌说"在先秦文献(如《庄子》等书)中多有记述,是中国土生的。这也是盘古神话出自中国本土的一个旁证。

"尸体化生说"也是世界上许多国家都有的神话母题。由盘古的身体变成世间万物,而不是"无中生有",这当然也是一种唯物主义思想。

科学研究的根本要求是从事实出发展开研究,以掌握事物的发展规律,而绝不是空对空,只从思想到思想,从无到有,凭空创造。

唯物主义的科学本质就在于它始终认为世界万物由物质构成,由物质产生,人的思想感情也是物质的产物、物质的反映,绝非无中生有。

由此可知,盘古神话的"卵生混沌说"与"尸体化生说",都是从物质出发的唯物主义的思维产物,是原始科学思维的萌芽。如此步步深入,就会使对事物本质的探索走上科学的道路,这是毫无疑义的。

(二)盘古神话中的辩证法思想

盘古神话中有辩证法思想:盘古生于混沌,是混沌变化的产物。"一日九变","九"为"多"之概数,说明变化之频繁。

不只变化多,而且经过了长期的变化,宇宙才会产生人类万物,以"一万八千岁"作一甲子,这思想与考古学、人类学研究的结论,竟是不谋而合的。宇宙变化的进程缓慢,是以万年计算的。

不只变化多而久,而且变化极其广泛,什么都在变,日月星辰、山河草木、人类社会，一切都在变化，“盘古兄妹，阴阳之始也”，而盘古之后，又有了三皇五帝……

（三）盘古神话的人文观念

盘古神话的人文观念是很丰富的。

首先，盘古神话表现了一种人本主义思想。一切以人为本，宇宙由人开辟，由盘古顶天立地，天日高一丈，地日厚一丈，而盘古日长一丈，如此一万八千年，盘古巨人长得多么高大，说他“神于天，圣于地”，表现了人类是自然的主人这一人本主义的宝贵思想。这是很有意义的。这是一种生命意识，人的生命不息，劳动不息，就可以创造一切，这正是盘古神话所显示出的思想光辉。

其次，人的本质在劳动，正是劳动使人类高于一切动物，区别于一切动物，盘古神话实质上正是对人类劳动赞美的一曲最壮丽的凯歌。劳动创造世界，劳动创造万物，正是盘古神话最深刻的思想内涵。

例如明代《开辟衍绎》补充了盘古开天辟地的细节。说天地被盘古撑开之后，还有一些地方相连着，于是盘古“左手执凿，右手持斧，或用斧劈，或以凿开。自是神力，久而天地乃分。”写出了盘古以斧凿工具开天辟地的细节，比过去更具体了。这种劳动，正是当时社会中劳动人民最平常的日常劳动。不但木匠用斧凿，就是农村劈柴也离不开斧头。

再次，盘古兄妹的结合是为“阴阳之始”，反映了远古血缘婚的历史，这是盘古神话与伏羲—女娲神话相结合的一种发展。如今在桐柏山地区仍然非常流行。①马卉欣、韩芳主编的《万代盘古论》所附的《盘古神话选》中几乎都是讲的“盘古兄妹”或“盘古爷”、“盘古奶”的故事，说明这个母题流传既广泛且久远。它突出了盘古作为人类祖先——人祖的地位，盘古就是人祖爷，是中华民族最古老的祖先。

《补衍开辟》②说盘古氏也就是浑敦氏（即混沌氏），同时也是“初天皇氏也。龙首人身，神灵，一日九变，一万八千岁为一甲子……”

盘古氏在后代传说中又成了“天皇氏”，为三皇之首，比地皇、人皇都大，都

① 桐柏县政协、桐柏县盘古文化研究会编：《桐柏文史资料》（第六辑），2004年12月。
② 参见《古今图书集成·岁功典》卷八十三引文。

古老，而且说他“龙首人身”，比《五运历年纪》所说“龙首蛇身”又进了一步。

四、盘古精神的现实意义

由以上分析可知，盘古神话的思想内涵是非常丰富的，至今仍有巨大的现实意义，值得我们重视。我们创造美好和谐的新社会，仍然需要继承发扬盘古精神。

究竟什么是盘古精神呢？

首先，盘古精神可以概括为开天辟地的开创精神，创新精神，这对于我们改革开放创造和谐幸福的新世界是非常必要的。

其次，盘古精神包含唯物辩证法的实事求是精神。同时，盘古精神就是劳动创造世界、劳动创造一切的信念，就是不怕困难，刻苦坚持，长期奋斗，自我牺牲，为民造福的精神。

追寻盘古王庙

盘古是开天辟地的大神。三国之前已经有了关于盘古的记载：据说是姜子牙所作的兵书《六韬》中说："召公对文王曰：……盘古之宗，不可动也，动者必凶。"

梁朝任昉《述异记》也记盘古神话，说南海有盘古墓、盘古国，而在桂林有盘古庙"今人祝祀"。

南海今何在？一说广东或广西。莫衷一是。

最近几年，广东、广西发现了一些盘古庙，在广州出版的《神州民俗》杂志上作过报道。我很想去看看。正好我去在中山召开的广东民俗研究会和《神州民俗》二十五周年纪念会开会，又在会上见到了广东省非遗处的负责人，于是把需要调查的地方给他们一份清单，请他们帮助先给各县打个招呼。他们似乎是答应了。原说要把各县负责人的电话打在我的手机上。于是我会后即动身前往，开始了盘古王庙之旅。

第一站是花都，原为花县，现为广州市的一个区。调查非常顺利。散会当天的下午，就超额完成了调查计划，所谓超额，就是调查完了盘古山和盘古王庙之后，还参观了洪秀全故居和一个相府故居。

为什么这么顺利？因为得到了文化局领导的大力支持。副局长卢福汉同志一直陪着我，一早就直接从中山开车到了花都郊区狮岭镇盘古山盘古公园中的盘古王庙，又把多年对盘古王庙进行调查研究的老专家陈棣生先生请来，他送给我一本研究盘古文化的专著和花县民间文学集成的精选本，其中有六个盘古神话。

我看到这个盘古王庙相当高大，是清代从山上移下来的。有清代的方形石柱，上面刻了对联，虽然在"文革"中受过破坏，但已经接了起来。接得很好，看不出什么痕迹来。两边墙上画了彩色的盘古神话故事。原来这只是一个开放的大殿，后面开了两扇窗户，现在被堵上了。盘古大王高高地端坐在中央神台上，披着一件红色的丝绸龙袍，有点像后代帝王之象。这是有来历的。

原来的盘古神像是赤身裸体的原始人形象，只在腰间围了一圈树叶儿。据说后来人们来朝拜时感到“不像大王”。于是大家集资给他买了一件龙袍给他穿了起来。这样就像大王老爷，却不像原始人了。

不过，民间的盘古大神仍然有自己独特的形象——有三个脑袋，中间的一个是正面的，两边的两个则是侧面的。

据陈棣生老人说，这里的盘古神像原来是木头的，广州美术学院的一位教授认为太小，于是他自己出资做了一个大的铜像，就是现在的这个盘古大王像。这神像是很灵的。自从他做了这个神像以后，很快得到台湾的一笔订货，一百多万元的订货。

他还说，有一位巴拿马的华侨，回乡探亲，拜了盘古大王庙。回去之后，就中了彩票大奖，回来还愿，花重金修建了这里的平安桥。

据说这里原来是瑶族居住区，清代瑶民起义失败，逃到北方去了。原来这盘古山中有盘古洞，现在找不到了。明代有一块石碑，上面刻的是“初开天地盘古大王圣帝神位”，在清代(1796 年)，被一个读书人在山林之中发现了。于是就在盘古山上就地建起了盘古大王庙，后来移到了山下这里。这块明代石碑如今还在神台的下面，很好地保存着。这里的盘古山、盘古庙就围成了盘古大王公园。

发现石碑的时间是 8 月 12 日，这一天就成了盘古生日，有四天的庙会，到 15 日为止。80 年代庙会已经恢复，非常热闹。

为了调查古代的盘古庙，卢局长陪我爬山，一直爬到半山亭。途中一位台湾同胞在休息，见我一口气爬了上来，就增加了勇气，也很快爬上了山。他说他是常常到这里来朝拜爬山的，盘古大王保佑他的皮货生意兴旺发达。

现在盘古大王庙的香火很旺，来拜神的人非常多。可见盘古大王在人们的心目中，还是非常受崇拜的，大家都知道，这是开天辟地的大神。虽然公园收门票 5 元，但来的人还是很多。

由于文化局的领导非常重视，经过深入的调查研究和努力申报，所以盘古文化已经列入了国家级的非遗目录，得到了国家的保护。文化局长请我们吃晚饭时，和专家们又作了更深入的座谈。晚八时，调查完毕，很好地完成了任务。非常高兴，也非常感谢花都市文化局同志们的出色工作。

下面，就是我一个人单独去跑了。情况可就大不一样。

因为调查的地点都在粤北，于是先到广州南站去坐动车到韶关，据说只要两个小时就到。据我在北京的经验，我以为动车的班次多，车票一定很好买。但是，广州的情况，与北京可大不一样。售票处人头攒动，去许多地方的票全部卖完了，韶关的也一样，只有明天的，当然不行了。于是马上下地铁，到广州火车站去。谁知地铁票非常难买。四个窗口全没有人，关着。几个自动售票的地方排着好长好长的长队，等我好不容易排到了，又好不容易查到到广州站票价 6 元，于是把 20 元的钞票塞进自动售票机去，却又原封不动地退了出来。原来它只收 10 元的纸币，我没有，赶紧到小卖部去换钱。小卖部说不换，规定要到旅客服务部去换。我一看，这个所谓的“乘客服务部”相当远，而且队排的更长。那也只好去排呀。就这样折腾几次排长队，等买到票的时候，已经过了接近一个小时。这个站里有几路地铁，人又多，又没有指路的牌子，问了几个人才上了地铁。直到开动时，我才深深喘了一口气：“终于离开这个鬼地方了。”

广州的长途汽车站就在火车站旁边，于是就去排队买去翁源的车票，已经没有了。始兴的票还有，是 3 点 45 分钟的。就买来一张，等了一个小时，车是准时发的。但却在广州市内转了一圈接客，到 5 点钟才上了高速公路。经过花都、从化、清远就进入了山区。那层层青山、落日红霞，风景美极了。最后进入深山，穿过一个个很长的山洞隧道，天黑了下来，在黑暗中又开了好久，直到 8 点半钟，才到始兴。半路停车，幸亏有一辆出租汽车，把我送到远东旅馆，据说那里靠近县政府。

接近 5 小时的山区汽车旅行，一路观景，有时小睡，我并不感到累；因为中午广东省民俗学会秘书长张翠玲同志在番禺宝墨园参观时招待我吃了两碗鱼皮饺子，所以一点也不感到饿。想到泰国和尚“过午不食”，从不吃晚饭，空腹睡觉还可以使胃肠肝肾得到很好的休息。于是我什么也没有吃，洗了个澡，就睡了，睡得很好。

26 日一早就在街边吃了一碗面条，步行到县政府去。因为绿化好，又在山区，空气很好。县政府在一座新的大楼。但是文化局却不在里面。而在西边相当远的一座新的大楼中。走过一段林荫路，8 点钟，终于到了文化局。见到一位领导同志，正好是管非遗的副局长梁付林同志。他说没有得到省里的通知。虽然没有得到省里通知，但是他很热情，工作也很深入。马上打电话和隘子镇文化站联系，又找到坪峰村村长。问是不是有盘古王庙，得到了肯定的回答，并讲好我要去的时间。又派车送我到汽车站，我上了去隘子镇的车。

隘子镇是深山区，越过几座高山，山路曲曲弯弯，经过两个小时才到。文化站黄站长开一辆两用小卡车带我去5公里之外的沙桥村白马庙，走过一座小桥，到了庙门口，才发现铁将军把门。进村去找负责人，邻居说是老人上广州去了，家里也没有人。因为事前省里没有通知，进不了门。只好在外面照了几张照片。这个在村外的小庙，似乎是新建的，据说比原来的大多了，是一开间的瓦屋，外面有许多修庙捐款人的名单。虽然叫白马庙，主神却是盘古。

这里不行，我提出马上到坪峰村去。黄站长说要走10公里山道，很难走。这辆车还有别的事，不能去了。我们于是回镇政府，镇长正好招待几个省里来的旅行社的人，一起吃了饭，镇长另外派了一辆车，经过半个多小时狭窄的山路，终于到了坪峰村。村长和一位老人接待我们。他已经得到梁局长的通知，有了准备，我们在村外看了水口庙。庙在一条小河的中间，有小桥相通，很矮小，像一个土地庙。里面有一排小的神像，中间的一个神较大，有三个头，显然是盘古，已经穿上了官服。旁边是八九个神，有男有女，可能是盘古婆和别的神。有香炉烛台，桌上供了几十个小茶杯的茶。

村长告诉我们，盘古神原来是在山上的，有一次山洪暴发，把神像冲到这里河中间的一块大石头上来了。在这里不走了。这就说明盘古神喜欢这里。大家就在此建了水口庙。

每年有两次庙会。一次在六月初一，抬神到附近几个村巡游。原来还要绕山一大圈，现在不绕了，就到各家各户的田里巡视，就会丰产。到家门口供奉，就带来喜气，保佑发财、生子、平安、病愈。很灵的。巡游两三天，到初三才回庙。据说这神很神奇，抬神的人，原来不识字，抬起神来，就可以写出一手好字。

第二次庙会在十一月初一，是全村大聚会敬神的日子。男女老少一起到庙前杀猪供神，会餐一顿。用山泉水当酒。据说原来山泉水就是酒，后来有人贪心，拿去卖，酒就变水了。

由于得到村长的支持，这次调查很成功。陪我去的镇上的干部也很吃惊，原来这些事情自己一点也不知道。现在认识到这些都是非遗，是应该很好保护的。

这时才3点钟，还可以去翁源。于是请他们把我送到去翁源的路口。正好翁源的公车来了，就上了车，我的运气真不坏。

又过了更大的一座山，只见一朵朵白云从山里飘出，峰回路转，车拐大弯。由于司机路熟，还是开的不慢。不到5点钟就到了翁源。走到县政府，才知道文化局在好远的文化广场那里。坐摩的(摩托车的二等车)到了文化局,管非遗的副局长不知道盘古庙,找到文化馆,他们问了人,都不知道六里镇有盘古庙。我说,我们去了问老人就知道了。可是他们说,文化馆没有车。我说摩的也行。打电话联系。摩的也没有。我说出租汽车也行,我可以报销的。于是打电话到总站联系,很快来了一辆出租汽车,女司机很能干,一路上,不断打电话问公司同事里的六里人,终于打听到盘古庙叫回龙庙,不在六里镇的街上,而在比较偏远的老镇的一个河边。汽车进不去,要走一段山路。谈好可以加钱,她答应等我。

到了老镇,问了两个老妈妈。她们都知道回龙庙、盘古庙,找到了路口,停好车,女司机对这个庙发生了兴趣,愿意陪我一起去调查。

在路口有一座小牌坊,上写"六里镇仔回龙庙",于是进去顺着小路,弯弯曲曲坑坑洼洼,走了一公里多,终于找到了这个回龙庙。庙旁边还有好几间空屋,有很大的灶台和大锅,这肯定是庙会聚餐用的。虽然天已经快黑了,但是庙里的神像还可以看到。和坪峰村水口庙的神像一样大小,也是9个,中间的盘古也是三个头。这时来了三个小伙子,到庙前作揖拜神,可能是来抓鱼的。我们问他们这里拜的是什么神,回答说不知道!"是我们最古的老祖宗盘古呀,知道吗?""小学时学过。"问他们有什么活动?说每年有两次庙会。一次在六月初一,抬神出游。一次是九月初四,是神的生日。全村人来祭祀老祖宗、会餐。"你们来过吗?""来过三四次,吃的很好!"他们说附近还有个九龙庙,里面有龙神,还有人站在乌龟身上……

我想顺便去看一下。司机说,天黑了,不行。只好作罢。于是回城。住水利宾馆905号。对面就是车站,明天7点钟有班车去始兴。我的行李还放在那里呢。我还准备向他们反映意见:为了招商引资,而把县文化馆变成了演出队,文化馆的群众文化辅导、文艺创作和辅导,民间文学调查的工作都没有人干了,这是不正常的。非遗保护也要经常化。特别要加强非遗的宣传工作,非遗进学校。这是保护非遗的关键。然后从那里再去西边的连南、连山,那里也有盘王庙,不过那是盘瓠,是瑶族的图腾神,并不是盘古。这次花了两天时间也调查清楚了。以后有机会再说。

这一天,调查了三个汉族的盘古庙,效率很高,很高兴。在旁边的点心店买了一些牛奶、蛋糕和水果,吃得很香。洗了一个澡,就呼呼大睡了。一点不累。真舒服啊!

伏羲与花及其他文化象征

——各民族神话的交流与融通

中华民族是爱花的民族。

诗人闻一多的名句是人们耳熟能详的：

我要赞美我祖国的花，

我要赞美我如花的祖国。

——《忆菊》①

中华各族人民对花的热爱与赞美有几千年的历史，可以说，从一开始，中国人就与花结下了不解之缘。花的情结从人祖伏羲、女娲的时代就早已开始了，几千年来不断发展。

在中国古代记载中，伏羲的母亲是华胥。

据《太平御览》卷七十八引《诗纬·含神雾》曰："大迹出雷泽，华胥履之，生宓(伏)羲。"

北魏郦道元的《水经注》卷二十四记载"瓠子河"时，把雷泽的地点作了描述："瓠河又左径雷泽北。其泽薮在大成县故城西北十余里，昔华胥履大迹处也。"大成县即大城县，在今内蒙古鄂尔多斯右翼前旗，而瓠子河则在临濮县南20里处，在黄河流域，传说伏羲生于甘肃天水，而此处则在东边，可能当时游牧社会，人们是在黄河流域一带流动的。《列子》"黄帝"篇对"华胥氏之国"作了神话的解释："华胥氏之国，在弇州之西，台州之北，不知斯齐国几千万里，盖非舟车足力之所及，神游而已。其国无帅长，自然而已……云雾不硋其视，雷霆不乱其听，美恶不滑其心，山谷不踬其步，神行而已。"

显然，这是一个理想化的国家。《轩辕本纪》也说："帝游华胥国，此国神仙国也。"②《宝椟记》更说她是天帝之女，则华胥是一个国名、地名而不是人名了：

① 闻一多：《红烛》，复旦大学出版社2006年版，第19页。

② (北宋)张君房：《云笈七签》卷一百《轩辕本纪》。

"帝女游于华胥之渊，感蛇而孕，十三年生庖牺。"①其实，国名与人名常常在古代是二而一、一而二的关系。华胥可能就是华胥氏族或部落的女首领，而这个氏族与部落是以华（即花）为图腾的，这是一个特别爱花的部族、崇拜花的原始部落。

伏羲与花图腾

我们知道，最原始的人并不知道花的美丽，他们的装饰品都是以兽牙、兽骨做成的。只是农业出现以后，才有了爱花的美感，产生对华的崇拜。在中国，农业产生得很早。公元前7000年至公元前6000年的河姆渡文化遗址就发现了大量稻谷，而公元前万年以前的江苏溧水神仙洞遗址已经发现了红陶。由此可以推断，在公元前10000年至前5000年的新石器时代，中国已有了农业。而在公元前6000年的仰韶文化遗址出土的彩陶上，已经有了不少花卉的图案，有几种花瓣组成的图形，如西安半坡村出土的彩陶上有黑笔或红笔画的花纹。除漩涡纹、波浪纹外，还有花瓣纹、几何纹（如谷草形）。另外，还有些文字符号，如今尚解读不了，但其形象有的就像花，如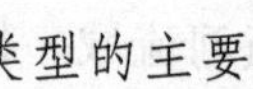……②

更值得注意的是，以华山为中心的仰韶文化庙底沟类型的彩陶图案，花卉的造型更多也更精美。著名考古学家苏秉琦说：

> 庙底沟类型遗存的分布中心是在华山附近。这正是和传说华族发生及其最初形成阶段的活动和分布情形相像。所以仰韶文化庙底沟类型可能就是形成华族核心的人们的遗存，庙底沟类型的主要特征之一的花卉图案彩陶可能就是华族得名的由来，华山则可能是由于华族最初所居而得名；这种花卉图案彩陶是土生土长的，在一切原始文化中是独一无二的，华族及其文化也无疑是土生土长的。③

这是非常有启发性的深刻论断，是在事实的分析中得出的科学结论。陆

① （南宋）罗泌：《路史·后记》卷一《宝椟记》罗苹注引。

② 中国社会科学考古研究所编：《新中国的考古发现和研究》，文物出版社1984年版，第48—51页。

③ 苏秉琦：《苏秉琦考古学论述集》，文物出版社1984年版，第188页。

思贤在《神话考古》一书中对此作了进一步的研究，引用《考古与文物》1989年第1期上所登载的彩陶图案及苏先生的分析指出：庙底沟彩陶中的花卉图案以华山玫瑰花为主，由蔷薇科的覆瓦状花冠、蕾、叶、茎蔓结合成图，此外还有菊科的合瓣花冠构成的盘状花序。此类图案各有六种类型，比较丰富，已非最原始的古老形式，其原生的时代当更加古老。这种现象反映了"以花为族徽或图腾形象"的现实：

> 群芳谱中，玫瑰花开，花红似火，与太阳争光辉，成为庙底沟先民们用为氏族标记的徽帜，即华族图腾的诞生。它象征了氏族的繁荣兴旺，犹如玫瑰花在茂密的百花园中夺魁，而又枝蔓相连，连绵不断，以示氏族或部落的繁衍强大。玫瑰属蔷薇科，枝干带刺，锋芒毕露，动物穿行于花木草丛中都绕开它，玫瑰花之作为氏族图腾，非其他花卉能比拟。①

陆思贤认为，玫瑰花反映了农业生产上半年的节令，而下半年花卉则以菊花为主。

> 七月流火，大火星在黄昏时很快地从西方地平线落下去，草木开始枯黄，"九月肃霜，十月涤场"，秋霜煮红叶，寒风瑟瑟，大地又一年一度地萧条。此时，菊科类叶茂花繁，绿叶托黄花，如一团团金色的火焰，把秋景点缀得分外娇娆……菊科类种类繁多，其耐寒者可延长到冷冻之后，御寒霜，凝聚着无限的生命力。与玫瑰花象征着氏族的繁荣兴旺相比，菊花象征了氏族生命的不息……也许玫瑰族与菊族曾是华族先祖的两个姻亲集团，是庙底沟类型文化先民中的主体族……当时有多少花氏族，现在已无法知道，只能说庙底沟类型的时代，是华族诞生后的繁荣。②

按照人类学原始思维和图腾产生的模式，花图腾的出现完全是顺理成章的。这主要由于花卉作为物候的一种标志，和古人的农业生产有密切的关系，什么花开了，应播种了，什么花开了，该收获了。这是一种"花信"，古人不知其科学原理，以为花是为天帝传信的神物，是给人们带来幸福的。由此实用价值逐渐发展到审美上去，而在刚开始，可能对花的色彩、形状并不一定欣赏，但从崇拜到欣赏也是可以结合起来的。所以，彩陶上的大量花纹图案反映了花图腾的标记。

古人对花的观察，可能从更古老的采集经济时代就已开始。花开了，就要

---

①② 陆思贤：《神话考古》，文物出版社1995年版，第14—18页。

结果子，野果是采集的主要对象，与原始人的生活关系极大。花落之后，花蒂上就要结果子了，这花蒂之奇妙，当可引起神秘之思，转而崇拜它，由“帝”之产生，可见其重要，“帝”即蒂也。对此，历史学家郭沫若在王国维、吴大澂等人研究的基础上指出，帝像“花蒂”之形，为“生殖崇拜之一例”，因为花即为植物的生殖器：

> 古人固不知有所谓雄雌蕊，然观花落蒂存，蒂熟而为果，果多硕大无朋，人畜多赖之以为生。果复含子，子之一粒复可化而为亿万无穷之子孙。所谓韡韡鄂不，所谓绵绵瓜瓞，天下之神奇更无有过于此者矣。此必至神者之所寄，故宇宙之真宰即以帝为尊号也。人王乃天帝之替代，因而帝号遂通摄天人矣。①

花的生殖机能确实神秘，花能生子，怎么就不能生人呢，在原始人心中，花当然能生人，成为人们的祖先。作为花的子孙，是非常美好、非常神圣的，以花为图腾正是这种信仰之自然表现。华胥为花图腾氏族之化身当无疑问。在伏羲出生的陇东一带，民间剪纸中至今仍然有花中生小孩的作品，作为喜庆的一种象征。②此外，在出土的马家窑文化时期的甘肃彩陶之光底瓶腹部，通体布满了花纹形的图案，“犹如旋转在花的海洋中”。③

花图腾、花崇拜与华山的名称有密切的关系。庙底沟文化在华山周围，而华山五峰如莲花状，也是命名的根据之一。《水经注》说，远而望之，若花状，因名华山。道教认为，华山为天帝之别宫，神仙之所居，故又名之曰“太极”，正说明它的重要，是华夏文明的发源地，正如北极星之在天空宇宙的地位一般。

花是美好的象征，在中国古代神话中，屡有所见。如“华骝”是一种极好的神马，传说周穆王就是骑了它上昆仑山见西王母的。《穆天子传》中有记载，称它为“天子之骏”，它形状如何？如花一般美好。注曰：“色如华而赤，今马膘赤者为枣骝；骝，赤马也。”那么“华骝”就是“花一样的红马”了。又如，“华盖”似乎和佛教有关，但其起源却在中国，晋代崔豹《古今注》上卷曰：“华盖，黄帝所作也。与蚩尤战于涿鹿之野，常有五色云气，金枝玉叶，止于帝上，有花葩之象，故因而作华盖也。”

华山是花的山，除太华山（华山又称“太华山”）外，还有少华山，在陕北白

① 郭沫若：《释祖妣》，见《郭沫若全集·考古篇》，科学出版社 2003 年版，第 212 页。
② 乔继堂编：《中国吉祥物》，天津人民出版社 1990 年版，第 40 页。
③ 陆思贤：《神话考古》，文物出版社 1995 年版，第 236 页。

水县南。

华山也不只陕西有。南朝民歌《华山畿》的华山就在江南的镇江市境内，也是像西岳华山一样，是花的山吧。

各民族众多的花图腾遗俗

更远的广西，有一个更大更有名的“花山”，即广西南宁明县左江岸边的“花山崖画”之山。该山沿江 200 多公里，有 79 个崖画点，上画各种人物、场景的形象。其中最大的宁明花山崖画，高近 40 米，长 170 米，有大小人物 1 300 多个。这些人物有正面、侧面两种：正面人物较大，有的还在头上有散射如太阳的光芒，侧身人小，有的戴高帽、长发辫拖地。人像皆蹲作蛙舞之状。据研究，认为这是一种图腾祭祀场面的写照，壮族至今仍有祭青蛙的民俗。

青蛙在广西又叫“蚂蜗”(蜗音拐)，传说是雷神的女儿。每年春节期间，壮族有蚂蜗节的盛大庆典：正月初一，男女青年到田野里翻寻冬眠的青蛙，谁最先找到，就最荣幸，被拥为节日的首领。人们把青蛙装到毛竹筒做的“宝棺”内放在“花楼”中，送往“后稷亭”。然后，人们为青蛙“守孝”，尽子孙之礼。从正月初一到三十，孩子们抬着蚂蜗，在人们簇拥下，边走边唱，挨家挨户唱《蚂蜗歌》，进行祝贺：所到之家主人送他们一些米、糍粑、肉粽、彩蛋或钱，黄昏时孩子们满载而归，各自分些米回家，叫“百家粮”，家中老人视为宝物，全家分食，认为吃了之后可以人寿年丰，得到蚂蜗神的保佑。晚上，人们为蚂蜗“守灵”，燃起火把，在凉亭四周对唱山歌、跳舞联欢，往往通宵达旦。守灵和游村 25 天之后，节日首领组织大家把蚂蜗送到“坟场”安葬，如祖先葬礼，非常盛大。先请师公把去年葬下的蚂蜗挖出，看其颜色预测吉凶。如是金色的，就欢声雷动，祝五谷丰登，人财两旺，放炮 21 响，如是黑色或灰色，则认为年景不好，需祈求蚂蜗上天多说好话求情……

这种以蚂蜗为祖先、为神灵的活动，显然与蛙图腾的历史传统有关。联想到凉亭又称“后稷亭”，竟与陕西周原有关。而女娲的“娲”也就是“蛙”，女娲氏族当有蛙图腾者(一个氏族可以不止一个图腾)，至今陕西关中等地的妇女和儿童的兜肚上，有的还绣着青蛙的图案，认为穿了它可以保健平安，这也许是蛙图腾的遗存。

女娲和伏羲都是华胥氏所生，却又是人首蛇身的神，由此可以看到花图腾、蛙图腾、蛇图腾到龙图腾氏族、部族的融合、兼并和变化的情况。

壮族既有蛙崇拜，也有花崇拜，都带有图腾遗迹的成分。

壮族的生育女神原型为姆六甲，传说是从花朵中生出来的。据说人们都是她的花园中的各种花投胎转世的。每年二月二为“花朝节”，传说是她的生日，凡是想生育的妇女都在这一天到野外去采花戴上，怀孕的妇女要请师公到野外为孩子求“花魂”，以免呆傻。为此，要在路边小沟上架桥，做仪式，把花从桥上接回家。生了小孩后，要请巫婆到野外“请花”，摘一把野花放到产妇的床头作为“花王神位”。花王又叫“花婆”、“床头婆”。正月初一要为她拜年，祭供香烛食品。

在桂西南大部分地区，花婆又叫“百花仙子”，在二月二（有的地方是二月十九）花朝节要大办她的生日，青年男女带五色糯米饭，到高大的木棉树下对歌，抛彩球，祈求百花仙子保佑多子多福。他们把木棉树上火红的大花看成百花仙子的化身，把绣球抛到木棉树上去，祈求百花仙子保佑他们的子孙像木棉花一样红火。红水河一带则立“花门”，让花宴（床头婆）把守，使妖魔鬼怪进不了门，孩子就不会生病。

壮族对花的崇拜，常有图腾性质：孩子是花所变的，是花所生的，婴儿就成了花的化身。为了求子，新年舞狮时，登门送花，以丈余长的红布搭起“布桥”，引狮子进入内室，将花朵放在花神坛上。在做丧事时，在长寿多子的老人亡灵灵位之前“求花”，请他归天后代为“求神散花”。师公在得子之家作“还花还愿”仪式，还花贺喜，求圣母送来福禄，开坛动鼓，唱“还嗣科”。

因为把孩子们看作花，对 16 岁之前夭折的孩子，在三天内，父母要“祭天娘”来“还花”，这实际是“换花”。由摩公（巫师）破云引路升天，退还“白花”给天娘，哭诉命苦，恳求再赐红花，然后又回下界，告诫父母专心护花，疼爱子女，将红花插在房门上，烧香朝拜。①

广西瑶族也有花图腾的遗俗。“还盘王愿”的神庙叫“伏灵大庙”，剪贴“大庙花”作为神灵的象征，拜祭的是“五婆圣帝”②。在大瑶山中心的茶山瑶中流行“花棺葬”，棺材上用花布或纸做的各种花草树木装饰起来，这是一种古老的

---

① 蓝鸿恩、王松主编：《中国各民族神话宗教大辞典》，学苑出版社 1993 年版。

② 闻一多先生在《伏羲考》中认为盘古即伏羲，二者都是葫芦之音义。参见闻一多：《神话与诗》，上海古籍出版社 1956 年版，第 56—62 页。

葬俗。瑶族盛传祖先是从“扬州十八洞”迁徙过来的，在丧礼上烧了“花棺”，亡灵就会回到中原老家去。茶山瑶小孩生了病，要请师公“祭花婆”许愿，病愈后备牺牲“还花”，瑶族的生育女神也是“花婆”，和壮族一样，不知是同源还是互相影响？瑶族的另一个支系布努瑶，在语言和文化上更接近苗族，他们的创世女神是密洛陀，她的四个辅臣是女子，都与花有关，一个名叫“花也伢”，负责生育之事；二是“花宜伢”，管采花粉酿蜡；三是“花三伢”，负责把蜂蜡捏成人的样子；四是“花发练”，乃接生之神。①

广西的毛南族也有“花王圣母”，是婚姻、生育女神，又叫“婆王”。传说她住在“花山”，毛南人在花山都有“命花”，“命花”的强弱兴亡决定人的身体强弱与生死存亡。如她赐给人红花、金花，这一家就生男孩，送银花、蓝花或白花，就生女孩。求子的法事上要挂花王圣母的神像，师公还戴她的面具代她受祭，进行歌舞。人死后，灵魂还原于花，回归花山。这是很典型的“回归图腾”了。

毛南族还信仰“瑶王”，认为他和花山圣母共同管理人间，所以要请他陪祭，与花王圣母共享祭物，并帮她“送花”，据说如果人们把花弄丢了，他会帮人们拾回来，师公在作法时要专门请他“拾花”。

牡丹花也是毛南族的神，她掌管红带，用来扎生子的“红桥”。仪式上师公在祭牡丹神时，把红带发给主人与客人，人们扎在腰间，以为如此就可以得到幸福。

这些南方民族的花图腾遗迹，特别是花山、花婆与生育民俗，使人很自然地想到北方的华山和花图腾的遗存，但在民俗活动上，南方民族则比北方要丰富很多，这是否为“礼失而求诸野”的一种表现呢，值得我们注意。

此外，彝族有崇拜马樱花的支系。楚雄彝族二月初八是“马樱花节”，又是祭祖节。苗族古代以枫树为图腾，又有崇拜蝴蝶图腾的支系，枫叶鲜红，与鲜花难以分辨，而蝴蝶则是活动在万花丛中的“活动鲜花”，都和花的图腾崇拜有一定联系。

由此可见，中国不少民族，特别是人口众多的汉族、壮族等民族，是爱花、敬花、崇拜花图腾的。远古即如此。南北民俗的这种崇花习俗千丝万缕的密切联系，特别引人深思。

---

① 据农学冠先生提供的资料。

龙与花图腾

6000年前的"华夏第一龙"——河南濮阳西水坡出土的"蚌壳龙"身上可以发现两朵花，在这条龙的颈部束有一个"花结"，在龙的长尾巴上，末端也有一朵花。这是考古学家陆思贤先生发现的。①这个事实表明，在龙图腾形成的过程中也有花图腾的参与。这是民族融合中的一种很有趣的现象。华族与龙族本来就是一家人，在这个"华夏第一龙"身上也体现得很鲜明。

伏羲、女娲都是龙族，都与花有关。在考古发现中屡屡出现。四川彭县出土的东汉画像砖上，有伏羲、女娲驾三龙之车在天上飞驰的形象，女娲的头上戴有一朵大花。②这又是一个例证。在许多民俗活动中，龙与花常常是结合在一起的。如淮阳太昊陵人祖庙，每年二月二到三月三有一个月的盛大庙会，在庙会上，在伏羲墓的旁边，常有一些民间歌舞"担花篮"的演唱，传说是从"万古龙花会"传下来的原始祭祀歌舞，为的是祭大龙伏羲和小龙女娲。舞时妇女担花篮，另有人打竹板数唱伴舞。边舞边走交叉队形，交叉时背靠背擦肩而过，两尾相交相碰，据说是象征伏羲、女娲兄妹相交之状，花篮中装满鲜花或纸花，妇女都穿绣花鞋。由此可见，龙祭舞蹈与花卉的紧密联系。在山东沂南山发现的人首蛇身双像中，二人还手执一朵鲜花，这又显示了花图腾的信息了吧？

伏羲为龙图腾氏族的始祖，可能由母系社会向父系氏族社会转变时，他是最早的首领，但他是有母亲的，母亲是花氏族的华胥。《宝椟记》说"帝女游于华胥渊，感蛇而孕，十三年生庖牺"③。"感蛇而孕"，说他是蛇族之子，可能当时花氏族和蛇氏族是实行对偶婚的两个氏族，而蛇、龙不分，也就是龙氏族的后代了。

伏羲是华胥在雷泽履大迹而生，他又是雷王的儿子了，雷王也是龙族。

《山海经·海内东经》记曰："雷泽中有雷神，龙身而人头，鼓其腹则雷。"

---

① 陆思贤：《神话考古》，文物出版社1995年版，第305页。

② 高文：《四川汉代画像砖与汉代社会》，文物出版社1983年版，第142页。

③ （南宋）罗泌：《路史·后记》卷一《宝椟记》罗苹注引。

《淮南子·地形》记曰："雷泽有神，龙身人头，鼓其腹而熙。"雷神是人头龙身，和伏羲、女娲是完全一样的。

在考古发现中，有许多人头蛇身交尾之像是表现伏羲女娲兄妹结婚的历史的。最早是甘肃齐家文化中的"双连杯"上刻画着两个对称的"人首蛇身像"，此地离伏羲女娲"两皇故里"秦安县不远。①齐家文化距今 5 000 年左右，正是父系氏族社会初期。在齐家文化、龙山文化遗址，均发现有羊的肩胛骨占卜的文物。当时已有初期私有制的萌芽。大汶口有一大墓，随葬品竟有 100 多件，除精细石器外，还有象牙梳、雕花象牙筒、陶缶、玉手镯、许多猪骨。在齐家文化遗址，甚至还有一殉葬的年轻女奴。

出土的周代玉璜上也有过成对人首蛇身交尾之雕刻。出土的汉代的人首蛇身像更多了。西汉洛阳卜千秋墓的顶壁画、长沙马王堆帛画上均有。南阳汉墓中更多，有两尾交合，手举日、月圆轮的，兄妹图像多刻在墓室门的立柱上，少数则刻在石壁上。南阳唐河针织厂汉墓石刻有二人各执一扇状物遮面，二人之间有一巨人抱着他们，下面则是蛇尾相交之状。这是对兄妹婚感到羞耻而受神促使之状，和《独异志》卷下所记"宇宙初开之时，只有女娲兄妹二人在昆仑山，而天下未有人民，议以为夫妻又自羞耻……乃结草为扇以障其面"之记载甚合。女娲之兄即为伏羲。中间的大神则为盘古氏。②他们二人均为华胥所生，当为兄妹。

《汉书人表考》卷二引《春秋世谱》："华胥生男子为伏羲，女子为女娲。"《唐书·乐志》记载张说《享太庙乐章钧天舞》"合位娲后，同称伏羲"，可能显示了由母系社会到父系社会的转变，开始时重女娲，伏羲常常无名，但渐渐以伏羲为主，称伏羲兄妹，女娲成为从属，甚至无名了。唐代卢仝《与马异结交诗》："女娲本是伏羲妇"，另一版本则为"女娲本是伏羲妹"。在兄妹婚的时代，当然都是可以成立的。东汉王逸注楚辞《天问》时，只提"女娲人头蛇身"，屈原也只提女娲，未提伏羲，而王逸之子王延寿在《鲁灵光殿赋》中却将两人并提，但伏羲在前："遂古之初，五龙比翼，人皇九头，伏羲鳞身，女娲蛇躯。"灵光殿是西汉的建筑物(公元前 2 世纪)。到东汉时，武梁祠画像石刻仍有不少人首蛇身交尾像，其中有二人都带翅膀腾飞的、手执规矩的，还有

① 李仰松：《试谈我国新石器时代的"双连杯"和"三耳杯"》，《河南文博通讯》1980 年第 4 期。

② 李铁：《汉画文学故事集》，中国青年出版社 1989 年版，第 89 页。

的石柱上刻有题词:“伏戏仓精初造王业,画卦结绳以理海内。”这显然是以男性为主的王业了。

雷神与天神、三皇与伏羲

雷神是龙,也是上天之尊神,一般神话的神谱中,雷神往往被看成天上最有力量的大神,甚至是主神,如希腊神话中的宙斯,罗马神话中的朱比特,北欧神话中的雷神瑟尔和印度神话中的雷神因陀罗也是主神或主神的长子、接班人。伏羲、女娲都是华胥所生,也是雷神的后代。

在中国最古的“三皇五帝”排行榜中,三皇作为天神,为五帝及后代最古老的祖先,几个不同的三皇排序都以伏羲为首。《白虎通德论》为东汉钦定的古史,学者们经过讨论会商,在白虎观“讲议五经同异”,把“三皇五帝三王五伯”列为系统。当时对三皇有两种说法:一是伏羲、神农、燧人,一是伏羲、神农、祝融。这是纯父系的,皆以伏羲为首。又有汉代纬书中“天皇、地皇、人皇”的说法,也有把燧人放在神农前面的,但仍以伏羲为首。这些排序可能与上古神话更接近,在不少纬书中,女娲成为三皇之一,但还是排在伏羲之后,如《风俗通义》等引《春秋纬·运斗枢》:“伏羲、女娲、神农,是三皇也。”①

《文选》注引《春秋纬·元命苞》:“伏羲、女娲、神农为三皇。”②

这就打破了男性中心,有了女皇,虽然按照历史顺序女娲应在前,历史应是母系社会在先。

还有一件值得注意的事,在《淮南子》中,出现了“二皇”的提法:“泰古二皇,得道之柄,立于中央,神与化游,以抚四方。……”③“昔二皇凤皇至于庭……”④“古未有天地之时,惟像无形,窈窈冥冥,……有二神混生,经天营地……于是乃别为阴阳,离为八极,刚柔相成,万物乃形……”⑤

---

① (东汉)应劭:《风俗通义》卷一《皇霸》引《春秋纬·运斗枢》。

② (南朝·梁)萧统:《文选·东都赋》李善注引《春秋纬·元命苞》。

③ (西汉)刘安:《淮南子》卷一《原道》。

④ (西汉)刘安:《淮南子》卷十《缪称》。

⑤ (西汉)刘安:《淮南子》卷七《精神》。

《淮南子·精神》里提到"阴阳"化生之事，顾颉刚先生在《中国上古史研究讲义》中说，在《淮南子》中，女娲很明白地是一个帝王了。在《淮南子·览冥》一篇里，女娲与伏羲并称，当为上古"二皇"无疑："伏羲、女娲不设法度而以至德遗于后世……"联系到在汉画像石、画像砖中，表现阴阳混生女娲、伏羲二人的画像多达一百多幅，流传于河南、山东、江苏、四川、陕西等许多地方，说明这是三皇中的主要天神，皇在先秦时代是只指天上的主神而不指人王的。

在汉代各种"三皇"的排名中，都有神农，这也是一个重要现象。东汉王符《潜夫论》中有一篇《五德志》也提到"二皇"，但不是指伏羲、女娲，而是伏羲、神农：

> 世传三皇五帝，多以为伏羲、神农二皇，其一者或曰燧人，或曰祝融，或曰女娲，其是与非未可知也。我闻古有天皇、地皇、人皇，以为或及此谓，亦不敢明。凡斯数□，其于五经皆无正文。故略依《易系》记伏羲以来以遗后贤。虽多未必获正，然罕可以浮游博观，共求厥真。①

除经书外，《潜夫论》还记载了一些闻听的口传说法，但仍难以确定。

神农氏，即炎帝，为南方之大神。

奇怪的是，伏羲在南方一些民族中也是人祖爷，而且也有女娲、伏羲于洪水后兄妹结婚的许多神话故事。清初陆次云的《峒溪纤志》一书还记录了一个苗族腊祭大典时将二人同祭的民俗："苗人腊祭曰报草。祭用巫，设女娲、伏羲位。"②

据统计，各少数民族中关于兄妹结婚的神话（包括神话史诗中的材料）共约 150 个，其中兄妹为伏羲、女娲的只有 4 个，而称"伏羲兄妹"但不提女娲的则有 22 个。提女娲姐弟或兄妹的则一个也没有。壮族曾信蛙图腾，也没有女娲的神话。汉族流传的兄妹神话，近几年因张振犁、程健君等河南大学中文系师生的广搜博记，发现了很多还活在民间的"活神话"，此类兄妹婚神话加上书面资料竟有 230 个之多，其中指名为伏羲的共 62 个，指名为女娲的只 42 个，

① （东汉）王符：《潜夫论》卷八《五德志·第三十四》。"□"为缺省。

② 据徐旭生先生在《中国古史的传说时代》及芮逸夫先生《苗族洪水故事与伏羲女娲的传说》（《人类学集刊》）的研究，苗族认为他们全出于伏羲与女娲兄妹，有些地方男称 Bu-i，女叫 Ku-eh，Bu-i 即伏羲的古音，Ku-eh 与女娲的古音也极相近。苗语 Bu 的原意为"祖先"，i 是"一"或"第一"，所以"Bu-i 就是指最早的祖先"，与汉族完全一致。

而伏羲、女娲共同出现为兄妹的则有38个。可见伏羲作为人祖爷,其影响已超过了人祖母女娲。①

活在民间的兄妹婚神话传说中,我们可以看到更多生动的情节和细节,如河南沈丘县农民耿如林(文盲)所讲的:老龟在洪水时救了伏羲女娲兄妹。二人躲在龟背下吃自己平时送给老龟的馍馍,洪水退后,女娲站在伏羲肩膀上补天,二人住在玄元山的山洞中,玄元即黑鼋(鼋为大龟,而玄元又和轩辕同音,轩辕山后来是黄帝之所居)。世上没人了,女娲提出和伏羲成亲。于是两滚石磨,正好相合,月老笑了,说这是天意。还有另外的异文,传说是伏羲提议结婚,女娲不太愿意就提出赛跑,如伏羲追上自己就结婚,于是二人绕大山跑了七圈也没追上,老龟给伏羲出主意让他回转身向后跑,结果抱住了女娲。女娲怒踩龟壳,使它裂为九块,伏羲把它拼了起来。这个神话反映了母系时代妇女的力量是相当强的,但父系社会还是产生了。

少数民族兄妹婚神话有自己的特色。大多与雷公、雷王有关,说伏羲兄妹放了雷公(不是有意放的,只是给他喝了一点潲水),雷公就给了他们一颗龙牙,要他们种了牙,待长出葫芦后,让他们躲在里面逃过了洪水。这些神话和华胥在雷泽踩雷神的脚印,而孕伏羲的情节在总体上竟不谋而合。湖南土家族亦有洪水、葫芦与龟出主意使伏羲追上妹妹的情节,与河南的神话内容相似,但最后二人生下一个肉团,这是西南许多少数民族神话中普遍流传的细节,则是与汉族不同的。这个细节可能更加原始、更加古老,并且反映了民族团结的思想:传说把肉团剖开,里面出来几个小孩,就是汉族、苗族、土家族等,有的还说这是一个怪胎,里面没有小孩,但是用刀剁成小块,撒向四方就成了各个民族,撒在平原的是汉族、壮族,撒在山上的是苗族,撒在山中腰的是瑶族或土家族等。瑶族也有龟建议伏羲兄妹结婚,而被击碎龟壳的情节,但又说,如碎壳可合则结婚,几日后,果然合了起来,虽有裂纹但总是合的,于是又说"把竹子砍了,能再生则婚,后果然再生";又遇乌鸦劝婚,说把你颈项砍断,接起来就婚,几天后果然接起,但有一圈白毛,于是仙人教滚磨盘,在两个山头上梳长头发,说如合之乃婚,后来果然合了,这是"天意",只有结婚了。这些生动的情节比古书上只有两股烟相合的情节要丰富得多了。②

---

① 杨利慧:《传承与变异——女娲神话的流变》,见王铭铭、潘忠党主编:《象征与社会》,天津人民出版社1997年版,第323页。

② (唐)李冗:《独异志》。

关于龟在兄妹婚中的重要地位，汉族与少数民族都有传说，但情节不尽相同，名称也有白龟、老龟、金龟、乌龟等不同。龟在中国古代是重要的神物。《礼记·礼运》："麟凤龟龙，谓之四灵。"这个排名龟还在龙之前。北方的大神玄武就是龟，它和苍龙、白虎、朱雀并列为四方大星和大神。道教的真武大帝，即玄武，宋代因避讳而改为"真武"，巨鳌亦即巨龟，传说大山是背在它身上的。《楚辞·天问》："鳌戴山抃，何以安之。"王逸注引《列仙传》："有巨灵之鳌，背负蓬莱之山，而抃舞戏沧海之中。"《玄中记》："东南之大者巨鳌焉，以背负蓬莱山，周回千里。巨鳌，巨龟也。"可见龟在中国古代文化中之重要，同时也说明各兄弟民族文化之间的古老血缘关系。

土家族神话中还有一个值得注意之处：要伏羲兄妹结婚的不是龟，而是"火神"。在古代典籍中，炎帝为火神，又是神农氏，虽是比较晚一些的神，但也曾被列入"三皇"。火神在兄妹婚神话中出现，当为南方特色。

在布依族的《伏羲兄妹》神话传说中，是"太白金星"令兄妹下凡结婚，这是否为玄武星之变或受道教影响？这里把伏羲兄妹看成是"天神下凡"，增加了它的神圣性。而且，伏羲还成了射日英雄，从 12 个太阳中，射下 10 个，留下一日一月。反映了伏羲在布依神话中的地位。

除伏羲兄妹外，少数民族兄妹婚的主角，还有"姜央兄妹"（苗族），"张良张妹"、"伏哥羲妹"（侗族），遮帕麻和遮米麻（阿昌族），扎迪与那迪（拉祜族）等等，他们都是人类最早的祖先，并有一定神性。联想到犹太神话中亚当与夏娃也是兄妹婚的性质，可见此类神话是古代普遍存在的，只是中国各民族的兄妹婚神话多有雷同的情节和细节，说明文化上的血缘关系或交流关系。

中国南方不少民族是由北方迁徙而去的。这种情况在神话传说中屡见不鲜。如炎帝神农氏是从陕西经河南到山东再到南方去的。《帝王世纪》载："炎帝神农氏，姜姓也。母以任姒，有蟜氏之女，名女登为少典妃，游华阳，有神龙首，感生炎帝，人首牛身，长于姜水，有圣德，以火得氏，故号炎帝。初都陈，又徙鲁。"

姜水即今渭河，古称羌水，为古羌人之地方河流。《后汉书·西羌传》载："西羌之本，出自三苗。"炎帝与黄帝一样是出自羌水的，后来他以陈（河南淮阳）为国都，这也是伏羲的国都，伏羲陵就在那里。由此亦可见炎帝神农氏与伏羲的关系。伏羲为三皇之首，不是偶然的，他是汉族的人祖、文化英雄，有许多原始文化的特点。这在汉文古书、考古发掘和中原民俗、少数民族民俗中都有许多证据。

据《太平御览》引《遁甲开山图》云：

女娲氏没，大庭氏王，有天下五凤异色。次有柏室氏、中央氏、栗陆氏、骊连氏、赫胥氏、尊卢氏、祝融氏、混沌氏、昊英氏、有巢氏、葛天氏、阴康氏、朱襄氏、无怀氏凡十五代，皆袭庖牺之号。①

这些古代帝王自女娲以下，"凡十五代"，都是伏羲所传，可见伏羲始祖之尊的地位。

经闻一多先生考证，伏羲为龙，亦有时为葫芦。说伏羲、女娲均为葫芦化身。潘光旦先生考证，伏羲是老虎，说伏羲的种种不同写法中有伏戏、虙羲、宓牺、炮牺、宓戏、庖牺、伏牺、伏羲……其中伏羲是最通行的，而虙羲却是最早出现的。

《说文》：虙，虎儿(貌)，从虍，必声，后来始假借为"伏"(朱骏声《说文通训定声》履部第二十)，所以后世字书把"虙"解释为虎驯伏之意。从虍，说明了图腾关系……第二，伏羲姓风，而和他有密切关系的女娲氏却姓云。这些姓当然是后世追加的，要后到"云从龙，风从虎"或"风虎云龙各从其类"的典故已经出来而通行的时代，而那也不会太迟，因为《易经·乾卦》里已有此典故……②

潘光旦先生认为，"伏羲原是虎图腾族的人，而女娲是蛇或龙图腾族的人"③。如此看来，伏羲、女娲兄妹婚即为虎、龙两个氏族之间的通婚(或为对偶婚)了。河南濮阳西水坡的蚌壳龙与蚌壳虎同时出土，分列于墓主的两边，当可作一物证，说明此二图腾的关系，此墓主或即为伏羲或其后代也未可知。

普珍(彝族)在《中华创世葫芦》一书中说：

经潘、闻的考订昭然揭示出，伏羲既是老虎，又是葫芦。而这一切的含义，又集中地、具体地反映在滇西哀牢山域摩哈苴彝村彝族祭祖的虎头葫芦瓢上。这个虎头葫芦瓢无疑已将远古羌戎虎氏族部落对虎(图腾)和葫芦(母体)的崇拜结合在一起了，由此便道出了纵贯千古的"三皇"之首伏羲的根由。④

从彝族民俗中发现了"虎头葫芦瓢"，是用于祭祀祖灵的神物，在葫芦瓢上

① (北宋)李昉：《太平御览》卷七十八所引汉书《遁甲开山图》。
②③ 潘光旦：《湘西北的"土家"与古代的巴人》，载《中国民族问题研究集刊》，1995年第4期。
④ 普珍：《中华创世葫芦》，云南人民出版社1993年版，第53页。

画上虎头，把这两个图腾结合起来。彝族亦出于古代羌戎，有崇虎之俗。彝族有的自称“罗罗”，义即为虎。《山海经·海外北经》记载：“北海内……有青兽焉，状如虎，名曰罗罗。”青色古亦指黑色，这可能即“黑虎”，指虎图腾的彝人先民，彝族至今喜穿黑色披风等外衣。由此可知，伏羲当亦为彝族等西南少数民族的先祖大神。普珍还记录了她的家乡滇南新平彝傣自治县新化乡、老厂乡等处，至今仍有“破葫婚俗”：在婚礼上，新娘将要跨入屋门前，守候在屋顶平台上的人，把一个葫芦掷破在地，葫芦里装满灶灰，破后灰雾弥漫，新人双双踏过葫芦碎片登堂入室。据说，这是一种非常古老的婚俗，象征伏羲兄妹洪水葫芦婚配成亲繁衍人类的古事，如此可使夫妻大吉大利、多子多福。①

伏羲、女娲出自葫芦的神话，在《诗经》中也可找到一点影子，如《大雅·緜》云：緜緜瓜瓞，民之初生。讲人之初生，绵绵不绝，是出自瓜瓞——葫芦即瓜类植物。葫芦是瓜类，嫩时是一种美食，早在六七千年前的河姆渡、半坡村遗址，已有葫芦形器物出土。有的葫芦很大，可以做船。《庄子·逍遥游》中讲有“五石瓠”可“浮于江湖”。唐代樊绰《蛮书》卷二亦记滇西有“瓠长丈余，皆三尺围”。今澜沧江两岸尚产比水桶大两倍的大葫芦。南华县哀牢山区兔街乡摩哈苴村，在20世纪30年代举行祭祖大典时，门楣上悬挂一个葫芦瓢，凸面由祭祖巫师绘黑色虎头，这个绘有黑虎头的虎头葫芦瓢，可简称为“祖灵虎葫芦”，普珍说：

> 它是象征炎帝、黄帝之前的伏羲。其中蕴涵着中华民族悠远的历史文化渊源。②

伏羲与日月光华

伏羲“为百王先”，又称太昊伏羲氏，“太昊”又称“大皞”，即太阳也。徐旭生说“皋”即睾丸的“睾”，与古人之生殖崇拜有关。阳性为太阳。陆思贤说，今从大汶口文化的图画文字得知，(皞)是指球体物的太阳，少皞是日出、日落时的太阳，太皞是上中天时的太阳。

“建木”在天之正中，太皞与它有关。《山海经·海内经》载：“南海之内，黑

① 普珍：《中华创世葫芦》，云南人民出版社1993年版，第1页。
② 普珍：《中华创世葫芦》，云南人民出版社1993年版，第26页。

水青水之间,有木,名曰建木,太皞爰过,黄帝所为。"

《淮南子·地形》载:"建木在都广,众帝所自上下。日中无影,呼而无响,盖天地之中也。"可见,太昊(大皞)为天中之大神,其神格与太一天神无异。

《史记·封禅书》云:"天神贵者泰一,泰一佐曰五帝。古者天子祭泰一东南郊。"

顾颉刚先生认为:"泰一祠坛居中,五帝坛环居其下,他的位置之高,等于现在的玉皇大帝。"①

为什么在东南郊祭太一天神?因为他是太阳神,来自东方。

《吕氏春秋·十二纪》说,孟春、仲春、季春这三个月都是"其帝太皞,其神勾芒"。汉画像石中有许多伏羲捧日的形象,可知他确是一个太阳神,是春天之神,太阳给人类带来温暖、光明和生气。所以《庄子·大宗师》说,伏羲氏得天地未开时的混沌元气,承袭了"气母",即生命之源,日、月等万物之母也。

《楚辞·九歌》中有一首《东皇太一》,祭祀中最大的天神,他与"东君"一样都是太阳神,但他已升格为最高的"上皇"了,太阳神发生了分化,正如太皞、少皞之分。东皇太一正是太皞伏羲。在汉代,太一天神为天上主神,是春天的主神、光明与温暖的生命之神,与太阳、虹彩关系密切。王嘉《拾遗记》卷一曰:"春皇者,庖牺之别号。所都之国,有华胥之洲。神母游其上,有青虹绕神母,久而方灭,即觉有娠。历十二年而生庖牺,长头修目,龟齿龙唇,眉有白毫,须垂委地。"

这里说伏羲为彩虹所生,即太阳之光华所育。太阳的彩云、虹彩,均与鲜花相似,故曰光华。华者花出。在仰韶文化的彩陶上,常有花瓣纹、太阳纹、蛙文等图案,可能都与图腾有关。在花山崖画中,最大的人像头上有太阳的光芒,应该是太阳神。

花山的祭祀,主神为太阳神,光华与花是密切联系的,古人的形象思维可能将此二者互渗。《淮南子·地形》:"若木在建木西,末有十日,其华照下地。"日光即为日华,即太阳之花。何新说:"华是晔的省文,而晔即为"日光"(说文),因此,所谓华族就是崇拜太阳和光明的民族,而日华之华,就是华夏民族得名的由来。"②

---

① 顾颉刚:《中国上古史研究讲义》,中华书局出版社 2002 年版,第 54 页。

② 何新:《诸神的起源》,生活·读书·新知三联书店 1986 年版,第 26—27 页。

如此对华族的解释，忽视了花图腾崇拜的史迹，是不全面的，但也有一定的道理，可以略备一说。

伏羲为东方太阳神，与日神羲和也有关系，羲和在《山海经》中是10个太阳的母亲，在《离骚》中又为日御，其实是“主日月之神”。“羲，气也”，也同花有关，大概古人看到太阳出来，生命复苏，花开遍地，而风吹花絮，花香四溢，伏羲与风同姓，母为华胥，均与羲和有关。崇拜太阳与崇拜花是一致的，故太昊伏羲氏就顺理成章了。“太昊伏羲氏”的结合，反映了东夷部族与西羌部族的融合。

伏羲与太极八卦

伏羲作为中华人祖，不仅是血缘上的，也是文化上的，是中国古代文化的创始者之一，是最早的文化英雄。

太极图又称“太阳图”，俗称阴阳鱼，和日、月崇拜有关。《易·系辞》云：“易有太极，是生两仪，两仪生四象，四象生八卦。”

这是古人的世界观，带有朴素辩证法的成分。而八卦的创造者即伏羲。

《史记·天官书》曰：“中宫天极星，其一明者太一常居也。”北极星居于众星之中心，是太一所居，实即太一，而东皇太一又是天上最大的神，都和伏羲的地位相关。伏羲正是以其对文化之创造，为后世所崇敬。

《淮南子·要略》云：“易之乾坤足以穷道通意也。八卦可以识吉凶，知祸福矣，然而伏羲为之六十四变。”

《补史记·三皇本纪》载：“太皞伏羲氏，风姓……蛇身人首，有圣德。仰则观象于天，俯则观法于地，旁观鸟兽之文与地之宜，近取诸身，远取诸物，始画八卦，以通神明之德，以类万物之情。造书契以代结绳之政，于是始制嫁娶以俪皮为礼，结网罟以教佃鱼，故曰宓牺氏，养牺牲以庖厨，故曰庖牺。”

这里把伏羲主要的文化创造作了总说，特别说明他观天法地“始画八卦”的重要，是“万物之情”的概括。关于八卦的产生，还有其他一些说法，如：“伏羲氏继天而王，受《河图》，则而图之，八卦是也。”①

---

① （东汉）班超：《汉书·五行志》引刘歆语。

《春秋纬》有："龙负河图，龟具洛书"之说。

清胡煦《周易函书约存》："孔子曰：'河出图，洛出书，圣人则之'。古今画卦，止伏羲一人，则此圣人，断指伏羲无疑矣。伏羲既为画卦之圣人，则河图洛书同出于伏羲时，又无疑矣。"①

伏羲是根据河图洛书而画八卦的，而河图洛书是怎样出来的呢？

王子年《拾遗记》："伏羲坐于方坛之上，听八方之风，乃画八卦。"②

孔颖达《周易正义》引《春秋纬》曰："河图龙发，洛龟书感。"已经带有神话色彩了。

《书·顾命》注曰："河图八卦，伏羲王天下，龙马出河，遂则其文，以画八卦，谓之河图。"③解释为伏羲根据龟背的纹理和龙马的毛纹而作八卦，如此解释又太简单了。

宋代高承《事物纪原》则载："卜"，"龟曰卜。"

龟壳为占卜之物，八卦之占与甲骨之占卜相关。河图洛书上都有数字符号，有的排列非常巧妙，用这些数字符号和阴阳观念结合起来形成八卦，则是有可能的。还有一种说法，孔安国的《尚书》序云："八卦之说，谓之八索，求其义也。"这种说法，认为八卦是求"八索"之义而成者。

这里略说一下"八索"。《考工记·匠人建国》疏曰："建屋时，要立柱，'欲取柱之影，先须柱正。欲柱正，当以绳悬而垂之于柱之四角四中，以八绳悬之，其绳皆附柱，则其柱正矣。……通卦验亦云，立八神，彼云八神此悬一也；因四角四中，故曰八神。神即引也，向下引而悬之，故云神也。'"这是说八卦的创造，与建筑工人用八索（即八绳）悬柱有关，伏羲与建筑工业等事有关。卦即悬挂之意，有一定道理。

《蜀中名胜记》卷八引《学斋占哔》："资州地掘得汉碑，有"伏羲仓精，初造工业，画卦结绳，以利海内"等语。"四川的这块汉碑上的字与前引山东武梁祠画像石柱上的题词有两处不同，一为"工业"，一为"王业"，另一为"以利海内"，一为"以理海内"。两种说法都是通的，但意义不一样，一是工匠，一是国王，在当时都是可以兼任的。这是原始社会的特点。

---

① 孙国中：《河图洛书解析》，学苑出版社 1989 年版，第 4 页。

② （北宋）李昉：《太平御览》卷九引王子年《拾遗记》文。

③ （西汉）孔安国为《书·顾命》作传语。

伏羲的发明创造

伏羲在人类生产上的发明创造，主要是"太昊师蜘蛛而结网"①，(庖牺氏)"结绳而为网罟，以佃以渔"②。在渔猎时代，发明了渔网，就可以捕得更多的鱼，这是很了不起的创造。

传说伏羲还发明了火。"伏羲禅于伯牛，钻木作火。"③

伏羲首先养蚕。"伏羲化蚕，西陵氏始养蚕。"④

他还发明杵凹。"宓牺制杵臼之利。"⑤

他还发明了针。伏羲"味百药而制九针。"⑥据考古资料，北京山顶洞人已有骨针，针之发明当在万年以前。

伏羲发明琴瑟。

《世本》:"伏牺造琴。"⑦

《琴操》曰:"伏牺作琴，……琴长三尺六寸六分。"⑧

《琴书》曰:"伏牺氏王天下也，……削桐为琴。"⑨

《广雅》曰:"伏羲造琴，长七尺二寸。"⑩

王子年《拾遗记》:(庖牺氏)"丝桑为瑟，均土为埙。"⑪

《世本》曰:"庖牺氏作瑟，五十弦……"⑫

《帝王世纪》:"伏羲作瑟三十六弦。"⑬

---

① (东晋)葛洪:《抱朴子》内篇卷三《时俗》。
② (唐)孔颖达疏:《周易正义》之《系辞》下卷八之二。
③ (清)马骕:《绎史》卷三引《河图挺辅佐》。
④ (明)董斯张:《广物特志》卷五十引《皇图要览》。
⑤ (南宋)陈元靓:《事林广记》后集卷十一。
⑥ (西晋)皇甫谧:《帝王世纪》。
⑦⑫ 《世本·作篇》。
⑧ (东汉)蔡邕:《琴操》。
⑨ (北宋)李昉:《太平御览》卷五十九《乐部比·琴书》。
⑩ (三国·魏)张揖:《广雅·释乐》。
⑪ (东晋)王嘉:《拾遗记》卷一《春皇庖牺》。
⑬ (西晋)皇甫谧:《帝王世纪》。

《隋书·音乐志》:“瑟二十七弦,伏羲所作也。”①

《高氏小史》曰:“太昊作二十五弦之瑟。”②

伏羲发明管乐器箫。《通礼义纂》:“伏羲作箫十六管。”③

伏羲创作的乐曲有《立基》《驾辩》《扶来》等。

《乐书》曰:“伏羲之乐曰立基……”夫乐必有章,乐章谓之诗,始于太昊之世。④

伏羲最早作官制。宋代高承《事物纪原》“品秩”:“自太昊以龙纪官……”为官制始。

伏羲与医学发明有关。

《帝王世纪》曰:太昊画八卦,以类万物之情,六气六腑,五脏五行,阴阳四时,水火升降,得以有象,百病之理得以有类,乃制九针。⑤

伏羲始有“嫁娶”,这是父系社会的标志之一。

《帝王世纪》曰:“庖牺氏……都陈,制嫁娶之礼……”⑥

王子年《拾遗记》曰:“(庖牺)始嫁娶以修人道。”⑦

以上传说,有的已有考古证实,有的是人们想象的传闻。但作为渔猎时代的文化英雄,伏羲在中国文化史上的地位是很崇高的,最古老的经典所谓“三坟五典”就是由伏羲之作开始的。

孔安国之《尚书》序曰:“古者伏羲氏之王天下也,始画八卦,造书契,以代结绳之政,由是文籍生焉。伏羲、神农、黄帝之书,谓之‘三坟’,言大道也。”

《尚书》是最早的文献,是古人根据口传史料编成的,据说内容颇为荒诞不经,为后人伪造,但在“汉魏丛书”中,说它“得之于民间”,也可能民间有这些传说,但不管怎么说,正如近几年在民间发现的许多神话传说一般,总是代表了一种社会上流行的看法。这种看法与史籍中公认的神谱还是比较吻合的,也不妨略备一格。伏羲的文化创造,也是心灵和人世间盛开的灿烂鲜花。

总之,伏羲是中华民族的始祖、人文的始祖。他出自华胥氏族(即“华胥之

---

① (唐)魏征等:《隋书·音乐志(下)》。
② (唐)高峻:《高氏小史》。
③ (北宋)李昉:《太平御览》卷五十一《乐部·箫》引《通礼义纂》文。
④ (北宋)高承撰:《事物纪原》卷四。
⑤ (南宋)张杲:《医说》卷二《针灸》。
⑥ (西晋)皇甫谧:《帝王世纪》。
⑦ (东晋)王嘉:《拾遗记·春皇庖牺》。

国”、“华胥之渊”等），是花图腾的成员，又名太昊，为东夷太阳氏族之祖，更有太阳的光华、光明、温暖与文化的精华。至今在民间还有许多关于他的传说和民俗，特别是爱花的民俗，反映了中华民族久远的文化意识，我们在节日庆典中戴花，特别是妇女儿童，要戴上鲜花、绒花，甚至金花、银花，古代称为“华胜”。广东春节期间的花市更是盛大无比，花成为吉利、幸福的象征。1960年，笔者曾在西藏地区看到一些农民家的矮墙上都放着一盆盆鲜花，成为生活中的安慰和由穷变富的希望。每年三月三是各族春暖花开时的联欢，赠花定情之风俗，由《诗经》时代直到如今，各民族多有流传，北方各省喜庆之日盛行“面花”的习俗，也源远流长。闻一多的诗以花形容中国，是非常确切的。中国人从远古到当今特别爱花，就是以华人为主体的国家——新加坡，以小小的地方成为旅游大国，靠的就是环境优美，到处是鲜花，吸引了许许多多人的旅游观光。如今各地美化环境，处处栽种各种鲜花，也正是几千年来历史传承的潜意识的自然流露，作为花的民族、花的国家，是值得自豪的，我们热爱祖国的花，更热爱如花的祖国。

武术的起源与人祖伏羲

武术是中华民族土生土长的体育项目，历史很长，可以追溯到原始社会的渔猎时代，至少有了七八千年的历史。

最原始的武术

原始人生活在荒山野外，为了采集食物，需要爬山、爬树、跳高、投掷；为了追野羊、马鹿，需要跑得很快；为了捉鱼，要会游泳、潜水；为了保卫自己，要和虎豹、野猪等猛兽搏斗。从徒手到器械、刀斧弓箭，这些生产、劳动中的技巧，都和体育活动有关。

在原始时代，生产劳动与武术体育是混合在一起密不可分的。后来，氏族、部落之间的战争，更需要勇武的体魄，武术也由此萌发，训练军士更需要军事体育。

为了保证渔猎活动丰收，还要有巫术活动求神保佑，在祭神活动中有歌舞娱神。这些歌舞有许多模仿生活生产中的动作，当然也与武术有关。

渔猎时代的武术活动是广大民众集体的创造。但是，原始人崇拜英雄，往往把这些创造发明说成是某个英雄的创造，甚至把这些文化英雄作为神来崇拜，伏羲就是这样的文化英雄。

伏羲是“人祖爷”，是女娲的丈夫与哥哥，是三皇五帝之首。伏羲显然比黄帝、炎帝更要古老，先有三皇，然后才有五帝。

“三皇”是谁？有六七种不同说法，但其中都有伏羲。

一般来说，“三皇”是指伏羲、女娲、神农，即羲皇、娲皇、农皇，也可对应天皇、人皇、地皇。伏羲为最高的天神——天皇。

我们知道：女娲造人，而伏羲是她的丈夫，兄妹结婚为人类始祖。

华胥生男子为伏羲，女子为女娲。①

昔宇宙初开之时，只有女娲兄妹二人在昆仑山，而天下未有人民。议以为夫妻……②

伏羲的母亲是华胥，父亲是谁？是雷神。《太平御览》卷七十八引《诗纬·含神雾》："大迹出雷泽，华胥履之，生伏牺。"

雷神是最大的天神，华胥踩了他的大脚印而生了伏羲，反映了原始人知母不知父的情况。华胥生于华胥国，这是"神仙之国"③。华即花之古写，可以看出是花图腾的氏族，是崇拜花的。一般来说，喜爱并崇拜花已是农耕时代的情形了。中华民族农业发展较早，一直是一个农耕民族。我们华夏儿女，是爱花的，崇拜花的。

但是，伏羲却又是龙图腾，龙管水，与农业也有关系。所以伏羲、女娲也是龙图腾的。《昭明文选》中有一篇《鲁灵光殿赋》，是王逸之子王延寿所写，他们父子对神话、传说都是很有研究的。

上纪开辟，遂古之初，五龙比翼，人皇九头，伏羲鳞身，女娲蛇躯。李善注：女娲，亦三皇也，《列子》曰：伏羲、女娲，蛇身而人面，有大圣之德。《玄中记》曰：伏羲龙身，女娲蛇躯。④

据闻一多先生《伏羲考》研究，龙是中国古代的图腾，它的形成是以蛇图腾为主，又吸收了其他图腾的某些部分器官集合而成的，龙的基础还是大蛇。这种形象在东汉时山东的灵光殿的壁画上还可以看到，事实上，我们在许多汉画像石，汉以后的绢画、壁画上也可以看到人首蛇身的伏羲、女娲交尾相连的形象。从中原大地到边远的新疆西域吐鲁番等地均有发现。

为了强调伏羲天神的出身，又有人把华胥说成是"帝女"，帝在上古只指天帝，到秦始皇后才指人间帝王的。所以说伏羲的母亲是天帝之女儿，那他就是天神无疑了。

伏羲作为天神——三皇之首，对人类的贡献也是最大的。古书上说他是渔猎的能手，教人民渔猎的本领："宓羲氏之世，天下多兽，故教民以猎

① （清）梁玉绳：《汉书·人表考》卷二引《春秋世谱》。
② （唐）李冗：《独异志》卷下《丛书集成》。
③ （北宋）张召房：《云笈七签》卷一百引《轩辕本纪》。
④ （南朝·梁）萧统：《昭明文选》辑录王延寿《鲁录光殿赋》。

也。"①伏羲又写作虙戏(戲),两字皆从虎,所以又是伏虎的图腾,都融合于龙之中了。

《史记·补三皇本纪》载:"太皞庖牺氏,风姓,代燧人氏继天而王,母曰华胥,履大人迹于雷泽,而生包牺于成纪,蛇身人首,有圣德。仰则观象于天,俯则观法于地;旁观鸟兽之文,与地之宜,近取诸身,远取诸物,始画八卦,以通神明之德,以类万物之情。造书契以代结绳之政,于是始制嫁娶,以俪皮为礼。结网罟以教佃渔,故曰宓牺氏。养牺牲以庖厨,古曰庖牺。有龙瑞,以龙纪官,号曰龙师,作三十五弦之瑟,木德王,注春令……"

《史记》所补的伏羲史料较全面,记述了有关伏羲的神话传说,说明渔网、八卦、文字、畜牧、烹饪、琴瑟、嫁娶等都是由伏羲发明的。

《太白阴经》又说:"本兵始于伏羲",可见棍棒是最原始的武器。

王嘉《拾遗记》云:"(伏羲)造干戈以饰武。"②可见,武器干戈也都是伏羲发明的。这些都与武术有关。

八卦与武术

渔猎的活动与武术有关,比较好理解。八卦与书契的发明又和武术有什么关系呢?其实,还是大有关系的。

我们知道,在原始社会,氏族、部落的领袖都是不脱离劳动的,是劳动能手,还有通神、通天的本领,所以他也兼任巫师之职。

> 自开辟后,五纬各居其方,至伏羲乃有消息祸福,以制吉凶,始合之以为元。③

巫师是要占卜打卦的,这就是八卦之用。巫师是祭祀活动的主持者,是要带头舞蹈的,在古代"巫"、"舞"不分,所以伏羲当然也是最早进行歌舞祭祀活动的人物。

原始的歌舞要模仿打猎等生产活动,所以"舞"与"武"密不可分。在《尚

---

① (北宋)李昉:《太平御览》卷八三二引《尸子》。
② (东晋)王嘉:《拾遗记》卷一。
③ (明)孙瑴:《古徵书》卷十二引《春秋内事》。

书·尧典》中记述了远古祭祀歌舞的情况:“克明俊德,以亲九族……百姓昭明,协和万邦……八音克谐,神人以和。”夔曰:“於,予击石拊石,百兽率舞。”

夔是巫师之领舞者,他敲打石块琴磐,各氏族装扮各自图腾的形象全都舞蹈起来。这种“百兽率舞”的图腾舞蹈,当为原始歌舞,亦可看作原始武术之一部分,在原始社会,诗、歌、舞三位一体,舞蹈与体育、武术亦是联系在一起的。

古代的这种舞蹈不只有娱人娱神的作用,而且还有武力威慑的作用,有时甚至还能起到武装打仗都起不到的作用。《淮南子·缪称》记录了大禹同三苗战争的情况,禹打败三苗三次,但三苗仍不服,于是改用舞蹈:“执干戚舞于两阶之间而三苗服”①。古时舞与武是不分的,尧时还有用舞蹈强身的记录:“昔陶唐氏之始,阴多滞伏而湛积,水道壅塞,不行其原,民气郁闷而滞著,筋骨瑟缩不达,故作为舞以宣导之。”②

角抵戏,也是一种舞蹈,它的起源是“蚩尤戏”,是黄帝时代就有的。梁代的任昉《述异记》载:“秦汉间说蚩尤氏耳鬓如剑戟,头有角,与轩辕斗,以角抵人,人不能向,今冀州有乐名蚩尤戏,其民两两三三,头戴牛角而相抵。”这种角抵戏的舞蹈与涿鹿大战有关,是战舞之类,后来成为秦汉武术中的重要一项,各种《中国体育史》都要讲到的。

这种角抵后来发展为相扑、摔跤、角力等武术运动项目,手搏又发展为拳术。郭绍虞的《中国体育史》第三编“角力”介绍说:“汉时手搏之戏,亦名为拚。说文:‘拚,古借用作卞,亦通作弁’”。③

这是手搏武打的角力拳术。这种角抵戏的武术表演非常盛大。《汉书·武帝纪》载:“元封三年春,作角抵戏,三百里内皆来观。角者,角技也,抵者,相抵触也。……元封六年夏,京师民观角抵戏于上林平乐馆。”

上林苑是皇家园林,其中的平乐馆表演角抵戏,武术与舞蹈表演的成分都是有的。虽然是一种娱乐,但对军队却是一种训练的科目。《礼记·月令》载:“孟冬之月……天子乃命将帅讲武,习射御角力。”它和骑马、驾车、射箭是同样重要的。到唐代就成为民众喜爱的武术娱乐竞技项目了。《吴兴杂录》载:“唐,中元节,俗好角力相扑。”中元节在七月十五,是道教节日,后来成为佛教

① (西汉)刘安:《淮南子·谬称》。
② 《吕氏春秋》卷五《仲夏纪·古乐》。
③ 郭绍虞:《中国体育史》,商务印书馆1916年版。

盂兰节——鬼节,民众除祭祀亡人、孤魂野鬼外,还要大搞娱乐活动,角力、相扑也是重要项目。

刚柔与内外

伏羲作为中国武术的开山祖师,从武术起源时期即对武术发展产生了重大的影响,几千年来形成了中国武术体育独特的优良传统,值得我们重视。

由于伏羲八卦与太极、阴阳五行观念的影响,中国武术讲究内外、刚柔、动静、迟速、进退、虚实、起伏、上下、前后、横直、行止、阴阳……武术的矛盾统一,"一阴一阳之谓道",这是朴素的辩证法思想的一种突出表现。

中国武术讲究内外结合,不只要练皮肉,而且要练筋骨,还要行气,锻炼人的内心。中国的气功导引,成为武术的重要组成部分。"内练一口气,外练筋骨皮",讲究"形与神俱"、"性命兼修"、"刚柔相济"、"以柔克刚"、"虚实相生"、"动静结合",以及"背阴而抱阳,冲气以为和"、"导气令和,引体令柔",是讲动功"五禽戏"的动静相和,气息与动作谐调。"凡人自摩自提,伸缩手足,除劳去烦,名为导引。"[①]通过"吐故纳新"的气功运动,使人体与大自然合而为一,天人和谐,可使人健康长寿。汉代董仲舒《春秋繁露·循天之道》载:"能以中和养其身者,其寿极命。"

讲究中和、中庸,防止走极端片面化,名医华佗首创"五禽戏"医疗体育,提出:人体欲得劳动,但不当使极耳。[②]老子提出:虚其心、实其腹,弱其志、强其骨[③]。这些辩证法思想都对武术产生深远影响,成为中国武术体育独特之处,更深刻而全面,更利于健身强体。这些内外、动静、刚柔的矛盾统一,是非常深刻的辩证法思想,与《易经》中的八卦有关,都可以追溯到中国武术的祖师爷——伏羲。

后来出现的"太极拳",把"以柔克刚"发展到高度水平,把拳术动作与气功

---

① (唐)释慧琳:《一切经音义》。
② (南朝·宋)范晔:《后汉书·方术传·华佗》。
③ 老子:《道德经》前言。

导引很好地结合起来，在世界上产生重大影响，此外，如“八卦掌”等武术，与伏羲的关系就更密切了。

伏羲与武德文治

讲究武德，这是中国武术一大特色。

《易经》乾卦之“象”曰：“天行健，君子以自强不息”。

中国武术重君子而非小人，讲替天行道，行侠仗义，天理良心，为善最乐，流行于武术行中的常用语是：

习武先修德，尚德不尚力。

未曾学艺先明礼，未曾习武先明德。

武德的主要内容是：

第一，礼德为先，竞技次之。在上古，武术是礼仪活动的一部分，到秦并六国之后才“罢讲武之礼”，武术的训练与表演都与礼仪相联系，讲究外形美与精神美，即“美德与美形”。要在竞技中光明磊落，尊重对方，而绝不能暗箭伤人，投机取巧。汉刘向《说苑·君道》记载楚庄王曾以射猎取士，用手搏犀牛、射虎刺豹来考验武士的力量和武技，但最后起决定作用的还要看他如何分配猎物，是否有道德。

第二，武术与养生相结合。中国古代讲究“仁者寿”、“仁者无敌”。做好事，心情愉快，就能长寿，而仁者最乐。《庄子·刻意》云：

吹响吹吸，吐故纳新，熊经鸟申，为寿而已矣。此道引之士，养形之人彭祖寿考者之所好也。①

彭祖是古代长寿的代表，传说活了800多岁，这是内外双修的结果，而内心灵性的修炼更重要。如果多行不义则必自毙，缺德者短寿，“千人所指，无疾而死”②。

第三，中国武术的主要家数与佛、道宗教相关，如少林为佛门武术，武当为

---

① 《庄子·外篇·刻意第十五》。

② （东汉）班固：《汉书·王嘉伟》。

道教武术等等。宗教是教人为善积德的，武术要成为行善的手段，为民造福。少林达摩祖师为使佛徒健身修行而创制“罗汉十八手”，他说：

灵魂欲其静而悟，躯壳欲其健而通，非静则无以证悟而成佛，非健则无以行血而走气，故体须勤劳得中，使筋畅神怡，而后灵魂无拘燳痄弱之古。①

可见，“勤劳得中、筋畅神怡”的武术完全是为“证悟成佛”服务的。

道教提出修炼长生不老达于仙境。《素问·上古天真论》曰：

上古之人，法于阴阳，私于术数，食饮有节，起居有常，不妄作劳，故能形与神俱，而尽终其年，度百岁乃去。②

道家的太极拳、八卦掌等皆讲德性，以武德为上，以达于平心顺气，返璞归真。宋代张三峰之“内家拳”足胜少林之外家拳，而内家拳“主于御敌，非遇困厄则不发，发则所当必靡，无隙可乘，故内家之术为尤善”，其心中常念五字（敬紧径劲切），“所以神其用，犹兵家之仁信智勇严也”。③

第四，文武兼备，全面发展。伏羲的“羲”字下面是“秀”与“戈”，秀为智慧，代表文化，戈为武力，二者结合，即又文又武。孔子强调：“有文事者，必有武备；有武事者，必有文备。”④主张习武修文密切结合，互相促进。周代学校课程有六艺，即“礼、乐、射、御、书、数”。其中射与御即射箭、驾车，古代多车战，所以这些都是打仗的本领，为武术无疑。古代的帝王与官员都很重视体育，身体都非常健壮。史载夏桀与殷王都是大力士，可以“手搏豺狼，足追四马”⑤，只因无德腐败而失国。

魏武帝曹操也是“才力绝人，手射飞鸟，躬禽猛兽，尝于南皮一日射雉获六十三头”⑥。其子曹丕6岁即能射箭，8岁即能骑马。他在《典论》自序中说他“幼时学击剑，阅师多矣”，与将军刘勋比剑，“三中其臂”而大胜。楚国项籍力能扛鼎，还学剑术，文人司马相如“少时好读书、学击剑”⑦。李白也是“十五好

① （民国）陈铁生：《少林拳术秘诀》引达摩语。
② 《黄帝内经·素问·上古天真论篇第一》。
③ （清）曹秉仁纂修：（雍正）《宁波府志》之《张松溪传》。
④ （西汉）司马迁：《史记·孔子世家》。
⑤ （西汉）司马迁：《史记·律书》。
⑥ （三国·魏）鱼豢：《魏略》。
⑦ （西汉）司马迁：《史记·司马相如列传》。

剑术,遍干诸侯”①。唐玄宗即位前,曾参加与吐蕃球队的马球对抗赛,取得了胜利;花甲以后仍经常打球。文武双全是古代好的传统,从周初即已有记载。《说苑》卷一《君道》即记载周成王对鲁公说:“有文无武,无以威下;有武无文,民畏不亲;文武俱行,威德乃成,既成威德,民亲以服。”

文武关系着威与德的兼备,使统治者与民众亲密团结,以稳固统治。对国家来说是必要的,对个人来说当然更是必要的,全面发展、文武双全,才能担任重要的工作,为社会为人民作出重要的贡献。这也就是我们常说的“德智体全面发展”,其源头即在人祖伏羲。

由以上的分析可知,伏羲作为中国最早的人文始祖,是渔猎时代的文化英雄,他教人打猎之道,发明网罟八卦,同时也是中国武术的创始者。由于伏羲人文始祖的身份,中国武术一开始就带有很强的文化色彩,在古代阴阳五行八卦太极等朴素辩证法的指导下,讲求内外兼修、虚实相生、刚柔相济、动静结合,又特别重视武德修养,文武兼备,形成中国武术多样统一、不断发展的优秀传统,是特别珍贵的一份精神文化遗产,值得我们继承发扬。

① (唐)李白:《与韩荆州书》。

中韩开国神话的比较

——黄帝与檀君的神话比较

中国与韩国均为东方文明古国，其文化源远流长。中韩上古神话蕴涵两国文化之根源，影响深远，至今仍在两国民俗中有所表现，值得深入研究。本文着重对中韩两国的开国神话进行对比，以明确其异同特色及其文化意义。

通过初步对比研究，我们可以看到：中韩两国之开国神话，虽主体各异，各具特色，然探幽索微，仍可见其诸多相似之处。下面拟分如下数点分别论述："神与人"、"熊与人"、"山与树"、"山神与天帝"、"远古与现代"。

神与人

举凡开国神话，其开国之君，往往来自天庭，并有神奇出生传说，中韩亦然。

中国远古的轩辕黄帝，是天帝，又是第一个统一中原的开国之君；古朝鲜立国之檀君亦是天王嫡系之神主。他们都有神圣的来历。

轩辕黄帝是历史人物，也是神话人物，是人皇，也是天神。儒家史书"不语怪力乱神"，对轩辕神话记述甚少，但在民间流传甚多，在"百家"杂著中记述亦众。司马迁在各地调查时，"西至崆峒，北过涿鹿，东渐于海，南浮江淮矣，至长老皆各往往称黄帝、尧舜之处，风教固殊焉，总之不离故者近是"，发现黄帝的神话传说在南北各地皆有流传，虽"其文不雅驯"，但"好学深思"者不能忽视。①尽管许多古代神话传说未能记录流传，并且被历史学家作了历史化的改造，但仍然有不少材料使我们对黄帝的神话传说有一个基本的认识。

---

① （西汉）司马迁：《史记·五帝本纪》。

轩辕黄帝的"帝",原为天国之主神,其古义甚明,顾颉刚的《三皇考》及神话专家袁珂早有结论。故秦以前之国君均不称帝而称王,自秦始皇始以"帝"指人间国主。"黄帝"当亦为天神无疑。

古书记载,轩辕黄帝原来是个雷神。《河图帝纪通》曰:"黄帝以雷精起。"①《春秋合诚图》曰:"轩辕主雷雨之神。"②

因此,《三五历纪》是如此反映黄帝的政绩:"黄帝时,风不鸣条,雨不破块。"③可见黄帝统治时真是和风细雨,风调雨顺。

雷神为天神中之最有威力者,常常成为众神之主。希腊奥林帕斯主神宙斯即如此,轩辕黄帝也同此理,成为天国之主神,是众神之首,又是中华古国之始祖、中国的开国之君。所以他由天国下凡,必然有一个神奇的出生。他在天国主管事务甚多。《大象列星图》曰:

> 轩辕十七星在七星北,如龙之体,主雷雨之神,后宫之象,阴阳交感,震为雷,激为电,和为雨,怒为风,乱为雾,凝为霜,散为露,聚为云气,立为虹蜺,离为背矞,分为抱珥。此十四变,皆轩辕主之。④

这里说"轩辕十七星"在北斗七星之北,其"如龙之体"为天象之总管,处在整个宇宙的中心部位,众星均围绕它转。《河图稽命征》曰:轩辕黄帝"龙颜,有圣德,劾百神朝"⑤。轩辕黄帝为百神朝拜之天帝,相当于后世之玉皇大帝。

轩辕黄帝的出生甚怪,《史记·五帝本纪》没有记载。但在《河图稽命征》中却有记述:"附宝见大电光绕北斗,枢星炤郊野,感而孕二十五月而生黄帝轩辕于寿丘。"

黄帝之母附宝在郊野见电光绕北斗权星而感孕,说明其父乃天神,怀孕25个月而生,孕期特长,亦甚神异。他出生的寿丘,又称"轩辕之丘"在今河南省新郑县境内,传说即今之具茨山、风后岭。当地民间传言:黄帝原为轩辕星,驾黄龙巡游时,发现人间百姓受苦,决心下凡,得到王母娘娘同意而投胎到此"轩辕之丘",此处尚有"天心石",为地之中心,黄帝是从天之中心直上直下,来到

---

① (唐)欧阳询:《艺文类聚》卷二所引《河图帝纪通》文。

② (北宋)李昉:《太平御览》卷五所引《春秋合诚图》文;(唐)虞世南撰:《北堂书钞》卷十五引杨泉《物理论》所记亦同。

③ (北宋)李昉:《太平御览》卷三十七引《三五历纪》文。

④ (北宋)李昉:《太平御览》卷六所引《大象列星图》文。

⑤ (清)黄奭辑:《汉学堂丛书》。

此处故也。①现山上有“祖师庙”供奉黄帝圣灵。这个具茨山亦即《庄子·徐无鬼》所说黄帝见大隗之“具茨之山”。北魏郦道元《水经注》曰：

> 大隗即具茨山也。黄帝登具茨之山，升于洪堤，受《神芝图》于华盖童子，即是山也。②

今新郑县西南有具茨山，上有黄帝拜华盖童子处和黄帝避暑宫。

乾隆十四年《新郑县志》载：

> 黄帝御花园，旧址在大隗山畔，传为黄帝种花处……③

由此可见，下凡之后，黄帝已是人皇，有御花园种花，并要拜华盖童子，接受天书《神芝图》。

同样，檀君神话也记述了他的神圣家族和神奇出生。高丽王朝僧人一然所编之《三国遗事》卷一《纪异》中收录了朝鲜野史《桓檀古记》中的檀君神话：

> 昔有桓因（天神）庶子桓雄。数意天下，贪求人世。父知子意，下视三危太伯（山），可以弘益人间。乃授天符印三个。遣往理之。雄率徒三千，降于太伯山顶（即太伯，今妙香山）神檀树下，谓之神市。是谓桓雄天王也。④

桓雄天王是檀君之父，这是与轩辕黄帝本人即为天王的不同之处。但桓雄天王为“弘益人间”，由山顶下凡，并接受“天符印”等情节则是与轩辕非常相似的。此外，桓雄天王没有投胎而是直接下凡，并且还“率徒三千”，降于人间，却仍为“桓雄天王”而非人间帝王。但他所做的事情却与轩辕黄帝甚为相似。

> （桓雄天王）将风伯、雨师、云师，而主谷、主命、主病、主刑、主善恶。凡主人间三百六十余事。在世理化。⑤

这实际上是桓雄天王全面地治理国家，带有开国性质。轩辕黄帝“生而神

---

① 河南新郑县民间文学集成编委会编：《轩辕故里的传说》，中原农民出版社1990年版，第2页。另见（清）袁了凡、王凤洲：《纲鉴合编》及（清）吕世安：《中华全史演义》等书。

② （北魏）郦道元：《水经注》卷二十二《溴水》。

③ （清）黄本诚、谢王选、赵荣清纂修：（乾隆）《新郑县志》卷五《山川志·古迹》。

④ ［韩国］一然：《三国遗事》，汉城，乙酉文化社《世界思想全集》之八，1990年。“天王”一作“大王”，此以木刻原版为据。檀君神话至今在中国延边朝鲜族民间仍有流传，见延边朝鲜族自治州民间文学集成编委会：《吉林民间文学集成·延边故事卷》（上卷），延边印，1987年汉文版，第282页，以及金东勋、金昌浩：《朝鲜族文化》，吉林教育出版社1990年版，第79页。这几本书都说这是“流传至今的朝鲜族最古老的图腾族源神话之一”。

⑤ ［朝鲜］权延寿、李沂：《桓檀古记》（朝鲜野史）。

灵，弱而能言，幼而徇齐，长而敦敏，成而聪明”①，干了许多开国大事，首先是在风后、应龙、旱魃诸神帮助下，教虎、豹、熊罴大军打败炎帝、蚩尤，统一了中原各部落，在有熊建国，同时黄帝在衣食住行、生产生活、医药、军事、文化等诸多方面有许多重大创造发明，成为中国“人文初祖”神话中的文化英雄。②遍及各行各业“三百六十行”的发明之多足可与桓雄天王之“人间三百六十余事”媲美。只是桓雄“率徒三千”下凡，未说战争之事是和平建国的，这是不同之处。

熊与人

传说檀君的出生是神奇的，甚至比轩辕的出生还要神奇曲折。他是桓雄天王与母熊所生。桓雄的“雄”与“熊”同音，或即为熊图腾之天王。后人改“熊”为“雄”者。据上引《桓雄古记》记载：

> 桓雄天王在神市主人间三百六十余事，在世理化。时有一熊一虎，同穴而居，常祈于桓雄，愿化为人。时神遗灵艾一炷，蒜二十枚曰：“尔辈食之，不见日光百日，便得人形。”熊虎得而食之，忌三七日，熊得女身，虎不能忌而不得人身。熊女者无与为婚，故每于坛树下咒愿有孕。雄乃假化而婚之，孕生子，号曰檀君王俭。于唐尧五十年庚寅即位，都平壤城，始称朝鲜。③

传说檀君王俭为天神与熊母所生，为神子，有神性，又为熊子，说明此神话实出于远古之图腾时代。原始人分不清人兽界限，以为某些动物为人类氏族祖先，奉之为图腾而崇拜之。④这种情形在中国也同样存在。

黄帝的出生、家族及其征战兵源、建国定都等重要事项亦与熊罴有关，这是一种怎样的巧合呢，值得研究。

黄帝之父少典为有熊国君。《史记·五帝本纪》记载轩辕黄帝为有熊国君少典之子。如今在湖北神农架发现的汉族史歌《黑暗传》也唱道：

---

① （西汉）司马迁：《史记·五帝本纪》。

② 《国语·鲁语》：“黄帝能成命百物，以明民共财……故有虞氏祠黄帝。”黄帝正是因其发明有利民生才受到人们崇敬的。关于黄帝的创造发明之详情，参见段宝林：《论轩辕黄帝的出生》一文，《中国文化研究》，1994 年冬卷。

③ ［朝鲜］权延寿、李沂：《桓雄古记》。

④ 以上传说转自韦旭升：《朝鲜文学史》，北京大学出版社 1986 年版，第 4—5 页。

提起轩辕掌乾坤，水有源来木有根，

打开史记看分明，他父名唤有熊君。

说明黄帝的出生与熊有关。在与炎帝争夺天下时，他曾“教熊罴貔貅驱虎”参加大战，这在《五帝本纪》中也有记载，史家与神话学家们都认为这些猛兽是远古图腾名称。轩辕黄帝的大军中不但有熊图腾的军队参加，而且其重要性占居首位，或许黄帝本身就属于熊图腾，至少他的部落中包含着熊图腾的氏族。黄帝建国时国号有熊，并以有熊为都城。

黄帝都有熊，今河南新郑是也。①

新郑，古有熊国，黄帝之所都，受国于有熊，居轩辕之丘，故因以为名，又以为号。②

或言(新郑)县故有熊之墟，黄帝之所都也，

郑氏从居之，故曰新郑。③

如今，新郑县风后岭(即“轩辕之丘”、“具茨之山”)东南山脚下有“观兽台”，传说为轩辕训练熊罴虎豹大军之指挥台，据说树木均被众兽咬坏，只有大槐木因其味苦之故而不坏，故又曰大隗。这当然是神话思维的想象。但既然以熊为图腾，可以肯定当时新郑一带是有熊存在的。如今早已没有熊了，自然生态已有了极大的变化。而今东北大兴安岭一带却仍然有熊，鄂伦春、鄂温克等民族都是以熊为图腾的。

笔者于1994年夏在内蒙古鄂伦春地区旗进行民俗文学调查时听到他们的一个族源神话，传说有一猎人打猎时因腿被树压住而被母熊捉去，让他在洞中养伤，并与他同居而生一小仔，猎人伤好后，乘母熊出外而逃走。母熊追来猎人已上了江边木排。熊大呼不止，而猎人不听。熊急，乃抓起小仔两腿撕成两半，一半扔给猎人，一半搂着哭，这一半就成了熊，猎人那一半就是鄂伦春人的祖先。熊图腾崇拜在鄂伦春人生活中仍有巨大影响。如他们把公熊叫“祖父”、“舅舅”、“老头”，把母熊叫“祖母”、“伯母”。以前不准猎熊，后来有了枪，可以猎熊了。但打死了熊不能说“死”而要说“睡着了”，并举行风葬仪式，熊头不能吃，割下用草包好，放在风葬的木架上，大家向它叩头，祷告说：“不是有意杀你，是误伤，请务必原谅我们，不要降祸于我们，要保佑我们打到野兽。”熊肉

① (北宋)李昉：《太平御览·州郡部》引《帝王世纪》语。
② (北宋)刘恕：《通览外纪》卷一引《帝王世纪》语。
③ (北魏)郦道元：《水经注·洧水》引《帝王世纪》语。

要分给全"乌力楞"人共同食用,并把骨头收拾好,祈祷、哭着送葬,放在木架上风葬或埋入土中。

鄂温克族的熊图腾崇拜也是如此,他们解释把熊作为祖先的原因是:熊与人有不少相似之处,它能用腿直立行走,前肢还可抓住食物送入口中,当它直立远望时还常常用前爪在眼上搭起凉棚以遮阳光。

大兴安岭地区古代为肃慎之国所在处。《山海经·海外西经》记载"轩辕之国"北有"肃慎之国"。鲜卑人的老家也在那里,《魏书·序纪》曰:

> 黄帝有子二十五人,或内列诸华,或外分荒服。昌意少子,受封北土,国有大鲜卑山,因以为号。①

可见,鲜卑人亦为黄帝子孙。东周时晋国祖先亦为熊②,《前燕录》记东胡亦为黄帝后代③,这些线索都值得注意。熊图腾的范围是相当广阔的。这在中、韩都是如此。

檀君神话所述母熊变人之事似已非最初形态,已有了巫术作法的幻变意识。母熊在桓雄天王的指点之下,用他所授予的艾、蒜等灵异植物,且在百日之内不见阳光,才能变人,这是一种植物崇拜和太阳崇拜的表现,与农业发展有关。艾和蒜均为药用植物,被认为有灵性,是很自然的。在中国,艾炷仍是进行灸疗的最主要药物,可治腰腿疼等顽症。每年端午节的辟邪灵物非艾莫属,它和菖蒲一起挂在门上,驱邪赶鬼,还可烧水沐浴有益健康。蒜可杀菌,治腹泻特灵,还可抗癌。这些在中国和韩国都是一样,古人夸张了其灵异作用,认为吃了就能由熊变人,当为神话思维的巫术幻想使然。

百日不见阳光的巫术行为,可能象征着熊的冬眠习性。据鄂伦春人观察,熊有两种,黑熊稍小,会爬树,住在树洞内;棕熊大而笨,不会爬树,只好在地下掏洞或住山洞(地仓)。熊到冬天就要"蹲仓",在洞中不吃不喝进行冬眠。冬眠的时间约百日左右。不管是"天仓"(树洞)还是"地仓"(山洞、地洞)都是不见阳光的。这种"静功",修炼百日,就可修成"正果",由熊变人,这是熊比虎优越之处。我们知道许多仙人、神佛是在山洞中修炼的,这和熊有共同之处。此

---

① (北齐)魏收:《魏书》卷一《帝纪·序纪》。

② (东汉)王充:《论衡·纪妖》。说赵简子病昏数日醒后说他受上帝之命曾射熊罴,"他日,简子出,有人当道,辟之不去……曰:'晋国且有大难,主君首之,帝令主君灭二卿,夫[熊]罴皆其祖也'"。

③ 参见《论轩辕黄帝的出生》一文注 33。另《魏书·序纪》所述"大鲜卑山"实即大兴安岭,几年前在一山洞中发现古鲜卑人之祭祖碑文,为六朝遗物。史家认为此处应为鲜卑人之发源地。此处现属鄂伦春自治旗,1993 年夏,笔者率北大中文系民间文学调查队曾进洞考察。

外，这种日光禁忌是否与太阳崇拜有关亦值得考虑。“朝鲜”二字意为“地近鲜明的朝阳”①。古九夷民族中有“阳夷”，自认为太阳之子孙。避日光百日之禁忌，是否为了怕为祖先所见，而躲着太阳使熊变人？

山与树

在各国神话中，山和树常常被看成是天地交通的中介。天神怎样从天而降呢？人们想象，山与树是离天最近的，天神往往由高山下凡，或顺着大树下来。许多高山云雾缭绕，虚无缥缈，似有仙山琼阁为神仙所居。檀君神话说桓雄天王是由太伯山顶顺着神檀大树下凡的，这种想象是各国神话中所常见，中国开国神话也有类似记载。

前述新郑郊外的轩辕之丘（具茨之山、风后岭）又称有熊，为黄帝故国之都，当时还是熊罴活动的地区。但他作为天神时，也有一个都城，这个“下都”就在中国古代最有名的神山——昆仑山上。这天上众神在地上的都城在《淮南子·地形》中有详细记载，说昆仑山共有九层，最高一层“增城”在天上，“乃维上天，登之乃神，是谓太帝之居”。《水经注·河水》引《昆仑记》曰：“昆仑之山三级，下曰樊桐，一名板桐；二曰玄圃，一名阆风；上曰十层城（即增城），一名为天庭，是为太帝之居。”

这里的太帝当然就是轩辕黄帝了。《穆天子传》曰：

> 天子（周穆王）升于昆仑之丘，以观黄帝之宫，而封丰隆（雷神）之葬……②

值得注意的是，昆仑山上也有一棵参天的大树——禾木：

> 海内昆仑之虚，在西北，帝之下都。昆仑之虚，方八百里，高万仞。上有禾木，长五寻，大五围。面有九井，以玉为槛；面有九门，门有开明兽守之，百神之所在。③

这棵“禾木”十分高大，每寻八尺则高四丈了，有五人合抱那么粗大，真可谓

① 参见（西汉）司马迁：《史记·朝鲜列传》及（南朝·宋）裴骃：《史记集解》。
② （西晋）郭璞：《穆天子传》卷二。
③ 《山海经·海内西经》。

万仞高山上的天梯了。“禾木”是什么树，这是泛指，可能是生长粮食的神树吧。

对比檀君神话，桓雄由天国下凡的太伯山，即今之妙香山，这是1 900多米的高山，为大同山脉主峰，乃非常雄伟的名山。桓雄“降于太伯山顶神坛树下，谓之神市”，“神市”亦即神之“下都”。“神坛树”亦为泛指，未说明何树。但在传写过程中变为“神檀树”，是神话在流传中必然发生的变异。檀树为印度热带的香木，在朝鲜未必能生长，此种变异是否与佛教之传入后用檀香敬佛有关，值得研究。因一然为佛教僧人，后人在抄写《三国遗事》时，可能会不自觉地引入佛教观念，这种情况在中国神话的记录中也常有。如昆仑山本为中国本土神话之名山，后来竟有人把它说成是佛教的须弥山了。王嘉《拾遗记》载：“昆仑山有昆陵之地，其高出日月之上，山有九层，每层相去万里。……昆仑山者，西方曰须弥山，对七星之下，出碧海之中。”[①]这当为中国神话与印度佛教神话传说合流所致。坛君变为檀君，形象更加美好，也更加神圣化了。

山神与天帝

檀君与黄帝都有神性，但其神性多有不同，故其后来的发展与归宿也各异。

据《三国遗事》记载，檀君在唐尧即位五十年于平壤建都立国，后来“又移都于白岳山阿斯达，又名弓忽山(一作方忽山)，又今弥达。御国一千五百年。周虎王(即周武王)即位己卯，封箕子于朝鲜。檀君乃移于藏唐京，后还隐于阿斯达，为山神。寿一千九百八岁”。檀君在位1 500年，退位后为山神，又活了408年，可谓长寿神君，并由人变成了神。虽然不是大神，只是山神，但仍然受到人民的崇敬，始终不衰。

黄帝始终是中国远古的帝王，不曾退隐，传说他活了三百岁，然后骑龙升天。[②]《史记·封禅书》记载了公孙卿所讲故事：“黄帝采首阳山铜，铸鼎于荆山下。鼎既成，有龙髯垂胡，下迎黄帝，黄帝上骑，群臣后宫从上者七十余人，龙乃上

---

① (东晋)王嘉：《拾遗记》卷十《昆仑山》。

② (西汉)戴德：《大戴礼记》：“宰我问于孔子曰：‘荣伊言黄帝三百年，请问黄帝何人也，抑非人也？何以至三百年乎？’对曰：‘生而人得其利百年，死而人畏其神百年，亡而人用其教百年’。”孔子“不语怪力乱神”，将神话历史化了，比较勉强。

去……”此处言“七十余人随黄帝上天”,与“桓雄天王率三千人下凡”甚为相似,都是显示其天神威灵。黄帝上天后仍为天帝,或即为玉皇大帝。道家“黄老之说”,把黄帝尊为最高的天神,其位在教主李耳(太上老君老子)之上。黄帝与檀君归宿之不同,可能同中国几千年来主要是一个统一为主的大国有关。

还有一点蛛丝马迹可追寻这两则神话之联系。檀君的都城白岳山阿斯达和昆仑山上的黄帝宫名只一字之差,音甚近。《穆天子传》载:昆仑山“黄帝宫,即阿耨达宫也”。阿斯达与阿耨达似有神秘联系?此外,桓雄天王从天上“下视三危太伯”之三危山,在中国神话中亦为神山。《山海经·西次三经》云:“……三危之山……有鸟焉,一首而三身……”[①]其地在中国西部与昆仑山同一方向。这两个“三危山”也可能不仅仅是巧合同名,而是有更深的联系,值得进一步探讨。

远古与现代

中国与韩国均为东方文明古国,其开国神话距今数千年,始终流传不绝,其中的历史积淀蕴涵着两国文化精神之根本。黄帝的时代和河南近些年发现的裴李岗文化有密切联系。裴李岗新石器文化距今已有7 000年之久。黄帝为“三皇五帝”之一,被尊为“五帝之首”。中央黄帝统管四方,是首先统一中原的开国之君,又是中华各族人民的文明始祖,华夏儿女都认同自己是“炎黄子孙”。历代帝王与广大民众都认祖归宗,年年在陕西黄帝陵举行极盛大的祭祀活动。每年清明祭祖之日,全世界华人代表和当地老乡都要扫墓祭陵。近年更是进行大规模的扩建改建工程。黄帝的光辉功绩和形象,至今仍是中华儿女统一团结的重要精神支柱和民族凝聚力的象征。人人都以这样伟大的文化英雄为共同祖先而感到无比自豪。黄帝开国神话虽然产生在远古,但久而弥新,始终活在广大人民心中,鼓舞人民团结奋进,在创造新文化的劳动中无愧于伟大的先祖,坚持并发扬他的创造精神。

同样,檀君神话的种种文明因子也仍然活在朝鲜广大人民的生活之中。如朝鲜人对熊、虎等动物的观念,对山神的信仰、祈子咒愿、三七日信仰、百日

① 《山海经》卷二《西山经·西次三经》。

忌、对艾草和蒜的灵物信仰等等，在许多地方仍然存在着。祭山神时，山神的形象仍为白发老人长寿檀君，山神极受重视，每村庄最高之处建山神庙作为村庄安全之保障。

檀君远古神话习俗深入现代民间生活之中，说明此开国神话影响之深远，这可能同农业社会的生活方式几千年延续不断、异常稳定有较大关系。这是东方文明古国的共同特点之一。檀国大学的建立与檀君神话的基本精神有关，为弘益人间，为民造福而办学，是非常崇高的事业。这也说明檀君神话至今仍有巨大的生命力，仍在发挥着它强大的精神力量。

蚩尤考说

——蚩尤是伟大的还是邪恶的

蚩尤与黄帝

蚩尤与黄帝的"涿鹿大战"是中国远古历史上的一个重大事件。正是由于这次大战中黄帝战胜了蚩尤,才奠定了华夏国家的根基,使他成为五帝之首。从此,在有关的文献记载中,蚩尤的形象成了暴君和乱贼,是相当丑恶的。《广雅·释诂》云:"蚩,乱也。"

《方言》:"蚩,悖也。"①一说"尤"同蚘,腹中之虫,很不雅观。《尚书·吕刑》的记载更加详细,可为此类观点的代表:"蚩尤惟始作乱,延及于平民,罔不寇贼,鸱义,奸宄,夺攘,矫虔。苗民弗用灵(令)制以刑,惟作五虐之刑曰法。杀戮无辜,爰始淫为劓、刵、椓、黥。越兹丽刑并制,罔差有辞。"这是周穆王叙述刑法的源流时,首先提到的"古训",说蚩尤作乱,以酷刑杀戮统治苗民。把蚩尤、苗民都说得很坏。蚩尤原为"九黎之君",是九黎部落联盟的首领,与轩辕黄帝发生了矛盾,被史家看成是"作乱"。司马迁《史记·五帝本纪》说:"蚩尤作乱,不用帝命,于是黄帝乃征师诸侯,与蚩尤战于涿鹿之野,遂禽杀蚩尤,而诸侯咸尊轩辕为天子,代神农氏(炎帝),是为黄帝。"

这些都是正统史书中的记载,已经把神话人物历史化了,并以正统观点使蚩尤成了暴虐无道的乱贼。事实上,蚩尤不仅是一个古史传说中的历史人物,同时也是一个有怪异神力的神话形象。据《龙鱼河图》记载:

> 黄帝摄政前,有蚩尤兄弟八十一人,并兽身人语,铜头铁额,食沙石子,造立兵杖刀戟大弩,威震天下。诛杀无道,不仁不慈。万民欲令黄帝行天子事。黄帝仁义,不能禁止蚩尤,遂不敌,乃仰天而叹。天遣玄女授

① (西汉)扬雄:《方言》卷十二。

黄帝兵信神符，制服蚩尤，以制四方……①

《汉学堂丛书》中的《龙鱼河图》略有不同，说：

黄帝之初，有蚩尤兄弟七十二人，铜头铁额，食沙石，制五兵之器，变化云雾。②

虽“七十二人”与“八十一人”有异，但皆为“多”之约数、九的倍数，其内涵是一致的，说明蚩尤是一个相当大的集体的代表，是一个具有很大神性的怪异人物。古书上这类记载很多，如《归藏》：“蚩尤出自羊水，八肱八趾疏首。……”③

《述异记》载：“有蚩尤神，俗云：人身牛蹄，四目六手。今冀州人掘地得髑髅如铜铁者，即蚩尤之骨也。今有蚩尤齿，长二寸，坚不可碎。秦汉间说蚩尤氏耳鬓如剑戟，头有角，与轩辕斗，以角觝人，人不能向……”

显然，这种“铜头铁额”、“八肱八趾”、“人身牛蹄，四目六手”、“食沙石子”等形象是非常怪异的，而《龙鱼河图》又说蚩尤“制五兵之器，变化云雾”，则又非常厉害，以致黄帝也打不过他，只好去祈求上天神灵的帮助。《山海经·大荒北经》载：

蚩尤作兵伐黄帝，帝乃令应龙攻之冀州之野，应龙蓄水。蚩尤请风伯雨师纵大风雨。黄帝乃下天女曰魃，雨止，遂杀蚩尤。④

《龙鱼河图》还说，在此大战中因黄帝仁义，“遂不敌”蚩尤，“乃仰天而叹。天遣玄女下授黄帝兵信神符”，这才制服蚩尤。又《黄帝问玄女战法》云：

黄帝与蚩尤九战九不胜。黄帝归于太山，三日三夜，天雾冥。有一妇人，人首鸟形，黄帝稽首再拜，伏不敢起，妇人曰：“吾玄女也，予欲何问？”黄帝曰：“小子欲万战万胜，万隐万匿，首当以何起。”遂得战法焉。⑤

又《黄帝问玄女兵法》亦云：“黄帝攻蚩尤，三年城不下……”⑥“九战九不胜”、“三年城不下”，可见蚩尤是个很强大的对手，其力量与黄帝不相上下，或比黄帝更强。黄帝只有求女神帮助才得到胜利。从此次战争的记载可以

---

① (北宋)李昉：《太平御览》卷七十九引《龙鱼河图》。
② (清)黄奭辑：《汉学堂丛书》引《龙鱼河图》。
③ (唐)徐坚：《初学记》卷九引《归藏·启筮篇》。
④ 《山海经》卷十七《大荒北经》。
⑤ (北宋)李昉：《太平御览》卷十五引《黄帝问玄女战法》。
⑥ (北宋)李昉：《太平御览》卷三二八引《黄帝问玄女兵法》。

看到蚩尤有神话形象，他不仅“兽身人语，铜头铁额”、“人身牛蹄，四目六手”，而且可以“请风伯雨师纵大风雨”；还可以“作大雾，弥三日”，黄帝令风后做指南车才战胜了他。不仅蚩尤有神性，黄帝也有神力，可以给风后等神下命令。

由此可见，蚩尤不仅是古史传说中的历史人物，而且也是一个神话人物。“蚩尤神”不仅在后世一直受人供奉，而且就在当时，也是被看成“不死”之神，威震天下的。上引《龙鱼河图》记载黄帝得玄女兵信神符而擒杀蚩尤之后：

> (蚩尤没后)天下复扰乱不宁，黄帝遂画蚩尤形象，以威天下，天下咸谓蚩尤不死，八方万邦，皆为殄服。①

于此可见，“蚩尤神”威力之大，不只在九黎部落之内，而且“天下”、“八方万邦”，都对他非常崇敬，使得黄帝都要画出他的神像，才能服天下。后来蚩尤神更演变为可管下雨、农耕与疾病。

《春秋繁露·求雨》载：“夏求雨……其神蚩尤。”

梁代任昉《述异记》更记录了南北朝时期华北汉族人民祭“蚩尤神”的情况：

> 今冀州有乐名“蚩尤戏”，其民两两三三，头戴牛角而相抵。汉造角觝戏，盖其遗制也。太原村落间，祭蚩尤神，不用牛头。今冀州有蚩尤川，即涿鹿之野。汉武时，太原有蚩尤神昼见，龟足蛇首；主疫，其俗遂立为祠。②

此书还说：

> 涿鹿今在冀州，有蚩尤神，俗云人身牛蹄，四目六手。③

更说明，在曾经大战的涿鹿，冀州人长久地祭祀蚩尤神，其他地方如太原、朝鲜也祭蚩尤神④，其为神话人物当无疑问。轩辕的形象亦复如此，不只是历史人物，而且也是古代神话形象。

---

① (北宋)李昉:《太平御览》卷七十九引《龙鱼河图》。

②③ (南朝·梁)任昉:《述异记》卷上。

④ (南朝·梁)任昉:《述异记》。此文曰蚩尤神主疫治病，此俗后传至朝鲜。据《东国岁时记》载，端午节时王家“观象监本朱砂，榻天中赤符，进于大内，贴门楣以除弗祥。卿士家亦贴之。其文曰：‘五月五日，天中之节，上得天禄，下得地福，蚩尤之神，铜头铁额，赤口赤舌，凡四百病，一时消灭。急急如律令’”。端午祭蚩尤除疫也。

蚩尤的战神形象

蚩尤是什么样的神呢?

在古代,汉族主要是把蚩尤作为英武的战神加以崇拜的。

古人往往把劳动发明的文化英雄崇拜为神,这是对超常的劳动创造能力的崇拜,是对新的科学技术的崇拜之人格化。大约因为蚩尤部落最先使用金属武器,在战争中大显神威,所以经神话思维的作用,蚩尤就被幻想为"铜头铁额"的神化人物,而且还"人身牛蹄,四目六手",神通广大。《尸子》云:"造冶者,蚩尤也。"①《世本·作篇》曰:蚩尤"以金作兵器",金即铜。《管子·地数》《山海经》均说蚩尤铸金为"剑铠矛戟"等"利器"。

秦始皇、汉高祖都立祠祭奉蚩尤,把他作为战神、"兵主",加以崇敬,以利战事。《史记·封禅书》载:

> 于是始皇遂东游海上,行礼祠名山大川及八神,求仙人羡门之属。八神将自古而有之,或曰太公以来作之。……其祀绝莫知起时,八神:一曰天主,祠天齐,天齐渊水,居临菑南郊山下者;二曰地主,祠泰山梁父。……三曰兵主,祠蚩尤,蚩尤在东平陆监乡,齐之西境也;四曰阴主,祠三山;五曰阳主,祠之罘;六曰月主,祠之莱山……七曰日主,祠成山……八曰四时主,祠琅琊。琅琊在齐东方。盖岁之所始。皆各用一牢具祠,而巫祝所损益,珪币杂异焉。②

这里说蚩尤为"兵主",主管战争大事,在八神之中列第三位,非常重要,其地位在阴阳日月四时之上,在岁首祭祀用贵重的祭品,非常隆重。这种祭祀"自古而有之","绝莫知起时",可见其古老。大约黄帝时已见端倪,前引《龙鱼河图》曰:"制服蚩尤,(黄)帝因使之主兵,以制八方。"③后来黄帝又画蚩尤形象。直到宋太宗征河东,出征前一日,还"用少牢一祭蚩尤"④。

蚩尤的大墓在东平,是古代九黎人聚居的地方,当地的老百姓始终崇拜蚩

---

① (北宋)李昉:《太平御览》卷八三三引《尸子》语。

② (西汉)司马迁:《史记》卷二十八《封禅书》。

③ (唐)欧阳询:《艺术类聚》卷十一引《龙鱼河图》。

④ (元)脱脱等:《宋史·礼志》之《军礼》。

尤，他们很可能是蚩尤九黎部族的后代子孙：

> 蚩尤冢，在东平郡寿张县（今山东阳谷县境内）阚乡城中，高七丈，民常十月祀之，有赤气出亘天，如匹绛帛，民名为“蚩尤旗”。肩髀冢，在山阳钜野县（今济宁县）重聚，大小与阚冢等。①

这一记载与《史记》是一致的。东平在鲁西地区，不仅有高七丈的蚩尤冢，而且还有同样大小的“肩髀冢”，可见人民对战死的英雄的崇敬。而天空巨大的紫霞赤气“蚩尤旗”，更是神奇想象的产物，人们把蚩尤神化了。天上的星星是神圣之象征，蚩尤在神话中也是耀眼的星星：“司兵之星名蚩尤”②，天上的彗星被说成是“蚩尤之旗”。《史记·天官书》载：“蚩尤之旗，类彗而后曲，象旗，见则王者征伐四方。”

蚩尤善战，对战争是有利的，所以在战争开始起兵时，要祭蚩尤。汉高祖刘邦也不例外。《史记·高祖本纪》载：“（众）乃立季（刘邦之字）为沛公。祠黄帝，祭蚩尤于沛庭，而衅（兴）鼓旗，帜皆赤。……于是少年豪吏如萧、曹、樊哙等皆为收沛子弟两三千人，攻胡陵、方与……”在这里，刘邦把黄帝与蚩尤放在一起祭祀。《史记·封禅书》则说：“高祖初起，祷丰枌榆社，徇沛，为沛公，则祠蚩尤，衅旗鼓。遂以十月至灞上，与诸侯平咸阳，立为汉王。”这里只提“祠蚩尤”，而且保佑汉王打了胜仗。等“天下已定”，统一中国以后，汉高祖又“令祝官立蚩尤之祠于长安。长安置祠祝官、女巫”，作经常的祭祀。③

蚩尤与黄帝的臣属关系

汉高祖之所以把蚩尤与黄帝一起祭祀，也不是偶然的。他们之间的关系，除战争中的敌对关系之外，还有臣属关系。黄帝制伏蚩尤后，即“使之主兵”，让蚩尤当了军事大臣。

汉代古籍《越绝书》曰：

> 炎帝有天下以传黄帝，黄帝于是上事天，下治地，故少昊治西方，蚩尤

① （清）孙冯翼辑：《皇览·冢墓记》。
② （清）全祖望：《经史答问》卷八。
③ （西汉）司马迁：《史记·封禅书》。

佐之,使主金。①

这里蚩尤仕于黄帝,为主管金属之冶炼官,辅佐少昊。少昊之地,在今山东曲阜一带,与九黎活动地区一致,此说有一定道理。可能是涿鹿之战以后,蚩尤族的一部分成为黄帝的臣属,主持金属兵器的制造工作。

齐国著名的宰相管仲则把蚩尤说成是黄帝的"六相"之首,是最大的臣子。

> 昔者黄帝得蚩尤而明于天道,得大常而察于地利,得奢龙而辨于东方,得祝融而辨于南方,得大封而辨于西方,得后土而辨于北方。黄帝得六相而天地治、神明至。蚩尤明乎天道,故使为当时,大常察乎地利,故使为廪者……②

把蚩尤的地位抬得更高了,在这里,蚩尤已不是一般的大臣,而成了"明乎天道"的首相,"使为当时"的总理大臣。由此可见蚩尤地位之重要。黄帝因蚩尤而"明于天道",说明蚩尤的文明程度比黄帝更高,很受黄帝重用。齐国人管仲如此记载,可能是齐国当地老百姓如此传说的吧。

无独有偶,《韩非子》也有类似的记载,但却更具有神话色彩:

> 昔者黄帝合鬼神于泰山之上,驾象车而六蛟龙,毕方并辖,蚩尤居前,风伯进扫,雨师洒道,虎狼在前,鬼神在后,腾蛇伏地,凤凰覆上,大合鬼神,作为《清角》。③

在黄帝"大合鬼神"的神圣队列中,蚩尤居前,在最前列,按《周礼》"六官"之例,该属"天官"尊位,与管仲的记载是一致的,但却完全是神话人物的形象,黄帝与蚩尤都是作为神话形象记载下的。韩非子是先秦故事的重要记录大家,这段神话故事当是很有意义的。

这类神话曲折地反映了远古的历史。在神话时代,氏族、部落之间的争斗异常剧烈、频繁,互相兼并、联合的事也是经常发生的。分久必合,合久必分,分分合合,化干戈为玉帛,化敌为友,不断融合。这也许正是中华民族不断扩大而建立起"协和万邦"的泱泱大国之关键所在吧。

---

① 《越绝书》卷四《计倪内经》,记谋士计倪言。

② 《管子·五行篇》。"使为当时",一说为蚩尤管天父历法之官,与农业关系密切。

③ 《韩非子·十过篇》。

蚩尤即炎帝(神农氏)吗

蚩尤与炎帝的关系是很复杂的。有种种不同说法,值得仔细研究。

有一种说法认为蚩尤即炎帝。著名历史学家夏曾佑、丁山、吕思勉等人都持此观点。主要根据是《史记·五帝本纪》所记黄帝与炎帝大战的"阪泉",与黄帝大战蚩尤的"涿鹿"实际上是一个地方。《五帝本纪》原文是:

> 轩辕之时,神农氏世衰,诸侯相侵伐,暴虐百姓,而神农氏弗能征。于是轩辕乃习用干戈,以征不享。诸侯咸来宾从。而蚩尤最为暴,莫能伐。炎帝欲侵陵诸侯,诸侯咸归轩辕。轩辕乃修德振兵,治五气,艺五种,抚万民,度四方。教熊罴貔貅貙虎以与炎帝战于阪泉之野,三战,然后得其志。蚩尤作乱,不用帝命,于是黄帝乃征师诸侯,与蚩尤战于涿鹿之野,遂禽杀蚩尤,而诸侯咸尊轩辕为天子,代神农氏,是为黄帝。①

这段话记载了两次大战,可以看出炎帝与蚩尤不是一个人物,但其记述亦有交叉之处。特别是后来的历史地理学家考证出涿鹿、阪泉的关系,使人感到两次大战实为一次。其主要根据是《水经注》关于涿水的记载:

> 涿水出涿鹿山,世谓之张公泉,东北流经涿鹿县故城南……黄帝与蚩尤战于涿鹿之野,留其民于涿鹿之阿,即于是也。其水又东北与阪泉合……《魏土地记》曰:下洛泉东南六十里有涿鹿城,城东一里有阪泉……《晋太康地理记》曰:阪泉,亦地名也。泉水东北流与蚩尤泉会,水出蚩尤城,城无东面,《魏土地记》称,涿鹿城东南六里有蚩尤城,泉水渊而不流,霖雨则流注阪泉……②

据此,丁山认为:

> 蚩尤泉即阪泉的支津,阪泉即涿水的支津,当然(黄帝)与炎帝的阪泉之战,可以说即与蚩尤战于涿鹿。由是言之,所谓赤帝(或炎帝),确即蚩尤了。③

即这两次大战实际上就是一次大战,则大战的主角炎帝与蚩尤就是一人了。夏曾佑先生说得更早,他在20世纪初期所写的《中国历史教科书》中即已

① (西汉)司马迁:《史记·五帝本纪》。
② (北魏)郦道元:《水经注》卷十三《涿水》。
③ 丁山:《中国古代宗教与神话考》,上海龙门联合书局1951年版,第394页。

指出："蚩尤逐帝榆罔而自立，号炎帝，亦曰阪泉氏。"

《归藏》记曰："古称黄帝与炎帝争斗涿鹿之野。"西汉贾谊也不止一次说炎黄大战是在"涿鹿之野"。[①]对照《五帝本纪》，可见"蚩尤、炎帝，殆即一人；涿鹿、阪泉，亦即一役"。三位著名史家的考证是有一定道理的。

笔者想还可以再补充一些材料。蚩尤、炎帝（神农氏）都是以牛为图腾的。《帝王世纪》曰："炎帝人身牛首，长于姜水。"[②]《帝系谱》曰："神农牛首。"[③]这与蚩尤的图腾形象是完全一致的，蚩尤也是牛首牛蹄并有尖利的牛角的。前引任昉《述异记》即记载："……蚩尤神，俗云人身牛蹄，四目六手……秦汉间说，蚩尤氏耳鬓如剑戟，头有角，与轩辕斗，以角抵人，人不能向……今冀州有乐名蚩尤戏，其民两两三三，头戴牛角而相抵。汉造角抵戏，盖其遗制也。"

这都说明蚩尤族是以牛为图腾的，炎帝（神农氏）也是以牛为图腾的，他们可能就是同一个部族的人，也可能就是同一个人——是部族的首领。如果把蚩尤、炎帝（神农氏）都看成是集体名词——部族的称号，问题即可迎刃而解了。

从古籍中，我们还可以找到蚩尤与炎帝同族而不同时的证据。如南宋罗泌《路史·后纪四》载："蚩尤姜姓，炎帝之裔也。"而《遁甲开山图》载："蚩尤者，炎帝之后，与少昊治西方之金。"[④]

综合以上资料，可以很好地解释两次大战的关系：先是黄帝与炎帝部族大战于阪泉之野，三战而胜之。蚩尤是炎帝族的后代，为了替炎帝报仇而与黄帝大战于涿鹿，战败之后，首领被擒杀而死，但蚩尤族的部分人则归顺了黄帝成为大臣。所以，炎帝与蚩尤可以同族而不同时，如《史记》所记，与黄帝的大战就可能进行了两次。

蚩尤与苗族

蚩尤是苗族的一位大祖神，在苗族人民心中有非常崇高的地位。至今在苗族的民俗中仍有许多关于蚩尤的重要活动。这是几千年的历史中顽强地保

① （西汉）贾谊：《贾子·益壤篇》、《贾子·制不定篇》。
② （唐）徐坚：《初学记》卷九引《帝王世纪》。
③ （明）陈耀文：《天中记》卷二引《世本·帝系谱》。
④ （清）黄奭：《黄氏逸书考》所辑《遁甲开山图》。

留下来的民族文化传统，是中国各民族特别是苗族历史发展的结果。

蚩尤神话是古史神话，虽有幻想成分，但却曲折地反映了历史，从中可看到古史的影子，其核心是古代苗族发展、迁徙的历史。所以它得到了历史学家们的高度重视。

从前文所引文献资料中可以看出，在中原地区（山东、河北、山西、河南等地）有许多蚩尤的遗迹和有关的风俗、神话传说，如冀州涿鹿蚩尤城、蚩尤神、蚩尤川、蚩尤泉、蚩尤齿、蚩尤戏，山东东平的蚩尤墓、蚩尤旗，陕西长安、江苏沛县有蚩尤祠，山西太原村落间祭蚩尤神。

> 汉武时，太原有蚩尤神昼见，龟足蛇首，主疫，其俗遂为立祠。①

此外还有很多活的历史资料。如宋代文献所记"蚩尤血"：

> 解州盐泽，方二十里，久雨，四山之水，悉注其中，未尝溢，大旱，未尝涸。卤色正赤，在阪泉之下，俚俗谓之蚩尤血。②

解州在今山西省，其盐泽卤水色红，不随天气变化，非常神奇，被当地人看成是具有神性的蚩尤血。前引《皇览·冢墓记》说，蚩尤冢高七丈，在东平郡寿张县阚乡城中，而蚩尤姓阚，故其后代亦姓阚，他们每年十月都祭祀蚩尤。又《续夷坚志》云：

> 华州界有蚩尤城。古老言蚩尤阚姓，故又谓之阚蚩尤城，城旁阚氏尚多。③

由以上可知，蚩尤确为中国上古重要历史人物，是九黎部落联盟的重要首领。他所代表的九黎部落，活动在河北、河南、山东、山西等中原地区，他们首先发明农业、使用金属工具与武器，有很高的文化、很强的军事力量，与轩辕黄帝势均力敌，并且有密切的联系。蚩尤可能是炎帝的后代，而炎帝与黄帝乃同胞兄弟。④炎帝与蚩尤曾先后同黄帝大战于河北涿鹿阪泉一带，大战之后，蚩尤族一部向南方迁徙，而许多人则留在北方，逐渐与黄帝族融合为一。所以他们保持着对其英雄祖先蚩尤的崇拜。

如今苗族依然有枫木崇拜的民俗，甚至以枫木为图腾。古文献中亦可找

① （南朝·梁）任昉：《述异记》。

② （北宋）沈括：《梦溪笔谈》卷三。

③ （金）元好问：《续夷坚志》卷四。"华州"在今山东费县，"东北六十里"是古九黎部族活动之地。

④ 《吕氏春秋·孟夏纪》载："炎帝，少典之子，姓姜氏，以火德王天下，是为炎帝，号曰神农，死托祀于南方，为火德之帝。"据《史记·五帝本纪》，黄帝亦少典之子。

到根据，说明此俗与蚩尤有关。《山海经·大荒南经》云："有宋山者，有赤蛇，名曰育蛇。有木生山上，名曰枫木。枫木，蚩尤所弃其桎梏，是为枫木。"

郭璞注云："蚩尤为黄帝所得，械而杀之，已摘弃其械，化而为树也。"又云枫树即今枫香树。此传说与蚩尤血传说相似，都是源于蚩尤族人对蚩尤被杀一事的怀念而产生的一种艺术想象。枫树叶是红色的，正和蚩尤血相映照。此类记载颇多，如《轩辕本纪》载：

> 杀蚩尤于黎山之丘，掷械于大荒之中，宋山之上，其械后化为枫木之林。①

《述异记》更是记录了枫木成精，变为人形的灵怪传说：

> 南中有枫子鬼，枫木之老者，为人形，亦呼为炎枫。②

《南方草木状》则载：

> 枫人，五岭之间多枫木，岁久则生瘿瘤，一夕遇暴雷骤雨，其树赘暗长三五尺，谓之枫人。越巫取之作术，有通神之验。③

枫木是一种灵木，人们对枫木的崇拜古已有之。而在苗族生活中，枫木的神性更强，《苗族史诗》中的《枫木歌》是整个史诗的核心部分之一，把苗族的来源、人类始祖都说成是从枫木中产生的。其主要情节如下：

远古枫树生出了原始女神妹榜妹留。妹榜妹留生下了十二个蛋。这十二个蛋中又生出了人类始祖姜央、龙、虎、雷公等等。

这里存在着枫树的图腾崇拜观念，也存在着卵生神话的观念。而卵生神话观念又与鸟图腾有一定联系，这些都和中国古代山东、河南一带的民俗文化有关。我们知道，殷商是有玄鸟图腾崇拜的，其祖先就是神话传说中的始祖契。契是其母简狄吞食燕卵之后怀孕而生。炎帝姜姓和姜央同姓。蚩尤族九黎部落亦曾居住在今山东、河南、河北一带，他们有很多部落，也有许多图腾。"兄弟七十二人"或"八十一人"，正是说明其联盟中部落氏族之多。《竹书纪年》沈注曰：

> （蚩尤）兄弟七十二人属于蚩尤各族，有熊氏、罴氏、虎氏、豹氏……诸氏。

在涿鹿大战失败以后，蚩尤为首的九黎部族曾受到多次征讨，被迫迁徙，

---

① （北宋）张君房：《云笈七签》卷一百引《轩辕本纪》。
② （南朝·梁）任昉：《述异记》卷下。
③ （晋）嵇含：《南方草木状》卷中。

有的向西，为犬戎、西羌，有的向南为三苗。他们的史迹是不少的。关于向西的一支，《拾遗记》云：

轩辕去蚩尤之凶，迁其民善者于邹屠之地，迁恶者于有北之乡。①

前引《遁甲开山图》已有“蚩尤者，炎帝之后，与少昊治西方之金”②的记载。《尚书·舜典》说舜“窜三苗于三危”。《孟子·万章》云：“杀三苗于三危。”③《地道记》曰：

秦州（陇西郡）首阳有三危，三苗所处。……鸟鼠同穴西有三危山，三苗所处是也。④

今敦煌县东有三危山，离千佛洞不远。西羌、西戎，似皆与苗民有关。犬戎是以犬为图腾的，苗民中亦有以盘瓠犬为重要图腾者。《后汉书·西羌传》载：“西羌之本，出自三苗。”根据考古发现，中国最早的铜器是甘肃东乡县出土的。而古西域中亚一带早在5 000年前已发现了铜器。这也许同苗民祖先有关。《山海经·大荒北经》曰：

西北海外，黑水之北，有人有翼，名曰苗民。

《神异经·西荒经》曰：

西北荒中有人，面目手足皆人形，而胳下有翼，不能飞，有为饕餮，淫逸无理，名曰苗民。⑤

这些记载较简单，且带有正统思想的偏见，并不精确，更不全面，但却反映了苗族先民流向西北的历史事实，这是不可能凭空捏造的。

三苗的大部迁往西南，经过了多次的战斗与转移。《五帝本纪》汉代郑玄注曰：

有苗，九黎之后，颛项代少昊诛九黎，分流其子孙为三苗国。高辛之

---

① （东晋）王嘉：《拾遗记》卷十。

② （清）黄奭：《黄氏逸书考》所辑《遁甲开山图》。

③ 《孟子·万章上》。

④ （东晋）王隐：《晋书》卷二《地道记》。

⑤ 《神异经》旧题东方朔撰、张华注，《隋书》已有著录，被认为荒诞，但其神话幻想反映了民间传说的观念，有些受正统观念的影响。《大戴礼·用兵》把蚩尤说成：“庶人之贪者也，及利无义，不顾厥亲，以丧厥身。蚩尤贪欲而无厌者也。”《路史·后纪四·蚩尤传》更曰：“蚩尤被杀之后身首异处，以故后代圣人著其像于尊彝，以为贪戒。”《神异经·西南荒经》：“西南方有人焉，身多毛，头上戴豕，贪如狼恶……名曰饕餮。”饕餮的父亲是缙云氏。《史记·五帝本纪》：“缙云氏有不才子，贪于饮食，昌于货贿，天下谓之饕餮。”《史记·五帝本纪集解》引贾玄说：“缙云氏，姜姓也，炎帝之苗裔，当黄帝时在缙云之官也。”《左传·文公十八年》正义引《神异经》：“饕餮，兽名，身如牛，人面，目在腋下，食人。”此类古史神话资料都说明饕餮与蚩尤有关。

衰又复九黎之德，尧兴又诛之，尧末在朝，舜臣尧，又窜之。后禹嗣位，又在洞庭逆命，禹又诛之。①

可见，经过颛顼、尧、舜、禹的多次征伐，一步步把三苗赶到西南的蛮荒之地。关于其迁移路线，近年苗族学者唐春芳曾有专门研究论文《试论苗族的原始居地》，把苗族口碑、习俗资料与古文献对照研究，发现二者相当吻合。②

现今各地苗族丧礼仪式中依然有鬼师吟唱《引路歌》、把亡灵沿古代苗人迁徙路线上溯送回老家这一习俗。都说苗族老家在东方，有的说是“扬州杨县”，有的说是“黄河入海口那太阳升起的地方”。③这一带正是古代九黎活动之地，有众多蚩尤遗迹。蚩尤曾佐少皞，如今曲阜城中有少皞陵，是中国少有的金字塔形高大石墓。九黎部族兵败后被打散，不少人留在当地，逐渐与华夏黄帝族融合，在山东一带的九黎，后来就成了以鸟图腾为标志的殷商族，古属东夷。至今苗族称男子为 yil，音夷。这里“夷”与“苗”并列，为苗族的族称。九夷中的“畎夷”，实为崇拜盘瓠龙犬图腾的湘西苗族的一支。古代“九夷”与“九黎”不但音近，在民族来源上也有密切关系。后来的“西南夷”之“夷”也与此有一定瓜葛。

留在中原的九黎与东夷其他部族一样，皆逐渐融合到华夏汉族之中了，而其余部分则举族西迁又折而往南，在湖北，即荆楚一带成为三苗。《韩诗外传》卷三载：“当舜之时，有苗不服，其不服者，衡山在南，岷江在北，左洞庭之波，右彭蠡之水。”

苗族先民后来又从荆楚地区西迁南进，分散在西南边疆云南、贵州、四川的山区乃至东南亚一些国家。

《苗族古歌》最后一部即为《跋山涉水歌》，歌唱苗族先民为追求美好生活而经过三条大河西迁到贵州的事迹，充满神话色彩，当时女性在生活中还起重要作用，可见其时代比较古老。有的古歌说苗族老家在“浑水河一带”，“浑水河”苗语为 edfangxeb niel，意为“黄水浑水”，其实即黄河。西部方言区的苗族（在今贵州川临地区）把黄河的花纹绣在花衣上，表示不论迁徙到哪里都不忘老家黄河。今湘西苗族妇女绣的花边花带上有“骏马飞渡”图，苗族称其为“埋辽里清”，其意亦为“浑水河”，表示苗族先民骑马在黄河岸边奔驰。苗族先民

① （西汉）司马迁：《史记·五帝本纪》。
② 参见唐春芳：《试论苗族的原始居地》，《苗侗文坛》1995 年第 4 期。
③ 唐春芳：《试论苗族的原始居地》，《苗侗文坛》1995 年第 4 期。

没有文字，却在衣服上记载了这段古老的历史。苗族口传的历史也一样，《跋山涉水歌》所唱的三条大河：一条河"河水黄央央"，即为黄河；第二条河"河水白生生"，就是长江；还有一条河"河水青幽幽"，则为南方山清水秀的河流。①

如今许多苗族聚居区依然流传着蚩尤的古老故事，苗族人民对蚩尤大神充满了敬意和自豪。

西部苗族聚居区传说，远古苗民居住在黄河边的平原上，蚩尤从小离家，出去学艺，刻苦修炼，会用120种医药，成了可以呼风唤雨、起死回生的大神。当时有个垂耳妖婆，捉去了十八寨的老幼苗民。蚩尤设计杀死了妖婆，解救了十八寨苗民。数十年后，苗寨兴旺发达，发展成为八十一寨。蚩尤的九个儿子也长大了。一人管九寨，蚩尤成了八十一寨的大首领。后来妖婆之兄黄龙公攻打苗寨，被蚩尤打退，黄龙公虽多次失败，仍不罢休，又联合赤龙公，在雷王五子的帮助下，才打败了蚩尤。八十一寨苗民只好放弃平原，向太阳落的"鬼方"迁徙，渡过了黄河，长途跋涉，来到豺狼、鬼怪居住的"鬼方"。苗民吹笙、打鼓，把豺狼、鬼怪赶跑，开山种地，在这墨洋大箐居住下来。②此外还有《蚩尤智斗饿虎》《蚩尤传神药》等传说故事，歌颂蚩尤作为苗家英雄远祖对苗族文化的巨大贡献。

各地苗族人民对蚩尤都念念不忘，非常崇敬。尽管苗族分布在贵川湘等三大方言区，语言支系甚多，有7个次方言、18种土语，但各地苗人都把自己的祖先称为"尤公"，在各种不同的方言土语中，"尤公"的称呼却惊人的一致。黔东南东部方言中叫老祖宗为"榜香尤"，湘西方言区则称"剖尤"、"九黎蚩尤"，而云贵川西部方言区更直接称"蚩尤"，不少地方有蚩尤庙，对蚩尤的祭祀是隆重的、经常的。湘西、黔东北苗族在祭祀祖先"剖尤"（或称"九黎蚩尤"）时，用竹篾编成山洞状，糊上纸，巫师坐洞中敲竹筒、摇铃铛，不能击鼓。据说当年剖尤战败退入洞中，击鼓易被敌人发现。黔东南有苗族史诗《榜香尤》在民间传唱，歌唱"第一位祖先"——香尤公的故事。人们在歌唱时或言谈中，听到榜香尤的名字都肃然起敬。③

云南的马关、武定地区的苗族有"跳月"或"踩花山"的风俗，传说此俗的形成与蚩尤关系密切。当时蚩尤率领苗族先民抵抗黄帝东进，失败被打散之后，

① 唐春芳：《试论苗族的原始居地》，《苗侗文坛》1995年第4期。

②③ 转自江泽：《九黎、三苗与苗族》，《苗侗文坛》1994年第2期。

退入深山，为召集四方苗人前来会聚，蚩尤在山上树起高高的树杆，系上红腰带，令男女青年绕花杆欢歌跳舞，吹起芦笙，如此热闹的聚会吸引了众多苗人，于是重整旗鼓，又投入了战斗。此俗后来成为定期的歌舞盛会而流传下来，成为苗族传统节日。①

总之，蚩尤作为苗族的“第一祖先”，始终受到各地苗族人民的崇敬与纪念，在苗族人民的生活、习俗及民间文艺中有许多表现。许多古史神话传说，尽管带有神话思维的幻想成分，却往往与古代文献资料不谋而合，充分说明民间习俗、民间文艺是具有较高历史价值的。它可以印证并补充书面文献，是活动的，也是更生动的历史资料，我们要善于应用它们。

① 转自江泽：《九黎、三苗与苗族》，《苗侗文坛》1994 年第 2 期。

蚩尤续考

——再论“两极人物”蚩尤的评价问题

蚩尤是中国古史神话中的一个神秘人物，也可以说是一个“两极”人物。一方面，他是苗族人民心目中的英雄“祖公”，在不少汉族古代文献中也把他记载为“战神”兵主；而另一方面，在一般人心目中，蚩尤却是一个“好兵而喜怒”的“乱臣贼子”，几千年来流传不断。

为了还历史以本来面目，笔者写过一篇《蚩尤考说》，考证了一些基本问题，如“蚩尤究竟是历史人物还是神话人物？”“他是一个英武的战神、伟大的民族英雄，还是一个好兵作乱的贪欲者、乱贼？”“蚩尤和炎帝是否同一个人？他和黄帝之间是否只是敌对关系？”“蚩尤和苗族历史和民族融合究竟有什么关系？他对苗族民俗有何影响？”等等。但在本文中，笔者希望根据一些新的情况和资料作更深层次的研讨，追索一些历史因由和中华民族精神等问题。

历史冤案的缘由

对蚩尤的否定与丑化，是中国古代历史上的一大冤案。这个冤案从上古已经发生。从正统的史书《尚书》《左传》《礼记》《史记》等等，直到后代的许多野史笔记，都尊崇黄帝，而相应的把蚩尤看成作乱的杀戮者而加以丑化。如《尚书·吕刑》载：

> 若古有训，蚩尤惟始作乱，延及于民，罔不寇贼，鸱义奸宄，夺攘矫虔。苗民弗用灵(令)，制以刑，惟作五虐之刑，曰法，杀戮无辜……①

《尚书》即书经，是我国最古老的一本历史书，是记言的，对尧、舜到商周的

---

① 转引自周秉钧:《尚书易解》，岳麓书社 1984 年版，第 289—290 页。

重要历史人物的发言，都作了记录。《吕刑》这一篇传为周穆王（即《穆天子传》的主人公）的训话。一开始就说"若古有训"，言明这是古代一直传下来的说法，说蚩尤"作乱"，又以刑、法"杀戮无辜"云云。虽然蚩尤首先用"法"与"刑"，是一个创新，但却被看成是"暴虐无道"的证明。

再追溯得远一点，甲骨文中即已有丑化蚩尤的记录。蚩尤二字，在甲骨文中作"蚩蚘"，皆有虫旁，这也是一种歧视与敌视的表现。再推向前就没有书面记录了。可以想见在口头传说中，这种对蚩尤的否定由来已久，可能在涿鹿大战前后即已产生。

当然，影响最大的还是《史记·五帝本纪》中关于涿鹿大战的记述："蚩尤作乱，不用帝命。于是黄帝乃征师诸侯，与蚩尤战于涿鹿之野，遂禽杀蚩尤。而诸侯咸尊轩辕为天子，代神农氏，是为黄帝。"

《史记》的历史结论是为黄帝树碑立传的，同时把对立面蚩尤作了全盘否定，历代以此为"正史"，陈陈相因，又演化出许多否定蚩尤的记述。

最有权威性的当然是儒家孔子的言论。本来"蚩尤作兵"首先作铜的武器已是公认的事实，但是孔子却对他的一切创造都加以否定。《大戴礼记》"用兵篇"记孔子在回答"蚩尤作兵欤？"这一问题时，说："否！蚩尤，庶人之贪者也，及利无义，不顾厥亲，以丧厥身。蚩尤，昏欲而无厌者也，何器之能作欤。"①

孔子竟然说蚩尤太贪、昏欲无厌，不可能有任何创造，当然也不能创造兵器了。

把蚩尤说成是贪欲的"饕餮"，作为反面典型刻画在三代彝器上，由来已久。《路史》载："（黄帝）传战执（蚩）尤而殊（诛）之，爰谓之解。……身首异处，以故后代圣人著其像于尊彝，以为贪戒。……"

罗苹注曰："蚩尤天符之神，状类不常，三代彝器多著蚩尤之像为贪虐者之戒。其状率为兽形，傅以肉翅，盖始于黄帝。"②

可见，自黄帝以来即多有此类丑化蚩尤之举。如《左传·正义》引《神异经》曰：饕餮，兽名，身如牛，人面，目在腋下，食人。③

这又使人联想到"刑天舞干戚"的形象，刑天是神农炎帝的部属，《路史·后记三》曾记载："（炎帝神农氏）乃命刑天作扶犁之乐，制丰年之，以荐厘耒，是

① （西汉）戴德：《大戴礼记·用兵》第七十五。

② （南宋）罗泌：《路史·后记·蚩尤传》。

③ （唐）孔颖达撰：《春秋左传·正义》卷二十《文公十八年》引《神异经》。

曰下谋。”①

刑天被黄帝斩首之后，“以乳为目”。《山海经·海外西经》载：“刑天与帝至此争神，帝断其首，葬之常羊之山。乃以乳为目，以脐为口，操干戚以舞。”

刑天是以干戚武器“与帝争神”之人，他很可能即蚩尤。而且说蚩尤“身如牛”，说他“食人”，是用古代图腾的动物形象来丑化他。到周代时，史书更加突出他大嘴贪食的形象。《吕氏春秋·先识》载：“周鼎著饕餮，有首无身，食人未咽，害及其身，以言报更也。”

蚩尤本来已“身首异处”，这里周代文同鼎上刻的饕餮形象却“有首无身”，只光光一个头，变得更加神奇而恐怖了。

中国是一个多民族的国家，作为专家学者和文化人，应该有一点民族学、人类学的基本知识，这是一种必备的学养。

但非常遗憾的是，已经出版的许多关于少数民族的书在书店都成为几乎无人问津的冷门。于此亦可见少数民族知识在中国学研究和文艺创作中确实是不可或缺的。因此，如果我们认识到以偏概全是不科学的，那么我们完全可以说：不了解少数民族，就不可能正确了解中国！

这并不是危言耸听。因为“汉族离不开少数民族，少数民族也离不开汉族”这句名言反映了一个事实，自古以来，各民族之间就是血肉相连、密不可分的，各少数民族是中国人口的一个不可缺少的组成部分。自私有制产生以后，民族矛盾是经常发生的，有的发展为战争，甚至“血流漂杵”，如涿鹿之战等等。这种现象，又如何理解呢？

用民族学、人类学的观点来分析就会发现，这种部落联盟之间的战争曾是一种普遍发生的历史现象。恩格斯在《家庭、私有制和国家的起源》一书中说：“古代部落对部落的战争，已经开始蜕变为在陆上和海上为攫夺家畜、奴隶和财宝而不断进行的抢劫，变为一种正常的营生”②。于是发生了部落之间的大战，同时也出现了赞美战争英雄的长篇史诗，人们就把这个时代叫做“英雄时代”，这就是荷马的时代，同时也正是黄帝和蚩尤争战的时代。

恩格斯的这部经典名著是在马克思晚年所写的《人类学笔记》的基础上写成的。马克思为了进行科学研究，阅读了许多人类学的书，对当时刚刚兴起的人类

① (南宋)罗泌：《路史·后记》三《禅通记·炎帝》。

② [德]恩格斯：《家庭、私有制和国家的起源》，人民出版社 1972 年版，第 105 页。

学调查研究成果给予了巨大的关注。他不光是阅读,而且进行认真的思考,写了不少笔记,仅仅是读摩尔根《古代社会》一书即写了厚厚的一本书,此书早已译为中文出版①,可惜未能写成人类学的专著,这个任务由恩格斯来完成了。然而,马克思主义者重视人类学的传统却未能很好地继承下来,值得我们深刻地反思。

其实,这种人类学、民族学、民俗学的知识,对于人文科学、社会科学和文学创作都是非常必要的。

摩尔根在进行长期的印第安人社会调查之后,联系世界上各种古代历史资料写成《古代社会》一书,概括了原始社会的一些基本特点和社会发展的某些规律。他指出,原始人由蒙昧时代缓慢发展到野蛮时代,再由野蛮时代逐渐进入文明时代。而"从澳大利亚(土)人和波利尼西亚人开始,继之以美洲的印第安人部落,而终止于希腊人和罗马人,这些部落为人类进步过程的六大期分别提供了最高范例",而"荷马时代的希腊部落和罗木卢斯时代的拉丁部落为高级野蛮社会提供了最高范例"②。这个荷马时代就是荷马史诗所反映的英雄时代,是由野蛮社会高级阶段向文明社会过渡的时期,是一个私有财产制度逐渐形成的时期,各部落、族群为了抢夺财富而不断进行战争,汤因比指出,大规模的暴行是英雄时代的特征。这是说战争往往在部落联盟之间进行,规模很大,像蚩尤的七十二个或八十一个兄弟,黄帝的熊、罴、貔、豹、虎等图腾的部落联盟,打起仗来"血流漂杵",足见参战人数之多。正如恩格斯所说,这种掠夺财富和奴隶的战争,在当时是一种"正常的营生",很难评判这种战争双方的正义与是非。历史是胜利者书写的。古人常以"成则为王,败则为寇"的正统观来做历史的评价,显然是一种世俗陈旧的偏见,往往违背历史的真实,因此需要用现代的科学成果来重新审视,还历史以本来面目。在对蚩尤的评价问题上,许多民族学家、人类学家已经作了不少工作,但是这些专家的研究成果,并未引起应有的普遍重视,以致不少人至今仍受传统偏见的影响而产生误解。

由此可见,蚩尤历史冤案的缘由,主要是古老的偏见、"成则为王,败则为寇"的传统观念以及儒家的正统思想的长远影响。而在当代思想更新和科学思维发展的过程中,对冤案的平反为何如此迟缓而困难呢?笔者以为,一方面,正统观念的强大惯性还在起作用,另一方面,也是主要原因则在于人们对民族学、人类学知识的欠缺,虽欠缺而又缺少自觉,对民族学的研究成果不屑

① [德]马克思:《摩尔根〈古代社会〉一书摘要》,人民出版社1965年版。
② [美]摩尔根:《古代社会》,杨东莼等译,商务印书馆1981年版,第15页。

一顾，以致冤案长期未能平反。当然，我们的研究和科学普及工作的不足，也是一个重要原因，这是我们要努力加以弥补的吧。

再说蚩尤

在《蚩尤考说》一文中，笔者已经对蚩尤作为伟大的战争之神和苗族的民族始祖英雄的一些基本情况作了初步的考辨工作，在本文中，想根据笔者后来又陆续得到的新材料，结合苗族民俗生活中对蚩尤的纪念活动，来看看蚩尤形象在各个方面的投影，其中包括一些国外的资料和新的调查材料，是比较珍贵的，有助于我们对蚩尤形象和历史地位更加全面、更加深入的了解。

根据苗族古歌、传说的大量口碑文学资料和汉文献古书，可以肯定苗族源于东夷，他们的祖先居住在东方，其地域从苏浙、山东、河南直到山西、河北等广大地区。而黄帝则是西北的游牧部落，后来向东发展才与蚩尤部落发生冲突。

如此说来，远古的河姆渡文化、良渚文化（浙江）乃至仰韶文化（河南、陕西、山西）、龙山文化（山东）等等，都与苗族的先祖有关。事实上，当时的九黎蚩尤族已经是农业民族，而黄帝族作为游牧为主的部落，比较起来是处于后进状态的。所以在开始的战争中屡战屡败，“九战而九不胜”，后来大约因为大大发挥了联合的优势，得到各种外力的支持才取得了胜利。

今天的河北省涿鹿县仍有蚩尤城和黄帝城遗址，根据空军遥感地图观测，发现“蚩尤城”的面积远比黄帝城大，城墙也比黄帝城厚。它依山傍水，地势险要，城中之南寨和中寨连为一体，可攻守呼应，有天然深沟可阻击敌人进攻。①在涿鹿县矾山镇有蚩尤墓，高6米多，占地约2 700平方米，相当高大。在大墓旁几十米处，又有一墓稍小，据说墓中埋葬的是蚩尤的战马。②

既然蚩尤是在涿鹿被黄帝打败、杀死的，为什么还有这么大的坟墓呢？很

① 杨培德：《对电视剧本〈涿鹿大战〉的研讨意见》，《苗侗文坛》1997年第3、4期。

② 伍略致《涿鹿大战》作者黄谷子的信。参见杨培德：《对电视剧本〈涿鹿大战〉的研讨意见》，《苗侗文坛》1997年第3、4期。

可能是蚩尤被打散的许多部下还留在涿鹿，也可能黄帝宽大为怀，“行仁义”而厚葬了蚩尤。

九黎部落联盟虽然战败，群龙无首，但许多余部还是集体南迁西去，在许多地方还保存着蚩尤的遗迹。

蚩尤与图腾形象（鸟、龙、牛、枫树、蝴蝶等）

在江苏省镇江市，考古工作者发现了一块画像砖（见图1），绘的是东夷集团首领蚩尤的神像。这是一个带有图腾色彩的画像：鸟头、牛角、人身，右手持弓，左手执剑，足为鹰爪，做战斗状。四周由正三角形图案组成边框如阳光之造型，这是尊崇之义。此砖经考证为南北朝时期所制，为苗族之祖神画像。苗族神话古歌中有大鸟鹊宇孵出了人类的故事，鸟图腾在苗族古代也是存在的。作为农耕民族，牛图腾更为流行。《述异记》云：“涿鹿今在冀州。有蚩尤神，俗云：人身牛蹄，四目六手。……”

图1　东夷集团首领蚩尤神像（江苏镇江出土南北朝画像砖）

这是蚩尤后代对蚩尤神的祭祀，他的形象是牛蹄人身，还说秦汉时传说蚩尤“耳有角”，同书所记“冀州有乐名蚩尤戏，其民两两三三，头戴牛角而相抵。汉造角抵戏，盖其遗制也”①。明明是角抵戏，却要说是“蚩尤戏”，可见它是蚩

① （南朝·梁）任昉：《述异记》。

尤族之图腾游戏。蚩尤族有牛图腾的证据太多，不能一一列举，此记述所云“太原村落间祭蚩尤神不用牛头”，就是一种图腾禁忌。如今许多苗族地区妇女头上硕大的牛角银饰，更证明了苗族牛图腾的广泛(见图 2)。在蚩尤部族联盟内部，图腾是多种多样的，而且有了鸟与牛等复合图腾，证明其部族之多，势力之大。

图 2　苗族妇女头戴牛角银饰，是蚩尤族牛图腾的遗俗

苗族还有龙图腾，而且龙与牛关系密切。

如今苗族妇女牛角银饰叫“干戈”(gib gob)，在西江地区，苗族妇女的头饰银角形似半圆形，是已经变了形的牛角。头饰角薄而扁平，两角分别有头朝下的两条浮雕龙纹，两龙头中间有一圆形浮雕太阳纹或团花，形成“二龙抢宝”或“二龙戏珠”的图案。罗义群先生认为：“牛角银饰，实际上是龙与牛的复合图腾标识。”①又说：

> 苗族龙牛不分，苗龙头上长牛角，祭龙中的“赶龙下海”实际是“赶牛入塘”。龙牛复合的原因：一是龙主水、牛耕地，都与农业生产有关。按黔东南苗族的说法，苗龙有山龙、水龙之分。山龙居地上管庄稼，水龙居河海管雨水。二是牛龙均为“蝴蝶妈妈”所生，有血缘关系。②

从社会生活上说，龙与牛有密切联系，都是苗族人民所特别重视的(见图 3)。从历史渊源上说，龙与牛均为远古神话中的兄弟，这种图腾神话反映了苗族丰富的图腾种类。

---

①② 罗义群:《论苗族头上的图腾文化》,《贵州大学学报》1992 年第 1 期。

图 3　苗族的龙牛复合图腾标志

由历代巫师演唱传承的苗族古歌(神话史诗),记述了远古苗族祖先图腾的宗谱:首先是有了枫树老妈妈(老祖母),枫树生下了蝴蝶妈妈,她生下十二个蛋,从蛋里出来龙、牛、雷公、老虎、姜央等十二个兄弟,又演化为苗族十二支系。①这首苗族古歌里有远古文化的遗存,这图腾相当原始,有动物图腾,也有植物图腾。尤其值得注意的是,最古老的祖先图腾是植物——枫树。

枫树图腾与蚩尤的关系密切。《山海经·大荒南经》记载:"有宋山者,有赤蛇,名曰育蛇。有木生山上,名曰枫木。枫木,蚩尤所弃其桎梏,是为枫木。"

郭璞云:"蚩尤为黄帝所得,械而杀之,已摘,弃其械,化而为树也。"②

又《云笈七签》卷一百引《轩辕本纪》:"(黄帝)杀蚩尤于黎山之丘,掷械于大荒之中,宋山之上。其械后化为枫木之林。"③

这里把枫树、枫林看成是蚩尤之械枷所变,有一定道理,说明枫树是蚩尤的化身,蚩尤是属于枫树图腾的,但并未说明枫树在苗族的地位。民族学调查得到的民间文学资料——苗族古歌、神话、传说给我们提供了苗族最古老的历史史料,原来枫树是苗族最原始的"老祖母",枫树图腾是最古老的祖先。枫叶是红色的,在原始人看来带有神性,以它为图腾、为人类始祖母是很好的。由

① 过竹:《中国苗族文化》,广西民族出版社 1994 年版,第 104—106 页。
② (西晋)郭璞注:《山海经校注·海经》卷十《大荒南经》。
③ (北宋)张君房:《云笈七签》卷一百引《轩辕本纪》。

枫叶联想到蝴蝶，说枫树的树心生出了“蝴蝶妈妈”（苗族为榜榴——妹榜妹榴，妹即母），又由她生下了十二兄弟——龙、虎、牛、姜央、雷公……姜央为人祖，他用火攻战胜了雷公。蚩尤是他们的后代，所以和所有苗族人民一样是非常崇敬枫树的。至今枫树在苗族民俗中仍是带有神性的，祭祀时神圣的木鼓是用枫木凿成的，据说“祖灵”栖息在鼓中。在古法、古规、古理作为法律“刻木为证”时，必须用枫树，让始祖女神作证。在苗族村寨前有巨大的枫树作为“寨树”、“枫神”，定期祭祀，在1958年“大炼钢铁”砍树烧炭时，满山的树都砍了，却不能动大枫树一枝一叶。于此可见，苗族人民对枫树的图腾意识是多么牢固。

文献所记载的枫树是蚩尤的械枷所变，其实只是看到蚩尤与枫树的关系，并不知道具体是一种什么关系，所以把这种关系弄颠倒了。事实上，很可能是黄帝知道蚩尤九黎苗人崇拜枫树图腾，就专门用枫木做了械枷来束缚蚩尤，目的是使其就范，不敢逃脱，更不能东山再起。而械枷演变为枫林，则体现了蚩尤部族不屈不挠的反抗精神及其强大的生命力，同时也表现了传统的枫木图腾崇拜的观念。①

苗族祭祖必祭鼓，最隆重的节日祭典是“鼓藏节”，十几年才举行一次，礼仪极其盛大。这个节日最重要的活动是杀牛祭鼓。牛是苗族神圣的祭祀牺牲，杀牛祭祖便成为苗族崇拜祖先的最高礼仪。为什么要杀牛呢？这和图腾有关。苗族作为农耕民族，古代较早利用耕牛，按古代神话思维的规律，征服了牛的人常常被看成“牛首人身”的神，蚩尤的形象正是如此，已如前述。牛是苗族敬奉的图腾，把牛的形象作为苗族的标志也是正常的，至今苗族妇女的头饰还有巨大的牛角银器，而幼儿戴牛角帽的习俗也是如此。②《述异记》说：“太原村落间，祭蚩尤不用牛头。”这也是一种图腾禁忌，但牛心牛肉则是可以吃的，其目的是为了得到祖灵的保佑，类似远古的“腹葬”，认为吃了先人的肉就会得到先人的英魂和血脉。当然也有禁食图腾动物的民族，各地风俗不同，不可一概而论，正如摩尔根《古代社会》所指出的：“在各个不同的部落中，有一些民族禁食本氏族名称所代表的动物，但这种禁忌不大普遍。”③

在苗族，牛与龙是常常不分彼此的。龙的形象在苗族的服饰上丰富多彩，而且许多龙的形象是非常古老的，我曾和中央民族大学苗族教授吴德坤同志

---

① 过竹：《中国苗族文化》，广西民族出版社1994年版，第107—109页。

② 张启成：《蚩尤新探——汉苗蚩尤神话传说之比较》，《贵州大学学报》1992年第1期。

③ ［美］摩尔根：《古代社会》，杨东莼等译，商务印书馆1981年版，第172页。

在一个苗族饭店吃饭，饭店里就挂着龙的绣品，吴教授说这些都是龙，有鱼龙、牛龙、蚕龙、猪龙……各种动物的龙。笔者以为，这些龙都和龙在原始发生期，如红山文化的玉龙、甲骨文中的龙字（蛇长了角）非常相像。《述异记》记载："汉武帝时，太原有蚩尤神昼见，龟足蛇首。"这实际即玄武龙的形象。苗族传说蚩尤的妻子是一位龙女。有人认为："蚩尤的父族为牛图腾，其母族为龟蛇图腾，因而蚩尤部族乃有双重的图腾标志。"①

在一个部落、部族中，往往有多种图腾，这些图腾往往互相拼成为复合图腾，龙就是最典型的复合图腾，它从不断的民族（部族）融合中发展起来。这种复合同别的国家由大族图腾完全灭掉小族图腾而形成一统的情况不同。笔者认为这正是中华民族精神的突出体现，笔者曾写过一篇《论龙的精神》，专门研究了这个问题，②可以参阅。

孙作云先生的《蚩尤、应龙考辨》认为："蚩"字从虫出声，虫就是蛇。从训诂上看，这是对的；又说蚩与鸱同音，屋脊上的鸱尾龙，即蚩尾，是保护房屋安全的吉祥标记；认为蚩尤是东夷太昊伏羲氏的后代，也是夏部族的祖先，他们都是龙族；甚至明确指出，夏部族是蚩尤之后，鲧是蚩尤的儿子，禹是蚩尤的孙子。③

至今苗族的龙图腾标志与活动还是很多。祭鼓唱词传说枫树根是吸取"龙水"而得到营养的。龙也是十二兄弟之一，苗族的盘瓠崇拜本来是犬图腾的，但是，"盘瓠图腾应为复合图腾，而不是单一的'犬'图腾，其中含'龙'图腾的成分可能相当大"④。《风俗通义》《后汉书》《魏略》《搜神记》等汉文古籍都记载了盘瓠神话故事，这是一个图腾故事，说盘瓠氏族源于他和高辛氏之女的婚姻。高辛氏即炎帝，在甲骨文中犬与尤是相通的。故此郭沫若先生认为蚩尤为炎帝之后代。如今南方畲族仍有犬图腾，但不说犬而说"龙犬"，这是有历史依据的吧。

苗族有"接龙祭"习俗，每当大丰收、大喜庆之年的二月或十月，都进行接龙活动，由龙师（祭师、巫师）主祭，设龙座，敬龙神的祖先。龙神有东方来的青

---

① 张启成：《蚩尤新探——汉苗蚩尤神话传说之比较》，《贵州大学学报》1992年第1期。

② 段宝林、梁力生主编：《中国龙文化与龙舞艺术研讨会论文集》，重庆出版社2000年版，第1—13页。

③ 孙作云：《蚩尤、应龙考辨》，《民间文学论坛》1989年第1期。

④ 过竹：《中国苗族文化》，广西民族出版社1994年版，第113页。

龙，南方来的赤龙，西方来的白龙，北方来的黑龙和中央来的黄龙等五位龙王。龙王之多，说明许多部族中都有龙图腾，这种图腾的融合正标志着民族的融合和认同。

苗族的龙舟文化非常盛大。据清代《苗疆闻见录》记载："（苗人）好斗龙舟，岁以五月二十日为端午节，竞渡于清水江宽深之处，其舟以整木刳成五六丈长而就，前安龙头，后置龙尾，中能容二三十人，短桡激水，行走如飞。"①

从这段记载来看，苗族龙舟不仅规模很大，龙舟很长（能容二三十人），而且它还十分原始，确系远古遗存。中国的端午节源于"天中节"，时间并不在五月初五而在夏至，因夏至的日期每年都变，所以后来才改为五月初五的。而苗族的五月二十则与夏至的日期更加接近，显得它更加古老。龙船用"整木挖成"，完全是原始人的独木舟，更加古老。如今有的地方虽然全是木头拼制的龙船，没有独木舟了，但其形制仍然存古，而规模更加盛大，每年五月二十四至二十七日，台江、凯里、黄平、施秉、镇远、三穗、剑河等地两三万人，穿着节日盛装，云集在台江、施秉交界的清水江边，欢度为期四天的龙舟节。从原始的龙舟节来看，大约是龙图腾祭祀节日的一种群众活动，是龙族各支系的一种竞赛活动。但苗族传说这里的赛龙舟和分龙有关，所以有些地方又叫"分龙节"。分龙就是分龙肉，传说古时有条恶龙为害人民，一位叫保的苗族人带着火镰火草潜入龙洞，趁恶龙熟睡时将它烧死，人们在江边分食此龙之肉。胜秉寨的人最早发现龙，就分得了龙头，所以如今他们最早过龙舟节。施洞去晚了，分得龙尾。传说此龙改邪归正，托梦给人说："我愿保你们风调雨顺、五谷丰登。只要你们用杉树仿照我的身躯在清水江、小江河一带划上几天，就像我活着时一样，我就能兴云布雨……"人们看到龙被降伏了，于是便造了龙船来划。各寨都做，按分龙肉时间的早晚顺序，过龙舟节，划龙船。为避过农忙时间，节日定在五月下旬，胜秉寨为二十四日，塘龙为二十五日，榕山为二十六日，施洞得龙尾，为五月二十七日过龙舟节。虽然有此恶龙传说，但在赛龙舟前却要祭龙舟。由寨老对着下水前的龙舟念诵祖源歌，叙述龙的起源。而苗语把这个活动叫"地戛哈"，意为祭山神，据说为的是祈求山神保佑龙舟的安全。这些说法可能是后起的。就其古老的意义来说，可能还是一种龙图腾的活动。划船手

① （清）徐家干：《苗疆闻见录》，贵州人民出版社1997年版。

在龙舟上吃饭时，只能用手抓，不能用筷子，这也表现了它原始的一面。[①]恶龙云云，可能指不同部族中的龙图腾部落，其实各部中都有龙族，所以龙舟节时给龙头挂彩，以鸡、鸭、鹅、猪、羊肉挂在龙颈须上或龙头前举行“接龙”仪式，可见人们对龙是非常尊敬的。

苗族的图腾相当多。作为东夷后裔，苗族还有鸟图腾。《苗族古歌》枫木歌说蝴蝶妈妈生下十二个蛋，但是她不会孵，由 jib(鹊)鸟来孵，才把十二兄弟龙、牛、虎、蛇、雷公、姜央等孵化出来。所以 jib 鸟也是古代图腾之一。据苗族学者唐春芳先生研究，河北简称“冀”，就是 jib 的音译[②]。苗族上古时代祖居黄、淮、下江平原，叫“阿吾坝”，河南简称“豫”，安徽简称“皖”，以及江南的“吴”等等，都是苗语祖母 wuk 的不同音译，表示是苗族的祖居之地。这个苗族祖居地——广大的“阿吾坝”又叫“蚩尤坝”，是由母系社会到父系社会转变的结果。[③]他们认为蚩尤是苗族进入父系社会后的第一个苗王，是众多苗民部落联盟的首领，其地位正如华夏族的黄帝一样。

苗族口碑上的蚩尤

“九黎之君”为蚩尤，其后代为“三苗”，而“苗民”、“有苗”则更加古老。他们的后代即今之苗族，故苗族人民关于蚩尤的口碑文学是很多的。1989 年 8 月贵州民族出版社出版了一本书《蚩尤的传说》，由潘定衡、杨朝文主编。书中收集了民间流传的蚩尤传说，这当然只是九牛一毛而已。但从中亦可看到蚩尤作为苗族的人文始祖，几千年来对苗族人民的生活、心理具有深远的巨大的影响。

贵州省关岭县龙洞乡、安龙乡的苗族人民中流传着一个《请日月》的故事，说蚩尤是给人类带来光明的人。故事这样说：太阳、月亮为逃避追杀，躲到山背后去了，在山洞里藏了七年，人间也黑暗了七年。蚩尤出主意，让动

---

① 吴通发：《清水江畔的龙舟节》，见潘光华编：《中国苗族风情》，贵州民族出版社 1990 年版，第 24—29 页。

② 冀即《禹贡》九州之一，地跨河北中南部，河南北部、山西中南部。

③ 唐春芳：《尊重历史事实，维护民族团结》，《苗侗文坛》1997 年第 3、4 期。

物大比赛，看谁能把太阳喊出来。公鸡一叫，太阳月亮就出山了，所以鸡吃米。而狗喊不出日、月，只好吃屎认输。从此，人们都很感激蚩尤出主意给人们带来光明。①在苗族民间传说中，蚩尤是勇敢和智慧结合的典型，《蚩尤智斗饿虎》等故事把他说成是一个智打恶虎的英雄。作为一个英明的领袖，蚩尤文武双全，仁德爱民，带领苗家男耕女织，制造精良武器，保卫国家，使人民过着太平日子。

关于涿鹿大战，苗族口碑的记载和汉文古籍迥异。认为蚩尤一方是被侵略者，是正义的。其对立面雷老五（“黄帝以雷精起”，为主雷雨之臣）则是反面人物，他假意与蚩尤结成兄弟，骗得神斧，利用蚩尤的仁慈，搞得他家破人亡。三次大战，最后蚩尤因胜而骄，战败被杀。

在云南花苗地区，1950 年至 1952 年间曾记录下一首古歌《涿鹿大战》，是用古苗语演唱的，比较古老。内容是“格蚩爷老”等三位长老领导苗族人民保卫中原家乡之事，入侵者卡尧（意为华族）要占据苗人的大平原，经过 7 年苦战，三老先胜后败。“格蚩爷老像老虎一样勇猛……打得敌人无法抵挡，敌人的死尸堆积如山……”但是，卡尧用计造了“冲天大炮”，把苗兵打败。“三位长老的事记在汉人的书上”，同时也“绣在苗族的衣服上”。古歌唱道：

在万国九州的中间是罗浪周底，
我们的先人就住在那里……
在直立密底大平原，
老五、老梨都是好地方，
红稗、小米不曾缺少，
高粱、稻谷样样齐全，
还有黄豆赛过鸡蛋。

苗族先民居住的“罗浪周底”是北方大平原，生产小米、高粱和稻米的地方。最后被华族人（卡尧）占了，三老非常悲伤：

他们只有把这些景致做成衣衫，
把这些衣衫拿给年轻妇女穿。
她们统统穿起来给老人看，
穿起来叫男女老少看：

① 潘定衡、杨朝文主编：《蚩尤的传说》，贵州民族出版社 1989 年版，第 113—116 页。

衣衫上的花纹就是罗浪周底，
围裙上的线条就是奔腾的江河。
他们又想起住过的楼房，
又把它们做成了披肩，
拿给青年男子穿，
他们一左一右披起来，
披起来给男女老少看。……
让人们看到开垦出来的田地，
让人们看到那些修筑起来的楼房，
他们把这些当作永远的历程。

苗族没有文字，他们的历史靠口碑文学——传说故事、神话古歌、民间歌谣等等流传下来，同时，在苗族妇女绣花的衣服上，也描绘着他们祖居地的景物，寄托他们对远古历史的记忆。

苗族人民把蚩尤尊为“祖公”，苗族东部方言区叫他为“倍尤”（phan you），中部方言区为“起尤”（gend yul）、“嘎尤”（ghab yiuk），而西部方言区则叫“尤赐”（yenf chik），含义都是“尤老祖公”；“起尤”则是“最早的老祖公”之意。①在上述古歌中的“格蚩爷老”更是“伟大的蚩尤长老”之意。

蚩尤部族与民族融合

蚩尤部族是非常强大的。在部族内部有许多不同的图腾，说明这是一种由氏族、部落的不断兼并联合而形成的巨大联盟。在涿鹿大战时，蚩尤有“八十一个兄弟”，铜头铁额，非常厉害，多次打败黄帝部族。按照一般的民族学原理，在部落联盟的内部往往是有共同的语言和一些共同的习俗文化特征的。

蚩尤族原来居住在江浙、山东、河南、河北和山西中南部等广大地区，经过多年的部落兼并已经逐渐形成一个整体，在父系社会开始阶段形成了自己的

① 唐春芳：《尊重历史事实，维护民族团结》，《苗侗文坛》1997年第3、4期。

强大部族联盟，有了自己第一个国王蚩尤，是与黄帝并列的一帝。

同样，原居于西北的黄帝部族，也是集合了众多图腾氏族和部落而形成的强大集群。他们要向东发展，必然与蚩尤族接触，其间也有友好交往，甚至传说还有联姻之事。①远古的族外婚习俗，形成联姻的关系，使胞族部落之间的联合不断扩大。但为争夺财富和生存资料而进行的战争则是英雄时代的主旋律，这种以强凌弱、以大吃小的战争是经常发生的。最初的战争，俘虏大多是被杀死作为人祭的牺牲的，但后来被作为奴隶加以利用，从而扩大了自己的势力。

在涿鹿展开的大战就是规模很大的部族决战了。经过长期的攻守战斗，黄帝族依靠大量联络和利用外力（这种外力被神化为九天玄女、女魃、应龙以及虎豹熊罴等之力），才取得了战争的胜利。"黄帝四面"使子贡很疑惑，黄帝会有四张脸吗？他向老师请教。孔子说："黄帝取合己者四人，使治四方，不计而耦，不约而同，此之谓四面。"②

孔子说是黄帝派四人去治理四方，太理想化了。在战争频仍的英雄时代，黄帝为了战争的需要，派人到四面八方去招兵买马，广泛联合各部落的力量，大约是黄帝之所以取得胜利的重要原因。

中国古代的先民在战争中看到联合的重要，从主张"协和万邦"③、"和为贵"，又发展为"行仁政"的"王道"，认识到政治的重要，重视团结协同的力量，是中华民族的民族精神之主要特点之一，也是中华民族文化的精华所在。

战争当然会有杀戮，会形成对立和仇恨，但同时也为文化交流、文化融合提供了契机，如果处理得好，是可以有助于社会的进步和文化的昌明的。

故而，我们对涿鹿大战不只要看到"文化碰撞"，同时也要看到"民族交融"，汉民族之所以不断壮大、繁盛，最后成为全世界最大的人口上十亿的民族，其原因即在于汉族华夏先民的"和合文化"在起作用。

在涿鹿大战中，黄帝擒杀蚩尤之后，蚩尤的部落联盟被打散。一部分向南方撤退，由河南、湖北、湖南、四川到贵州、云南乃至老挝、越南、泰国、缅甸，成为苗族，这是主体；也有一部逃往西方，成为西羌，一部分到山西、山东，一部分留在河北，这些蚩尤余部后来虽然还曾保存着苗族的某些文化传统，有"蚩尤

① 张启成：《蚩尤新探——汉苗蚩尤神话传说之比较》，《贵州大学学报》1992 年第 1 期。
② （北宋）李昉：《太平御览》卷七十九引《尸子》。
③ 《尚书·尧典》。

祠”、“蚩尤冢”祭蚩尤，有“蚩尤大旗”、“蚩尤血”的传说遗迹，有“蚩尤村”、“蚩尤戏”(角觝戏)的娱乐，有“蚩尤环”的佩饰，有“蚩尤像”的饕餮纹彝器及画像砖、画像石等等，但这些族人后来都成为当地汉人的一部分。在这种苗汉民族融合的历史过程中，必然有过种种矛盾，许多俘虏是作为奴隶而存在的，但也可能有些投降的部族得到优待，可以祭祀蚩尤。汉族祭蚩尤为神，其中有猎神："田狩但祭蚩尤"①，这是天子诸侯都要祭的。有雨水之神，"夏求雨……其神蚩尤"②。有"百工之神"，"蚩尤……司百工"。③有去邪驱疫之神，"蚩尤……主疫，其(汉代)俗遂为立祠"④。从一些汉文古籍中还可以看到，黄帝不仅收容了蚩尤余部，甚至还曾让他们做大臣，“兵主”(相当国防部长)、“天道当时”(管天文历法)、“治金”(金属制造的部长)。因蚩尤族在文化上更为先进，在力量上非常强大，黄帝要全部剿灭他的势力是完全不可能的。所以，黄帝不仅在整个斗争过程中不断学习和利用他们的各种文化成果，来丰富自己，甚至在战胜以后，为了安抚天下人心，还“画蚩尤形象以威天下”，使“天下咸谓蚩尤不死，八方万邦皆为殄伏”。⑤万邦皆伏，才有天下太平，这是黄帝在政治上的高明之处而所取得的极大胜利，于此亦可见蚩尤之巨大的感召力。

中国有“协和万邦”的传统，仁义与威猛并施，完成统一大业，但在统治巩固之后，为了建立正统，又会用“成则为王，败则为寇”的唯心史观，去解释历史，造成许多历史的冤案。今天我们应该还历史以本来面目，为蚩尤平反昭雪，不但尊重他为“中华三祖”之一，而且还要广为宣传，使这段历史深入人心，这是历史学者的光荣历史使命。许多有识之士已经作了许多工作，但仅仅局限在很小的范围中，我们要弘扬他们的研究成果，使广大人民都提高认识，清除历史的偏见，真正做到同心同德，共建多元一体的伟大国家。

蚩尤部族“叛入南海”，后来又迁到世界上许多地方，其国际影响亦颇大。

一些日本学者认为，在日本文化中有苗族古文化的内容，而提出“贵州苗族是日本人的祖先”。日本古建筑专家桑原稔先生多次到贵州苗寨考察民居，发现苗家“吊脚楼”的房屋结构与日本天皇皇宫的建筑结构有许多相似之处，

① (唐)杜佑:《通典·礼·出征类》。
② (西汉)董仲舒:《春秋繁露·求雨篇》。
③ 《逸周书·尝麦解》。
④ (南朝·梁)任昉:《述异记》卷上。
⑤ (北宋)李昉:《太平御览》卷七十九引《龙鱼河图》。

他提出日本天皇的祖先可能是贵州苗族。这类见解也同许多日本学者所主张的“贵州苗族是日本人的祖先”不谋而合。日本渡部义通指出，在日本学者中：多数人认为，弥生后期，中国南方的苗族人民，从中国南部或中部到长江流域，然后从长江口驾着小舟，冒风浪之险，渡东海、黄海，直接由海路进入日本列岛中部，即畿内一带，以后再由那里扩展出去。这段话是值得重视的，汪向荣《邪马台国》一书曾对此加以引证。①正是苗人带去了水稻文化成果和古苗人的许多习俗，如今在日本尚有不少遗存。如著名学者伊藤清司就认为，日本神判（捞油锅）即同水稻稻种一起传入日本的。苗族学者燕宝在日本访问时，对中日民俗做过长期研究的直江广治先生听说苗族唱“蝴蝶妈妈”的歌不能随便唱，要杀鸭祭供后才能唱，苗族人民一向认为蝴蝶是人的灵魂，因此都不捕捉蝴蝶之后，即说：“哎呀！我们日本人也是这样认为的，蝴蝶是人的灵魂……”②

无独有偶，韩国也有人认为韩国人是蚩尤之后代，可能是从陆路东去的吧。

2001年8月23日，韩国蚩尤学会沈博博士一行14人到中国考察，他们在河北涿鹿寻根问祖，仔细考察黄帝城、蚩尤城遗址后认定，韩国人是蚩尤之后，在蚩尤坟冢前举行了隆重的祭祖仪式，并表示要为蚩尤坟的修缮、保护捐资出力。③

有资料认为，蚩尤族之鹳兜部落在5 500年前到达美国。在北美圣埃米格迪亚岩画、加利福尼亚州 humash 岩画上，有鹳兜氏族徽图腾、三苗、九黎、羲和、常羲的徽铭。美国印第安人的太阳历上有羲和（olelbis）作蝴蝶载日飞行状。密西西比河流域的贝雕上有伏羲女娲和蚩尤、鹳兜造像，其形状与山东武梁祠之画像如出一辙。……蚩尤作风、鹏、蛇、牛整合的“疏首”羽蛇状，持大弩与铜剑等兵器。④当然，这些材料还需继续仔细考辨，但美国苗裔对蚩尤和苗族文化的崇拜与传承则是可以肯定的。

如今学界对蚩尤的研究已取得许多重要的成果，笔者的研究正是在学习、吸收了这些成果的基础上进行的。笔者以为，对于史前文化的研究，要同时开发三个资料库才能奏效。袁珂先生的神话研究主要是开发“第一资料库”——

---

① 汪向荣：《邪马台国》，社会科学出版社1982年版。

② 燕宝：《苗族族源探》，见《蚩尤研究资料选》，贵州民族出版社1996年版，第256—261页。

③ 曹广志：《涿鹿三祖堂随记》，《河北文化》2001年第5期。

④ 王大有：《蚩尤在中华文明史上的杰出地位论纲》，《南风》1997年第2期。

古文献资料，而“第二资料库”——考古发掘的地下文物也很重要，学者们已开始注意河姆渡、良渚、大汶口文化遗存与苗族的关系，如杨培德引证王大有《中华祖先拓荒美洲》一书后说：

三苗之苗，古音“毛”。苗与冀，本同反写。“艹”同“北”皆羽毛状，与翟同义。苗与凿、留都是头戴飞鸟形凸玉冠，首见于河姆渡文化（距今7 000多年），发达于良渚文化（前6500—前4200年）——大汶口文化（前6500—前4500）——龙山文化（前4500—前4000）的陶器、玉器上。尤其集中在玉圭、玉斧、玉冠上，这揭示蚩尤九黎三苗民族是由长江流域逐渐北迁进入河南、江苏、山东、河北，并统治该地区，所以称“宇于少昊”，蚩尤九黎及其后裔三苗，始发祥于良渚文化所在的长江流域太湖地区。良渚文化出土的刻有神人兽面纹神徽的玉环，被史学家称为“蚩尤环”。①

这种说法有一定道理，可略备一说，尚可深入探究。按此处原为古越人所居，有崇龙习俗，春秋时在当地（宁波地区）出土的铜钺上刻有头戴羽冠划龙舟之数人形象（见图4），与今苗族地区流行的划龙舟相似。

图4　春秋时刻有头插羽饰划龙舟者（1976年浙江宁波鄞县出土）

考古文物无疑是史前苗族历史的重要佐证，值得重视。但只是这两个资料库远远不够的。众多的苗族学者发挥自己的优势，深入苗族地区进行民俗考察，搜集了许多口碑资料，如神话传说等等，和民俗生活及文物，如衣、食、住、行及婚丧嫁娶的物品，作出了许多成绩，许多有分量的为蚩尤翻案的文章

---

① 杨培德：《对电视剧本〈涿鹿大战〉的研讨意见》，《苗侗文坛》1997年第3期。

正是他们写的。由此亦可见开发"第三资料库"的必要性和重要性。

曾参加过二万五千里长征的陈靖将军(苗族),根据苗族专家的研究成果1995年向李瑞环同志(时任政协主席、中共中央政治局常委)上书,希望正确评价蚩尤,应把蚩尤作为中华民族三祖之一加以尊崇,得到了李瑞环同志的支持。

涿鹿县人民摒弃历史偏见,把蚩尤和轩辕、炎姜并列奉为"中华文明三始祖",修建了一座"三祖堂"。此堂之修建不是偶然的。

1995年9月,在河北涿鹿曾举行"三祖文化学术讨论会",参加研讨的专家学者一致认同"中华文化三祖并列"符合历史实际,也有利于民族团结,有深刻的现实意义和学术意义。

在此之前,1995年6月,陈靖将军、美籍侨胞吴邦宗等人还到蚩尤陵墓行拜谒大礼,其影像资料在美国和贵州《南风》(月刊)发表后,引起了巨大反响。

为修建"三祖堂",新加坡籍华人周颖南先生在1994年捐资百万。1997年美国苗胞吴邦宗把美国苗族移民的捐款也献给了三祖堂,并对三祖行拜谒大礼。贵州省苗学研究会献上了楹联条幅:

轩辕祭天,炎姜击壤,蚩尤扬威,五千年文明肇始

釜山合符,江汉开拓,东南辉煌,三百代子孙传承

贵州省台江县则敬献苗绣壁挂《战神蚩尤图》。三祖堂内蚩尤塑像由苗族画家杨培德设计,征求各方意见,并在苗学研究会通过。

如今三祖堂已接待众多游人,成为人们了解五千年中华历史的圣地之一。

中华民族多元一体,具有强大的凝聚力、向心力,这是"龙的精神"的一贯传承,是"协和万邦"政治观念的光辉体现。虽然在阶级社会中民族矛盾和斗争是激烈的,但广大人民总是盼望和平与友谊的,中华文化的"和为贵"传统是文化的融合与斗争的结果,总是维系多元一体的大国体制。这在世界上是绝无仅有的,值得我们引以为自豪。各兄弟民族的友好团结,共创了中华文明,必将为中华腾飞、世界和平、人民幸福提供重要的保证。因此,我们为蚩尤翻案,澄清历史事实,是有极大的科学意义与现实意义的,其影响亦将是非常深远的!

蚩尤与龙

蚩尤是中华三祖之一。他不只是苗族的先祖，而且也是中华民族的先祖。笔者在《蚩尤考说》《蚩尤续考》两文中已作了较详细的分析。在本篇文章中笔者想从图腾文化的角度谈一谈这个问题。

如今人类学、民族学的知识比较普及了，我们可以用这“第三资料库”的资料来进行研究，但是，在20世纪40年代，只有比较先进的学者如闻一多等教授是运用图腾学说进行研究的，取得了较大的成就，而有些老派学者，则缺少或不认同图腾学说，就难以解释古代社会的一些重要现象，例如，国学大师钱穆先生1944年所写的一本《黄帝》专书中说，涿鹿之战中黄帝“教熊罴貔貅驱虎”、“驯扰猛兽”，是驱驯象、马等“动物作战”，并不认为这些都是图腾标志。① 该书1978年在台北再版时，钱穆先生仍然坚持此看法。而闻一多先生在此之前的《伏羲考》早已运用图腾理论分析伏羲与龙的关系，他对龙的形成过程的分析至今仍闪烁着真理的光辉，为绝大多数学者所认同，并不断为考古发掘所证实。笔者在《论龙的精神》《龙的传人之说毋庸置疑》等文中已作了较详细的考证。笔者认为，不开发“第三资料库”，不把文献资料、考古文物与田野调查的人类学、民俗学口传、行为资料结合起来，对历史、神话就很难有深入的透彻的确切认识。关于龙的研究就是一例。中华民族是“龙的传人”，很多民族都信奉龙，龙是中国人古代的图腾和民族象征，已获世人之公认，但许多具体情形，特别是许多少数民族之崇龙民俗，人们并不是很清楚的，还需要做很多这方面的研究和普及工作。我们知道中原华夏民族是龙的传人，从伏羲、女娲到炎帝、黄帝、尧舜禹汤等等，已有许多论证。而苗族如何呢？

其实，苗族在古代虽然与华夏族多有对立和争战，特别是蚩尤与黄帝的大战，但苗族却是非常崇拜龙的。苗族的龙文化表现在许多地方，而且从许多方面看，苗族的龙甚至比汉族的龙更加原始，有远古的历史渊源可考。例如，划

---

① 钱穆：《黄帝》，生活·读书·新知三联书店2004年版，第13页。

龙船起源于远古龙图腾的祭祀活动，从宁波鄞县出土的铜钺上可以看到春秋时代划龙船的形象，比屈原的战国时代要早几百年。笔者曾到黔东南参加该自治州五十周年的庆祝活动，在苗寨看了龙舟大赛，看到了苗家的龙舟平时放在清水江两岸很长的龙舟屋中保存。这是什么样的龙舟呢？你不能不承认这是最古老的龙舟，比汉族的龙舟要古老得多，这是一根巨大的杉木挖凿而成的"独木舟"，足有二三十米长。显然，这种独木舟属于原始社会，是从远古一直流传下来的。

苗族赛龙舟的时间也比汉族古老，一般不在五月五日而在五月二十几日，与夏至日接近，我们知道端午节是由天中节演变而来的，夏至日的太阳正在天的正中，所以在远古被看成是重要节日，进行图腾祭祀，划龙舟正在其时。后来因夏至日在阴历中时间常变，年年不同，才改成五月初五，变为端午节了。但是苗族划龙舟却仍在五月下旬的几天，各村寨地区轮流举行。这个日子显然比"端午节"之五月五日更加古老。当然夏至日也有时正在端午，所以端午节在古代又称天中节。在中国的邻国朝鲜，也有天中节的活动，而且与蚩尤有关，很值得注意。在一本记录朝鲜节日的《东国岁时记》中讲端午节时，"观象监本朱砂榻中赤符，进于大内，贴门楣，以除弗祥。卿士家亦贴之"。其文曰：

五月五日，天中之节。
上得天禄，下得地福。
蚩尤之神，四百四病。
一时消灭，急急如律令！①

这个"天中赤符"用红纸写出贴在宫廷的门上，也贴在一般官民之家的门上，其目的是为了祈求福禄、防病祛灾，也是如今端午节挂菖蒲艾叶的目的，是端午节作为迎接夏季之节日的主要内容。值得注意的是，这里明白地列出主神蚩尤的大名，向他祈求去除"四百四病"。"急急如律令"是道教常用的符咒用语，一般放在符咒的最后，表示急速施行见效之意。"律令"有二解：一是如法令一般严格执行，一是"雷部神名，善走，用之欲其速"。"东国"即朝鲜半岛之国，受中华文化影响，也崇敬蚩尤，并且把他作为祛病去邪的善神——天中节的大神，有点像后世之钟馗了，但其神格显然比钟馗更高。

---

① ［朝鲜］洪锡汉：《东国岁时记·中元》。

朝鲜人敬奉蚩尤，也是把他作为祖先大神来崇拜的。2001年8月23日，韩国蚩尤学会沈博博士一行14人，专程到河北涿鹿寻根问祖，考察了黄帝城、蚩尤寨后，认定韩国人是蚩尤之后代，在蚩尤墓前举行了隆重的祭祖仪式，并表示要为蚩尤墓的修缮、保护捐资。他们不知道阳谷(古寿张)有蚩尤冢，如果知道，也会到阳谷来的吧。

蚩尤战死后，身首异处，五马分尸，葬在几个地方，相关记载早已见诸古籍，当是可靠的。《路史·后记》卷四《蚩尤传》注曰："涿鹿者，竿人头也。""竿人头"当是把人头挂在竹竿上示众之意。出土西汉马王堆帛书记载，黄帝杀了蚩尤，把他的胃掏出来做成足球来踢。这之前则是说足球起源于踢蚩尤的头，但头太硬了，不好踢，所以又用胃做软一点的足球。①这些传说不一定完全真实，可能有想象的成分，但也可能反映了一定的历史真实。涿鹿有蚩尤城，在矾山镇龙王塘村之南，这一带古称"凶黎之丘"，是蚩尤九黎屯兵的山丘，"凶"则言其强大凶猛，蚩尤城屯兵之处呈南北长方形，其面积约为黄帝城的1.5倍，的确是够强大的。这些数据是以遥感技术测量的，应该比较准确。《水经注》云："泉水(指阪泉)东北流与蚩尤泉合，水出蚩尤城……"②

2005年，笔者去蚩尤城时还看到了蚩尤泉，泉水由一石雕的龙头张口流水，许多人接水作饮用、洗涤。这个地方就叫"龙王塘"。蚩尤泉又叫龙王塘，可见这里人是把蚩尤当龙看待的，蚩尤也是龙。笔者请教当地人，得到了肯定的回答。

梁代任昉《述异记》记曰："涿鹿今在冀州，有蚩尤神。俗云人身牛蹄，四目六手。今冀州人掘地，得髑髅如铜铁者，即蚩尤之骨也，今有蚩尤齿长二寸，坚不可碎。秦汉间说蚩尤氏，耳鬓如剑戟，头有角，与轩辕斗，以角抵人，人不能向。今冀州有蚩尤戏，其民两两三三，头戴牛角而相抵，汉造角抵戏，盖其遗制也。"

从这则记载可以看出，蚩尤神性在于以牛为图腾，"人身牛蹄"、"髑髅如铜铁"、"以角抵人"，是非常厉害的。

既然蚩尤是牛图腾，与龙有什么关系呢？

---

① 李零：《花间一壶酒》，同心出版社2005年版。

② (北魏)郦道元：《水经注》卷十三《涿水条记》。

许多资料证明，牛与龙是有密切联系的。我们在贵州看到苗族龙舟的龙头就有两个很大的牛角在两边，非常明显这是龙牛合体的，当地人都说那是牛角。蚩尤苗族的图腾与象征实际上是牛龙合体的。民间叫“水牛龙”。

苗族妇女头上戴的银饰，像两只牛角翘在头上，这是牛图腾的遗存无疑，但仔细看就会发现，在牛角上还鲜明地雕刻了两条大龙，这是“二龙戏珠”，中间的龙珠放射光芒，像东方红日放光，这是对龙的崇敬，也是对日出东方的留恋与向往。苗族古歌与神话传说都记载着苗族远古的历史，苗族人民原住东方，是被赶着跋山涉水到贵州来的。《苗族古歌》的“枫木歌”说枫树是苗族最古老的祖先，从枫树的中心，飞出了蝴蝶妈妈，蝴蝶妈妈生了十二个蛋，这些蛋孵出了人祖姜央（一译姜炎）兄妹，还有龙、虎、雷公、蛇等，都是同胞兄弟。可见龙也是苗族先祖。古歌长诗是长期在祭祀活动中传唱下来的。枫树是蚩尤的枷械所变，说明枫树与蚩尤关系密切。一说蚩尤为枫树神。

龙作为水神，与蚩尤也有密切的关系。《春秋繁露》“求雨”：“夏求雨……其神蚩尤。”可见蚩尤是夏天求雨的神，管雨水的神。为什么呢？蚩尤的“蚩”字有虫蛇之义，《苏氏演义》载：“蚩者，海兽也。汉武帝作柏梁殿，有上疏者言：蚩尾，水之精，能避火灾，可置之堂殿。……”①

现代中国龙的形象

① （唐）苏鹗：《苏氏演义》卷上。

蚩尤与水关系密切。北方的玄武是水神，为龟蛇合体，而《述异记》也说蚩尤神是"龟足蛇首"。与玄武神很相似。《太平广记》引《集仙录》"西王母"条曰："蚩尤变化多方，征风召雨，吹烟吐雾。"①甚至这种呼风唤雨的功夫在同黄帝大战时也用上了，幸亏黄帝有旱魃止雨，才战胜了蚩尤。民间传说蚩尤的妻子是龙女。可见蚩尤与龙的关系是非常密切的。以上这些神话传说反映了一个古代史的事实：不同部落、氏族之间关系密切，有的是兄弟之邦，有的是姻亲之族，而且有的氏族可以有不止一个图腾，妻方或母方的图腾也可以成为自己的图腾。图腾是可以变化的。

黄帝本来自西方，为游牧的氏族、部落，其图腾往往是山野间常见的熊、罴、虎、豹之类，但自从向东发展，与农业氏族发生了关系之后，他们也有了龙图腾，《史记·天官书》曰："轩辕，黄龙体。"注曰："人首蛇身，尾交首上，黄龙体。"

这种"人首蛇身"的"黄龙体"同华族伏羲（太昊）的人首蛇身形象是完全相同的。鲧死后"化为黄龙"，夏族也是龙族。这样，在涿鹿大战的双方，都有龙图腾的氏族。在战争之后，各族的融合更多了，龙图腾形象的保存就非常自然了。无怪乎我们看到苗族保存了远古独木舟的龙舟赛，而且，在苗族的服饰中处处都见到龙的形象，最近笔者在凯里（黔东南苗族侗族自治州的首府，也是苗族文化的中心地）就看到了许多龙形的银器，除了牛角上的双龙戏珠图形之外，还有许多龙形的银手镯、银簪子；在苗族妇女的服装绣花图形中，可以看到更多的龙的形象。当然，这种龙显然比汉族地区的龙更加古老，大多数是龙头蛇身，普遍没有四肢爪子，只是蛇形的龙身而已，有的以花作尾巴，有的是牛背龙、鱼龙（龙头鱼身），还有蚕龙、蝴蝶龙、猪龙、马龙等等，这些龙的形象都比较单纯，往往就是两种动物的结合，是龙的形象产生初期的样子，所以是非常古老的。但是人们非常喜爱龙的形象，在衣服的绣片上常常可以看到龙，所以他们有的就把绣了龙的衣服叫做"龙袍"。在汉族、在内地，只有皇帝才能穿龙袍，可是在苗族地区就大不一样了，普通人都可以穿龙袍，龙的形象可以随便绣在衣服上。这种情况当然不是偶然的，而是远古龙图腾形象的遗存。

最早的龙是从哪儿产生的呢？

---

① （北宋）李昉等：《太平广记》卷五十六引《集仙录》。

图腾研究的专家何星亮先生在《中国图腾文化》一书中专有一节谈“龙的诞生地：太皞部落”。他秉承闻一多之说，认为“太皞伏羲氏”的形象是“蛇身人首”，其图腾原为蟒蛇，伏羲古写为“庖羲”、“宓羲”，“庖”、“宓”与“蟒”的读音相近或相同，蟒为最大的蛇，奉为图腾是很自然的，然后又把蟒神化成了龙。他还认为，蚩尤部落应是太皞部落的后裔，因此黄帝与蚩尤之战实质上是黄帝部落有熊氏，以熊为图腾与龙蛇图腾的太皞部落的后裔之间的战争……传说黄帝杀蚩尤后，其所属氏族部落多有不服，“天下复扰乱”，为了使被征服者臣服，为了稳定社会秩序，维持自己的领导地位，黄帝部落不得不接受被征服者的文化，原来只崇拜自己的图腾熊、虎等，后来入乡随俗，崇拜该地普遍崇拜的龙，吸收与龙有关的种种文化，以获得被征服者的信任和拥护。相传黄帝的象征兽为黄龙，黄帝去世时又乘龙而去，这些都表明黄帝南迁之后，从崇拜熊、虎等猛兽转而崇拜龙。何星亮先生又谈到，黄帝族由畜牧转为农业生产，也需要雨水之神——龙。另外还由于通婚而吸收了龙图腾。在吸收的过程中，对蛇又作了改造：“重新塑造龙，因蟒蛇奔走如飞，像他们熟悉的野马一样，于是以马头代替令人害怕的蟒蛇头，并添上兽类的足和爪。黄帝部落集团就这样创造了华夏第一龙。后来的历代统治者又经过不断加工、完善，再给它添上角，加上兽鬃，形成我们今天所知的完美的动物造型——龙。”①

这个分析是有道理的，具体论述了龙之形成过程，但在细节上尚须完善，如龙的角，是不是后来加的呢。其实，很可能是以前加的。我们知道，炎帝以牛为图腾，蚩尤作为“炎帝之裔”也以牛为图腾。这样在龙由蟒产生之后，最早是加上牛角而变为龙，应在加上足和爪之前。我们看到，苗族民间工艺品上的龙正是这样的原始的龙形，当是和黄帝族融合之前的龙。《史记·三皇本记》司马贞补曰：“炎帝，神农氏，姜姓，母曰女登，有娲氏之女，为少典妃，感神龙而生炎帝，人身牛首……”

当时的龙大约就是牛首有角的，后来甲骨文中的龙字就是在蛇身上加了牛角，正是保留了这古老的龙形。此外，此书还说：“华夏第一龙是新石器时代南北文化整合的结晶，是游牧文化与农业文化整合的结晶，是兽文化与鳞虫文化整合的结晶。”②

---

① 何星亮：《中国图腾文化》，中国社会科学出版社 1992 年版，第 373 页。

② 何星亮：《中国图腾文化》，中国社会科学出版社 1992 年版，第 374 页。

龙的图腾确是游牧文化与农耕文化融合的产物，也是兽类图腾与鳞虫图腾融合的产物，但却不是南北文化之融合，因为当时的中心地区并不在今天的南方，在当时，他们的中心地区也在北方，在山东、河南、河北一带，但却是在黄帝族的东方，所以应该是“东西文化的融合”才对。

笔者还要补充一个意见：龙图腾的演变成形，除以上所述之三点原因之外，还有一个内在的更重要的原因，那就是我们中华民族的民族精神——龙的精神，和合、团结、统一的精神，《尚书・尧典》中所说的“协和万邦”的那种伟大的、可贵的、令人自豪的协和精神。关于这一点，笔者在 2000 年——千禧龙年在铜梁举行的“中国首届龙文化与龙舞艺术研讨会”上发表的《论龙的精神》一文已作了阐述，这里就不多说了。[①]这里需要多说一些的则是蚩尤与太皞、少皞的关系，以及他们与山东阳谷的关系。

蚩尤与太皞（昊）、少皞均为东夷的首领，这是有许多史料根据的。

西汉桓宽《盐铁论》“结和”条载：“轩辕战涿鹿，杀两皞（昊）蚩尤而为帝。”“两皞”与蚩尤是什么关系呢？《史记・补三皇本记》载：“太皞（昊）庖牺氏，风姓，代燧人氏继天而王。母曰华胥，履大人迹于雷泽，而生庖牺于成纪，蛇身人首，有圣德……有龙瑞，以龙纪官，号曰龙师。”

太昊伏羲氏是东方大神，又号“春皇”，《拾遗记》说他长得“长头修目，龟齿龙唇”，其母华胥，华即花也，以花为图腾，是为华族之祖，龙尾上有花，恐与此有关（汉族、苗族的龙尾上都有花），那么华胥之国在哪里？

《列子》“黄帝”篇曰：“华胥氏之国，在弇州之西，台州之北，不知斯齐国几千万里，盖非舟车足历之所及，神游而已……”
弇州即兖州，在今山东鲁西，但太昊又在少昊的东边，而少昊则以曲阜为中心。《左传・昭公十七年》记载，这年秋天，郯子来朝：“昭子问正子曰：‘少皞氏鸟名官，何故也？’郯子曰：‘吾祖也，我知之。……太皞氏以龙纪，故为龙师而龙名。我高祖少皞挚之立也，凤鸟适至，故纪于鸟，为鸟师而鸟名。……’”

又《左传・定公四年》载：“少皞之虚，曲阜也，在鲁城内。”
《帝王世纪》云：“少皞……邑于穷桑，以登帝位，都曲阜。”今曲阜故城有少皞陵。

① 段宝林、梁力生主编：《中国龙文化与龙舞艺术研讨会论文集》，重庆出版社 2000 年版，第 1—12 页。

少昊与蚩尤的关系很密切,《黄氏逸书考》辑《遁甲开山图》曰:"蚩尤者,炎帝之后,与少昊治西方之金。"

《越绝书·计倪内经》曰:"少昊治西方,蚩尤佐之,使主金。……太皞(昊)治东方,袁何佐之,使主木。"

而太昊、少昊都是在黄帝"上事天,下治地"的治理之下的。看来似乎两昊都是黄帝的臣子,而蚩尤又是辅佐少昊,帮他管理冶金业的,两者的关系并非敌对的,而是合作的。《越绝书》是东汉初年袁康所作,记录汉代传说,为先秦流传下来的,当有一定历史根据。少昊在太昊的西边,在今曲阜一带,他"一号金天氏、亦曰金穷氏",并且"少昊以金德王",可见金对他是非常重要的,而主金的正是蚩尤,所以蚩尤对少昊非常重要。他们不仅同族,可能蚩尤还是两昊的后代继承人,并且是很有作为的"九黎之君"。《逸周书·尝麦解》载:"昔天之初……命蚩尤宇于少昊,以临四方。"[①]蚩尤的活动中心地点正是在两昊所在的山东,大致历史就是如此。《皇览·墓冢记》载:"蚩尤冢,在东平郡寿张县(今山东阳谷县境内)阚乡城中,高七丈,民常十月祀之,有赤气出亘天,如匹绛帛,民名为"蚩尤旗"。肩髀冢,在山阳钜野县(今济宁县)重聚,大小与阚冢等。"

对此笔者主要根据历史、地理、人类学、神话学与民俗学的一些研究成果当时作了一些分析。山东阳谷县《蚩尤文化研究》2006 年第 1 期上的文章,把蚩尤墓与龙山文化古城的考古成果联系了起来,取得了新的可喜的进展,证实蚩尤活动的时代正是 4 000 多年前龙山文化时期(公元前 2500 年到前 2000 年),这些考古文物的实证,更加可以证明蚩尤活动于此中心地带。从民间对"蚩尤旗"的传说,可以看到人民对蚩尤的崇敬与怀念,这些人很可能就是蚩尤的后代。据《苗族史》的作者伍新福《论蚩尤》记载,云南文山地区苗族传说,"踩花山"最初就是为了祭祀祖先蚩尤的,花山场中所立的"花秆"上挂有一幅三尺六寸长的红布,叫"蚩尤旗"。这与山东古代祭蚩尤冢时的"蚩尤旗"何其相似。

阳谷的研究者对蚩尤冢进行了全面的调查研究,不仅在阳谷而且在山东、贵州都进行了深入调查研究,从地上、地下的文物遗迹发现蚩尤冢至今仍然存在。在阳谷县十五里园镇西约 2 公里的地方有一古冢,原名"皇姑冢",高约

---

① 《逸周书》卷六《尝麦解》。

4.5米，此处地下有古城，为龙山文化时期的古城，古冢正处在古城的中心地区。而“皇姑冢”可能为“皇古冢”之讹音，蚩尤坟高大，有古帝王风，此处为蚩尤活动之中心地带，与三国时的《皇览·冢墓记志》的记载正相吻合。他们认为，蚩尤被杀时，身首异处，葬在几个地方，此处应为他的首级所在的主冢。这些论述有“三个资料库”的史料作根据，当是有道理的。《皇览》“蚩尤冢在东平郡寿张县阚乡城中……”下还有一小段话：“传言黄帝与蚩尤战于涿鹿之野，黄帝杀之，身体异处，故别葬之。”这是解释为什么蚩尤墓不是一个，还有“肩髀冢”的原因。虽然寿张、钜野在山东，距离涿鹿较远，但是蚩尤族人还是把他运回涿鹿安葬。

唐初《初学记》卷九引《归藏·启筮》：“蚩尤出自羊(姜)水，八肱八趾疏首，登九淖以伐空桑，黄帝杀之于青丘。”
青丘何在？可能为青州之丘，青州就在山东广饶县北，古属齐国范围，齐景公曾在此田猎。如果黄帝杀蚩尤于青州，则亦在山东齐国境内，离寿张更近。

如今有了几个蚩尤冢，或都有一定根据，笔者认为可以并存，不必求统一，也不可能统一。蚩尤作为伟大的民族英雄，有许多发明创造和丰功伟绩，是有史可证的，作为东夷、九黎的首领与西部华夏民族的炎帝、黄帝族，本来即有千丝万缕的联系。《太平御览》引《帝王世纪》：“黄帝自穷桑登帝位，后徙曲阜。少昊邑于穷桑，以登帝位，都曲阜，故或谓之穷桑帝，颛顼始都穷桑，徙商丘。”①

黄帝族与东夷少昊的关系固然可能有战争的联系，但也有和平建设时期之合作，已如前述。《山海经·大荒东经》：“少昊孺颛顼”，“孺”即在颛顼年幼时抚养他，有人更说是乳养他、哺育他。颛顼是黄帝的孙子，在河南濮阳发现“华夏第一龙”的龙虎墓，可能就是颛顼之墓。他与少昊的关系应该是很亲近的。

从古至今，西部黄帝族与东部东夷、九黎族一直在相互交往、联系乃至战争，正是在这样长期的联系中，产生了龙的形象，各族文化取长补短，互相交融，成就了十亿以上人口的、多元一体的中华文明。56个民族统一在一个政治共同体之中，由过去的矛盾统一发展到现在的团结统一，历史走过了几千年，但是，我们应该看到，在阶级压迫的社会里，民族压迫、争斗是不断的，造成了民族之间的隔阂、疏远和误解，人们往往对汉族历史耳熟能详，而对少数民族

① (北宋)李昉：《太平御览》卷一六三引《帝王世纪》。

的历史、文化，往往非常生疏，甚或还存有许多历史的偏见，对蚩尤的全盘否定与歧视就是一个显著的代表性的例子。我们要用科学研究的成果，清洗历史偏见的污垢，加深对少数民族历史文化的了解，需要做的工作很多很多。为蚩尤翻案，普及中华三祖的历史知识，正是目前历史工作者紧迫的任务之一。笔者相信，对蚩尤冢和蚩尤文化的研究与开发一定能受到全国各民族人民的欢迎，在建设伟大的中华社会主义新文化和各民族和谐团结的崇高事业中，发挥越来越大的作用。

杜梦华编著《蚩尤与阳谷》序

山东省阳谷县因《水浒》中武松打虎的故事被毛泽东同志称作“打虎英雄武松的故乡”。1974年以来，在阳谷境内相继发现了三座龙山文化古城，当时的山东省考古研究所所长、山东大学历史系考古专家张学海先生根据考古资料提出“穷桑”在阳谷，蚩尤部落活动的中心在阳谷，并指出阳谷三座龙山文化城的发现，对于研究中华民族早期文明的形成，具有重要的意义。

2000年，时任阳谷县政府县长的关华同志研究阳谷的中国农耕历史，把蚩尤文化研究摆上了议事日程。2006年初，成立了山东省阳谷县蚩尤文化研究会，时任阳谷县人大常委会副主任杜梦华同志出任会长。他们进行了大量的蚩尤历史旧址考察，阅读了许多有关历史文献和考古资料，还到民间收集了活的历史传说，发现了阳谷境内原龙山文化古城遗址上的蚩尤首级冢，此三座龙山文化古城即为蚩尤东夷九黎的都城，阳谷乃中华农耕文明的重要发源地。并在2006年、2008年举行了两次全国性蚩尤文化研讨会进行研究论证，其结论得到贵州省苗学会领导、专家及各地苗学及历史、民俗学者和山东省政府有关部门的认可。关华同志站在马克思主义历史唯物主义的高度重视蚩尤文化研究问题，让一些历史学家，历史文化爱好者表示敬佩和赞同，特别是对于在贵州省进行苗学研究活动，又掀起了第二次高潮。蚩尤文化研究会会长杜梦华同志与我认识的其他文化研究者一样，有执着的精神，严谨的态度和科学的研究方法。他走遍全国所有与蚩尤文化有关的省、市、县，查阅了大量的历史文献，并对当地民俗传承进行了深入的研究和探讨，其论文和观点很有说服力，很让人信服，得到了专家学者的一致认同。自2006年初至2009年初短短三年的时间，阳谷县蚩尤文化研究获得如此重大的突破性的成果，实则是中共阳谷县委、阳谷县人民政府认真贯彻落实“科学发展观”，倾力“建设经济强县，打造文化强县”之举措正在收获其结果的一部分。

蚩尤文化在国内有着广泛的影响，在晋、冀、鲁、豫、苏、皖等原东夷文化圈内，在黔、湘、桂、鄂、滇等少数民族聚居区，在我国台湾地区、在东南亚诸国和韩国都有蚩尤文化的爱好者和崇拜者，阳谷县将通过蚩尤文化的开发和利用而成为山东联系海内外专家学者及观光者、崇拜者的重要桥梁和纽带。

阳谷的文化研究、文化建设将对经济建设起到巨大的推动作用。

（2009 年 9 月于北京）

“蚩尤热”的现代解说

蚩尤热正在形成,许多地方都争为蚩尤故地。我以为,这是一个特大的好事,值得我们重视。首先应该看到,这种形势其实来之不易。

这是因为,蚩尤过去在一般人心目中,是一个很坏的反面人物,《尚书》《左传》《史记》等等最权威的史书,都是把蚩尤作为“乱臣贼子”、“杀戮无辜”的“贪虐者”来记述的;而真实的情况正相反,蚩尤原是中华民族远古的一位英雄人物,是苗族人民崇敬的始祖。

为什么有如此之大的反差?这是由于历史是胜利者书写的。按照“成则为王,败则为寇”的惯例,黄帝涿鹿大战中打败了蚩尤,就奠定了他在历史上的地位:成了五帝之一;而蚩尤则成了乱臣贼子的代表。这种正史的记载显然是片面的、歪曲的。

新中国成立以来,各族学者调查研究历史文献和口传资料,把颠倒的历史重新颠倒过来为蚩尤翻案,取得了很大的成绩。但是,一般人,甚至高级知识分子,因为缺少民族学的基本知识,所以在许多文艺创作中,往往只认书面文献史料,仍然把蚩尤作为反面人物来进行描写。以致辛辛苦苦写成的电视剧,刚演了一天,就受到民众的强烈反对而遭停演、报废。据我所知这种情况,不是发生过一次两次而是多次。你看,在政治上、经济上造成了多么巨大的损失呀。

我们知道,从电视剧的制作到安排放映的流程,关系到编剧、导演、演员、电视台及文化部门三审的领导,还关系到发表宣传评论文章的《文艺报》、《求是》、《人民日报》、《光明日报》的文章作者、编辑、报社三审领导等等许许多多、上上下下的文化人。这许多“教育人的人”都把蚩尤作为反面人物来描写,这个事实,充分说明我们的文化人,要做好工作,就应该好好学习民族民间文化。这个事实充分说明:现在我们为蚩尤翻案的宣传文化工作,确实具有极大的必要性。

蚩尤文化的重要性,于此可见一斑。

我曾经在民间文学教学工作中，学习苗族学者的许多关于蚩尤的调查研究成果，又从汉文古籍中发现了一些古代帝王和民众崇拜蚩尤的历史资料，写了《蚩尤考》、《蚩尤续考》、《蚩尤和龙》等文，为全面地认识蚩尤写了一些文章。

我发现蚩尤是古代东夷的一位十分强大的部落首领，黄帝与他作战时“九战而九不胜”——这就是说，蚩尤把黄帝打败了九次。

为什么蚩尤能屡屡打败黄帝呢？

因为当时东夷已经进入了农业社会，而黄帝在西部还处在游牧时代。他们根本不知道粮食为何物，在记载中说蚩尤“食沙石子”，把粮食当成沙石子儿了。还传说蚩尤有“兄弟八十一人，铜头铁额”，汉文古书上说蚩尤“治金（冶金炼铜）”、“始作兵（金属兵器）”。可见蚩尤已经使用金属兵器，是很先进的。如果不是因为黄帝善于学习，善于团结各个部落、氏族，还得到了九天玄女的帮助，他是打不过蚩尤的。

值得注意的是蚩尤被打败以后，汉文古籍中记载他成了黄帝的大臣“兵主（国防部长）”，甚至成为首相：黄帝出游时“蚩尤居前”走在队伍的最前面。《管子・五行》：“黄帝得六相而天地治、神明至，蚩尤明乎天道，故使为当时。”

后来蚩尤还成了伟大的战神，被供奉在祠庙中。秦始皇、汉武帝以至宋太宗在打仗出征之前，都隆重地祭拜战神蚩尤。

于此可见蚩尤的英雄形象是各族公认的。同时，还有很大可能是蚩尤的部下在蚩尤失败之后，已经成为黄帝的大将，为黄帝所用。许许多多蚩尤部族的人已经融入汉族之中。

这方面的记载很多很多。如现在的山西运城有蚩尤村，当地人说，他们就是蚩尤的后代。梁代任昉《述异记》：“太原村落间，祭蚩尤不用牛头。”可见当时在山西，有许多蚩尤的后代，还在祭祀蚩尤。因为苗族古代也有牛图腾的。任昉在此书中还说：“今冀州有乐名蚩尤戏——汉造角抵戏，盖其遗制也。”清代孙冯翼曰：“蚩尤冢在东平郡寿张县阚乡城中，高七丈，民常十月祭之。”

许多记载说明：在涿鹿大战之后，河北、山西、山东等地都有蚩尤文化的遗迹。这些都证明了蚩尤后代在中原大量存在。他们已经完全融入汉族，却仍然保留着原来的习俗，仍然祭祀蚩尤祖神。

蚩尤族群的另一部分，在战败后远迁中国西部，成为氐羌族群的一个来源。《后汉书・西羌传》：“西羌之本，出自三苗。”这是蚩尤的后代融入氐羌族群的情况。氐羌族群后来又分化为西部地区的羌族、藏族、彝族、白族、纳西族、普米族、傈僳族、哈尼族、基诺族、拉祜族、土家族、独龙族、门巴族、珞巴族、怒族等等许多民族。

韩国和日本也有许多人到中国来寻根问祖，说他们是蚩尤的后代。

蚩尤的东夷族群集团，经过几千年如此的迁徙、分化，形成了从东到西，从北到南……遍及大半个中国的许许多多地方，都有蚩尤的后代，许许多多地方都有蚩尤的遗迹、蚩尤的传说。

过去，因为蚩尤的名声不好，人们都不敢承认自己是蚩尤的后代。现在好了，蚩尤成了中华三祖之一，同黄帝、炎帝平起平坐，非常光彩。所以人们现在纷纷承认自己就是蚩尤后代，争为蚩尤祖居地的居民。这是很好的。

由于蚩尤文化的这种复杂性，许多远古历史已经难以准确肯定，所以我以为不必争来争去，而要花大力气去调查、搜集有关蚩尤的各种神话、传说、故事、歌谣、谚语、说唱文学、民间小戏等等非物质文化遗产和有关蚩尤的文物古迹，很好地保护它们，在保护的基础上进行研究和旅游开发。这不但没有坏处，而且对发扬光荣传统、建设民族团结的美好家园非常有益。

中国女神研究的新境界

——喜读过伟《中国女神》

过去有学者认为:中国人比较实际,不重幻想,所以中国缺少神话。

经过20世纪后半期几十年调查和研究,从中国众多的古书和民间文学的口头记录中,发现了成千上万富有幻想性的神话。如今再没有人说中国人不善幻想了。确实,中国56个民族的神话是极其丰富的。

神话是最富于幻想的,但却又是不自觉的文艺创作,并不是有意的编造,当时人们相信它是真实的历史。神话是远古文化的遗存,是对自然界和社会现象的曲折的反映。它好像一面魔镜,反映出人间万象。代代传承,不断发展,始终受到人们的关注。许多神灵至今仍是民众信仰的对象,同人民生活密切相关。

最早的神话是关于自然界的,如关于动物、植物、日月、山川等等的神话,和图腾信仰逐渐发生了联系。这是人类对神秘的自然界所产生的认识和信仰。人们对劳动中和生活中的英雄人物的崇拜,逐渐神化为关于文化英雄的神话。

神话诞生于原始社会野蛮时代的初期。当时正是母系氏族社会。在母系氏族社会中,女神是最早出现的神,并且是最大的神。因此,关于女神的神话在神话领域中占有重要的地位。但是,我们看到在希腊神话的神谱上,女神并不占重要地位,她们只是男神的附庸而已。而在中国,情况就大不相同了。中国的女神有许多是开天辟地的创世大神。从汉族的女娲到瑶族的密洛陀、壮族的姆洛甲、侗族的萨天巴、满族的宇宙创世三姐妹阿布卡赫赫等、苗族的妹榜(蝴蝶妈妈)、土家族衣罗娘娘、德昂族女始祖亚楞、纳西族的塞神(勒琴塞阿祖)和她的女儿,摩梭人之目米年照咪与埃姑米阿斯(蛋生出的姑娘)、白族的地母劳泰、珞巴族的斯金地母、傣族的“万物之母”雅桑嘎、拉祜族的创世女神厄莎、普米族的人祖吉依乍玛、阿昌族的地母遮米麻、怒族始祖茂英充、台湾卑南人的创世女神奴奴勒、排湾人的莎拉宛女神、维吾尔族口吐地球的女天神、卫拉特蒙古人的开天辟地女神麦德娘娘等等都是占有最崇高地位的创世大神或始祖母神。这是中国古代各民族神话的重要特色之一,很值得研究。

中国女神不仅比西方女神更加古老,而且许多女神还活在民间,成为民众崇拜的热点。许多女神和民间宗教乃至道教、佛教等宗教活动紧密联系在一起,在人民生活和信仰习俗中至今仍具有重要作用。

不只许多少数民族崇拜始祖母和不少女神,汉族也同样存在女神信仰。女娲、妈祖、孟姜女等女神的寺庙,至今仍有盛大的庙会,年年举行,吸引了四面八方的香客们前来顶礼膜拜。即如曾遭洋人多年统治的澳门,至今不但有"女娲庙",而且有澳门历史最久的寺庙妈祖阁与观音堂(均为明代所建),这是澳门的两座规模最大、香火也最为旺盛的寺庙。台湾的妈祖诞,到各庙进香者达 10 万人之多。大甲妈祖的巡游活动更是惊人,每年有 5 万多人众参加,从台中县大甲镇出发,步行经过 30 多个市镇,历时八天七夜,行程四五百里,民众进香的狂热如此。故台湾有"三月疯妈祖"之谚。

在大陆河北省的中皇山女娲宫庙会、沿海各地的妈祖庙、全国各地的观音庙会等女神的庙会,都非常红火,其热烈的程度远远超过那些男主神的庙会。玉皇大帝、释迦牟尼如来佛、弥勒佛乃至关帝庙的庙会香火,都无法与女神比肩。

这种民俗信仰中的阴盛阳衰现象很有意思,很值得好好研究。

过伟同志持续十多年功夫,研究女神神话,搜罗大量资料,撰成这部巨作,是非常适时的,对人们了解与研究女神神话提供了很好的条件,这是带有开创性的工作,也是一部很有分量的著作。全书涵盖了中国 56 个民族的女神一千多位,对其中的重要者如女娲、姆洛甲、阿布卡赫赫、妈祖、观音、碧霞元君、西王母等更作了重点研究。分上、下两编,上编为"创世女神、上古女神",下编为"民间女神、道教女仙、佛教女菩萨"。这就打破了狭义神话的框框,把民间崇拜的女神神话都列入其中,更科学也更丰富了。

不仅资料宏富,作者对女神的神话还进行了理论分析,全书夹叙夹议,时有简约的点评,在序论《中国女神之民族凝聚力》和跋论《中国女神之特色的理论思考》二文中有较集中的论述。此书确实使中国女神的研究进入了一个新的境界。这对女性文学研究和民间文学、民俗学研究,特别是对神话学研究以及作家、艺术家的文艺创作都会产生良好的影响,具有重要的价值。

过伟同志希望我谈谈对女神研究的看法。收到校样后先睹为快,我感到这确是一部有吸引力的书。

在神话与民间信仰领域阴盛阳衰的现象确是值得探讨的诱人的问题。

在几千年的中国历史中，都是以男性为中心的社会，男性占绝对统治地位，可是女神却成了民众最热门的崇拜对象。其原因究竟何在呢？

列宁在《哲学笔记》中引用并赞赏伊壁鸠鲁的话"神是完美的人的形象"。我在《中国民间文学概要》中曾就此分析过神话思维和创作方法的特征。我以为，神话的创作尽管是不自觉的，但仍然是自发地运用了艺术典型化的方法的。神话中神的形象的创造，所运用的典型化方式不是现实主义的典型化，而是浪漫主义的典型化①，这是过去人们所忽视了的。通过对女神形象的分析，仍然可以看到这种浪漫主义典型化的特点，这是一种集中了女性优点的理想化的创造，是完美的女性的形象。

从书中我们可以看到，许多女神是伟大的母亲，是人类的始祖母。不只创世女神女娲、姆洛甲、密洛陀等如此，就是后来产生的宗教女神如妈祖、观音等形象的本质中，母性之光仍然是非常重要的品格。妈祖的俗名即阿妈——母亲之意。观音在民间的称呼为"观音老母"，中国人把观音由一个印度男神改造成为一个中国女神，就是为了突出她的大慈大悲、关爱世人的母性情怀。现代的女神崇拜完全继承了远古始祖母崇拜的传统。所以我们可以说，女神崇拜实质上是一种理想化的母性崇拜，是对伟大的母性的崇敬之举。

从书中我们还可以见到，许多女神是伟大的劳动英雄。她们可以开天辟地、改天换地，甚至是千手千脚的劳动能手。这是作了极大的艺术夸张的理想化的艺术形象（当然，这仍然是不自觉的艺术想象的产物，人们是把幻想中的形象当成真实而崇拜的）。汉族炼石补天、抟土造人的女娲、侗族开天辟地的大祖母神萨天巴、瑶族创世女神密洛陀等都是以劳动创造世界的。而千手千脚的观音老母更是多才多艺、多专多能的劳动化身了。故而对女神的崇拜，实际上也蕴含着对劳动美的崇拜，是把劳动看成神圣的。

书中的女神神话告诉我们，许多女神都是舍己为人、救苦救难的英雄，像冒着狂风暴雨在海浪中救助危难中航船的妈祖、慈悲为怀救苦救难的观音等

① 按过去的文艺理论，只有现实主义文学才有典型。"浪漫主义典型化"是我在1956年的一篇5万字的学年论文中提出的新观点。当时正奋力"向科学进军"，鼓励年轻人进行新的探索。说20世纪50年代大学生是"服从的一代"，没有创造性，未免片面。我至今仍坚持这个观点。有机会会把那篇学年论文整理发表。

等，都是人民心目中最善良的理想人物之化身。因此，我们完全可以说，对女神的崇拜实际上就是对舍己救人的伟大人道精神的崇拜。

当然，对女神的崇拜还有更为丰富而复杂的内涵。诸如它同时也有祖先崇拜、生殖崇拜、图腾崇拜的因素。但其最本质的因素却是对完美的、理想的人性的崇拜，“神是完美的人的形象”，这是千真万确的。

随着科学的进步、社会的发展，人们对女神的理解与认识在不断深化，女神的审美价值也在不断被人们所认识和掌握。以现代人的科学观点来辩证地分析女神神话，我们就会发现，女神所展示的人性美最为动人。这种人性美主要是显示了“人作为人”而区别于动物的特性，如劳动美、人道主义的母性美、人类之爱的社会美、精神美等等。这些对于人们建设人类的理想世界将是永远有价值的精神财富。女神闪耀着人性美的光辉，是人性美的艺术结晶。

马克思说：“为什么历史上的人类童年时代，在它发展得最完美的地方，不该作为永不复返的阶段而显示出永久的魅力呢？”①神话具有永恒的艺术魅力，主要是它表现了人类童年的天真。我们在这里要补充一点，即优秀的神话所表现的伟大的人性美的光辉，也是它们具有永恒的艺术魅力的重要原因之一。

最近英国主办了一次网上投票，选举千年来最伟大的思想家。结果大约是出乎不少人的意料的，得票最多的是马克思，他的票比第二名爱因斯坦超出很多。雄辩的事实再一次证明：马克思主义的辩证唯物主义和历史唯物主义是最科学的思想方法与研究方法，它是“放之四海而皆准”的普遍真理，同时也是万古常新的最富有生命力、最生动活泼的科学方法。它要求一切从实际（事实、实践）出发，而不是从空洞的定义与教条出发去研究，所以它是最有创造性的、不断发展的，而不是僵硬固定的、死板不变的。马克思主义与一切教条主义是水火不相容的。一些人把教条主义当成马克思主义，把马克思主义看成是“保守的、正统的教条”，这是对马克思主义的极大误解。马克思主义要求从实际出发，客观实际是不断变化的，理论当然也是不断发展的。正因为马克思主义是最革命、最不保守的，所以才能保持它永恒的美妙之青春。当马克思主义的光芒照射到哪里，哪里就会出现新的创造。第一手的原始材料是非常重要的。我曾经在王瑶先生指导下进修。他和北京大学许多老学者一样，最看重材料，他曾对我说：“你要研究一个问题，就要掌握它的全部有关资料，特别

---

① ［德］马克思：《政治经济学批判》，人民出版社1976年版，第221页。

是第一手材料，要尽量求全，这样，经过仔细研究，才能得到全面的结论。即使你的结论不被接受，但你的材料却是任何人不能轻视的，对今后的研究者有重要的参考价值。他们要研究这个问题，就不能不看你的著作。”

女神研究的资料极其丰富，其研究的难度很大。这就更加要求发挥马克思主义的创造性。

过伟同志正是这样做的。他力图运用马克思主义的新成果“立体思维”的研究方法，广泛地开发“第三资料库”，这就使书中的资料更加齐全，达到新水平。

过去的国学研究，往往只根据古籍经典的书面文献中的史料去进行考证。虽然也出了不少杰出的成果，但局限性也很大。新派学者王国维突破了这书面文献的“第一资料库”，到考古文物中找更有力的证据，通过对甲骨文、金文、出土文物的研究，发现了许多新的材料，这种“二重证据法”当然是一个进步。但时间过去了好几十年，如果还停留在王国维的水平上，就显得很不够了。可惜目前的大多数（我不敢说是全部）学者却仍然处于这一水平上。《中华读书报》报道饶宗颐教授（香港中文大学名誉教授）在北京大学百年校庆国学讨论会上讲话中仍然只把书面文献与考古文物作为资料 record 的两大方面。我曾写了一篇《第三资料库》的小文进行争鸣。①

确实，“第三资料库”的开发是民俗学、人类学的工作。中国的许多知识分子（包括高级知识分子，特别是那些以“精英”自居的人）缺少应有的民俗学、人类学、民间文化学修养，对民间文化尚无知无觉，当然不会重视“第三资料库”。但民间文化却是活在人民生活中的活的文化，比那些书面文献和考古文物等死资料要生动得多、丰富得多。如果人文科学与社会科学研究至今仍漠视民间文化这“第三资料库”，那就太可悲可怜了。幸运的是过伟同志运用立体思维的先进方法与第一、第二、第三资料库的资料进行研究，这就远远超出了那些旧派学者。

此书不只竭力广求各种古籍经典、杂书中的书面史料，尽量求全，而且还努力搜寻最新出土的文物资料，例如辽西大凌河流域出土的五千多年前的黄土女神彩塑头像、红山文化的“东方维纳斯”女神群像、连云港地区四千多年前的将军岩岩画中的女神像和长沙马王堆出土的帛画上的蛇形人首女神等等。

① 此文发表在 1999 年 7 月 8 日《文论报》的显著位置，报社编辑加了大字标题。

如按旧派学者的惯例,只停在这个水平,就太干巴可怜了。此书突出之处更在于对“第三资料库”的大力开发。

我们知道,神话本属口头文学、民间文化,许多神话还活在民间的口头讲述与演唱之中,活在众多的民间信仰民俗之中,这是人民生活中活形态的神话,同那些简单、零碎的书面记载(那是古代学者以文言记录他那个时代流传的神话时的历史局限性所致,是不可厚责古人的)的神话资料相比,不知丰富出多少倍了,不只更加详细、完整,而且也更加生动、具体。这里不仅有散文讲述的神话,更有用韵文吟唱的史诗经典。对“第三资料库”的大力开发,就是研究方法的创新。作者带领读者进入民间文化的神话宝库,使人们看到了许多见所未见、闻所未闻的宝贵资料,大开了眼界。我们不能不惊异:关于女神神话竟会有如此之多的材料,其信息量之大是许多人想象不到的吧。

对于重要的女神,书中能突出重点,尽量收罗有关的全部原始资料。对于篇幅较长的神话和史诗,能详述其内容,进行全面的摘要,为研究原著提供了线索。对各地一般的女神也作了扼要的介绍。此书绝对没有目前流行的文学理论那种大而空的毛病,为我们进一步欣赏女神神话,研究女神神话开辟了广阔的道路。

研究女神神话难度很大。要在三个资料库中广采博搜,资料的分散与庞杂往往令人望而生畏。过伟同志积十余年之功,完成这一力作,表现了他坚持不懈的毅力。早在1984年贵州黔西南布依族苗族自治州首府兴义召开的“全国少数民族神话学术讨论会”上,他已发表了一篇《揭开女神之谜》的学术论文,后来,又陆续提出编写“中国神谱”的任务。《中国女神》的写作正是过伟同志在此领域深入探讨的新的成果。为了“揭开女神之谜”,15年搜集、积累资料,3年刻苦写作,反复增补、提炼,他付出了多少艰巨的劳动啊。

女神研究的难度很大,还由于它的开拓性,这是前人没有作过的专题研究,涉及的知识面非常广袤。因此,在研究中,不仅需要一般的文学与历史知识,还需要专门的神话学知识,需要丰富的民间文艺学理论知识,还有民俗学、人类学的知识,社会心理学与宗教学的知识乃至考古学、文字学、语言学的知识等等。不只要有大量的案头工作,而且更需要田野作业的感性经验。要善于把三个资料库的材料融会贯通起来,这种熔铸的功夫是相当不易的。

过伟同志已年过古稀，他常说“七十古稀今不稀，七十还是小弟弟”，不仅有蓬勃的朝气，敢于迎着困难上，而且有独特的人生经历，使他有得天独厚的条件来完成这一艰难的研究课题。

他在青年时代(1946—1948年)，曾在上海暨南大学读书，师从刘大杰、钱锺书、戴望舒、陈述、施蛰存、曹未风、刘佛年、吴文祺等名家，后又转学清华大学，1948—1949年受到余冠英、吴晓铃、李广田、陈寅恪、费孝通、高名凯、冯友兰等大师的亲炙。

1949年他南下广西，在民族地区工作50年。由于种种原因，大部分时间生活在基层，后来又多次进行民间文学和民俗调查与研究写作，对各民族民俗文化甚为熟悉。在长期工作中积累了极其丰富的知识和资料，加之他勤于著述，笔耕不辍，终于写成了他的这本第50部著作。我们从他的其他著作中亦可对他的学养有所了解。他过去发表过的专著有《南方民间文化与民族文学》《侗族民间叙事文学》《岭南十二枝花》《讲古》《毛南族风俗志》《仫佬族风俗志》《京族风俗志》《毛南族文学史》《仫佬族文学史》《京族文学史》等等。

他还主持编写过《广西少数民族风情录》《侗乡风情录》，主编《壮族风情录》《瑶族风情录》《越南民俗·俗文学》《越南传说故事与民族风情》等书。

此外，他还主编了《中国民间故事集成·广西卷》《女神歌仙英雄——壮族民间故事新选》，采录了《十七个传奇女性》，合编了《侗族民间故事选》《京族民间故事选》《毛难(南)族民间故事集》《回彝水仡佬毛南京族故事选》等书。此外，他还共同主编过《民间诗律》《中外民间诗律》《古今民间诗律》系列诗律学著作，是《中国歌谣集成广西卷》的副主编，还合编过《柳州宜山山歌选》《侗族民歌选》《毛南族民歌选》《京族民歌选》等书。又主编过《少数民族古代文论选释》《岭南文化与百越民风》等等。

此外，他还参与许多大型辞典工具书的编写工作，如《中国传说故事大辞典》《中国大百科全书·中国文学·少数民族文学》《中国风俗辞典》《中华风俗大观》《中国民俗文化大观》《中国各民族宗教与神话大词典》《中国神话人物辞典》《中国鬼文化大辞典》等。正是在如许学术积累的基础上，功力非凡，又奋力在《中国女神》的撰写中在专深方面更进了一步，才取得了现在这样大的成绩。当然，由于此书具有很大的开拓性，创业维艰，在理论探索上还只是初试锋芒，但已提出不少新的理论问题，给人以很大的启发。我相信，这本在中国女神研究中填补空白的著作，无疑会成为一部传世之书，具有长远的学术价值。过伟同志在弘扬中国民间文化方面的辛勤努力是功不可没的。

最后我们不能不激动地再次祝贺过伟同志由清华大学南下广西 50 年完工的第 50 部书《中国女神》的出版，祝贺它不仅成为过伟同志人生长途中的纪念碑式的著作，而且也成为中国乃至世界神话研究中的一座丰碑。

（原载《中国女神》，广西教育出版社 2000 年版）

防风神话艺术形象的立体分析

自1991年以来,防风神话的研究有了突飞猛进的发展,对防风神话的历史、发展和有关民俗,对防风神话的流传与传承都有许多新的发现,当然,对活态神话的真实性也有不同的看法,但经过讨论,基本上已经大致取得一致的认识。

20世纪80年代,在民间文学三套集成的调查工作中,钟伟今等同志在他的故乡德清发现了20多篇防风神话传说,大家把活态神话传说与民间习俗结合起来考察,再联系古代的文献记载,对许多问题特别是防风神的形象认识更清楚了。但对于大禹为何要杀防风等等问题,则尚有分歧。

本文在学习大家研究成果的基础上,尝试着运用立体思维方法来分析防风神话,着重谈谈防风神的艺术形象问题。

从立体思维的模式来看,可以从不同的角度去分析防风神话。例如,从历史考证方面,看它的历史发展;从社会学方面,考察它的社会根源、社会作用、社会影响;从艺术学、文艺学角度,研究它的艺术思维、艺术形象特点;还可以从整个神话学的高度来看看防风神话对神话学建设的意义和价值。我以为研究防风神话是很有价值的。

防风本来是人,是个诸侯,是历史人物。但是在古代文献记载中,却成了神,成了超现实的巨人。这是民间传说流传过程中,人民群众艺术想象、加工的结果。

中国的神和外国的神有很大不同。在中国,人可以成为神;外国可不行,神是上帝,来自天国,人是不能成神的。

中国的人,是怎样成神的?

很值得研究。这是中国民间文学的很大的民族特色,也是中华文化、思维方式的很大特色。

我以为,这是中国民间信仰——原始宗教的思维特点,是人民群众口传文学艺术想象的产物。从防风神话的形成过程,人们可以清楚地看到这一点。

在人类的文字产生以前，历史只能流传在人们的口头。民间传说是当时唯一的历史。代代相传，后来以文字记录下来。这是民间的历史传说的记录。防风神话也经历了这样的过程。

防风神话的最早文字记录，在先秦的历史文献《国语》之中，记载鲁国历史的《鲁语》下，记录了当时孔子的一段对话：

> 吴伐越，堕会稽，获骨焉，节专车。吴子使来好聘（礼物），且问之仲尼曰："无以吾命"，宾发币于大夫及仲尼。仲尼爵（酒器）之，既彻俎而宴，客执骨而问曰："敢问骨何为大？"仲尼曰："丘闻之，昔禹致群神于会稽之山，防风氏后至，禹杀而戮之（暴尸示众），其骨节专车，此为大矣！"客曰："敢问谁守为神？"仲尼曰："山川之灵，足以纲纪天下者，其守为神；社稷之守者，为公侯，皆属于王者。"客曰："防风何守也？"仲尼曰："汪芒氏之君也。守封嵎之山者也。（吴郡永安县有封山、嵎山）为漆姓。在虞、夏、商为汪芒氏，于周为长狄，今为大人。"客曰："人长之极几何？"仲尼曰："僬侥氏长三尺，短之至也。长者不过十，数之极也。"（韦昭注："计之三丈，防风氏也"）

这是说，吴国人打到越国会稽，破坏了城墙，发现了一节非常大的骨节，可以装满一辆大车，人们都不知道是什么人的骨头。于是，吴王特别派人带了很好的礼物，到鲁国，向孔子请教。孔子知识丰富，胸有成竹地说：这是防风氏的骨节。还说，防风氏是汪芒氏的国君，是一个诸侯，因开会迟到而被大禹杀戮。他是一个巨人，所以他的一个骨节就可以装满整整一车。他还说，防风氏是人，同时也是一个守山川之灵——一个神。在这里山川之守，是神，而社稷之守，则是公侯——诸侯，是个人。这是一身二任，同时是神又是人。

这种神的概念和道教相似，道教的神仙，就是人修炼而成。而防风氏，则是一个巨人，伟大的人。不是一般的人。司马相如的《大人赋》就是写神仙的。道法自然，而自然无边无际，伟大无穷，得道之人的精气神也是伟大的，所以可长生不老，这就是神仙。神仙是不死的，也是伟大的，在精神上就是伟人，就是巨人。

从人的本性来看，人性可以划分为三，包含三个层次：

一是兽性，是人作为动物的本性，这是自私的，弱肉强食，优胜劣汰，这种人性观是符合西方进化论的，甚至被看成是唯一的人性。用立体思维来分析，就会发现，这是很不全面的。这只是最低层次的人性而已。

人除了具有动物性之外，还有社会性。从社会性来看，人性有个人利益的一面，但是作为社会的人，还有为社会的一面，即为公的一面。为社会整体发展而思考，为社会整体利益而奋斗，为社会、为国家、民族而作出贡献，甚至作出牺牲。

这难道不是人性吗？这当然也是人性，不过是更高的人性、伟大的人性。凡是为社会作出伟大的贡献，或为社会而牺牲的人，就会被人们称为伟人、巨人，这就是巨人形象的精神基础、内在根据。在文学艺术中，这种伟大的人，就形象化为巨人。

这种人性实际上就是神性，所以这种巨人就成为神了。这是人性中的最高层次。

当然，除了神性和兽性之外，还有普通人日常生活的人性，这是介乎神性和兽性之间的人性，也是最普遍的人性。

人，有各种各样的人。那么，防风氏是什么人呢？

一、防风氏的人性形象

防风氏是一个诸侯。原来的史书就是这样记录的。请看战国时代的《竹书纪年·夏后氏》记曰："（禹）八年春，会诸侯于会稽，杀防风氏。"

在这里，防风氏就是防风国的国君，一个诸侯，还是一个人，还不是巨人，也不是神。在这里，大禹也还是一个王，还不是神。

《左传·哀公七年》："禹合诸侯于涂山，执玉卜者万国。"禹后来也成为神话人物。但开始他还是一个人，一个历史人物。防风氏也是如此。

二、防风氏鬼的形象

人是要死的。人死后就成了鬼。鬼是人与神之间的一个过渡。有的记载就描写了防风的鬼的形象。鲁迅《古小说钩沉·杂鬼神志怪》记曰："会稽郡常有大鬼，常数丈，腰大数十围，高冠玄服。"这是一个高大的巨鬼，诸侯之鬼。但是，在民间传说中已经有了神性。不过，还不是神，只是鬼。而这个鬼却和地方上人们的祸福有关，已经成为一种预兆的象征。故此文又记曰："郡将吉凶，跂(qi，巅着脚站着)于雷门，示忧喜之兆。"

下面举了谢弘道和谢道欣的两个例子。从中可以看到这个鬼的形象："谢弘道未遭母艰数月，鬼晨夕来临。及后将转吏部尚书，抚掌三节舞，自大门至中庭，寻而迁问至。"①这鬼还作人形，早晚到人家，还会拍手跳舞，其表现预兆人家的吉凶。

下面又记了一段，这鬼的形象就大不一样了："谢道欣遭重艰，至离塘，行墓地，往，向夜，见离塘有双炬(火光)，须臾火急入水中，乃舒长数十丈，色如白练，稍稍渐还赤，散成数百炬，追逐车从而行。悉见火中有鬼，甚长大，头如五石篓。其状如大醉者，左右小鬼共扶之。是年孙恩作乱，会稽大小莫不翼戴，时以为欣之所见，乱之徵也。禹会诸侯，会稽防风之鬼也。"②
这里有火炬，几百支火炬追逐车从而行，共同簇拥着一个高大的鬼。这大鬼的头比笆斗还大，像可以装五担粮食的大篓筐那么大。他像喝醉酒的样子，由小鬼们共扶着。这是防风之鬼，同时也是动乱的象征。

这里可能是说，防风是被大禹所杀的，传说他的兄弟和大臣为了替他报仇，在大禹巡视南方时，曾经怒射大禹，有反抗作乱之心，见了他的鬼魂，与此有关，所以是不吉利的。但这个防风氏的形象，已经不是普通鬼的样子，而成了一个超常的非常巨大的大鬼了。但是，他不只会给人们带来凶兆，在前面所记会拍手跳舞的大鬼，又是可以预兆升官发财的喜事的。

这就使人感到防风鬼的喜怒哀乐，对人们的命运会起到决定性的作用，已经有了一定的神性。人死后，他的灵魂就成了神，而防风氏的神性，又有自己的特点。

三、防风氏的神性形象

他的神性是怎么来的呢？

防风氏的神性是由他自己的人性决定的。这和防风氏的所作所为有关，

① (北宋)李昉等:《太平御览》卷八八四引《志怪》。
② (北宋)李昉等:《太平广记》卷三二三引《志怪录》。

也和他为什么被大禹所杀有关。

在浙江乐清流传的防风神话，是民间的活态神话。由夏代一直流传到现代，一代代传下来，是民间的口碑，人民牢记不忘的故事。

传说防风协助大禹治水。大禹在北方，防风在南方。“防风人长得齐天高，手执两把巨斧，力大无比，脚一蹬地动山摇，喊一声雷霆滚天。把天目山的大水导入东海，在龙王山奋勇打开出蛟口，留下了“大石浪”满沟的石头……

他在南方的治水活动中建立了功勋。

既然如此有功，为什么会被大禹杀戮而死呢？

历史记载都说，防风氏是因为一次开会迟到而被杀的。为什么会迟到呢？

在民间传说中，防风迟到的原因，是为了紧急解救群众的疾苦。但是大禹并不了解这个迟到的原因，而认为是为了挑战自己的权威。当时的大禹已经成了万国之君，容不得防风氏的迟到，认为是轻慢自己的号令，这就动了杀机。

另一种说法，是说防风因为反对大禹首先把国王继承人的禅让制度，改为家传自己的儿子，反对把公天下变成了家天下。所以，才被大禹杀了。

人民站在防风氏一边，同情他，崇敬他，很自然地在民间口头传说中，把他说成是巨人、英雄，最后就成了神。

防风氏成了神，就有了庙。梁代任昉《述异记》中记曰：“今吴越间防风庙，土木作其形，龙首牛耳，连眉一目。昔禹会涂山，执玉帛者万国。防风氏后至，禹诛之，其长三丈，其骨节专车。今南中民有姓防风氏，即其后也，皆长大。越俗，祭防风神，奏防风古乐，截竹长三尺，吹之如嗥，三人被发而舞。”这个记载说明，早在1 500年前的梁代，在吴越地区已经有了防风庙，庙中有防风神像——用土木雕塑而成，其形象是“龙首牛耳，连眉一目”。这是很特别的神怪形象。

龙首牛耳，说明防风神是属于龙图腾和牛图腾的神，古越族是龙图腾，而古苗族则是牛图腾。这是两个图腾的集合形象。

孔子说：防风氏是汪芒氏之君，姓漆，在虞、夏、商时代叫汪芒氏。有人认为，汪芒就是王蟒，最大的蟒蛇。蛇是龙的原型，是龙图腾的主体。一说汪为水泽，芒为水稻。所以，汪芒氏就是龙图腾种水稻的人。这正是良渚文化的特点。

“连眉一目”是说明什么呢？

说明防风神是个独眼，眉毛和眼睛都只有一个。

几乎所有的动物都是两个眼睛，怎么只有一个眼睛呢？

有人说：这有些像希腊的独眼巨人，也有些像埃及的拉——太阳神。在人物的形象塑造上，古代人的艺术形象有相似之处，是否有什么文化联系、交流，还值得进一步研究。这是一个新的课题。值得我们重视。

这里还说防风氏的后代人非常热烈地祭防风神，三人披发而舞，吹特有的防风古乐，这是把防风作为伟大的祖先，进行的祭祖盛典。

如今在下渚湖北岸防风山下，仍有一个防风祠，晋代元康邑令贺循建防风祠。比梁代还要早一二百年。几百年后，吴越王钱缪重修防风祠。每年8月25日对防风神进行秋祭，前后有三天庙会。庙会很盛大，非常热闹，人山人海，唱大戏三天。由县知事亲自担任主祭。

据说祠前原有2 000年前的古树，毁于“文革”时期。这样，它的年代就更早得多了。

1995年12月德清三合乡人民政府重修防风祠，1997年1月竣工。1998年重新给防风神塑了神像。

防风山原名封山、风山、风渚山。唐天宝六年，改名防风山。山间有“封山石宝”，又称“封公祠”，传为防风王的居所，或即《山海经》中的“大人之堂”。

凡是为人民作了好事的人，人民总忘不了他，他就在人民心中永生了。

人民使他永生的方法，就是把他由人变神。

人只要变成神，就会永远受到人民的祭祀，不断受到人民的纪念。这样，他当然也就永生了。这就是由人变神的辩证法，是具有中国特色的艺术思维模式，也是中国民间宗教的特色。

所以，人们对防风神的崇拜，就是对他的英雄业绩的崇拜，对他的功德的崇拜，对他的崇高人格的崇拜。

在兽性、人性、神性，这人性的三个层次中，防风达到了神的层次。

防风是巨人，是伟大的人，达到了人性的最高层次，就成为神了。

于此可见，防风神的艺术形象首先就是人的形象，原来是一个普通的诸侯，也就是一个普通的人。

其次，防风的形象也是一个巨人形象。防风氏是伟大的人。他之所以伟大，是由于他为人民作了好事——治水、救人、奋不顾身。他还敢于挺身而出，反对大禹把公天下变为家天下。这就说明，在人民心目中防风是一个大公无私的英雄人物。

一切为人民做好事的行动，都是伟大的；

一切为人民做好事的个人，都是伟大的。

防风氏符合这样的标准，当然是伟大的人物。

伟大的人物在民间文艺中，往往被形象化为巨人。更何况防风氏治水、为政，都力大无比，无私无畏，在体力上、精神上都是伟大的巨人。

最后，防风的艺术形象就达到神的层次。人民相信他不死，希望他永远保佑自己。他就在人民的想象中成了神。

我们今天所看到的防风氏形象，就都是人的形象的最高层次——神的形象。其过渡的形象则是图腾形象、巨人形象和鬼的形象。

四、对神的概念进行立体分析

神的概念有一个历史发展过程，这是中国神话学的重要研究课题，值得引起大家的重视。在防风神话的研究中，已经碰到这个问题，很有启发性，值得我们重视。

先从词源学来看看，神，这个字是怎样发展来的？

神，其字的原形是“申”，“示”旁是后加的。申的原义是“一线连二物之形”（郭沫若），二物为何？一说为天和地。《尔雅》：“神，重也、治也、慎也。”重，中间是“申”，上下则是天和地。可见，神就是联系天和地的。引申为管天管地管万物。

所以许多词典都如此说。《现代汉语词典》：“神，宗教指天地万物的创造者和统治者。”《古代汉语词典》：“神，神灵，传说中的天地万物的创造者和主宰者。”《宗教词典》：“神，超自然体中的最高者。”

这是今天人们的普遍看法。但是，这个定义不完全适用于古代。这个定义是不全面的，可能是因为我们的语言学家们，还缺少人类学素养之故。

要了解古代的神，特别是追寻神的历史发展，才能较全面地、科学认识神的概念与内涵。从人类学的考察中，我们发现：神，产生在原始社会，最早的神并不是人，而是动物或植物。

当时，生产力非常低下，是大自然的奴隶，他们的生活依靠自然界的动物和植物。因而他们崇拜的神都是自然界的事物。

人类对世界的认识，总是先认识生活中接触最多的事物。原始人分不清人与动物的区别，而往往把动物看成是自己的祖先和亲属，产生动物崇拜，这就是图腾。图腾崇拜是最早的宗教，图腾神是人类最早的神。

这就是万物有灵的原始信仰，就是多神崇拜，多神教。

防风神就产生在那个时代——图腾时代，当时古越族的图腾是蛇—龙，古苗族的图腾是牛，这些图腾形象在防风神的神像上都有所表现，已如前述。例如，汪芒氏即王蟒，是最大的蛇，龙的原型。而《述异记》所述防风庙中的神像"龙首牛耳"，就是远古图腾的遗存。

所以，我们可以说图腾时代是人类尚未认识自己的时代，当时人们还看不到人的力量，把动物或植物、山川万物等自然物，都当成神去崇拜。等到生产力大大地进步了，人的力量逐渐显露出来之后，出现了人的英雄，英雄的祖先就成为崇拜的对象，这就是人神。最早的人神就是祖先神。防风氏就是如此成为巨人和神的。

等到人类社会进入阶级社会之后，就产生了天界最高的统治者——帝。

原来的帝，就是指的天帝。人间的最高统治者则称为王，并不称为帝。如商王、周武王等等。

直到秦代，帝才开始指人间的最高统治者。秦始皇就是"始皇帝"。

在先秦时代，帝就是天上最高的神。因为当时人间已经有了国家各级机构，于是在神界也就有了神的分工，有了执掌不同职司的神，在一神之下，有了诸神的体系。

防风氏是山神，封山之神。可见是一种自然神，其时代是很古的。

后来，随着大禹成了神，防风也就成了诸侯神。这种转变，在防风神话的古代文献中，有非常清楚的记载。在《左传》和《竹书纪年》中，防风和大禹都还是诸侯，他们搞的是诸侯聚会。但是，《国语》所记孔子已说，防风既是"山川之守"，守卫山川之灵，同时也是"社稷之守"，既是人，又是神。在后来的许多文献中，这种聚会就都记成了"群神会"。

不过，这个过程也可能是颠倒的。可能不是由历史人物变为神话人物，而是相反，开始可能是神话人物，逐渐变成了历史人物。许多研究者认为，中国神话有一个历史化的过程，许多神话人物，后来被作为历史人物而加以记载了。

因为人类的历史都是开始于民间口头传说。故而传说的历史是非常漫长的，比有文字记载的历史，要长几十倍还要多。文字的历史只有三千年，而人类语言的历史则有几十万年。原始人分不清人与自然界动物、植物，以幻想性的神话思维为主，把神话看成是历史，神话中包含着历史，神话中混杂着历史。应该是神话的记录在前，科学记录的历史在后。当文字产生之前，往往只有神话传说在口头流传，神话传说就是历史。我们需要透过神话的幻想，去发现远古的历史。

防风神话产生于大禹的时代，这是一个神话和历史混杂交错的时代。防风神话和历史事实同时出现，很难说是哪个在前。从书面记录的史料看，是历史人物在前，许多神话形象的记录是后来的。但是，很可能口头流传的神话更加古老，只是记录较晚而已。它产生在图腾时代，难道不是更加古老得多吗？

最近20年来，在民间文学三套集成的调查收集过程中，许多地方发现了不少活态神话在民间流传，在广西、湖北、广东、甘肃、澳门等地，除了神话之外，还发现了一些盘古庙、女娲宫等等对神话人物的祭祀、崇拜活动，其来源可能是非常古老的，很可能，这些神话人物是人们作为自己的祖先，一代代非常慎重地、神圣地传承下来的。它的源头，很可能远在史前时代。浙江防风氏神话传说和防风祠的发现，再一次证明了这一点。所以特别值得我们重视，需要更加深入的研究。如今，防风神话传说已经以“防风传说”的名义，和大禹传说等等，一起进入了国家级非物质文化遗产名录，这就给我们提出来更深入全面地调查研究防风神话的任务。

可能是因为害怕“封建迷信”之故，文化部门忌讳讲神呀鬼呀之类的东西。其实，并不需要害怕。彻底的唯物主义者是无所畏惧的，神话既然是历史上的存在，我们就无法回避它。正相反，越是神秘的东西，我们越是要研究它。这才是大丈夫的风度，科学家的气质。爱因斯坦就曾明确地说过：“在科学研究中，那些没有出息的人，只是在最薄的地方钻孔，是不可能有所作为的。”伟大科学家的精神是迎着困难上，华罗庚就是如此，他的口号是“要到班门去弄斧”，所以不断创新，成为世界级的大科学家。我们也应该如此。其实，马克思就是这样的人，他早已对神话进行了很好的研究，并且非常明确地说：神话是民族艺术的土壤，甚至是民族艺术的“前提”，什么是“前提”，这就是说没有神话就没有民族艺术的创作。这是多么重要，绝不是偶然的。因为民间文艺本来就是民族文艺的根基，没有民间文艺就没有民族文艺。

马克思还说，神话表现了人类童年的天真，具有不朽的艺术魅力。

我们有什么理由害怕神话呢，文化部门主管非物质文化遗产保护工作，如果不好好提高理论水平和文化素养，就只能做一个假专家，是不可能做好保护工作的。我从事民间文学教学与研究50多年，2005年文化部非物质文化遗产保护苏州论坛两本论文集中第一篇就是我写的《非物质文化遗产的主要内涵》，这说明我对非物质文化遗产的认识在全国所有专家之中是名列前茅的，但是在非物质文化遗产名录的评选工作中，却完全把爱提不同意见的专家排除在外，甚至连学术研讨会也排除这些学者，我和刘铁梁教授就对此深有体会。防风神话是客观存在，不是你们几个“专家”就能否定得了的。如果不相信，可以来讨论争鸣。文化部非物质文化遗产保护名录中的遗产名称的错误，也不止这一个，例如所谓的“刘三姐歌谣”就犯了常识性错误，只要看看《中国民间文学概要》等等许多民间文学教科书中关于歌和谣的科学概念之区分，就非常清楚了，这是姜彬(天鹰)50年代的科研成果，已经成了常识，我们文化部的大专家如此胡乱命名，真是不能原谅的失误。

在真理面前人人平等，任何人都不可能有什么特权。

“权势是暂时的，而真理才是永恒的。”

李瑞环同志的这句名言，是值得深思的。从防风神话的讨论，可以进一步证明这个真理。

传说的调查与研究

姜女庙记行

孟姜女哭长城的故事是人民群众最喜爱的民间传说故事之一。这是一个流传极广的故事,也是一个非常古老的故事,它的起因可溯源到春秋时代,正式形成于唐代,也有了一千多年的历史。千百年来,孟姜女的名字始终受到人民的崇敬。许多地方,特别在万里长城附近,有不少姜女庙、姜女坟。山海关附近的姜女庙和姜女坟是其中最著名的。那里的人民公社原名“姜女公社”,大队原名“姜女大队”,标志着人们对孟姜女的热爱。每年6月18日,姜女庙的庙会人山人海,老远的人都赶来逛会。1978年春天,我们到秦皇岛参加故事会,顺便到山海关姜女庙一游,亲眼看到人民对孟姜女的热爱和林彪、“四人帮”对民间文学的破坏。山海关博物馆的老馆长愤怒地向我们控诉:他只因参与过编写关于孟姜女的剧本,就被揪斗,受到残酷的迫害。不少贫下中农因为常说孟姜女故事,也被说成“放毒”,受到批判,可是他们始终热爱孟姜女故事。

姜女庙在山海关外十里左右,建筑在一个小山头上。这一带都是平原,因此这个小山就显得很突出,老远就看见了。此庙小巧玲珑,有石阶可上。山下停着一些汽车,都是送人来参观姜女庙的。据说过去夏秋时节,汽车一溜溜的,由北戴河等地来参观的人更多。现在改革开放参观的人又多起来了。

我们爬上石阶来到庙门口,找到了向导王大爷。王大爷的眼看不见,在此工作已二三十年了。过去他曾给张澜副主席讲过孟姜女故事,对庙内文物也很熟悉。这次我们也请他给我们讲讲孟姜女故事,作些介绍,可是他一听说要讲故事,马上噤若寒蝉,连忙说:“我只管看门,不管讲解。”经我们和秦皇岛郊区文化馆的友人的反复动员,他才答应讲一点“可靠的”。于是我们跟他来到了孟姜女殿。殿门口有一副对联,比较怪:

海水朝朝朝朝朝朝朝落

浮云长长长长长长长消

每联十个字竟有七个字重复,内容不易看懂。王大爷给我们背诵了一遍,才使我们恍然大悟。原来对联利用汉字的多音字和语音上的又读,把阳平(潮、常)

与阴平(朝)及上声(长)间用,形成一副巧妙的对联:“海水潮,朝朝潮,朝潮朝落;浮云长,常常长,常长常消。”对得很巧,对姜女殿的自然环境形容得真是颇为恰当。

进了大殿,原有孟姜女坐像,彩色泥雕,据说十分传神,已被当成“四旧”砸了,连她身边的侍童也不能幸免。大殿两侧坛壁上满是石碑,刻的多是明清以来关于姜女庙的题诗、题词,还有据传是明代某文人为山海关所题“天下第一关”五个雄劲的大字的石刻,每个字足足有一米高。可能王大爷认为碑上刻的东西是比较“可靠的”,滔滔不绝地给我们朗诵了全部诗文,简直倒背如流,使人不能不佩服他的记忆力。等他背完以后,我们再次请他讲讲孟姜女的传说故事,王大爷却怎么也不肯讲,并且认为那些带有幻想性的故事是“瞎胡扯”的。前几年,王大爷就因为讲孟姜女故事遭到迫害、退职在家,生活很困难,如今仍心有余悸,这说明“四人帮”造成的“内伤”是多么严重。

不只王大爷如此,周围几个老大爷原来坐在庙门口晒太阳聊天,听说要请他们讲孟姜女故事,也都缄默不语,真有“谈虎色变”之概。只有一个老贫农(是拾粪的),听了我们的说服,受到感动,热情地对我们说:“来,我给你们讲!”于是带着我们到庙后的望夫石去参观。望夫石似乎是小山的尖顶,一整块大石头看不到根。有小路可上,石级上一路有七个脚印,据说是孟姜女的足迹。顶上还有两个小圆洞,据老人说,一个是孟姜女的眼泪滴成的,一个是她拄伞拄出来的。老人还说给孟姜女塑像时,将她脸朝南,一夜之间就掉头往北了,第二天只好重新塑。这位拾粪老人还给我们讲:孟姜女的丈夫万喜良是山西人,因为姓万,一人可顶一万人。修长城死后,白骨筑入墙内。孟姜女哭倒长城八百里,里面白骨累累,她滴血认亲,入骨三分,找到丈夫的尸骨。秦始皇要娶姜女,答应三个条件,最后孟姜女还是跳海而死,海中即出现一个高大的石包——这就是姜女坟。据老人说这坟高出海面,是上粗下细的大石块,顺南往东有盘道可上,坟上还有姜女石像,面冲东北瞅着。以前上面有不少鸽子,以致产生一句俗话:“姜女坟的鸽子——海逛。”又传说姜女坟浮在水面上,随着潮水涨落,始终保持出水那么高,说得可神了。

关于长城的故事不少,除孟姜女故事外,拾粪老人还讲了关于金牛洞与赶山鞭的传说。他说秦始皇修长城时不知往哪儿修,后来来了头金牛往海边走,秦始皇派人在后面画了白线,长城就沿着金牛走的道儿修,到入海处金牛进了洞,长城也就到此为止了。他所谈的秦始皇赶山鞭的故事,同一般说法不同,我以为他这种说法更有意义。一般说秦始皇赶山鞭是老道(一说太白金星下凡)为解救百姓而给了人,叫秦始皇要去的,而这位拾粪老人却说是群众中来的。传说修长城的砖每块四五十斤,大石头每块好几百斤,要运上山修长城,十分困难,山沟里有个老婆婆纺了线给人拉石头,不管石头多重,只要用这线拴着一拉就很轻松地上去了。大伙儿干得又快又轻松,加快了修城进度,这事叫秦始皇知道了,他把大伙的线收起来,结成了赶山鞭,赶起大石头就跟赶牲口似的,把没用的石头往海里赶,惊动了龙王……我想,在这个故事中,虽然老婆婆也是神仙变的,但比老道的形象要现实得多。这集众人细线而成赶山鞭的情节十分深刻,它通过艺术的幻想,巧妙地说明秦始皇之所以能完成万里长城,其伟大不在别处而在群众之中,在于他集中了广大劳动群众的力量。这个故事可以同孟姜女故事互相补充。孟姜女故事控诉秦始皇对民工的暴虐,而赶山鞭的故事则既肯定了秦始皇修长城的功绩,又非常深刻地指明:力量在于群众。没有纺线的老婆婆,没有群众手里的细线,就没有赶山鞭;没有广大劳动人民的创造,就没有万里长城。

就这样,我们边走边谈,离开了姜女庙,走上了公路。老人家住在公路以北,我们也就恋恋不舍地分手了。临别时,老人说干活时说说故事大伙很爱听,既红火又解乏,虽然有人说是"放毒",也还是要讲。老人说,可惜时间太少,不然还能再讲很多故事哩,他希望我们再去串门……是啊,在群众中蕴藏着多少民间文学的宝贵财富啊,多少民间文学的宝藏有待我们发掘啊!

(原载《民间文学》1979 年 4 月)

再访姜女庙

1978年2月，我第一次去姜女庙。那时，孟姜女的冤案还没有平反，姜女庙的大门还锁着，姜女的塑像还没有重塑。当时看门的盲人王义老大爷虽然对壁上的碑文倒背如流，但却不敢讲孟姜女的传说故事，怎么动员他也不讲。

如今，经过两年多之后，我第二次来到姜女庙，情况大变了。这里已成为对外开放的旅游之地。从早到晚，每天有中外游客几千人前来参观。孟姜女的塑像已经修复，虽然老乡们说塑得没有原来的好，但总是比没有好多了，而且也还是有她新的风采，是值得庆幸的。

姜女庙所在的大队，有700多人口，原名“姜女大队”，“文化大革命”后改为“立新大队”，如今又改名为“望夫石大队”了。此次我重游姜女庙，除参观之外，还访问了望夫石大队的社员。虽然时间很短，但收获不小。

在姜女庙兼作清洁工的社员桂友老汉，今年62岁，据群众说他记性很好，又会说，过去当过干部，又是民间文艺的爱好者，于是我就把他作为主要的采访对象。他讲了他所知道的孟姜女故事，使我又得到不少新的知识。

桂友老人说，他所了解的孟姜女故事同庙里的连环画不一样：连环画上说孟姜女是江南人，他却说孟姜女是陕西潼关人；对于孟姜女出世，人们多说是从葫芦里头出来的，但葫芦的种子是从哪儿来的呢？一般人是不讲的，桂友老汉则以丰富美好的幻想，讲到这葫芦子不同寻常的来历，很有传奇性。据他说，这种子是由小燕子从南方叼来的，所以特别珍贵。老人还用诗的语言描述了小燕子吐子的生动情景，十分引人入胜。

在桂友心目中，万喜良不是一个文弱书生，而是一个十分壮实的大力士，是一个雄健的劳动人民形象。因为他干活又快又好，一人能顶一万人，所以秦始皇一定要抓他去修长城。他为了逃避差役，就将万喜良改为范喜良，这样，桂友老汉就在故事情节中把“万”与“范”两个姓的异文，巧妙地统一起来了。

孟姜女跟万喜良在后花园见面的情节，桂友老人的说法也与一般的讲法不同。他不是说孟姜女在后花园池塘洗澡，而是说万喜良逃入孟家后花园，在池塘里，在莲叶下边露着一个脑袋，孟姜女要摘莲花而丢了扇子，她卷起袖子去捞扇子时，拨开莲叶发现了万喜良……这种说法是颇为别致而新鲜的。

桂友老汉还说，孟姜女送寒衣时，有个满脸麻子的麻姑陪着她，一直送她到长城。所以这儿七月十五要用水果敬麻姑，这就是从孟姜女故事产生的一个风俗。

孟姜女哭长城的情形，桂友老人也说得比较细致。他说麻姑回去后，孟姜女从山海关西门进去，出东门往关外走，过了“欢喜岭”，下了“流泪沟”，①一看凤凰山高，就上了望夫石，往北山长城找她丈夫。在庙后望夫石旁还有“梳妆台”、“胰子盒”、“洗脸盆”等遗迹。孟姜女在振衣亭换了衣服，去找她丈夫，听说死了，就哭，从东水关到南水关，哭了三天三夜，把长城哭倒几十里……这些说法比我过去所了解的要细致得多了。

关于姜女坟和姜女庙，桂友也有新的解释。他说姜女跳海后，进去三里多，海里就长出两块石头，一高一低，高的像石碑，低的像坟。这就是现在的姜女坟。坟上鸽子很多，白天在海上打食，到晚上才回来。这些鸽子飞得很远，有时还在天空排列成阵，所以有个民间歇后语说：“姜女坟的鸽子——海逛”。

姜女庙是怎么修的呢？桂友老人说，秦始皇见姜女跳海了，说早知如此，就不会强娶她了，于是要人们在凤凰山给她修庙。庙后至今还有个秦始皇的马槽，石头上有个窟窿，就是秦始皇拴马的地方。

当然，这些说法多是艺术幻想的产物，但却不是他个人的臆造。桂友老汉说，他是听老人们说的，几十年前老王顺就常讲这一套。桂友的老家在辽宁，他父亲八岁时随祖父迁到此村落户，所以桂友是在这儿土生土长的。

除了孟姜女故事外，桂友老汉还讲了《二郎担山赶太阳》《老闯王坐殿》《金砖的故事》等等。除传说、故事外，他还唱了《斩窦娥》《茉莉花》《六条手绢》《十二棵树》《喜词》以及反映抗战内容的《小五更》等许多当地秧歌词儿。因为时间紧迫，只同老人交谈了两三个小时，就搜集到如此之多的民间文艺资料，说明在群众中蕴藏着多么丰富的民间文学宝藏啊！

回来路过山海关，偶然碰到一位78岁的王大爷。据当地老人们讲他是对山海关一带的传说了解很多的，我在上车之前同他进行了交谈，也得到一些意

① 据桂友说，被抓来修长城的人，在岭上可看到家乡，所以叫“欢喜岭”，下到沟里，看不到家乡了，所以流泪了，于是就叫“流泪沟”。这是当地的两个地名。

外的收获。

王大爷对姜女庙那副骂秦始皇的对联记得很清楚，顺口就背了出来：

秦皇安在哉，万里长城筑怨；

姜女未亡也，千秋片石铭贞。

还有那“海水朝朝朝朝朝朝朝落，浮云长长长长长长长消”（即“海水潮朝朝潮朝潮朝落，浮云长常常长常长常消”）。著名的姜女殿前的对联的作者是谁呢？为什么挂在姜女庙呢？王大爷说那是宋朝的状元王十朋写的，原来挂在老龙头澄海楼，后澄海楼叫帝国主义军队烧了，这对联就移到姜女庙来了。这万里长城入海的起点——老龙头是明代所建，澄海楼据说还是明代名将戚继光建立的，对联是否王十朋所写，当然尚待考证，但王大爷这个传说却是一种说法，对研究是有意义的。

王大爷还说《肖显写匾》的传说，有的是胡加上去的：说肖显写的“天下第一关”五个大字中的“下”字少一点，后来严嵩到山海关看到了提出来，别人说拿梯子上去补起来，严嵩说不用，拿棉花沾点墨，一甩，就点上去了，正合适。——他说这种说法是给肖显抹黑，给严嵩涂脂抹粉的。“下”字怎么能少一点呢？即使少一点，别人都没发现，要等到好多天之后严嵩从北京来了才看出来，这怎么可能呢？……

王大爷虽然 78 岁了，但非常健谈，他每天早晨四点多就起来去领牛奶，我们从五点谈到快六点了，我六点半还要上车，只好匆匆告别了。他说他每天下午三点到城门洞里去乘凉，希望我下午再去谈。他说：“山海关人，不知道家乡风物的来历，外地人来一问三不知，这是耻辱。”对于民间传说，他是多么熟悉又是多么重视啊，我匆匆吃了早点到车站去了，一路上耳朵里总是响着他那激动的声音。是啊，连自己家乡风物的来历也不知道，还行吗？

（原载《民间文学》1982 年第 12 期）

文成公主与西藏

在西藏，有两件事最叫我吃惊，一件是西藏最著名的古典抒情诗人仓央嘉措的名作在西藏几乎家喻户晓，人人会唱，成了最流行的传统民歌，实在很难分清哪首是他创作的，哪首是他改写或记录的民歌了。还有一件就是文成公主的传说在西藏流传之广，也是家喻户晓，人人皆知的。在拉萨、日喀则和山南等地最大的寺庙中，都有文成公主和松赞干布神像，是作为主要的神佛供奉的。在布达拉宫里，甚至还有一个山洞，传说是文成公主和松赞干布在新建拉萨城当时所居住的圣地，人们特别重视，礼拜者众多。

在日喀则我听到一位纺织女工讲了个很有代表性的故事，她说：文成公主来西藏时，从内地带了一群羊赶到西藏来，这些羊不只有白的，还有黑的、红的、绿的、黄的、紫的……可好看了。可惜在半路上过小河时，碰到山洪暴发，大水把羊群冲散了，文成公主见了，大叫一声："啊呀，我的白羊和黑羊啊！"于是白羊和黑羊留下了，红羊、绿羊、黄羊、紫羊全被大水冲走了。

这个故事说明，文成公主是有神圣威力的，她的话就是神圣的命令，她说了"白羊和黑羊"，于是这些羊就留下了。而没有提到的那些彩色的羊就被大水冲跑了，再也见不到了。

这个故事还说明，内地有许多美好的东西，文成公主来西藏时，给西藏带来了很多，对西藏人民的生活有非常重要的影响。除此之外，还有传说甚至说连西藏最重要的粮食青稞麦也是文成公主带来的。这些传说之所以流传得这么广，实际上反映了一种历史的真实。据历史记载，文成公主被唐太宗下嫁到吐蕃(西藏的古称)时，唐太宗满足了她的要求，随她把几千种的种子和工匠、工艺品带到西藏。至今她带去的不少精美的乐器还保存在拉萨大昭寺，成为全国仅存的唐代乐器，为研究中国音乐史提供了宝贵的实证。他带去的三千工匠在西藏带了许多徒弟。

文成公主到西藏，在农业、手工业乃至建筑业，文化艺术等方面都带来了许多内地的先进文化成果，这是确实的历史贡献，大大促进了西藏的进步、发展。

民间传说是人民口头传说的历史，它一方面反映了历史的事实，同时也表现了人民的想象，它是人民心目中的历史。人们传说松赞干布在初建拉萨城时，老是碰到“海眼”，一挖就挖出水来，没法建房子，是文成公主会看风水，又会神机妙算，设法堵上了海眼，找到了很好的地方，终于建好了拉萨城。

在拉萨市中心的大昭寺门外，有一棵高大的柳树，此柳树被人们称为“唐柳”，传说它在春风中飘荡的柳枝，就是“文成公主的头发”。在树下，就是著名的“甥舅情谊石碑”，是唐朝和吐蕃之间亲缘关系的明证，证明松赞干布之后的历代藏王都是文成公主的后代。文成公主之所以始终受到西藏人民的崇敬和信仰，决不是偶然的，这是汉藏情谊的突出表现。

文成公主的藏文名字是“阿姐甲莎”，直译是“汉族大姐”，但这却是文成公主的专名，只指文成公主。由此亦可见，广大藏族人民之所以如此赞颂文成公主的功德，实际上是把她作为内地汉族先进文化的代表来崇敬的。

从血缘上看，汉藏的关系可以追溯到远古。我们有共同的祖先，它无可辩驳地表现在“汉藏语系”的事实上，汉藏语系是世界几大语系之一，语系内部还有许多语族、语言，它们都有共同的来源，有许多共同的特点。这是汉藏远古血缘联系的表现，“汉藏一家”，绝不是随便说说的空话吧！

文成公主的传说还有许多许多，不能一一列举，其中有的故事已改编成戏剧、民歌、舞蹈，联系到妇女的装束，纺织的技巧等生活的方方面面，这是汉藏情谊的突出表现，这种口碑文学是最有生命力的，是藏族人民心里头矗立着的巍峨丰碑。“八大藏戏”中占第一位的就是“文成公主”，是年年必演的名剧。

如今西藏已向全世界开放，让我们去西藏旅行、考察一下吧！

阿姐甲莎

——在西藏听到的关于文成公主的传说

“在西藏，有谁不知道阿姐甲莎呢？——简直没有。老老少少一说起她的故事来就是没完没了……”

阿姐甲莎是藏族人民对文成公主的亲切称呼。文成公主的故事传说在西藏是家喻户晓的。在藏民的传说中，什么都是文成公主从内地带来的——青稞、小麦、豌豆、水磨、羊子，盖房子、织氆氇①的技术……

有一天，我们去访问日喀则的一位织氆氇的妇女布哲。她非常热情地把我们迎进屋去，端出炒青稞来款待我们，她对我们说：“这青稞种子最早还是阿姐甲莎带来的呢。”接着，布哲又用询问的口吻问我们：“你们知道她是怎么带来的吗？”她眼睛调皮地眨一眨，然后说：“当时文成公主进藏时，皇帝不准她带种子来，但是她想了一个很巧妙的办法，带来了三百三十样种子。”她一边说，一边用手指着眼睛、鼻子、嘴、头发……指得非常快，说得也非常快，我们不懂藏话，不知她说的什么，翻译同志也没有全记住，问了几次才翻出来了，原来是这样的：“文成公主知道藏族人民没有粮食吃，全吃蒌葆（一种草的名字），就一心想把五谷的种子带进西藏。她把青稞放在眼睛里，豌豆种子藏在耳朵里，菜子藏在头发里……”她真是热情，一说就说个没完。这时窗外传来了孩子的啼哭声。她叫了一声：“昌决！”

进来一个十三四岁的姑娘，氆氇长袍的领子上围着红领巾，手里抱了一个小孩，这小孩张大嘴正哭着呢。布哲抱起孩子，哄拍着喂他吃奶。她指着孩子幸福地一笑：“这是去年生的，是最小的一个。”接着，她又谈起自己怎样从小死了爹妈，跟着乞丐舅舅一路讨饭；怎样帮领主背水上山，脖子都压长了。她愤怒地说，二十几年没吃过一顿饱饭、糌粑糊糊稀得可以“照见天上老鹰的影子”。民主改革后，分到了土地，自己以织氆氇为业，丈夫参加了互助组，生活

---

① 氆氇就是用羊毛织成的粗呢子。藏民的衣服多用氆氇做成。

才好了。她对戴红领巾的姑娘说："唱一个吧，给同志拉[①]唱一个阿姐甲莎织氆氇的歌。"昌决羞涩地摇了摇头，经我们再三请求才唱了一段，内容好像并不是歌唱文成公主，而是歌唱织氆氇的劳动过程的。她说这个歌是文成公主亲口传下来的，教她们怎样剪羊毛、怎样漂洗、梳顺羊毛，又怎样纺成线，用木机织成又密又细的氆氇。布哲说："阿姐甲莎还带了牛羊到西藏来呢。昌决，你给同志拉说说。"

布达拉宫中的文成公主像

说完，她就抱起小孩子出去了。昌决开始还有点拘束，很快就滔滔不绝地说了下去。她说："文成公主从内地赶来各种各样的羊，哪种颜色的都有，有红的、黄的、白的，还有草绿的、天青的，还有花得像花鹿般的羊，可好看呢。一天，走到河边，文成公主正赶着羊群下水，来了一阵大水，把羊冲跑了，她急得大叫一声：'哎呀！我的白羊和黑羊呀！'于是只有白羊和黑羊过了河，别的各种各样五颜六色的花羊全叫大水冲跑了。甲莎急得大哭起来……"小姑娘说得起劲，手捂着眼睛学着"唔唔"地哭了起来。"后来人们说，不要哭吧，没有关系，黑羊油光光的，羊毛不褪色。白羊毛雪白的，要什么颜色染什么颜色，也很好，甲莎才不哭了，西藏从此就有了羊……西藏的羊全是白的和黑的，没有内地的花羊……"

我们说："你讲得真好。"她又害羞地笑了。问她是听谁讲的，她说："我也不知道，大家都在讲，奶奶讲，妈妈讲，小伴儿也在讲……"

问她甲莎的丈夫是谁。

"是松赞干布[②]！"她身后的人替她回答了。这是谁呀？

昌决一转身，对讲话的人叫了一声"阿爸"，这句话不用翻译我们也懂。他不知是什么时候进屋来的，站在那里对大伙儿笑。我们请他坐下，他就流水般地讲起文成公主的故事来，他一边说一边有声有色地表演。最后他热情地说，

---

① 藏民对干部的亲切称呼。

② 松赞干布是文成公主的丈夫，是第一个统一西藏的吐蕃王。他定都拉萨，创造文字，发展经济文化，对西藏文化繁荣起了巨大作用。

"全世界最好的姑娘……"当我们告辞出来时,布哲一家人热情地把我们送到街口,临别前布哲大嫂还约我们明天再来,她说:"文成公主织氆氇的歌,要大伙儿在织氆氇时一齐唱才唱的全呢,明天多找几个人来唱给你们听。"

后来,我们在旁的地方,也听到很多关于文成公主的传说。日喀则的铜匠们说,文成公主是他们的祖师,木匠说他们的技术是从文成公主那里学来的,山南的农民说二牛抬杠的拉犁方法也是文成公主带来的。……

在拉萨,至今还珍惜地保留着文成公主的许多重要古迹和遗物,关于这些古迹又有着许多动人的传说故事,放射着汉藏友谊的宝石般的光辉。传说布达拉宫就是文成公主和松赞干布一起在山顶上修建的。我们参观布达拉宫时,领我们参观的喇嘛特意用酥油灯照亮了一个石头锅灶,自豪地告诉我们:"这是当年文成公主做饭用的。"

在参观大昭寺时,喇嘛让我们把耳朵贴近一个石头的小洞,要我们听洞里的波浪声响。传说原来拉萨这里是大海,松赞干布定都拉萨之后,要把海填平,填进很多土块也不行,后来文成公主把内地带来的九级金塔投入海中,然后架起木板,就把大海盖住了,至今地下仍是大海,可以听到海水的涛声。

在藏族人民的心中,一切美好的东西都和文成公主联系起来。他们把随风飘荡的垂杨说是"文成公主的头发",把升在夜空的满月说是"文成公主的圆脸"。妇女们最喜爱的日常装饰——照虹彩的样子织成的彩条呢围裙,也说是文成公主亲手传下来的。人们编了许多歌曲来歌唱她。藏戏8个最有名的传统节目中,有一个就是"文成公主",据说可以演唱三天三夜。

西藏人民如此尊敬和爱戴文成公主绝不是偶然的,也绝不只是对她个人的崇拜,而是一千多年来汉藏两族人民不断交往中逐渐结成的兄弟情谊的集中表现。藏族人民始终怀念着文成公主,亲切地称呼她为"阿姐甲莎","阿姐"照字面意义直译就是"大姐"、"大嫂"的意思,是对妇女的尊称,"甲莎"是内地或汉族之意,所以阿姐甲莎直译起来就是"汉族大姐"或"汉族公主"。这就说明,文成公主在藏族人民心目中是汉族人民友谊的化身。

在西藏,我们听见藏族人民歌唱着:

青年俊俏的姑娘,
被宝石打扮得像一朵奇葩,
带来宝石的人啊,
是阿姐甲莎。

包公万岁

——关于包公的人类学思考

有人说清官纯粹是“幻想出来的”、在当时“是不可能存在的”。此话似乎不妥。包公就是一个真人，而不全是幻想的人物。

“清官”二字合为一词，有人说“查正史记载，始见于《清史稿》”①，但明代李贽《焚书》卷四《杂述·因记往事》文中已有“彼为巨盗，我为清官”之说，将清官与巨盗对称，乃清明、清正、清廉之意。而金代元好问(1190—1257)《薛明府去思口号》一诗中更早已有清官一词：“能吏寻常见，公廉第一难。只从明府到，人信有清官。”从“清官”一词产生和流传的时间来看，与包拯(999—1062)关系甚大，似乎可以说是包公清官故事流传之后而盛行的。于此亦可见包公影响之大。

一

包公为什么会成为最有名的清官呢？

首先他为官清正，执法如山，铁面无私，不畏权贵，廉明公正，是非常突出的。《宋史》卷三一六的本传虽短却很有分量，记述了当时老百姓对他的赞颂：“拯立朝刚毅，贵戚宦官为之敛手，闻者皆惮之。人以‘包拯笑比黄河清’童稚妇女亦知其名，呼曰‘包待制’。京师为之语曰：‘关节不到，有阎罗包老。’”

于此可见，当时人的口碑，已将他比为“黄河清”之清官，天下少有，只可比为神佛“阎罗王”了。如此清廉、清正、清明，已成为民众理想中的清官。这实际上已将包公神化了。

民间文学的口碑，实在比任何高大的石碑都要伟大而不朽。

---

① 《文汇报》1978年11月25日。

包公之所以有名，与民众的口传文学的口碑赞颂，有极大的关系。正是民间口碑文学（谣谚、传说故事、曲艺说书、话本小说、地方戏曲）使包公流芳百世。

“包拯笑比黄河清”、“关节不到，有阎罗包老”等民间谣谚之广传，使男女老少甚至“童稚妇女亦知其名”。在宋金时代当时即已广传。

元代之包公戏、包公传说、说书话本、小说等等赞颂包公的作品非常盛行，明代更发展为各种传奇地方戏以及上百卷的小说话本《包公案》，清代又发展为《龙图公案》、《三侠五义》、《七侠五义》等长篇小说，至今除许许多多地方戏中的包公戏之外，人们还在传说着许多小说、戏曲之中和之外的包公故事传说，已出版的如：

《包公的故事》（松朋整理，通俗读物出版社，1956 年）

《包公故事集》（群众出版社编印，1962 年 12 月）

《包公的故事》（马光复编著，河南人民出版社，1981 年 8 月）

《包公故事新编》（黎邦农、张桂安编，安徽人民出版社，1981 年）

《铁面包公》（香港，陈湘记书局出版，澳门大众印务局印，无出版时间）

二

民间传说是一种民众口传的历史文学。它以历史的面貌出现，却用文学形式塑造人物的典型形象，在流传之中，已作了艺术典型化的加工。

一方面，包公的传说中有一些是包公本人的历史故事，这些在《宋史》本传中有所记载，如说包拯打开官衙正门，打破过去“凡诉讼不得径造庭下”之陈规，使告状的人可以进入大堂“至前陈曲直，吏不敢欺”。这是赞其亲民。

又如“割牛舌”案之明断，这是包公故事在正史中之仅见者。在宋《折狱龟鉴》卷 7，百回本《龙图公案》（明）中亦有记载，但《类说》卷 45 引《圣宋掇遗》则说这是张咏之事。

另一方面，包公的传说故事绝大多数是人民口头艺术之创造，用许多幻想和夸张的故事情节把包公“执法如山、铁面无私、清廉正直、料事如神、为民申冤、严惩贪官、不畏权贵”等高贵品质具体化、形象化了。

早在元代，许多传说故事就已广泛流传，并且成为元杂剧的主要剧目之一，在100出戏的《元曲选》中，包公戏即有11种之多，如：

无名氏《包待制陈州粜米》

无名氏《包龙图智赚合同文字》

无名氏《叮叮当当盆儿鬼》

无名氏《金水桥陈琳抱妆盒》

无名氏《神奴儿大闹开封府》

关汉卿《包待制三勘蝴蝶梦》

关汉卿《包待制智斩鲁斋郎》

郑廷玉《包待制智勘后庭花》

武汉臣《包待制智赚生全阁》

李行道《包待制智赚灰栏记》

曾瑞卿《才子佳人误元宵》

在《元刊古今杂剧》中，还有一种：

无名氏《鲠直张迁替杀妻》

此外，已失传的包公戏见于记载有名目的还有：

张鸣善《包待制判断烟花鬼》

江泽民《糊突包待制》

无名氏《包待制勘双丁》

萧德祥《包待制三勘蝴蝶梦》

无名氏《风雪包待制》

这些元杂剧，都是活的文学，在民间演出，非常受欢迎。许多是无名氏所作，可能是民间艺人，下层文人根据民间传说编剧的。有些虽有著者名，但也有疑问，如上列关汉卿的两剧，在《录鬼簿》记关氏所著杂剧剧目中不载，所以胡适怀疑这不是关汉卿所作而是“无名氏之作”。至今各种地方戏和京剧中还流行着许多包公戏，说明它的人民性与现实性都是很强的。

包公形象是如何塑造的呢？

许多民间传说中的包公故事都是其他清官的事。因为包公很有名，是公认的最大的清官，所以在流传中别的清官的事都集中到他身上来了。胡适称包公和黄帝、周公一样，都是“箭垛式的人物”。和孔明借箭时用的草人一般“本来只是一扎干草，身上刺猬也似的插着许多箭，不但不伤皮肉，反可以立大功，出大名”这是“有福的人物”。赵景深先生曾把包公故事中与其他清官相似的故事作了比较研究,得出结论说"包拯就是钱和、黄霸、张咏、周新、刘奕、滕大尹、向敏中、李若水、许进等人,不过是一个吸收传说的人罢了"。[1]以上众多清官的故事,都归入包公名下了。如黄霸本为西汉郡守,巧断二妇争子案,其事见于东汉应劭《风俗通义》,元代又成了包公传说写入《灰阑记》。而此类故事甚多:

《圣经·旧约》中列王记所载所罗门王断案故事(命人将孩子劈为两半)。

印度大药王(佛本生故事)断案,叫人在地上画线,命二妇拉孩子四肢,母亲不忍孩子受苦而放手流泪,女鬼则不顾,而真母即可认出。西藏亦如此拉孩子(《聪明的国王》)。

希腊、罗马亦有此类故事,如希腊之《贝布立阿斯》《飞德拉斯》《巴兰与约瑟菲》及罗马之《罗马人的行迹》等等。[2]

《圣经》中说所罗门"心里有上帝的智慧",印度佛本生故事也是说的佛祖释迦牟尼五百次转世中的故事,这些都说明包公有这样的品质,是有神圣的特性的。

老百姓把包公作为理想的清官,必然会神化他,使他成了半人半神的人物形象。传说他"日间断阳,夜间断阴",可以下阴曹地府去审案子。

元杂剧《盆儿鬼》中张撇古说包公"人人说你白日断阳间,到得晚时又把阴司理"。证明在元代包公即已成为神人。现代包公脸谱中,额上画弯月,太极图亦是此类象征。"它们(诸神)部分地是完美的人的形象"[3],它的产生是集中了同类形象溶汇而成。正如费尔巴哈所说:"人的神不过是神化了的人的本质而已。"

正是在民间传说的基础上,包公成了神,于是也就有了包公庙和包公崇拜。这时,人们所崇拜的包公,早已经不是原来的历史人物,而是经过人们艺术加工过的清官典型了。

三

包公庙和包公崇拜历久不衰,且有愈演愈烈之势。

---

① 赵景深:《包公传说》,见《中国小说丛考》,齐鲁书社 1980 年版。
② 赵景深:《所罗门与包拯》,见《中国小说丛考》,齐鲁书社 1980 年版。
③ [苏联]列宁:《哲学笔记》,人民出版社 1993 年版,第 258 页。

开始时，是包公的祠堂，作祭祖之用的包公祠，进而变为敬神的包公庙了。这就由祖先崇拜，转变为对清官的崇拜——实际上是一种英雄崇拜，这是对为民申冤、救民于水火的英雄之崇拜，是对不畏权贵执法如山的英雄之崇拜。在崇拜之中有感激，感激包公的大恩大德，感激包公之伸张正义。这种英雄崇拜出于对包公的钦敬，包公的铁面无私、清廉正直、明察秋毫都是世间少有的，所以这又是对理想的英雄的崇拜，很自然地转化为对神人的崇拜，包公也就成半人半神的英雄并逐渐转化为神。这是浪漫主义的典型化即理想化的人物形象。

包公可以说是民间宗教崇拜的神，这与一般人为宗教的"天神"不同，不是自天而降的神，而是由普通凡人成为杰出的超人转化而成的人神。这种神在西方宗教中是不被承认的，但是在中国则很多。这是中西宗教观念相异之所在。

包公庙的包公崇拜在澳门甚为风行，每天前来进香祈福者络绎不绝，这种崇拜建立在包公信仰之上，相信包公能保佑好人、惩罚恶人、公正贤明、消灾免祸、逢凶化吉、辟恶呈祥，使人民得到幸福。这不仅表现了人们善良的愿望，而且表现了希求法治的崇高思想。

四

常听到这种议论，认为包公崇拜表现了"人治思想"，把希望寄托在清官身上，与"法治思想"是矛盾的，甚至是对立的。有人更说包公是为封建王朝服务效忠的清官，有很大的阶级局限与历史局限，以致在过去几十年中，包公常常受到批判，"文化大革命"中更被当成"反动封建的官僚"而加以否定。

其实，在民间传说和民间宗教中，包公虽然在身份上还是封建社会的清官，但其言行已主要是为民众谋利益的好人，在典型化的过程中，其历史局限和阶级局限早已被扬弃，包公已变成人民理想的化身，德才兼备的清官典型，神通广大、上天入地、执法如山的尊神。这种神化即典型化的加工，使包公超越了历史也超越了现实而得到了永生。

只要有社会存在，就要有法律；只要有社会不平存在，就会有特权霸道和贪赃枉法的事发生。在这种情况下，在人民心目中，包公就会站在公正的社会法律一边，站在受欺受压的民众一边，排除权贵和金钱的干扰，执法如山，铁面无私。如此这般，包公的形象当然会受到人民的崇敬和礼拜。

所以，从本质上看，对包公的崇拜，实际上是对社会公正的崇拜，是对人民正义的崇拜，是对清明政治的崇拜，是对廉洁奉公的崇拜，是对不畏权贵、不通关节、执法如山的崇拜，一句话，是对法治的崇拜。

这似乎不好理解，但事实的本质就是如此。

对包公的赞颂和崇拜，固然是对他个人的崇拜，是因为他人好，为官清正，似乎是"人治"。但这"人治"只是表面现象，而在本质上，人民群众崇拜的是包公奉公守法、执法如山的精神。包公的"人治"，实际上是"法治"，他是被作为坚决进行真正的法治的代表人物而受到崇拜的。

"以法治国"、"王子犯法与庶民同罪"，在包公故事中都成为现实。

这应该是容易理解的，因为任何法律都是人定的，而所有的法律都有一个执行、实现的问题，只有立法而没有司法的执行，法律就成了一纸空文，根本谈不上法治。真正的法治一定要在司法活动中坚持按法律办事，要执法者克己奉公，铁面无私，排除一切干扰才能实现。这就特别需要包公这样的清官去严格执法。这正是实行法治的根本条件之一。崇拜包公，也就是崇拜法治。这才是问题的本质所在。

五

凡有人类存在，有社会存在，就会有法律。过去如此，将来也必定如此。即使在高度文明的大同世界，人类最美好的理想社会中，人与人之间的矛盾仍将永远存在，矛盾的性质与现在可能不同了，但为了规范人们的行为、解决种种纠纷和矛盾，社会的法规总是需要的。在原始社会，已有不成文的习惯法，有大家共同遵守的乡规民约。国家产生以后，又制定了许多法律，其中有阶级压迫的成分，但也有维持安定社会秩序的内容。在未来的社会中，不公正的法律必将被淘汰，人民的理想必将逐渐实现，包公传说故事所体现的社会审美理想，是人民根本利益的体现，是符合人类社会发展的规律的，是健康人性的理想体现，所以包公精神——人们对包公的崇拜，正是具有这种永恒性的社会美。包公万岁，包公精神万岁。这是政治人类学与法律人类学得出的必然结论。可不是吗？一个社会的存在，如果法制不健全，社会契约不生效，就缺少规范，人类生活就不会安定有序。严格执法，不仅是社会管理者、领导者、官员所需要的基本品质，而且也是每个社会成员所必备的良好素养。故而崇敬包公，发扬包公精神，这是人类社会所必需的永恒主题之一。

由于中国过去缺少严格的法治，所以包公精神就特别可贵。“小小衙门朝南开，有理无钱莫进来”是千百年来人民群众用血泪凝结成的谚语，反映了社会现实的真实。而“官官相护”、“刑不上大夫”的特权，又使执法难上加难。人们在现实中缺少的，就会在艺术想象中创造出来。包公精神之可贵，正在于它体现了人民的理想愿望，使包公精神超越了现实的人性而具有了神性，民间口碑文学使包公具有了超人的权力与智慧。它显示出：不管是谁，哪怕是皇亲国戚、百万富豪，只要你做了坏事，都逃脱不了包公的眼睛和法律的制裁，哪怕你逃到阴曹地府，仍然逃不出包公的掌心。包公庙中有铁面无私的包公神像，有洞察一切的明镜，还有铜塑的合肥“包河藕”，这是一种无丝之藕，正是大公无私的包公精神的艺术象征；而庙中的虎头铡刀（包公曾用它惩罚了皇帝的女婿陈世美、自己的亲侄儿包勉等权贵和亲人），更是对权贵恶人的憎恨感情的艺术表现，也是对包公勇敢执法、疾恶如仇、大义灭亲的热烈赞颂。

越是在政治腐败、压迫深重的时代，包公故事、戏曲、小说越是盛行。包公的戏曲在元代大盛，当时的内容已基本涵盖了包公精神和人物性格的主要方面，这正是元代当时黑暗的政治统治的艺术反映，是有必然性的。愈是在缺少社会公正的地方，愈是需要加强法治，当然也就愈加感到包公精神的可贵。不过崇拜过分了，甚至会对包公产生某种迷信，以为只要在包公面前进香，矛盾就可得到解决。这种迷信易使人产生自己无所作为的消极情绪，而无助于问题的解决。固然“善有善报，恶有恶报，不是不报，时候未到”和“多行不义必自毙”的社会因果律也在起作用，但消极地等待恶人自毙或包公来执法，正反映了弱者的心理，一种无可奈何的心理。因此，在反动统治之下，包公精神是很难实现的，包公式的清官是非常罕见而可贵的。但在人民民主的制度下，一切官员都是人民的公仆，理应奉公守法，为人民效力，理应人人成为包公式的人物。但由于私心难除，法治不力，严格执法往往要打折扣，包公崇拜就仍然成为人们精神寄托之重要所在。现在如此，只要私心未除，将来也仍然如此。

如今科学昌明，人们多已知道神佛之虚无，但包公崇拜的活动传统却仍然存在。这种崇拜扬弃了迷信的成分而掌握了包公精神的本质。人们用此类活动来表彰清官、发扬清官精神，赞颂为民请命、铁面无私、执法如山、廉明清正、勤政爱民的高风亮节，表示对法治的强烈要求和期望。这样，在社会行动中必然对加强法制，惩恶行善，对建设公平、美好的人类社会产生良好的影响。这些也正是人类社会的健康发展所需要的吧！

我以为包公崇拜不是赞扬人治，而是歌颂法治的。但愿每个官员都成为“包青天”，都铁面无私，严格执法，那样，法治的清明社会方能出现。于是我们不能不振臂高呼：“包公万岁！”

包公精神是人类永远需要的！包公万岁！万岁！！万万岁！！！

（原载《光明日报》1999 年 5 月 6 日）

清官还不能“离休”

去年4月看到一篇文章，题目是《“包青天”该离休了》，说如今有了律师来维护公民的合法权益，“仰仗‘包青天’的时代已经过去了”。

无独有偶，在《中国党政干部论坛》2001年第4期上，又有一篇文章，说“清官是不祥之物”，只有政治黑暗、人民可怜无告之时，才会“在绝望中盼救星，呼唤青天大老爷能爱民如子”。现在时代变了，清官已经过时，“清官是封建时代茫茫黑夜里的昨夜星辰，他们绝不代表未来”。

这种观点似乎很有道理，其实是脱离历史、脱离实际的，对清官的理解值得商榷。

不少人往往把清官看成是人治的代表，似乎要清官就是否定法治，把清官和法治对立起来了。

事实并非如此。

我曾经对包公的艺术形象进行过一些研究，我发现，包公之所以有名，主要是因为各种戏曲与说书以及民间传说的影响，而民间文艺中的包公，可以说与真人真事有了很大的距离。包公的那些故事最多只有十分之一是包公自己的事，绝大部分都是别的清官的故事附会在他身上的，所以作为清官的典型，他已成为人民理想的化身。至于传说他“日断阳、夜断阴”与阎王爷并列(宋代谚语:“关节不到，有阎罗包老”)，更赋予他以神性，所以在澳门等地出现了包公庙。包公成了神，就有了不朽的生命，至今已有一千年。

包公最大的特点是什么？是“执法如山”、“铁面无私”，甚至自己的侄儿包勉、皇亲国戚如陈世美等，在包公面前都逃脱不了被“正法”。这究竟是人治还是法治呢？表面一看，似乎是人治。仔细一想，不对了，人治是法治的对立面，人治是无法无天，为所欲为，这正是贪官的特点。包公正相反，他最反对无法无天，贪赃枉法，而是执法如山铁面无私的。其本质正是法治而绝非人治。

这究竟是怎么一回事呢？

原来法律是要人来执行的，有法不依，只有法律而不施行，或执法不严，还算不上法治。除了立法，更要司法、执法，否则法律只是一纸空文而已。从现实情况看，似乎立法相对较易，而真正严格执法、司法却很难很难。古代清官极少，而贪赃枉法的贪官、昏官却多如牛毛。如今情况当然早已发生了根本的变化，但司法腐败仍屡禁不止，贪官、昏官使老百姓打官司常常碰钉子。在转载《清官乃不祥之物》的那一期《报刊文摘》上，就刊登了一篇长文的长篇摘要，标题是《老百姓打官司咋就这么难？——12年官司拖垮一家人！》明明是很有理的一方，打了12年官司，至今未能解决，旅费、诉讼费等却已花光了一家的积蓄还欠了几万元的债。这里面的贪官、昏官不知道有多少，如果有一个真正"执法如山"的清官，这案子还会久拖不决吗？

"权与法"的较量，权大于法的不正之风，那才是人治，如果真有"执法如山"的清官，敢于"抗旨执法"，还会有司法腐败吗？

《海峡导报》报道：沈阳市中级人民法院院长贾永祥和两名副院长梁福权、焦玫瑰，因涉嫌犯罪而受到法纪制裁，有贪污受贿的，有走私汽车的，还有挪用公款的。这样的贪官能实行法治吗？在现时代，乃至将来，以至永远，贪官、昏官是不会绝迹的，我们唯一的选择是重用清官，排斥贪官与昏官。一些清廉勤勉的司法人员被人民誉为"当代包青天"，绝非偶然。

当然，在封建社会，包青天是高踞人民之上把黎民百姓当儿子的大老爷，这是他的局限，但民间文艺中的包公都重点强调他的执法与爱民，这两点却是今天并不过时的。我们不能用"封建官僚"的大帽子粗暴地否定清官，而要"批判地继承"，抛弃他身上的封建时代的历史灰尘，吸取其执法与爱民之精华，这不但不违反法治原则，正相反，是进行法治所绝对不可缺少的。试想，如果清官都"离休"了，而贪官、昏官却大行其道，还有什么法治可言。

要之，法治离不开清官，社会主义的一切司法人员，都应该是清官，如果人人都被人民赞美为"包青天"，那才是法治成功的标志。如今"包青天"还不能离休，今后也不能，我想。有人提出了"包公万岁"的口号，让司法人员永远成为包公那样的清官，法治才有保证，这有什么不好呢？清廉的干部即清官，而法官也叫官呢，与封建官僚已根本不同。我们呼唤清官，实际上是呼唤法治，要的是真正的彻底的法治。

义和团反帝斗争的光辉记录

——《义和团故事》读后随记

一

伟大的义和团反帝爱国运动到今年已经整整六十年了。六十年来，国内外发生了多么巨大的惊天动地的变化啊！我们在这个东风压倒西风的大好形势下，在亚洲、非洲、拉丁美洲各国广大人民反对帝国主义斗争蓬勃发展的情况下纪念义和团运动六十周年，有着特殊的意义。我们不仅为义和团在帝国主义的强敌面前英勇不屈的光辉榜样感到无限自豪，而且发扬义和团英雄们的战斗传统，对于反对帝国主义争取世界和平的伟大斗争有着很大的现实意义。

要了解义和团反帝斗争的情况，可以从书面的资料里找到不少有关的记载(新中国成立以来出版和重印了许多这方面的史料)。可是这些史料绝大多数是站在帝国主义及其走狗、封建统治者的立场上写下来的，对义和团运动作了极大的歪曲和污蔑，虽然从反面和侧面的记载中，也可以隐约看到一些义和团英勇斗争的真实情况，但是整个说来，他们差不多都是把义和团看成“拳匪”，把伟大的义和团运动说成是“拳乱”，主要内容除了记叙“平乱”的经过、夸耀屠杀爱国人民的“功劳”之外，就是对义和团进行造谣中伤，在他们的笔下，义和团成了杀人放火的“强盗”，成了极其“野蛮”、“落后”的“暴民”，说义和团盲目排外、极端迷信。在他们看来，镇压义和团的“暴乱”，简直成了天经地义的好事了。对于这种帝国主义的谬论，伟大的列宁在当时《火星报》第一期上，就曾经作了严厉的驳斥，在这篇名为《中国的战争》的文章里，列宁指出当时派遣侵略军队参加八国联军的“沙皇政府在中国的政策是一种犯罪的政策……沙皇政府不仅使我国人民变成奴隶，而且还派他们去镇压那些不愿做奴隶的别国人民……”①针对

① 列宁：《列宁全集》(第四卷)，人民出版社1958年版，第338页。

帝国主义者的反动宣传，列宁还指出："中国人并不是憎恶欧洲人民，因为他们之间并无冲突，他们是憎恶欧洲资本家和唯资本家之命是从的欧洲各国政府。……那些利用自己的所谓文明来进行欺骗、掠夺和镇压的人，那些为了取得贩卖毒害人民的鸦片的权利而同中国作战(1856 年英法对华的战争)的人，那些用传教的鬼话来掩盖掠夺政策的人，中国人难道能不痛恨他们吗？……"①

一切马克思主义者都和列宁一样，站在"中国的起义者"——义和团英雄们这一边，对于这一伟大的正义的爱国运动给予极高的评价。新中国成立以来，历史学家们在揭露八国联军的侵略本质方面作了许多有益的工作，但是，遗憾的是直接记载义和团活动情况的材料太少了，人们对于义和团斗争的详细情形还是缺乏正确的了解。例如 1956 年生活·读书·新知三联书店出版的《义和团运动史论丛》本来应该着重论述义和团的活动，可是除了两三篇短文之外，其余绝大部分不是直接写义和团的活动的。值得注意的是在这两三篇文章中，有一篇是根据作者的亲身访问调查后写成的，这就是《辛丑条约后冀中义和团继续斗争的史实》。在这篇文章里记述了不少义和团领袖和团民的英雄事迹，像单枪匹马突破数百清兵重围的义和团领袖王德成，失败之后仍坚持游击斗争五六年的韩有才，以及"三入冀中"的义和团首领祁子刚，都是英勇顽强、坚强不屈而又足智多谋的英雄。祁子刚在义和团失败后率少数人到西北山中坚持战斗，临行时对大家说道：

"我的最终目的，是要想将洋人打出去，并不是专为对付几个奉教的……我相信将来的中国人一定会将欺侮我们的洋人打出去的。但是我的年岁老了，是见不到了。下一辈的人，一定可以见到。弟兄们有年轻些的，再能活五十年，也可以见到。"②

请看，这段话把义和团活动的反帝性质说得多么透彻，在劳动人民自己的传说中，义和团英雄们的光辉形象是多么鲜明！使我们不禁要得出这样的想法：要了解义和团活动的真实情况，绝不能只靠现有的书面材料，必须到群众中去进行调查访问。在群众中流传着无数极其珍贵的历史传说，如果能够记录下来，就是最好的史料。高尔基所说的"不了解劳动人民的口头创作，就不能了解劳动人民的真正历史"又一次得到了证实。

---

① [苏联]列宁：《列宁全集》(第四卷)，人民出版社 1958 年版，第 334 页。

② 《义和团运动史论丛》，生活·读书·新知三联书店 1956 年版，第 63—64 页。

在纪念义和团运动六十周年的时候，河北省民间文艺研究会编选的《义和团故事》出版了。这不只是民间文学工作的一大收获，而且对于近代史的研究，对于中国文学史研究和小说创作，都有很大的价值。义和团运动（指在河北地区）的时间虽然不长（据河北武清一带老乡说，最火红的时候只是庚子年夏天那几个月）可是在许多地方它是几乎全体“正经庄稼人”都参加的群众起义，所以影响极其广泛而且深远。我们在武清、安次等县农村进行调查时，差不多在每个村庄都可以找到几个亲身参加过义和团的老人，他们指着英雄们鲜血染红了的故乡的土地和遗物，指着洋毛子（老乡对帝国主义侵略者的称呼）和官兵的可耻的坟场，常常激动地向青年们讲述中国人打“外邦强盗”的斗争故事。他们讲实事，讲亲身经历，也讲述耳闻目睹的故事，这些故事传说流传开来，使得本来就非常动人的义和团英雄形象，经过人民群众艺术想象的加工、概括，变得更加高大更加动人了。《义和团故事》中所记录的故事，比起在民间到处流传的义和团故事来，当然只是沧海一粟，但就是这初步的收获，已经使人们大为惊叹了。不少人看了之后都说：“真好，想不到民间故事传说里还有这么好的东西哩！过去是太闭塞了。”深深感到：“伟大的劳动人民不只是历史的创造者，而且也记载着自己的历史，人民是最公正的历史家！”“我们还有很多地区的义和团故事没有得到记录，今后要很好地组织力量普遍搜集，不能让它自行泯灭。”的确，人民群众用无数生动的事实，彻底粉碎了反动派歪曲和伪造的历史，拨开统治阶级布下的迷雾，使我们清楚地看到了义和团运动的真实情况。这些故事是义和团反帝斗争的光辉的历史纪录。

二

看了这本故事集，不能不被这些可歌可泣的英雄人物所感动。这些普通的农民群众，在疯狂的帝国主义的侵略者面前，表现了多么崇高的英雄气概和爱国热情啊。我们知道，他们的敌人是掌握新式武器、武装到牙齿的欧美和亚洲的所有帝国主义的联合力量，而他们只是赤手空拳或只有一些刀枪剑戟之类落后武器的普通农民。当时一位印度士兵在日记中记叙了他在离开印度海岸被英国侵略者强迫开往中国时的心理：“听说欧洲列强全都参加了吞噬中国的竞赛……有一种恐惧盘踞在我心头：中国美丽的月亮真是要落下去吗？亚利安人的国土上的耀眼的太阳却真是落下去了。”①

中国美丽的月亮真是要落下去吗?

《义和团故事》里记述的事实告诉我们:对于列强的侵略,英雄的中国人民的回答是——高举起铁拳斩钉截铁地说“不!”“绝不!”当然,历史完全就是这样的。

义和团的旗帜是人民正义战争的旗帜,它上面写着神圣的火红的大字“义”,义和团的旗帜是人民团结的旗帜,它的旗杆顶端是一个紧握着的拳头,在它的旗帜下进行斗争的是全体爱国人民,不分男女老幼都是战士,都参加战斗。正如一首流传在河北保定的歌谣所唱的:

女的红灯照,男的义和团,
赶也赶不散,捉也捉不完。

真是全民皆兵,铺天盖地,一个个“磨快了刀,系好了带,包好了包头上阵来。”(河北民歌),用红布或黄布包头、系腰的义和团叫帝国主义者及其走狗望而生畏。

在这本故事集里,我们看到当帝国主义军队杀气腾腾向龙河边扑来的当儿,老农民刘老爹一手叉腰,一手高举红缨大刀,在龙河桥头大喝:“慢动!中国人在此!”随即杀进洋人群中,杀的他们落花流水。他指着放洋枪的敌人说:“……我杀了你们啦,我宰了你们啦,我替中国人出气啦,你们听着:你们有洋枪洋炮,中国人有红缨大刀,皇上怕你们,中国人不怕,有我在此,你们就休想霸占龙河。”说着哈哈大笑,桥身就在笑声中震倒,而老爹也因笑得过猛吐血而死,死前还谆谆嘱咐儿子去找“神兵”一齐来杀洋毛子。这样勇敢的爱国英雄在故事中虽然有一定的幻想成分,但并非毫无根据的夸张。甚至在《拳乱纪闻》中连敌人也承认:“拳匪遇有战事,竞冲头阵,联军御以洋枪,死者如风驱草,乃后队存区区之数,尚不畏死。”

故事中不只描写了义和团勇敢杀敌的无数动人的英雄故事,而且我们看到在全民振奋万众一心的对敌斗争中,人民群众的智慧也得到高度的发挥。调虎离山计、空城计、宗老路的“水门阵”、葛渔城义和团的“种毛子迷魂阵”……杀得敌人哭爹叫娘,保卫了自己的家乡。在故事里,人民群众用艺术的想象来概括自己的斗争,非常巧妙而真实。我们看到女义和团团员——红

① 原载印共《新世纪》月刊1953年第一期,转引自《义和团运动史论丛》,生活·读书·新知三联书店1956年版,第111页。

灯照从头到脚都是红的，提着花篮，扇着宝扇，花篮可以吸枪子儿，宝扇可以扇风点火，“扇到哪儿哪儿着”，她们一来一大片，一眼都看不到头，就这样火烧了日本和法国侵略军驻守的天津“红楼”。我们还看到手持钓竿钓起横行霸道的洋牧师的鼻子把他甩到天边去的小“渔童”。在侵略强盗面前简直草木皆兵，他们抢去的金疙瘩会突然爆炸，会生金蛋的“白母鸡”也扑到强盗身上撕破他们的肚皮，拉出他们的“狼心狗肺猴肠子”。

从故事里我们还可以看出义和团的反帝斗争是和反对封建统治的斗争结合在一起的。义和团对于坑害百姓的恶霸地主，特别是依仗洋人为非作歹的“二毛子”（人民对洋人狗腿子的称呼）和贪赃枉法的投降敌人的官兵以及祖国的叛徒则是坚决杀掉，毫不宽容。故事里有很多砸“恶财主”、杀赃官的精彩描述。像《砍安财主》《王龙劫教徒》以及《马六刀砍二毛子》《刘大老爷拜庙》《县太爷溜了》等等都是极其朴素而现实的故事，具体描述了义和团为民申冤、报仇雪恨的英雄壮举，表现了劳动人民大义灭亲的优秀品质，同时也描写了阶级敌人的恐慌、畏惧的狼狈形状。《安次城为什么是土城》一篇中，还有这样动人的描写：当鬼子围城抢劫时，县官却要把一个农民的女儿——白莲献给洋人，“求洋人别攻城，保住县城，保住本官的虎驾”。白莲这个英勇不屈的妇女“狠狠啐了县官一口以后，这闺女立刻变‘疯’了，就见她双手一撧，‘嘎叭’枷锁散了，就见她双脚一叉，‘哗啦’——脚镣断了，就见她抓住县官的辫子用力一薅，‘喀哧’——辫子连着半个脑袋皮掉下来了，就见她左右开弓抽了县官两个大嘴巴，‘噗通’——县官倒下没气了！就见她扬起小脚一跺，‘轰隆’——平地飞起一片迷人的烟土，往四外一散，整个县城都坍了，攻城的洋毛子一个没剩，都被城墙砸死了”①。

从这些故事里，我们可以看到人民群众对于民族敌人和祖国的叛徒，怀着多么强烈的憎恨，对于自身的集体的力量怀着多么坚强的信念。历史证明，能够创造出这样的故事的人民是不会灭亡的，决定一切的不是武器而是人民。帝国主义强盗即使在战败了义和团之后的洋洋得意的时候也不得不胆寒地供认：灭亡中国是不可能的。例如当时八国联军的统帅德国侵略军头子瓦德西说：“吾人对于中国群众，不能视为已成衰弱或已失德性之人，彼等在实际上尚含有无限蓬勃生气，更加以备具出人意外之勤俭巧慧诸性……”又说：“无论欧美日本各国，皆无此脑力与兵力可以统治此天下生灵四分之一……故瓜分一事，实为下策。”

① 河北省民间文艺研究会编：《义和团故事》，作家出版社1960年版，第226页。

三

《义和团故事》反映了广大农民群众的民族觉醒，表现了他们对帝国主义侵略无比愤怒的反抗情绪，歌颂了他们如火如荼的爱国正义战争，用浪漫主义的艺术方法，塑造了无数英雄人物形象，这种幻想和夸张的艺术手法不仅不是虚夸，而且是更高意义上的真实。通过幻想和夸张的描写，突出地表现了义和团运动的本质，巧妙地概括了人民群众的高度英雄主义和爱国主义思想。这些故事是人民集体智慧的结晶，是人民革命斗争的产物，是真正的劳动人民自己的文学创作。

为了说明这个问题，让我们简单地谈谈洪大海这个英雄形象的塑造。洪大海是一个无比高大、顶天立地的巨人，单刀直入杀得鬼子落花流水，无疑地，这是一个浪漫主义的英雄形象，但是我们看完了这篇故事，一点也不感到夸张，反而觉得这样描写是很自然的。

看看他的性格发展吧：他是一个普通的贫苦农民，在庙会的短工市上“卖短儿”，看到二毛子恶财主抢劫民女，实在忍受不了，就狠狠揍了二毛子一顿，从而聚众起事。大伙一听他要杀二毛子，纷纷自带刀枪入伙，一时“简直成了人海！”洪大海领着人们到处烧教堂，杀洋鬼子、二毛子，为了救国救民，他们打到铁路线上打的洋毛子死的死，逃的逃。可是“洋毛子败了以后，还来，来一回比一回人多，来一回比一回人多，哪国的都有。可是这么着：洋毛子来一回就让洪大海领人打败了，来一回又让洪大海打败了。你觉着中国人是好惹的，你觉着中国的地盘那么容易占哪？——中国人多啦！”

这些描写，不全是历史的具体描述吗，在帝国主义强盗和他们的走狗的残酷压迫下，人民忍无可忍，反抗情绪简直是干柴烈火，一触即发，义和团运动发展那样迅速，规模那样广泛，这事实本身就是最好的明证，没有广大人民群众惊天动地的反帝斗争，就不可能产生这样英雄的故事。因此，我们看到在强敌面前，洪大海不管什么洋枪子儿和大洋马，燃烧着复仇的火焰“气得红了眼珠，刀枪都不使了，窜进洋毛子群里，抓住个大个洋毛子，倒提双脚，‘喀吃’掰成两半，一手举一半朝洋毛子就打开了，打得洋毛子南窜北闯，东逃西散”。洋人马队冲上来，洪大海却把一个大洋马举过头顶连洋人带洋马都摔得血肉翻花。

一直杀到天黑，洋鬼子死了不少，但是洋人却越来越多了，这是怎么回事？原来是卖国的官兵帮助洋人把洪大海里三层外三层地包围起来了。洪大海一点也不在乎，一拳头打下去，三四个洋毛子被砸成肉饼，一脚踢出去，四五个官兵翻上了天。最后他单身突围走进芦苇里去，官兵给洋人出主意，火烧苇塘企图把英雄烧死。可是看吧：

“这大火一起，就见火里立刻站起一条大汉——这大汉眼瞅着火山往上长，长，长，一下子就长了三四十丈高！这个大汉子一瞪眼，一咬牙，立刻跳出大火，直向洋毛子和官兵扑去了！”①洋人、官兵就都成了洪大海拳下的肉酱，只有马队跑掉了，“大汉双手叉腰，把眼一瞪‘呸’地朝马队狠狠啐了一口唾沫，这口唾沫不要紧，落地就成了一个大唾沫坑——洋毛子马队一个没剩，都淹死在唾沫坑里了，以后，就留下了一个话把：洋兵多，官兵多，中国人吐口唾沫就成河！”②

这样高大的巨人是多么英武，又多么逼真，“中国人吐口唾沫就成河”，在伟大的中国人民面前，帝国主义强盗和反动统治者又算得了什么呢，洪大海高大的形象的创造不是偶然的，正是广泛的群众斗争使他产生了无穷无尽的威力，成为顶天立地的巨人。这样的艺术形象，正是人民群众集体力量的化身，是对义和团战士们高度爱国主义精神的艺术概括。为人民出了气，解了恨，鼓舞人民英勇不屈的斗争意志。这样的形象，正是我国民间文学优秀传统的光辉继承和发扬。在我国神话、传说中有很多顶天立地的力大无穷的英雄和巨人。如开天辟地的盘古，炼石补天的女娲，英勇不屈被“帝”砍了脑袋就以乳为目以脐作口仍然手舞干戈进行斗争的刑天，乃至大闹天宫的孙悟空，倒拔垂杨柳的鲁智深，拳打猛虎、血溅鸳鸯楼的武松以及民族英雄花木兰、岳飞、杨家将等等。义和团故事，正是我国人民这种高度爱国主义和人民英雄主义精神的发扬光大。人民群众创造出这么多的光彩夺目的英雄形象，特别值得我们珍惜、重视和学习。

故事对反面人物的性格和各阶级的政治动态也有很典型的刻画。例如帝国主义的走狗总是千方百计为主子辩护，在战场上挨了洪大海痛责的官兵将领对洪大海说：“洋人打中国，都是你们野小子招来的横祸，告诉你，万岁爷已

① 河北省民间文艺研究会编：《义和团故事》，作家出版社1960年版，第40页。
② 河北省民间文艺研究会编：《义和团故事》，作家出版社1960年版，第41页。

经跟洋人讲了和，派我们帮洋人前来收拾你们这帮鱼鳖虾蟹……”

这是活脱脱一副叛徒嘴脸，是极其深刻的揭露。不禁使我们想起当今的修正主义者的谬论。他们不是也污蔑我国人民的反帝斗争是什么“危害和平事业”吗？他们不也是说什么我们揭露帝国主义侵略就是“好战”吗。这完全是帝国主义的论调，当时沙皇俄国政府就说他们出兵侵略中国“完全是由于必须击退中国叛乱者的侵略行动”。列宁在《中国的战争》中尖锐地驳斥了这种强盗逻辑。义和团故事真实地深刻地反映了义和团斗争的历史，对于当前的反帝斗争也有很大现实意义。现在，伟大的中国人民在共产党领导下，打垮了帝国主义及其走狗的反动统治，彻底解放了祖国，实现了义和团英雄们的理想。世界各国人民反对帝国主义特别是美帝国主义的斗争广泛开展，表现了崇高的英雄气概。正如伟大领袖毛泽东同志所说：“帝国主义的寿命不会很长了……”①让我们更高地举起义和团反帝的战斗旗帜，把反帝斗争进行到底。

（原载《民间文学》1960年第11期）

① 《毛泽东同志论哲学》，人民出版社1960年版，第370页。

文化上群众路线之一例

——民间传说大能人解士美的艺术价值

人民大众是历史的创造者。他们不仅创造了物质财富，而且也创造了精神财富。这是文艺上的群众路线的客观基础。

可能一般人难以想象：人民群众的文艺创作——民间文艺，在文艺史上起过非常重要的作用。这可能吗？

但是，毋庸置疑，这确实是中外文学史、艺术史上的客观存在。不信，请看事实：

在文艺上有一个历史规律——雅俗结合律，是古今中外都一样实用的。其内容如下：

第一，人民群众的文艺创作是文人作家艺术家的最古老的祖先。民间文艺的历史有好几万年，而文字的发明只有三五千年。所以文人创作的历史比民间文艺短许多倍。

第二，所有重要的文艺形式、文学艺术体裁，如四言诗、五言诗、七言诗、词曲、话本小说、小戏杂剧、岩画、壁画、歌唱、舞蹈等等，都是首先在民间创造出来的。

第三，文人是在民间文艺的基础上进行文艺创作的。不管是在内容和形式上，都是如此。屈原的作品用的就是民歌体，《九歌》本身就是民歌，这种诗歌形式早在春秋孔子时代，就已经有了。如楚国人唱的《凤歌》即是。而屈原诗中离不开的许许多多神话传说，就更是民间文学的创作了。司马迁为了写《史记》周游列国，直到云南的西部保山一带，广泛收集民间流传的历史传说、歌谣、谚语等等重要资料。这正是《史记》文学性的根本保证。

第四，民间文艺的精品，如中国的《诗经·国风》，古希腊的荷马史诗《伊利亚特》《奥德赛》，印度的伟大史诗《摩诃婆罗多》《罗摩衍那》等等，都是作家、艺术家创作时学习的典范。古今中外都是如此。西方所有的作家都是要好好学习荷马史诗的，就和中国的大作家都要首先学习《诗经》一样。都是以民间文艺的精品为学习的经典。这是鲁迅在《不是识字的作家》名篇中所明确论述过的。

第五，凡是第一流的作家艺术家，如屈原、司马迁、李白、杜甫、白居易、罗贯中、施耐庵、吴承恩、曹雪芹、蒲松龄、鲁迅、郭沫若、埃斯库罗斯、索福克勒斯、欧里匹得斯、阿里斯托芬、但丁、薄伽丘、莎士比亚、歌德、贝朗瑞、普希金、果戈理、裴多菲、托尔斯泰、巴尔扎克、高尔基、贝多芬、肖邦、柴可夫斯基、聂耳、冼星海、吴道子、齐白石、毕加索、马蒂斯等等，都是注意认真学习民间文艺的。

第六，古今中外文学史上的高潮都和学习民间文艺有渊源关系。这些都是几千年来反复验证过的客观规律。我们运用这个艺术规律就可以少走弯路、取得成功。

这些情况一般人往往并不了解。人们往往总以为民间文学是低级的“不登大雅之堂”的。这当然是完全错误的。这些看不起民间文艺的人，失去了创作优秀作品的好机会，是非常可惜的。伟大的、成功的作家艺术家的态度正好相反，他们没有对群众的偏见，是很尊重民间文艺的。

人民群众的创造力是伟大的、高超的，常常使伟大的作家艺术家惊叹。上述民间文艺的典范作品不用说了。即使日常生活中常见的民间笑话，也是许多伟大的作家所崇拜的。

例如果戈理就对普希金说过：“给我一个纯粹的俄罗斯笑话吧，我就可以很快写出一个五幕喜剧来！”于是，普希金给他讲了一个关于假钦差的流行笑话，果戈理就根据这个笑话的故事情节，写出了一部不朽的经典喜剧——《钦差大臣》。这是世界文学史上人所共知的客观事实。

中国的喜剧大师老舍先生也是这样，他曾经语重心长地说过：“我有许多文艺界的友人，可是没见过任何一位会写出一个足以使识字与不识字的人都发笑的笑话。笑话的创造几乎是被老百姓包办了。……哼，民间的玩意儿很够我们学习多少年的呢！”①

他又说过：“自古以来，文人编的笑话，多半是莫名其‘土地堂’（庙，谐音‘妙’）之类的。真正好的笑话是人民的创作。文人会掉书袋，人民却从生活中找到笑话的资料和语言。……我们既需要从人民生活中找到喜剧的素材，更

① 1950年老舍先生在中国民间文艺研究会成立大会上的讲话《老百姓的创造性是惊人的》。

需从人民口中学到活的语言。掉书袋至多只可偶尔为之。”①

道理是很清楚的。这些历史事实和语重心长的讲话，证明的都是客观的艺术规律和艺术大师的成功经验。

但是，由于长期的历史偏见的严重影响，许多人变得有眼无珠，对民间文艺看不上眼。往往看不见、看不起或看不清民间笑话的伟大、高超。以至只有果戈理、老舍这样的艺术大师，根据他们天才的艺术敏感和远见卓识，才能熟练地运用这个艺术规律——雅俗结合律，并且取得了伟大的成功。

由此可见，过去，只有尊重民间文学的伟大天才，才能够发现民间文学天才的艺术价值。

他们是走的群众路线。

今天，我们的群众路线教育，为我们打开了一条成功的道路。

我们要更加自觉地运用这个古今中外成功的艺术规律和艺术经验：从民间笑话中，取得创作喜剧的资料和语言。

如果我们真的这样做了，一定能取得或大或小的成功。这就要看我们的努力程度和艺术水平了。

我非常高兴地看到山西襄汾县农民艺术家刘润恩同志多年来搜集民间笑话，取得了很大的成绩。在《襄汾民间故事选》《古话篓子关振南作品专辑》等书中有几十则《大能人解士美》《七十二呆》等等的民间笑话，内容非常丰富、精彩，如果好好地加以研究、利用，从中可以创造出多少受人民群众欢迎的喜剧作品啊！

民间笑话大家都很喜欢听，但是，要把它们记录下来，可并不是容易的事。我们曾经看到许多记录版本，没有保存民间的口语，把笑话生动的口语变成了文人语言，一点也不生动了。这是由于他们是文人，不熟悉民间语言。而刘润恩同志却不是这样。因为他本身就是农民，对人民的语言，非常熟悉。而且，他从同乡贾芝同志处学得了科学的记录方法。贾芝同志是中国民间文学事业的伟大开拓者，他的意见是非常宝贵的。刘润恩同志听贾芝同志的话，所以能很好地保存民间笑话的口语艺术。令人看了感到清新活泼，十分可喜。笑话中那些生动活泼的口语艺术、那些出人意外的巧妙的对联，确实是非常吸引人的。无怪乎这些书，一版再版已经印了三四次，受到广大群众的热烈欢迎。

① 老舍：《喜剧语言》，《文汇报》1961年1月30日。

这些民间笑话的喜剧性确实很强，非常引人发笑。这是人民的喜剧感情，表现了对欺压人民的行为的强烈的反抗，那嘲笑、讽刺的锋芒直指专制独裁、仗势欺人、巧取豪夺的各种反面人物。不仅给人民出了气，而且科学地记录了劳苦大众受剥削、受压迫的悲惨处境和巧妙斗争的高度智慧。这是具有很大的社会教育意义和宝贵的历史意义的。

有个《火龙单衫》的故事，描写财主罚长工解士美大冬天穿单衫连夜在磨坊中受冻。解士美于是整夜推磨，推得满身大汗。第二天财主见了，大吃一惊，问他为什么在这大冷天还冒汗呢？解士美说："我这是穿的火龙衫。"财主以为这是一个宝贝。就用狐皮大衣来换。结果穿了它去外地赴宴，在树洞中被冻死了。

这是一个非常流行的长工和地主型的故事。马峰同志在晋绥解放区曾经记录过。这是长工利用财主的贪心和虚荣，活活把财主治死了。这是大快人心的事。

我们还看到《解士美叫小霸道吃狗屎》的故事中，解士美略施小计，让老霸道张绅士的儿子：专门欺负人的小霸道吃了狗屎。不禁使我想起在西藏听到的一个阿古登巴的故事。

阿古登巴是西藏家喻户晓的机智人物，是一个农奴，却非常聪明，常常让他的主人出丑。在许多阿古登巴的故事中，也有一个让农奴主吃狗屎的笑话。其主要情节几乎和解士美的故事完全一样。

我们知道，在西藏的农奴制的黑暗统治下，农奴主对农奴有生杀予夺之权，随时可以使农奴丧命。但是，农奴阿古登巴居然让农奴主心甘情愿地吃了狗屎。这是多么大的智慧和勇气呀！这就是民间文学在艺术上的巧妙创作。当然带有幻想的色彩。但是在民间流传时人们却是津津乐道的。

这一类的笑话在解士美的故事中是很多的。有的故事结局简直是不可想象的，却又是出人意外，而在人意中。在情节上、细节上，可能有些夸张，而在艺术本质上则是非常真实的，反映了人民的天才创造。

在这些笑话中，正面的喜剧主人公是地道的弱势人物，是社会最下层的可怜人；但是，他们的巧妙斗争，却往往战胜了不可一世的强大对手。这种斗争的胜利往往是出人意外的，从而引起了人们巨大的喜剧感情。这是正义战胜邪恶的笑声。这是美好战胜丑恶的笑声。这种喜剧感情和一般的喜剧大不一样。

按照传统的喜剧美学原理，喜剧人物的本质是丑的——是被嘲讽的反面人物（从亚里士多德到康德、车尔尼雪夫斯基都是如此论述的）。所以，人们的笑声，就是对反面喜剧人物的“优越感”。但是，像阿凡提、解士美这样的正面喜剧人物，在笑话中占据了主导地位。我们的笑声就不是嘲笑他们而是相反，是赞美他们取得了对反面人物的胜利。我们读者对这些正面喜剧人物的感情，就不是优越感，而是钦佩和赞美的感情，是同情和学习的态度。这是世界喜剧艺术的一个带有革命性的发展。这是新型的人民的喜剧，其艺术价值之高是不言而喻的吧。

如果能够把这些非常宝贵的笑话改变创作为新型的喜剧，一定会受到群众的欢迎，并且在中国乃至世界的喜剧发展史上占有创新的价值和重要的地位。

刘润恩同志的艰苦奋斗已经受到襄汾县领导和群众的重视和支持。2011年《山西日报》头版头条介绍了刘润恩在抢救民间文学上的英雄事迹，他还当选了当年的“三晋十大新闻人物”。他的几十年的艰苦奋斗和他的团队、当地有识之士的大力支持，是难能可贵的，令人敬佩。他手头还有许多抢救得来的宝贵资料可以出十几本书，我衷心祝愿这些书能够出版，改编的新型喜剧电视剧能够上演，这些都是群众路线的实实在在的新胜利。

（2013年7月20日改定）

《白毛女》与民间文艺

歌剧《白毛女》是中国乃至世界上最优秀的文艺经典之一。它在世界文艺史上创造了许多文艺奇迹。值得我们好好研究。

这种研究对于总结文学创作，特别是革命文学创作的历史经验，对于新的文学创作，特别是集体创作的组织领导都具有很大的借鉴价值和现实意义。

和世界上优秀的文艺经典作品一样，《白毛女》和民间文艺有着密切的联系，这种联系正是它高度艺术性的最重要的来源之一。①

《白毛女》和民间文艺的联系，非同一般，它的整个创作过程，都带有民间文艺的特点。我们甚至可以说，《白毛女》就是一种新型的民间文艺作品。

如何看待民间文艺集体创作的知识产权？《白毛女》是集体创作，个人在其中究竟起了什么作用？怎样妥善地处理作品署名和知识产权问题？

本文准备就以上三个问题作出具体的详细的论证。

一、为什么说《白毛女》是经典？《白毛女》在世界文艺史上创造了什么样的文艺奇迹？

现在“经典”的概念被一些人搞乱了。在所谓《20世纪文学经典》等等总集中，一些自以为是权威、或被某些出版社认为是有权势的人，只凭个人或少数人的爱好或某种需要，加封了许多“经典”，其实，权势是一时的，只有真理才是永恒的。他们所选出的许许多多所谓的“经典”，并没有经受过群众的和历史的考验，有的甚至是很不成熟的、试验性的作品。这种所谓的经典当然是不能算数的。

真正的文学经典绝不是少数人所能够加封的，而是经受过群众和历史的

① 段宝林：《文艺上的雅俗结合律》，《光明日报》1987年12月15日。

严峻考验,受到群众和专家的广泛喜爱和好评,并且被不断复制、广为流传、具有永恒魅力的艺术作品。

事实证明,文学作品只有经受过人民群众审美选择的考验和历史潮流大浪淘沙的淘汰,只有反映了人性正义的光辉和历史社会的本质,只有雅俗共赏、非常精粹的优秀作品,才能成为文学经典。《白毛女》就是这样的经典,它深深感动了无数观众,受到最广大人民的喜爱,符合经典的各种条件,并且已经被人民和历史所公认。

《白毛女》创造了中国乃至世界文艺史上的一个又一个艺术的奇迹。六十六年的历史事实充分证明了这一点。

事实是最有说服力的。请看事实:

1945 年《白毛女》刚刚公演,就受到最热烈的欢迎。在延安中央大礼堂为中国共产党第七次代表大会的代表和延安群众演出时,在前三场就把观众感动得泪流满面,有的人从始至终泪水未干。有人看到在唱到"太阳底下把冤伸"时,毛主席在揩眼泪。全场不流泪的人是很少的。后排的一些女同志甚至感动得哭出声来。李富春同志回过头去对她们说:"同志们呐,你们这是干什么?这是演戏呀!"有的战士被激动得要上台去揍"黄世仁"。

陈赓、陈锡联是坐在窗台上看的。看完后,陈赓高呼:"好!太好了!"他和其他许多从抗日前线来的军队领导都说:"快把剧本和曲谱印出来,我们要带回部队去大演特演!"

当时,在人口不多的延安就连演了 30 多场,受到群众最热烈的欢迎。很多回忆文章和历史著作都说:"《白毛女》轰动了延安!"这是完全符合历史事实的,也是一致公认的。

《白毛女》不只轰动了延安,而且轰动了全国,甚至世界上的许多国家。可以说,演到哪里,红到哪里;演到哪里就在哪里掀起了感情的风暴,革命的大潮。这就是人们所说的"《白毛女》风暴"。

重要的是,人们在看了《白毛女》之后,受到了真心的感动,不只是泪流满面,掌声雷动,而且由审美感情的激动,转化为实际行动的巨大力量。战士们看了《白毛女》,高呼口号:"打倒黄世仁!为喜儿报仇!"就斗志昂扬精神百倍地奔上战场,有的战士还把这些口号,刻在枪杆上,时刻不忘,更加自觉地冲锋陷阵。

1946 年 7 月在怀来前线,一晚上,连演两场,直演到东方发白。战士们看了《白毛女》就进入前沿阵地，以少胜多，取得很大胜利。杨成武司令员给文工团写信说：“怀来战役敌军几倍于我，但我们的战士非常英勇顽强，因为他们的刺刀尖上有文化——带着《白毛女》激发起来的仇恨和力量投入战斗。所以战斗的胜利也有你们文工团的一份功劳。”

那些刚刚被俘虏过来的“解放战士”们，从《白毛女》受到的教育更大，他们几乎都是贫苦农民被抓壮丁而来的。从剧中认识到解放军是人民自己的军队，他们为自己的翻身解放而战，是最有意义的。从而更加奋不顾身地为人民翻身去杀敌立功，和老战友们一起投入解放全中国的战斗。

《白毛女》成了当时“新式整军诉苦运动”的重量级武器，军队、地方的剧团都在演，在整个解放战争时期推倒三座大山的最后决战中，发挥了极其巨大的宣传鼓动、美感教育作用。

因为《白毛女》太感动人了，在演出中，有一些演黄世仁的演员甚至被台下扔上来的水果或石块砸伤。当时演黄世仁的陈强说，他在怀来演出时，一个果子把他的眼睛砸得青肿。为了防止有人开枪打演员，在部队演出时，规定看戏一律不准带枪。因为曾经发生这样的事：有的战士太激动了，竟举枪要打剧中的黄世仁，差一点闹出人命来。

一部文艺作品竟然有这样大的艺术魅力，是古今中外所绝无仅有并且是令人难以想象的吧。

在当时党领导的土地改革、发动农民斗争地主恶霸的群众运动中，《白毛女》也发挥了极大的审美教育作用，它使广大的农民提高了阶级觉悟，认识到反抗封建压迫起而革命的必要，更加自觉地投入反对封建制度的斗争。真正起到了“团结人民，教育人民，打击敌人，消灭敌人”的伟大作用。

千年的仇要报，

万年的冤要伸。

几千年饱受剥削、压迫的广大农民含泪投入土改斗争，成为土地的主人，实现了孙中山“耕者有其田”的理想。

著名作家丁玲当时在华北农村参加土改，她曾经回忆当时农村演出《白毛女》的盛况：“满村空巷，墙头上、屋顶上、树杈上、草垛上全是人。”这样轰动的艺术效果，真是令人震惊的！

世界上什么地方有过如此感动人、吸引人的艺术作品呢，从不识字的农民，到大学的师生，都那样喜爱这部戏。

在新解放的地区,《白毛女》成了思想上、政治上的“开路先锋”,成为革命的教科书,使长期受国民党反动派残酷剥削压迫的广大人民,看到了共产党是人民解放的希望,坚定了跟着共产党建设新中国的信心。许许多多的人,如郭兰英、张长弓等等无数的人,都是看了《白毛女》之后积极参加革命的。这例证不胜枚举。

著名作家张长弓甚至是在内蒙的一个小地方看到一个高年级小学生的剧团演出的《白毛女》,而受到感动,决定参加革命的。当时,小学生的演技当然并不高,却使场内哭声一片。这是剧本的艺术内容在起作用。剧本的作用不可低估。1951 年歌剧《白毛女》获苏联斯大林文学奖金二等奖。

蒙古族著名作家孟和博彦说:“1945 年冬天在张家口庆丰剧院第一次看《白毛女》演出,当时全场都哭了。我们这些刚刚参加军政大学的青年非常惊讶,八路军中还有这样好的艺术!崭新的艺术!虽然我在读书时也看过《雷雨》、《日出》,那都是名著。看了《白毛女》,觉得这是一个新的天地,新的世界。茅盾曾经有过这样的评定,完全表达了我们当时的心情。”新的人物、新的世界是最吸引人的。

当时的情况是解放军到了哪里,部队和地方的文工团就把《白毛女》演到哪里。《白毛女》演到哪里,就在哪里引起轰动,形成了一股《白毛女》旋风。这就使《白毛女》成为古今中外绝无仅有的家喻户晓的、最著名的优秀文艺作品。这确实是中国乃至世界文艺史上亘古未有的奇迹。

《白毛女》为中国革命的胜利立下了伟大的汗马功劳,已经用金色的大字书写在人类的历史上,这是人民的大手所书写的。这个历史的事实谁能否定得了呢。

王培元《延安鲁艺风云录》写道:“在中外文艺的历史上,还很少见到哪一部戏剧像《白毛女》这样,起到了如此巨大的宣传教育作用,发生了如此深远的政治影响。从这个意义上说,《白毛女》确实是一部划时代的作品——歌剧,是一部比较完美地实现了艺术与政治密切结合的作品,它把艺术作品所蕴藏和表现的政治鼓动力量发挥到了极致。”

这绝不是那些标语口号式的时事宣传品所可比拟的。《白毛女》是真正的、高级的艺术品,它的美感强度、美感高度、美感深度、美感广度、美感精度、美感新度等等艺术质量指标都是很高的,是经得起高标准的立体分析的、伟大的艺术作品。戏剧家马彦祥看了华北文工团的演出后说:“这个戏出乎意料的好!”真的，它和世界上一切伟大的艺术品一样，是激动人心的、雅俗共赏的，并且是具有永久的艺术魅力的。

《白毛女》在新中国成立后又被改编为电影、芭蕾舞以及京剧、越剧、川剧等等戏曲和曲艺的许多曲种；这些多种艺术形式的《白毛女》，由各剧种、曲种最好的演员，在全国各地反复演出，历久不衰。其艺术感染力之强、美感广度之大，是令人震惊的。

1954 年，电影《白毛女》在全国正式公演，在全国 25 个城市，第一场观众就达 600 万人次。上海首轮电影院就有 80 多万人观看。场场客满。到 1956 年国内有 5 亿人看过《白毛女》，当时全国人口也就 6 亿人，除了婴幼儿和不能行动的病人，可以说几乎全中国城乡的成年人个个都看了电影《白毛女》。

在国外，《白毛女》也引起了极大的反响。

1951 年，周巍峙率领中国青年文工团赴苏联和东欧波兰、捷克斯洛伐克、匈牙利、罗马尼亚、保加利亚、南斯拉夫、阿尔巴利亚、民主德国等等 9 个国家以及奥地利首都、音乐之都维也纳演出歌剧《白毛女》，虽然通过了翻译，还是引起了很大的反响和轰动。

在柏林和德累斯顿演出谢幕时，群众献的花，王昆拿不动，偶然有人也给演黄世仁的陈强献了一束花，台下老太太就喊：“不许给他——不许给他——”又把花抢过来，献给王昆。

一位维也纳的老妇人在看后，流着泪说：“在战争中我失去了三个儿子，我以为这辈子没有活头了，看了这个戏，我感到生活又有了新的希望。”

许多国外观众说：“看了《白毛女》，就看到了中国人民新的生活和斗争。不只看到了中国人民的革命斗争，更看到了中国人民是为什么要起来革命的!”

我想这一点正是《白毛女》之所以深入人心的根本原因。它的美感深度之卓越，它对社会本质一针见血的深刻揭示，其艺术感染力、穿透力之大，都是无与伦比的。

电影《白毛女》在国外的影响比歌剧更大，当时曾在亚、非、欧、美、澳等 30 多个国家的电影院和广场上演。处处引起轰动。

在捷克举行的国际电影节上，《白毛女》引起评委和观众的极大兴趣，好评如潮，获得最高奖：特别荣誉奖。

在日本，电影《白毛女》的观众达 200 万人次。日本的艺术家们还把《白毛女》改编为舞剧，1955年日本松山芭蕾舞剧团在日本许多地方演出《白毛女》，处处受到欢迎，后来又连续演了许多年。

在苏联、锡兰、东欧、东南亚等国家的诸多剧团也都把《白毛女》翻译或改编为话剧、舞剧演出。《白毛女》风暴刮到了国外许多地方。

旧社会把人变成鬼，

新社会把鬼变成人！

《白毛女》以极大的艺术力量使人深深地感受到中国革命反抗封建剥削压迫制度的必要性、正义性，在全中国和世界人民心中播下了革命的种子。这是一部伟大的革命文学经典，一部闪闪发光的红色经典。

这是人类正义的艺术表现，是崇高人性的道德闪光，是人民解放——自由平等、团结战斗的革命宣言。

《白毛女》不仅继承了、发扬了中国三千年前《易经·革卦》中"汤武革命"反抗暴政的革命传统，而且继承和发扬了法国大革命、巴黎公社和美国独立战争的伟大斗争传统。这是具有世界全人类性和历史永恒性的伟大艺术作品。

总而言之，《白毛女》是一部人类历史上少有的文艺经典，是经受过严峻的历史考验和广泛的群众选择的伟大作品。与世界上任何伟大的文艺作品相比，其思想性和艺术性都毫不逊色。

二、《白毛女》为什么有那么高的艺术质量呢？

这是因为它是集体创作，集中了广大群众的集体智慧，完全可以说，这是新的民间文艺。

从《白毛女》的整个创作过程，可以看到它与民间文艺非同寻常的密切联系。

首先，从它的创作素材看，它的主要情节来自民间传说，民间传说是它的基础和骨架。这就是"白毛仙姑"的传说，是流传在晋察冀抗日民主根据地第三分区西部山区的一个动人的故事。传说的人都说，这是真人真事。这个故事的情节，就成为歌剧《白毛女》创作的由头。

这个白毛仙姑的故事流传很广，在河北平山、阜平、完唐一带，群众说的很多。当时在《晋察冀日报》做记者的李满天同志最早记载了这个传说。

我们知道，当时农民绝大多数是文盲，不能看报纸。但是他们的消息却很灵通，传播得很快。靠什么呢？主要就靠民间口头传说的高速流传。凡是人们关心的新闻，都能够很快流传开来。这就是新闻传说。①

作为记者的李满天就听到了并记录了这个当时很时尚的《白毛仙姑》的新闻传说。

这也不是偶然的。李满天，原名李春芳，笔名林漫、林曼，1935年在北京大学中文系读书，曾参加“一·二九”爱国运动（当时魏建功教授正在中文系讲民间文艺课）。1938年到延安鲁艺学习，是第二期文学班的班长（冼星海正在鲁艺提倡学习民歌）。他具有民间文学的知识，所以重视民间传说，不仅记录、报道，在《晋察冀日报》发表，而且还深入山区向更多的人采访，写了一部一万多字的小说《白毛女人》（笔名林漫）。1944年5月他把这部小说请交通员带到延安，交给了周扬同志。这件事给周扬很深的印象，1952年在北京以及1962年在大连小说创作会议上见到李满天同志，周扬都对在座的人介绍说：他就是白毛女故事的提供者。还说：“这件事许多人不知道，你们要记住，不要忘了。”

据1995年《歌剧艺术研究》第3期发表的李满天《我是怎样写出小说〈白毛女人〉的？》所述，其故事情节的母题（情节单元）如下：

第一，八路军解放了山区某村后，工作难做，一次，区干部要召开全村大会，却没有人来。后来发现那一天是十五，村民都去给奶奶庙的白毛仙姑上供去了。

第二，原来村民和村干部都迷信白毛仙姑。他们说，在夜间常常见到她浑身雪白，在村里出没。在奶奶庙敬香时，白毛仙姑要他们在初一、十五给她上供，不然要有大灾大难。还传说白毛仙姑特别灵，她惩恶扬善、扶正祛邪、法力无边云云。

第三，当晚，区干部和民兵就藏在奶奶庙里，要看个究竟。等到三更时分，白毛仙姑进了奶奶庙来取供品。

第四，干部民兵大叫：“你是人还是鬼？”

第五，白毛仙姑吼着向人们冲过来，民兵开了一枪，她拔腿就跑，人们紧追不舍，跟着她进了一个山洞。

---

① 段宝林：《中国民间文学概要》（第四版），北京大学出版社2009年版，第14页。

第六，在山洞中，看到白毛仙姑抱着一个小白孩。

第七，民兵举枪问她："你到底是人是鬼？"

第八，她突然跪倒在地，哭诉了她的悲惨遭遇。

第九，九年前，她十七八岁，被村里恶霸地主看中，以讨租要债为名，逼死她爹，把她抢走。

第十，在地主家，她被奸污，怀孕。

第十一，后来地主要娶亲结婚，密谋要害死她（另有异文说要把她卖到妓院去）。一女佣听说后，在深夜偷偷放走了她。

第十二，她逃进深山，住在洞中，以野菜野果和奶奶庙的供品为食，生下一个小孩。

第十三，因为长期吃不到盐、油，全身长了白毛……

第十四，人们告诉她，现在共产党来了，和过去不同了。于是救她出了山洞，回村过上了幸福生活。

此外，还有一些不同的说法（异文），如说她回村以后，身体不好，过了两年就死了。

周而复、任萍等人也都记录过这个传说的梗概。在一些细节上，各种传说都有不同的说法。但主要的情节都是大致相同的。

当时由周巍峙同志领导的西北战地服务团在阜平、唐县一带演出，也听到了《白毛仙姑》的传说，看到了《晋察冀日报》上李满天（林漫）的有关报道。他们想用它写个戏。但是又感到用这样新的题材写戏很难处理好。回延安后，看了大型秧歌剧《周子山》的分场演出而大大提高了信心。

1944年西北战地服务团回延安总结工作。在向周扬汇报时，编剧邵子南同志讲了白毛仙姑的故事，提出可以用来写一个戏。

周扬同志说，明年要开党的七大，正需要一个献礼作品。于是决定，就写这个戏。他当即召开会议进行讨论，有人认为这是个神怪故事，没有什么意义，有人认为可以写个破除迷信宣传科学的戏，但是周扬还是看重它的新旧社会斗争的主题。他对创作人员说："这个民间传说，既有浪漫色彩，又有现实主义，有多好的主题，其中有新的东西。"

经过讨论大家的意见基本一致，认识到："这是一个优秀的民间新传奇，它借一个佃农的悲惨身世，一方面集中地表现了封建黑暗的旧中国和它统治下的农民的痛苦生活；另一方面又表现了在共产党领导下的新民主主义的新中国(解放区)的光明,在这里的农民得到翻身。”①

当即决定由鲁艺戏剧系主任张庚负责领导整个创作工作,西北战地服务团已并入鲁艺,让邵子南先带几个人去写剧本,同时跟着进行音乐创作和戏剧排练。

邵子南写出了一部分剧本,配上了秦腔、眉户曲调,排练演出、送审。

大家看了很不满意,主要问题是邵子南没有搞过秧歌剧,写出来的剧本太文,是诗剧,不适合演唱。剧中曲调和演技还是旧戏曲的一套,演员出场还自报家门。整个缺少新的气象。还有人认为它在主题上、戏剧语言上也都有问题。这些批评的意见引起了邵子南同志的很大不满,于是,他表示不干了,主动退出了创作组。

原创作组中还有贺敬之、丁毅等同志,于是改由贺敬之同志执笔重新创作剧本。

贺敬之同志当时是鲁艺文学系的学生,虽然只有 20 岁但是已经创作过许多新诗和歌词,也写过剧本,在秧歌运动中,他和丁毅是著名大型新秧歌剧《周子山》的主要剧作者。

领导决定由贺敬之根据集体讨论的方案执笔重新创作剧本,期望剧本有全新的面貌。

为了加快写作的进度,集中集体的智慧,剧本创作是集体进行的,边讨论边写作。

参加集体讨论的人,除剧本创作组的人之外,有导演王滨、王大化、张水华、舒强,还有全体音乐、舞美、演员、场记等等演职人员。他们只要有空,也都参加剧本创作的一些讨论。

大家共同出主意,根据民间传说的情节来想象,使剧情更加具体化、形象化,一起来设计人物、场次,人物的名字也是大家设计的,其中也包括邵子南同志初稿中的一些内容,如杨白劳的名字等等。

当时演员的阵容也很强。由凌子风演杨白劳,陈强演黄世仁,王昆演喜儿,李百万演大春。乐队也很棒,向隅是指挥,时乐濛是小提琴手,李元庆是著名的大提琴家……

---

① 贺敬之:《〈白毛女〉的创作与演出》,见段宝林等:《〈白毛女〉七十年》,上海人民出版社 2015 年版,第 158 页。

他们也都积极参加剧情的讨论和修改，这不仅增强了集体的力量，而且他们通过讨论能够更深入地理解剧情，也大大方便了他们自己的音乐创作和戏剧表演。

讨论时先由贺敬之讲这一场的总体构思和主要情节，大家研究后，就由王滨主讲，他是30年代的电影人，特别能讲，他的想象力非常丰富，自己会出点子编故事，如吃饺子的情节就是他想出来的；并且，他善于把大家的意见综合起来，详细地讲述，突出其中艺术的细节。王滨滔滔不绝地讲，大家有时插话补充，有不同意见就进行讨论。

王滨主讲一场戏，贺敬之拼命地记录一场，把大家讨论的意见也都详细记录下来。回去就日夜苦干，把剧本和所有歌词尽快写出来。

接着，鲁艺音乐系马可、瞿维、刘炽、陈紫、李焕之和张鲁等音乐创作组的同志就根据贺敬之写的歌词去作曲子，向隅是乐队指挥也参加作曲。

曲子作好就交给演员去演唱、乐队去表演。然后，大家再提意见讨论修改。

大家要求很高，讨论非常认真，知无不言，言无不尽，充分发扬了艺术民主。

这是当时延安民主风气的表现，为了革命事业，大家同心协力、畅所欲言、千方百计，一起来创作好这个新剧。这是集体创作成功的外部条件。没有艺术民主是绝对不行的。

总的具体领导人是戏剧系主任张庚同志，他是30年代很有经验的戏剧家。他也参加集体创作，并且在思想上、艺术上把关。剧本、曲调写好后，一场戏排好后，都请他审阅提意见。然后向周扬汇报，周扬作为鲁艺的副校长，对《白毛女》的创作，作了许多重要的艺术指导。

万事开头难，在第一幕作曲时，音乐组几个人苦苦熬了五天，写出来一大堆曲子，张庚听了都说不行，没一首可用的。主要是照搬外国洋歌剧的一套，还没有掌握中国民族新歌剧的创作方法和审美特点。

张庚强调要创作老百姓看的歌剧，说"要能抓住老百姓的心"。

张庚说了之后，他们又去重新作曲，写了三天三夜，还是不行。张庚说："要让人一听就喜欢。"

于是又重新开始，尽量从民歌和戏曲的唱腔中找材料，写出新的风格来。

张鲁虽然还是音乐系的学生，但是他当过系主任冼星海同志的秘书，了解一些冼星海作曲的经验和风采；同时，他参加过《黄河大合唱》的演出，是河边对口曲中张老三的演唱者，他还下农村向民间艺人李卜学过眉户调音乐，对河北民歌也比较熟悉。

这时，为了赶写《白毛女》开头的曲子，张鲁日夜苦思苦想，半夜还一个人在河边散步，埋头哼唱歌词进行作曲。唱着唱着突然唱出了“北风吹”的新曲调，主要采用和改编了《小白菜》的旋律，他感到这个新旋律符合剧情的需要。终于有了收获，他非常激动。天已快亮了，赶紧找个地方让一位女同志拿了纸笔来，不到三分钟他就把曲子写了出来。然后，就去唱给张庚听。唱了两遍，张庚不表态，说“再让小王唱唱看！”于是把王昆同志找来，唱了之后，张庚才说行了。于是就去演，大家看了再讨论、修改。

有的曲子甚至由演员自己作曲。陈强回忆说，他唱黄世仁的曲子，就是自己哼出来的。他自己作曲，为了容易通过，就说这是用“我们河北的民歌曲调”改编的。后来还果然通过了，演出效果很好。

《白毛女》就这样，一场场地集体写作，一场场地排演、修改，所有的演职人员全部关心创作，参加讨论提供意见和建议，意见是各种各样的，常常互相争论，非常热烈。

讨论的结果达到了基本一致，据张庚总结，主要有四点：

第一，用普通话，不用方言。

第二，音乐要创新，在民歌的基础上作曲，以河北梆子等地方戏的一些旋律作补充。

第三，用传统的虚拟手法进行表演，因为这是老百姓喜闻乐见的。布景设置不用门窗用大道具加平面景。

第四，戏曲的表演程式不多用，但可以学习它节奏强烈、带舞蹈性的特点来创造新的表演动作。①

艺术的创新是极其艰难的，可以说是举步维艰。开始主要采用秧歌剧的形式，王大化、舒强认为不能完全像秧歌剧，但也不能像旧戏，更不能像话剧。在秧歌舞的基础上加进一些其他舞蹈形式，舒强把在大后方向戴爱莲学的一点芭蕾舞也用上了；还运用了戏曲的一些传统动作。如喜儿从黄世仁家逃出

---

① 张庚：《回忆延安鲁艺的戏剧活动》，见《中国话剧运动五十年史料集》（第三辑），中国戏剧出版社 1963 年版，第 16 页。

来后，唱道："我不死！我要活！我要报仇！我要活——！"舒强让演员唱一句，甩一下头发，先向左甩个圈子，再向右甩个圈子。最后一句拖腔时，连续甩几下。舒强对这个甩发动作很得意。

没有参加《白毛女》剧组的鲁艺师生，也都积极提供意见，参加讨论。什么意见都有，有的还非常尖锐。

全剧完成后，在大操场连排，全院都看了。大家认为前三幕比后三幕好，特别是第一幕最好。[①]但是也有不少人有很大的意见。两天后，文学系贴出了文学研究室邵子南主持讨论的会议纪要大字墙报，艾青、萧军、塞克、鲁藜等教师也发表了意见。邵子南在开场白中声明此剧与他无关，他早已退出。一些人认为此剧用鬼怪故事吸引观众，是猎奇，方向不对头，演出歪曲了喜儿和中国农民的形象，把人物弄得中不中、西不西，古不古、今不今，根本不像解放区的农民；他们还说，这根本不是歌剧，而是话剧加唱，不伦不类，简直是个"四不像"。还有人更尖锐地提出，现在是抗战时期，地主是团结对象，这个戏出了地主的丑，对统战不利等等。

这些批评意见像一瓢冷水浇得大家垂头丧气，吃不好，睡不好，信心大减。能不能在党的七大演出，成了问题。在这紧急关头，周扬来鼓劲说："请你们继续往下写、往下排。有不同意见是正常的。不要太紧张，要有艺术家的勇气。意见对的可以接受、研究、修改，不对的也可以作参考嘛。要大胆探索，成功了，算你们的；失败了，算我的。要坚定信心，大胆地勇敢地干下去。七大一定要演。"[②]于是大家进行总结，王大化、舒强认为大部分意见是对的。主要是在形式上硬搬古今中外的戏剧表演形式，没有从生活出发，根据人物心理感情的需要，确当地运用舞蹈动作，不需要的地方就不要舞，要把动作舞蹈化，注意节奏感和造型美。

1945 年 1—4 月，《白毛女》剧本的创作和排练，进行了三个多月，因为长时间超负荷的写作劳动，到写出最后一幕初稿时，贺敬之病倒了，住进了医院。于是这一场由丁毅执笔反复修改，考虑到创作人员缺少敌后群众斗争的经验，特请原西北战地服务团的贾克、路汀参加讨论。

当时没有剧场，就在露天排演，附近的农民和过路的群众看了排演，也参

---

① 张庚：《回忆〈讲话〉前后"鲁艺"的戏剧活动》，《戏剧报》1962 年第 5 期。

② 惠延红《作曲家陈紫访谈录》等等回忆材料。

加讨论，提出了许多很好的意见。特别是因为知识分子对农村生活不熟悉而产生的一些细节上的错误，绝大多数是由老乡们提出来的，都按照他们的意见进行了修改。贺敬之同志曾经非常恳切地说，如果演群众不熟悉、不了解的"天上"的事，群众的欣赏水平是不高的；但是如果演的是他们熟悉的"地下"的事，"他们的欣赏水平就很高，他们是我们的先生，是最高级的鉴赏者，最权威的批评家。《白毛女》的经验说明了这一点"①。

最后一场戏最难搞，先前最后结尾的处理是救出了喜儿，她和大春两口子过上了好日子。这就完了。周扬、何其芳说这样的结尾太轻了，压不住台。要加一场群情激昂的斗争黄世仁的大会。

对于黄世仁的处理，开始时，就把他交给政府处理去就完了。炊事员饲养员等等勤杂人员看了很有意见，说黄世仁干这么多坏事，这样的恶霸不枪毙不行。许多农民和战士也有这个意见。他们当时就要上去痛打黄世仁。

但是，这个意见没有被采纳。为什么？因为当时还是抗日统一战线国共合作时期，对地主阶级还是要团结的。所以大家认为黄世仁不能杀。

可是到七大去演出后，党中央书记处提出三条意见，说这个戏艺术上是成功的；很适应革命形势的需要；但是黄世仁要枪毙，因为他不是一般的地主，而是个有血债的恶霸，犯有罪行，甚至罪大恶极，不枪毙不足以平民愤。如果不杀，就右了，是不敢发动群众。后来听说这个意见是刘少奇同志提的。

中央党校从各个解放区来的领导同志看后，也都认为黄世仁该毙；不过一定要经过法院公开审判，有合法手续。一位法院的领导人还说，这事交给我，我来写判词。

以后就加了一场斗争处决黄世仁的群众公审大会。真是大快人心，群情激昂，把戏剧推上了高潮。

于此可见，《白毛女》的集体创作参加者是多么广泛，不只是剧组的全体演职人员和鲁艺的全体师生员工参加，而且有广大的劳动群众，还有各级领导干部。从农民、炊事员到党中央书记处的最高领导人，都参加了《白毛女》的集体创作活动。

正是因为集体创作，发扬艺术民主，很好地集中了群众的集体智慧，才能

---

① 贺敬之：《〈白毛女〉的创作与演出》，见段宝林等：《〈白毛女〉七十年》，上海人民出版社 2015 年版，第 158 页。

使作品在很短的时间内达到很高的水平。

马克思说:“我们知道个人是微弱的,但是我们也知道集体就是力量。”集体的力量是任何个人所不可比拟的。高尔基说:“只有集体的绝大力量,才能使神话和史诗具有至今仍不可超越的、思想与形式完全调和的美。而这种调和也是因集体思维的完整性而产生的。……数十世纪以来,个人的创作就没有产生过足以与《伊利亚特》或《卡列瓦拉》媲美的史诗,个人的天才就没有提供过一种不是早已生根在民间创作里的概括,或者一个不是早已见于民间故事和传说中的世界性的典型——这点极其鲜明地证实了集体创作的力量。”民间文学的集体性正是它深刻的思想性和高度的艺术性的根本保证。①

我们知道,民间文学自发的创作过程一般是相当漫长的,它需要在长期的口头流传过程中,不断变异,在流传变异当中进行修改、补充,精益求精,集中了集体的智慧,使作品的质量不断提高。但是,《白毛女》却不同,它在很短的几个月的时间内,就完成了民间文学自发流传、修改、完善的几十年甚至几百年的漫长过程。这是共产党的领导的胜利,是自觉运用艺术规律——雅俗结合律的结果;也是党的群众路线在文艺创作中的伟大胜利。

值得注意的是,《白毛女》是完全符合民间文学特点的。

它是口头创作,不仅白毛仙姑的传说是口头创作,而且在歌剧的全部创作过程中,也都是口头讲述、讨论、记录下来的。所以具有口头性。

它在创作的过程中不断修改变动,具有变异性。

这是集体创作,无疑具有集体性。

它在解放战争、土改反霸的伟大斗争中,被人民革命所利用,发挥了极大的社会作用,所以也具有民间文学的实用性。

它是舞台演出的歌剧,具有表演性,这就和纯文学不同,这是立体的艺术,当然具有立体性。

我们可以说歌剧《白毛女》具备了民间文学的所有特征——集体性、变异性、口头性、实用性以及立体性。这是在民间文艺的基础上创作的新型的民间文艺作品。

这是它如此受到广大人民群众喜爱的一个主要原因。这一点对我们今后发展文化产业,创作新的广受喜爱的文艺作品,具有很大的借鉴价值和参考价值。

---

① 段宝林:《中国民间文学概要》(第四版),北京大学出版社2009年版,第14页。

三、《白毛女》的署名与著作权问题
——集体创作与个人创作的关系问题

《白毛女》既然是集体创作，是否有个人署名的版权问题呢？

这个问题和民间文艺的知识产权密切相关，是比较复杂的，并且曾发生过很激烈的争论。

我想谈谈自己的看法。

我以为只是从概念出发，或是从想象出发，而不具体了解《白毛女》的全部创作过程，是绝对不能正确地解决问题的。

过去，就有一些版权专家从抽象概念出发，想当然地认为民间文学是“无名氏”的集体创作，人人都可以使用，提出“民间文学没有知识产权”的理论。这种空洞的理论是不切实际的，因而是很不科学的。

对于这个问题，我在2011年写过一篇文章，发表在《中国艺术报》上①，我还不止一次参加过国家版权局关于民间文艺知识产权的会议，文章已收入我的文集《民间文艺与立体思维》②(上卷)。这里就不多谈了。

教条主义者脱离实际，他们架势很大，似乎很权威，其实，正如毛泽东《反对党八股》所说，是“头重脚轻根底浅，嘴尖皮厚腹中空”。把具体内容抽空的所谓理论，因为不联系实际，就可以随心所欲地任意胡说，空话连篇，满纸狂言。看起来好像很有学术性，但这是“装腔作势，借以吓人”，靠这些一点不联系实际的所谓理论，是绝对解决不了问题的。空洞的理论教条是不符合事实的，是很不科学的，我们不能受它的误导。

科学的态度是实事求是。从具体的事实出发，进行科学的理论概括，这才是最可靠的。

当然，这就要进行艰苦深入的调查研究，这比起那些随意空想的空空洞洞的理论写作，不知要困难多少倍。但是这才是真正科学的必由之路。不这样做，绝对不能求得真理。

---

① 段宝林：《民间文学艺术作品知识产权保护立法的难点》，《中国艺术报》2011年4月27日。

② 段宝林：《民间文艺与立体思维》(上下册)，大众文艺出版社2009年版。

事实究竟是怎样的呢？到民间走走就会知道：

民间文艺多是在口头创作、口头流传的。它确实是集体无名氏的创作，但是，不要忘了，它的演唱、讲述则是个人的行为，他们都是有名有姓的。这是到民间调查过的人都看得很清楚的。

民间文艺的传承人为了传承和掌握作品，花费了许许多多的劳动，从学习、演出到创新（当然是在保存传统的基础上的适当的创新，讲述时会根据需要作些改动），都有他个人的心血，怎么能说他们没有知识产权呢？怎么可以随便掠夺他们的劳动成果呢？

那些民间文艺的改编者，为了自己的利益而抹杀民间文艺和艺人的知识产权，也需要以“集体创作没有知识产权”之说来做理论根据。这是国内外常常见到的。人们没有深入研究也就相信那些所谓专家的言论了。但是现在要保护非物质文化遗产，就不能忽视民间文艺的知识产权。

口头文学如果不记录下来，就会像风一样消失，所以必须要对它们进行记录采风。这种记录与采风也是不可缺少的文艺劳动，采录者要有民间文学的知识和艺术的眼力去发现好的作品，要深入群众去采访、记录。所以，民间文学的记录者也应该有知识产权。记录者也一直拿着稿费。近年来才有些人分出一些稿费给口述者，尊重口述者的知识产权，这是一种进步。

歌剧《白毛女》是集体创作，是新型的民间文艺，它的情况和传统的民间文艺有相同的地方，也有许多不同的地方。

相同的是作为口头的创作，需要有人记录。这记录者同口述者一样，都有知识产权。所以在署名时，要写上“鲁艺集体创作，贺敬之、丁毅执笔”。这是当时文化部研究决定的署名，是符合实际情况的。我以为最好再注明“根据晋察冀民间传说改编创作”，就更完善了。

也有人提出邵子南同志写过《白毛女》的初稿，也应该署名。但是，他的初稿并没有用上，而且他自己当时就公开声明：“歌剧《白毛女》与我无关！”怎么还要署名呢？这是显然不对的。最近在《文艺理论与批评》2011 年第 2、3 两期和《文艺报》上都有专门的文章和调研报告，已经说得很清楚了。

现在，我要说的是贺敬之同志在《白毛女》的创作中，实际上绝不是简单的记录而已，他和一般民间故事的记录者完全不同。

民间故事的记录要求忠实于口头讲述的原文，绝不能随意改动一字。这是对集体创作的尊重，是科学性的基本要求。如果改动了，就成了改编，而不是记录了。更有民间故事的再创作，那已经成了创作者的个人作品，可以完全由个人署名了（只要注明故事的原出处即可）。

《白毛女》的情况，和上面三种情况都不一样。它不是对传说的忠实记录，也不是简单的改编，而是一种以传说为素材的全新的创作。不仅体裁不同，而且内容和主题都有了很大的创新。

贺敬之同志把大家的意见汇总起来，重新进行剧本构思、写作人物的台词和歌词，这是一种全新的再创作。

但是这和个人对民间故事的再创作又不一样，创作者不是一个人，而是许许多多人，是一个集体。贺敬之只是这个集体中的一分子。所以，这种集体创作的知识产权问题是很复杂的。原来的署名反映了这种情况，无疑是正确的，可行的。

然而，我们在具体分析这部作品的艺术成就时却不能不看到贺敬之同志的突出的甚至是关键性的作用。

试想如果换一个人来执笔，那剧本，那歌词，还会是那样吗？肯定是不一样的。

因而，我以为，从文学剧本的创作来看，贺敬之同志的作用是最关键的。值得我们好好研究。

在贾漫的《诗人贺敬之》①一书中，具体记述了当时创作的情况。

在开始研究讨论歌剧《白毛女》的创作时，贺敬之讲述了他对全剧的详细构思：总体结构、情节安排、人物设置。创作组的王滨、丁毅都基本同意。当时还决定，为了保持全剧风格的统一，不采取多人分头写作的方法，全剧统一由贺敬之同志执笔。

原传说是倒叙的。先讲八路军、区干部进村，捉白毛仙姑，然后才让她诉苦。而歌剧则改为顺叙，从头说起，从杨白劳过年开始，按时间顺序演下去，符合群众欣赏习惯。

贺敬之在讨论每一幕前，先提出这一幕的设想，包括情节设置、出场人物、矛盾冲突直到戏剧细节。由三人进行充分讨论、研究、修改、补充，然后由贺敬之写成初稿。

每场戏的初稿写成后，再共同讨论、润色，定稿后交张庚同志审阅，丁毅同

---

① 贾漫：《诗人贺敬之》，大众文艺出版社2000年版，第97页。

志刻蜡板，印发给有关人员，采用这种办法，顺利地完成了全剧的创作。因为是流水作业，作曲、排练也跟着很快完成了。

把白毛仙姑传说变成歌剧《白毛女》在情节和细节上，都增加了许许多多东西。歌剧创造出了整个生活的具体情景，这个完整的艺术天地是艺术家的再创造。他们在创作中把周扬所说的“新的东西”，具体化为“旧社会把人变成鬼，新社会把鬼变成人”的大型新歌剧。

贺敬之在创作中把民间文学的成果和大家讨论的意见，熔为一炉，完全变成了自己的东西——和自己的思想感情融为一体，完全当成自己的个人创作一样，投入自己的全部激情，调动自己的全部生活经验和感情积累，形象地描绘出旧中国农民的极其悲惨的命运和新社会的光明。他对此种生活和新旧社会的对比都深有体会。他说：“我尽量回忆个人过去农村生活的材料”进行写作，这是贺敬之作为一个有经验的艺术家的自然之举，成功的作家都是这样写作的。

贺敬之生于台儿庄附近一个非常贫困的农民家庭。七口之家只有不到一亩土地，常常挨饿，财主的逼债，弟弟的夭折，母亲的劳苦，官兵的抢劫和对农民的毒打，种种农村的不平，使他永远铭记。

这些农村的痛苦经历，旧中国的非人的黑暗生活，成为他心灵中丰富的感情积累。他在过去的诗歌创作中，对这些都有具体的反映。如 1940 年的《乡村之夜》中，就有《五婶子的末路》写她被财主逼得抱着儿子投河，成了“水鬼”；《夏嫂子》受辱后成了披头散发的女鬼，在风雨中奔跑……她丈夫被地主活活打死；《黑鼻子八叔》《牛》《小兰姑娘》《祭灶》等等作品，都表现了他对旧社会农民挣扎、抗争的强烈感情。

在 1937 年冬到 1940 年春天的痛苦流亡生活，从徐州到武汉，又流亡到湖北、四川山区，再跋山涉水徒步走到西安。经常忍饥挨饿，饱受欺凌，对旧中国的黑暗，有了深刻的体会和情感记忆。

到延安后，贺敬之过上了自由幸福的生活，看到了边区大生产兵民群众全新的精神面貌。新旧社会两重天强烈对比，使他在《白毛女》的创作中感情激荡，化为剧中一场场悲剧的情境和人民解放的欢歌。贾漫写道：

> 贺敬之在执笔写《白毛女》的时候，非常顺利，特别是第一幕他是一边流着眼泪，一边写成的。他浮想联翩，终宵不寐，那雪花纷飞的乡村之夜，财主的逼债，父亲的去世，弟弟的夭折，母亲的劳苦，永远摆脱不了的窘

困……统统旋转着雪花和泪水，来到他的窑洞，来到他的麻油灯前。

创作激情仿佛是涨满泪水的天河突然决口，一发而不可收拾，终于痛痛快快地倾泻出来，要把冤屈的哭喊震破天地！

《白毛女》虽然有现成的民间故事，当它化为艺术时，必然是作家、艺术家热血沸腾的结晶，必然是实有和虚有的结合，必然是作家世界观的充分体现。

这时《夏嫂子》《小兰姑娘》《祭灶》《牛》《五婶子的末路》《黑鼻子八叔》——无数个同命相连的幽灵，统统化为艺术家的痛苦，这痛苦犹如地下翻滚着奔腾欲爆的岩浆，露上地面的，却是清灵的恍恍惚惚的火苗：

北风那个吹，雪花那个飘，
雪花那个飘飘，年来到。

爹出门去躲账，整七那个天，
三十那个晚上，还没回还。

贺敬之的《乡村的夜》里，出现过多次雪花，雪花虽美，对于饥寒交迫的穷苦人，却是最难熬的。贺敬之在《白毛女》第一幕里，集中使用了雪花，这已不是民间故事，这是艺术家的再创造。第一幕中不同人物的出场，都和雪花连在一起，主人公喜儿就不用说了，杨白劳一出场："十里风雪一片白，躲债七天回家来……"赵大叔一出场："大风大雪吹得紧，十家灯火九不明。"雪花一阵紧似一阵，直到杨白劳走上绝路："杨白劳昏沉沉如醉酒，这么大的风雪往哪里走？怀揣着文书杀人刀，杀了自己的亲骨肉。啊……"这时的雪花已经由情绪的盼望、情绪的飞扬、情绪的恍惚、情绪的沉闷、情绪的激昂，转而化为情绪的撕裂与绝命的呼叫。最后杨白劳在雪地里冻僵，老天有情，为天底下所有的屈死鬼披麻戴孝，一切树木都穿上了孝服。这已经把原有的民间故事，升华为刻骨铭心的诗篇……请问以前哪一位文人，如此为普通人民树碑立传？

贺敬之在新中国成立后身体羸弱以致多年被肺结核病缠身，是与写《白毛女》时拼命忘我、连续不断地苦战不无关系的。当时，在笔墨的激水飞流冲涌之下，他忘记了身在延安窑洞，还是在大年三十杨白劳的家中，窗外冷风的沙沙之声，到底是杨各庄的雪花飞舞之声，还是"乡村之夜"的风声，他的沸腾的热血，与饺子锅中的滚水，一同滚荡起来，合为一炉冤屈与欢乐的撞击，寒冷与热烈的撞击，灯光与暗影的撞击，沉沉落在贺敬之的笔尖之上，挑起千年的债务艰难前行——这就是毛泽东的文艺战士的冲锋陷阵的英姿。

这个回顾是符合事实的。于此可见，执笔人在集体创作中决定性的关键作用。《白毛女》的经验值得注意的有如下几点：

第一，执笔人必须是优秀的作家、诗人，曾经写过优秀的作品。

贺敬之同志不仅写过很好的新诗，受到诗人艾青、评论家胡风和系主任、诗人何其芳等人的好评。而且他还写过许多很好的歌词，如《南泥湾》等等。更突出的是，他和鲁艺的同志下乡向群众学习民间秧歌艺术，创作过一些新的秧歌剧，如曾经在延安公演获得好评的八场大型新秧歌剧《周子山》，就是他和丁毅同志合作的成果。这为歌剧《白毛女》的创作，打下了牢固的艺术基础。秧歌剧的创作经验对新歌剧的写作是非常重要的吧。

第二，执笔人必须对所写的题材内容非常熟悉，有深厚的生活经验和感情积累；同时对生活和社会的本质有深刻的认识和理解。

第三，执笔人必须善于听取集体的意见，不但虚心，而且有很高的悟性，能够深刻理解群众意见的精华，融汇到自己的创作中去。熔铸集体智慧，化为自己的艺术激情，这是集体创作的艺术生命。《白毛女》“剧本是出自许多人的口，而又主要出自贺敬之的手”。①

贺敬之详细记下大家的意见，整理出来有十几万字。他虚怀若谷、从善如流、求知若渴、诚挚认真。丁毅说，他和贺敬之从未发生过争执，合作的过程是非常愉快的。陈强也说，贺敬之很好合作。这种合作完全是建立在思想感情一致的基础上的。这是一种战友的真情，是当时延安人际关系的特点。延安的新秧歌剧《农村曲》《军民进行曲》《兄妹开荒》《周子山》等等，都是集体创作的。②

第四，执笔人对创作有很高的热情，很高的积极性、主动性。把集体创作完全当成自己的创作来写，这就需要不计个人名利，不怕任何困难，

① 何火任：《〈贺敬之评传〉引言》，《新文化史料》1995年第6期。

② 舒强：《难忘延安艺术生活》，见艾克恩编：《延安文艺回忆录》，中国社会科学出版社1992年版。

完全忘我地、奋不顾身地、全心全意地投入集体的创作之中。

第五，执笔人最好一个人从头到尾负责，能够主宰一切。即使有一部分是别人起草的，他也有权根据自己的需要进行修改，使作品保持艺术上的完整性和感染力。贺敬之和丁毅的合作关系是纯真美好的，丁毅不仅参加创作，写了第五场，而且刻写全部蜡板，油印剧本，甚至在紧张的工作中，他还给贺敬之做了一条裤子。这种革命友谊一直保持几十年之久。丁毅说，他最后一幕的写作特别注意保持贺敬之的一贯风格，保持全剧风格的统一。

第六，执笔人必须有很高的责任心，很高的艺术追求，不怕一切艰难困苦，反复修改，精益求精，力求尽善尽美。这是产生文学经典的必要条件。

由《白毛女》的集体创作，可以看出，它是延安精神的艺术成果。它的创作过程也充分体现了延安精神——民主精神、革命精神、献身精神……

1944—1945年，正是延安整风之后，克服了主观主义、宗派主义和教条主义，追求真理的民主空气、团结战斗的风气比较浓。

当时，“知无不言，言无不尽；言者无罪，闻者足戒”的民主原则已经确立，反对自由主义，批评与自我批评的风气，使人与人之间的关系是神圣的同志关系，非常亲密、单纯，为了一个共同的目标同心协力地奋斗。这种革命的风气、民主的风气，是《白毛女》集体创作成功的重要保证。

延安的民主传统与井冈山的民主制度一脉相承。在井冈山有基层民主的制度与传统。这就是士兵委员会。实行政治民主、经济民主和军事民主。军事民主就是在战斗中充分发挥每一个战士、干部的积极性、创造性，发动大家一齐出点子、想办法，就能在战斗中无坚不摧，攻无不克，成了胜利的重要保证。王明路线的家长式统治，破坏了民主传统，但是在基层，士兵委员会，后来叫革命军人委员会还是起作用的。经过延安整风，又恢复了党内民主，这是延安精神的重要方面。

在《白毛女》剧组中，有坚强的党的领导。不仅是政治领导，更重要的是艺术领导，关键是内行的领导。

外行的瞎指挥是绝对不行的。

党的领导绝不是个人领导，正确的艺术领导的起码的条件是避免瞎指挥——充分依靠内行专家，依靠群众进行集体创作。在当时鲁艺的领导人周扬、张庚、何其芳等都是很高级的内行专家，剧组党支部书记是田方、组织委员是丁毅、宣传委员是贺敬之，都是文艺里手。这就保证了没有瞎指挥。

当时的领导的民主作风是令人惊叹的。例如，在一次讨论中，周扬说：剧中黄世仁骗喜儿说要娶她，她竟然信以为真，高兴地欢舞起来。他认为这样处理不好，为了戏剧性的强烈对比而破坏了已经建立起来的人物形象。

可是，剧组的同志认为，像喜儿这样一个孤苦伶仃的女孩子，在那种险恶的环境下，产生那样的幻想是人之常情，所以没有改动。

你看，周扬当时是他们的高级领导，他的意见也被否定了。说明当时并不搞专制，绝不是最高领导一个人说了算。最后还是以集体讨论的结果作决定。

这个情节一直演到抗战胜利后，直到在冀中演出时，当地农民和部队指战员看到这里，在台下大骂喜儿没骨气，玷污了贫苦农民。这种激愤的情绪，使演职人员受到很大震动。后来他们参加了华北土改，才深深感到群众的意见是正确的。在北平公演时，就对此作了修改。

当时的领导非常尊重内行，特别请来河北的干部作顾问，请他看看是不是违反了河北的风俗习惯。

1945年，在张家口听取了在河北的汪洋、侯金镜、星光等等同志的意见，又进行了一次较大的修改。主要的改动有：加强农民的反抗性，增加了赵大叔讲述红军故事，大春、大锁反抗狗腿子逼租打了他们，然后投奔红军。第六幕话剧味道太重，大大增加唱的内容，最后加了一段大合唱《太阳出来了》，明确地唱出"旧社会把人逼成鬼，新社会把鬼变成人"(延安本只有"逼成鬼的喜儿，今天变成人")。

1950年，在北京又进行了一次修改。为了更精粹，将六幕20场，改成五幕16场。把山洞中的一场戏删了。同时又更多地以唱代说，多用独唱、重唱、领唱、合唱等等形式来更强烈地抒情，进一步加强了歌剧的完整性。

在新中国建立以后的许多文艺创作中，集体创作的活动还在进行。但是效果不同，有好的，也有很不好的。主要看是否能够全面地运用《白毛女》的成功经验。贺敬之同志曾经根据唐山开滦煤矿的民间传说，写了一个歌剧《节振国》。因为当时对工人生活的体验尚不足，也未能广泛排演听取群众的意见，在当时批判《武训传》的形势下，领导作风也缺少民主，个别领导人认为写英雄的缺点和转变，写工人英雄的成长过程，是"歪曲工人阶级的形象"，就使这个戏一下子被枪毙了，既没有演出也没有出版。我以为这恐怕是延安集体创作的成功经验未能很好总结而自觉继承的结果。如果按照《白毛女》的经验去做，充分发扬艺术民主，真正走群众路线，集中群众智慧，也许会创作出一个新的写工人的好戏来。于此可见，总结延安经验、自觉传承延安民主作风和革命传统、经验是多么重要。

《白毛女》在新中国成立后又改编为电影，周扬指示："尽量保持歌剧基调"。编导王滨提出还是由贺敬之执笔，但是当时他有事抽不出身来。于是找到河北作家杨润身，他是平山人，对当地的生活非常熟悉，由他执笔，和王滨、水华导演组成创作组，集体改编，被认为是"理想的三人组合"。

还是由王滨滔滔不绝地说，水华比划着表演，而杨润身不停地记，三人一起讨论。

他们尽量保留了不少歌剧中的唱段作为插曲。这是这部电影的一个特色。但是一些太长的唱段就难以保留。

当念到杨白劳临死前的一大段唱，他们都主张删，但说什么呢？

王滨让水华当喜儿，杨润身当杨白劳，看看应该怎么说。

结果在那种情景下，杨润身只是泪流不止，说不出话来。

于是决定沉默不说话——此时无声胜有声。

在一些细节上，也根据河北当地情况作了一些更合理的修改。如杨白劳并不是不还债而是还了利息。黄世仁还是不答应，并因此抢走了喜儿。这就更加暴露了黄世仁的非法恶行。又如，喜儿在洞中生孩子改为流产。

此外又增加了一些歌剧没法表现的场面，如喜儿与大春恋爱的场景等等。

虽然参加改编的主要是三个人，但他们都是很好的艺术家，在生活、感情和艺术上都和《白毛女》有密切的关系，他们尽量保持了歌剧的基本内容，所以改编的电影艺术创作，是很成功的。

后来京剧、芭蕾舞《白毛女》的改编，也都运用了歌剧、电影集体创作的经验，所以也是成功的。他们都尽量保留了歌剧的基本内容和特色，只是在一些细节的处理上做些改动。如1964年上海舞蹈学校改编的芭蕾舞《白毛女》，把杨白劳的自杀，改为被财主狗腿子打死，更加强了他的悲剧形象。他们在1965年上海之春演出的八场大型芭蕾舞剧《白毛女》，还注意保留了原歌剧的许多独唱、合唱和重唱。

他们的改编创作，同样有中央领导人的关怀和参与，据《人民日报·海外版》发表的《〈白毛女〉风行六十年》[1]一文报道，周恩来总理曾看芭蕾舞17次，提过不少意见。

周总理是艺术的内行，他很尊重艺术家，作风也很民主，所以，他的意见不会瞎指挥干扰创作，而只会提高作品质量。

这个芭蕾舞很成功，只是上海芭蕾舞团40年来就演出1 600多场。直到1967年江青才第一次看这个芭蕾舞剧。1971年舞剧拍成电影，其中可能有江青的一些影响。但绝不能说这是由她领导搞出来的。

和《白毛女》集体创作的成功做法不同，建国后，特别是1958年以后，有人提出了一个"领导出思想，群众出生活，作家出技巧"的所谓"三结合"的集体创作模式。这是完全错误的，是违背艺术规律的。

他们的理论根据就是通行的文艺理论教材中的定义："文艺创作就是用艺术形象来反映生活，表现思想。"这种"形象思维论"是没有创作经验的理论家空想出来的。所谓"用形象来思维"，忽视了、抽去了文艺创作最重要的灵魂——感情（美感、审美感情）。[2]结果就写出了许多图解思想或表面地反映生活现象的作品。这些作品在"思想上正确"，但是却没有艺术性，在艺术上不感人，没有艺术感染力。这是非常失败的。这是形象思维论指导的必然结果。

事实上，只有思想、生活和技巧而没有感情，是绝对写不出艺术作品来的。艺术是交流感情的工具，感情是艺术的灵魂。只有思想、生活和形象而没有感情，艺术就没有灵魂。没有灵魂的作品，绝不是艺术品，而是一种伪艺术。

在《白毛女》的集体艺术创作中，思想、生活与技巧绝不是分开的，而是水乳交融在一起的。执笔人（作家）、领导、群众，在集体创作中，都是既出思想，又出生活和技巧，三者密不可分，都统一于感情之中。因为感情来自生活，生活形象是感情的载体。而艺术技巧，则是善于巧妙地用生活形象去强烈地体现感情。这三者如何分得开呢？从这里我们可以看到，执笔人在集体创作中正是把生活、思想和艺术技巧融化为感情的关键人物，他的感情强度、美感高度、美感深度、美感广度、美感新度、美感精度……的高低，都决定着作品的艺术质量的高低。

---

① 沈鸿鑫：《〈白毛女〉风行六十年》，《人民日报·海外版》2005年8月16日。

② 参见段宝林：《文艺创作的艺术性揭秘》，载《民间文艺与立体思维》（下册），大众文艺出版社2009年版，第507—520页。

用形象图解思想、反映生活，这是科学（如历史或科学挂图）而不是艺术。如果生活和思想还没有融化、酝酿为感情——艺术的冲动，就绝对不能进入创作过程，没有创作的基本条件。这就是那种机械的"三结合"之所以失败的原因。

文学艺术是生活的教科书，它并不是科学的教科书，而是艺术的教科书，感情的教科书。《白毛女》作为革命的教科书，正是在感情上对人进行审美教育的最好教材。这是真正精美的艺术品。这是《白毛女》成功的本质所在。

从艺术特性、艺术规律出发，从《白毛女》的创作过程的历史事实出发，我们认为，执笔人贺敬之、丁毅的署名，是符合事实和法理的。他们的创作劳动是很关键的，绝对不能抹杀。一些人不了解当时创作的历史情况，不懂得艺术创作的特殊规律而提出的一些关于版权的意见，应该予以澄清。

1946—1949 年在张家口、哈尔滨等地多次出版过《白毛女》，署名都是"编剧"、"编者"、"撰"等等。

在 1950 年北京版的"再版前言"中，贺敬之一个个罗列了邵子南、周扬、张庚、王滨、王大化、舒强、张水华、马可、张鲁、刘炽、向隅、瞿维、焕之、陈强等等许多人的名字，不忘他们对《白毛女》创作的作用，并从这一版开始署名为"延安鲁艺集体创作，贺敬之、丁毅执笔"。这说明贺敬之同志是非常尊重每个人的贡献的。虽然邵子南已宣布退出创作组，后来并没有用他的本子，但还是肯定他是"先行者"，他的本子给人以很大的启发。

当然，有些人说什么"贺敬之侵犯别人的知识产权"。这是别有用心、另有图谋，他们完全不顾事实，企图以此抹黑贺敬之同志。这也应该引起我们特别的警惕。这些人受到国外反华、反共势力的影响，妄图在中国搞和平演变，像在苏联一样，否定革命历史，否定革命文学，否定马列主义。而否定马列主义，就必然会否定坚持马列主义的人，贺敬之同志就是他们攻击的主要对象之一。

他们完全歪曲事实，说他坚持马列主义是"极左"，甚至是"左王"（对凡是坚持马列主义的人，这些别有用心的人都在一切场合以"极左"的大帽子加以否定，这是现今否定马列主义者最常用的武器，杀伤力很大。我们的一些媒体往往不看内容一看作者的名字就把这些马列主义的文章否定了，这就剥夺了人们坚持马列主义的权利，上了当）。说《白毛女》宣传阶级斗争，也是“极左”。当然说不通，很不得人心，于是又提出什么署名问题，这是毫无道理的。

这些人的做法正是“蚍蜉撼大树，可笑不自量”。

真正的经典作品、经典作家是任何人也打不倒的。

“尔曹身与名俱灭，不废江河万古流！”

历史将会证明一切！

（2011年8月10日初稿，2011年8月14日改定）

也谈传说发生学问题

《民间文学论坛》的“稿约”规定是不登“随笔式的文章”的。2006年第1期《民间文学论坛》上的《梁祝传说漫议》(刘魁立)一文显然是“随笔式的文章”无疑。我写过几篇文章向“论坛”投稿,都以“随笔式的文章不登”为由被执行主编退稿处理,而此篇“漫议”竟然逃过这一劫,赫然作为重点文章用大号字刊出,可见执行主编对此文的重视了。这一定是一篇重要文章了,不然执行主编不会放行的,不但放行,而且列入封面与前言中推介。

不过看了之后,却有一些异议,用“随笔式的文章”写出来,明知不可能发表,但是出于对科学和真理的热爱,我还是要在百忙中写出它来。我以为空洞的理论不一定站得住脚,一定要理论联系实际、摆事实讲道理才符合马克思主义的理论要求。可是执行主编偏爱空头大论,而把“摆事实讲道理”、“理论联系实际”的文章指责为“随笔式”,一棍子打死,然而事实是最有说服力的。

在国际学术界,“民间叙事”(Narrative)中有两个基本术语范畴:一是“严肃故事”,指神话、传说,因为人们是把它们作为真人真事进行严肃讲说的。一是“游戏故事”,指狭义民间故事(动物故事、幻想故事、笑话、寓言、童话等等),因为这些多是虚构的、说了玩玩的。

刘文将传说作为“虚构故事”和狭义故事等同起来,认为只是“假托”具体的时空人物与事件而已,这个结论值得商榷。

如果追溯一下传说发生的历史,许许多多的事实会说明在传说发生的起始,往往并非虚构。

这又要摆事实了,在《民间文学论坛》上大声宣扬“实证主义早已过时”的论家看来,又要犯禁了,不过不摆事实的空头文章终究不一定可靠,而事实是十二级台风也吹不倒的。科学的文章之所以永远不会过时,就是因为其中有可靠的实证。我以为科学研究中的实证主义永远不会过时,当然它也不可能是唯一的一种研究方法。尽管文章中摆了事实,看起来似乎是“随笔式的”,但其科学含量和真理性却是任何人也难以抹去的吧!

如果研究传说的发生、起始，如果就具体史实来分析，我们可以说绝大多数传说的开头，往往是“新闻传说”（这不是一个新词，在1981年1月出版的《中国民间文学概要》一书中对它早已有了说明）。虽然此书已被执行主编在《南风》、《民间文学论坛》上的三篇文章基本否定，不过“新闻传说”的概念否定不了吧，此书三版已印了十多万册，被北京大学、日本外国语大学、美国俄亥俄州立大学等不少名校用作教材，并且获得意大利人类学国际中心的大奖“彼得奖”。可见这本书也不是任何人可以随便否定得了的！所谓“随笔式文章”大约指两点，一是文风口语化，生动活泼，不像板着面孔的“论文”；二是摆事实，不空洞，所以“没有理论性”，这位执行主编其实并不懂什么是真正的理论，不懂理论联系实际是最高的理论。但是他可以随便作出规定，如果我的意见不对，希望“稿约制定者”对“随笔式文章”作出界定，对否定它的理由作出负责的、合理的解释。

言归正传，再来谈谈“新闻传说”与传说的“发生学”问题。民间传说的起始，往往是一个新闻传说，关于“新闻传说”，25年前出版的《中国民间文学概要》教材中有一段说明，今天也没有过时：

“‘新闻传说’的名词早在宋代已经出现。《京本通俗小说》中的《冯玉梅团圆》（第16卷）一开始就说北宋南迁，战乱中不知拆散了多少骨肉，往往父子、夫妻，终生不复相见，其中又有几个散而复合的，民间称‘新闻传说’。这就是说，当时发生的一些不平常的事件，民间当新闻传说来讲……于此可见，新闻传说就是那些具有传奇色彩的新人新事的传说。这是人民口头的报告文学。在劳动人民中，‘口头新闻’的传播是很快的，这些新人新事的传说就是一种带有故事性的新闻。从古到今，所在多有，有的新闻故事比较简单，但也有不少已有完整的情节。……开始可能完全是真人真事，以后才逐渐有艺术加工。关于刘胡兰、董存瑞的故事，即如此。”①

关于“传说的发生学”的研究，如果从事实出发而不是从主观设想出发，是应该看到这个事实的吧。

《中国民间文学概要》在接下去谈到了传说的发生学问题，说：“由新闻传说发展为历史传说或人物传说、地方风物传说”，这可以说是一个故事发生的

---

① 参见《中国民间文学概要》第三章第二节，北京大学出版社2005年7月第3版，第9次印刷本，第59—61页。

通常渠道。据1986年康新民、赵慈风谈他们长期搜集民间故事的体会时说："新的故事的发现都离不开这个规律，追根溯源，我们才知道：近代民间传说、抗英故事的产生，当时都是以发生了的一种事实而作为新闻被传说开来的，在流传过程中……尽管到后来传说的故事已和原来的事实完全不相同，或实际生活中根本不可能产生那么回事。但当时它仍被人们当着新闻普遍而深入地在人民群众中广泛流传着。"这就叫"说新闻"，也正是传说和虚构的狭义民间故事不同之所在。

《中国民间文学概要》中还有一节"传说的艺术典型化过程"，更详细地分析传说是怎样"以真实的历史人物和事件做基础，经过长期集中、丰富的典型化过程而逐渐定型的。一般是先为新闻传说，以真人真事为主，后来常常把与历史上与该人物相似的事件都附会在他身上，不仅故事情节日益丰富曲折，而且人物性格也更加鲜明突出，使美者益美，勇者益勇，成为'箭垛式的人物'。这样幻想成分和传奇色彩逐渐增加"。文中举鲁班、李闯王和孟姜女传说为例进行分析。这些都有幻想成分，但从发生学来分析，却绝不是"虚构故事"，这是非常明显的吧。后来，我又研究包公的传说，发现大多数包公故事原来都是别人的，人们把它们附会在包公身上了。但在起始，却有包公自己的真人真事作"传说核心"，然后才有幻变与吸附能力，这是传说发生学的关键，也是它与故事发生学不完全相同的根本点。这是与狭义故事（游戏故事）的"本质"不同之处。

谈到梁祝故事的发生，开始肯定有真人真事的新闻传说，不是虚构的。《中国民间文学概要》教材引用了唐代初年梁载言《十道四蕃志》和晚唐张读《宣室记》中的记载，说明晋丞相谢安曾奏表梁祝墓为"义妇冢"的史实。这个爱情传说有天人感应的幻想情节，但只在结尾，而前面的故事则是现实的情节，并无幻想，开始时也不会凭空虚构。问题在于全国不少地方都有"梁祝坟"和"读书处"，济宁还出土了明代的墓碑，故说梁祝传说源于此。这些事实，只能证明梁祝传说的流传广泛，也可能女扮男装的爱情故事不止一处有，但绝不能证明这些故事全是凭空虚构的，其中有艺术虚构——附会、幻想的成分，但其发生，其起始却不是虚构而是真人真事的叙事——新闻传说。是否有当，欢迎争鸣。

民间故事的立体研究

故事之美

——《镜泊湖的传说》序

镜泊湖是令人向往的。它清彻明静的湖水，碧绿青翠的群山，它的许多名胜古迹，在人们的想象中升华为许多优美的故事传说——口头文学的精品。这些民间故事使镜泊湖的山山水水镶上了绚丽的花边，使它光彩夺目，更加迷人。看了环湖人们传说的这些故事，人们不禁对镜泊湖更加向往，更加热爱了。

镜泊湖出现在高山之上，确是大自然的奇观，它水平如镜、清彻透明，它那震动大地的瀑布、山间深邃的谷底森林，铮铮如琴的响水，……这些奇异的景物，刺激着人们的想象。镜泊湖一带历来是满族人民聚居之所，唐代渤海国的上京龙泉府就在镜泊湖的东北。当地人民有着悠久的文化传统，口头创作的故事代代相传，不断丰富，变得愈益精美。

感谢搜集者的可贵劳动，记下了这些故事。这是相当不易的，不但要翻山越岭，走村串户，不辞劳苦去采访，而且，为了深入开发人民心灵中的丰富矿藏，还要多费唇舌，打消多余的顾虑，反复采访。这些故事是人民心上的花朵，珍贵的精神财富。因“文革”十年的影响，人们多年不讲了，青年人不知道，老年人多体弱多病，有的甚至不久于人世了。把他们的故事记录下来，确是一种“抢救”。否则，过不了多久，那些千百年来流传的优秀故事就可能永远失传，那将是不可弥补的重大损失。因此，“抢救”的工作是很有意义的，是令人尊敬的。我们欣喜地看到故事集像童话中的宝镜一般，使优美的故事传说重新在镜中浮现出来，永不消失，永远鲜明，使读者得到美的享受。

故事的美，首先在于它集中体现了人民的精神美。这些故事是美丽的自然环境同悠久的文化传统相结合的产物，结合的动力则是湖畔人民辛勤的劳动，他们艰苦的斗争生活以及在劳动斗争中迸发出的光辉理想，这些故事传说融泄了人民的悲苦和欢乐，是人民血泪与美好理想的艺术结晶。人民热爱劳动，热爱大自然——劳动的环境，那茂密的森林与浩荡的湖水，也热爱劳动的产品——那珍贵的山参,那肥美的银鱼……这些美好的事物在故事中往往幻化为神奇美好的人物,他们虽然善于变幻神奇莫测,但是却又使人联想起湖边淳朴善良的各族人民。歌颂了淳朴坚贞的爱情、颂扬了诚实勤劳勇敢等优秀品德。在故事中,好人得好报、恶人没有好下场。这是人民愿望的体现,也是社会生活的定律。故事中常见的"因果报应"同宗教迷信是根本不同的。剥去薄薄的一层宿命论的外衣,可以看到它的客观依据。请看,善良的人,必然得到人们的同情和帮助,这就有了胜利的基本条件;而那些尽干坏事的人,千人所指、无病而死,是不会有好下场的。从长远的观点看来,确实如此,铁板上钉钉,同样一件事,好心人干,可以得到幸福,而黑心的坏人干,则得到相反的结果。在许多故事中,报应立现,黑白分明。"善有善报,恶有恶报",这是人民的惩罚,道德的审判,而不是天意,同样是从燕子那儿得来的南瓜籽,捕鱼人宁栓种了,结的南瓜里尽是金子,而黑心的金大棒种了,却从南瓜里剖出一条毒蛇来①。同样站在望参石上,打柴的赵福心眼好,看到了湖里映红的人参花,过湖去就采到了人参宝。而扯谎又贪心的老二则泥牛入海,葬身湖底了②。这对比多么鲜明,而教训又是多么震撼人心。故事闪耀着人民精神美的夺目光辉,体现了人民的美丑标准和道德规范。

故事美,还在于它的想象的优美。人民的想象力是惊人的,面对着明镜似的湖面,人们想象这湖是一面宝镜,从中可以看到俊美的姑娘,这姑娘美似天仙,俊如红莲,于是这湖就有了一个美好的名字——镜泊湖。面对着隆隆炸响的瀑布,人们想象红罗女引得暴君乘坐的龙船整个翻下深潭葬身鱼腹,而红罗女则在这滔滔白浪的激荡中得到了永生。每当六月十五日,心地诚实的人可以看到:"支布鸟一叫,镜泊飞瀑的帷幕就会轻轻拉开,穿着红衣红裙头戴红花的红罗女正在里面飞梭织布,听到鸟叫之后,就吹起横笛向打鱼青年支布哥哥倾诉深情……"故事把雄伟的大瀑布同秀美的红罗女如此密切地联系起来,故事的想象五光十色、变幻无穷,令人惊叹,这是值得很好学习的。高尔基说过:"大多数的青年作家,都只是顺从地、无条件地服从现实,用诗和散文给现实拍照。他们枯燥无味地、干巴巴地、用冷冰的语言写作,然而时代却要求激情、发热的讥讽。……民间故事却能够有助于大大地发展作家的幻

① 《南瓜里有什么》,见宋德胤收集整理:《镜泊湖的传说》,黑龙江人民出版社2000年版。
② 《望参石》,见宋德胤收集整理:《镜泊湖的传说》,黑龙江人民出版社2000年版。

想，使他充分地认识到虚构对于艺术的意义，而更主要的，还是丰富他贫乏的语言、贫乏的词汇。"①这段话说得非常的恳切，是这位伟大的无产阶级文豪很深刻的经验之谈。

故事的美，不在词藻的华丽，艺术的生命在于感情，民间故事不是那种干巴巴的无生命的纸花，而是山间泉边滴露的鲜花，它带着泥土的清香开在人民的心田，往往以朴素的语言表现人民深厚的感情，这是最动人的艺术。我很同意王朝闻同志的意见，他认为《红罗女》以朴素的口语描写瀑布，比"过分热心于词句的雕饰"的那种描写要好得多。因为"词句的雕饰有损于原型那种质朴而丰富的美"。他赞美东北"大白话"口语的艺术表现力，认为"口头文学自身已经具备了那种相对的完整性和丰富性"。因此搜集清理者应如实地保存这种口头文学固有的美，不能随便修改"提高"。

《镜泊湖的传说》在搜集整理中比较注意保存故事的口语特点，尽量保存"大白话"的朴素美，这是很好的。人民的口语朴素而生动，一些同志以为"大白话"不美，往往用华丽的词藻去加工，以为是"提高"，其实是破坏。殊不知朴素的美才是最高级的美，一切伟大的艺术几乎都是朴素的。罗曼·罗兰说过："简洁、单纯、明白"——"这是荷马艺术的要素！"高尔基也谆谆教导青年作者："应该学习写得朴素、精确、明白，这样艺术真实的真正的美就自然而然地显示出来了。"无独有偶，中国著名的文艺批评家王国维研究了古今大作家的创作之后，得出了同样的结论，并且分析得更深入一些，他写道："大家之作，其言情也必沁人心脾，其写景也必豁人耳目，其辞脱口而出，无矫揉妆束之态，以其所见者真，所知者深也。诗词皆然。持此以衡古今之作者，可无大误焉。"

这里所说的"古今大家"的特点，不少优秀的民间文学作品都是具备的。用它来说明那些脍炙人口的民间传说故事的艺术特点，真是恰到好处。言情、写景都朴素自然，语言如脱口而出，既沁人心脾，又豁人耳目，没有一点矫揉妆束之态，这是高度的朴素美。这些故事语言之所以能够如此，不正是因为世世代代生息在湖畔的各族人民"所见者真，所知者深"吗。民间故事中"脱口而出"的"大白话"是很值得学习的。俄国民族文学的开山大师普希金说过："晚

① 高尔基：《论民间故事——〈一千零一夜〉俄译本序》，锡诚、昌仪译，《光明日报》1962年2月20日。

上我听民间故事,想借此来矫正我所受的该死的教育的缺陷。这些故事多美啊,每个都是一首叙事诗。”①

他还说到学习民间语言的好处与必要性:“倾听人民朴实的日常口语吧!青年作家们,你会从这些话语里学到许多在我们的杂志里找不到的东西。为了通晓俄语的特性,研究古歌、故事等等是完全必要的,批评家们轻视这些东西,是没有道理的。老百姓的口语最值得认真地研究,青年作家们,阅读老百姓的故事来理解俄罗斯语言的表现力吧!”②

我想这是反映了艺术规律的号召,是有道理的,目前有些人看不起民间口语、民族风格是没道理的。从古今中外的文学史看来,凡大作家多注意虚心向民间文学学习,掌握打开人民心灵的钥匙,这几乎成了一个规律,绝不是偶然的吧!

当然,从更高的标准来要求,此书尚有不足之处,像《红罗女》这个故事,共有十多种不同的记录稿,如果能选一篇最完整最有代表性的作为正文,把各种不同的说法附在文末,通过这些异文,使人更完整地看到它的原貌,看到它的许多侧面所构成的立体性,可能会更全面些。如今采用了综合整理法,虽然尽可能集中了许多异文的优点,但因为有所增删,终究改变了民间流传的原貌,未能把故事流传过程中的立体性全面体现出来,就使人感到不足。当然,我们过去都是这么干的,几乎成了一条成规。一些人甚至认为各种异文只对研究者有用,对一般读者没用,这是没有认识民间文学立体性所产生的误解。事实上,即使作为文学作品来欣赏,了解各种不同的说法,了解故事流传中的原貌,了解各个侧面的全面情况,掌握故事的立体性,也是人们的审美需要,大家也会感兴趣的。因此注明异文的作法,不妨一试。

镜泊湖是美丽的,镜泊湖的故事更美,还是让我们进入这优美的境界中去遨游一番吧!

(1999年4月于北京燕园)

---

① [俄]普希金:《给兄弟的信》,见中国民间文艺研究会编:《苏联民间文学论文集》,作家出版社1958年版,第129页。

② [俄]普希金:《对批评的反驳》,见中国民间文艺研究会编:《苏联民间文学论文集》,作家出版社1958年版,第121页。

故事救人命

——艺术魅力的探寻之一

20世纪80年代我们接待过一个日本"《灯花》代表团",才知道中国故事救了一位日本妇女的事情。

《灯花》是一篇中国广西的故事,由君岛久子教授译成日文。有位日本妇女带着两个孩子,被丈夫遗弃后生活无着,想轻生自杀。此时看了《灯花》故事。故事中灯花的闪亮给人带来了幸福。灯花的闪亮也点燃了她的希望而使她改变了主意。于是她克服一切困难,抚养两个孩子,增加了生活的勇气。这件事被日本报纸报导后引起了社会重视。人们对中国故事更感兴趣,由市长牵头组织了"《灯花》访华代表团",对中国民间文学工作者表示感激。这是我第一次听说故事救人命的事。

最近又见到两件这样的事。

一个是从《文化》月刊2000年第1期上看到的"网上故事救人一命"的故事。一篇名为《有裂缝的水桶》的故事,说一人挑水,一边的水桶有裂缝,每次在路上要漏掉半桶水,有人要他换个好桶,他不换,叫人看看漏桶那一边的路边盛开的鲜花,这是他撒籽种下的。说明水桶虽有缺陷却仍有它的价值。一位网民把这个故事用E-MAIL(电子邮件)发给28位朋友,其中有一半有回复,并再转发给其他朋友,有三人回信说非常感谢他的故事,有的还特别要求:请以后多发此类故事。最令他感动的是一位陌生女士的电话留言,说她过去几周内正考虑结束自己的生命,但当她读了这个故事后,改变了她的打算,因此非常感谢发给她E-MAIL的朋友。他也没想到一封简单电子邮件的转发可救回一条人命。

此事也带来一条新的信息——网上故事已悄然兴起,这将是大有前途的吧!民间故事将在国际互联网上得到更加广泛的传播。

故事救人命的事不只当代有,过去肯定有不少,只是我们未注意记录罢了。

最近收到山西范金荣同志寄来的一本他新出的故事集《真假巡抚》，在后记中他说了他在搜集故事的过程中了解到的一个故事救命的事：

有一位外号叫做王砂壶的农民，是山西朔县木瓜沟村人。因为给八路军送信，被日本鬼子抓进了监狱。在狱中他整天讲故事，警察也听得入了迷，专门请他去讲，还买好东西给他吃，叫他多多讲故事。因他的故事讲得特别动听，警察就悄悄把他放走了。这也是故事救人命的事。这类事大约还是不少的。无怪乎人们这样珍爱故事。《故事会》竟发行到400多万份，故事的艺术魅力可谓大矣哉。

从《强盗的母亲》说到家庭教育

我十岁时，我的母亲就去世了。但母亲对我讲的一个民间故事却牢记在我的心中，至今记忆犹新。这是一个流传在中国和世界广大地区的民间故事《强盗的母亲》，它的情节是这样的：

有一个强盗，因为杀人抢劫，被判处死刑。在刑场上，他提出一个要求，希望在临刑之前，再喝一口母亲的奶。于是，他的母亲被叫过去给他吃奶。谁知这个强盗竟残忍地咬下了母亲的奶头。并说：

"我恨死你了。"

母亲大惑不解地问他：

"你这是为什么啊！"

他说："我小时候，拿人家的笔和纸，你说我好。以后我就成了小偷，又去做强盗，杀了人，现在要杀头了。如果从小你不让我拿别人东西，严格地教育我，我也不会死呀！都怪你没有严格教育我。"

讲了这个故事，我母亲说："如果现在我不好好教育你，不严格要求，将来你会恨我的呀！"

这个故事在中国许多地方都有，情节和我母亲说的一样。

可是，在古希腊的《伊索寓言》中，情节却有点不同。在书中有一篇《小偷和他的母亲》的寓言故事，主要情节竟然和中国的《强盗的母亲》大同小异，不同的是小偷临死前不是咬下母亲的奶头，而是咬下了母亲的耳朵。他在临刑前要对母亲说一句悄悄话，母亲去听时，他就咬下了母亲的耳朵。这只是细节上的不同，主要情节和主题思想都是完全一样的。

由这个故事可以知道，家庭教育对孩子的一生是非常重要的。

最近看《郑午楼传》使我从另一方面印证了家庭教育之重要。父母是孩子最早的，也是最重要的老师。

郑午楼先生无疑是泰国华人中成就最高的佼佼者之一，季羡林先生把他说成是"一个既有经济意识，又有文化意识的人；一个自学成家，博闻强记的人；一个既通东方语言，又通西方语言的人；一个既工汉字书法，又能鉴赏中国古代绘画的人；一个既能弘扬泰华文化，又能弘扬炎黄文化的人；一个架设了中泰人民金桥的人；一个悲天悯人、广行善事、广结善缘的人；一个待人接物处处有古风的人；一个年届耄耋而又精力充沛超过年轻人的人。”这是一位成就非凡、不断进取而近于完人的华裔侨领、大企业家和教育家。而他的家庭教育对他起了决定性的影响，值得我们重视。

郑午楼的父亲郑子彬先生鉴于“富不过三代”的溺爱败家的教训，对子女要求特别严格。郑午楼刚上小学，就要他黎明即起，洒扫庭除，做各种家务劳动，擦地板，浇花木，到市场去买菜，做完这些“功课”，才能去学校上学。

正是这种劳动，不仅使郑午楼知艰识苦，而且锻炼了高超的办事能力与经营头脑。父亲要求他做事认真，一丝不苟，买菜每天不同，多动脑筋，适应市场。还请家庭教师在下午放学后，教他们学中国古文，要求他们大声地读，大段地背，他在一旁细听，有错即予指出，使他们从小就领略了“四书”、“东莱博议”等中国传统经典，使他至今记忆犹新。

客人来请子彬先生排难解纷。烹茶、上茶一旁伺候的不是仆人佣工，而是大公子郑午楼。不停地扇火烧水、冲茶、洗杯，使他得到艰苦的劳动锻炼。而在旁听伺候之中，自然地学会了明辨是非、当机立断的能力和公允圆通、出口成章的辩才。这种“茶僮”和“见习法官”的教育是多么有意义呀。这为他日后成才奠定了坚实的基础。

“父母是第一个老师，是最好的老师”，千真万确，发人深省。

（2003 年 11 月 18 日晨于曼谷）

中国古代的灰姑娘故事

灰姑娘故事大家都很熟悉，在德国的《格林童话》中可以看到，电影《水晶鞋》也是演的灰姑娘故事。

这是一个德国的民间故事吗？

是，也不是。在德国流传，当然是德国的，但是早在18世纪，法国的儿童作家贝洛就已经记录了一个流传在法国的民间故事《灰姑娘》（辛德内拉）。据英国人类学家柯克斯等人研究，《灰姑娘故事》是一个世界性的民间故事，它流传在欧美亚澳等大洲的许多国家，它的内容在各个国家，大同小异。1893年即已记录了不同说法的灰姑娘故事异文132个，后来在世界各地又搜集了几百个异文。这就说明，这个故事流传地区是非常广阔的。

这个故事的老家在哪儿呢？

要了解这个问题，首先要考证清楚世界上这个故事最早的记录在哪儿？

过去的西方学者一般认为，最早是由意大利发源而传开的。早在1636年，意大利学者巴西尔记载了一个《灰姑娘》的故事。

其实，这个结论有很大的局限性。

最早的《灰姑娘》记录并不在欧洲，而在中国。我们早在唐代笔记——段成式的《酉阳杂俎》中就已经记录了一个完整的灰姑娘故事。但灰姑娘的名字不叫辛德内拉而叫叶限。

段成式对这个故事的记录是符合科学要求的。他不但把故事记录得很详细，而且还记录了这个故事的流传地区，在今南宁一带（邕州），讲述人的姓名叫李士元，民族是当地壮族人，身份是他的“家人”即佣工。所以这是一个很有价值的记录文本。从中可以看到中国灰姑娘故事的种种特点。

那么，这个故事的情节是怎样的呢？

故事的记录说：

> 秦汉时代，有个“洞主吴氏”，洞主就是少数民族的头人，姓吴，他有两个妻子，前妻已死，留下一个女儿名叫叶限。

叶限从小就很聪明，善淘金劳动，父亲很喜欢她，但不久父亲也死了。于是她就饱受后妈的虐待。后妈要她到深山去打柴、挑水。她捉到一条鱼，红鳍金眼，用盆水养着，后来长得太大了，就放养在后池塘中。叶限吃不完的东西，常用来喂鱼，所以当她到来时，这鱼就露出鱼头游到岸边来。而别人来时鱼则不会出来。后妈知道了这件事，就叫叶限到几百里之外去挑水，并让她把破衣裳换下来，自己穿着，到池边去引鱼出来，用刀杀了它。鱼已长得一丈多长了。后妈把这鱼肉吃了，味道特别鲜美。吃了肉，把鱼骨头埋藏在很深的地方。

过了几天，叶限回来，已见不到鱼了，她非常难过，一个人哭得很伤心。这时忽有一人披着头发穿着粗布衣服，从天上下来，安慰她说："你不要哭，鱼已被你后妈杀了。鱼骨头在粪堆下面。你可以把鱼骨头挖出来，藏在家里，这是个宝贝，你需要什么，向它一说，就会给你什么。"叶限听他的话，吃穿都很好，要什么有什么。

到了民族的盛大节日，后妈带着自己生的女儿，去参加联欢去了。让叶限留在家里看家。等她们去远了。叶限也去了，她穿着翠纺上衣，又穿上金鞋子，金碧辉煌，十分动人。但在会上引起了后妈、妹妹的怀疑。叶限看到这种情况，马上逃跑回家，在匆忙之中，落下了一只金鞋，被别人拾走了。

后妈回家，看到叶限正在院内树下睡觉，也就没有把这件事放在心上。

邻近的岛上有个陀汗国，水界几千里，有几十个岛屿，兵力很强。拣到金鞋子的人把它卖到陀汗国，国王得到了它，让全国的女子去穿，竟没有人能穿得上，不是大一点，就是穿不进去。

这金鞋并不重，"其轻如毛"，很柔软有弹性，走在石头上，一点声音也没有，非常神奇，国王认为这是偷来的，把这卖鞋的人抓了起来，拷问他鞋的来历，也问不出结果来。于是就把这金鞋扔在路边，看谁去穿，就把她抓来。于是捉到了叶限，从她家中又找到另一只鞋，穿上正合适。她又穿上翠绿的宝衣，国王见了，叶限真像天仙一般美丽，于是就娶她为妻，把她带回去了。不久，后妈和她女儿被飞石打死。叶限则成为王后，享福了。后来国王太贪心，向鱼骨要了太多太多的东西，宝贝就不灵了。

这个故事的基本情节，和欧洲的灰姑娘故事是非常相似的，只是细节上有所不同，不是水晶鞋而是神奇的金鞋，而格林童话中也是金鞋，只是那神奇的动物不是鱼而是白鸽子。

这个故事为什么流传得这么广泛呢?

我们知道，灰姑娘是个无母的孤儿，从小失去母亲，是非常可怜的。灰姑娘故事表现了人们对这位遭遇巨大不幸的孤女的深切的同情之心，也表现了人们的美好希望和想象，希望她得到幸福美好的生活，这是民间故事巨大幻想的艺术魅力之所在。

另外，这个故事也表现了"恶有恶报"的美学审判和惩罚。自从私有制产生之后，就使人们产生私心，后妈对灰姑娘的虐待就是这种私心的突出表现。这是违背人类平等、人道的美好思想的丑恶行为，在故事中得到了应有的惩罚，在中国古代，她们被飞石打死了，在格林童话中，她们则被白鸽啄瞎了眼睛。说明人们对这种丑恶行为是非常痛恨的，用这个故事表现了这种审美审判。

正因为《灰姑娘的故事》表现了人类美好的同情心和对平等仁爱的渴望，表现了对丑恶的私心的痛恨，所以人们很爱讲这个故事。又因为后妈虐待孤女是私有制社会中各地常见到的社会现象，这就是故事普遍流传的社会基础，随着人类的国际交往，竟使这个故事跨越了千山万水，流传到世界上的大多数国家之中。

这个事实又说明了民间故事(民间童话)的艺术感染力之大，"不识字的作家"创作的故事，已经传了上千年，并且还将在人们的口头和书面流传下去，具有不朽的艺术魅力。

这个事实还说明，东西方文化自古以来就是相通的，南北丝绸之路不仅交流了各种商品，而且同时也使精神文化得到了交流。中国的古书中有许多的珍宝，还要我们去好好开发。

灰姑娘的故事是一个很好的文学作品，如果把它收进中小学教材，一定会受到热烈的欢迎。中小学教材中应多增加一些民俗文化的内容，多讲些民间文学的知识，才符合时代的需要。

(《现代教育导报》2001 年 6 月 18 日)

“狼外婆”故事的比较研究初探

“狼外婆”的故事是一个很著名的民间童话。它的作者是人民。人们在儿童时代就听到祖母讲这个故事，往往留下很深的印象，甚至终生难忘，它的教育意义与艺术价值都是很高的。

“狼外婆”型的故事流传在几乎大半个中国和世界上的许多地方，在流传中产生了许多异文。对这些故事的异文进行比较研究，可以发现它们之间的异同，找出它们流传变异的规律。这对于了解各民族民间故事的异同和艺术反映现实的特殊规律，也会有所裨益。现在我们就对“狼外婆”型的故事作一初步探索。

一

在中国流传的“狼外婆”型故事，就已经记录发表的作品来看，至少已有一百多种异文[①]。这些故事的主题思想、人物性格以及情节结构有不少相似之处，但也有不少差异。总的说来，相同的成分较多。其故事要点如下：

第一，母亲到外婆家去有事，离家时嘱咐孩子们（通常是两个姐姐一个弟弟）看家，她不回来绝不开门。

第二，母亲在半路上遇见了狼，狼向她了解到家里的情况，吃了她带的好东西又吃了她。（有的异文是外婆因母亲不在家而去看孩子半路被吃了。还有的异文是孩子们去看外婆，半路碰到狼或老虎，它伪称自己即外婆，把他们带到自己的家中留宿……）

第三，狼扮成外婆去叫门，孩子们经过一番盘问，最后还是打开了门。

---

① 参见丁乃通编著的《中国民间故事的类型》一书，芬兰科学院1978年版编号AT333C，此外还有其他异文。此书中译本1986年已由中国民间文艺出版社出版。

第四，孩子们看到狼外婆一些可疑之处，提出疑问（如它不站在亮地方；不坐板凳而坐在敞口的篓子或坛子上，尾巴在里面弄出格拉拉的响声；或问它屁股后面拖的是什么，它说是麻线；问它身上怎么毛茸茸的，它说穿的皮袄毛朝外等等）。

第五，睡觉时狼外婆同小弟弟睡一头，吃了小弟弟（有的老虎外婆故事的异文则是小孩同小虎换了位置，老虎上了当，吃了小虎）。

第六，女孩听到咬嚼的声音，问狼外婆吃的什么，并要一个来吃。狼外婆说吃的是萝卜或大京果等点心，给孩子们一个手指头。

第七，女孩知道是狼而不是外婆，要求出去解手，得到允许离开了屋子。狼外婆往往用绳子或被吃孩子的肠子绑着她的身体，怕她跑了。

第八，女孩解开绳子结在别的东西上，然后逃上树去（少数异文是逃到邻居家中）。

第九，狼外婆出去找到树上的孩子。

第十，孩子们说树上有好吃的果子，狼外婆想上去，但树已抹了油，上不去。

第十一，孩子们在树上用绳子把狼外婆拉上去，拉到半空又把它摔下地，如此三次，将狼外婆摔死（有的异文是：当狼外婆在树下张开大嘴等着吃果子时，孩子们扔了一把尖刀将它戳死，或浇石灰水在它身上或嘴里。另有的异文则是孩子们将狼骗进柜子或箱子里锁起来，用开水将它烫死。有的则是呼唤别人帮助，大家来把狼打死）。

关于动物精灵的形象，在各地流传的异文中也有种种不同的情况：

在现代，安徽、江苏、四川、山西、河北、河南、北京等许多地方，这吃人的动物精灵是狼外婆。在浙江、福建的畲族故事中则叫“粗尾巴野狼”①。但是，在浙江嘉善又叫“毛腿二婆婆”，系野人所变。在浙江台州则直接说“野人吃弟弟”，浙江永嘉则叫“野熊外婆”，广西壮族叫“人熊外婆”或“猩猩外婆”②，广州叫“熊人婆”，贵阳叫“老变婆”，广西南宁叫“老婆婆”，甘肃则叫“吃人婆”。这些形象多有人的外形，而实乃野兽。

在江苏扬州、南通、淮阴等地叫“秋狐老妈妈”或“秋狐外婆”、“老秋狐”，内蒙叫“红眼狐狸”（又叫“屁流狐子毛鬼神”），厦门叫“狐狸精母亲”。

---

① 陈玮君：《畲族民间故事》，浙江人民出版社 1979 年版。

② 《广西壮族文学》，广西人民出版社 1981 年版，第 92 页。

在浙江、山东、湖南的一些地方则不是狼外婆而是"老虎外婆"，苗族也是"老虎变老奶奶"。①

"老虎外婆"是历史最久的。早在二三百前的清康熙时代，黄之隽在《虎媪传》②中即记述了一个安徽故事。用这个故事同现代的狼外婆对比，可以了解故事流传发展的情况。这个故事的主要情节是这样的：

第一，歙县（即徽州）山中多虎，老母虎常变人。一山民让十多岁的姐弟二人给外婆送枣子。

第二，日暮迷路，孩子们向一老媪问路，老媪伪称她即外婆，其实是个母虎。

第三，孩子说："妈妈说婆婆脸上有七颗黑痣，你没有，不是婆婆。"虎即跑去洗脸，到河边以螺钿七枚贴在脸上，乃信。

第四，进虎屋，睡觉时老媪要肥儿靠自己，就同弟弟一起睡。

第五，姐姐发现虎媪身上有毛，即问毛茸茸的是什么，虎媪说是皮袄。

第六，听到虎嚼东西，姐姐问吃的什么？它说是吃的你们带的枣脯。女孩要到一个来吃，竟是小指头。

第七，女孩说要上厕所，媪说深山多虎不要出去。孩子说：你可以用绳子系住我的脚。系之，乃出，绳子乃是一根肚肠。

第八，解开肠子，孩子急忙爬上树去躲避。

第九，老媪不见了孩子，就哭了出来，要孩子下树。女孩不听，媪说树上有虎，女孩说，树上比席上好，你才是真老虎，把我弟弟吃了。

第十，媪大怒而去。有挑担的人来救下孩子又把衣服蒙在树上。

第十一，虎媪又叫了两只虎来。它们共同将树折断，却不见人。二虎以为是虎媪骗人，共同杀媪而去。

以上 11 个情节中，核心部分同现代"狼外婆"型故事一致，只是头尾不同。（但起头同苗族《放鸭姑娘》同）③这个古代故事还没有儿童主动向虎进行斗争的情节。儿童的机智只表现在被动的逃避上，尚未设计将虎弄死。最后是靠大人救了孩子。

通过对各地流传的"狼外婆"型故事的比较，可以看出，这些故事之间，不

---

①③ 《民间文学》1955 年 8 月号。

② （清）黄承增：《广虞初新志》卷十九。

但主题思想、人物形象与艺术构思一致，而且许多细节也是一致的，如孩子们盘问狼外婆脸上的痣、身上的毛，或后面拖着的尾巴，问它吃什么，向它要吃的，得到一个手指头，然后要出去上厕所，用绳子系着自己，然后解开，上树等等，这些很有特色的细节，各地都大同小异，不但现代当代如此，早在二三百年前，即已如此。由此可以断定，这些故事是属于同一系统，很可能是由一个故事派生出来的。这些故事是同源的。它们之所以有不同之处，只是民间文学作品通常会有的变异。

我们知道，民间故事作为一种口头文学，具有民间文学所共有的特性，即口头性、流传变异性、传统性和集体性。它们在口头流传中必然会发生变异，因人而异，因时而异，因地而异，在变异中不断进行加工，这种变异实际上也是一种艺术典型化的过程，可以使作品的思想日趋成熟、艺术日臻精美，但是却万变不离其宗，总是在传统的基础上变化，始终保持着作品艺术的核心部分，即最有特色的艺术性较强的部分。只是为了适应各地的情况，才在某些叙述中发生变化。如许多地方由于各地的地理条件、吃人的野兽的情况不同，在“狼外婆”型的故事中就出现了狼、虎、熊乃至南方的猩猩、人熊等等不同的动物形象。从历史的记载看来，似乎老虎外婆是较早的形式，狼外婆是后起的形式。在四五十年前的记录中，老虎外婆占较大比重，而在新中国成立后则狼外婆的记录日益增多，可以看出这一历史趋势。再者，在康熙时代流传在歙县的虎媪是很著名的，而 20 世纪 30 年代初在歙县北边不远的旌德县已经变为狼外婆了，这似乎也是值得注意的。

为什么会发生这种动物精灵形象的变化呢？这要联系到民间故事艺术思维的特点来分析。狼外婆型故事的主题思想是要教育孩子对坏人提高警惕，特别是要善于识破那些伪装的坏人，并且要同它们进行勇敢机智的斗争。在故事中，以虎、狼、熊等吃人的野兽伪装为外婆来代表社会上伪装的坏人，使孩子一看就懂，很容易理解，这确是很巧妙的艺术构思。在这里，外貌的慈祥同本性的凶恶鲜明对照又统一在一个形象之中，表现了复杂的生活内容。但是，以哪一种动物伪装外婆更好，这还要根据动物本身的特点来进行选择。民间故事家在讲故事时，要根据童话的逻辑，不断改进故事的艺术构思，将故事人物的社会属性同动物的自然属性巧妙地统一起来，创造出更加生动更加完整的艺术形象来。以上我们列举了狼外婆型故事各地异文中出现的许多动物精灵形象，现在我们不妨具体分析一下这些动物的特点。首先看老虎，作为吃人的野兽，它是非常凶恶的，但在一般人心目中，虎是兽中之王，英俊而壮美。它并不是那种阴险虚伪的动物，它在山中吃人是公开的，不必变作人形把孩子骗到家中去吃。因此，以老虎装成外婆，似乎不大符合人们一般印象中的生活逻辑，显得不太自然。老虎外婆的艺术想象就使人感到不太理想。其次，再来看狐狸、猩猩、人熊和野人。对于孩子们，这些动物也是相当可怕的。它们扮成外婆去吃小孩，有一定的现实根据。特别是狐狸，非常狡猾、阴险，是善于伪装的。但这些动物都不是吃人的野兽，在故事中说它们吃人，就不符合它们的自然属性，超出了它们的能力。特别是野熊狂暴而粗鲁，要扮成慈祥的外婆，似乎非常困难，或者简直不可能。因此，这些艺术构思，都是缺乏艺术真实性的，是不能使人信服的。而狼，则是一种凶残的动物，它的分布很广，南北都有，人们比较熟悉。中山狼的故事早在几百年前即已为人们所知。狼是凶残阴险的吃人的动物，有时悄悄走在人的后面将爪子伏在人的肩上，如果你以为有人和你同行掉头去看时，它即乘机咬你喉管狠下毒手了。它的外形很可恶，又有点像狐狸，而不像虎那么壮美，比较起来，以狼来装扮外婆，作为一种伪善的坏人的象征，似乎是最恰当的了。这种艺术构思，较好地体现了故事中人物性格的社会特点和动物的自然属性的统一这一艺术规律。我想，这可能就是狼外婆之所以逐渐取代老虎外婆的艺术根据吧？

二

狼外婆型的故事在欧洲的法国、德国、英国、意大利、西班牙、希腊、俄罗斯、芬兰、波兰等等许多国家都有流传。[①]这个故事中的动物精灵，在欧洲流传时多为狼，但也有时是别的野兽。这个故事的名称，在欧洲多叫《小红帽》（又译为《红巾娘》），说的也是狼吃了外婆又伪装外婆去吃小孩，最后被打死。故事的主题和人物形象同中国的狼外婆型故事相近，但在一些具体情节和细节上，则同中国的“狼外婆”判然有别。19世纪初德国格林兄弟所记录的童话《小红帽》可以作为欧洲这类故事的代表。现将此故事主要内容分列如下：

---

① 参见阿尔涅、汤普逊《民间故事的类型》（AT333），虽然那只是一个很不完全的索引。

第一，一个小女孩很可爱，外婆送她一顶小红帽，人们就叫她“小红帽”。

第二，母亲要小红帽给生病的外祖母送蛋糕和葡萄酒。行前嘱咐她不要东张西望，不要跑到大路外面去。

第三，小红帽走进森林时，遇见了狼。她告诉狼自己去干什么和外祖母的住处。

第四，狼想把小红帽和外祖母都吃掉，就让小红帽玩野花，于是小红帽离开了大路。

第五，狼抄近路先到了外婆家中，装出小红帽的声音叫开了门，一口吞吃了躺在床上的外婆。然后穿上她的衣裳，戴上她的帽子，躺在床上伪装外婆。

第六，小红帽来到外婆家，见到躺着的狼，奇怪地问“你的耳朵为什么这样长?”“你的嘴为什么大得这样怕人?”狼说:“为了我能更好地吃你呀!”便从床上跳起来把小红帽一口吞下了。

第七，狼吃饱之后就呼呼大睡。猎人听到鼾声以为外婆病了，进去一看是狼。想到狼肚里可能有人，即将肚子剖开，救出了小红帽和奄奄一息的外婆。

第八，小红帽将大石头填在狼肚子里，狼醒后被肚里的石头压死。

此外，还有异文说:又有一次小红帽给外婆送点心，在路上遇到另一只狼，她即有了警惕，不离开大路，一直走到外婆家。狼来叫门，不开，狼跳上了屋顶。外婆叫小红帽把煮香肠的水倒在檐前的石槽中，狼闻到香，伸头朝檐下看，终于滑落在水槽里，淹死了。

在英、法等国的《小红帽》故事异文与此大同小异。法国的记录比格林兄弟的记录还要早一百多年，那是18世纪法国著名作家沙·贝洛尔(1628—1703)晚年所写《我的鹅妈妈的故事》一书中的《小红帽》。基本情节与格林童话《小红帽》非常相似。所不同的只是一些次要的细节和结尾。如小红帽送给外婆的是糕饼和一小罐牛油而不是鸡蛋糕和葡萄酒;小红帽到外婆家时，门是开着的，等等。结尾的差异较大，小红帽没有被狼吃掉，外婆也没有被救出来。当狼正想要吃小红帽时，跑进来几个樵夫，把狼砍死了。[①]这个记载比格林童话要简略得多，特别是结尾，格林童话中有剖开狼肚皮的幻想情节，并且记录了关于小红帽第二次遇狼的故事，最后与祖母一起设计淹死了恶狼。这些异文可能是在流传中后加的吧。

---

① 此故事有戴望舒译本，参见北京出版社1979年版《外国童话选》一书。

将欧洲“小红帽”型故事同中国的“狼外婆”型故事进行比较，我们发现，它们有不少相似之处。它们的主题是一样的，都是教育孩子们要提高警惕，善于识破伪装外婆的恶狼的凶恶本质；它们的主要人物——狼、小女孩与外婆是相同的；它们的艺术构思都是以狼伪装外婆构成主要情节。但是，二者之间又有许多不同：

其一，故事的开头，中国现代大多数的狼外婆故事是母亲到外婆家去，在山中遇狼被狼所害。只有少数这类故事和二三百年前的“虎媪”故事才是妈妈让孩子去外婆家的。而欧洲的《小红帽》型故事则几乎全是妈妈让孩子去外婆家送东西，同中国古代的记录差不多，而同中国现代流传的多数本子不同，这种不同又引起下面故事情节发展的许多差异。

其二，在儿童形象方面，中国故事中一般是三个孩子——两个姐姐和一个弟弟，常常是弟弟被狼外婆吃掉，姐姐因机智得以脱身；而欧洲的小红帽一般只是她一个人。中国故事的孩子的名字常以用具的名称命名，叫“升儿、斗儿、簸箕张大口儿”，或叫“门挑儿、门鼻儿、扫帚骨朵儿”等等，在故事中着重突出孩子们机智、勇敢的特性，而欧洲的“小红帽”则突出她天真、可爱的性格。

其三，在故事的结局上，差异最大。中国的狼外婆故事一般都是孩子们全靠自己的机智和勇敢进行独立的斗争，最后将狼整死；而欧洲的小红帽故事则主要是由大人们将狼打死，有的是外婆设巧计将狼淹死，或人们剖开狼的肚皮救出外婆和小红帽，然后小红帽把大石块装进狼的肚皮，将它压死。

“狼外婆”故事与“小红帽”故事的关系是怎样的呢？它们是否同源，是否是同一个故事分化而成的呢？如果是同源，那么谁先谁后？何者是源何者是流呢？

从故事的流传发展形态来看，显然是老虎外婆的故事在前，狼外婆的故事在后。从记载的时间上看，也是我国的《虎媪传》在前，欧洲的《小红帽》在后。能否说欧洲的《小红帽》型故事是由中国传过去的呢？我以为，不能那样看。

虽然《小红帽》与《虎媪传》有一些相似之处，如开头和结尾有些地方相似（都是孩子出去找外婆，都是靠大人的力量救出孩子），但是，在许多具体的情节和细节上，差异却相当的大。通过比较可以看出，中国的狼外婆型故事的各种异文，都有许多基本的情节和细节同“虎媪”故事相似，如小孩不止一个，狼外婆吃了弟弟，给姐姐一个小指头。姐姐借解手为名逃了出去并爬上了树等等。这些故事属于同一系统，是同源的。而这些基本特点在《小红帽》中都没有，这就可以看出“狼外婆”与“小红帽”不是同源的故事。它们在主题思想、人物形象与艺术构思上的相似，只是两个故事的一种偶合而已。这种偶合当然也不全是偶然的，这是由于两处的社会中都有伪装善良的坏人，社会生活的相似造成艺术内容的相似。但是，在具体情节、细节上，又各有自己的民族特点，这种特点也是由各自社会生活、风俗习惯和艺术思维的传统所决定的。这是产生在各自社会生活土壤中的艺术花朵，各有自己的色香味，又有一定相似之处。

总之，我们通过比较，可以初步断定，中国的“狼外婆”型故事同欧洲的“小红帽”型故事分别属于两个不同的系统，它们不是同源的。二者的相似，只是由于社会生活阶段的相似，以及人民群众用以创作故事的形象思维规律的作用。这些艺术规律是值得我们很好地研究的。

（原载《民间文学论坛》1982 年创刊号）

《狼外婆与小红帽》跋

十年之前，我开始研究"狼外婆"型故事，试用比较研究的方法，将国内的数十种异文进行比较，并进一步同欧洲的《小红帽》(AT333)故事进行了国际比较研究，发表过一篇《狼外婆故事的比较研究初探》①。

在比较研究中，我发现：国内各地的《狼外婆》故事的情节大同小异，是同源的，但动物妖精的形象却有很多变异。清康熙时在安徽记录的异文中，妖精是老母虎变成的"虎媪"，而在各地的异文中则五花八门变化极大，除老虎外婆外，还有野熊外婆、人熊婆、熊人婆、熊家婆、猩猩外婆、老变婆、毛腿二婆婆、吃人婆、粗尾巴野狼等等，对此变异规律作了一些粗浅的分析。我又发现：中国的《狼外婆》同欧洲的《小红帽》这两个故事在情节上颇为类同，艺术构思、主题思想和人物形象亦非常相似，但在情节上存在不少差异，当时我认为二者是不同源的，但并不否定二者是同型故事。这当然只是初步的结论，对于清代前期的《虎媪传》与《小红帽》更为相似，还需作深入探讨，或许二者存在某种血缘关系也未可知。

根据民间故事的立体性理论，我想如果深入研究，只根据部分异文是不够的。一个异文只是故事的一个侧面，异文的总和才是此故事的总体或整体。因此，必须尽可能搜集一切异文。为此曾在中国民间文艺研究会的刊物《民间文学研究通讯》上广为征集《狼外婆》故事的异文。但如何深入研究，当时并不明确，只是觉得一定要多多地了解国外的研究情况才行。当时已同丁乃通先生讲好，和他合作研究这一故事(AT333)，不幸丁先生遽然长逝，此事只好搁置不论。

王娟同志从美国来到北大工作，使我们了解到不少国外研究信息，她提到她在美国加州柏克利大学读民俗学研究生时的导师阿兰·邓迪斯教授，编有《"小红帽"论文集》，是一本名著，很有参考价值。我当即希望她先把此书翻译

① 段宝林：《狼外婆故事的比较研究初探》，《民间文学论坛》1982年5月创刊号。

出来。她当时正在讲“叙事民俗学”的选修课，介绍西方故事研究的理论和方法，于是结合讲课陆续进行了翻译，使我得以先睹为快。果然名不虚传，这本书内容确实新颖、丰富，邓迪斯不愧是美国杰出的民俗学家，丁乃通教授曾说他是美国最好的民俗学家，他以开放的科学的眼光汇编了一百多年来西方学者对《小红帽》进行调查研究的论文资料，从太阳神话学派到精神分析学派，从帕洛特、格林到艾伯哈特，西方主要学术流派和《小红帽》的主要异文根据几乎都已齐备。为了更加充实起见，又加入了两篇研究中国异文的文章。①

西方学者异彩纷呈的文章使我们大开了眼界。那样多新的观点，那样多新的研究方法，真使人眼花缭乱。许多论点在我们看来，会感到离奇，与我们过去的理论和方法差距甚大。唯其如此，才更值得我们注意。我们可能不一定同意其中的某些结论，但“他山之石，可以攻玉”，对我们深入研究是有好处的。科学研究的一个基本方法就是：要了解前人研究的一切有关成果，在前人研究的基础上进行新的探索。因此，我们对国外的研究成果不能不特别注意。我想，这些文章是文学研究重要流派的生动例证，对我国文学理论研究和评论也是有参考价值的吧。

过去我们在理论上介绍过不少西方的故事学流派及其基本特点，但由于多是概括的抽象介绍，对其具体观点与方法往往不得其详，如雾里看花，若明若暗。《“小红帽”论文集》的翻译出版，给我们提供了具体的标本，使我们对各学术流派有了一个实实在在的印象，使我们实现了一个“从一般到具体”的飞跃，在认识上明晰多了。为此，我们不能不感谢译者，在紧张的教学之余，有时还带病工作，用了一年时间，完成了此书的翻译。

各流派的许多著名学者，都很重视《小红帽》童话，并写专文进行分析，可见《小红帽》童话在西方的重要性。《狼外婆》童话在中国许多地区是家喻户晓的，著名作家张天翼的童话剧《大灰狼》更受到人们广泛的喜爱，这绝不是偶然的。值得我们对这一民间童话进行更深入的探索，从各种不同的角度，用各种科学方法去研究它，这就需要对此类型（AT333）的故事异文进行更加广泛而全面的搜集。前几年我的征集工作得到了许多同仁的热心支持，收到了几十篇《狼外婆》故事的异文记录本与集成印本。如今民间故事集成的搜集已取得

① 前几年台湾娄子匡先生托谭达先先生给我带来了艾伯哈特（艾伯华）的《台湾民间故事》（英文本），为我们的工作提供了方便。为此特向他们二位致以诚挚的谢意。

更大得多的成绩，使我们有条件对全国各地的异文作更全面的汇集，因此希望各地同仁将“狼外婆”型故事的一切异文都搜集起来，并对它的故事讲述环境、功能、表情等等情况作些立体描写（如附注、调查札记等），以便编成科学异文的全集，作为深入研究的基础。这种科学记录，是完全可以做到也应该做到的吧。我非常高兴地看到，阿兰·邓迪斯教授强调只根据个别异文进行分析研究是很不够的。这同我们的观点不谋而合。我衷心希望各地同仁继续和我们密切合作，共同搜集与研究此型故事，将一切异文及调查研究成果寄给我们，以便汇编成册，使研究逐步深入，进入一个新的境界。我们的研究将会得到外国学者的重视。记得 1982 年我的文章（已收入本书）刚发表不久，就听苏联李福清院士说，他认为此文很有参考价值，已向西德哥廷根大学《民间故事百科全书》的档案库作了介绍，希望他们收入此文。如果我们在更加广阔的基础上进行更多更新的研究，当然会引起国际故事学界和文学研究者的更大重视，让我们携起手来，迈上一个新的台阶。

（1992 年 11 月于北大中关园寓所）

关于寓言的定义问题

——与陈伯吹同志商榷

寓言是什么？陈伯吹同志引证了拉·封丹、约翰逊诸家的说法之后写道："寓言实际上是含有道德教训、并有故事情节的一个扩大体的比喻。"①这是关于寓言的一个完整的定义，值得我们重视。这个定义认为寓言的内容只在于道德教训，是很有代表性的一种看法。德国寓言大师莱辛在《论寓言的本质》一文中即认为寓言的内容是"普遍的道德教训"②。英国约翰逊也认为寓言的目的只是"使读者获得一个道德上的教训"③。苏联果鲁柏果夫在《关于人民口头创作和寓言的特点》一文中在分析寓言的内容时也只是说"具有道德教训"④。看来这种观点反映了欧洲许多寓言研究家的看法。这样来概括寓言的内容是否全面呢？这是值得很好研究的。

我们知道，真理包括自然科学的真理和社会科学的真理，还包括此二者的综合——哲学的真理。而道德只是社会真理的一个部分而已，道德教训显然不能包括自然科学的真理和哲学的真理，甚至也不能包括整个社会科学的真理。寓言的思想内容是高度概括的，常常提高到哲理的高度。在寓言中反映道德教训的内容固然不少，但也有很多寓言是反映自然哲理与思想方法问题的。如《揠苗助长》《守株待兔》《刻舟求剑》《郑人亡斧》《买椟还珠》等等都是明显的例子。而《狐假虎威》《指鹿为马》《中山狼》以及《伊索寓言》中的《狼和小羊》《鹞子和夜莺》《农夫和蛇》等等作品则揭露和讽刺了反动阶级阴险凶恶的嘴脸，除含有道德教训外还具有更为丰富的社会内容。因此，如果我们只用道德教训去概括寓言的整个内容，就会把自然哲理和其他社会内容排斥在外，也

①③ 陈伯吹：《漫谈寓言》，《语文学习丛刊》1977年第1期。

② [德]莱辛：《论寓言的本质》，见中国社会科学院文学研究所编：《古典文艺理论译丛》（第七册），知识产权出版社2010年版。

④ [苏联]果鲁柏果夫：《关于人民口头创作和寓言的特点》，《语文教学》1957年8月号，第27—28页。

会忽视思想方法方面的哲理。这显然概括不了历史上寓言的实际情况，而且也可能对今后的寓言创作产生不利的影响。

我以为寓言的内容远比道德教训要广泛。它既包括道德教训，又包括自然哲理，既表现社会讽刺内容，也反映思想方法问题。道德教育固然有教育意义，而其他社会哲理与自然哲理同样也是不可忽视的。寓言在哲学的普及和思想方法的教育上，在社会讽刺上都有着异常广阔的天地。如果在定义中只规定它给人以道德的教训，就容易使人忽视它在思想方法上的认识价值和社会讽刺上的战斗意义。

总之，寓言应包含思想方法、道德教训、社会讽刺等多方面的内容，既反映自然哲理，又反映社会哲理。可以说寓言是哲理性较强的一种故事，它常常用故事作比喻去说明一个深刻的道理①。这样的定义可能更全面一些。诚然，要给寓言下一个科学的定义确实不易。在一些《民间文学概论》教材中也很难找到一个比较完整的寓言定义。陈伯吹同志是我国著名的儿童文学专家，对寓言有精深的研究，他的许多看法是很深刻、很全面的，他提出的寓言的定义，对我们很有启发，但是在分析寓言的内涵时似嫌过窄，是否过分拘泥于西方寓言理论的传统看法而有不够全面之处？为了寓言研究和寓言创作的活跃，特提出一些不同看法，向伯吹同志和其他同志请教。

（原载《南通师专学报》1986 年第 1 期）

---

① 在《中国民间文学概要》中，我给民间寓言下的定义是："民间寓言是民间哲理故事，常在讲话或写作中作为比喻加以引用。"那是指的民间寓言，基本内容与此相似。

《中国民间寓言选》序

“寓言是一个怪物，当它朝你走过来的时候，分明是一个故事，生动活泼，而当它转身要走开的时候，却突然变成了一个哲理，严肃认真。”

严文井同志这段话很好地描述了寓言的特点。寓言在内容上的特点是哲理性，在艺术上的特点是以短小的故事表现深刻的哲理，二者结合得十分紧密。

寓言是故事文学的一个很有特色的品种，可供艺术欣赏，同时它又是很好的说理工具，通过一个有趣的故事说明极其深刻的道理，使复杂的问题变得非常明白易懂，所以具有很大的实用价值。革命导师们也常常引用寓言作深入浅出的说理之助。如马克思在一篇论文中引用了《伊索寓言》中《乌鸦与狐狸》的典故来说明资产阶级报纸企图用阿谀手段麻痹对方，以甜言蜜语达到欺骗的目的。列宁引用法国拉·封丹寓言《猴子和猫》的寓言，说明资产阶级代理人企图让工人替资产阶级“火中取栗”，在这个寓言中猴子诱使猫从一堆火中取出了栗子，结果猫烧伤了两只爪子而猴子却捡起栗子大嚼起来。这个寓言现在已简化为一个通用的成语“火中取栗”。毛泽东在《愚公移山》一文中以此寓言为题，说明中国人民推翻帝国主义、封建主义两座大山取得胜利的道理，大大加强了说服力。在政治黑暗的情况下，寓言还可以成为巧妙地进行斗争的武器，曲折地表达思想。

寓言是一种哲理故事，要将生动的故事性与深刻的哲理性巧妙地结合起来，是相当困难的。它往往短小精悍、形象单纯、简练而生动，虽然思想非常深刻，达到了哲理高度，却并不是抽象概念的图解，而是现实生活的艺术反映，这种反映有寓言自己的特点，但却并不违背艺术创作的一般规律。它要求作者对生活的本质有深刻的理解，从生活中提炼出一定的道理作为主题，同时，还要求通过寓意的形象曲折地把主题表达出来。这寓意的形象同样来自对生活的观察与提炼，是生活形象极其精炼的反映。如果寓意的形象出自概念的图解，是不能创作出优秀的寓言来的。正如世界四大寓言作家之一的莱辛所说：

倘若从一般教训出发,仅仅把寓言写成寓意的,那么可以保险,写出来的,准是一个恶劣的寓言。(着重点是莱辛所加)

由于寓言常常作为比喻在说理时加以引用,所以它的篇幅是短小的,要三言两语就刻画出性格形象来,而故事情节则要求集中紧凑,所以它往往采用夸张和拟人的艺术手法。由于动物、植物和其他的物可以生动而突出地表现出人类的某些特点,所以,它们的形象在寓言中常作为寓意的形象出现。

寓言是由动物故事、传说发展而来的。动物故事产生于原始公社时代,当时人们与动物界关系密切,所以在故事中往往把动物描写得同人类一样,出现了许多动物故事。但动物故事并不全是寓言,有一些动物故事篇幅较长、哲理性不强,只是进行讽刺①或是单纯解释动物的习性、外貌等特点的来由②,并未表现深刻的哲理,所以,这些动物故事不能称为寓言。只有表现了某种哲理的动物故事才是寓言。原始的动物故事是一种不自觉的文艺创作,可以说是一种动物神话。经过很长时间的发展,直到出现了自觉的文艺创作以后才出现了说理的寓言。最早的寓言是从民间产生的,我们只要看看古代寓言中反映劳动生活题材的寓言之多(如《揠苗助长》、《渔翁得利》等)便可明白。那些寓言是不识字的劳动人民创作的,后来是经过文人的记录、加工而留存下来的,当然,后来的文人如柳宗元、刘基等等也创作了一些寓言,但不少是对民间寓言的学习与模仿。中国如此,外国也是这样。世界著名的寓言作家不多,只有四大名家:希腊的伊索、德国的莱辛、法国的拉·封丹、俄国的克雷洛夫。其中伊索的成就最高、影响最大,经过考证,一般专家都认为伊索是一个奴隶,是黑人奴隶,他的许多寓言可能是从非洲传到希腊的,是非洲黑人的民间创作。其他三位寓言作家都模仿或改写过伊索寓言,都以伊索为楷模,向伊索寓言学习。由此也可以看到民间寓言对文人创作的影响是多么大。

一提起寓言,人们往往立即就想到中国古代寓言或外国的伊索寓言,像《龟兔赛跑》啦,《揠苗助长》啦,《农夫与蛇》啦,《鹬蚌相争》啦,可以举出不少。至于中国各民族的民间寓言,就知之不多了。其实各民族的民间寓言是很丰富的。曹廷伟同志花了很大功夫,从各地报刊和零散的书籍中选辑了 37 个民族的 204 篇寓言,编成了这本书。本来民间寓言也应该包括古代

① 《骑红牤牛的老灰狼》,《民间文学》1959 年 5 月号。

② 《白鹤的尾巴和红头顶》,《民间文学》1963 年第 1 期。

的寓言作品，但因古代寓言过去印得较多，人们比较熟悉，所以一律不选，而只选从口头记录下来的民间寓言，这就给读者打开了一个新的艺术园地。从中可以看到，我们中华民族各族劳动人民是勤于思考的，是富于创造天才的，这些寓言多是人民智慧的艺术结晶。阅读这些民间寓言既是一种很好的艺术享受，同时也可以得到许多启示和教训，使人更加聪慧更加精明。我相信，这些民间寓言的代表作将会同优秀的古代寓言一样，进入人民的日常生活之中，成为人民离不开的良师益友。

（原载《中国民间寓言选》，辽宁人民出版社 1986 年版）

《俗语故事》序

俗语故事是民间故事中的一个品种。人民群众常常在俗语中运用典故。这种俗典的出处，往往不在书本，而在民间。俗语故事就是对口头流传的生动俗语的一种解释。娓娓动听，饶有兴味，富于教育意义。

俗语是大家非常熟悉的。语言学家们又称之为“熟语”，流传很广。作为一种固定词组，俗语中有形容性的歇后语（如“司马昭之心——路人皆知”等）和短语（如“有眼不识泰山”等），也有语句完整的谚语（如“路遥知马力”等）。形容性的俗语只有感情色彩，一般无大深义。而谚语则常常具有深刻的哲理。所以解释谚语的俗语故事往往可以作寓言读，但又比寓言更长，描写更细，内容更丰富。

关于歇后语的俗语故事，大多以民间传说故事中人物的言行为依据。这些故事有的出自史书，但更多的却来自民间口头流传的传说和小说。追根溯源，即使是一些史书中的情节，往往还是来自民间传说，是历史家听到之后写进史书中去的。我们知道，伟大的历史家司马迁为了撰写《史记》就曾走访了当时几乎整个中国，在各地听了不少民间流传的传说故事，搜集了许多民间俗语。史记中的许多传记文学之所以写得那样生动，绝不是偶然的。许多关于歇后语的俗语故事，往往可以说是历史传说。这种历史传说一般都有历史上的真人真事作基础，但在流传中往往增加了很多幻想成分、虚构的情节和细节。这类作品虽然同历史事实有了出入，但却真实地反映了历史的本质和人民的思想感情，因此具有一定的历史价值。著名历史学家吴晗在评论义和团故事时曾说，那些群众“目见耳闻”的故事固然是“没有经过歪曲篡改的真实的史料，是来自人民中间的最可靠的史料”，即使是“其中一些神话，并不是现实生活中可能的现象，但是，从这些神话中，也透露出当时人民的爱和恨，所赞成的和反对的，和他们善良的真诚的愿望，因此，也就确当地反映了历史的真实性”。这种传说作为一种口头的历史教材在民间流传，同时，通过俗语的运用而使它流传得更广泛，给人的印象更深刻。

从这些带有幻想色彩的传说故事中，我们不但可以看到某种“历史的真实性”。而且可以看出人民群众是怎样用艺术的想象对历史上的真人真事进行加工的。人们不满足于照原样自然主义地讲述真人真事，往往除选择最有传奇性的故事之外，还运用幻想和虚构去编织或装饰故事，作典型化的加工，做到“夸而有节，饰而不诬”，成为脍炙人口的文学作品。这里的艺术经验是值得我们深入研究的。至于根据一些民间俗语进行想象以编造出生动的故事对俗语进行解释，这种形象思维的规律也同样值得注意。如果编得不巧妙，人们就不爱听、不爱说，就不能流传，就会被淘汰。正如加里宁所说的：“人民好比淘金者，他们所选择的、保存的、相传的、并且在几百年中加以琢磨的，只是最宝贵、最有天才的东西。”这些俗语故事能长期在群众中流传，并凝聚成为人们常常运用的俗语，进入人民的日常生活，确是难能可贵的。

俗语故事是一种民间的典故，往往在书面资料中查它不着，记录下来就很有价值。记得新中国成立初期出版了邵子南同志搜集的民间故事集《赵巧儿送灯台》，其中“赵巧儿送灯台”这个俗语故事引起了专家们的重视。长期研究戏曲的专家吴晓铃先生在一次座谈会上说：一般研究文学的人应该读读民间文学作品，这有好处。比如元人杂剧里有一句成语“赵老送灯台”，后来又讹成“赵杲送曾哀”，大家都不知道它的来源。偶然看到了一本四川民间故事《赵巧儿送灯台》，才觉得元人杂剧里的这个俗典的来源大约是找到了。他还说：如认为“专家只是在书斋里做做考证工作，恐怕有些‘可怜无补费功夫’了”。这些话对于俗语故事的学术价值，说得再好没有了。

俗语故事在民间流传很多，往往不为人们注意。曹广志同志将它们搜集起来，专门编为一集，是很有意义的。广志是在农村长大的。大学毕业以后又长期在下面搞群众文化工作，常在农村进行民间文学调查，搜集了很多民间文学作品。这个集子就是其中的一个成果。这些故事多是口头文学的记录整理，其中一些篇有他的改编加工，已作了说明。这种态度是认真负责的。民间故事在流传中有立体性。它们常常是在一定条件下为一定目的而说的，在记录时，如果将流传情况同时记录下来进行具体的描写研究，一定会有助于了解作品的意义。一个故事往往有多种不同的说法，如果将各种异文作为附记加以说明，对该故事的了解一定会更全面一些。这一方面似乎还可以加强。当然，这是对科学性的更高要求。作为一般的民间文学读物，能做到这样已经很不容易了。广志同志对民间工作很热心。民间文学的大海需要辛勤的渔人！

（1987年10月12日于北京大学）

20世纪的民间寓言研究

寓言的研究比较复杂一些。因寓言除民间寓言外，还有作家创作的大量寓言和外国寓言，我们介绍的主要是对中国民间寓言的研究。

中国近百年的寓言研究已有不少成果，但对民间寓言的研究却仍较少，在一些工具书和寓言概论之类的书中，对民间寓言的介绍都比较空洞，有的甚至很少提到民间寓言。

尽管中国寓言的历史已有两千多年，但把寓言作为一种专门的文学体裁进行研究还是20世纪的事。《庄子》有“寓言篇”，说其书“寓言十九”。《寓言辞典》却说“这是我国最早的一篇论述寓言的文章。此篇中，作者不仅对寓言的文体特点、作用加以论述，而且还对寓言作了分类(寓言、重言、卮言)。”①这是牵强的说法。中国古人运用寓言、记录民间寓言，作家创作寓言并不用“寓言”来指称，而把它们指称为一般的故事，如《韩非子》中的“内外储说”(上下左右)、“说林”(上下)以及汉代刘向的《说苑》等均为故事汇集，内有大量寓言，“说”在当时即有故事的含义。宋代苏轼的《艾子杂说》仍袭用此词，写的是艾子的笑话故事而不是他说的理论。到中古以后，故事才又有了“话”的说法，如《李娃传》为“一枝花话”即说一枝花故事。明末《伊索寓言》传入中国，先是利玛窦介绍4篇，后金尼阁口译张赓记录，选译22则，1625年于西安印为一本，名曰“况义”，仍未称“寓言”。1902年林纾译《伊索寓言》298则，1906年商务印书馆出版。但清吴趼人又有“俏皮话”(1909)仍用“话”。直到1917年沈德鸿(即茅盾)编选的线装书《中国寓言(初编)》(商务印书馆)又袭用此词，才普及开来。由此可见1902年林纾翻译《伊索寓言》一书以后，中国出版界才开始正式使用“寓言”一词，其含义与国际接轨。与庄子的“寓言”并不全同。

中国最早的寓言研究专著为《中国寓言研究》，对寓言理论作了系统的阐述，分八章：“何谓寓言”、“寓言的效用如何”、“战国前后寓言的传播”、“汉魏以

---

① 鲍延毅主编：《寓言辞典》，明天出版社1988年版，第398页。

后寓言的变迁”、“汉魏以来韵文的寓言”、“近20年来寓言的复活”。①重点在说明寓言的概念与历史，对民间寓言尚缺少认识，甚至在1934年8月他写的《中国小说的起源及其演变》一文中，还声言：“寓言全以思想为主，没有思想的人不能作，所以它只能产生于文人阶级的口头或笔下，而不能产生于民间。”这位冬烘先生认为人民大众下层阶级是没有思想的，所以不能创作寓言，于此可见他的寓言专著与民间寓言的距离有多么遥远了。

这种冬烘观点影响极其深远，所以直到最近出版的一些寓言研究著作，仍然不重视或竟完全不谈民间寓言。

20世纪研究寓言较早的是鲁迅。1914年他在研究佛经时发现《百喻经》中寓言文学很好，即出资60元在金陵刻书处刻印100本。1915年7月20日夜，又“以高丽本《百喻经》校刻本一过”。(据鲁迅日记)1926年王品青将《百喻经》中的教诫除去，只留故事改名《痴华鬘》在北新书局出版，鲁迅为他作《痴华鬘》题记，对此书作了很好的科学分析，并由此谈到中印寓言文学关系问题。他说：

> 尝闻天竺寓言之富，如大林深泉，他国艺文，往往蒙其影响。即翻为华言之佛经中，亦随在可见，明徐元太辑《喻林》，颇加搜录，然卷帙繁重，不易得之。佛藏中经，以譬喻为名者，亦可五六种，惟《百喻经》最有条贯。其书具名《百句譬喻经》；《出三藏记集》云，天竺僧伽斯那从《修多罗藏》十二部经中抄出譬喻，聚为一部，凡一百事，为新学者，撰说此经。……王君品青爱其设喻之妙，因除去教诫，独留寓言；又缘经末有“尊者僧伽斯那造作《痴华鬘》竟”语，即据以回复原名，仍印为两卷。尝称百喻而实缺二者，疑举成数，或并以卷首之引，卷末之偈为二事也。尊者造论，虽以正法为心，譬故事于树叶，而言必及法，反多拘牵；今则……出离界域，内外洞然，智者所见，盖不惟佛说正义而已矣。

这是一篇很好的寓言研究成果，对如何编古寓言集亦提出整理之方法，更突出了寓言本身之文学性。

此外，周作人、赵景深等人在研究童话时也把寓言作为童话之一部分进行论述。他们主要介绍了西方寓言的一些作品。郑振铎在民间寓言的研究方面成绩比较突出，1923—1927年，郑振铎的《文学大纲》在“小说月报”连载，其中

① 胡怀琛：《中国寓言研究》，商务印书馆1930年版。

有不少寓言文学及评论,1927年分册出版。1932年在《插图本中国文学史》中也论述了中山狼寓言,说它“实为世界民间传说里流行最广的负恩的禽兽系之一型”。郑振铎用西方比较故事学的方法对中山狼寓言的异文进行国际比较,他找到的异文在8个以上,包括中国的三个(马中锡《中山狼传》、康海《中山狼杂剧》、王九思《中山狼院本》)、法国一个(《列那狐的历史》)、印度一个(《潘约的故事》)、西伯利亚一个(《西伯利亚故事》)、朝鲜一个(《高丽的神仙故事》)、挪威一个(《挪威民间故事》)。此外尚有南斯拉夫一个,未列入。在《中山狼故事之变异》一文中,他列表进行逐项比较,其比较项目为:“故事来源”(流传地区、名称,已见前)、“施恩的人”(有东郭先生、人、婆罗门、和尚等)、“忘恩的兽”(狼、蛇、虎、龙等)、“兽所遇之困厄”(有被猎人追逐、落于网中、落于陷阱中、鹳的捉食、压于大石下等)、“初次遇见之二或三物”(有牛、杏树、榆树、大树、乌鸦、熊、狼、狗、马、石神等)、“最后遇见之人或物”(有杖藜老人、土地神、狐、豺儿、青蛙等)。经过比较得出结论说:此类故事甚多,从比较“已可见他们的故事是如何的可惊异的类似。不必说施恩的人与忘恩的兽是差不多相同,即所遇之物,亦于七则之中,四则有牛,五则有树。如非同出一源,必无如是之巧合吧”。[①]他也同时指出“因了地方之不同”,而发生的变异,由此又提出一个研究的设想:“把中国各地传说依同样的方法去研究其根源与变异,那不也是一件很伟大、很有趣并且很有意义的工作么?”这是当时国际流行的一种研究方法。

郑振铎先生对《榨牛奶的女郎》也作过专题研究,他从《伊索寓言》的这则故事,联想到自己童年听过的一个“乞丐拾到瓦罐”幻想由此家当成为富人而伸手打妻时,打碎了瓦罐之故事,又引了江盈科《雪涛小说》中一个穷人拾到一个鸡卵而与妻计议发家,并要娶妾而妻怒击鸡卵之事及青城子《志异续编》卷七中一贫人掘得白镪而与妻计划买马买房却二人醉酒后遇盗之事,进行比较之后,指出其主题均为英国谚语所说:“不要在鸡蛋没有孵化时先计算小鸡。”“其叙述的层次与结构都是很相同的,不过因为时与地的不同”,其主人公、所得的对象等各异,“实则皆是表面上的歧异而已”。[②]郑振铎的此类研究对赵景深、季羡林等人产生了良好的影响。

此外,郑振铎还在《中国俗文学史》(1938)中对敦煌寓言《燕子赋》二种与

① 《郑振铎文集》(第六卷),人民文学出版社1988年版,第261—262页。
② 《郑振铎文集》(第六卷),人民文学出版社1988年版,第266页。

《列那狐的历史》中的寓言加以比较，说二者背景及讽刺意味皆同，反映了中世纪社会的黑暗。“人们不敢公然的对帝王、对卿相、对地方官吏、对土豪劣绅，报仇或指责，便只好隐隐约约的在寓言里咒骂着了。”①他还指出此寓言生动风趣，写雀儿与列那狐“同样的狡猾，但雀儿究竟没有列那狐的智计……”同时，郑振铎还提到《茶酒论》及《蔬果争奇》《梅雪争奇》《童婉争奇》等类似的寓言作品。

郑振铎先生还翻译了《印度寓言》《莱辛寓言》等书，对外国寓言也作了一些研究、介绍。在20年代《小说月报》上发表的128篇外国寓言中，有95篇是他翻译的。他在主编《儿童世界》周刊和《小说月报》《文学旬刊》《文学周报》等刊物时，不仅发表寓言作品，而且写专文介绍过寓言知识。

季羡林先生对寓言研究也作出了不小的贡献。他翻译了印度古代巨型寓言集《五卷书》，并写了多篇文章对它进行研究与介绍。如《梵文〈五卷书〉，一个征服了世界的寓言童话集》(1946)、《印度文学在中国》(1958)、《印度寓言和童话的世界“旅行”》(1959)、《五卷书》译本序(1959)、《〈五卷书〉在世界的传播》(1988)等等。在《一个故事的演变》一文中，季羡林在郑振铎研究的基础上又找到一些古籍中的新材料，对“一个鸡蛋的家当”这一类型的故事作了进一步的研究。对比几个异文的异同后，提出了“这个故事是中国产生的吗?”这个问题，在中国流传了千年以上，在民间广为流传的故事，难道不是“国货”？于是他翻译了印度《嘉言集》和《五卷书》中的同型故事进行比较参照，认为“梵文书里记载这样的故事的地方还多。无论怎样，……印度就是这个故事的老家”。②在不少文章中，他论证了伊索寓言、拉·封丹寓言、莱辛寓言等欧洲寓言中也有一些是印度传过去的。在《柳宗元〈黔之驴〉取材来源考》中，他从印度《五卷书》《嘉言集》以及《本生经》和伊索、拉·封丹的同型寓言，说这些“以驴为主角蒙了虎皮或狮皮”的故事与柳宗元的故事应是同源的，只是发生了变化而已。他认为这可能是柳宗元从民间听来的，而不会是他自己创造的。此外，季羡林对“猫号”寓言进行过专题研究，从中国、日本给猫起名的故事和印度的老鼠招亲故事比较，认为“印度很可能就是这个寓言的老家”。季羡林用流传学派的方法研究寓言在世界各国的流传，对文化交流史的研究和对寓言创作

---

① 郑振铎:《中国俗文学史》，作家出版社1954年版，第167页。

② 季羡林:《比较文学与民间文学》，北京大学出版社1991年版，第23页。

过程的理解，都是非常有意义的。

陈伯吹从20世纪30年代就发表评论寓言的文章，后来又进行寓言创作和评论，是一位重视寓言的儿童文学家，和一般的寓言研究者相似，他对寓言的理解也是从莱辛关于寓言的定义来的。莱辛在他的寓言集后面附了五篇论寓言的文章，他的寓言理论，一直被中外寓言研究者看成是权威定义，处处引用，如不列颠百科全书、苏联季莫菲也夫的论著及许多中国寓言论著与工具书，如1988年明天出版社的《寓言辞典》仍用莱辛的话来界定寓言，说："在文学创作中，把一句普通的道德格言引用到一件特殊的事件上，把真实性赋予它，写一个故事，在这个故事里人们可以形象地认识出这个普遍的道德格言，那么，这个虚构的故事便是一则寓言。"①1982年陈伯吹在《语文学习丛刊》第二期发表了一篇《寓言浅谈》，仍引用西方流行的这种寓言定义，除莱辛外还引了英国约翰逊和苏联学者的论点，都认为寓言的内容是"道德教训"。这个流行的定义其实是不准确的。段宝林写了《关于寓言的定义问题——与陈伯吹同志商榷》一文，指出"寓言的内容远比道德教训要广泛。它既包括道德教训，又包括自然哲理，既表现社会讽刺内容，也反映思想方法问题。……如果在定义中只规定它给人以道德的教训，就容易使人忽视它在思想方法上的认识价值和社会讽刺上的战斗意义。"②此文还指出："在一些《民间文学概论》教材中，也很难找到一个比较完整的寓言定义。"而1981年北京大学出版社出版的《中国民间文学概要》(段宝林著)一书中有一节"民间寓言"，其定义为："民间寓言是民间哲理故事，常在讲话或写作中作为比喻加以引用。"这是一个比较完整、比较准确的定义，它包括三个要点：(1)哲理(包括自然哲理和社会哲理，道德只是社会哲理的一部分而已)。(2)故事，用一个故事说明一个哲理。(3)比喻，言在此而意在彼，用其比喻、象征的言外之意。这一定义影响较大，后来许多人用此定义，虽然语言或有不同。

关于先秦寓言与民间寓言的关系问题，《先秦寓言研究》指出：先秦寓言"大部分来自民间口头创作，这些口头创作是由古代人民凭记忆流传下来的。《庄子·逍遥游》里鹍鹏的寓言便是采之于'齐谐'，孟子里的舜作天子故事便是出于齐东野人之语。可见野人之语以及记载野人之语如《齐谐》等类的书

---

① 鲍延毅主编：《寓言辞典》，明天出版社1988年版，第397页。

② 段宝林：《关于寓言的定义问题——与陈伯吹同志商榷》，《南通师专学报》1986年第1期，第97页。

籍，都是先秦文学中寓言的源泉”。[①]1964 年 8 月 9 日《光明日报》的“文学遗产”副刊登载的段宝林的《说古代寓言》一文，从先秦寓言中多反映劳动生产的题材说明其始创者当为劳动人民，虽有些写自然哲理的寓言阶级性不强而有些则仍可看出其阶级倾向性，如《庄子》中的“宋元君与神龟”等，从一个寓言在许多书中都有不同的异文记载来看，它原来是流传在人民口头的创作，但解释各异，如《庖丁解牛》在《庄子》《吕氏春秋》《淮南子》和贾谊《治安策》中都有。

关于中国寓言的起源问题，陈蒲清认为最早的寓言记录是公元前 6 世纪《左传》宣公十五年(前 594 年)的“魏颗嫁父妾”以说明“从治命不从乱命”之道理。[②]他否定高亨《〈周易〉卦爻辞的文学价值》一文提出的寓言始于《易经》的观点，其实高说是有道理的，有较大影响，《中国古代哲学寓言故事选》等书即入选了《易经》中的寓言。朱俊芳则引证多篇《易经》研究文章认为《易经》寓言文字虽少，篇幅极短，但寓意却十分深刻。[③]如《未济》：“小狐汔济，濡其尾，无攸利”[④]，又如《贲·初九》：“贲其趾，舍车而走。”[⑤]如此则是寓言的萌芽，已有了简单的故事，用以说明某种哲理。

新时期以来，中国寓言研究进入了一个繁荣发展的时期，出版了许多中外寓言的选本、译本，也出版了不少寓言研究的专著，如《先秦寓言概论》[⑥]、《中外寓言鉴赏辞典》[⑦]、《世界寓言通论》[⑧]、《寓言鉴赏辞典》[⑨]、《寓言学概论》[⑩]、《寓言文学概论》[⑪]、《探骊得珠——先秦寓言通论》[⑫]、《中国寓言文学史》[⑬]、《寓言：哲理的诗篇》[⑭]等等，这些专著都是从寓言文学角度写的，着重在作家作品的分析介绍，很少从民间文学角度专门论述民间寓言的。只有唯一的例外是

---

① 王焕镳：《先秦寓言研究》，古典文学出版社 1957 年版，第 1 页。
② 陈蒲清：《中国古代寓言史》，湖南教育出版社 1983 年版。
③ 朱俊芳：《说〈周易〉中的寓言》，《沈阳师范学院学报》1982 年第 2 期。
④ 狐渡水，快到岸时骄傲而尾落，教训是越是即将胜利，越不要大意。
⑤ 为了炫耀自己漂亮的脚趾，竟不坐车而步行。
⑥ 公木：《先秦寓言概论》，齐鲁书社 1984 年版。
⑦ 陈蒲清主编：《中外寓言鉴赏辞典》，湖南出版社 1990 年版。
⑧ 陈蒲清：《世界寓言通论》，湖南教育出版社 1990 年版。
⑨ 文杰、罗琳主编：《寓言鉴赏辞典》，中国青年出版社 1991 年版。
⑩ 薛贤荣：《寓言学概论》，安徽少年儿童出版社 1991 年版。
⑪ 吴秋林：《寓言文学概论》，辽宁少年儿童出版社 1991 年版。
⑫ 刘城淮：《探骊得珠——先秦寓言通论》，陕西人民教育出版社 1991 年版。
⑬ 凝溪：《中国寓言文学史》，云南人民出版社 1992 年版。
⑭ 顾建华：《寓言：哲理的诗篇》，北京大学出版社 1994 年版。

香港和台湾商务印书馆先后出版的《中国民间寓言研究》①,这是专门论述中国民间寓言的,但其内容仍然是对寓言作品、传统形象和艺术特点的思想、艺术分析,理论创新不多。但谈到寓言与神话、传说、笑话、成语典故的关系是有新意的,书中将少数民族寓言与古代寓言进行比较,也是一个新的突破。中国少数民族的民间寓言是非常丰富的,《中国少数民族寓言故事选》②即这方面的一个研究成果,此外还有《乌孜别克族寓言故事集》③等。《中国寓言文学史》专门介绍了少数民族寓言、动物故事用民族文字出版的书目。④

值得注意的是西藏寓言《猴鸟的故事》,1955年由王沂暖教授译出,译后记指出此书体例是全书共分六回,韵散结合,在评价上则曰:"这是西藏的一本很有名的故事。因为措辞美丽得体,情节发展也巧妙圆到,所以藏族人民都很喜欢读它。"⑤1979年《西藏文艺》第二期李佳俊的论文《民族团结的热情颂歌——藏族长篇寓言〈猴鸟的故事〉初探》对其思想和艺术及创作流传情况作了研究,他认为此作产生于14世纪,在口头流传中不断融合成为长篇寓言,18世纪由文人记录整理,通过猴与鸟的冲突与和解,说明"没有口舌最幸福"的道理,是以民族团结为主题的佳作。此外,《略谈傣族寓言》⑥、《试论维吾尔民间故事和寓言中的哲学思想》⑦等文都是很好的民族寓言研究成果。

曹廷伟编《中国民间寓言选》⑧也是在全面调查研究基础上编成的中国各民族民间寓言专集,段宝林在"序"中对民间寓言的一些理论问题作了论述。此外,在许多《民间文学概论》《民间文学辞典》及《故事学纲要》⑨、《笑话——人间的喜剧艺术》⑩等书中也有关于民间寓言的论述。

总之,民间笑话与寓言的研究作为一种新生事物,还处于初创的阶段,百年来陆续有不少研究成果,而在新时期20年来所取得的成就最多,有的已引起国内外学界的重视,对创作产生了良好的影响。这是一个良好的基础,值得进一步深入扩大战果,写出更有深度和广度的研究论著来。

---

① 谭达先:《中国民间寓言研究》,商务印书馆1980/1985年版(香港),1994年版(台北)。
② 中央民族学院汉语文学系编:《中国少数民族寓言故事选》,甘肃人民出版社1982年版。
③ 魏泉鸣译整:《乌孜别克族寓言故事集》,甘肃人民出版社1979年版。
④ 凝溪:《中国寓言文学史》,云南人民出版社1992年版,第508页。
⑤ 《猴鸟的故事》,王沂暖译,作家出版社1956年版,第71页。
⑥ 朱宜初:《略谈傣族寓言》,《民族文化》1983年第1期。
⑦ 哈力克·沙克:《试论维吾尔民间故事和寓言中的哲学思想》,《新疆大学学报》1981年第4期。
⑧ 曹廷伟编:《中国民间寓言选》,辽宁少年儿童出版社1985年版。
⑨ 刘守华:《故事学纲要》,华中师范大学出版社1988年版。
⑩ 段宝林:《笑话——人间的喜剧艺术》,北京大学出版社1991年版。

讲笑话的民俗

民间文学是有立体性的，它与作家的纯文学不同，不是单纯的语言艺术，而是一种实用艺术、带有综合性的讲唱艺术。民间文学的存在形式和生态环境都是立体的，是活在人民生活中的活的文学。①民间文学的这种立体性特征，决定了民间文学的调查搜集和研究工作都要进行立体描写。不但要注意它的本文，而且要注意与本文有关的其他各种信息，如流传和创作情况、表演性以及它的实用功能等等。英国人类学家功能学派大师马林诺夫斯基虽然还未能概括出立体性的概念，但他已在实际工作中认识到作品社会功能的重要性，他说，作品在人民生活中的实用功能比作品本文更为重要，调查神话故事要特别注意它们是怎样进入到生活中去的。②我们的立体描写研究当然比这些要求还要更全面得多，不但要注意作品的社会功能，而且要注意立体性特征的其他各个方面，诸如这一作品是如何创作出来的？又是如何修改不断完善的，在流传中是如何变异的，歌手、故事家、艺人是如何修改又为何要如此修改的？他们在讲唱中是如何表演的，其表情动作如何？有无伴奏，有无音乐曲调或舞蹈，或是否配合着一定的劳动动作、游戏娱乐形式或礼仪行为等等。

在民间文学三套集成的工作手册中，规定除记录本文外，还要记述与作品有关的情况（如流传情况、风俗习惯、表情动作、音乐舞蹈、社会功能等等），正是从民间文学的这种立体性特点出发而提出的。所以作品的注释说明、附记与作品本文同样重要。今年春天来广东进行联合调查的澳大利亚民俗学家戴维说，他曾在美国各学术单位走访两个多月，了解世界民俗学的研究情况，他认为中国的民间文学三套集成是“世界上最先进的”。大概立体描写也是一个重要方面吧！他对立体描写特别感兴趣。因为国外的许多民间文学作品集大多并无立体描写，有人偶尔进行一些记述，也较简略，缺少具体描写，并且多为自

---

① 关于民间文学的立体性问题，请参阅拙作《中国民间文学概要》（修订本），北京大学出版社1985年版，第一章第四节和第九章“描写研究”部分。

② ［英］马林诺夫斯基：《巫术、科学、宗教和神话》，中国民间文艺出版社1986年版。

发进行，未成为一种工作规范。因此，我们今天自觉地进行作品的立体描写，就使我们的民间文学调查提高到了科学研究的先进水平，这种描写研究的成果可以使读者更深入地了解作品的内涵，对于艺术欣赏和科学研究都更为有利。

过去对作品的立体描写注意不够，但也不是完全没有。我曾写了一篇《重视歌谣的注释说明》的短文，在《民间文学》1964 年第 3 期发表，为了引起人们注意，编辑部还特别加了一个不短的“编者按”。但在当时的形势之下，此问题仍未得到应有的重视。最近广东省民俗文化研究会提出重点研究文艺民俗，这就更加重视对民间文学的立体描写研究了，我以为这是非常好的，确实很有必要，它将使民间文学的搜集整理和研究工作都大大前进一步，也开拓了民俗学研究的一个重要领域，文艺民俗学的研究是大有可为的。因此，我愿意抛砖引玉，将有关笑话的民俗就我所掌握的资料，作一粗浅的记述和介绍。因条件所限，这些第二手的资料大多比较简略，与立体描写的要求尚有一定距离。立体描写最好是第一手的现场记述，在民间文学调查时就注意对有关文艺民俗与流传情况的深入了解与详细记录。记得 1960 年在西藏采风时，我曾以阿古登巴的笑话为调查重点，在后藏拉孜、日喀则等地记录了好几十个阿登的笑话。当时我们骑着马从一个庄园到另一个庄园，虽然旅途劳累，但晚间听人们讲述阿古登巴笑话，往往到深夜也不困，青年男女们特别爱说，你一个我一个嘻嘻哈哈说个没完，人们笑阿登的巧智和农奴主的愚蠢，笑谈中发泄了对农奴制的不满与对巧妙斗争的钦佩。据说这位西藏的阿凡提——阿古登巴（意为登巴叔叔，简称阿登）是个真实的人物，他的家就在附近不远的地方。我们曾在他们指引下追寻到他所居住的村庄，但他本人已在前些年去外地流浪，他的小房子当时还在。这是一个很矮小的耳房，门上了锁，屋内用具还有不少，都完好地保存着，说不定阿登哪一天回来，就可以随时使用。阿古登巴是全西藏家喻户晓的喜剧人物，他活在人民的生活中，成为人们的好朋友、好师长，人们对他怀有非常亲切友好的感情。这类机智人物是怎样深入到人民生活中去的，对这些情况的调查研究还是一个很吸引人的课题。如今各民族机智人物已发现好几百个，像湖南、湖北几乎每个县都有，有的县还不止一个，广东省也发现不少，如劳动者型的喜剧人物关朝、亚阜、阿生，文人型喜剧人物荡狗六爹、陈鉴等等，此外还有巧女型、清官型、游侠型机智人物、喜剧人物，都需要我们作更深入的调查研究。这些机智人物是怎样进入人民生活给人民带来欢乐的呢？他们的故事是怎样创作、流传的呢？与此有关的民俗又是如何的呢？总之，有关笑话乃至一切有关民歌、故事的风俗习惯，都是文艺民俗学的重要研究对象。为了促进文艺民俗研究，我不顾鄙浅，特将古今中外有关讲笑话的民俗，作为引玉之砖，奉献给读者诸君，但愿更深入更详尽的立体描写研究成果不断地如山间清泉汩汩而出，愿文艺民俗学的鲜花在祖国的大地上盛开不败。

一、笑话与民间娱乐

笑话是引人发笑的故事。在中国古代，“话”有故事的意思，评书评话艺人说故事的底本叫“话本”，唐代李娃传故事又叫“一枝花话”，这“话”就是指故事，所以笑话也就是引人发笑的故事，其最大特点是喜剧性强。它往往很短小却很完整，包含着一个喜剧性矛盾，使人在哈哈大笑中受到教育，得到休息。人们在高兴时说笑话，在忧伤时也爱说笑话消遣取乐。会说笑话的“故事篓子”是最受人们欢迎的。一般地说，不懂幽默的人往往不能得到人生的快乐，不会实现精神上的超越，生活中往往枯燥无味，困难重重而无法排解，对人对己都有害。人民群众都竭力避免这种境况，于是说笑话就成了人民生活不可缺少的重要组成部分。

笑话是人类生命之树上的一种艳丽花朵和甜美果实，是人民群众进行娱乐消遣的一种有趣方式。在生活中的许多场合，只要一说起笑话，气氛就活跃轻松起来，人们心情愉快，十分舒畅，在热烈的嬉笑声中得到了很好的休息。除日常随处可讲的笑话以外，各国各民族还有许多讲笑话的有趣风俗。现在我们就来一次古今中外的游历，看看各种各样的笑话奇俗吧。

二、从俳优到行吟艺人

古代帝王大多有侏儒、俳优等丑角人物给他们说笑取乐。为了使俳优尽情说笑，甚至给予他们更多的言论自由(即所谓“言无邮”)。一些俳优也就在说笑中进行讽谏，使国王受到某种教训。《史记》所记春秋时代优孟谏楚王葬马即一个例子。西方帝王也有类似的喜剧演员。古罗马的奥古斯都大帝就常常与他们对话。因为两个喜剧演员庇拉德与巴蒂尔的竞争，罗马城里纷纷议论他们的口角摩擦，可见其影响之大。为此事奥古斯都大帝曾责备庇拉德，但却得到了这样的回答："尊敬的皇帝，人民对我们感兴趣不是对你大有好处吗？如果人们对其他问题议论纷纷，矛盾重重，那么国家很快就要碰到危险了……"①

古罗马人喜爱看滑稽戏，其中充满了智慧的笑话。先是奴隶演员表演，后来罗马公民也戴上面具进行说笑舞蹈。公元前100年有位来自叙利亚的奴隶演员皮布里吕斯，编造了许多构思精巧、类似格言的笑话，在"对白滑稽剧"表演中很受欢迎。如"旅途中一位快乐的伴侣抵得上一辆车子"，"客气地拒绝近似于允诺……"等，这些机智对话是颇为吸引人的。

在宴会上、酒店里纵酒作乐时，讲各种笑话也成为一道别有风味的"菜肴"。古罗马盛行这种风俗，法国中世纪也如此。不但一般人，就是查理大帝也曾因在酒宴上说笑话而失言，酒醒后还感到难堪。行吟诗人有时也表演笑话，"列那狐的故事"就是由韵文演唱的，后来发展为系列的滑稽故事。此外行吟诗人们还演出讽刺那些"大腹便便而贪婪的资产者、虚荣而又愚蠢的骑士以及贪馋而又淫荡的神父"的韵文笑话，《埃斯蒂拉传奇》即其代表作品，其中充满一连串的误会与一语双关的文字游戏。埃斯蒂拉是一条狗的名字，傻瓜把夜间偷割白菜的小偷当成这条狗，同他进行对话，把神父吓得要死，连法衣也跑丢了，成了小偷的战利品。②此外，卡冈都亚和他的儿子庞大固埃的传奇也是民间游吟艺人的创作，他们的形象由巨人、猛将变为传奇式的喜剧人物。拉伯雷的《巨人传》正是在这些民间笑话创作基础上的再创作。这些都是专业说笑话的风俗。

在封建专制统治下，笑的艺术不断发展，由宫廷到民间，有专门说笑话的艺人和演员。中国古代有俳优、侏儒、参军戏，到宋代又出现了说书曲艺中的一个门类——"说浑话"。说浑话即说笑话，有专业艺人在勾栏瓦舍进行演出，很吸引人，出现了一些著名演员。王灼《碧鸡漫志》记载："熙丰、元祐间，兖州人张山人，以诙谐独步京师。"一个说笑话的艺人，从山东兖州说到首都河南开封，压倒群英，独步京城，足以说明其技艺之高与影响之大。

现代中外各民族人民中还流行着不少说笑话的民俗。

三、新疆维吾尔族的"麦西莱甫"

"麦西莱甫"是维吾尔话，意思是联欢聚会。这是新疆维吾尔族普遍流行

① ［法］让·诺安：《笑的历史》，果永毅、许崇山译，生活·读书·新知三联书店1986年版，第26页。
② ［法］让·诺安：《笑的历史》，果永毅、许崇山译，生活·读书·新知三联书店1986年版，第161—164页。

的一种民俗。每当节日喜庆或婚礼欢聚的场合，亲朋好友们都要前来参加“麦西莱甫”的文娱聚会。大家一起唱歌、跳舞、饮酒聚餐，同时，必不可少的也是最受人喜爱的还有一个项目：说笑话，尤其是说阿凡提笑话。大家说起来就没个完，津津乐道，越说越多。除大家说以外，还请专业半专业的专门善说笑话的艺人前来表演，往往即兴说笑，妙语连珠，如当代伊宁的艾萨木即一位很受欢迎的“当代阿凡提”。阿凡提故事之所以能不断创新，日益丰富，与“麦西莱甫”的集会民俗有很大关系。这是维吾尔族人民幽默、开朗的民族性格的一种突出表现。

四、丧礼中的笑话

朝鲜族故事研究家裴永镇有一次向我谈起丧礼中说笑话的民俗，很有特色。本来丧事是悲哀的，但过分悲哀对身心健康不利，要适当进行调节。

在朝鲜族丧礼中，规定在人死后要日夜守灵七天。三天丧仪之后，在守灵时，就可以说笑话、讲故事来打发时间，排除郁闷的心情。人死如灯灭，无法挽回。老年人归天更被看成一种自然现象，成为“白喜事”。悲哭三天之后，家属们的情绪逐渐转为平静，为了散散心而讲讲笑话，被看成是理所当然的事。大家把各种笑话拿出来大讲特讲，嘻嘻哈哈，十分热闹。一次丧礼就像是一场笑话故事汇讲传授班，这就使得新旧故事不断传承下来，形成了朝鲜人爱讲故事的传统。

五、西藏的新年笑话

在西藏，人们是很爱讲笑话的。在晚上聚会时讲，在走长路时也讲，有“说不完的故事”，还有更多的阿古登巴的笑话。记得1960年夏天我们在后藏拉孜县扎西岗农村听青年们讲阿古登巴故事，从下午一直讲到深夜，一个接一个，讲呀，笑呀，讲个没完。除日常讲笑话外，在喜庆节日人们更爱讲笑话，连小孩也是如此。

在新年活动中，喇嘛们戴着各种面具进行打鬼舞蹈表演，十分引人发噱。这时孩子们也在讲故事。《驴子和老虎》就是百讲不厌的笑话寓言。故事说：驴子大叫不停，老虎赶来相救，驴子说他是高兴而大声唱歌，老虎扫兴而走。有一天，驴子掉到河里，他大声呼唤老虎救命，老虎却以为驴子又高兴了，未加理会，于是可怜的驴子就这样淹死了。孩子们每听完一遍，都要哈哈大笑。此类笑话往往四处轮回演说，到处受到欢迎，孩子们看着笑话的滑稽表演动作，笑声此起彼伏。

六、广西瑶族的“笑酒”民俗

广西西部都安瑶族自治县七百弄的布努瑶有“笑酒”的习俗，据说至少已有了一千年的历史。它的起源是这样的：一个女婿不尊重岳父，岳父请他去饮酒，他在席间听到人们讲“羊骑狼”的笑话，类似的笑话还讲了不少，揭了女婿的老底儿，使他意识到自己应尊重老人，以后就改变了对岳父的态度。从此形成了一个风俗：饮酒时，总要说笑话、揭老底，进行影射式的批评游戏，成为一种开怀的娱乐，这就是“笑酒”民俗。有人更把笑话编成韵文来唱，叫“笑酒词”，流传得更加久远。有的笑酒词至今仍在传唱，在酒宴上引得大家笑声不绝，大笑不止。

七、保加利亚的讽刺幽默节

在保加利亚的工业城市加布罗沃，每两年举行一次“讽刺幽默节”，除集中上映各国的喜剧影片外，还举办笑话和滑稽故事汇讲，展出漫画、幽默照片，然后进行评奖。

在1985年的第七届“讽刺幽默节”上，“妙语马拉松”比赛和笑话比赛，持续了六个小时之久，妙语连珠，笑声阵阵，内容十分有趣。联合国教科文组织为这个节日活动提供了不少经济资助，可见它得到了国际上的广泛支持。

八、北也门嚼"咖特"的聚会

北也门最大的部落哈希德人，每天下午都要举行嚼"咖特"的聚会。"咖特"是生长在丘陵的灌木。人们把它的嫩叶摘下，放在口中慢慢咀嚼，有提神醒脑的功效。不少人嚼上了瘾，天天都要在一起嚼"咖特"，一面嚼着有刺激性的嫩叶，一面讲故事、说笑话，引得大家捧腹大笑。这真是一种非常惬意的享受。

九、阿拉伯世界的斋月夜话

在不少阿拉伯国家如阿尔及利亚、突尼斯等北非国家，在结婚喜庆的日子和斋月的每一个夜晚，人们都要在一起说笑。"纳斯尔丁·霍加和他的小毛驴"特别受人欢迎。斋月的最后一个夜晚直到黎明之前，欢乐的人们挤满了小饭馆，吃糕点、聊天、讲笑话，十分有趣。

在埃及和利比亚，纳斯尔丁·霍加变成了头脑简单而风趣的农夫戈阿。他想把钉子钉在墙上，却把钉尖朝外钉帽向墙，他想，如果用手拍在钉尖上，那就太疼了。于是恍然大悟："你看我真笨，这颗钉子本该用在对面墙上的。"

在利比亚，戈阿还讲了"国王的新衣"这个笑话，其情节酷似安徒生的名作。它可能是安徒生据以创作的原型，也可能是人们让风趣的戈阿讲了安徒生的童话，但不管怎样，都说明安徒生童话与口头笑话的关系是非常密切的。

十、黑人的仪礼笑话

在非洲黑人中，笑声更加纯朴而爽朗，甚至连丧礼活动都欢快而热烈。与笑话关系密切的礼仪甚多。

在刚果，和其他非洲国家一样，人们认为死亡是正常的自然现象，最初的悲伤过后,葬礼最终以兴高采烈的笑话结束。

不管是城市还是乡村,人死后哀哭三天,便可自由娱乐了。晚上的时间用来说笑话,讲寓言,唱歌。人们边喝棕榈酒边吃木薯面包、羊肉和猪肉,同时说说笑笑。聚会时人山人海热闹非常,每个人都争着讲说自己的新闻,大家尽情玩乐,安慰死者的家属,回顾死者的功德。如此的家庭聚会,气氛热烈和谐,确是对死者很好的纪念。

黑人的性格开朗活泼,这种民族性格是在人们的日常交往中形成的。他们见面之后就有一种亲如手足之感,在一起畅谈欢笑,和洽愉快。笑话成了友谊的纽带,在一起总是要说说笑笑。他们相信:为了生活幸福,还是群居为好。

十一、拉丁美洲的节庆笑话会

像非洲一样,中南美国家中,丧礼期间,亲戚朋友围坐一起守灵,通宵达旦地讲故事说笑话。特别是专门请来的职业故事家,说笑话既多又好,听讲的人常常笑得前仰后合。

墨西哥有个盛大节日——“诸圣瞻礼”节,又叫“死人节”。这一天,不管大人小孩,不管男的女的,都戴起各式各样的骷髅头的假面具,到处取乐。人们欢乐地聚集在咖啡馆里没完没了地闲聊,男人们聊得更欢,讲述各种幽默故事,有的令人拍案叫绝,有的则令人脸红。

十二、欧美的新笑话企业

意大利有个妇女叫玛丽亚,这可能是个化名,为的是像圣母玛丽亚一样给人以温暖和幸福。她经营一种卖哭卖笑的事业。人们需要时可以请她去哭、笑,每一场哭或每一场笑,收费都是几美元。

在美洲新民俗中,新的笑话活动层出不穷。除人们日常所说的小幽默、小笑话之外,还有专门演员进行幽默对话表演,他们往往即兴发挥,讥讽时事,进行娱乐。

1983 年在华盛顿还成立了一个专门的广播电台 WJOK,整天广播笑话和喜剧，常常令人听了捧腹不已，收听率很高，颇受听众欢迎。

巴西还有一个电话服务系统——“笑话台”，有专用号码，人们需要听笑话时，拨了这个号码就可以在电话中听到各种笑话。这是企业家布拉沃首创的，如今已在巴西300多个城市普遍使用，并在欧亚非一些城市推广。这个笑话台集中了世界各地500多种笑话的精华，译为英文，由著名滑稽演员录音，然后输入特制的电脑系统，使人们能够很方便地听到笑话，所以极受欢迎，这就使电话局的利润大增。向国外出口笑话成了获利甚多的行业，按1984年出口的进程估计，五年之后，国际笑话的出口额将会达到每年3 000万美元①。

笑话作为一种传统的口头文学形式，正在与当代电子技术结合起来，在极其广阔的范围内传播。它适应现代生活快节奏的需要，使人们在高度紧张的工作之余得以放松、欢笑，这种甜蜜的事业，将有广阔的发展前景，如今网上笑话已遍地开花，形成了民间笑话的一个新品种。

十三、苏联的“亚美尼亚电台”与新笑话

亚美尼亚是苏联高加索的一个加盟共和国，米高扬的故乡。这里的人民以善说笑话著称。因此苏联人就把各种关于时事政治的新笑话叫做“亚美尼亚新闻”。往往在讲笑话前先幽默地说：“亚美尼亚电台现在开始广播……”

冬季是莫斯科讲政治笑话的季节，当厚厚的阴沉沉的冬云开始长期笼罩莫斯科上空时，莫斯科人就聚集在朋友家里或咖啡馆里，围桌而坐，喝伏特加酒。频频干杯，从“为你”开始，直到“为我死后坟前那棵树”而互相致意。在这种传杯递盏的酒兴中，人们挖空心思，编排着简短的政治笑话，你来我往，哄堂大笑，把这作为一种思想交流的智力游戏。妇女们认为：“看男子不在于容貌，而在于头脑。讲时事笑话是欣赏头脑转得快慢的比赛游戏。所以，能对新发生的事件作出迅速反应，能讲出漂亮而令人发笑的笑话的男子，才是最好的。”

高尔基曾说，“俄罗斯人是世界的演员”，人们的表演才能和想象力是相当高的。许多时政笑话充满机智。当市场上买不到手纸和洋葱时，就编出了这

---

① 参见《现代生活》1985年第9期。

样的幽默对话：

“现在对苏联来说，最好的礼物是什么？”

“手纸里包几个洋葱头。”

当60年代苏联粮食减产而要从外国进口粮食时，人们说：

“我们现在发明了一种新品种的小麦。”

“什么新品种？”

“把种子撒在这块地上，在那块地上长出粮食来。”

“真有这样神奇的小麦吗？”

“那还假得了，你看，在哈萨克播种小麦，却从美国和加拿大源源不断把小麦收了回来。”

当时苏联在哈萨克草原大规模开荒，表层黑土被狂风卷跑，引起“黑色风暴”，粮食大幅度减产，于是在笑话中就出现了这种新品种的“神奇小麦”。

当新闻广播中说苏联肉类蔬菜如何丰足而市场上却买不到时，有笑话说：

“有办法可以使冰箱中充满好吃的东西。”

“什么办法？”

“把收音机的插头直接插到冰箱上去。”

这些笑话构思巧妙，设想新奇，确是很巧妙的讽刺，喜剧性很强。

在波兰、匈牙利、南斯拉夫等国家，在街头巷尾、在车上、在家中、在咖啡馆里，都可以听到这类笑话，其中有的是对国家领导人的调侃，相当幽默，往往引起哄堂大笑。记得60年代一位波兰留学生曾对我说，他有一次在波兰火车上，乘客们一起说关于总理哥穆尔卡的笑话，可以说一两个小时，内容有友好的讽刺和批评，也有纯粹开玩笑的。

在德国，50年代说总统乌布利希的笑话是不行的。如今已发生了变化，人们讲讲有关政府的笑话是平常的事。东柏林的迪斯特尔餐馆是最受欢迎的“笑话餐馆”，在那里，政治性的，有关日常生活的各种笑话常常引起人们的欢笑和惊讶。

笑话表现了人们对各种问题的看法和态度，有的有深意，有的则纯粹是开玩笑的。但不管什么笑话，都是人们所需要的。从原始社会以来，笑话就以它的独特艺术魅力，深受人民喜爱，在人民生活中发挥了独特的作用，有些古老的笑话至今仍在流传，而新的笑话又不断产生，人们笑着送别旧事物，同时又在笑声中迎接新生活。笑话作为人民的良师益友将永远受到广泛的喜爱，人民的生活是离不开笑话的。

（原载《广东民俗》1990年第2期）

试论民间笑话的美学价值和结构方式

民间笑话是喜剧性很强的故事，它短小精悍、尖锐泼辣，群众爱说爱听，能及时讽刺时事，对不良的社会现象进行抨击，还可以调剂人们的精神，使人在哈哈大笑中得到休息。正如刘勰在《文心雕龙·谐隐》中所说：笑话可以“振危释惫”，起战斗和娱乐作用。这是各族人民非常喜爱的语言艺术。笑话作为一种喜剧性的艺术形式，有很大的审美价值，它可以使人得到很好的美感享受，使人憎恶丑，热爱美；它还可以给其他艺术形式（如小说、戏剧、曲艺等）的创作提供生动的素材。笑话同作为戏剧的喜剧有共同的美学特征，它们都具有喜剧与滑稽的特性，属于同一个美学范畴。法国古典喜剧大师莫里哀曾经这样谈到喜剧：“一本正经的教训，即使最尖锐，往往不及讽刺有力量；规劝大多数人，没有比描画他们的过失更见效的了。恶习变成人人的笑柄，对恶习就是重大的致命打击。责备两句人容易接受；可是人受不了揶揄。人宁可作恶人，也不要作滑稽人。”

莫里哀在这里对喜剧的艺术教育作用和审美价值作了很深刻、很精辟的论述，这是这位蜚声世界的喜剧大师的经验之谈，是发人深思的。然而他的最后一句话是有问题的。当然，这不是莫里哀个人的问题，而是整个传统的西方美学的喜剧理论的问题。这个问题反映了西方传统喜剧美学理论的严重缺陷。这种缺陷在分析我国民间笑话时暴露得尤为明显，值得我们进行深入的探讨。

一、传统美学中喜剧与滑稽概念的严重缺陷

在莫里哀的上述言论中，认为“人宁可作恶人，也不要作滑稽人”。就是说，滑稽人比恶人更令人反感。如此说来，喜剧的主人公——滑稽人就都是反

面人物了？就只能是被讽刺的对象了？正是这样，整个西方美学的喜剧和滑稽的概念就是如此。从古希腊的亚里士多德到现代的西方美学家(包括唯物主义美学家)尽管在许多问题上存在分歧，但在这个问题上却是比较一致的。亚里士多德说："喜剧总是模仿比我们今天坏的人，悲剧总是模仿比我们今天好的人。"①又说："喜剧所模仿的是比一般人较差的人物。'较差'并不是通常所说的'坏'(或'恶')，而是丑的一种形式。可笑的对象对旁人无害，是一种不至引起痛感的丑陋或乖讹。"②

亚里士多德认为喜剧人物是"比一般人较差的人物"，滑稽即"丑的一种形式"，是"丑陋或乖讹"的，如此等等。这样的人物当然只能是讽刺对象，是反面人物。在亚里士多德的美学体系中，喜剧与悲剧是对立的。照他看来，悲剧人物是崇高的，只有贵族阶级的人物才能成为悲剧的主角，而喜剧人物则是滑稽的，一般是下层的人民，这显然是一种贵族的偏见，这种喜剧理论的阶级局限和时代局限是很明显的。莫里哀受文艺复兴进步思潮的影响，在喜剧中对僧侣、贵族等上层人物也进行嘲讽。扩大了喜剧的讽刺面，但他仍然认为喜剧与滑稽人物是反面人物，在这一点上仍然因袭了传统的美学观念。后来的美学家虽对喜剧概念有所发展，但均未能脱出亚里士多德的窠臼。

19世纪杰出的唯物主义美学家、革命民主主义者车尔尼雪夫斯基，是一位具有革命批判锋芒的学者、革命家，对唯心主义美学作了猛烈的批判，但在喜剧与滑稽的理论上，他对黑格尔美学的传统观点仍然是肯定的。他说："我们不能不同意这个关于滑稽的流行的定义：'滑稽是形象压倒观念'换句话说，即是：内在的空虚和无意义以伪装有内容和现实意义的外表来掩盖自己。"③当然，车尔尼雪夫斯基对传统观点也有所匡正，但这种匡正并未改变问题的性质。他认为应该扩大滑稽的范围，因为"将滑稽的概念只与崇高的概念相对照，滑稽的概念就过分地被限制了"。因此，他提出了一个更全面的看法："滑稽地渺小和滑稽地愚蠢或糊涂当然是崇高的反面，但是滑稽地畸形和滑稽地丑陋却是美的反面。"④

在这里，车尔尼雪夫斯基虽然扩大了滑稽的概念，但是说来说去，仍然认为滑稽是反面的特性，不只是崇高的反面，而且还是美的反面；不仅是渺小的、

①② [古希腊]亚里士多德：《诗学》，陈中梅译，商务印书馆1996年版。

③④ [俄]车尔尼雪夫斯基：《生活与美学》，周扬译，人民文学出版社1957年版，第34页。

愚蠢的，而且还是畸形的、丑陋的，“丑乃是滑稽的根源和本质”①。这就是他的结论。

近代英国经验派哲学家霍布士认为：“笑的情感只是在见到旁人的弱点或自己过去的弱点时，突然想起自己的优点所引起的‘突然荣耀感’”。霍布士显然也是将喜剧和滑稽作为人的弱点这种反面特性的。现代法国哲学家柏格森在他所著的专论《笑——论滑稽的意义》一书中说：“我们深信，……滑稽首先表示人对社会的某种不适应”，“一般说来，引人发笑的确实是别人的缺点”。“笑的目的是纠正。”从全书看，柏格森仍然同传统的美学理论一致，认为喜剧人物只能是被纠正的、有缺点的人物，即反面的人物。

以上关于喜剧的观点在当时都是正确的、深刻的。因为古典喜剧确是暴露性的、讽刺性的。在不少喜剧中甚至找不到一个正面人物。果戈理说《钦差大臣》这出喜剧中的正面人物就是“笑”。显然，在古典喜剧中，喜剧人物、滑稽人，确实就是被讽刺的对象，就是有缺点的反面人物，就是行将就木的陈旧生活形式的代表，美学理论只能以文艺实践和生活实践为基础。传统的喜剧理论是有充分的事实根据的。在民间文学尚未得到充分发掘和研究的情况下，产生这些观点是很自然的。但是，如果对我国民间笑话进行较深入的研究和探讨，就会发现，传统美学理论中关于喜剧与滑稽的概念已经不够用了。在我国民间笑话中，除了大量反面喜剧人物作为讽刺对象之外，还可以看到另一类新的人物形象，这些人物不是反面的喜剧人物，而是相反，是正面的喜剧人物、滑稽人物。这种正面的喜剧人物，不是被嘲笑的对象，而是被赞美的对象。他们机智而勇敢，善于巧妙地进行斗争并取得胜利，使人痛痛快快地发出爽朗的笑声。这类喜剧人物不是丑的，而是美的；不是愚蠢的，而是聪明的；不是糊涂的，而是智慧的；不是渺小的，而是高大的。总之，不是该否定的反面人物，而是应肯定的、正面的喜剧人物，这就同几千年来从未被怀疑的传统喜剧概念发生了尖锐的矛盾，使人感到传统美学的喜剧概念是过于偏狭了。古老的鞋子穿在劳动人民的大脚上就显得非常挤脚了，这是值得很好研究的理论问题。下面我们就来尝试着分析一下这类正面喜剧人物在民间笑话中的种种表现形式。

① ［俄］车尔尼雪夫斯基：《生活与美学》，周扬译，人民文学出版社1957年版，第34页。

二、民间斗争笑话的喜剧结构方式

民间笑话中，大量的是“暴露笑话”，其喜剧主人公是被讽刺的对象，是反面人物。这些人物，是符合传统喜剧概念的。但是民间笑话中，还有一类“斗争笑话”(在最近出版的《中国民间笑话选》中，这种“斗争笑话”占三分之一)。这种“斗争笑话”在结构上同“暴露笑话”显然不同。如果说在“暴露笑话”中只有一个喜剧人物，即反面喜剧人物，可以叫做“单相笑话”；那么，“斗争笑话”则常常有两个主要人物，除了反面喜剧人物之外，还有一个正面喜剧人物，这是一种“双相笑话”。这“双相笑话”之中，反面的喜剧人物不占主要地位，往往居于劣势，而占支配地位的，则是正面喜剧人物。“斗争笑话”的表现方式很多，在喜剧的结构构成上，大致有如下几种：

第一，正面人物运用归谬法巧妙地揭破反面人物的丑恶本质，使人感到荒唐、可笑。不少反面人物和反面现象是人们习以为常的，在一般情况下，并不引人发笑，但是，在笑话中，经过正面喜剧人物的巧妙斗争，将矛盾以“归谬法”推向极端，使之激化而突现其本质，就往往使人惊奇而大笑，这种形式远在2 500多年前，在我国即已存在。春秋时代，楚庄王爱马，一匹马死了，要以大夫之礼来安葬，引起群臣反对。庄王下令“有敢以马谏者，罪至死”。优孟听说后，入殿门仰天大哭。王惊问其故，他说：“用大夫的礼仪葬马，规格还不够高，用国王的礼仪岂不更好。用雕花的美玉做棺材，用坚美的梓木做外椁，让各国诸侯都来送殡……这才使人们都知道大王真正是贱人而贵马呀!”如此一说，庄王猛省：“寡人的过错，竟然到了如此地步吗?”看来这种幽默的劝谏作用是非常大的，优孟在这里使用的就是归谬法，将矛盾推向极端，就突出了。古代的优，即说笑话的人，归谬法是他们在劝谏时所常用的手法。《史记·滑稽列传》除记载了优孟故事外，还记了一个优旃讽秦二世漆城的事，也是用的“归谬法”。

这类笑话在各族民间笑话中相当多。如维吾尔族阿凡提笑话中的《国王的属相》《洒油扫院》《请口袋喝茶》《请衣裳吃》，佤族达太的笑话《沙子着火》，壮族佬巧的笑话《是臭地不是龙地》①等等都是如此。在这类故事中，一般有两个人物，反面人物多为国王、财主、官吏等上层人物，他们往往提出一些荒谬的要求使正面人物为难。如财主要阿凡提扫院子，却规定不洒一点水，地还要是湿的，否则要扣一年工钱。这是多么无理。但是这难题难不倒阿凡提，他把财主的油洒得满地都是，既没洒水，地也湿了，巧妙地解决了这个难题。阿凡提的做法突出地暴露了财主提出的条件是多么荒谬，它完全符合财主的条件，使财主只好自认倒霉，这就痛痛快快地惩罚了这坏心的财主。又如《请衣裳吃》对于只认衣裳不认人的势利眼，也是很好的“归谬”。阿凡提穿了旧衣裳去作客，朋友不让进门，怕丢了他的面子，阿凡提换上新衣服去就受到了优待，于是他巧妙地将酒菜拿给衣裳吃，并说：“你请的是衣裳，不是人，所以请衣裳吃。”这样的做法出人意外，引人发笑，使势利行为的荒唐本质暴露无遗了。在这些笑话里，反面人物的行为是荒唐的，但不一定可笑；经过正面喜剧人物的斗争，通过归谬法夸张并突出了其荒唐可笑之处，使人惊异而发笑。在这类双相笑话中，正面喜剧人物占主导地位，起决定作用。如果没有这样的正面喜剧人物，也就不能构成这个笑话了。

第二，正面喜剧人物装成无能的样子，说自己不行，实际上是一种反话，是以退为进的巧妙计策，可以称之为“反话法”。如蒙古族巴拉根昌的笑话《让王爷下轿》《智慧囊》，藏族阿古登巴的笑话《惩罚偷牛贼》，纳西族阿一旦的笑话《拿鱼去》《木老爷爬粮架》，达斡尔族的《孤儿阿力布》，侗族甫贯的笑话《闹鱼》，河北汉族罗周林的笑话《淘空儿》，山西宋丑子的笑话《捣鬼》等等。在《让王爷下轿》中，王爷一定要巴拉根昌骗他下轿，不然要受处罚，巴拉根昌说：“不敢，不敢，我怎么能把王爷赶下轿来呢！如果王爷下了轿，我倒有办法马上请你上轿。”王爷不知是计，决心下轿不再上去，当他脚一落地，却已经上了巴拉根昌的圈套，使人感到十分可笑。本来王爷的行动没有什么可笑之处，在巴拉根昌巧妙的摆弄之下，中了计，上了当，这才使人感到可笑，我们笑王爷的愚蠢，但更笑巴拉根昌出人意外的巧智。如不是巴拉根昌的巧计，就显不出喜剧

① 文中所引笑话，均见以下各书，为避烦琐，不再一一注明出处，计有：贾芝、孙剑冰编《中国民间故事选》（共二册）；祁连休编《少数民族机智人物故事选》；董森、丁汀编《中国民间笑话选》；赵世杰译《阿凡提的故事》；陈清漳、赛西、牧林整理《巴拉根昌的故事》；开斗山编译《阿古登巴的故事》；陶学良整理《娃子的笑声》；贵州印《民间文学资料》（第 44 集）；孟志东编《达斡尔族民间故事选》；刘发俊编《维吾尔族民间故事选》；中央民院编《藏族民间故事选》；黔东南的《民间故事集》（1）；《山西民间文学资料》（第一集）；《山西民间文学》（第一期）；《云南少数民族机智人物故事选》；《甲金的故事》等书。

性来，也就没有这个笑话了。这个笑话在许多民族都有流传，情节大同小异。在壮族是《哄土司下马》，正面喜剧人物为佬巧或公颇；在纳西族叫《上楼下楼》，正面喜剧人物为阿一旦；在山西忻县汉族叫《哄县官》，正面喜剧人物叫“哄煞人”。这类笑话虽然在细节上各不相同，有的是下轿，有的是下马，有的是下堂等等，但主题和结构是一致的，都是斗争笑话。这种斗争很巧妙，以反话为伪装，使反面人物失去警惕，不知不觉上了圈套。这是一种欲擒先纵的策略，出人意料之外，使人情不自禁地对正面喜剧人物超人的计谋发出赞美的笑和斗争胜利的笑。在结构上，正面人物始终是对立双方的主要方面，掌握着主动权，反面人物完全处在受摆布的地位，正面喜剧人物的言行是构成喜剧和滑稽的决定因素。

第三，机智人物模仿反面人物的行动或语言，以其人之道，还治其人之身，巧妙地揭露或惩罚他们，可称之为“学样法”。这类笑话很多，如维吾尔族阿凡提笑话中的《报复》《算鸡账》《至理名言》《世界末日》《兔汤》，哈萨克族和加·纳斯尔的笑话《饭的味道和钱的声音》，彝族罗牧阿智的笑话《世代的规矩》《案子断颠倒了》，藏族阿古登巴的故事《升天的秘密》，哈尼族笑话《糠和马鹿》，蒙古族巴拉根昌的笑话《精明强悍的随从》，壮族公天的笑话《找跳蚤》，纳西族阿一旦的笑话《公喜？母喜？》以及汉族长工与地主的故事中的《捉虱子》《真本事》《鱼头鱼尾》《朱老爷》《出来怕狗咬哩》《有初一没十五》《福气好》等等。这种学样，其实也是一种归谬。通过学样，进行一定的夸张，使不合理的事物，愈益显得荒谬可笑。汉族笑话《念佛》说一个老太婆整天念“阿弥陀佛”，儿子不耐烦了，故意不停地叫娘，老太婆答应一次，儿子又重复叫一次，如此再三再四地叫，老太婆发火了，儿子说：“我不过才叫你四五声，你便这样不高兴，那个佛每天被你叫无数次，难道就不发火吗？”在这个故事中，如果只是老太婆念经，人们并不感到可笑，经过儿子学样，激化了矛盾，这才使人发笑，可见这种学样的正面喜剧人物，才是造成喜剧性的主要因素。

当然，学样作为一种巧妙的斗争方式，不仅可以对反面人物进行讽刺和揭露，在民间笑话中，它还常常作为对反面人物进行报复和惩罚的重要方式。在维吾尔族笑话《报复》中巴依把尿当油借给阿凡提炸丸子过节，而阿凡提则照此办理拿干粪当药，把巴依弄得满嘴是粪，还说：这是油炸之后的“油渣”要巴依尝尝。又如《至理名言》《世代的规矩》等笑话中正面人物通过学样都使财主受到了很大损失，在藏族《升天的秘密》中，阿古登巴识破了大喇嘛残害人命的机关,巧妙地用他自己的法子把大喇嘛这个害人虫给整死了。这种学样法在长工故事中特多,甚至成了长工传授斗争经验的“教本”了。长工们常用此法惩治财主,这种惩治往往同揭露和讽刺结合在一起,使人得到双重的快感,真是大快人心,令人不能不笑。从结构上看,正面喜剧人物仍然是笑话喜剧性的决定性条件,他的幽默机智的性格是可爱的,令人赞美的,人们对他不禁发出衷心的钦佩和赞扬的笑声。

第四,正面喜剧人物利用同音词的歧义,进行合法斗争,讽刺和惩罚反面人物。这种喜剧结构手法可以叫做“谐音法”,如汉族笑话《太师爷问路》《论理应叫姑姑》《对对子》《秃地主》《牛病》《“七”与“漆”》、徐文长故事《三两酒》,布依族甲金的笑话《买肉》《巴独便》,藏族阿古登巴的故事《九克税》等等。在藏语中,小麦叫“卓”,一种舞蹈也叫“卓”,阿古登巴没有粮食交税,对宗本(相当县长)说:“我实在没有青稞,只有不用斗量的‘卓’,不知行不行。”宗本想,小麦比青稞还好哩,当然行了,不用斗量用秤秤也一样,于是很爽快地答应了,到交税的时候,阿古登巴背上鼓敲着跳着来到宗政府,跳了几圈卓舞问宗本:“我的‘卓’好不好?”“很好很好。”这样,舞蹈就顶了小麦了。徐文长的故事《三两酒》也是如此,高利贷者要四两银子利息,徐文长为穷人讲情定为“三两九”,利用“九”、“酒”同音,到时候让穷人送去三两酒当利息,顶替了利银,使高利贷者啼笑皆非,这个笑话纯系斗争笑话,反面人物只是受到愚弄,在故事中没有什么行动,全靠正面喜剧人物的巧智构成喜剧,使人发出同情与赞美的笑。

这种以“谐音法”结构故事的笑话,在古代参军戏中即有,如唐代参军戏著名优人李可及的故事即一例。他曾在宫廷演出《三教论衡》,说佛教教主释迦如来佛“是一妇人”,理由是《金刚经》中有“敷坐而坐”的句子,以“敷”谐“夫”,“如非妇人,为何等夫坐然后坐”。又以《老子》中有“吾有大患,是吾有身,及吾无身,吾复何患”之句而说道教的太上老君也是女的,以身体的“身”与身孕的“身”同音相谐,说“若非妇人,如何有身”。又以《论语》中孔子有“沽之哉,沽之哉,吾待贾者也”之句,于是说儒教教主孔丘也是女人,以“贾”谐“嫁”,说:“如非妇人,如何待嫁?”就这样,李可及把三大教神圣的教主都戏称为“妇人”,真是大胆的亵渎,尽管如此,唐懿宗听了还十分赞赏,不但没处罚他,反而给他封了一个“环卫员外郎”的官职。在这里艺人联想巧妙,出人意外,喜剧性很强,使人笑乐不止。被嘲笑的是三尊偶像,他们都没有什么行动,全靠艺人的谐言妙语,巧妙地利用“谐音法”才构成了喜剧,甚至可以说这是正面的单相笑话,它显然同一般“暴露笑话”作为反面的单相笑话很不一样。

第五,正面喜剧人物有意利用语言的歧义构成喜剧进行斗争,可以叫做“曲解法”。如维吾尔族阿凡提的笑话《给大阿訇理发》,因大阿訇理发从不给钱,阿凡提就想狠狠整他一下。阿凡提给大阿訇剃光头之后,问他“要眉毛吗?”他说:“当然要”,好,阿凡提把他眉毛刮了下来交给了他。大阿訇气得没法说,确实是自己说“要”的呀!阿凡提又问“要胡子吗?”这回可学乖了,大阿訇就回答“不要不要!”阿凡提又是几刀把胡子也给刮了下来,并说,“不要就不要吧!”这样大阿訇的眉毛胡子都被阿凡提剃掉了,整个脑袋成了光溜溜的蛋,于是大骂不止,阿凡提说:“这不都是您吩咐的吗?要依我,连头也不愿给你剃呢!”阿凡提就这样利用语言的歧义进行巧妙的斗争,使大阿訇大吃其亏而无话可说,都是照他吩咐做的,有什么办法呢?再说,谁叫你理发不给钱呢!活该!这种惩治真是大快人心,十分可笑。如果只是说大阿訇理发不给钱,会使人感到可恶,但并不可笑。可笑的是他的眉毛胡子全给剃光了,整个脑袋成了一个大光蛋,是谁刮的呢?是阿凡提。正面喜剧人物阿凡提,这才是笑话真正的主角。

运用曲解法进行斗争的笑话不少,如藏族《绛拉的故事》,阿古登巴的笑话《一袋烟的功夫》《砸锅》《领土挨揍》,聂局桑布的笑话《赔骡子》《卖猪肉》,布依族甲金的笑话《打蚂蚁》,彝族罗牧阿智的笑话《卖红猪肉》,汉族长工故事《下刀子》等等。有的故事还将语言中不严密的地方加以发挥,构成喜剧,如布依族甲金笑话《买桔子》,侗族卜贯笑话《租牛》,汉族笑话《我睡着也比你清楚》《划得着》,山西宋丑子的笑话《住店》等等。财主要甲金去买一百个桔子,要他挑最甜的,不要酸的。甲金上街买了一百个又大又红的桔子,见人们正在地里干活,就拿出桔子来请大家吃,说只要每个桔子留下一半就行。回去之后,财主见桔子都是半个半个的,火了,甲金说:“你不是要我选最甜的不要酸的吗,眼又看不出酸甜来,只好一个个尝了再买,害得我上街尝到下街,下街尝到上街,尝了一天,好不容易才尝出这一百个来。”甲金在这里把“甜”和“尝”加以引申,证明全是照财主的吩咐办的,使他受到损失而无可奈何。藏族阿古登巴的笑话《领主挨揍》,壮族老登的笑话《打官》,布依族甲金的笑话《打蚊子》,等等,都是借口拍打蚊子或牛虻等昆虫而打上层人物一个大巴掌的笑话。“拍”与“打”只是动机不同,对象不同,动作本身则是相同的。正面喜剧人物利用此二字的歧义,构成了一个喜剧场面——卑贱者打了高贵者一个耳光,惩罚了有权势的恶人，这是大快人心的事，十分可笑。这也是一种主动斗争的笑话，而且也使用了事先安排好的一种巧计，因为牛虻或蚊子是事先打烂了放在手掌里的。

第六，正面喜剧人物利用反面人物贪财、迷信、骄横自大等等特点，设巧计愚弄他们进行斗争，构成喜剧故事。这可称为"巧计法"。利用反面人物贪财的弱点进行巧计斗争的，如维吾尔族阿凡提的笑话《锅生儿》《种金子》，哈萨克族阿力塔·库沙的笑话《种毛驴》，苗族反江山的笑话《反江山和守备老爷》《反江山和同知老爷》，侗族卜贯的笑话《腌酸肉》，佤族达太的笑话《土官戴帽》，汉族长工故事《金马驹与火龙衣》等等。藏族登巴俄勇的笑话中也有《铜锅生儿》的故事，情节同阿凡提故事《锅生儿》差不多，都是先给财主一点甜头，说大锅生了个小锅，财主有福。贪财的财主以为有油水可捞，又借个大金锅给他，结果登巴俄勇将金锅砸碎分给穷人，然后跟财主说"锅死了"，是啊，"凡是会生儿子的东西都是要死的呀"，铜锅能生儿子怎么不会死呢？财主傻眼了，只好自认倒霉。这锅生儿子的巧计，完全是正面喜剧人物出的点子，是构成笑话喜剧性的决定因素。如果没有正面喜剧人物这个巧计，也就没有这个笑话了。类似的笑话有锡伯族的《巴吐、地主和章恩》，哈萨克族《和加·纳斯尔和可汗》等等，在这类笑话中，正面喜剧人物以石子儿或擀面杖等物，放在衣袋或袖口内，故意摇晃摆弄，使法官或可汗在审案时，误以为要给他银子或银棒而秉公判了财主的罪，最后当法官要喜剧人物拿出银子时，却见到了石头或木棒，问他为什么要摇晃？则说"如果你不秉公判案，我就砸烂你的脑袋"。汉族笑话中也有《一袋石子》的笑话，说的是一老汉因儿子不供养自己而使用了这种巧计。在这些故事中，正面喜剧人物的巧计及其胜利，是构成喜剧的主要因素。

利用反面人物的迷信，设巧计进行斗争的笑话也不少。如蒙古族巴拉根昌的笑话《老佛迷拜师傅》，纳西族阿一旦的笑话《木家败》，藏族阿古登巴的笑话《鞭打国王》，登巴俄勇的笑话《杀神牛》以及《木且苦苦的故事》，维吾尔族阿凡提的笑话《胡大的吩咐》，锡伯族笑话《财迷精》《帕尔塔魂》，瑶族卜合的笑话《神仙烟筒》《自滚锅》《治禾》等等，在这些故事中正面喜剧人物都能巧妙地设计，使迷信的财主、头人、国王受到惩罚，他们的胜利使人笑乐。其中瑶族卜合的故事治的是财主岳丈，有些类似某种呆女婿故事了，在那些故事中"呆女婿"其实是很聪明的。

利用反面人物愚蠢自大的特点进行巧计斗争的有藏族寓言笑话《兔子报

仇》,布依族甲金的笑话《扛树》等等。蒙古族巴拉根昌的故事《斗阎王》中,巴拉根昌设计使派来抓自己的牛头马面、秃鬼、瞎鬼、钻缝鬼、猴鬼等等鬼怪一个个吃尽了苦头,最后把阴间最高统治者阎王爷也给整死了,这是多么令人高兴,又是多么出人意外,在惊奇之中,你怎能不笑呢!在巧计型的这类笑话中,正面喜剧人物显然是笑话的主体。

第七,正面喜剧人物以出人意外的诙谐语言进行斗争,造成喜剧效果,这种喜剧构成方式可叫"巧语法"。在我国古代即有,如南宋时,金人入侵,以敲棒击人脑而毙,滑稽艺人说:"若要胜金人,须一件件相敌乃可。如金有粘罕,我有韩少保;金有柳叶枪,我有凤凰刀;金有凿子箭,我有镍子甲;金有敲棒,我有天灵盖!"这最后一句是个喜剧包袱儿,这种妙语构成的喜剧是对不抵抗主义的很大讽刺,表现了艺人的语言艺术天才。在阿凡提故事中这类妙语性的笑话特多。有嘲讽意义的如《金钱和正义》、《国王的灵魂》、《当官瞎了眼》、《县官和狗》、《四骆驼货》(一名《奇怪的商队》)、《它骂你也是一只狼》、《智慧》、《别找死》,乌孜别克族阿凡提的笑话《国王的同胞》等等,往往能巧妙地、一针见血地揭穿反面人物的丑恶本质,使人哑然失笑。汉族笑话《糊涂县官》《草地牧牛图》等是以妙语构成笑话的。有个县官特贪,外号"刮地皮",有一次他要画家给他画张画,画家很妙,只在白纸上写了"草地牧牛图"几字即交给了他,县官见画上只有几个字即问"草地在哪里?"画家说:"牛把草吃光了!""牛呢?""草光了牛还在这里干什么呀?"说得非常巧妙,联想到县官的"刮地皮",使人感到讽刺非常深刻。这种妙语是笑话喜剧性的主要成分。

也有些笑话以幽默的妙语,进行内部讽刺,如阿凡提的笑话《剃头》《什么声音最好听》《惭愧》《毒药》等等。阿凡提去理发,理发师在他头上剃破了好几处,都用小棉球给敷上,阿凡提从镜子里见到头上的棉花,说:"啊呀,你真是好手艺!你瞧,我这半边头你都种上棉花了,得啦,那半边让我自己去种胡麻吧!"这种妙语生动可笑,很幽默,是笑话构成的主要因素。如无此妙语,只是理发师手艺不好,是不成其为笑话的。

此外,还有以诙谐的问答来造成喜剧效果的,如有人问阿凡提:"新月亮出来时老月亮哪儿去了?"阿凡提说:"胡大把它切碎做成星星啦!"又有人问阿凡提:"我吞下了一个活老鼠,你看怎么办?"阿凡提说:"好办,再吞个活猫下去嘛!"在这些诙谐的笑话中,问答双方结构精巧,问题很荒唐也很奇妙,而回答则很幽默,而且更奇妙。如果只是荒唐的问题,还构不成喜剧性,只有有了阿凡提机智巧妙的回答，才使人发笑，构成喜剧性。同样，在《搬家》中，贼娃子把阿凡提家的东西差不多都拿走了，这还构成不了喜剧性。阿凡提也提着东西跟在后面，并且说："好些日子了，都因为缺驴少马的，没搬成家，这回借大火的光，可搬成家啦!"这就引人发笑了，这笑话可笑就可笑在阿凡提这段诙谐的妙语上。

结　语

以上我们分析了斗争笑话的几种喜剧结构方式。这些喜剧结构方式各有自己的特点，但也有一个共同的特点，就是它们都是双相笑话。这些笑话的喜剧人物不只一个，往往一正一反，而正面喜剧人物居于主要的地位。正面的喜剧人物是主动的、起决定作用的，而反面喜剧人物却是被动的，处于从属的次要的地位。这就是这些双相笑话最主要的结构方式。

斗争笑话的正面喜剧人物在汉族有"长工与地主"故事中的长工，在山西有宋丑子，河北临西有罗月林，苏浙还有徐文长等等；少数民族更多，如维吾尔族、乌孜别克族的阿凡提，维吾尔族的毛拉则丁、赛来·恰坎、艾沙木，哈萨克族的和加·纳斯尔、阿勒达尔·库沙，柯尔克孜族的阿凡提、阿尔达尔阔索，蒙古族的巴拉根昌、沙格德尔，达斡尔族的孤儿阿力布、牧工孟贡湖，藏旅的阿古登巴、登巴俄勇、聂局桑布、木且苦苦，壮族的老登、佬巧、公颇、公天、特土，苗族的反江山、杨马角、苏宝怒，彝族的罗木阿智、沙戈克如、张沙则、么刀爸，纳西族的阿一旦，佤族的岩江片、达太，侗族的卜贯，瑶族的卜合阿怒，布依族的甲金(阿甲)、卜当、阿俊，东乡族的玉斯哈，布朗族的艾掌来，白族的六八、艾玉、赵成，哈尼族的门帕、阿朱尼，基诺族的阿推，景颇族的仉片，傈僳族的光加桑，傣族的干达来、艾苏、艾西、艾辟节、召玛贺等等。对于这些笑话中的正面喜剧人物，我在20年前曾写过一篇短文《阿凡提和他的兄弟们》①，当时我所能看到的材料还是不多的，现在经过各地的搜集，这些笑话比过去所能见到的多得多了。今后，随着各地民间文学普查的进展，可能在许多地方还会发现各自的正面喜剧人物。这些众多的喜剧人物尽管因地区不同、民族不同而有不同的事迹和个

① 段宝林:《阿凡提和他的兄弟们》,《北京日报》1962年1月4日。

性，但他们的共性仍然是非常明显的，他们都是喜剧人物、幽默人物、滑稽人物，而且都是正面人物，他们为人民出气，为穷人解忧，同反动统治阶级勇敢机智地进行斗争，他们是机智的、美好的、聪明的、幽默的、诙谐的，又是可敬可爱的、崇高的。他们的这些特点，同传统美学中的喜剧性概念几乎完全相反。如果我们坚持传统的美学观点，那么这些喜剧人物就只能被认为是愚蠢的、丑陋的、糊涂的、畸形的、渺小的了，这显然是不符合事实的。这样的正面喜剧人物，确实是过去的美学家们见所未见、闻所未闻的。而这些正面喜剧人物的存在，正是对传统美学理论中喜剧性概念的挑战。这些正面喜剧人物，似乎在大声疾呼，要求扩大喜剧的概念，要求将喜剧和滑稽的概念从反面人物的框子中解放出来。当然，并不是要否定反面喜剧人物的重要性，而只是要求不要局限于反面喜剧人物，应扩大喜剧的范围。这种要求无疑是合理的，必要的。由此可见，这些双相笑话中的正面喜剧人物和双相笑话的结构特点，具有很大的美学价值。它不仅在理论上对传统美学理论中的喜剧和滑稽的概念有所突破，而且，在艺术实践方面，对社会主义新喜剧创作可能也会有所启发的吧！

过去，由于种种条件限制，对劳动人民的口头创作——民间文学发掘和研究都做得不够，以致传统美学和文学理论的局限性是相当大的。喜剧性理论的问题只是一例而已。这就说明，深入地对民间文学进行全面、系统的发掘和研究，必然会大大丰富我们的美学理论。民间文学的巨大美学价值是不容忽视的。

（1981年2—6月草于北京大学燕园）

《笑话:人间喜剧艺术》跋

《笑话:人间喜剧艺术》[①]全面涉猎了整个喜剧美学的基本理论,在一些重要问题上大胆提出了自己的新见解。例如关于正面喜剧形象的观点关系到喜剧的本质问题,我的观点即同目前社会上流行的美学观点大相径庭。从过去几年出版的美学教材到最新出版的某些专著,如《现代美学体系》[②]、《幽默的奥秘》[③]等书,都沿袭"丑是滑稽的根源和本质"之类的西方传统观念。前几年,我曾就此问题向某美学刊物和某艺术理论研究刊物投稿,均被拒绝。好在天无绝人之路,1984 年我的文章终于在北大学报发表,并得到了对喜剧美学作过专门研究的,当时北大哲学系美学教研室主任杨辛教授和西方美学史专家李醒尘先生的支持和鼓励。杨辛教授在主编"北大艺术教育与研究丛书"时,将此论题列入选题计划,促使我进行更深入的研究。在此书写作过程中,不时同他们进行商讨,得到许多教益。好事多磨,在出版过程中仍然碰到种种麻烦,拖了较长时间,由于北大出版社麻子英、苏志中、张文定、胡美香等同志的积极支持,终于得以问世。在此书出版之际,谨向这些热心的支持者们表示深切的谢意。当然,出版后更需要广大读者的关心和帮助,期望热心的朋友们多多批评指正,俾使真理愈辩愈明,让喜剧的鲜花开放得更加艳丽。

(1990 年 4 月 28 日夜于航天楼,原载《笑话:人间喜剧艺术》,
北京大学出版社 1991 年、淑馨出版社 1992 年)

---

① 此书原名《笑话美学》,因丛书的书名格式统一的需要而改为现名。
② 叶朗主编:《现代美学体系》,北京大学出版社 1988 年版。
③ 陈孝英:《幽默的奥秘》,中国戏剧出版社 1989 年版。

在阿古登巴的故乡听阿古登巴的故事

藏族有个阿古登巴，是个家喻户晓的神奇人物，简直可以同格萨尔大王齐名。有人甚至把他说成是宣传佛法的智者的化身，是为人民排难解忧的智慧之神、欢乐之神。

阿古，是藏语“叔叔”之意，是对长辈的尊称。登巴，有“滑稽”的意思。按藏文原意，阿古登巴就是“滑稽的叔叔”！

也有人认为，是“顿巴”不是“登巴”，“顿巴”是“导师”、“聪明人”。

其实，这两种含义并不矛盾，都符合阿古登巴性格特点。阿古登巴实际上是一个既滑稽幽默又聪明智慧的人物，是人们尊敬的导师。

在广大的藏区，人们多叫他阿古登巴。而在四川康巴地区，有些地方却叫他“登巴俄勇”，意思是，“滑稽的舅舅”。在江孜地区，他又叫江拉姆开。在日喀则地区有人又叫他江拉，其意义也还是“聪明的导师”、“聪明人”。而在后藏农村，人们则亲切地把阿古登巴简称为阿登，并说，阿登的家乡就在拉孜县城与日喀则市区之间的陆卓溪卡（“溪卡”为庄园之意）。他的主人就是庄园主陆卓代瓦（“代瓦”，藏语“领主”之意）。

我们到西藏采风，一到拉萨、日喀则就听到不少阿古登巴和陆卓领主的笑话。到“后藏粮仓”拉孜县采风时，听到的这类阿登笑话更多，这真是一个可爱的传奇人物。在西藏，农奴主对农奴有生杀予夺之权，农奴没有任何人权，随时可以被主人鞭打棍击甚至处死，或被剥皮，或被奔马拖死，或割去舌头、挖去双眼……就是在这样的社会环境下，阿古登巴却可以凭自己的智慧愚弄领主，把那些威严的老爷们整治得狼狈不堪，一败涂地。这简直不可思议！正是怀着对这位滑稽叔叔的崇敬之情，我们去他的家乡采风、朝拜。这是1960年5月27日的事，至今已有30年有余了，可是那热烈的场景，仍历历在目。

那天我们到了陆卓溪卡，吃了晚饭就请女农会主任召集了一个故事晚会，想尽快听听阿古登巴故乡的阿登故事。

不一会儿，劳动了一天的翻身农奴们陆续来到我们的住处。男女老少都有，把我们围在中间，寒暄两句，就迫不及待地讲起阿登的故事来。

人们说，我们下榻的这座高大房子就是陆卓代瓦的住宅，石砌的三层建筑：下层养牲畜，二层住人，三层供神像和住活佛。我们被安排住在三层。阿登的小房子在旁边，是用石块搭起的。他后来到外地流浪去了，这屋子没人住，倒塌了。有人说阿登死了，就用这些石块在路中间砌了一座石塔。这佛塔很灵，人们绕着它走了一个来回就等于转了一遍经，能消灾避祸，得到幸福。贵族、坏人碰了它就会心痛。有人说阿登没死，他走遍了大藏区就会回来，所以他把平常用的东西都保存在陆卓代瓦楼下的小屋里。

第二天早晨，我们和农会委员们一起来到放置阿登用物的小屋门前。小屋很矮，没有窗户，外边用泥砖堵得很严实。人们把泥砖搬开，打开了门。屋里很暗，农会委员们取出尘封已久的木碗、盛青稞酒的酒坛、破铜锅、破铜壶、破斧头和破锹及破旧的氆氇衣服等等阿登用过的东西，我们当即拍了照。然后人们又怀着十分恭敬的心情把这些神物按原样放进屋去，把木门关起并上了锁，再用泥砖封了门。

阿登还会回来吗？也许在别处安家落户了。其实，或许他只是一个人民幻想的艺术创造，不过，他的故事却在流传着。下面是我们听到的三个故事：

领主学狗叫

阿古登巴是陆卓代瓦的堆穷（农奴的一种，是家奴），对领主的脾气很了解，常常捉弄他。农奴们对阿古登巴说：“你的本领很大，可以让老爷吃屎、挨揍，你能让他学狗叫吗？”

阿古登巴想了一下，说：“这有什么难的？你们听着吧！”

于是，他跑到领主家去，大家也跟着去看热闹。陆卓领主对阿古登巴说：

“你急急忙忙来干什么，还跟来这么多人。”

“老爷，您是喜欢狗的，我在街上碰到一个卖狗的，牵着一条大黄狗，毛色光亮，叫声也很好听，所以就急忙回来向老爷报告，请你快去看看。”

“你说他叫声好听，它是怎样叫的？”

“这大黄狗的叫声是很特别的，我一听就知道是好狗，你听，它是‘喔喔喔’的叫。”

领主对狗是很有研究的。他忙说：“‘喔喔喔’叫的不是好狗，好狗是

‘汪汪汪’地叫呀!”

阿古登巴忙问:“好狗怎么叫?”

“汪汪汪地叫呀! 你看见的不是好狗,汪汪汪叫的狗才是好狗。……”

领主又学狗叫了两次,大家满意地大笑而去。

阿古登巴吃鸡蛋

阿古登巴养了两只好鸡。领主陆卓代瓦却派他交四个鸡蛋的差。

只有两个蛋,怎么办呢? 阿登有办法,他连这两个蛋也没交给领主。

他拿起两个鸡蛋去见陆卓代瓦,说:

“给老爷交差来了。这是两个鸡蛋!”

“混蛋! 我要你交四个鸡蛋,你怎么只交两个?”

“还有一个给我吃了。”

领主听了火冒三丈,说:

“你怎么吃了?”

阿登不慌不忙地又吃了一个鸡蛋,说:

“回老爷的话,我就是这么吃的。”

领主干着急,只好自认倒霉,自己是这么问的嘛。不过还应该有一个呀,问道:“还有一个呢?”

“我老婆吃了。”

领主更生气了,气势汹汹地责问道:

“她怎么把鸡蛋吃了?”

阿登仰起头来,用牙咬破蛋壳,使劲一吸,一个鸡蛋又下了肚,说:

“老爷您看,她就是这么吃的,就是这么吃的呀!”

栽头发

一天早晨,登巴叔叔发现糌粑袋子瘪得像老太婆的脸一样,用手伸进去一摸,什么也没有了。

登巴叔叔拿了一块牦牛毛织的布片子和一个锥子,到一家财主的门口大声喊道:

“谁栽头发? 谁栽头发?”

这家主人是个连半根毛也没有的秃子,常为自己的秃头发愁。听到喊声，立即把登巴叔叔请进家去，问栽头发要多少钱。登巴说：

“一大袋糌粑就行。”

财主听了很高兴，马上打发人把一袋糌粑送到登巴叔叔家里。

于是，登巴叔叔开始动手为财主栽起头发来，先用又粗又硬的牦牛毛布在光头上用力而飞快地擦了一遍，又把锥子对准财主的头作出要扎的样子。财主刚才痛得已经快忍受不住了，看到这般情景，心里更加害怕，就问：

“你给多少人栽过头发？”

登巴叔叔说：“给五个人栽过。”

财主又问：“有没有死人？”

登巴叔叔答：“三个死啦！”

财主又问：“其余两个呢？”

登巴叔叔说：“每人给我五克酥油告饶了。”

财主赶紧请求：“那么，我也送你五克酥油吧！”

（原载《北京日报》1962年2月4日、
《炎黄春秋》1992年5月；《西藏民俗》1994年3月转载）

阿凡提和他的兄弟们

阿凡提是维吾尔族人民非常熟悉的名字。说起“阿凡提的故事”,谁听了都在尽情的欢笑中受到教育。

阿凡提不是名字,而是“外号”。这个字本来是维吾尔族对有知识的人的尊称,有“老师”、“先生”的意思。阿凡提的全名是“纳斯尔丁·阿凡提”,由于人们对他太熟悉了,所以阿凡提就逐渐成了他的专名。

阿凡提是否真有其人呢?人们都说:是有的。有人还可以说出他是哪里人,一般都说阿凡提的家乡就在自己家乡附近。有的老人甚至能告诉你,他的父辈亲眼见过阿凡提。有人说他生在一百多年前,也有人说这是好几百年前的事了,还有人说他现在还活着。于是就出现了许多阿凡提。

究竟哪种说法对呢?目前还没能考证出来。也许当初确实有过一个叫做纳斯尔丁的人,善于说笑话,很有才干,到处为穷苦人打抱不平,巧妙地和财主、官吏斗争,解除人民的痛苦,因此人们尊称他为“阿凡提”,并传说着关于他的故事。后来,在传说中,人们把许多类似的故事都集中在他身上,甚至把善于巧妙地进行斗争的人物都叫做阿凡提了。于是“阿凡提的故事”也就愈传愈多,流传地域也越来越广,逐渐成为家喻户晓的故事了。因此在阿凡提身上,其实集中了人民的斗争经验和生活经验,融汇了人民群众强烈的爱憎情感,他是人民智慧的化身,是人民反抗性的表现。这是一个经过集体艺术加工创造出来的艺术形象,而不是原来的历史人物了。

阿凡提的故事还流传在中亚细亚,土耳其等等广大地区,苏联电影《游侠纳斯列金》就是根据阿凡提故事创作的。

在我国其他民族,也流传着类似的故事。像汉族的“长工与地主”、蒙古族的巴拉根昌、藏族的登巴叔叔、苗族的反江山、彝族的沙戈克如、纳西族的阿一旦、侗族的雷大等等故事中的人物,都是阿凡提的兄弟。他们不是奴隶就是农奴,再不然就是穷苦的喇嘛或雇工,都是被黑暗制度压在最底层的劳动人民。尽管反动统治是如此野蛮、残酷，但他们总能巧妙地进行斗争并取得胜利。他们的智慧和斗争意志有着巨大的社会教育意义。这是一笔巨大的值得重视的文学遗产。

（原载《北京日报》1962 年 1 月 4 日）

论阿凡提的性格特征

——阿凡提研究之一

阿凡提，在我国新疆维吾尔、哈萨克、柯尔克孜、乌孜别克、塔吉克等民族中，家喻户晓，全国知名，在世界上也是赫赫有名的。阿凡提是一个世界性的艺术形象。关于他的故事，在波斯、土耳其、阿拉伯、外高加索、北非、西西里岛、希腊、南斯拉夫、保加利亚、罗马尼亚、阿尔巴尼亚、中亚细亚等地都广泛流传。①早在五六十年代我们就看到过苏联乌孜别克斯坦摄制的电影《游侠列传》（故事片）和《游侠纳斯列金》（彩色故事片），其主角就是阿凡提。（“阿凡提”是“先生”的意思，纳斯列金或译纳斯尔丁才是他的名字）。纳斯列金·阿凡提的国际影响之大还可以用一件事来说明：1965 年美国一所大学出版的关于高能物理的学术论文集中，也印了不少阿凡提的笑话和格言，而且还以阿凡提倒骑毛驴的漫画作为该文集的封面。②在我国，阿凡提笑话（亦称为阿凡提趣事、故事）传遍了新疆各民族地区，如今又发现了一些活着的阿凡提式的人物（如伊宁的艾沙木等）。从 1955 年开始，在北京的《民间文学》《人民日报》《儿童时代》等报刊，就陆续译载了不少阿凡提的故事。1958 年后又出了好几种单行本。“文革”中，在各地还出现了不少嘲笑“四人帮”及其爪牙倒行逆施的新编阿凡提笑话。1978 年夏天我们在西安街头墙报上就曾见到过这类笑话，在华山顶上也曾听新疆回来的干部讲过这类笑话。在一些报刊（如《北京晚报》《兰州报》等）上，还出现了“阿凡提新篇”、“阿凡提在兰州”等专栏，陆续发表阿凡提故事，流水不断。这就说明，阿凡提不但仍然活着，而且骑着毛驴，到了兰州、到了北京。近年来，又有了动画片《阿凡提》和大型彩色故事片《阿凡提》以及以阿凡提笑话为素材创作的歌剧《第一百个新娘》。阿凡提笑话书面的和民间口头流传并行不悖，互相促进，广为传播，处处引起人们的笑声和欢乐。

---

①② 戈宝权：《关于阿凡提和阿凡提故事》，见中国民间文艺研究会上海分会编：《中国民间文学论文选》（下册），上海文艺出版社 1980 年版。

阿凡提的笑话源远流长。几百年来,阿凡提骑着毛驴走过了世界上许多地方。他处处散播欢乐的笑声,给人们以智慧和力量,受到广大人民的热爱,使人们神采飞扬。这样一个富有生命力的艺术形象,是值得我们很好研究的。

一

阿凡提的性格特征是什么?他是一个什么样的人物呢?

现在一般人把阿凡提说成是机智人物。这是有道理的。阿凡提是很机智,甚至可以说是人民聪明智慧的化身。但机智是否可以概括他主要的性格特征呢?

阿凡提的故事大多是短小的,但是无数个以阿凡提为主人公的小故事塑造了一个完整统一的人物形象。阿凡提这个艺术形象具有很强的典型性。在新疆的一些民族语言中甚至已成为一个专指喜剧人物或滑稽人物的专有名词了(如同阿Q、奥勃洛莫夫、夏洛克等各种不同的高度典型化的人物已成为普通名词一样)。人们形容一个人幽默风趣、言行滑稽,就说:“你真是个阿凡提!”在新疆一些少数民族人民心目之中阿凡提就是这样一个喜剧人物、滑稽人物。机智可以表现为滑稽,但有时却不一定滑稽(如一些“急中生智”而脱险的机智,只是紧张而不一定引人发笑)。因此,用机智来概括阿凡提的性格还不是很全面的。用喜剧和滑稽来概括阿凡提的形象可能会更符合实际一些。

那么,能不能说阿凡提是一个喜剧人物或滑稽人物呢?

从事实上说来,可以,完全可以。从传统美学理论的观点看来,却不可以,几乎是完全不可以。

让我们具体分析一下这个矛盾的情况。

二

阿凡提性格最显著的特征,就是诙谐、幽默、滑稽。他在哪里出现,哪里就出现笑声。阿凡提故事本应叫做“阿凡提笑话”(或“趣事”)。维族人民正是这样叫的。他们把这些故事叫做“纳斯尔丁·阿凡提莱提普莱里”(Nasridin apandi latipiliri)。“莱提普”,直译为“奇谈轶事”、“奇妙趣事”。赵世杰同志在《一颗颗璀璨的明珠——漫谈阿凡提趣事》一文中认为它“是维吾尔族民间文学中一种讽刺文学形式,按民间故事的思想内容和艺术特点属笑话体裁”。阿凡提作为笑话的主人公,显然属滑稽人物无疑。

阿凡提的喜剧性格有多种表现形式,他的滑稽表现在几个不同的方面。

首先,阿凡提在对敌斗争中以巧妙的说笑方式讽刺和嘲弄了反动统治阶级代表人物(如国王、官僚、财主、宗教特权人物、高利贷者等),尖锐地揭露了他们残酷剥削压迫人民的罪恶行径和他们反动虚弱的本质。如《国王的灵魂》:

一天,国王问阿凡提:

“依你看,我死后,我的灵魂是上天堂还是下地狱呢?”

“您的灵魂一定下地狱。”阿凡提说。“我早已替陛下算好了。”

国王气得两眼冒火,骂阿凡提胡说。

“别生气,您听我说!”阿凡提说。“这是因为您把应该上天堂的人杀得太多了。天堂已经让他们住满了,再也容不下您啦!”

又如《金钱和正义》:

一天,国王问阿凡提:

“阿凡提,要是你面前一边是金钱,一边是正义,你选择哪一样呢?”

“我愿意选择金钱。”阿凡提回答。

“你怎么了,阿凡提?”国王说。“要是我呀,一定要正义,绝不要金钱。金钱有什么稀奇?正义可是不容易找到的呀!”

“谁缺什么就想要什么,我的陛下。”阿凡提说。“您想要的东西正是您最缺少的呀!”

这两个笑话都是尖锐地讽刺国王这个最高反动统治者的。国王给阿凡提出了难题,阿凡提不只用机智很好地解决了这些难题,而且指出了国王杀好人太多的罪行和他缺少正义的本质,说得十分巧妙,又完全符合生活的逻辑,使统治者处于非常狼狈的地位,使人们听了情不自禁地开怀大笑。这是阿凡提用诙谐而深刻的语言进行斗争,出人意外,又使人信服,造成了喜剧的效果。

阿凡提还常常施巧计进行斗争,狠狠地整了坏人。如《锅生儿》先是给点小甜头给高利贷者,说是大锅生了小锅,然后借到一个更大的大锅,却又说是大锅来了之后没两天就“死了”!使高利贷者哭笑不得,只好自认倒霉。

不少笑话还表现了阿凡提的侠义性格，在人们受到无理的欺诈和压迫时，向阿凡提求助，总是得到有力的帮助。如《算鸡账》，奸商以“鸡可生蛋，蛋又孵鸡”的诡辩将一脚夫吃鸡的欠款增加了几百倍。阿凡提帮他打官司，有意迟到，说是在家炒麦子准备下种哩！当审判人说“这简直是疯话！炒熟的麦子还能下种吗？”之后，阿凡提立即反问：“既然炒熟的麦子不能下种，难道吃到脚夫肚里的鸡还会生蛋吗？”说得奸商和审判官都哑口无言。再如《饭钱》，阿凡提以摇钱的声音付了穷人“吃了饭馆的香气”的账。在这些笑话中，阿凡提施巧计使坏人自食其果，一败涂地。从而很自然地引起人民发自内心的自豪的胜利的笑声，阿凡提这些出人意外别出心裁的巧计和巧语，是有很大喜剧性的。

这一类阿凡提嘲讽和愚弄阶级敌人的笑话相当不少。只是我所见到的即有一二百篇之多。在这些笑话中，阿凡提的形象是很突出的。他很明智，清醒地看到反动统治者的阶级本质；又很勇敢，挺身而出向敌人进行针锋相对的斗争；而斗争又很巧妙，表现了巨大的机智，既很机敏，又很滑稽。这是一个勇敢智慧而又令人发笑的、富有喜剧性的性格。这样大智大勇的人物形象，在现实中几乎是不可能有的。在封建专制的社会中，在生杀予夺的暴君、酷吏面前，劳动者的反抗与斗争，很容易受到血腥的镇压。然而，人民理想中的阿凡提，就是敢于专向强权坚决斗争的英雄，他巧妙地指桑骂槐，为人民排难解忧，在难题和强敌面前总是取得胜利，他体现了人民的希望和理想，是人民正义的化身；他又是一个现实的有血有肉的人物，具有现实的真实性，反映了现实的本质。勇敢、机智、敏锐、公正、热心、善良，而这一切又通过诙谐滑稽表现出来。这就是阿凡提的主要性格特征。

三

当然，如果认为阿凡提的性格特征只表现在对敌斗争中，那就有些偏窄了。有的同志认为：“总的讲来，奴隶和奴隶主、农奴和领主、农民和地主之间的阶级矛盾和斗争，是这类故事所表现的基本主题。”“当世世代代重压在各少数民族劳动人民头上的剥削制度被推翻以后，产生这类机智人物故事的社会条件便不复存在了。随着新中国的建立，这类故事不再继续产生。"①认为阿凡提式的机智人物的故事只表现对敌阶级斗争的主题，因而在新中国建立后便不再产生了，这样的论断似乎不够全面。新中国建立后，虽然反对老的剥削阶级斗争的故事不再产生了，但还有新的阶级斗争，还会产生新的阿凡提笑话，如讽刺"四人帮"的笑话等。更重要的是，在处理人民内部矛盾时，阿凡提的可爱的喜剧性格也表现得非常突出，这是很有现实意义的。

事实上，我们看到，阿凡提不只是对敌斗争中智勇双全的可敬可亲的英雄，而且在人民内部也是机敏正直可敬可亲的诤友。他的性格除勇于斗争、有胆有识、聪明滑稽的一面之外，还有幽默风趣、友爱团结、平易近人的一面。对于人民内部的缺点，他能善意地、巧妙地进行批评和教育，使人心悦诚服。像《给外套吃》用请外套吃酒菜的滑稽作法，讽刺了那种只认衣裳不认人的势利眼。《请口袋喝茶》把茶倒进装了点心的外衣口袋，来讽刺那种贪心的客人。《兔汤》则嘲弄了那些爱拉关系贪小便宜的人，在故事中阿凡提端出一盆泥水，来招待自称是他"朋友的朋友的朋友"的人，说这是"兔汤的兔汤的兔汤"。在这里阿凡提毫不含糊地抓住一些人思想意识上的缺点进行批评，却非常幽默好笑，这是一种有理有利有效的巧妙的教育方式。他很有原则性，疾恶如仇，但并不厉声厉色以可怕的态度进行批评，而是非常滑稽地以喜剧性的动作和语言，使人在笑声中受到教育。这也是一种归谬法，通过看来不合情理的荒谬的言行，来揭示错误思想的荒谬可笑之点。这些巧妙的批评方法正是阿凡提性格特点的一种表现形式。

阿凡提的性格是如此善良可爱，在《剃头》（又叫《头上种棉花》）中表现尤为突出：

> 阿凡提到一家理发铺理发，理发匠只顾跟别人闲聊，结果把阿凡提的头剃破好几处。每刮破一处，他就用棉花贴住。
>
> 剃完头发，阿凡提对着镜子说：
>
> "师傅，您的手艺真高呀！您瞧，我这半边头您都种上棉花了，得啦，那半边让我自己去种胡麻吧。"②

你看，在剃头时，他的头皮被剃破好几处。够痛的了，而他却并不发火，很有礼

---

① 《机智勇敢的劳动者形象——〈少数民族机智人物故事选〉序言》，见中国民间文艺研究会上海分会编：《中国民间文学论文选》（下册），上海文艺出版社 1980 年版，第 317—341 页。

② 中国民间文艺研究会编：《阿凡提的故事》，作家出版社 1959 年版，第 65—66 页。

貌又很幽默地对理发匠提意见。这是多么善良，又是多么可爱，这正是正确处理人民内部矛盾所需要的。在人民内部“和为贵”，互相爱护互相帮助，有了问题甚至吃了亏也不是吵吵嚷嚷斤斤计较，而是很幽默、很愉快地提出意见，这只有思想品德高超和具有很好涵养的人才能做到。我们不能不赞叹阿凡提的可爱性格，他尊重人、爱护人，又有原则性，这是一个心灵美的人，又是一个滑稽可爱的人。在这里美和滑稽是完全一致的。

有些阿凡提笑话讽刺思想方法上的缺点。在这些故事中阿凡提自己往往干了傻事。在《买油》中，阿凡提用碗来装油，盛不下还剩一点，往哪儿装呢？阿凡提把手中的油碗一翻指着碗底说：“就倒在这儿吧！”大碗里的油洒光了，他小心翼翼地端着碗底的一点油回家。妻子问他怎么只买这一点油呀？他说：“不，这边还有哩！”又把油碗翻了个身，这就把碗底的一点油也全撒光了。有的故事是说阿凡提因为心里老是惦记着如何帮朋友的忙而心不在焉地干了这种傻事。但这样的解释还不能说清这个故事的深刻含义。这个故事有一定的寓言性，它说明矛盾对立的两个方面往往不能兼顾，如果想面面照顾到，常常要为小失大，甚至弄得鸡飞蛋打。这样深刻的寓意正是阿凡提通过开玩笑的方式告诉人们的。在这个笑话里阿凡提思想片面，他只看到碗底可以装油，没想到反过来碗里的油反而全倒光了，这是傻的，但这是大智若愚——傻中有聪明，而且是人所不及的聪明：他能独具慧眼，发现这碗底下也能装油。当然，把注意力只集中在一点上孤立地看问题是不行的。碗倒过来油就洒光了，毕竟是干了傻事。在这里，阿凡提的形象同他一贯的聪明智慧似乎发生了矛盾。这种描写是否破坏了阿凡提性格的统一性呢？我以为并不。在人民心目中，阿凡提干这种傻事是符合他的一贯性格的。因为他干这种傻事只是表现了思想方法上的缺陷。阿凡提是大智大勇的英雄，但并不是完美无缺的神而是可以干点小蠢事的普通人，这些小小的缺点并不影响他的基本性格，反而使阿凡提的性格更加平易近人，使人感到亲切可爱真实可信。这种傻事是在日常生活中、在乡亲们面前、在他妻子面前干的，而不是在对敌斗争中干的，这就使他在人民心目中成为一个“绝顶聪明的傻瓜”。①在《买油》中，阿凡提的傻事是他妻子说出来的，他的妻子以爱怜的口吻说他是“世界上第一号的大傻瓜”。在

① 南斯拉夫也有很多阿凡提故事，人们把纳斯列金就叫做“绝顶聪明的傻瓜”，参见《外国文学研究》1980年第1期，第124页。

向邻居们说明阿凡提买油的经过时，她说了这样一段很重要的话：

> 纳斯尔丁在外面周游很久，终于回到家里来了。他一进门，我就狠狠地骂了他一句："长舌头的鹊雀，还知道回窝吗？"你们是知道的，纳斯尔丁在巴依们面前是一只老虎，可是在我的面前却是一只绵羊，我虽然骂了他，他还是驯服地弯下腰，像一个陌生人似的给我深深地施礼，并说着祝福词。然后，他便笑嘻嘻地像是给我陪罪似地说："心爱的小百灵儿，这不是回来了吗。"我一听气就消了，我真的就像只敏捷的小百灵儿，一下子就飞到了他那已经伸开的双臂里。我闭了眼睛，心想："胡大赐给我这样一个丈夫，我真幸福极了。"①

阿凡提在外流浪，打抱不平，同权势斗争，"过五关，斩六将"，威名赫赫，战果累累，回家之后并没有一点居功自傲的样子。一回到家就被妻子骂为"长舌头的鹊雀"，虽然挨了骂还是驯服地向妻子弯腰施礼，体谅她的固执，为妻子念祝福词，嘻笑和蔼地同妻子说话，并在她面前干些可笑的傻事。在巴依（财主）们面前勇猛如虎，在妻子面前却驯顺如羊，这两种品质看起来似乎矛盾，实际上在阿凡提身上是完全统一的。同样，在巴依们面前无比的聪明而在妻子面前有时要犯傻，这也是阿凡提性格的两个方面，是完全统一的。唯其如此，更说明阿凡提平易近人、谦逊和蔼的性格之可爱，这是人民高贵品质的艺术结晶。

阿凡提的傻行为还有一个特点，他常常是出于好心，有时就是有意装傻，是说了或做了给人看看的。有的只是开开玩笑，有的还有深刻的寓言。《井底捞月》的笑话说：阿凡提看到井里有明月的影子，以为"月亮从天宫掉在井里啦！"于是拿了绳子去捞，不料钩住一块石头拉不动了。他以为已经捞着了月亮，使劲一拉，摔了一个后仰儿，看到明月在天，感到非常得意："总算把月亮从井底捞出来了。"在这里，阿凡提干了傻事，但心是好的。可以教育那些主观思想的人们。在《卖牛》这个笑话中，阿凡提的傻显示出他忠实憨厚的可爱性格：牛贩子看到阿凡提卖牛时老老实实地说这牛不下奶还会触人，就抢去缰绳帮他卖，把这牛吹成"一天下十五碗奶子"的乖牛。阿凡提马上把牛牵回家去了，并说："它这般比羊还乖，一天能有十五碗奶子，我还卖它做什么呢？"②在这里阿凡提的傻不一定是真傻，很可能是装出来的，其目的是对那卖嘴的牛贩子进

---

① 《民间文学》1956年第1期，第66页。

② 中国民间文艺研究会编：《阿凡提的故事》，作家出版社1959年版，第84—85页。

行批评和抗议。这也是阿凡提进行批评规劝的一种巧妙手法。

阿凡提是绝顶聪明的,但他并不自作聪明,正相反,常常故意显得不聪明甚至愚蠢犯傻。他的斗争性和原则性是很强的,但并不锋芒毕露,而常常以滑稽幽默的手法来掩盖他明智的锋芒。他是高大的英雄,但并不高踞群众之上,而是深入群众之中,平易近人和蔼可亲。阿凡提的典型性格正是这些矛盾的统一,在阿凡提笑话中阿凡提的这些品质巧妙地结合成了一个整体。

四

阿凡提笑话中还有一类诙谐笑话。这类笑话几乎没有故事情节,多为简单的问答,然而却妙语惊人奇趣横生,使人开怀大笑。这类诙谐笑话早在《民间文学》创刊不久就曾经介绍过。如《月问》:

> 有人问阿凡提,说:
>
> "阿凡提,新月亮出来之后,那老月亮做什么用呢?"
>
> 阿凡提答道:
>
> "新月亮出来之后,那老月亮呀,胡大就切碎它做星星啦。"①

这类笑话不少,有时虽三言两语,却往往发人深思。阿凡提的想象力确是惊人的,这种对大自然的解释看似荒谬却又"合理",合乎人们生活的逻辑,甚至也可以看成对胡大创造天地万物的观点的一种反嘲。

有时这些诙谐笑话是一种玩笑。如《鱼上树》问"要是水里面失起火来,那么多的鱼往哪里跑呢?"对这样荒谬的问题阿凡提巧妙地回答说:"那就往树上跑呗"。又如《治鼠入肚中》,对于调皮的邻居所说"一只耗子钻到肚子里去了该怎么治?"阿凡提则同样异想天开地回答:"赶快抓一只活猫吞下去!"这些问答表现了阿凡提性格的另一方面。他想象奇特、妙语惊人、思想敏捷、对答如流。说明他非常聪明博学,任何难题也难不倒他。同时也说明他是个爱开玩笑的人,人们都爱找他开玩笑,他也可以开任何人的玩笑,甚至对国王和胡大也不例外。在这里,我们又不能不佩服他的勇气了。

---

① 《民间文学》1955年7月号,第14页。

这类诙谐笑话既无情节又往往没有深意。因此不被人们注意。在对阿凡提笑话进行分类时往往被忽略了。但它是有特色的,是塑造阿凡提典型性格所不可缺少的。它看似荒唐却发人深思,可以启发人们的想象力。我想,一些富于创造性的科学家们,之所以在原子科学的国际学术会议文集中印入阿凡提的格言和笑话,可能也正是因为阿凡提大胆而奇特的想象,可以在他们探索自然奥秘的科研活动中对他们有所启发吧。

五

由以上分析可知:阿凡提的可爱性格,体现了人民的崇高品质、人民的精神美,他的形象是人民乐观主义的艺术结晶,是人民智慧的化身,但不限于机智,他又是人民正义的化身,作为人民的忠实代言人,他的爱憎感情和广大人民是完全一致的。更可贵的是他还是一个勇于斗争具有侠义性格的人,在最危险的场合他都能挺身而出反抗剥削、压迫和专制、愚昧。这就证明阿凡提的性格是美的、崇高的、可敬可爱的。同时,这一切都通过他的滑稽言行表现出来,他又是一个爱开玩笑的人,他乐观幽默,以滑稽诙谐等喜剧性的手法进行斗争,进行教育,进行娱乐。因此,他不只是一个机智人物,也不只是一个侠义人物,而且是一个喜剧人物、滑稽人物。特别值得注意的是:阿凡提是一个正面的崇高的而且是很美的喜剧人物、滑稽人物。

我们的这个结论要受到美学家们的抗议了。几千年来,在美学中喜剧与滑稽只是指反面人物——讽刺对象,怎么能是正面人物呢?

亚里士多德在《诗学》中的名言是:"喜剧所模仿的是比一般人较差的人物。'较差'并不是通常所说的'坏'(或'恶'),而是丑的一种形式。"[①]这个观点几千年来被奉为金科玉律。车尔尼雪夫斯基在《生活与美学》等著作中认为喜剧和滑稽不仅是崇高的反面(即渺小),而且是美的反面(即丑),并说:"丑乃是滑稽的根源和本质。"古典美学家们的喜剧观被当今的马克思主义美学家们继承了过来。最新出版的《美学概论》中写道:"滑稽作为失去必然性存在根据的

---

① 《诗学》第五章,此段译文为朱光潜译,见《谈美书简》,中华书局 2012 年版,第 154 页。

丑的对象，在内容上是空虚的，在形式上是歪曲的，因而总带有荒谬背理的特征。”①也是最近才由知识出版社出版的苏联美学家们所编的《简明美学辞典》在解释“喜剧性”条目时写道：喜剧性是指“引起人们以嘲笑的形式加以谴责”的反面现象的。辞典引车尔尼雪夫斯基的这段话作为结论：“喜剧性就是，用贪求有内容和有实际意义的外表来掩饰内在的空虚和微不足道。”②以上从古到今的美学理论中的喜剧性定义是一致的，也是一贯的，都是把喜剧和滑稽看成是反面人物的特征，是丑的、渺小的、愚蠢的。

对阿凡提故事的分析使我们看到传统美学的喜剧概念是过分狭小了。从实际情况看，在人民心目中阿凡提确是一个喜剧人物，但他却不是被讽刺的对象，而是一个被歌颂的英雄，他不是渺小的、丑陋的、愚蠢的，正相反，他是崇高的、美好的、聪明智慧的。这就说明对民间文学的研究扩大了喜剧的概念。喜剧人物不只有反面的（如伪君子答尔丢夫、悭吝人阿巴恭等），而且有正面的（如阿凡提和许多民族笑话中的喜剧人物）。不但有丑陋的、愚蠢的、畸型的、渺小的，而且有美好的、聪明的、可爱的、崇高的。喜剧与滑稽不只是美和崇高的反面，还可以是美和崇高的正面。关于这个问题我另有专文论述这里就不多谈了。我们所要明确的是阿凡提确是个喜剧人物，他的性格特征首先就在于他的喜剧性，他是人民精神美的表现，又是人民乐观主义的化身；他既是崇高的可敬的英雄，又是亲切的可爱的朋友和老师。这些性格特征全都通过他滑稽可笑的言行表现出来，统一在他的喜剧性的性格之中，这就是阿凡提典型性格的主要特点。

阿凡提笑话的喜剧性是很强的。记得 20 多年前有位德国留学生惊奇地告诉我：她曾陪一个德国记者访问新疆，在一个偏僻的山沟里听一个维族老人说了许多阿凡提笑话。虽然经过“维语——汉语——德语”好几道口译，还是把记者逗得捧腹大笑，简直笑死人。民间文学如此高超的喜剧艺术，多么使人惊叹。我想，阿凡提性格的生命力，正是在于他的喜剧性。阿凡提这个艺术形象的生命力是很强的。他骑着毛驴跨过了省界国界，也跨过了新旧社会的时代门槛，走过了多少世纪，至今仍然生气勃勃地活在我们中间，成为人们的良师益友。只是在《北京晚报》上就出现了两个专栏。先是“阿凡提新篇”专栏发

① 王朝闻主编：《美学概论》，人民出版社 1981 年版，第 91 页。

② ［苏联］奥夫相尼柯夫·拉祖姆内依主编：《简明美学辞典》，知识出版社 1981 年版，第 66 页。

表新编阿凡提笑话,讽刺社会上的不良现象。由于阿凡提巧妙地说出了人们的心里话,表现了排难解纷的杰出才能,取得了广泛的信任。于是人们纷纷给阿凡提写信向他请教、求助。于是又出现了"请教阿凡提"专栏,经常发表给阿凡提的来信和他的答复。在来信中人们称阿凡提为"尊敬的"、"有胆有识的"、"聪明的"、"小事不小看的"、"善良的"、"助人为乐的"、"公正的"、"亲爱的"阿凡提,等等。这些形容词反映了阿凡提性格特征的一些侧面,由于书信体的局限,不可能全面地反映出阿凡提艺术形象的主要特征。但作为艺术创作和艺术分析,则不能仅仅把阿凡提只看成是排难解纷的能手。诚然,阿凡提是公正无欺的,他的形象是富于教育意义的。但我们应该看到,他从不板着面孔拿一套大道理去训人,而总是以幽默而巧妙的方式,使人受到教益而心悦诚服。表现一个人物性格特点的不仅是他"做什么",更重要的是他"怎么做"。因此,我们可以说喜剧性与滑稽,这正是阿凡提典型形象的最主要、最显著的特征。甚至可以说是他的灵魂与生命,他的一切优秀品质都是通过喜剧性的言行体现出来的,正因为如此,他才能这样受到人民的喜爱,深入到人民的日常生活中去,并且将要随着历史的发展而不断前进。在为社会主义现代化而斗争的道路上,我们将不断听到阿凡提的欢声笑语,会不断看到他给我们打开一个个新的奇妙的艺术境界。可以预料,口头的和书面的新编阿凡提故事是会层出不穷的,但新的阿凡提形象却要受到历史和群众的严峻考验,其思想性固然重要,喜剧性也是不可缺少的。一切新出现的阿凡提形象将以其是否具有喜剧性而决定其生死存亡的命运。可以说,只有反映了人民的精神美并且同时具有强烈喜剧性的阿凡提形象,才是有生命的、活生生的,才可能在群众中广为传诵成为民间文学的珍宝,否则必然不能流传,终究要被历史所淘汰。

(1982 年 4 月于北京大学燕园)

《笑之研究——阿凡提笑话评论集》序

阿凡提，欢乐之神，世界驰名。

从新疆的边远山乡到北京的大街小巷，从孩子们的儿童乐园到科学家的庄严会场，从各地报纸的副刊到一本本的笑话故事专集，到处流传着阿凡提的笑话。

阿凡提是一个光辉的喜剧人物，是一个世界性的典型。他是单纯的，如水晶般透明；又是复杂的，充满了各种矛盾。阿凡提是大智大勇的英雄，又是和蔼可亲的平民。

阿凡提故事是一个非常复杂的艺术现象。它很短小，却很深刻，它是零散的，又是连贯的；是矛盾的，又是统一的。它塑造出的阿凡提艺术典型是异常生动的、光辉的，同时也是相当复杂的。

如何来分析和认识这样一个复杂的艺术形象？

从50年代到现在，30多年来，人们在兴致勃勃地探索着，不断有所进展，出现了不少新颖可喜的评论文章。这些文章有些出自著名的专家学者之手，也有些是民间文学搜集者、翻译者的肺腑之言，还有些是青年人大胆探索的产物。他们都在探讨着"笑"的秘密。通过对阿凡提这个喜剧典型的分析，揭示喜剧人物之所以引人发笑的原理，这是非常生动而又深刻的"笑之研究"。

许多文章从各个不同的角度对阿凡提故事作了深入细致的分析，有从文艺学角度分析阿凡提形象复杂的思想内容和性格特征的，有从美学角度探讨阿凡提故事的美学意义与艺术特点的，有从民间文艺分类学角度研究阿凡提故事的归类所属的，有从比较文学角度论述阿凡提与国外同型故事的联系与区别的。还有其他种种研究探索接触到阿凡提笑话的许多方面，不能一一列举。

这些评论文章，有的短小精悍、字字珠玑，有的洋洋洒洒、内容丰富。许多专家的文章写得深入浅出、明白晓畅，既精辟深刻，又引人入胜。从这本书所选入的文章，大致可以看到我国阿凡提型人物研究发展的一个轨迹，可以看到

"笑之研究"的一个大略。这些文章的观点并不一致。可以说一开始就有分歧。这种不同意见的争论是很好的。在讨论中,各种观点能畅所欲言,光明正大地进行争鸣,既尊重对方,又坚持真理,这是学术民主、学术良心与学术道德的体现,对提高学术水平无疑是很有裨益的。当然,也有些文章有初生牛犊的冲劲,但缺少深入的分析,在争论时出语轻薄、不以理服人,是需要克服的一种偏向。我们适当选入一点以见一斑,但并不等于我们同意这种作法。这是必须交代清楚的。在"阶级斗争为纲"的影响下,也出现了粗暴否定阿凡提故事的"大批判文章",没有多少参考价值,我们没有选入。

本书中的文章大多已在报刊上发表过,有少数几篇文章是第一次发表。它们是《阿凡提漫话》《阿凡提传说试论》《笑的意义和力量》《成年期的史诗——阿凡提笑话》等几篇。这几篇新发表的文章是各有特点的。

《阿凡提漫话》是60年代初期所写的一篇小文,当时由于种种原因未能发表,稿纸已经发黄,但它所记述的几个镜头和一些观点,仍然是有一定参考价值的。几个小的片断描述可以看成是对民间文学进行描写研究的一个初步尝试。这种描写尽管简略,并且还是不自觉的。但却是阿凡提研究的一个重要方面,恰恰是过去做得不够今后需要加强的。我们希望新疆的同志们能对阿凡提故事进行深入调查,对它的流传、创作情况进行精细的观察,写出更详细而生动的描写研究的文章来。不管是调查报告、专题论文还是故事家传记、风情散文等描写研究的成果,都是富有学术价值和文艺价值的。它能给人们展示阿凡提故事的讲述环境、创作表演的情形与故事的社会功能、演出效果,再现民间文学的活的形态,就会使人们对故事的认识与了解大大深入一步。民间文学是活在人民生活中的活的文学,阿凡提故事是活在人民生活中的故事,它是怎样发生、发展的?怎样创作怎样变异的?怎样在社会上发生作用的?……这些都是饶有兴味的课题。关于这些问题的描写研究①不但会使我们的民间文学搜集工作进入一个新的境界,而且对民间文学的基本理论、对故事美学的研究发生深远的影响,可以使我们更具体地了解人民群众是怎样把生活中的喜剧因素集中在阿凡提这位笑神身上,怎样使他如此风趣幽默的,其中包含着许多喜剧美学的生动规律值得进一步探讨。

---

① 关于"描写研究",参见《加强民族民间文学的描写研究》(《南风》1982年第2期)、《论民间文学的立体性特征》(《民间文学论坛》1985年第5期)和《民间文学的庐山真面目》(《新疆民间文学》第5辑)等文。

《笑的意义和力量》一文提出了“自嘲”的论点来解释阿凡提的傻行为，不失为一家之言，把问题的解决推进了一步。但否定阿凡提(霍加)故事是笑话，未免把笑话的概念看得太狭窄了，似有以偏概全之嫌。我们应该实事求是，而不能以一个先验的理论框框去套生动的现实。事实上，阿凡提故事短小风趣、喜剧性强，具有民间笑话的一切特点，如果认为只有暴露反面人物的才算笑话，自嘲型的就不算笑话，就未免不切实际了。维吾尔族人民是把它看成笑话的，它的喜剧性是很强的。

《阿凡提传说试论》也提出了自己的新看法，认为阿凡提故事是传说，这是有一定道理的。但传说本身也是故事的一种，说它是故事或传说都未尝不可。正如笑话是故事的一种体裁，说阿凡提故事是阿凡提笑话当然也是可以的。我以为故事与传说的概念都较大，笑话的概念较小，当以“阿凡提笑话”的提法为最恰切。

《成年期的史诗——阿凡提笑话》一文对阿凡提的艺术形象作了新的分析，很有启发性。作者把阿凡提的性格与国内外文学史上著名的典型形象和优秀作品联系起来进行分析，许多意见相当精彩，颇有见地。

我想这些文章的首次发表对阿凡提故事的研究将会起到一定的促进作用。

对阿凡提故事的争论不少，归纳起来主要是：(1)阿凡提是中国土生土长的，还是外国传入的？(2)阿凡提是正面人物、英雄人物还是不正不反、又正又反的复杂人物？怎样分析阿凡提的傻行为？(3)阿凡提是机智人物还是喜剧人物，是聪明人还是滑稽人？(4)阿凡提故事是笑话、趣事还是传说、逸事？是机智人物故事还是喜剧故事、幽默故事？……

许多文章就以上问题谈了自己的看法，有的意见针锋相对，有的则互相补充，使问题越发深入，但这些看法并非最后的结论。我们把这些文章结集出版，主要是想把过去30年的研究作一个小结，为新的开始做些必要的准备。阿凡提研究是一门学问，应该叫它“阿凡提学”，需要得到专门的研究，吸引更多的人参加，这是很有发展前途的一门学问。不光是中国，外国学者也在研究这门学问，戈宝权等同志介绍了外国学者研究的成果，大开了人们的眼界。1986年10月土耳其民间文学访华代表团的专家在北京座谈时谈到：经土耳其学者考证，霍加·纳斯尔丁是13世纪的一个历史人物，听说中国新疆10世纪有一个纳斯尔丁·阿凡提。他认为这是两个人物而不是一个人。这些问题当然还需要进一步深入探讨。我们希望阿凡提学繁荣兴旺，得到更深入更系统的研究，在进行民间文学普查的过程中，搜集更多阿凡提式人物的故事，发现更多阿凡提式的人物与故事家，作出生动具体的描写研究来，在比较文学研究中，在文艺学、美学、民间文艺学的理论探讨中，取得新的更大的成绩。

阿凡提还活着，不仅古老的阿凡提(霍加)故事如今继续在民间流传，在变异中发展，跟随时代前进，而且在民间还不断出现新的阿凡提式的人物。被人们称为"活着的阿凡提"的艾沙木，便是一个突出的代表。这位当代著名的幽默大师，能够以新的语言、新的技巧，将现实生活喜剧化，创造出许多新笑话，在民间广为传播，引起人们极大的兴趣。我们特选入几篇评论文章全面介绍艾沙木笑话的创作情况，特别是赵世杰同志的《艾沙木·库尔班和他的笑话》一文，对艾沙木在民间受欢迎的情况，作了生动的描述，它和其他几篇文章使我们领略了新的阿凡提式人物笑话的风貌，是很有意义的。"活着的阿凡提"与阿凡提式人物的笑话仍然活在民间，新的笑话还在层出不穷地创作出来，这些笑话是怎样创作的，怎样流传变异的，怎样发生社会作用的，很值得我们跟踪观察，进行"立体描写"，这将是非常有兴味的劳作，有很大的学术价值和文艺价值。

自从阿凡提故事在报刊上发表以后，推动了我国其他民族机智人物故事的搜集整理工作，各民族阿凡提式的人物纷纷出现在书刊之中。1962 年 1 月初发表的拙作《阿凡提和他的兄弟们》将这类人物联系起来集中分析，是一个新的尝试。16 年后，1978 年出版了《少数民族机智人物故事选》，编者祁连休同志将这类人物叫做"机智人物"，这是一个新的概括。这些机智人物都是喜剧人物，实际上可以说是"阿凡提式的人物"，阿古登巴被称为"藏族的阿凡提"，巴拉根昌被称为"蒙古族的阿凡提"……几乎各个民族都有自己的机智人物、喜剧人物，当然各有特色，但也有共同之处。他们都是聪明机智、幽默风趣并且有斗争性的喜剧人物，其性格以阿凡提为最丰富、最全面、最有代表性，在国内外影响最大。这类人物不但少数民族有，汉族也有很多，近几年来已发现二三百个，像湖北的杜老幺、钱六姐，河北的韩老大与五娘子等人物的故事都出过专集。因篇幅所限，我们这本评论集只编入了对新疆阿凡提式人物的评论文章。各民族阿凡提型人物的比较研究是很有趣的，发现了各民族同型故事的异同，就可以更好地认识其民族特点和互相影响，可以追根溯源做不少探索。这方面的研究还是大有发展前途的，需要进一步加强，以便通过比较研究更全面地揭示笑的秘密，掌握笑的规律，使“阿凡提学”的研究更加深入。

西方有谚曰：“谁笑在最后，谁就笑得最好。”人民笑看那些曾经横行霸道的专制暴君、贪官污吏、地痞奸商、政治骗子，一个个失败了、灭亡了，而人民的正义事业却如日方升、蒸蒸日上。阿凡提型故事是人民斗争的胜利记录，是人民乐观主义的艺术结晶。

人民在生活中离不开笑，马克思曾经说过：“精神的最主要的表现形式是欢乐、光明……我把可笑的事物看成是可笑的，这就是对它采取严肃的态度……”①笑，是有力量的表现。恩格斯说：“……工人证明了他们现在是有教养的人……同时他们大都是抱着幽默态度进行斗争的，这种幽默态度是他们对自己事业满怀信心和了解自己优越性的最好的证明。”②爽朗的笑声好像明媚的阳光把人们的心儿照亮，笑门福来，在我们建设美好的社会主义幸福生活的过程中需要更多更好的笑话。但是，由于种种原因，不少人对笑话的价值估计不足，往往看轻它，似乎喜剧作品总不如悲剧来得深刻。其实这是一种误解。笑话作为一种喜剧艺术，比悲剧具有更高的艺术品格。“黑格尔曾经说过，实际上，喜剧高于悲剧，理性的幽默高于理性的激情。”③这个观点对于阿凡提故事当然完全适用，因为喜剧的性格是喜剧的最高表现形式。

国际喜剧大师卓别林曾经深有体会地说过：“智力愈发达，喜剧就愈成功。”确实如此，人是理智的动物，野蛮人是缺乏幽默感的。笑正是理性的一种表现形式，是对事物矛盾的顿悟，是一种高级的艺术思维之表露。我们希望，对阿凡提这位笑神的笑加强研究，以便不断创作出更新更好的阿凡提故事来。让我们更加愉快地去迎接光明的未来。

（1987年1—3月于北大燕园，原载《笑之研究——阿凡提笑话评论集》，新疆人民出版社1988年版）

① 《马克思恩格斯全集》(第1卷)，人民出版社1956年版，第7—8页。
② 《马克思恩格斯全集》(第18卷)，人民出版社1964年版，第565页。
③ 《马克思恩格斯全集》(第15卷)，人民出版社1963年版，第587页。

民间笑话的当代功能

民间笑话是民间叙事中最受当代人欢迎的一种。因为笑话短小精悍、喜剧性很强,既好听,又好记,容易流传。

加之当代生活节奏很快,在紧张工作中需要放松,笑话非常适合当前社会发展的需要。

笑话的内容很广泛,生活的各个方面都有可笑的事,都可以成为笑话的内容。其中包括幽默笑话、诙谐笑话、嘲讽笑话、哲理笑话、政治笑话、儿童笑话、名人笑话,等等。

因此,笑话的社会功能也是多方面的。

正因为笑话在生活中具有多种社会功能,所以它在当代社会中越来越受到人们的重视,越来越具有生命的活力。各种笑话已成为人们生活中不可或缺的精神食粮,成为人民生活文化的组成部分之一。

笑话的社会功能是不断发展的。有一个从少到多的发展过程。随着科学的发达,笑话的社会功能越来越多种多样,值得我们重视。本文就此作一专门的探讨。

远在两千多年前,笑话已受到人们普遍的重视。在帝王的宫廷中,在外交谈判和哲学著作中,笑话都起了重要的社会作用。

俳优是专门说笑话的艺人。在宫中说笑话为帝王取乐,同时也可以巧妙地向帝王提意见,使他取消一些荒谬的决定。如优孟、优旃等喜剧艺人的一些故事在伟大历史家司马迁的《史记·滑稽列传》中有较详细的记载。他们曾使专制暴君受到"笑的教育"。这个传统一直继承下来,至今仍然可以听到许多有关政治的笑话,如关于江青、张春桥等"四人帮"的笑话,在"文革"期间是流传很广的。在20世纪五六十年代,苏联有许多关于政治的事的笑话在民间流传,被称为"亚美利亚电台"的"新闻广播"。如赫鲁晓夫在哈萨克草原开荒失败而大量从加拿大和美国进口粮食时,有笑话说:"我们现在发明了一种新品种的小麦:在这块地里播种,却在另外的地方长出粮食来。真是这样神奇吗?

那还假得了，你看，在哈萨克播种小麦，却从加拿大、美国把小麦大量运了回来。”

在50年代的东德，专门有个“笑话餐馆”，人们爱到那里交谈各种新闻笑话。

政治笑话的威力是很大的。据《纽约时报》1982年3月2日报道，当时里根总统宣传“一要减税，二要增加军费，三要缩小财政赤字”。于是当即产生了对“里根经济学”的笑话：“‘里根总统认为：一张饼可以切成三个半张。’这个笑话很快流传开来，几乎传遍整个美国。白宫的官员惊呼：‘这些幽默笑话和漫画，在群众中的宣传作用，要比报纸社论大一百倍！’”

在两千多年前的先秦诸子哲学著作中，许多寓言笑话成为深入浅出地说明哲理的最好形式。所以在《庄子》《孟子》《韩非子》等书中，“寓言十九”，运用很多。像“揠苗助长”、“刻舟求剑”等笑话说明了唯物辩证法的深刻哲理，至今仍在民间流传。而在当今的哲学著作中，为了使广大人民都能掌握哲学工具，所以古今哲理笑话寓言也运用得很多。

在哲学家的课堂上和政治家的演说中，常常可以听到一些笑话。这些笑话的穿插不仅可以使人得到愉快的心情，而且可以使人心悦诚服地接受真理。老作家周作人在《苦茶庵笑话选》的序言中说：“说理论事，空言无补，举例以明，和以调笑，则自然解颐，心悦诚服。”过去如此，现在如此，今后必然还是如此。

笑话中有理性的顿悟，有欢乐的情谊，有机智的语言艺术，对儿童的智力与感情发育甚为有益。所以“儿童笑话”的书刊，很受欢迎，会讲笑话的教师是最受欢迎的。在讲课时穿插一些笑话，不但可以引起听众的兴味，而且可以进行思想方法的教育和道德教育。好的笑话是发人深省的。在中央人民广播电台的少儿故事节目中，孙敬修老爷爷常常讲些儿童笑话，很受欢迎。在“胎教”中，对着肚子里未出生的孩子讲笑话，据说会使孩子在感情上和父亲更亲近，在智力发展上也会远远高于同龄孩子。笑话可以培养孩子的幽默感，这是一种非常良好的品质，对他未来事业的成功很有好处。

笑话的讽刺可以使人们认识到自己的缺点，及时加以克服，就有利于社会的进步和人际关系的和谐。如《小气鬼请客》等讽刺了吝啬小气，《出卖高帽子》讽刺了虚荣心，《借斧子》讽刺了自私自利，《大嘴、大牛和大鼓》讽刺了吹牛皮的恶习，等等，都有助于社会风气的改善，有利于思想素质的提高。许多传统笑话,讽刺了人类本性中的弱点,所以至今仍有教育意义,仍然常被人们说起。

在商务交往中,笑话是谈判交际的很好工具,有助于密切双方感情的联系,从而使交易得到成功。笑声是世界上最美妙的声音,谁能使他的朋友、同事、顾客发出笑声,他的笑话肯定比任何音乐都美妙动人。笑能减少人与人之间的各种矛盾与纠纷,并能消除不愉快的情绪,是很好的感情润滑剂。以笑话和幽默代替牢骚和埋怨,就会比较顺利地被对方所接受。所以笑话可以排忧解难。在商务活动中越来越受到人们的青睐。

在文学艺术创作中,民间笑话成为喜剧、漫画、小说、讽刺诗和相声的重要素材。中国古典戏剧《中山狼传》《打面缸》,参军戏以及西方阿里斯托芬、莎士比亚、莫里哀、果戈理等人的著名喜剧中,常有笑话的情节。《威尼斯商人》中关于夏洛克和"一磅肉"的诉讼,来自一个机智人物笑话。果戈理给普希金写信说:给我一个纯粹的俄罗斯笑话吧,我会很快写出一个五幕喜剧来。普希金给了他一个外省官员将一个贵族青年误认为钦差大臣的笑话,果戈理果然写出了一个不朽的喜剧《钦差大臣》。他的小说《死魂灵》《外套》中的许多可笑情节,也都来自民间笑话。

中国的相声是一种喜剧性的职业艺人说唱艺术,有两个人说的"对口相声"和一个人说的"单口相声"。在单口相声中,往往是几个笑话的组合起主要作用。对口相声中也运用了许多笑话的素材。所以这种专业的艺人演出,被人们看成是"说笑话"的说唱曲艺。

民间笑话巧妙的喜剧情节和机智语言对各类喜剧创作都具有非常重要的借鉴价值。在评书演说长篇历史故事之前,也常常说几个笑话来吸引观众。

当代人运用笑话来治病,是对笑话功能的一项新的巨大的开发。一些医院用听笑话来治疗一些顽固性的病症,往往取得神奇的疗效,越来越受到人们的重视。

笑话为什么能治疗呢?

现代人们生活节奏非常紧张,许多人患上了"都市病",如顽固的失眠症、精神忧郁症、精神分裂症、心脏病、高血压病、溃疡病、甲状机能亢进及其他疑难杂症,往往只靠药物难以治愈,而精神疗法成了重要的治疗手段之一。在精神疗法中,"笑剂"成为一种疗效最神奇的药物之一。

笑话和幽默的治疗作用,主要是由于笑可以使人的精神得到了大限度的松弛，解除紧张的情绪，这就排开了中枢神经的干扰源，有利于恢复中枢神经对全身的正常调节作用，从而促进内分泌腺的正常分泌，和各种脏器的正常运动，这就为战胜疾病恢复健康奠定了牢固的基础。

笑话治疗曾经使长期失眠者逐渐安睡，使高血压、心脏病、溃疡病等患者逐渐恢复了健康，一些痛苦的疾病也往往得以减轻病苦直至使之消失。因为“笑的治疗”能刺激大脑产生一种物质(茶酚胺)，这是人体制造的一种天然麻醉剂，又叫“内生吗啡”，有良好的镇痛作用，有时可治愈某些恶性顽症而没有什么副作用，一些癌症患者说笑药减轻了痛苦，缓解了病情。因为癌症大多同心情郁闷有关，所以笑剂对预防癌症是非常有用的。心情愉快就不易得癌症。

这样，笑话对健康长寿的作用，越来越为人们所重视，出现了很多以笑话为“药物”的医院，让病人看笑话书及喜剧影视、听笑话录音，经过一些疗程的“笑剂”治疗，来治愈疾病。

为了满足人们生活中对笑话的需要，德国有“笑的协会”，保加利亚有“讽刺幽默节”。印度有每天进行的“笑的体操”，大笑十分钟，全身心得到锻炼。美国有专门的广播电台 WJOK，意大利有专门“卖笑话”的服务，而巴西的电话服务“笑话台”则把世界各地的 500 多种笑话书的精华，请著名滑稽演员录音，输入特制的电脑系统，使人们方便地听到笑话，深受欢迎，利润大增。

(原载《民间文化论坛》2001 年 2 月)

20世纪的笑话研究

笑话是民间故事中的一种体裁,是用散文叙事的口头文学。其特点是具有强烈的喜剧性,引人发笑。

笑话在先秦早已有之,曾引起先秦诸子和历史家的注意,但作为一种文学体裁进行专门研究,则是20世纪以来的事。

作为一种口头文学,其研究包括口头的记录、资料的搜集、编选与理论的分析、概括等几个方面。笑话与故事的研究历史已有两三千年,如司马迁的《史记》中即有《滑稽列传》一篇,专写古代俳优的笑话故事,肯定其“谈言微中,亦可以解纷”,并将故事与历史背景结合在一起叙述,具有一定的立体性。刘勰的《文心雕龙》中有《谐隐》一篇,对笑话和谜语进行理论分析,强调优人讽谏“谲辞饰说,抑止昏暴”,“辞虽倾回,意归义正也,但本体不雅,其流易弊”。对笑话的认识强调其社会、政治价值而否定其娱乐价值,认为笑话“会议适时,颇益颇诫;空戏滑稽,德音大坏”。这是儒家传统。

20世纪开始时,改良主义思潮在文坛有所抬头,吴研人等人以笑话作改良社会之工具,把笑话作为小说的一个方面,开始重视其喜剧性的特点,在《新笑林广记》自序中,他说:“窃谓文字一道,其所以入人者,壮词不如谐语,故笑话小说尚焉。”但他嫌旧笑话之“鄙俚不文”、“陈陈相因”,甚至有“下流社会之恶谑”为“导淫之渐”,于是提出改良之方,输入“新意识、新趣味”,乃作《新笑林广记》。

这种新理论用心是好的,但由于对民间笑话的集体性、口传性等特点缺乏认识,他创作的《新笑林广记》及其他笑话如《滑稽谈》《俏皮话》《新笑史》等往往艺术性大大不如传统民间笑话,所以流传不广。老舍先生曾说:笑话创作颇为不易,几乎是民间文学所包办的。这是深有体验的经验之谈。1935年上海出版徐卓呆《笑话三千》也主要是他个人的创作,尽管他是留学日本的留学生,也是现代写滑稽小说的高手,但他创作的笑话却很少能留存下来。

1909年王国维编撰《优语录》,将唐宋优人的笑话故事50则辑为一书,序曰:元代王晔曾编过《优谏录》,但已失传,只留序。王国维认为:“优人俳语,大都出于演剧之际,故戏剧之源与其迁变之迹,可以考焉。非徒其辞之足以稗阙失,供谐笑而已。”由此可见,他看中的是优人笑话故事作为戏剧史之史料价值,即其科学价值,而不是它的文学价值。

自1918年2月1日蔡元培先生发表《校长启事》发动北大校内外师生员工记录民间歌谣,1922年12月出版歌谣周刊,后又扩大搜集范围,除歌谣外,还记录与研究故事(包括笑话)。具体参见《歌谣》周刊1924年2月24日44期上的“本会启事”。

鲁迅先生当时在北大讲授《中国小说史略》,在“《世说新语》与其前后”一章中讲到后汉给事中邯郸淳撰的《笑林》,隋书经籍志录为“三卷”,今已佚,但鲁迅先生在1909—1911年辑录古小说佚文集《古小说钩沉》,共收自周至隋之散佚小说36种,其中即有《笑林》之笑话29则。1926年曾作为科研成果交厦门大学,但未刊,直到1938年才编入《鲁迅全集》中,1939年出版,这是鲁迅对笑话的研究成果。《笑林》是中国最早的笑话专集,在笑话史上有很高的地位,鲁迅在《中国小说史略》一书中对其评价颇高,认为它是纪人的小说“举非违,显纰缪,实《世说》之一体,亦后来诽谐文学之权舆也”。

对类似的笑话书,鲁迅同时进行论述曰:“《笑林》之后,不乏继作,《隋志》有《解颐》二卷,杨松玢撰,今一字不存,而群书常引《谈薮》,则《世说》之流也。《唐志》有《启颜录》二卷,侯白撰。白字君素,魏郡人,好学有捷才,滑稽善辩,举秀才为儒林郎,好为诽谐杂说,人多爱狎之。所在之处,观者如市……《启颜录》今亦佚,然《太平广记》引用甚多,善上取子史之旧文,近记一己之言行,事多浮浅,又好以鄙言调谑人,诽谐太过,时复流于轻薄矣。其有唐世事者,后人所加也。”这些都是属于文人笑话,在《世说新语》中也有一些。鲁迅还提到“其后则唐有何自然《笑林》,今亦佚。宋有吕居仁《轩渠录》,沈徵《谐史》,周文玘《开颜集》《天和子善谑集》,元明又十余种,大抵或取子史旧文,或拾同时琐事,殊不见有新意。惟托名东坡之《艾子杂说》稍卓特,顾往往嘲讽世情,讥刺时病,又异于《笑林》之无所为而作矣”。

鲁迅对古代笑话书从小说史的角度进行研究,肯定其“为诽谐文学之一体”,而特重视其“嘲讽世情”之讽世作用。但说《笑林》“无所为而作”,似亦太过,其实邯郸淳《笑林》中并不乏讽世之作,如《汉世老人》之讽守财奴,《长竿入城》之讽片面思维等等。说侯白《启颜录》“事多浮浅”,“诽谐太过,时复流于轻薄矣”，对笑话之娱乐作用重视不够，亦值得进一步研究。

1925年林兰编《徐文长故事》(1—3集)在北新书局出版，这是北大提倡记录民间文学之成果。1926年北新书局又出版了钟敬文编的《民间趣事》，1930年又有林兰编的《呆女婿的故事》、《巧舌妇的故事》，潘汉年等编的《傻女婿》，1933年普益书局又出版了朱雨尊编的《民间趣事全集》，娄子匡采编的《巧女和呆娘的故事》。此类笑话书在当时还出了不少。这些民间流传的笑话与文人的书本笑话有联系更有区别，是笑话研究的新成果。可惜在理论上对笑话研究尚未有所建树。

周作人1933年在北新书局出版《苦茶庵笑话集》，书前有长序，对笑话的历史作了简单回顾。他说：

“查笑话古已有之，后来不知怎地忽为士大夫所看不起，不复见著录，意者其在道学与八股兴起之时乎。”

这是说宋以来理学道学及八股文之兴起，儒家文人看不起笑话而不去注意它。到明中叶以后情况发生了变化。“王学与禅宗得势之后，思想解放影响及于文艺，冯梦龙编《笑府》十三卷，笑话差不多又得附小说戏曲的末座了。”然而清入关“胡人即位，圣道复兴，李卓吾与公安竟陵悉为禁书，墨憨斋之名亦埋没灰土下，《笑府》死而复活为《笑林广记》，永列为下等书，不为读书人所齿，以至今日。其实，这是很不公道的”。于是他罗列了笑话的种种“用处”，如“说理论事，空言无补，举例以明，和以调笑，则自然解颐，心悦意服，古人多有取之者，比于寓言”。又如“群居会饮，说鬼谈天，诙谐小说亦其一种，可以破闷，可以解忧”。其三，作为文学，是“滑稽小说的根芽”，有借鉴价值。第四，作为民间文学“笑话是人民所感的表示，凡生活情形，风土习惯，性情好恶，皆自然流露，而尤为直截彻透，此正是民俗学中第三类的好资料也”。这是从民俗学的角度对笑话作了很高的评价。最后，周作人也看到笑话的讽世作用：“笑话也偶尔有苦辣的讽刺小说的风味，此又其别有意义的用处之一也。但是，我的意思还是重在当作民俗学的资料，兹先选抄明清文人所编者为一集，如能更往民间从老百姓口头录下现时通行笑话为第二集，则其价值当更大矣。”由此可见，他从明清笑话集冯梦龙的《笑府》、陈皋谟的《笑倒》、石成金的《笑得好》中选取笑话主要是从民俗研究的需要出发的，当然，他更希望有民间笑话的记录本，但当时还不多。他在此序中还说：

“十年前我记录《徐文长的故事》数则，说明中曾云：‘从道德方面讲，这故事里的确有好些不可训的分子，然而我们要知道，老百姓的思想还有好些和野蛮人相像，他们相信力即是理，无论用了体力、智力或魔力，只要能得到胜利，即是英雄……”

这是运用人类学派的观点，把民间文学(民俗之一部分)作为“文化残留物”来看待的，是当时流行的观点。所以他在编选时，少收讽世之作，但对过分黄色的猥亵之作也未敢选入，感到遗憾：“其表示刻露者，在民俗资料上多极有价值，今惜未能选入，但可取其稍稍尔雅者耳。”周作人的序言对明清笑话书的原序也多有征引，分析他们的笑话观，说：“《笑倒》和《笑府》的序态度颇有点相近，都是发牢骚，借了笑话去嘲弄世间，但是到了《笑得好》便很不相同，笑话还是笑话，却是拿去劝善惩恶，有点像寓言了。”他认为：“用笑话作教训，说得古一点，这倒是孔孟的传统罢，不过，物以稀为贵，古人偶一为之，后世又当作古逸笑话的吉光片羽，所以很有意思，若是整本的去做，就难免是笨伯了，而且顶奇怪的是在道学派的笑话集中，特别多那些极不堪的故事，有些简直除猥亵外别无什么可取，附加的教训自然全是胡扯，在这里我想那编者的态度实在也同普通说猥亵话的一样，教训只是一种掩饰，向来标榜名教而写淫书的人便多如此。”这是有一定道理的知人之论。在情节之外加上教训说理实不足取，但寓言笑话讽世笑话的教育意义则不能否定。周作人此书中不注意选入思想性强的作品，实是一大缺陷。

1936—1938年，赵景深的《中国笑话提要》是较有分量的一篇笑话研究著作，他在鲁迅《中国小说史略》的基础上，对中国古代的笑话书，一本本地作了较详细的提要与评论。在介绍《笑林》《启颜录》的版本后，将《笑林》与现代笑话联系起来分析，谈到呆女婿的故事，此二书中的异文“与现今所传的虽不甚相类，也可以稍微找到一点影子……”把古今的同类故事联系起来进行比较研究，是人类学派的主要方法之一，是很有意义的新事物。他还指出《启颜录》所记多为真人真事的传说，“不像《笑林》那样的更近于民间故事”。这是用故事学理论划分传说(严肃故事)与故事(游戏故事)，在当时也是颇为前卫的。接着他又介绍元代陶宗仪“《说郛》里选有专辑笑话的集子数种”，并具体分析其中笑话的古今同异变迁。他多论述宋代故事，这正是周作人所忽视了的。如苏轼的《艾子后语》及宋代李昉等《太平广记》卷二四二中的“谬误类、遗忘类”、卷二四五至二五二的“诙谐类”，卷二五三至二五七之“嘲诮类”，卷二五八至二六二之“嗤鄙类”，共19卷，辑录各书中之笑话甚多，且“每条都注明出处。但明代所辑的笑话反而不注明出处了”。于是他又“穷数日之力”把谢肇淛《五杂组》卷十六的“解颐”部分的130则笑话的出处列表录出,但只查出半数,“这一表可以使我们知道哪一些书里藏着笑话,因此作进一步的探讨,也许对于笑话研究者是有用的。清窝退居士所辑《笑笑录》和近人杨汝泉的《滑稽故事类编》,大半皆注明出处,惟颇随便,不注明出处的也有不少,读者深感不便。最好的要算《幽默笔记》和方成的《历代滑稽故事选集》,可说是每一篇都注明出处的;前者搜罗既广,又有用书提要,其意至善”。强调科学规范,是很好的。

赵景深对明代笑话书,多与周作人的《苦茶庵笑话选》进行对读,作了很详细的比较,发现冯梦龙的《广笑府》是《笑府》的改装,每卷前面,加上一些别的东西。其中有好些是从较古的笑话书如《艾子》等搜集下来的。但周作人所录的“笑府选”中有42篇是《广笑府》里没有的。赵先生还列表把二书中的七篇“同义异文”作了对比,它们是《错死人》《解僧卒》《镜子》《一线莫救》《好古自困》《盖藁荐》《道号非人》,发现“后四篇《笑府选》均较《广笑府》为简”。在评论《雪涛小书》时,赵景深指出:“明人的笑话书雷同者极多,我想不一定是互相抄袭,多半还是由于大家都是听得来的传说之故。即如此书(指雪涛小书中的《谐史》),有十一则是与《苦茶庵笑话选》相同的,但文字却无一相同。”他作了许多的异文对照工作,得出了这个结论,当然也发现《一见哈哈笑》是根据《嘻谈录》和《嘻笑续集》改编的,原书按内容分类,改编后则按题目的字数分类编排,所以认为这种作法“与其说是为了原书分类不妥而改编,还不如说为了想泯去抄袭之迹而改编来得更妥当一些”。赵景深读了《论语》47期上阿英的《钟伯敬的“谐丛”》肯定其翻译使笑话的意义更显豁,这是很好的,但却指出这20多篇笑话“至少该有一大半是辑录的,而不是钟伯敬第一个记录的,更不是钟伯敬所创作的”。①他查出好几篇是宋代文献中已有的。他还查出明人马中编《中山狼传》在《五朝小说大观》的第三函《宋人百种》中已有,“而此书竟题作宋谢良,文字亦较简,似为今所通行者之祖本”。

此外,赵景深还对《山中一夕话》中的《笑例》《类谈集》、所谓徐文长的《谐史》《笑得好》、冯梦龙的《雅谑》、赵南星的《笑赞》等书,都作了不少对比考证,发现托名徐文长的《谐史》是“坊间胡乱刻的,所以错误之处,时可见到”。又发现“《笑得好》引用前人笑话,每多增缀”。对比《笑府》等明人笑话原文,《笑得

① 赵景深:《中国小说丛考》,齐鲁书社1980年版,第44页。

好》往往在篇幅上加倍了，更口语化，也更生动。而《笑赞》也“不是创作，只是把听来的笑话重写出来罢了”。并从宋元人的书中找出了其中十多篇的出处。在《笑林广记》一节中写道：“以前我们不知道《笑林广记》的来源，现在却知道它是从冯梦龙《笑府》等书里选辑出来的。”他提到周作人《苦茶庵笑话选》对此的贡献，又作了更仔细的对比，发现其出处与民间流传的情形。当然，也有些粗疏之处，如“李卓吾编次”的《山中一夕话》中的笑话如《笑倒》为抽抽夫（即陈皋谟）作，而误为李卓吾了。后由周作人作了订正。

赵景深先生的故事与笑话研究得到了郑振铎、阿英等先进人物的支持，从他们那里借到西方最新的故事理论著作和古本笑话书，所以他能用故事学的理论与方法来分析笑话，这是比一般不懂民间文学理论的文人高明之处。他用传统的考证方法对各笑话集中笑话同异比较亦颇有参考价值。他的研究成果实为中国笑话研究的基础工程，对古代笑话的研究是较为系统、深入的。但联系当时民间流传的笑话及笑话书进行古今比较则尚未引起重视，缺少深入民间的调查，这是一个较大的局限性。

此外，赵景深尚有《中国的吉诃德先生》（1928）一文，是评论林兰编的《呆女婿的故事》一书的。他说：“在我们中国，呆女婿也可以说是吉诃德先生，他秉性直爽，不知奸猾，与吉诃德一样，……但这种人确可佩服。”此文用故事学方法分析呆女婿故事的结构，认为单纯故事可以组合，联几个故事为一个故事。最后特别列一节“东方呆丈夫与西方呆老婆”，认为“大约西方的呆子大半是老婆，如挪威的《愚妇人》等……（举多种西方故事为例）……东方的呆子大半是丈夫或是男子。”为此他甚至疑心俄国的《傻子伊凡》是东部西伯利亚的故事而不是欧洲的。①此文还批评林兰编的此书“全书有三分之一未注明出处（即故事的产生地），颇引以为憾”。这是对民间笑话记录的科学性提出的科学要求，是很有眼光的。

钟敬文编的《民间趣事》共27篇短篇笑话趣事，其中只二三篇是他自己写的，其余均为“年纪还幼的小学生写的，我不过略略给他们改订一下罢了”。可见他是发动学生记录口头笑话的。他在1928年5月还有一篇《呆女婿故事试说》，主要指出它的典型性特点，说它“集合关于人性愚呆方面之故事的大成

① 赵景深：《民间文学丛谈》，湖南文艺出版社1982年版，第194页。

(是所谓箭垛),正犹如徐文长之集合关于人性尖刻方面之大成一样”①,对故事背景和类式也作了一些分析。这一时期的笑话研究还有些零星成果,如陈子展《呆女婿》②、傅惜华《中国古代笑话集》③、张寿林《中国笑话的史的变迁》④等。

1956年12月王利器编的《历代笑话集》由上海古典文学出版社出版了。此书辑入古代笑话书71种,收罗宏富,为研究古代笑话提供了较系统、全面的资料,除总的“前言”外,在每种笑话书之前,先介绍此书之作者、版本,然后录入书中笑话,尽量多录,但对重复的则保留最早见或艺术性高的,对元明以来的笑话集“庸俗的和猥亵的作品”也作了稍多的“删削”。但“总起来说,这本集子不是选集,虽然已经作了初步选择,但保留下来的原作品还是多的”。在“前言”中,编者对笑话的思想和艺术也作了一些分析,指出“一切不合理的剥削和压迫的丑恶现象,都及时地在笑话里面获得迅速的反应。这种高度的政治敏感性,是笑话的特征之一”。如有宦官专政、伪道学、贪官污吏、宗教迷信等等笑话。“劳动人民往往以一个笑话来说明一个道理,让人们在轻松愉快中得到启发和教育。”不是说教而易接受,达到“以笑话醒人”(石基天)的效果。前言中还分析了古代笑话中的一些典型人物,如先秦诸子中的宋人形象,《韩非子》中还有郑人形象,元明笑话中又有艾子、迂公、憨子等人物形象。指出元明以来笑话常成为小说、戏曲的素材,如沈璟的戏曲《博笑记》即“完全以笑话为题材”。⑤对笑话的“艺术形式”,主要提出了夸张、短小精悍等手法。他还指出“笑话中的正面人物常常是不出场的”。但有时也会有“两个极端的人物形象”尖锐对立,从而“创造了笑话中正面人物生动的形象”。⑥书后附已佚或未收之书目。

1959年5月赵景深对《历代笑话集》提出批评,说编者把《憨子杂俎》《艾子外语》当成已佚而未收,其实这两种书很容易找到,在郑振铎编的《世界文库》内即有……

此书在香港、台湾有五六家翻印,1981年上海古籍出版社出了新一版,

---

① 钟敬文:《钟敬文民间文学论集》(下),上海文艺出版社1985年版,第235页。
② 陈子展:《呆女婿》,《新小说》1928年第1、2期。
③ 傅惜华:《中国古代笑话集》,《艺文杂志》1934年第2卷第4期。
④ 张寿林:《中国笑话的史的变迁》,《中央日报·民风副刊》1937年5月。
⑤ 王利器:《历代笑话集》,上海古典文学出版社1956年版,第Ⅲ页。
⑥ 王利器:《历代笑话集》,上海古典文学出版社1956年版,第ⅪⅤ页。

1985年王贞珉与王利器的《历代笑话续编》在沈阳春风文艺出版社出版，收入明清笑话集5种，奇怪的是并未将《憨子杂俎》和《艾子外语》二书收入，只收入《谈谑》《应谐》《解愠编》《时兴笑话》《笑典》等5种，并附先秦《宋愚人事录》凡二十事，这是一个很好的研究资料。此书有一些又在《中国古代笑话选注》中发表。此文认为战国以来《孟子》《韩非子》等书中所记的宋人笑话，即为中国古代笑话之源。其实《左传》僖公二十二年所记之宋襄公与楚国打仗，“不鼓不成列”而大败，此“蠢猪式”的仁义道德的笑话，即一真人真事的笑话，其时代当在春秋时期。当时即已流传开来：“身死人手，而为天下笑”①。此文对《笑林》以后笑话的发展，笑话与戏曲、相声的关系也简略地加以阐述，认为“现在的单口相声，就是古代的笑话”。王利器所辑笑话，对研究笑话艺术有一定作用，但书中所收多为真人真事之文人记载，其中有的可笑，大多并不可笑，故与后代之民间笑话集，不可同日而语也。

1957年8月《民间文学集刊》在上海文化出版社创刊，在创刊号第一本“编者的话”中提出要重点研究的问题之二即“对中国古代笑话的研究、笑话和寓言的区别”等等。同期还登载了上海作家协会通俗文艺组于4月5日讨论笑话、傻女婿和谚语的情况报导，出席者有严独鹤、赵景深、罗永麟、陈山、郑逸梅、平襟亚、徐卓呆等二十余人。讨论参考题提出了对“讽刺劳动人民的笑话”的不同看法，有人认为不宜发表，大家认为不对，但究竟怎么看此类故事？罗永麟说，讽刺是永远需要的，傻女婿故事并无恶意，可以“启蒙儿童智慧，教育他们别干傻事”。赵景深说有些傻女婿实际是聪明女婿。陈山认为人民中也有好有坏，对坏事为什么不可以笑话笑话？窦昌荣认为“高等华人话”居高临下笑话人民不好，为笑话而笑话可能“流于庸俗”。徐卓呆说旧时代礼数多，新女婿上门，到一个新环境本不傻的也变傻了。上海文化出版社徐慧弟说，编译出版了两本笑话，有人说有的“没有思想性”，有的讽刺劳动人民，其实只要“有益无害，内容健康，使人轻松的笑话，都可以搞”。金名认为徐卓呆《笑话三千》不注意思想性，不好，但古代冯梦龙、江盈科则是好的笑话编辑家，注重思想性的。这是第一次对笑话进行专题讨论，对笑话的出版与研究是有好处的。

1958年3月《民间文学集刊》第三本发表了金名的《论笑话编辑出版工作中的几个问题》，即为他在上海作协讨论会上的发言，他提出笑话的社会作用

① （西汉）刘安：《淮南子·汜论》。

有三:作为战斗的匕首,作为生活的教科书和作为娱乐的工具。冯梦龙、江盈科重视第一、二种,而周作人、徐卓呆则只注意第三种。同期还发表了罗永麟《谈中国民间笑话在美学上的意义及其他》,据他后来告诉我,是编辑部约他写的,这是从美学上研究笑话的第一篇文章。作者从亚里士多德以至马克思关于喜剧的论述出发,认为在美学史的长期发展中,“有各种不同的说法,但是基本上认为滑稽的东西,总是乖谬、可鄙、笨拙、可笑的”。结论是:“喜剧的基本内容,主要就是揭露生活中丑恶的东西。”①在喜剧理论上只是阐述了西方观点,但运用它来研究中国民间笑话,却提出了新的看法。他引司马迁的话批评一些浅薄文人轻视民间笑话“够不上艺术品,不登大雅之堂”,是“由于他们无知”,他们不知道“喜剧是在民间笑话的基础上发展起来的”②。“笑话的讽刺有时比较喜剧更辛辣、更坦率、更无顾忌”,因此,认为“民间笑话是完全有资格被列入喜剧的范围之内,具有美学意义的”。他认为讽刺应分为对敌人的和对自己人的二种,傻女婿是对自己人的,而徐文长的故事则较复杂,有捉弄劳动人民的,但也可使农民孩子听了以后可以防御人的捉弄。而巧女、阿凡提一类故事则是赞扬人民智慧的。新中国建立后,与鲁迅的时代已根本不同,当时大敌当前,难以幽默,而新中国建立后,以幽默讽刺自己人身上残留的旧社会的缺点和恶习,是“有好处也应该的”。③

关于阿凡提故事的讨论,1956年《民间文学》1月号和7月号已展开争鸣,这是当时“百家争鸣”方针在民间文学界切实贯彻的结果。在1月份上,贾芝发表了《关于阿凡提故事》一文,对阿凡提故事及阿凡提人物形象进行了较深入的分析,指出阿凡提这个新疆维吾尔族家喻户晓的人物“是劳动人民中一个代表正义和富有智慧的典型人物”。“他的讽刺和反抗的锋芒,是针对着整个统治阶级”④。但同时他又常常有一些“傻行为”,对此贾芝的文章作了三点分析:一是在财主等剥削者眼中,阿凡提是傻的,如《锅生儿》,但这是阿凡提的佯装之计;二是某些人对他的高贵品质不能理解,如《打油》因专心想着别人委托他的事而把碗里的油全部洒光,他老婆认为他最傻;三是表现了他“淳朴憨厚

① 《民间文学集刊》,上海文化出版社1958年第3期,第37页。

② 《民间文学集刊》,上海文化出版社1958年第3期,第39页。

③ 《民间文学集刊》,上海文化出版社1958年第3期,第48页。

④ 贾芝:《关于阿凡提故事》,见段宝林编:《笑之研究:阿凡提笑话评论集》,新疆人民出版社1988年版,第3页。

的一面”，如《卖牛》，只讲其缺点，别人帮他吹牛他反而不卖了等等。此外，还有“大智若愚”的成分。①所以他认为阿凡提的性格还是统一的。这是第一篇分析阿凡提故事的文章，充分肯定了它的思想和艺术，认为阿凡提故事的艺术想象“在不少地方胜过文学”，虽然短小，却是“花中的蜜”，弥足珍贵。②

《民间文学》1956年7月号发表了袁忠岳《关于阿凡提的傻行为》的文章，对贾芝文章提出了不同的看法，他认为贾文“把阿凡提的聪明智慧与他的傻行为对立起来……实质上是对阿凡提的完整的性格的破坏”。③他认为傻行为是阿凡提“伟大的人格”的一个不可缺少的组成部分，他对敌人一点也不傻，但对自己人则有时会变成傻头傻脑的样子，把他巧智的锋芒掩盖起来，就更使人觉得他“亲切、可爱”，他认为贾芝的错误在于“把阿凡提当作一个历史上真实的人物”，而其实他是人民“艺术夸张”的智慧创造。这些文章为阿凡提故事的广泛流传开辟了道路。此后阿凡提故事在报刊和故事集中大量出现，逐渐成为全国知名的喜剧人物。

1962年1月4日，段宝林在《北京日报》发表了《阿凡提和他的兄弟们》一文，提出阿凡提是一个艺术典型，在其他民族，也流传着类似的故事，如汉语“长工与地主的故事”，蒙古族的巴拉根仓、藏族的登巴叔叔、苗族的反江山、彝族的沙戈克如、纳西族的阿一旦、侗族的雷大等等故事中的人物，“都是阿凡提的兄弟”，他们“都是被黑暗制度压在最底层的劳动人民。尽管反动统治者是如此野蛮、残酷，但他们总能巧妙地进行斗争并取得胜利”。此文提出了“阿凡提是否真有其人呢?”这个问题，有许多说法，“究竟哪种说法对呢？目前还没能考证出来”。④这就引起了戈宝权先生的兴趣，使他想起1936年作为记者旅居莫斯科时，曾读到苏联著名的土耳其学者符·高尔德列夫斯基从土耳其语译出的《霍加·纳斯尔丁的笑话》，1941年在香港曾译出一些发表在茅盾所主编的《笔谈》半月刊上。五六十年代曾把全书翻译出来，同时还阅读了不少苏联著名东方学者所写的有关霍加·纳斯列丁的文章，于是在1963年1月号的《民间文学》上发表了一篇《关于阿凡提和阿凡提故事》的长文，后来又作增补，发表在1979年上海文艺出版社的《民间文学论文选》中，1983年又作为他翻译

① 《民间文学》1956年1月，第6页。
② 《民间文学》1956年1月，第7页。
③ 《民间文学》1956年7月，第9页。
④ 《民间文学》1956年7月，第17页。

的《纳斯列丁的故事》的序言发表，1988年收入段宝林编的《笑之研究——阿凡提笑话评论集》一书。这是一篇系统论述阿凡提故事的长文，对阿凡提的历史原型及其历史，对阿凡提故事的内容及其流传等重要问题，都作了较详细的论述，其根据主要是苏联学者过去的研究成果，介绍得比较具体，因而有很高的学术参考价值，对"阿凡提是个人名吗?"他说不是，而是一种称号，源于突厥语Efendi，是对有知识的人的尊称，也作男人的一般称呼，意即"先生"、"老师"。他的名字叫Nasr—ed—din，读为纳斯尔丁或纳斯列丁，意为"宗教的胜利"、"对宗教的支持"等。为对他表示尊敬，大家又称他为霍加·纳斯列丁，或纳斯列丁·霍加。霍加是宗教中的"老师"之意，与毛拉相似，有人就简称他为霍加。但在中亚各国和我国新疆维吾尔族，都简称他为阿凡提，不过有时也叫他霍加或毛拉。文中还谈到"从阿凡提故事的内容来看，称为'笑话'似乎比称为'故事'更为确切"。①

对于"有没有阿凡提这个人"这个问题，他引用了中外许多学者的说法认为根据土耳其学者的考证，"霍加·纳斯列丁并非虚构的人物，……而是生活在13世纪(1208—1209年至1284—1285年)的一个历史人物"。在地方档案中，发现他生于土耳其西南部的西甫里希萨尔(意为尖城)附近的霍尔托村，当过伊玛目，后追随苏菲派学者而到南方的阿克谢希尔城(意为白城)，最后死在那里，活了76岁。其坟墓尚在。伊斯坦布尔大学胡阿德·凯普留柳教授1918年发表他研究墓碑的结果，肯定了他的忌日，虽刻的是伊斯兰教历386年(公元996—997年)，却要反过来读应为683年(公元1784—1785年)，这是蒙古人入侵土耳其的时代。这样看来，霍加·纳斯列丁就不是一个虚构的人物，而是一个真实的历史人物了。在土首都的托普卡皮博物馆内有一张18世纪他的小型画像，白胡子，大缠头，骑小毛驴。但是，关于他的故事许多是讲他和帖木儿暴君的关系，而帖木儿是比他晚100多年的中亚察合台汗国的统治者，曾占领阿富汗、伊朗、伊拉克、印度及高加索一带，1400—1402年远征土耳其，1404年远征中国，中途阵亡，葬于撒马尔罕(乌兹别克斯坦境内)，今坟墓尚在。传说帖木儿很爱听阿凡提的笑话。他在土耳其到处烧杀抢掠，唯独阿克谢希尔城幸免于难，据说是笑话起了好作用。许多笑话是讲他们二人的关系的，如《霍加和帖木儿打猎遇雨》《霍加和一条腿的鹅》……可见民间传说把帖木儿与

① 段宝林编:《笑之研究:阿凡提笑话评论集》，新疆人民出版社1988年版，第30页。

一百多年前的霍加联在一起，有很大的虚构成分。关于霍加的墓地，也有不少传说，说墓的四周没有围墙，前面却装着一面厚重的木板大门，挂着大锁，这是按他的遗言办的，是"最后一个笑话"。墓上刻着386三个数字，翻成字母，意为"看得见"，失明者用墓土涂眼即可得见光明。当地居民结婚也要到墓前请他参加，否则会产生不幸云云。戈宝权先生除介绍了"土耳其说"外，还介绍了"朱哈说"(即"阿拉伯说")朱哈是阿拉伯人中广为流传的阿凡提，其称呼是"霍加·纳斯列丁·阿凡提·朱哈"，早在8—10世纪东方各族人民反对阿拉伯伊斯兰的哈里发统治时代即有此人领导的人民起义发生，他装成傻头傻脑的样子，借此假面具作掩护，用笑话来发动群众，所以阿凡提笑话中有反宗教的急进思想，嘲笑伊斯兰的个别教义，后来在亚洲最进步的国家土耳其，霍加的形象得到最大的发展，以后又传到中亚各国、外高加索、巴尔干半岛的阿尔巴尼亚、保加利亚、罗马尼亚、希腊、西西里岛、整个阿拉伯世界、伊朗、阿富汗和中国新疆。他们都把阿凡提作为"自己的同胞"，这是一个"世界性的形象"。从摩洛哥到中国，从西伯利亚到阿拉伯半岛，有近40种语言在传说着阿凡提笑话。而最早的笑话则是10世纪巴格达的一本《图书目录》中已有记载的《朱哈笑话集》中的，他是阿拉伯人，生于库法(今伊拉克境内)，传说中的朱哈笑话后来发展成霍加——阿凡提的笑话。朱哈在各地有不同而相近的名字：阿拉伯人叫他朱哈、召哈、朱希，埃及人叫戈哈，北非的柏伯人叫他杰哈或西·杰哈，马耳他人叫他贾哈，西西里人叫他久法，卡拉布里亚人叫他休哈或肖凡尼……可见流传之广。阿拉伯古老的谚语中，有一条说："他比朱哈还要傻"，可见其性格特征，当然这不是真傻而是机智的伪装。土耳其的译者伊兹塞特从阿拉伯文译此故事时说："我以为这个爱说俏皮话的人是个傻瓜：在他的每句话里都含有奥妙的意思。"①戈文对阿凡提故事在各国的流行，欧洲各国的译本等等都作了详细的介绍，是一篇很有分量的论文。但他对新疆阿凡提故事的流传情况却了解不多，因此，认为收集整理和比较研究还是一个重要任务。后来他自己也编了一本《阿凡提的故事》②，是收罗最多的本子之一。

在1962年《阿凡提和他的兄弟们》一文发表之后，各民族机智人物故事引起了注意。1978年11月上海文艺出版社出版了祁连休编选的《少数民族机智

① 参见段宝林编：《笑之研究——阿凡提笑话评论集》，新疆人民出版社1988年版，第46页。
② 戈宝权主编：《阿凡提的故事》，中国民间文艺出版社1981年版。

人物故事选》，收入蒙古巴拉根昌、沙格德尔，藏族阿古登巴、聂局桑布，维吾尔族阿凡提、毛拉则丁，苗族反江山，彝族罗牧阿智、沙哥克如，壮族公颇、佬巧、老登，布依族甲金，哈萨克族的和加（霍加）纳斯尔、阿勒的尔·库沙，侗族甫贯，佤族岩江片、达太，瑶族卜合，纳西族阿一旦，乌兹别克族阿凡提等13个民族20个机智人物的故事，这是对机智人物笑话的调查研究上的巨大进步。作者在前言中，对此类作品的思想和艺术作了研究和评论，认为这些故事的“基本主题”是“奴隶和奴隶主、农奴和领主、农民和地主之间的矛盾和斗争”，“它们的社会意义主要表现在这类作品敢于公开向剥削制度的旧秩序挑战，在一定程度上打击了反动统治者和剥削者的气焰，激励了广大人民群众的反抗情绪和斗争精神，从而帮助人民群众推动历史的前进”。他还指出这些机智人物都是一些“滑稽人物”，“在锋芒毕露之中很自然地流露出劳动人民特有的幽默感……这种幽默感，往往是劳动人民轻蔑敌人，对自己的力量满怀信心的乐观精神的一种表现”。对各民族故事中一些相似的情节，作者也进行了初步的比较研究，认为这是民族文化交流的结果，但仍带有各自的民族特色，值得进一步探讨。他还指出此类故事中也有“糟粕”，主要是故事中有些淫秽成分或表现了自私、占小便宜、为非作歹等落后意识，故事主角有时成了骗子、流氓、地痞或奴才、走卒、帮凶。作者认为这是剥削阶级“伪造”和影响的结果，是次要的。由此可见，这只是对机智人物故事的初步研究，着重强调的是阶级斗争的内容，对其他方面的分析尚不全面。所以他又认为这些故事是旧时代的产物，“随着新中国的建立，这类故事不再继续产生”。[①]这显然是不符合实情的。

对机智人物的研究，各地都发表了不少评论，1984年还开过专门的讨论会，出过论文集《笑的艺术》，屈育德有《略论巧女故事》，芒·牧林编注《巴拉根昌故事集成》等，对此类作品的思想、艺术作了各种分析。但研究得最多还是阿凡提故事，除上述研究成果外，还有许多论文，如美学家王朝闻80年代到新疆考察时，写了《魔鬼的脸——读阿凡提故事有感》的长文，对阿凡提故事的现实社会意义及艺术手法作了一些随感式的美学分析。戈宝权先生又写了《从朱哈、纳斯列丁到阿凡提》，对朱哈与阿凡提笑话的历史发展和比较研究作了论述。段宝林的《论阿凡提的性格特征》对阿凡提性格的三方面喜剧特征作了

① 中国民间文艺研究会上海分会编：《中国民间文学论文选》（下册），上海文艺出版社1980年版，第317—341页。

较详细的分析,对单一性格论提出了不同看法。傅信、黄泊沧《成年期的史诗——阿凡提的笑话》按照杨绛先生关于塞万提斯、菲尔丁小说理论中的史诗定义,对阿凡提故事进行了很好的分析,认为阿凡提是一个出色的英雄,阿凡提故事反映了深刻的、丰富的历史内容,寓庄于谐,具有史诗的品格。文中也提到金庸《书剑恩仇录》"在深入挖掘了阿凡提的英雄性格之后,……又使阿凡提以锄强扶弱、反抗暴政的新疆怪侠的面貌,活跃在人们的眼前"。①此外,卜昭雨、金炳喆、胡振华、赵世杰、宁锐、薛宝琨、李稚田等人对阿凡提故事都写了专文,有许多精彩的论述,这些文章都已收入《笑之研究——阿凡提笑话评论集》。

对阿凡提的研究除评论性的分析外,对其美学价值的研究有新的发现,突破了传统西方喜剧美学的基本理论,受到了国内外学界的重视。段宝林1960—1963年写了几条《阿凡提漫话》,对阿凡提故事的流传及其突出的喜剧特点和美学意义进行了阐述,指出亚里士多德、车尔尼雪夫斯基等都认为喜剧是"关于坏人物的模仿",滑稽不仅是"崇高的反面",而且是"美的反面",1958年罗永麟用美学理论分析笑话时也认为"喜剧的基本内容主要就是揭露生活中丑恶的东西"。如果按传统喜剧理论来分析阿凡提就不能说他是喜剧人物了,作者指出"阿凡提的喜剧形象,既不是崇高的反面,也不是美的反面,恰恰相反,是丑的反面,是崇高和美的正面。由此可见,古典美学中关于喜剧与滑稽的概念,还需要进一步扩大"。过去的喜剧理论"对旧时代的喜剧艺术来说是合适的,走过了千百年的历程,但对人民艺术来说,就显得过分挤脚了,过分狭窄了。过去的美学家们大多是脱离劳动人民的,对劳动人民的艺术和劳动人民的美学观点,缺少全面和深入的研究,这是他们的局限。我们生活在新的人民的时代,有最科学的世界观和方法论的指导,并有幸看到如此气象万千的民间文学作品,有可能从广大群众的天才创造中进行更全面的美学概括……对民间文学进行深入的美学探讨,可能使整个美学大为改观"。此文虽短,却提出了一个重要的问题。但是由于编辑不大懂美学也不懂民间文学的描写研究,当时段宝林是20多岁的毛头小伙子,所以这篇短文竟被《民间文学》杂志退稿,直到1988年才原封未动地在《笑之研究——阿凡提笑话评论集》中发表。当然,其主要观点也曾写入《中国民间文学概要》教材,于1981年1月由

---

① 段宝林编:《笑之研究——阿凡提笑话评论集》,新疆人民出版社1988年版,第229页。

北京大学出版社出版。

为了深入研究阿凡提故事的美学价值，段宝林在80年代又写了四篇文章，第一篇专论为《试论民间笑话的美学价值和结构方式》①，分析了“传统美学中喜剧与滑稽概念的严重缺陷”，又具体论述了“民间斗争笑话的喜剧结构方式”，指出“这种‘斗争笑话’在结构上同‘暴露笑话’显然不同”，暴露笑话中只有一个反面喜剧人物，为“单相笑话”，而斗争笑话则有两个主要人物，除反面喜剧人物外，还有正面喜剧人物，所以是“双相笑话”。“这‘双相笑话’之中，反面的喜剧人物不占主要地位，往往居于劣势，而占支配地位的，则是正面喜剧人物。”文章对正面喜剧人物的斗争方式和喜剧构成进行了具体论述（列举了归谬法、反话法、学样法、谐音法、曲解法、巧计法、巧语法等等），用大量事实说明众多的喜剧人物（机智人物）并不是丑的而是美的，这一事实已突破了传统喜剧美学的框框。

此外，又写了《民间笑话美学意义的新探索》②、《民间笑话的美学功能》③、《略说笑话的喜剧结构》④、《论阿凡提笑话的美学意义》⑤等等。这一新的美学探索，在国内外产生了一定的影响，对正面喜剧人物的创造及美学研究有促进作用。此文曾请丁乃通先生在卑尔根会议上宣读，他认为中国人第一次参加西方的会就批评西方美学似乎不妥，怕引起反感，但大会主席劳里·杭科教授（芬兰）却很赞赏，一定要他代念，后由他夫人许丽华教授代为宣读，反映良好。1987年在筹备下一次大会时，劳里·杭科特别指出：“民间叙事的审美观念和诗学是一个有待解决的课题。我们已经感到下述情况是冒失和欠妥的，即把西方的美学和诗学观点强加在世界不同文化的民间文学上。”⑥这就说明，此文已引起西方权威学者对“西方中心论”的怀疑，所以后来国际民间叙事研究学会决定今后多到东方国家开会。北大美学教研室主任杨辛很赞赏学报上的文章，为了更深入地研究笑话美学，他为他主编的“艺术教育与美学研究丛书”向

---

① 段宝林：《试论民间笑话的美学价值和结构方式》，《辽宁民间文学》1981年第3期，《北京大学学报》1984年第4期。

② 段宝林：《民间笑话美学意义的新探索》，《民间文学集刊》（第二册），上海文艺出版社1982年版。

③ 段宝林：《民间笑话的美学功能》，1984年译为英文在国际民间叙事学会第8次大会发表，载大会文集4卷本之第1卷。

④ 段宝林：《略说笑话的喜剧结构》，《乡土》1990年第10—11期。

⑤ 段宝林：《论阿凡提笑话的美学意义》，《文学评论丛刊》1986年第25辑。

⑥ ［芬兰］劳里·杭科：《记中芬联合调查》，《民间文学》1988年第3期，第46页。

段宝林约稿，结果写出了《笑话美学》，因作为丛书的一种，只能写 15 万字，结果虽写了 18 万字，还是比较简略，书名按统一格式也改为《笑话——人间的喜剧艺术》1991 年在北京大学出版社出版，1992 年又在我国台湾素馨出版社出版。此书是中国第一本全面研究笑话美学的专著，全书分三个大的部分：(1)“笑话与喜剧美”，从研究笑的本质谈到笑话的立体性特点，特别是有关笑话的民俗与社会功能。(2)“笑话的笑素——喜剧美的形形色色”，分别从幽默笑话、寓言笑话、嘲讽笑话、斗争笑话、政治笑话、诙谐笑话、儿童笑话、名人笑话、阿凡提的诙谐等各类笑话作品作了具体分析，最后总结了“笑话的喜剧美与喜剧美的家族”，论证了“喜剧的内容不是丑”，过去美学家简单地那么说是不科学的，事实正相反，喜剧的内容是美——喜剧美。(3)“笑话的喜剧技巧”，不仅对笑话的喜剧人物、喜剧结构和喜剧语言作了具体分析，更重要的是对西方和中国过去的所有重要的喜剧美学观点，都一一作了述评，肯定从古到今的 20 多种观点的成就，同时也明确指出了他们的种种局限性，目的正在于通过笑话的研究全面深入理解喜剧美学，并竭力探索喜剧美之产生与创造的共同规律。作者是努力按照马列主义科学方法进行研究的，不是像大多数西方美学家那样由先验的哲学理论出发去推导演绎出喜剧美学理论，而是相反，从具体事实、具体作品出发，去概括出喜剧美学的理论来。这是比较可靠的并最具创造性的研究方法。当然，其成果还是初步的，需要进一步完善。

关于笑话研究的专著除以上所述外，尚有《笑话、幽默与逻辑》①，这是用笑话说明逻辑原理的著作，是从哲学、逻辑学角度研究笑话的成果，可以使人“在笑声中增长智慧，训练思维能力”，说明笑话的内容有不少是很深刻的，那些轻视笑话的传统观点显然是大谬不然的。还有一本《笑话里外观》②，此书从文学观点进行研究，对笑话的思想内容与各种艺术手法作了非常细密的分析，是评论笑话，研究艺术技巧的佳作。

对于笑话中性爱描写的研究在 90 年代有一定的深入。1996 年上海人民出版社《明清通俗笑话集》的编者陈如江、徐侗在《前言》中从西方喜剧、狂欢的观念出发，对古人“不亵不笑”的问题作了阐释，认为明清笑话中“不少涉及性爱的笑话，表现了人类对自由婚姻尤其是美满的性生活的大胆追求，对正常的

① 谭大容：《笑话、幽默与逻辑》，重庆大学出版社 1986 年版。
② 余德泉：《笑话里外观》，四川人民出版社 1988 年版。

性爱欲望的充分肯定以及对封建的虚伪的道德、礼教的嘲讽和批判”。同时也有“许多性爱笑话‘释放’和‘宣泄’的是低贱、庸俗、粗鄙、无聊的‘性’趣。”① 1997 年台北里仁书局出版的陈益源著《民俗文化与民间文学》中有两篇关于“荤笑话”的文章，一篇是《长牙、成精、水里模——民间荤故事的三种类型及其性教育功能》，这是作者对 1989 年 8 月中国民间文艺出版社内部出版的两本《中国民间荤故事》中 264 则笑话的一种研究，对此三种类型所表现的性启蒙教育的社会功能作了充分的肯定。另一篇为《〈姑妄言〉里的荤笑话——〈姑妄言〉系列研究之一》，《姑妄言》为雍正年间的长篇白话小说，现藏莫斯科，是一新发现的古抄本，1997 年淡江大学曾有翁文信的硕士论文《〈姑妄言〉与明清性小说的性意识》研究此书。陈庆浩认为它是“古本色情小说中集大成之作”，陈益源参与了此书在我国台湾地区出版的校刊整理工作，对书中约 80 则荤笑话进行了研究，一方面从古本笑话书中找出了一些笑话的出处，同时与其他古代书面笑话相比，认为这些笑话有“口语化和故事性强的特色，也为其他古代书面笑话所不及，……那些荤笑话的真正来源可能主要得之于民间的口耳相传”。“它们的存在也不全然是伤风败俗，其中融入了许多先民的集体智慧，亦不乏文艺美感的高度展现，并见在实际听讲传播的过程中，有些还深具性知识的启蒙与性教育的正面功能。”这些都是笑话研究的新成果，是值得欢迎的。

关于笑话研究的介绍，见闻有限，恳请方家、读者补正。

（原载《梧州师范学报》2001 年第 4 期）

① 陈如江、徐侗：《明清通俗笑话集》，上海人民出版社 1996 年版，第 13 页。

故事家和故事村的发现

民间故事的研究有一个发展过程，由平面的文本研究发展到立体的描写研究。越来越接近民间文学的特点和本质。原来主要进行文学分析、源流考证，以文本为依据。所以有人提出“分工论”：有些人专管记录收集，有些人专管研究，专搞书斋里的民间文学研究。但这种观点似乎不占统治地位，总是有一些研究者也到民间调查，这就注意到了故事家的存在。1983 年后在民间故事集成的采录过程中，发现了更多的故事家，并且进而发现了故事村的存在。对故事家和故事村的研究当然不能完全取代文学分析和文本研究，但却可以追根问底大有助于文学分析和文本研究，并且从中还可能有新的理论发现出来。

关于故事家

故事家有两种，一种是采录故事较好较多的文人，这是故事采录家；一种是讲述故事很多很好的民间讲述能手，他们是故事讲述家，俗称“故事篓子”。本文以故事讲述家为主要论述对象，但也离不开故事采录家。

民间故事讲述能手是很多的。早在二三十年代，著名作家刘大白先生就记录了他家乡一位民间故事讲述家的几十则故事，出了一本《故事的坛子》。50 年代，著名民间文学家孙剑冰同志在内蒙古记录了一位山东老大娘秦地女的几十个故事，经过“重述”编了一本《天牛郎配夫妻》，四川省民间文艺家协会主席萧崇素在四川西部的彝族、藏族地区发现了许多民间故事讲述家，尤以黑尔甲为杰出，在《青蛙骑手》《奴隶与龙女》等故事集中作了记述。山东省民间文艺研究会老领导董钧伦、江源在山东省也发现了许多故事讲述能手，并将他们的故事和情况记入两本厚厚的《聊斋杈子》书中。这些民间故事家的专集，都是中国民间文学家对故事家研究的最初成果。

80年代以来,借鉴外国的故事家研究经验,对故事家的研究更加自觉,并且运用立体描写的科学方法进行调查研究,取得了许多新的研究成果,引起了国内外学者的很大重视。

中国故事学会曾举行了两次关于故事家的专题学术研讨会,日本故事学大家野村纯一教授等外国专家参加了会议,1986年部分会议论文在《民间文学》杂志上刊登后,《日本昔话集成》主编关敬吾老教授看了非常赞赏,说日本过去记录了许多故事,但是方法还不够科学,需要向中国学习。中国的故事家研究立体描写的新方法提高了记录的科学性,受到了国际同行的重视。

我们把民间故事讲述家作为艺术家来进行记述和研究,不仅尽量记录他们的故事(包括同一个故事的不同异文),而且记录研究他们的生平、故事讲述传承的过程、生态环境、艺术个性和经验,写出他们的艺术传记,出版他们的专集,成果甚多。如1983年上海民间文艺研究会编《民间文艺集刊》上的《朝鲜族民间故事家金德顺》(裴永镇)等等。

在故事普查的过程中,在那些工作深入的地方,发现了一些故事村。最著名的就是河北省的藁城县北楼乡耿村。这个村共有人口1 150多人,故事家竟有93人。河北省民间文艺研究会(1997年后改名民间文艺家协会)和石家庄市文联在民间故事集成工作中,对耿村进行了八次深入的调查研究,记录故事达数千则,后来编选了《耿村民间故事集》五大本,共收入故事1 380篇(1990年)。后来又记录了许多故事,编选成《耿村1001夜》多卷本出版。

这个耿村,并非闭塞的深山老林,而是一个交通要道。明代以来,集市贸易、商旅往来甚多,这里是"小村大集"人来人往都爱讲故事,所以耿村就成了民间故事的集散之地。石家庄市文联主席袁学俊同志曾对此做过长期调查,著有《耿村民间故事论稿》,1989年由中国民间文艺出版社出版。

耿村的故事家群体男女老少都有,各有各的特色。人数最多的是普通男女农民,但故事最多的却往往是外出打工、经商跑过码头的老人,他们一路上听故事、讲故事,从外地带回了许许多多故事。1991年,在耿村召开过一次国际学术研讨会,有中国、日本、德国、韩国的60多位学者参加研讨,对此故事村进行了零距离的考察,考察之后大家都给予很高的评价。耿村还不只一次接待过美国总统支持的"民间大使"故事代表团,团员有60多人,其中包括儿童故事的讲述者和爱好者。

另一个著名的故事村是湖北省丹江口市神龙架武当山深山密林中的伍家

沟村。全村人口共有890多人。其中会讲故事的却有85人,接近十分之一。这里非常闭塞,保存了许多比较古老的故事。因地近武当山道教圣地,道教故事较多。当地一位民间故事家李征康经多年深入调查、采录,编成《伍家沟民间故事集》(1989年、1996年)二册,收录故事400多篇。此处山歌也非常多,如今已成为一个民间文学教学基地,北京大学中文系民间文学实习队曾多次来此调查。

不但有故事村,而且还有故事镇。重庆市走马镇就是一个代表。在1987—1995年的民间故事集成普查工作中,西南师范大学(已改名"西南大学")中文系(已改名"中文学院")师生和当地文化工作者经多年深入调查,发现走马镇20多个村共有人口21 300多人,却有故事篓子300多人,其中会讲100个以上故事的故事家30多人。而魏显德的故事竟超过1 000个。此镇引起了联合国教科文组织的重视,1996年专门组织人员到走马镇考察。原来魏显德、魏显发兄弟所在的工农村,故事家最集中。此处地近长江北岸,是重庆通往成都的交通要道,过往行人带来各地故事,在客栈、旅社、茶馆、码头、集市中,人们在交往、休闲、聊天、摆龙门阵时,都爱讲天南海北的故事,大人小孩都会讲故事,歌曰:

垛子山下一匹坡,
坡脚是个故事窝,
大人细人都能讲故事,
男人女人都能唱山歌。

由耿村和走马村这些交通要道的故事村可以看出:故事是长腿的,它需要不断交流、积累,在交通要道商业繁盛的城镇,有时故事反而更多,也会出现故事村。这种故事家集中的生态环境,值得我们深入探究。

过去我们总认为,只有深山老林的闭塞环境才能保存故事,而商业发达的城镇则是故事的坟墓,是不利于故事的保存和发展的。这种传统的流行观点,在这里被事实打破,这对于我们更全面地认识故事生态和现代故事的发展前景,将产生重大影响。你说对吗?

科学的理论,往往是在实践中产生和发展的!

(2009年10月17日星期六于中关园寓所)

民间故事的新生命

——再论民间故事的发展前景

针对“民间故事衰亡”论，我在1995年国际民间叙事研究会的印度大会上提出了论文《论民间故事的发展前景》，以中国的事实说明民间故事永远不会衰亡。此文拟作更进一步的调查论证。

中国民间故事正欣欣向荣蓬勃发展，使不少国际朋友大为惊异。他们往往产生疑问：在西方许多国家中民间故事已经消歇，为什么中国故事却如此火爆？

确实，这是一个非常有趣的问题。本文想对中国故事运动的情况作些较深入的分析，试图解答一些疑点。

首先，我们看到，尽管中国的民间故事蕴藏非常丰富，但中国故事的兴旺却不完全是自发形成的，而是在中国民间文学理论研究的指导下，经过长期的自觉努力，逐渐形成的。

中国民间文艺家认为，科学研究的使命不仅是认识世界，更重要的神圣使命是改造世界，利用科学规律为人民造福。

人类文化发展的历史反复证明：民间文化是整个民族文化的根基，现代文化只有根植于传统文化的基础上，才能健康地繁荣发展。

民间文学的价值论研究使人们认识到民间故事的巨大教育作用和娱乐功能，不仅在格林童话出版的时代存在，而且在当前和今后，必将仍然存在。民间故事是人类对生活美的一种最直接、最迅速、最生动的反映，其中优秀之作流传了千万年，仍将流传下去，以它生动曲折的情节和深刻动人的智慧，吸引千百万人，具有永恒的艺术魅力。

为什么会这样呢？这是因为民间故事既是一种民俗，又是一种民间艺术。作为民俗，其本质是一种生活美；作为民间艺术，它又是一种艺术美。美是什么？美的就是可爱的，所以各时代、各地区、各民族都有自己的审美标准，有个性，也有共性，是由当时当地人们的审美理想和艺术趣味决定的。民间故事活在人民的民俗生活中，既是一种生活美，又是一种艺术美，是人们在日常生活中最喜爱的一种艺术。它是人民生活经验和审美经验的艺术结晶，是理想和现实的美好结合，既有教育意义又有娱乐价值，用中国的一句古话说，就是"寓教于乐"，是深受人民重视的艺术财富，其艺术生命力是无限的。过去如此，现在如此，将来必将仍然如此。

对民间文学与作家创作的关系的研究，发现与论证了"雅俗结合"的艺术规律。为人民而写作的作家、艺术家认识到民间文学是文艺创作的重要基础之一，努力学习古今中外大作家（如古希腊三大悲剧作家、但丁、莎士比亚、歌德、拉伯雷、巴尔扎克、果戈理、托尔斯泰、罗贯中、施耐庵、吴承恩、曹雪芹、蒲松龄、鲁迅以及魔幻现实主义作家马尔克斯等人）的成功经验，注意学习民间故事。著名作家郭沫若、老舍、阮章竞、冯骥才、张贤亮、刘绍棠、贾平凹等人都担任过民间文艺研究会的领导工作。正是出于对民间故事艺术价值的深刻理解而产生的坚强信念，促使成千上万的中国民间文艺工作者、作家、艺术家们，以极大的热情，投入民间故事的普查、采录和改编、出版工作中来，作出了极其辉煌的业绩。如今《中国民间故事集成》各县卷已经全部出版，各省卷正在出版之中，已出数卷。每卷一百万字左右，内容非常丰富。民间故事的报刊各省、市乃至县、区都有，著名者如北京的《民间文学》《曲艺》，上海的《故事会》《上海故事》《故事大王》，山西的《民间传奇故事》《中外故事》《笑话大王》，河北的《民间故事选刊》，吉林的《民间故事》，辽宁的《故事报》，河南的《故事家》，浙江的《山海经》，山东的《新聊斋》《故事大观》，武汉的《古今故事报》《今古传奇》等等。这些报刊全部都登故事作品和评论，每期几万字，既有中国的故事，也登外国故事，既有传统故事，也有新故事，分类排印，有许多专栏，如"传奇故事"、"笑话园"、"经典故事"、"历史故事"、"一分钟故事"、"科幻故事"、"神仙故事"、"当代写实故事"、"外国文学名著故事"、"发明家故事"、"生意经故事"、"妈妈讲故事"、"当代笑话"、"16 岁故事"、"破案故事"、"法制故事"、"哲理故事"、"家庭笑话"、"谜语故事"、"校园故事"、"智力故事"、"神秘故事"、"机智人物故事"、"道德故事"、"帝王故事"、"农村故事"、"清官故事"、"系列笑话"、"古代笔记故事"、"当代都市故事"、"精神文明故事"、"特产故事"、"山水故事"、"革命故事"、"爱情故事"等等，内容非常丰富多彩，贴近民众生活与心理，使人爱不释手。看了之后，还会向别人说，听众更多几倍。此外，在各地的文学刊物和各种报纸上，也常登故事作品，非常吸引读者。各种中外神话、传说、故事、寓言、笑话、童话、动物故事的专集，收入大量故事作品，每年都要出版多种，如雨后春笋，层出不穷。故事的讲述活动在工人文化宫、少年宫、文化馆、图书馆、麦西莱甫晚会（维吾尔族）、丧礼中的笑话晚会（朝鲜族）和其他许多场合都在进行，评书评话艺人在书场、广播电台与电视台的演出，每天都有，受到热烈欢迎。这些事实说明中国民间故事已经形成了蓬勃发展的热潮。

其次，民间文学本体论的研究，明确了民间故事口头性、变异性、立体性的特征。正因为民间故事是随着时代的发展而不断变化的，所以能不断推陈出新，取得新的生命。民间文学有集体性，同时也有个性，在具体讲述传统故事时，必然会加上个人的审美创造，使故事更吸引人。这就使故事不断变异而适应新的时代。新故事的创造同样特别注意继承传统故事的艺术特点而又有创新，所以人民非常喜爱。

过去拘泥于口头讲述的传统特点，往往把故事的书面流传排斥在外。通过研究，我们发现，在中国文学史上口头文学与书面文学常常是互相结合、互相影响的，作家改写民间故事、评话说书，创作了不少著名的小说，如《三国演义》《水浒传》等。许多优秀的戏曲作品如《白蛇传》《梁山伯与祝英台》也是由文人改编民间故事加工创作的。这些小说、戏曲中的故事又回到民间广泛讲说，使这些故事质量得到提高并得到更广泛的流传。现代的故事记录文本通过书刊大量印刷，长期流传，也受到人民喜爱。新故事有许多是根据真实的新闻故事创作的，也有不少是根据小说、电影、戏剧等文艺作品改编的，经过故事员的讲述，在民间流行，又收入故事书刊广为流传，所以它们是口语文学与书面文学的结合、民间文学与文人创作的结合。

故事是一种立体艺术，它的流传方式是多种多样的，谈家常、炉边话式的故事讲述方式固然重要，艺人在书场的说书与故事员的演出也是一种重要形式，书刊中的故事则得到更久远的流传。此外，广播电台、电视台的故事节目也是非常重要的流传方式。中央人民广播电台孙静修老爷爷讲的故事培养了好几代年轻人的成长。刘兰芳的评话《岳飞传》曾在全国70多个广播电台播出，她对古代故事的现代处理，引起听众的热烈共鸣。刘兰芳还善于在剧场的舞台上讲说故事，甚至在几万人的露天舞台上也照样演出。民间故事、笑话幽默还被改编成连环图画、漫画，广为印行，改编成话剧，如《大灰狼》《马兰花》；歌剧，如《白毛女》《阿凡提》；舞剧，如《宝莲灯》，以及电视剧等等艺术形式，使故事由单一的语言艺术变成了立体的综合艺术、造型艺术，其形象更加鲜明突出，艺术感染力也更强了，当然也有改编得不好的。但人民是个淘金者，不好的作品是不能在群众中流传的，是一定会被淘汰的。

过去我们只强调一种故事记录方式，现在讲究两种版本。科学版本要严格地进行忠实记录，不能随便改动；而文学版本则可以进行适当修改，甚至可以进行改编、再创作，使作品更符合现代人的要求，从而获得新的艺术生命，不致因僵化、过时而被淘汰。过去人们以为实现现代化以后文盲的扫除，报刊、电视等现代传媒的普及会使故事逐渐衰亡。现在看来，这种看法太消极了，经过我们的自觉努力，发现这些现代传媒都可以成为故事新的载体，使故事插上冲天的翅膀，飞得更高、更远。我相信，故事作为人民长久喜爱的传统艺术，是扎根在人民生活的土壤中开放在人民心坎上的艺术花朵。在新时代阳光雨露的滋润下，一定会开放得更加绚丽多彩。

我们高兴地注意到，像美国、日本等高度现代化的发达国家，如今故事活动也日益活跃起来。《日本昔话通观》巨型丛书一套出版了三十多卷，《一休》等根据民间故事改编的电视剧层出不穷，各地图书馆的故事会也广为开展。1997 年美国民间大使国际交流协会（前总统肯尼迪、约翰逊、尼克松、福特、里根、布什、克林顿为该会名誉主席）组织了六七十人的“讲故事专业团”到中国访问，他们拜访了孙静修辅导过的北京市少年宫的“故事大王小组”、上海的《故事会》编辑部、陕西师大、河北的故事村——耿村等不少地方。代表团中有故事讲述家、研究家、大中小学教师、作家、故事出版商等各种人物，还有新闻媒体的编辑记者。此事说明美国人对故事是多么重视。目前民间故事特别是幽默笑话已进入了国际计算机网络，这种最新的传媒载体必将使各国故事得到更加快捷而广泛的国际传播。我相信，经过各国民间故事研究者的共同努力，世界民间故事的新高潮必将到来。

论中国当代民间故事的兴旺发达

西方的现代化曾经使民间故事走向衰微。中国正在以很快的速度走向现代化，民间故事的命运如何？曾经有过两种互相对立的看法。

一种看法认为，民间叙事是口传艺术，随着人们文化水平的提高和生活方式的改变，民间故事也必然在现代化的过程中走向衰亡。

另一种看法则认为，口传艺术是民俗的一个组成部分，只要它的社会功能存在，是能够适应现代化的需要，走向新的繁荣和发展的。为此，作了种种努力和尝试，取得了很大的成功。

本文想对中国当代故事兴旺发达的情况作一调查论述。

故事的教育功能和娱乐功能在当代仍然是很大的。幼儿园的老师和小学教师给儿童讲故事是非常受欢迎的。在课堂上穿插一些故事可以大大提高教学的兴味。高小学生和初中学生则以故事书作为课外读物，可以大大提高他们的自学能力。在中学里开故事会，大家轮流说故事，把听到的或书上看到的故事讲给大家听，可以锻炼他们的说话能力和叙事水平，同时可以增加他们的社会知识或历史知识。他们有些人不会做作文，主要困难是不知写什么，不会叙事。有的中学教师让学生们向亲友或家人记录他们讲的故事，这种家庭作业不但记录了不少民间故事，更锻炼了他们的作文叙事写作的能力，使他们的作文成绩得到很大的提高。把口头文学和书写文学结合起来进行教学，确实是一种很好的语文教学方法。这种先进的教学方法，正在为越来越多的教师所掌握。一些优秀的民间故事、传说、神话和歌谣，已经编进中小学教材，得到推广。

在中央和地方的各个广播电台、电视台，每天几乎都有故事节目，除儿童故事外，还有长篇评话(Storytelling)。这些评话主要讲中国古代的历史故事，每天一段，讲30分钟，一部书可以讲几个月，如《三国演义》《水浒传》《岳飞传》以及现代故事《烈火金刚》等。每天下午有幼儿故事，中央人民广播电台的孙敬修老爷爷，就是一个很受欢迎的故事家，孩子们放学回家后，就喜爱打开收音机听他讲各种故事。他的故事教育了两三代人，他讲的故事已集为一本书出版发行。电视台还把许多民间故事改编成电视剧短片或卡通片，也很受欢迎，如《大灰狼》《马兰花》《宝船》《神笔马良》等。

由此可见，传统的故事在当代人民生活中，仍然可以发挥很大作用，在现代的大众传播媒介中，可以得到更大范围的传播。当然，传统故事在内容和语言形式上，都要作大大小小的改变，使之更适合现代人的欣赏趣味，更适应当代的需要。

近几年，有了互联网，网上故事悄然兴起。有故事网站，也有些故事爱好者把自己喜爱的故事，用电子邮件(E-mail)发给亲朋好友，共同分享快乐。去年曾发生了这样一件事：

一位网民看到一篇《有裂缝的水桶》的故事，说一人挑水，一个水桶有裂缝，漏水了，有人要他换只好桶，他不换，叫人看看漏桶那边路旁盛开的鲜花，那是他撒籽种下的，这说明桶裂了但还是有它的用处。他感到很有启发性，就把这个故事用 E-mail 发给 28 个网友，其中有一半回信表示感谢，并又转发给其他朋友。有的还说以后请多发此类故事。最令他感动的是一位陌生女士的电话留言，说她过去几周内遭遇不幸正打算结束自己的生命，但读了这个故事后，改变了这种做法，因此非常感谢发给她这个 E-mail 的朋友。这件事的报道登在《文化》月刊 2000 年第一期上，是个“网上故事救人一命”的故事。说明了网上故事的流传情况。这种新的故事流传方式，非常有效、快捷，可以在世界范围内得到传播，有着广阔的发展前景。

由于现代人生活节奏特别紧张，为了调节情绪，笑话受到特别的欢迎，在广播电台、电视台和互联网上，出现了“每天一笑”的专题节目，每天发表一个笑话，使人在紧张的工作中，笑一笑，轻松一下，大有利于提高工作效率和健康水平。笑话作为精神治疗的药物，也受到了某些医生的青睐。除了在口头讲述之外，又有报刊和单行本故事书等书面流传的故事。书面的故事实际上是口语故事的记录，它保持了口传故事的口语特色，是故事传统的新的发展。这种新的转变对故事的传播是非常有利的。

一方面，许许多多故事得到了记录，不会再像过去那样因未记录下来而失传，像风一样消失了。故事因有了书面的文本而长久地流传下来。另一方面，故事报刊和单行本可以很快传遍全国的各个城市和乡村。这就使故事流传得既迅速又广远。像《故事会》(月刊)、《故事报》(半月刊)及其他一些故事报刊，每期印数多在百万份以上，最多时达700多万份。如今故事已成为广大人民喜爱的一种文学体裁。不但有传统故事，而且有反映新生活内容的新闻传说、新人新事故事。有的新故事是故事员先写出来，经过口头流传而成了新民间故事。所以新故事虽然有故事文体的特点，但只有经过口头流传、变异之后，群众接受了，才能成为民间故事集体创作。其实，传统故事的集体性也是集体与个人相结合的。创作靠集体，但每次讲述还要靠个人。所以集体性要通过个性表现出来，故事家的讲述有独自的风格特色。报刊和故事书上的故事，经过故事员的讲述而在城乡广大群众中有了更大的流传，在流传中又发生新的变异。所以这种流传并非单一的书面形式，而是书面和口头结合在一起的，它既是传统，又是创新，是传统与转变(transition)的结合。

在中国迅速现代化的过程中，许许多多传统故事不能适应当代人的需要，可能会失传或发生变化。为了保存千百年流传下来的传统故事并及时记录下新产生的故事，中国政府文化部、国家民委和中国民间文艺研究会联合进行了编印《中国民间故事集成》的巨大工程，发动全国各地的民间文学工作者在广大乡村和城市进行认真的民间故事普查，记录一切流传在民间的故事，参加者有百万人之多，记录故事数百万则，发现了可以讲100则故事以上的故事家数千人，还发现了一些人人都会讲故事的村庄，如河北石家庄地区藁城市的耿村和湖北省的伍家沟村，就是著名的“故事村”。

在普查的基础上，各地编印了民间故事集成的资料数千本，全国2 000多个县每县至少一本，有的区乡都有资料本。在县卷本的基础上，精选有代表性的故事编印省卷本，每省一卷，每卷100万字以上，包括神话、传说、故事各类作品数百则。这是一个巨大的文化工程。这种全面的调查记录和出版工作，既保存了传统故事，又为新故事的创作流传，为故事研究，为作家艺术家的创作提供了极其丰富的资料。有些省区还把民间故事输入资料库，在互联网上就可以随便查阅各种故事资料。这就为故事长久和广泛流传创造了良好的条件。

在新中国，民间故事的记录、出版、流传、研究、改编、创作，正进入一个新的繁荣发展时期。在“忠实记录、全面搜集”的方针指导下，传统故事得到了科学的记录，同时，对传统故事的改编和新故事的创作，又使故事更适合当代人的艺术趣味，更好地为社会服务，二者双管齐下，大大促进了故事的繁荣发展。

在工作中，我们也吸取了西方国家的经验教训。许多外国朋友告诫我们：

不要重犯他们现代化时期的错误，要及时把传统故事记录下来。在美国和日本的图书馆中有讲故事的活动。巴西的一个电话公司有“笑话台”，大量供应笑话的录音。丹麦安徒生、俄国A.托尔斯泰的童话故事成为文学珍品。西方国家有故事的录音带供长途汽车上放听。这些对我们都有启发。我们还要向各国的故事研究家学习好的经验，进一步发展中国的故事事业。

（2001年4月30日晨于中关园寓所灯下，
曾在澳大利亚召开的国际民间叙事第12次大会发表）

故事与剪纸

故事与剪纸似乎谈不上有什么关系，但如果用开放的新视点去实事求是地考察，应该承认国外确有边讲故事边剪纸的事存在。

提起故事，有人会撇嘴了。殊不知世界文豪托尔斯泰、巴尔扎克等人都很重视民间故事。童话大师安徒生就是从讲故事的艺术活动中吸取营养进行创作的。我们曾到他的家乡访问，看到他从小生活的鞋匠家庭只有小小一间房子，但他从小听了许多故事，并且很会有声有色地讲故事，显露了他的文学才华，从而受到了文坛的重视，被人誉为“故事大王”。

安徒生说他的童话就是这样写成的：“就像小孩讲故事那样写下来就成了。”他的许多优秀作品如《丑小鸭》《天鹅》《皇帝的新衣》等名篇都取材于民间故事，他的口语化的文体清新优美，是丹麦文学史上的创新之作。但在当时却受到贵族文人陈旧文学观念的非难，说什么“没有这样写书的!”安徒生回答说：“人们的确不是这样写书的，却的确是这样说话的。”

提起剪纸，可能更会被认为不值一提了。奇怪的是世界级美术大师毕加索却非常重视中国剪纸，甚至认为中国剪纸和非洲木雕的变形艺术曾大大激发了他的创新。原来剪纸艺术与现代派创始人的创新还有这样密切的关系。

自文艺复兴以来，重视民间文艺的民主化思潮席卷文坛，这新观念、新视点已相当普及，人们认识到民间文艺是千百年来代代相传的文化积淀，最能代表一个民族的深层文化心理，被誉为“国魂”，所以许多汉学家对中国民间文化分外垂青。丹麦的易德波教授专门研究扬州评话，出版了厚厚的专著，并主持了一个中国现代民间文学国际讨论会。在一次故事会上，令人难以相信的是，一位大胡子青年，边讲故事，边做剪纸，故事讲完了，剪纸的人像图形也完成了，令人赞叹不止。就这样，故事和剪纸竟如此神奇地结合起来了。据说安徒生也是如此边讲故事边剪纸的，在安徒生故乡的博物馆里，我们荣幸的看到了他送人的许多剪纸人形，人们珍藏至今。从中可以看到安徒生的民间情结，这些剪纸是充满幻想和激情的，表现了他的艺术天分。

外国的先进技术是需要引进的，其文化观念也不可忽视，要择其善者而引进，像安徒生、毕加索重视民间文化的新观念就值得我们学习。朱自清先生在《论雅俗共赏》一书中早已指出："所谓现代的立场，按我们理解，可以说是'雅俗共赏'的立场，也可以说是偏重俗人或常人的立场。"如果今天我们仍以轻视人民的贵族化文艺为"新"，就违背了引进的初衷。

（原载《中国艺术报》1999 年 11 月 17 日）

《民间故事的类型》中译本序

民间故事遍地开花，如山花烂漫，盛开在全世界七大洲的所有地方，只要有人群的地方，就会有故事。人们的生活中是不能离开故事的。

故事是最受欢迎的口头文学，从儿时开始，人们就爱听故事，后来又爱看故事书，有人甚至想了解所有的故事。这种愿望看似荒唐，却是可以大致实现的。这是近百年来各国的故事专家们辛勤劳动的结晶。这部《民间故事的类型》就是综览世界故事的好书。它的篇幅虽然并不太大，却包含了世界各国已知的全部故事的主要情节。一书在手，可遍览世界故事精要了。

《民间故事的类型》是一部世界名著，几十年来成为人们了解和研究世界各国民间故事的重要工具书。在国外，凡是研究民间文学、民俗学与比较文学的人，大都是离不开这部书的。所以我们在80年代初期即已组织北大英语系的教师们翻译了这本重要著作。好事多磨，十多年来，几经周折，终于和中国读者见面了，这是令人欣慰的。

此书原由芬兰学者阿尔尼教授(Antti Aarne)于1910年首创，后又由美国民间文学专家汤普森教授(Stith Thompson)于1928年增订再版，1961年再次增订，内容更加丰富。

此书的分类体系即通行于世界的“A. T.”分类法，A. 是阿尔尼的缩写，T. 是汤普森的缩写。这是一种故事类型分类法。所谓故事类型(Type of the Folktale)即将流传于世界各地的大同小异的故事的不同异文记录下来。如一个故事有三种以上的异文，即可作为一个类型编入书中。此书尽可能包括世界各国民间故事的各种类型，对每个类型先作情节提要，然后注明流传地区与出处，并指出不同异文的小异之处，所以实际上是一种“类型索引”。不仅介绍了故事的主要情节，而且由此可查阅故事原文，使用较为方便。

此书的分类编排有自己的体系和统一的编号。每个类型一个号码，共有2 500个号码，分为五个大类：

第一类，动物故事：第1—299号。其中又分野兽和家畜、人和野兽、家畜、鸟类、鱼类、其他动物与物体等小类。

第二类，普通故事：第300—1199号。其中又分神奇故事、宗教故事、传奇故事和愚蠢妖魔的故事等小类。

第三类，笑话：第1200—1999号，其又分笨人的故事、夫妻间的故事、女人的故事、男人的故事、说大话的故事等小类。

第四类，程式故事：第2000—2399号。又分为连环故事、圈套故事、其他程式故事等小类。

第五类，难以分类的故事：第2400—2499号。

每个类型的重要异文，还可以再分列为"次类型"(或译"亚型")，以拉丁字母A、B、C加在类型编号之后。如A.T.333号为"小红帽"，中国的狼外婆(老虎外婆)故事情节相似而有些不同，丁乃通先生即将它编为"A.T.333C"亚型。新版中还在每个类型和次类型下面都列入"母题索引"的编号。"母题(MOTIF)是故事情节的最小成分，由一个或几个母题构成一个故事。"

考虑到世界各国民间故事仍在发展，不断有新的类型发现，所以在2 500个编号中，空下了不少号码，新发现的类型即可增补进去。

如此一部《民间故事的类型》，包括了世界各地民间故事所有类型的情节提要和索引，比较全面，对于了解故事的情节和出处，进行深入研究都非常有用，所以影响极大。许许多多国家以A.T.分类体系的体例编印了自己的民间故事类型索引。中国的民间故事类型索引是由美籍华人丁乃通教授用了8年时间编著成功的，1978年由芬兰科学院出版了英文本。我们早在1983年已组织英语专家将该书译出，经丁先生亲自审校后由中国民间文艺出版社于1986年正式出版。当时丁先生就说他的书是根据A.T.《世界民间故事的类型》一书体系编成的，实际是对该书的一种补充，所以情节提要与A.T.相同的部分往往省略，如不对照A.T.原书进行阅读，往往不得其详。为此他向我们同时提供了芬兰科学院出版的此书英文本。我当即请英语系的几位专家进行翻译，我和靳玮还作了不少编辑加工，但因种种不良因素的干扰，此书一直压在中国民间文艺出版社，该社被撤销后，译稿遗失大半，只好请原译者熊毅教授重新翻译，她在百忙中将此书带到美国，终于补译完竣。序言则由王娟女士译出，她是加州大学民间文学硕士，对故事有研究。她们的帮助是非常令人感激的。

说实在的，离开了这部书，简直难以深入研究民间故事。这绝非夸大之辞。君不见国外许多民间故事或比较文学研究的论文，往往以A.T.编号来代替一个故事。如一篇专门研究A.T.510故事的论文，研究的是什么故事呢，一查此书才知道这是指大家熟悉的灰姑娘故事，又名辛德内拉(Cinderella)。如果没看此书对“A.T.510故事”就会莫名其妙，更谈不上了解世界各地此故事的流传情况和异文出处了。所以从某种意义上说，没有这部书就无法研究故事和文学，这是千真万确的。这是一部非常重要的文学工具书。即使对一般读者而言，了解全世界故事情节的全貌和提要，也是饶有兴趣的。我相信，这对于作家、艺术家、社会科学家乃至一般故事爱好者，都是非常有用的吧。

当然，这部书也有它的局限性。人们谈得较多的是书中收入西方的故事较多、较全，而对东方各国，特别是中国的故事了解甚少，这当然是一个缺陷。但我们可以用丁乃通先生所编的《中国民间故事的类型》一书来弥补，正如丁先生反复向我们说过的那样：这两部书是应该对照阅读的。

诚然，丁乃通先生虽然跑遍了世界各大图书馆，但对中国民间故事的掌握仍然有限，而且大多为1966年以前的故事。80年代以来，我们发动全国各地的民间文学工作者和爱好者，进行了全面的民间故事普查，记录了民间故事近二百万则，各县、区、市、省编印了故事集成资料本，《中国民间故事集成》各省卷各有一百万字左右，正在陆续出版之中。如何编好新的民间故事索引，目前又成了大家十分关心的话题。有人认为A.T.的分类标准不尽科学，应该打乱重来，建立全新的体系；也有人认为既然A.T.分类体系已在全世界通用了80多年，东西方学者都运作它，查找故事确实比较方便，可以进行适当修改，还是可以应用下去。如果打乱重来，将难以与世界接轨，是不明智的。这些意见各有千秋，但不管怎么做，首先都要了解这部书的详细内容，才能科学地决定去取。故而出版此书的中译本实为当务之急。

如何编好新的《中国民间故事类型索引》，1995年春天中国社会科学院少数民族文学研究所郎樱所长曾主持过一次讨论。他们希望我首先发言，我在会上提出两点意见：

第一点：首先要了解，要研究A.T.分类体系，学习国际上的先进经验，掌握国外的研究成果，如果对A.T.的分类情况若明若暗、一知半解，是无法决定去取的。所以出版此书非常必要。这个意见我在1985年的峨嵋山会议上讨论故事研究规划时也明确地提出过，遗憾的是未能受到当时中国民间文艺研究会领导人的理解和支持，此书在他们的出版社压了许多年未能出版。在这改革开放的年代,这实在是太叫人难以理解了。

第二点:对如何组织力量去编出这部索引,我也提出了一个可行的建议。因为故事普查得到的故事很多,而故事集成的容量非常有限,要想把全国故事都包容进去,只靠各省、县卷故事集成是不够的。大量的故事记录在笔记本上,有的作了抄录、整理,但有许多并未抄录出来,更未能选编进县卷、地区卷或省卷。因此,必须动员故事普查的参加者把笔记本上的故事类型提要全部编写出来,先编各县的故事类型索引,然后编各省的,最后,才可能有一部最全面的《中国民间故事类型索引》新编出来。

首先作出故事提要,然后进行科学编排。如何编排?我主张还是先按A.T.分类编码进行分类编排,肯定有许多故事安插不进去的,这些故事恰恰是中国的新发现、新类型,弥足珍贵。对这些新类型,可以在A.T.编号中选择相当的空白编号插入其内,A.T.编码本来是空了许多号码给后来发现的新类型保留着的。如果还有分类困难,当然仍可对A.T.体系作一定修改,甚至另立新的体系,与A.T.并行亦可。但这同样需要对A.T.分类体系进行认真的研究、过细的分析才行。1998年纪念北京大学征集歌谣八十周年时,我在《八十年回顾与反思》一文中又详细论述了这一问题。①

编出新的《中国民间故事类型索引》是一项宏伟的文化工程,非常有意义。我的这些建议曾向国内外民间文学专家提出,得到他们的热烈赞同,日本故事专家加藤千代教授还准备就此向联合国教科文组织申请经费。我想这项工作各地可以先创造条件,动手编各县区或省的故事类型索引,由各地“集成办公室”在编好故事卷的同时进行此项工作则更好。这就需要普及故事类型知识,训练干部,培养骨干。这样A.T.的《民间故事的类型》和丁乃通先生的《中国民间故事类型索引》当然就是必不可少的教本与工具书了。他们作故事提要和类型分析的方法是很值得参考和学习的。大众文艺出版社决定出版此书,确是很有见地的,定会得到国内外读者的欢迎。

在此书出版之际,我们还要感谢几位译者,他们是北京大学英语系的熊毅、胡丽安、李宗华、高明等几位老师。从1980开始,他们在紧张的教学之余,进行了艰苦的翻译工作,于1982年3月译完。为了保证翻译质量,又由李宗

① 段宝林:《八十年回顾与反思》,《民间文学论坛》1998年第2期(中国人民大学《复印报刊资料》1998年第8集转载)。

华教授进行了初校。我进行了一些编辑加工，又请熊毅教授复校 1—1051 型，请王炽文同志复校了其后的部分。后来靳玮又进行了一些编辑工作。本来想把索引出处同时译出，考虑到那么多语种的外文书，大多无中文译本，并且分量太大，为了出版方便，先将故事提要与部分母题索引编号译出，索引部分留待以后再单独印行。如有人需要了解原文出处时则可查阅英文版原书。本书根据丁乃通先生寄来的版本译出，这就是 1973 年赫尔辛基出版的芬兰科学院《民间文学之友通讯》第 184 期第三版 *THE TUPES OF THE FOLKTALE*。译文均保持原样，有的地方译者加了一些注释。虽然反复斟酌、删改，但由于缺乏经验，我们工作中的缺点是难免的，敬请专家和读者多多提出意见，俾使故事研究得到更大的发展，这是我们衷心祈望的。在此我们更加怀念关心此项崇高事业的丁乃通先生，若无他的热心而慷慨的帮助，此书的出版是不可想象的，仅以此书作为对丁先生的一个纪念。虽然微薄但却是深情的。

（原载《中国比较文学通讯》2000 年第 2—3 期）

《中国民间故事类型索引》中译本跋

民间故事是人民口头的集体创作，代代相传，不断发展，流传在国内外广大地区，其数量浩如烟海。要对这千千万万故事进行研究，就要加以整理和分类。怎样分类呢？故事专家们从植物分类学中得到了启发。世界上植物千千万万，植物分类学家却将它们分门别类整理得井井有条。故事的情况也颇近似。分类时运用科学的方法，先将情节相似的故事归纳为一个类型（Type），然后根据内容分为几个大类，大类之下还有小类，类型之下还有次类型。这种分类工作开始是由芬兰的故事学家阿尔尼（A. Aarne）教授系统进行的，他在1910年出版了《故事类型索引》（FFC3）一书，将欧洲故事（北欧为主）分为540个类型，给每个类型统一编号，全部号码共2 000个，考虑到还有许多故事类型尚未发现，在编号时空了许多号码供日后补充之用。在此基础上，美国故事专家汤普森（S. Thompson）教授又作了增补，增加了大量新的故事资料（特别是印度等东方国家的故事），将编号扩展到2 500个，在1928年出版了《民间故事的类型》（1961年又修订再版，多次重印），成为国际上进行民间故事研究的一本最基本的工具书，他们的这种分类法被称为“阿尔尼—汤普森分类法”，简称“AT分类法”。①

AT分类法及其编号系统对于整理、研究、分析民间故事起了很好的作用。在国际故事研究的学术交流中，只要一提AT多少号故事，不用复述故事情节即可知道故事内容。同一类型的各种故事的代号相同，对比较研究查阅异文资料提供了极大方便。正因为它有许多优点，所以一直沿用至今。但AT索引也有缺点，缺点之一就是它对中国故事收入很少。其原因主要是编者对中国故事缺少了解，而翻译和介绍中国故事较多的艾伯哈德（W. Eberhard）又大搞“中国特殊论”，1937年他编的《中国民间故事类型》的体系同AT分类法完全不同，这就使中外民间故事比较研究受到了很大限制。丁乃通先生的《中国

① 刘魁立：《世界各国民间故事类型索引述评》，《民间文学论坛》1982年第1期。

民间故事类型索引》(FFC.223)的出版，不仅在资料上成倍地超过了前人，而且打破了艾伯哈德设置的壁垒，他首次运用AT分类法将中国故事加以分类，为中外故事比较研究提供了良好的条件，在学术上开创了一个新的境界。

丁乃通先生现为美国伊利诺伊大学英文系教授、美国民俗学会和国际民间叙事研究协会会员。他原籍中国浙江，1936年毕业于清华大学，1941年在美国哈佛大学取得博士学位，教授英国文学多年，对英国文艺复兴和浪漫派诗歌有深入的研究。他在研究济慈的名诗《拉弥亚》时，发现诗中的蛇女同中国白蛇传中的白蛇有不少相似之处。听说此故事源于佛经，就到大藏经中去查阅。但翻遍了大藏经仍未找到，而在AT故事索引中却找到了。这使他看到民间故事对文学创作影响之大，流传如此之广，令人吃惊，于是开始对故事发生了浓厚的兴趣。在研究故事的过程中，他阅读了许多新中国出版的书刊，从中发现了很多与印欧型相似的故事(汉族的不纯，但少数民族的很纯)，这就对艾伯哈德的"中国特殊论"发生了怀疑，想另编一本中国故事分类索引。为此同艾伯哈德发生了争执。这位德籍汉学家艾伯哈德顽固坚持自己的观点，以偏见毫无根据地说中国新出版的那些故事是瞎编出来的，并扬言除他而外谁也编不了中国故事索引，这更激起了丁先生一定要自编一本中国故事类型索引的决心，不达目的，誓不罢休。这是一项艰苦的劳作，工作量很大，丁先生遍访西方各大图书馆查阅了能找到的1978年前出版的几乎全部故事，一个个进行情节类型分析、归类，找到相应的AT类型编号，然后再一个个编排起来，这是多么繁难的工作，然而丁乃通先生不畏艰难，怀着对科学的热爱、对祖国的热忱，夜以继日，坚持奋斗八年，才完成了这一巨大的工作。在长期的故事研究中，他真正地了解到中国民众有着多么高的才华、多么强的活力和机智，故事中劳苦民众善良的心灵使他深受感动。他曾说，他原是半洋化的知识分子，是中国民间文学使他真正了解到祖国的伟大和可爱，他正是怀着这种赤子之心从事故事研究的。除《中国民间故事类型索引》这一力作之外，他还有论文《圣人和蛇妇:亚洲和欧洲文学中一个女妖故事的研究》(1966)、《中国和印度支那灰姑娘故事的来龙去脉》(1974)、《中国天气谚语》(1972)，以及和夫人许丽霞女士合编和注释的《中国民间故事书目提要》(1975)等著作。

此书是在AT索引的基础上编著的，为了比较研究的方便并为节约篇幅，丁先生作了如下几种处理：

第一，与AT全符的，只用其号码和标题名目点出主要内容，而不写情节摘要。

第二,与AT大体相同而细节有别的,先用AT号码,再简述其差别之所在。

第三,与AT相似之处不多,一部分属另一类型,就把此故事放在最接近AT的那个号码中,打上*号,或作为次类型,在故事情节摘要中将故事详细描写这是千真万确的。这是一部非常重要的文学工具书。即使对一般读者而言,了解全世界故事情节的全貌和提要,也是饶有兴趣的。我相信,这对于作家、艺术家、社会科学家乃至一般故事爱好者,都是非常有用的一本工具书吧。

当然,这部书也有它的局限性。人们谈得较多的是书中收入西方的故事较多、较全,而对东方各国,特别是中国的故事了解甚少,这当然是一个缺陷。但我们可以用丁乃通先生所编的《中国民间故事的类型》一书来弥补,正如丁先生反复向我们说过的那样:这两部书是应该对照阅读的。

诚然,丁乃通先生虽然跑遍了世界各大图书馆,但对中国民间故事的掌握仍然有限,而且大多为1966年以前的故事。80年代以来,我们发动全国各地的民间文学工作者和爱好者,进行了全面的民间故事普查,记录了民间故事近200万则,各县、区、市、省编印了故事集成资料本,《中国民间故事集成》各省卷各有150万字左右,正在陆续出版之中。如何编好新的民间故事索引,目前又成了大家十分关心的话题。有人认为AT的分类标准不尽科学,应该打乱重来,建立全新的体系;也有人认为既然AT分类体系已在全世界通用了80多年,东西方学者都运用它,查找故事确实比较方便,可以进行适当修改补充,还是可以应用下去。如果打乱重来,将难以与世界接轨,是不明智的。这些意见各有千秋,但不管怎么做,首先都要了解这部书的详细内容,才能科学地决定去取。故而出版此书的中译本实为当务之急。

如何编好新的《中国民间故事类型索引》,1995年春天中国社会科学院少数民族文学研究所郎樱所长曾主持过一次讨论。他们希望我首先发言,我在会上提出两点意见:

第一,首先要了解,要研究AT分类体系,学习国际上的先进经验,掌握国外的研究成果,如果对AT的分类情况若明若暗、一知半解,是无法决定去取的。所以出版此书非常必要。这个意见我在1985年的峨嵋山会议上讨论故事研究规划时也明确地提出过,遗憾的是未能受到当时中国民间文艺研究会领导人的理解和支持,他们强调它的缺点而大加贬低,不愿引进,以致此书在他们的出版社压了许多年未能出版。在这改革开放的年代，这实在是太叫人难以理解了。

第二，对如何组织力量去编出这部新的索引，我也提出了一个可行的建议。因为故事普查得到的故事很多，而故事集成的容量非常有限，要想把全国故事都包容进去，只靠各省、县卷故事集成是不够的。大量的故事记录在笔记本上，有的作了抄录、整理，但有许多并未抄录出来，更未能选编进县卷、地区卷或省卷。因此，必须动员故事普查的参加者把笔记本上的故事类型提要全部编写出来，先编各县的故事类型索引，然后编各省的，最后，才可能有一部最全面的《中国民间故事类型索引新编》出来。

首先作出故事提要，然后进行科学编排。如何编排？我主张还是先按 AT 分类编码进行分类编排，肯定有许多故事安插不进去的，这些故事恰恰是中国的新发现、新类型，弥足珍贵。对这些新类型，可以在 AT 编号中选择相当的空白编号插入其内，AT 编码本来是空了许多号码给后来发现的新类型保留着的。如果还有分类困难，当然仍可对 AT 体系作一定修改，甚至另立新的体系，或与 AT 并行亦可。但这同样需要对 AT 分类体系进行认真的研究、过细的分析才行。绝不应不分青红皂白，简单地加以否定。1998 年纪念北大征集歌谣八十周年时，我在《八十年回顾与反思》一文中又详细论述了这一问题。

编出新的《中国民间故事类型索引》是一项宏伟的文化工程，非常有意义。我的这些建议曾向国内外民间文学专家提出，得到他们的热烈赞同，日本故事专家加藤千代教授还准备就此向联合国教科文组织申请经费。我想这项工作各地可以先创造条件，动手编各县区或省的故事类型索引，由各地“集成办公室”在编好故事卷的同时进行此项工作则更好。这就需要普及故事类型知识，训练干部，培养骨干。这样 AT 的《民间故事的类型》和丁乃通先生的《中国民间故事类型索引》当然就是必不可少的教本与工具书了。他们作故事提要和类型分析的方法是很值得参考和学习的。华中师范大学出版社决定出版此书，确是很有见地的，定会受到国内外读者的欢迎。

在此书出版之际，我们还要感谢几位译者，他们是北京大学英语系的钱景明、熊毅、胡丽安、李宗华、高明等几位老师。从 1980 年开始，他们在紧张的教学之余，进行了艰苦的翻译工作，于 1982 年 3 月译完。为了保证翻译质量，又由李宗华教授进行了初校。我进行了一些编辑加工，又请熊毅教授复校 1—1051 型，请王炽文同志复校了其后的部分。后来靳玮又进行了一些编辑工作。

本来想把索引出处同时译出，考虑到那么多语种的外文书，大多无中文译本，并且分量太大，为了出版方便，先将故事提要与部分母题索引编号译出，索引部分留待以后再单独印行。如有人需要了解原文出处时则可查阅英文版原书。本书根据丁乃通先生寄来的版本译出，这就是1973年赫尔辛基出版的芬兰科学院《民间文学之友通讯》第184期第三版 *The Types of the Folktale*。译文均保持原样，有的地方译者加了一些注释。虽然反复斟酌、删改，但由于缺乏经验，我们工作中的缺点是难免的，敬请专家和读者多多提出意见，俾使故事研究得到更大的发展，这是我们衷心祈望的。在此我们更加怀念关心此项崇高事业的丁乃通先生，若无他的热心而慷慨的帮助，此书的出版是不可想象的，仅以此书作为对丁先生的一个纪念。虽然微薄但却是深情的。

（1985年8月28日初稿；原载《中国民间故事类型索引》，
中国民间文艺出版社1986年版）

变动社会中的民间叙事

——记国际民间叙事研究学会第11次大会

国际民间叙事研究学会是世界性的民间文学研究学会，已有近百年历史，由芬兰学派发展而来，其总部设在芬兰，目前，是世界唯一的全球性民间文学研究学会，过去10次大会均在欧洲召开，为打破欧洲中心论，从第10届大会开始，决定多在亚非开会，此次印度会议是第一次在欧洲以外开会。

1995年1月6—12日，国际民间叙事研究学会第11次大会在印度南方古城迈索尔(Mysore)举行。这是一次全球民间文学研究者的大聚会，参加者包括五大洲276名学者，其中以美国、北欧和印度的学者为多，中国学者贾芝、过伟、段宝林、王炽文等4人与会，都提供了论文并受到好评。

此次大会的主题是"变动世界中的民间叙事"(民间叙事包括民间神话、传说故事及叙事诗等等，事实上此会亦包括民歌民谣和谚语、曲艺等民间文学作品的研究者)，除会员大会讨论修改会章、改选领导机构之外，学术讨论会分4个会场进行，按预先公布的论文内容自由选择参加，此次会议有许多论文分析了20世纪以来民间文学在内容、形式、表演等方面的种种变化，从各种不同的角度研究民间故事和史诗的记录、研究与新的发展，如政治、性别、信仰等专题，都以许多调查资料进行专题论述与讨论，其内容关系到战争与和平、民族解放、生态环境、妇女儿童等方面。

新民间传说是一个重要的研究对象，美国、欧洲和中国学者都对当代生活中不断产生的新传说故事，进行了广泛而专门的探讨，还涉及电子计算机的广泛运用与故事同社会生活的关系，南斯拉夫波黑战争中的新传说故事，教授健忘的笑话等等。

性别的研究作为一个专题，日益受到重视，对民间叙事中妇女儿童问题的研究，对男女讲述者、表演者对作品本身产生的影响和差异都进行了专门的研究。

史诗的研究由学会前主席杭柯教授亲自主持，进行了4次专题讨论，对中国、印度史诗的新的调查成果引起了研究者的兴趣，对史诗情节进行类型分析与母题研究是目前史诗研究的新趋向，这是将故事类型的研究方法运用于史诗，对各类史诗的故事情节进行类型分析与综合，编出类型索引，有的还深入到母题层次，分析更加深入细致，此类研究便于史诗研究的系统化与比较分析，是值得重视的一个新动向。

对民间文学的研究过去偏重于对文本进行文学或心理分析，现在逐渐重视立体研究，除文学层面外，还对其表演、歌唱、舞蹈、背景、功能等方面进行全面的立体调查与分析，运用现代技术手段进行民间文学调查研究也是此次大会重点讨论的问题之一，运用录音录像等技术进行故事的现场记录，并以电子计算机进行故事情节、结构等研究资料的储存与处理，是民间文学研究现代化的重要标志，将大大提高研究工作的效率与水平。目前我们与欧美先进国家尚有很大差距，需要扎扎实实地作一些工作迎头赶上，不致过分落后(这需要解决设备与技术培训等问题)。

民间文学与文学的关系问题，是近年来受到重视并有新的发展的一个问题，过去西方学者对那些进行过文学加工的民间文学作品一般采取简单否定的态度。认为是“伪民间文学”。此次会议专门讨论了“半文学化的史诗”与“文学化的民间故事”的特点与问题，面对事实，实事求是地分析民间叙事的口头与书面这两种流传方式及其联系。这是民间文学研究中的新发展，反映中国民间文学工作的成果受到了国际学界的重视。

民间故事的新发展及其前途问题，是人们关注的一个重要问题，我们的论文《民间故事的发展前景》等介绍了中国民间故事调查搜集的丰硕成果与新故事活动的盛况以及广播电视中故事、评书受到欢迎的情况，介绍了中国民间文学理论研究的新成果“雅俗结合律”并以此推断故事的未来前景，受到了很大的关注，会场满座，许多学者站在过道里听完了报告，盛况空前。各国学者普遍认为来自中国的学术信息是新颖的激动人心的，对于故事报刊的发行量之大感到震惊，一位俄罗斯的老学者说，“伟大中国的学术研究成果对人很有启发，使人们对故事的社会功能、发展前景有了新的认识，这将会对民间故事的研究产生深远的影响”。

原定 1996 年 4 月在北京召开一次国际民间故事专题学术研讨会，因报名非常踊跃，已初步决定扩大与会人数，外国学者由 50 人增至 60 人，各国学者希望到中国开会，更多地了解中国的成就。此次会议使人感到：一个民间文学的“中国热”正在形成。

我想，形成民间文学的“中国热”绝非偶然，这是由民间文学研究的国际性和中国民间文学的成果异常丰富等因素所决定的。美国民俗学会前主席阿兰·邓迪斯曾说过：“来自中国的新信息最多，研究民间文学而不了解中国是不行的”，他不但让研究生帮他翻译中国民间文学著作，而且亲自访华，在北京同我见面时，第一句话就说：“一到北京就寻找你的著作”。这说明中国学者的研究已经在世界学术范围内引起注意，这就不难理解 1992 年在奥地利的英斯布洛克召开的第 10 次大会为什么决议以后开会尽量在亚非等地召开了。各国学者之所以重视中国主要是由于中国民间文学极其丰富，近 10 年来动员全国力量进行了民间文学普查，正在编印的“民间文学十大集成”，每省每县出了许多故事、歌谣、谚语的资料本，故事集成已出版多卷，每省 1 卷达 100 多万字，此一套出齐后即达数千万字，10 套全部出齐则有数百卷近 10 亿字，被誉为“中国文化的万里长城”，这样宏伟的文化工程在国外是难以想象的。

中国学者利用科学的立体思维进行理论创造，提出了一系列新的民间文化理论，如民间文学的“立体性”特征和“立体描写”的调查方法，文艺上的“雅俗结合律”，民俗的“趋美性”，对古典喜剧美学理论的新突破等等，都显示了立体思维对于线性思维平面思维的优越性，从而引起了国际上的重视。国际民间叙事学会前主席劳里·杭柯教授曾说过“西方学者总以为自己的美学理论是万能的，但不一定适合东方的情况，在这一方面要多动脑筋才好”。

中国的民间文学极其丰富，我们的研究虽然已取得一些新的突破，但在许多方面还亟待加强，我们民间文学的博士点还太少，显然与民间文学的研究任务极不相称，如何进一步加强民间文学的研究，这是摆在民间文学与民俗学研究面前的严重问题。

（原载北京大学《人类学民俗研究通讯》1995 年第 3 期）

民间叙事的未来

——记国际民间叙事研究学会第12次大会

一、会议情况

1998年7月26—31日,国际民间叙事研究学会在德国中部古城哥廷根召开。国际民间叙事研究学会是全球性学术组织,会员遍及五大洲,每三年召开一次大会。此次大会共有各国学者228人报名参加,计:美国26人,德国49人,芬兰13人,瑞典11人,英国10人,以色列9人,中国8人;瑞士、奥地利、印度各7人,挪威、爱沙尼亚、斯洛伐克各6人;俄罗斯、立陶宛、保加利亚、葡萄牙各4人,爱尔兰、加拿大、孟加拉国各3人;丹麦、西班牙、法国各2人,其余智利、巴西、阿根廷、格陵兰、新西兰、马耳他、乌克兰、波黑、韩国、肯尼亚、坦桑尼亚、尼日利亚、喀麦隆等各1人。

由此可见,五大洲均有学者与会,这是一次名副其实的世界大会。

会议以学术交流、讨论为主,占4天,学术考察1天,大会1次,讨论下次会址地点及会务问题,决定下次大会2002年在澳大利亚悉尼召开。

二、学术信息

此次会议的中心议题是:民间叙事的流传问题。

具体的参考题共6个:

(1) 民间叙事的未来。

(2) 民间叙事在日常大众传媒中。

(3) 民间叙事传播和性别的关系。

(4) 跨文化的流传。

(5) 民间叙事传播和报纸、刊物、出版物。

(6) 民间叙事研究和精神智力。

民间叙事包括神话、传说、民间故事、童话、寓言、笑话、叙事诗等民间叙事口头文学作品,但也有些学者提供了谚语、民歌等方面的研究成果,说明此学会实际上是包括整个民间文学的。民间文学是一种口语文学,是一种活的文学,有表演性、变异性、实用性、即兴创作和立体性等特点。它与作家书本文学不同,它是民众的口头集体创作,在人民生活中有实际功能,并不断变异。此次大会以"流传"为中心,正是掌握了民间文学的立体性特点而进行讨论的。它突破了以往历届大会以作品本文的分析和比较研究为主的格局,而着重研究民间文学的活的生态及其发展前途、流传方式等问题。这些问题都是我在上次大会(1995 年 1 月在印度迈索尔召开)上提出的论文《论民间故事的发展前景》中涉及的问题。由此可见中国学者在此项研究中起了一定的带头作用。

各国学者的论文基本上围绕着以上六个方面的问题提出的,结合各国的不同情况,有许多新的发展,使问题更加深入,许多新的成果令人注目。特具体介绍如下。

(一) 关于民间叙事的发展前景问题

由于西方在现代化的过程中,传统民间故事受到很大冲击,因生活方式的急剧变化而日趋式微。有些学者认为民间叙事只属于过去,已在逐渐走向消亡。但是中国不同,我们在现代化的过程中吸取了西方的教训,一方面注意收集、保存并精选出版传统故事,一方面还特别注意发展新故事。在工作中充分发挥故事的娱乐功能和教育作用,有故事员、评书评话艺人在茶馆、会场、广播电台、电视台表演故事与评书(长篇故事),在报纸刊物上经常发表故事作品,有不少专门的故事刊物,很受欢迎,发行量很大,如上海的《故事会》每期发行 400 多万份,为全国文学期刊之最。故事已成为人民生活中不可缺少的精神食粮。我们在论文中介绍了调查研究的成果引起了西方学者和亚非拉各国学者的重视,他们也就此进行调查研究,探讨民间故事的流传方式和发展前景问题,有许多新的成果,如:

保加利亚学者科西娃(Koceva, Jordanka)的论文《新世纪的故事前景》,匈牙利学者沃以特(Voigt Vilmos)的论文《在现实的民间叙事的前面,有黑暗的前景吗?》直接就此问题进行研究,后者认为,如果不及时做工作、采取各种积极的措施而任其自生自灭,民间叙事是有可能消亡的。这就提出了一个带有预言性的警告,希望各国学者注意这种可能而尽量避免它,对中国的经验也就更加重视。

喀麦隆学者蒙委-桑巴(Mbuuwe-Samba)的论文《民间叙事研究在英属喀麦隆教育系统中的未来》就民间故事在教育工作中的重要作用作了研究。许多学者认为民间故事的许多传统作品在现代社会中仍然有它的生命力,应该引起重视。美国学者麦卡锡·巴拿(Mccarthy Bernard)的论文《美国童话——在新的文化背景下的旧故事》、麦克安德格斯(Mcandrews)的论文《美国西部牛仔女的幽默和形象的前景》皆对此予以关注。

阿根廷学者布来奇(Blache, Martha)的论文《轶事作为新闻中的一种社会和文化背景的象征表达方式》说明古老传说在现实政治生活中也在发挥着实际作用。

美国学者巴奇隆(Barchilon, Jacgnes)就法国 1697 年记录的门米·道内斯(Mme. D'aulnoys)故事与今天的情况,说明这些故事仍然是民众精神的文学表现。

印度学者卡洛斯(Carlos)的《格林童话在印度故事中的处境》,调查了翻译到泰米尔的格林童话在口述流传中发生变异的情况。

美国学者康瑞德(Conrad)的论文《追踪吃人魔:变相的政治》,说明童话中的幻想形象——吃人的魔鬼,在过去曾是政治斗争的一种象征,其作用至今仍未消失。

美国加州伯克利大学的波雅林(Boyarin, Daniel)的论文《故事与犹太法学权威的确立》,说明故事传说在犹太社会生活中所起的重要舆论作用。芬兰学者波力金好衣(Bregenhj, Carsten)的《法庭上的故事——1871 年一个屠夫的情况》说明故事在法庭审判中所起的作用,为故事的社会功能提供了一个历史的证据。

英国学者拜伦(Byron, Regilana)《爱尔兰人存在的重要性》说明传说故事在各国的爱尔兰移民中作为民族文化卫护者的重要功能。

美国学者阿里(Ali, Munir Mujtaba)的《故事为儿童维护正义和道德》也具体论述了现实中故事的社会功能。正是这种现实社会功能使故事始终活在人民之中,充满了生命力。

有些学者还研究了故事作为某种预兆的作用。瑞典的约翰生(Johansson)《预兆和学问的积极探究》,芬兰学者凯沃拉(Kaivola)的《述梦:梦的故事作为未来的钥匙》都研究了民众运用故事中的梦来预见未来的民俗及其作用。

芬兰学者贾威林(Jarvinen)的《亵渎公墓的卡累里亚民间故事——道德行为的民间概念》一文,通过民间故事研究民众的道德观念。

挪威学者普列明格的《历史回忆和民族精神》、美国学者缪连(Mullen)的《种族和人种史的寓言》讲美国黑人对自己种族历史的口头叙述代代相传至今的情况。以色列学者海山-罗肯(Hasan-Rokeu)《墨守本文的人民:民间叙事出版物与以色列现代国家一体化》、非洲尼日利亚学者奥拉瓦勒(Olavale)的论文《一个跨文化的传播:〈松迪亚塔〉史诗和西非一体化》等文都说明民间叙事作品在民间长期流传,成为民族精神的象征,在国家、民族与地区团结、统一事业中具有重大作用。

故事的社会作用是多方面的,在文学创作、宗教活动和社会交际乃至医疗事业中都具有实际功能。

俄罗斯学者卡西列娃《童话故事在儿童读物中:19世纪和20世纪俄国作家的自传回忆》以大量事实说明俄国作家们学习并运用民间童话进行儿童读物创作的种种情形。美国学者奥瑞英(Oring, Elliott)的《笑话作为一种虚饰》说明现代社交中幽默笑话作为一种虚饰语言艺术的作用。

挪威学者西尔堡(Selberg, Torum)的《通过奇迹——从怀疑到信仰》说明在基督教传教活动中,讲述宗教奇迹故事,使人们从怀疑到信仰的作用。匈牙利学者陶斯(Toth, Peter)的《有什么见闻的证据——匈牙利女巫审判中的证据和有害的叙述》据调查证实,在女巫审判中,民间传说故事是作为重要的见闻——证据起作用的,很有权威性。

美国学者唐哈里利(Tanglerlini)的《英雄和说谎——护理人员中的故事讲述计谋》介绍了医务人员在精神疗法中,如何运用英雄故事鼓励病员提高信心战胜疾病的。

民间叙事作为一种实用文学在社会生活中的服务功能,必然产生报酬问题。美国学者米尔斯(Mills, Margret A.)的《财产、证券、财物——在人道主义的社会研究中的伦理学出版物的叙事学者的奖金》对此作了调查研究。

（二）多种多样的流传手段及其现代化

传统的民间故事是人民日常生活中结合各种民俗形式讲述的。除在夏夜乘凉冬日烤火时的谈天场合外，还有各种仪式中的故事，如印度学者巴沙克(Basak, Sila)的论文《孟加拉的仪式故事》论述了在孟加拉地区流传的多种多样的仪式故事，如各种庆典、求签、画图及戏剧等民俗活动中表演的故事。坦桑尼亚学者马拉却(Mlacha, S.A.K.)的论文《婚礼上的故事传播》、美国马申各(Massengale, James)的《对挪威人婚姻故事的透视》、芬兰马兰达(Marandez-Eklund, Lena)的《期待生子——第一胎的故事》、伊朗米尔·苏克雷(Mir Shokraei)的《儿童朝圣者的故事》等文章提供了在各有关场合讲述故事的情形。

在现代，传媒和市场上民间叙事的流传日益受到了重视，会上已有些调查研究的成果，如匈牙利学者那格义(Nagy)的《每日传媒上的传统民间叙事表演的情节说明》介绍了中欧国家的调查资料、尼日利亚奥坎拉翁(Okanlawon)的《尼日利亚民间叙事在大众传媒中的应用范围》、美国劳(Lau, Kimberlyj)的《消费的过程——市场中的连续故事和思想差异》、印度巴达却瑞(Bhatta Charjee)的《民间文学和每日政治——民族传媒的认同和差异》、乌克兰布列采娜的《传说、笑话和幽默在每日传媒中——对故事本文观察的经验》、英国关代夫(Gwyndaf, Robin)的《日本传媒中的叙事诗歌——表演、形式和功能》等文对民间叙事在每日传媒中的流传情况及功能作了调查研究。

近年来随着国际网络的出现，故事流传又有了更快更好的形式，有些文章对“网上故事”作了研究，如爱沙尼亚学者考依娃(Ksiva, Mare)的《国际网络——研究故事讲述的新的机遇》，斯洛伐克赫劳斯考娃(Hloskova, Hana)的《民间文学或伪民间文学——网上或群众文化中的故事讲述》等。由于民间文学在记录时会有所加工改写，有人就认为那已不是真正的民间文学而成了“伪民间文学”(Fakelore)。

在故事研究中，电子自动化的技术实际也适用，匈牙利学者达仑义(Daranyi, Sandor)等三人的论文《故事本体中的母题的自动识别》，讲匈牙利科学院以自动化技术进行故事情节单元(母题)自动检索的情况，这是大大提高研究效率的先进方法。这在我国尚待开发。

（三）新故事与旧故事的流传研究

对现代新出现的民间叙事作品，也有不少学者进行专门研究。如希腊学者阿夫代柯斯的《笑话谜语:一种新的短小形式和功能特色》、智利学者但尼曼(Dannemann)的《智利今日故事的研究》等。

英国学者本尼特(Bennett)的《生了一个贵妇,死了一个圣徒——在流行报刊和大众评论中戴安娜的神话》,对英国王妃戴安娜的新传说作了调查研究,分析了她的形象在民间和大众传媒中神化的情形。瑞典古斯塔夫生(Gustavsson, Aders)以20世纪关于饮酒的新故事作为国家边界饮酒文化的比较研究资料。

在新故事中存在着旧故事的成分,在故事情节、思想、语言等方面都有表现。罗马尼亚学者康斯坦丁斯库的《当代童话中的19世纪日常生活和思想》对此进行了研究。

很多新故事带有个人回忆的特点,这是传说故事的初期现象,据此可以研究故事的产生和创作过程及其与现实生活的异同。德国学者席米德(Schmidt)的《纳美比亚个人经历的故事与自传》,芬兰学者彭铁开林-马甲(Penti-kaninen, Marja)的《难民个人经验故事的研究》,瑞典学者尼尔生(Nilsson)的《回忆和能力——在瑞典工人回忆的出版物上》,以色列学者巴(Bar-hzriak)的《波兰犹太人受迫害时期的传说》,以色列学者沙拉蒙(Salamon)的《讲述奴役——从埃塞俄比亚到以色列》等文,都对个人回忆自己受难的或传奇的经历而产生的故事进行了调查、研究。其中有口头的,也有书面的回忆。

新故事的内容接近现代生活,内容是多方面的。如芬兰学者沙米(Salmi)的《一个芬兰工业社区口头文学地方传说中的步行故事、开车故事、现代化、性和流行的反话》。

传统故事在现代流传必然发生变异,讲述者自觉不自觉地进行改编增删,这一现象的研究对故事发展甚为重要,也是过去有争议的问题。阿根廷学者帕列罗(Palleiro, Maria)的《阿根廷民间故事的口头讲述与本文增益》,研究当代故事在讲述中是如何超越本文以适应当时需要的。美国夏威夷大学学者巴克齐里各(Bacchilega, Cristina)的《关于夏威夷民间叙事改编本中"地方"的理解》、美国学者林达(Lindahl, Cail)的《"中间省略"在当代美国民间文学研究中》、德国学者罗茨(Roth, Klans)的《越过界限:民间故事的翻译与加工改写本》探讨故事改编增删的情形以及应有的界限。这些文章与过去的墨守本文的忠实记录相比已有了一些突破,这是故事现代化的过程中必然会碰到的,中国早已解决了这类问题,"推陈出新"的方针在国外也有了不少知音。

肯尼亚学者阿连比(Alembi, Ezekiel B)的《口头故事在肯尼亚电子传媒工具上的紧急情况:是一次黄金的传播机遇的探索,还是仅仅改变传播工具的操作》,说明故事的现代化应是全面的,而不仅仅是工具的变换。北爱尔兰学者巴拉德(Ballard, Linda M)的论文《每一幅画讲一个故事》,讲述故事连环画改编与故事流传的关系。美国宾州大学阿布拉汉斯(Abrahans)的论文《超越中央和外围》,对故事流传范围及其广泛的超越进行了探讨。

(四)对故事讲述艺术的研究

民间叙事是一种立体文学,是需要讲述、表演的。故事的艺术魅力不仅在它的文学性,而且也在它的表演性。故而其讲述艺术也是需要很好研究的。有些学者有了专门的论文。如意大利那不勒斯学者巴达坎(Badalkhaw, Sabin)写了《巴洛克的故事讲述艺术》,罗马大学的卡路所(Caruso, Fulvia)从美学角度研究故事讲述,在调查的基础上写了《西班牙地区的故事讲述美学》,还有罗马尼亚学者鲁克山多育(Raxandoin, Pavel)的《在非艺术语言中的叙事结构和策略》。

以韵文唱故事的民间叙事诗歌,也是一种重要的叙事传播形式,它便于记忆,在一些地区相当发达,深受群众喜爱,其调查研究也引起了一些学者的重视。如伊朗学者巴该里(Bagheri, Mehri)的《波斯民族史诗中的传播叙述》、以色列耶松(Jason, Heda)的《史诗类作品的叙事模式和类型索引》。研究南斯拉夫传统史诗的流传演唱情况,美国学者过去曾有调查,认为南斯拉夫史诗与荷马史诗有相似之处与继承关系。

孟加拉国如拉(Rural, Huda)的《论一首宇宙起源的叙事歌》,论述孟加拉创世神话史诗至今仍在民间流传的情形。

故事家、歌手是民间叙事的重要载体,因此,对故事家的调查研究也非常重要。孟加拉国邱德厚里(Chowdhury)的《比赛民歌〈比却根〉及其歌唱能手贝雅提》。德国该达(Geider, Thomas)的论文《格里奥的概念和非洲故事家的讲述方法》(格里奥为非洲演唱史诗的艺人)、匈牙利卡尔曼(Kaman)的《俄罗斯宗教民歌手的分类问题》、希腊学者帕帕米切尔(Papamichael-Kou-Troubas)的《民间叙事田野调查和故事讲述人的智力才能问题》等文都有新的调查研究成果。

(五)民间叙事的跨文化传播与全球化

以色列学者菲亚柯娃(Fial Kova)的论文《跨文化传媒中的移民民间文

学》,研究不同国家犹太移民的故事。这是宏观的研究。罗马尼亚伊斯帕斯(Ispas)的《口头文化与跨文化传播——关于德来古拉伯爵的故事》、匈牙利学者克瑞查的论文《东欧民间故事中的跨国英雄》、亚美尼亚学者的论文《亚美尼亚巨人桃克和泰拉罗斯、克里特的泰罗斯、弗雷简的坦特罗斯、匈牙利的桃陀斯》,则是几国故事人物的比较研究。英国学者牟哈威(Muhawi)的《在翻译和教义之间——阿拉伯民间故事作为跨文化的象征符号》等文,均研究了民间叙事跨国传播的情况,有些故事如狼外婆、灰姑娘等故事流传在许多国家之中,早已引起了人类学家的注意,在当今全球一体化的浪潮高涨之际,故事的流传、变异与趋同的情况更值得人们注意,过去偏重于源流研究,通过异文的比较来追寻故事的流传路线,找到故事的发源地(有埃及中心说和印度中心说等理论)。这种历史地理研究(芬兰学派的方法)曾流行了相当长的时间,如今人们对这种追寻推想的可靠性发生了疑问,此法已不流行了。此次会上的故事流传研究偏重在故事的现代化与全球化方面。跨文化传播并非完全的趋同,它仍然保持各自的民族特色。以上文章多如此论述。何克俭(中国宁夏)的论文《文化交流和跨文化研究的新生儿——回族故事的形成和特性》、瑞士学者昆·汉斯(Kuhn, Hans)的论文《民族传统在民间文学中——一种式样的风格?》等文对此更作了专门研究。

不只故事是跨国传播的,就是谚语也是。匈牙利学者帕克左莱的论文《在不同文化中的公共谚语》,发现在欧洲流传着28—56种语言中的谚语,他发现其中有远东的中国、日本、朝鲜谚语达173条之多(包括《史记》和《论语》等书中的谚语),说明现代传媒对民间文学传播的巨大影响。

除以上中心议题外,还有些论文专门研究妇女讲述与性的研究,也有些文章以传统的类型分析法进行的比较研究,文章涉及渔夫故事、吃人魔故事、灰姑娘、蛙王子、国王、圣经、犹太人、佛教、龙以及对笑话和故事思想意识的研究等等。

三、参观、考察的简况

会议期间,大会组织了五路分头参观考察一天,从早到晚,参观德国哈尔茨山及山中古城的木结构建筑、民俗博物馆、古教堂、城堡、森林、犹太人古村及其公墓以及格林兄弟故居博物馆、魏玛歌德故居博物馆等地。在会前会后，我还就便跑了法兰克福、波恩、汉堡、汉诺威、哥廷根、慕尼黑、莱比锡、柏林等城市，参观了好几个规模巨大的民间文化博物馆，如汉堡的民间文化博物馆(实即人类学博物馆)有非洲、大洋洲、南亚等许许多多民俗的展品，极其丰富，这正是蔡元培先生与其友德国人类学家但采尔曾经工作、研究的地方。

为了研究澳门民俗，我还去葡萄牙作了七八天调查，在里斯本参观了民间文艺博物馆和世界博览会等处，在古城科英布拉参观了13世纪建立的科英布拉大学及其民间生活，又到海港城市波尔图进行了一些调查。我在澳门大学工作两年，有一个研究澳门民俗的课题。通过调查深深体会到民间文学与民俗是活的文化，只有身临其境，才能有立体的印象和认识，只靠书本是远远不够的。乘火车旅行是很累的，特别是在葡萄牙调查更加艰苦，疲劳，但不断有新的收获，这是令人欣慰的。周恩来总理早就说过，我们也要调查外国的民俗，可惜过去作得很不够，只有改革开放的政策才使我们有了这种可能。

以上报告，特别是学术信息部分，主要是根据大会记录和印发的论文摘要匆匆写出的，缺点和谬误肯定不少，仅供参考。

(原载《国际学术动态》1998年第2期)

民间叙事的权威问题

——肯尼亚国际民间叙事研究学会专题学术讨论会及顺访埃及、希腊考察民俗的情况

2000年7月17—22日国际民间叙事学会的专题学术讨论会在肯尼亚首都内罗毕举行。来自五大洲的各国学者100多人出席会议。会议是按1992年奥地利会议的决议:"以后多在亚非国家开会"的原则第一次在非洲开会,出席会议的非洲学者人数较多,论文也较多,对非洲的民间文学的研究成果也较显著。

会议的主题是:"民间叙事的权威问题"。

此专题继续1998年德国哥廷根会议的势头,进一步深入研究作为"活的文学——民间叙事"的特点,分析民间叙事在社会生活中的"活的形态",特别是它的社会功能和流传特点。

因为民间叙事(包括神话、传说、故事、笑话、寓言、童话、叙事诗等等)是在口头创作、口头流传的口头文学,所以在很长的历史时期中,特别是在缺少文字的人群中,它作为"历史的记忆",在整个社会生活和文化创造中起过非常重要的作用。

所以,民间叙事的记忆、流传、运用和发展及其权威作用等问题历来受到人们的关注。

此次会议,采取大小会结合而以小会分组讨论为主的方式,分八个专题进行研讨。八个小组的论题是:

第一,跨民族故事的发展前景。

第二,故事和集体同一性的建构。

第三,民间叙事的认识形态。

第四,平民的记忆技巧。

第五,记忆的产生与女性文学。

第六,旅行和记忆的共同建构。

第七，历史：口头和书面写作。

第八，自传回忆和历史。

现将主要内容，分别汇报如下，主要是根据论文提要和讨论情况作些概述。

民间叙事的思想意义

民间叙事表现了广大人民群众的心声，这是人民世界观的艺术表现。1992年奥地利大会的主题即"民间叙事与世界观"。此次会议有进一步深入的研究，并提出民族精神的认同与民间叙事思想的多义性等问题：如伊朗学者米里、巴里的《波斯民族史诗〈列王记〉的权威》，分析了这部在口头传统基础上创作的史诗，对记述伊朗历史和统一民族精神的极大的权威性。以色列学者姚内姆·比罗的《代波克的回转：传统犹太主义和当代精神的领地》亦贯串古今。乌克兰学者罗梭·斯坦尼斯拉夫的《乌克兰19世纪的公共报告者和收集者的民族同一性——作为当代第三世界民俗研究有用的方法模式》一文，从乌克兰19世纪在沙皇俄国和奥匈帝国压迫下进行抵抗斗争中的民间叙事作品的流传、搜集与推广，说明民间文学在民族解放斗争中的作用。

民间叙事作品在口头产生的速度很快，能敏锐地反映新的现实与新的思想。土耳其学者纳斯内廷奴格鲁的《土耳其故事的叙事传统》一文认为：民间故事是民众思想的先锋，许多新思想是在其中发生的、传播的。这种新思想的流传有各种形式，在群众中发挥了极大的作用，"就如同人的大脑和舌头一般"。比利时学者布洛马特的《在比利时的非洲裔居民的家庭故事：对不平等题材故事的调查研究》，反映了在比利时生活的非洲人所受到的不平等待遇，这是新的社会问题，新的民间叙事作品。乌干达学者阿隆·摩申季兹的论文《民间叙事：建设民族集体灵魂的化身》在调查田野作业的基础上，说明民间叙事如何建设民族精神的过程和传播先进思想的作用。肯尼亚的牟体体调查市场文学写成《季孔巴市场文学：众多商民同一性和热望的反映》，对商品经济与民间叙事的关系作了新的探讨。

民间叙事是多种多样的，内容非常丰富，其思想不是单一的，而是复杂的，有的作品具有深刻的内涵，其故事情节像冰山的尖顶，更丰富的内容还在水下，在艺术象征之中。西班牙学者卡布拉·里峨的《千变万化的记忆：各类民间文学像光谱一样》，太阳光的光谱为七色，而其他光的谱系更多得多。民间记忆的内容就如同丰富复杂的人生、社会一样光怪陆离、变幻莫测，其思想和形式都是丰富多彩的。以色列学者哈吉·拉皮尔的论文《故事集体记忆中的许多声音》，以该国一个地方的故事为例说明同一个故事也可以有不同的意义与思想。

肯尼亚学者克瑞斯·万加拉的《库摩斯：肯尼亚的口头文学表演会》叙述了肯尼亚歌手、艺人、故事讲述家在各种仪式上的故事表演及其社会功能：一方面可以向国王反映情况，一方面可以传布各种信息，表现群众的希望和梦想。

跨文化的民间叙事作品往往是名作，一个跨国故事在不同的国家、民族中流传，往往各有其民族特点。纳米比亚学者夏米德的论文《纳米比亚的海赛——最神秘的跨国非洲机智人物之远景》、塞浦路斯学者海瑞德·费迪的《塞浦路斯希腊人和土耳其人关于毛拉·纳斯尔丁的共同观点》、坦桑尼亚学者摩罗柯兹的《非洲史诗的争议和巴哈雅的南各史诗传统的关系》等等分析了同一作品在不同民族中的异同。说明非洲史诗很多，但过去记录得很少。现在各国记录的史诗已有许多变异。作者以坦桑尼亚的南各史诗为例，对非洲的传统史诗和史诗英雄进行了对比分析。

伊朗瓦西里安·艾哈麦德的《相似的故事和全世界的文化》，就伊朗、希腊和《一千零一夜》及印度等世界各国故事、童话之间的异同进行了比较研究。

中国学者过伟虽未能与会，但提供了论文《中国和希腊女神的比较研究》，对比了二者的异同及特点。

俄国学者沙比拉·云卡-皮颇的《电视和叙事文化是旧故事的尾声》一文，对30个国家特别是爱尔兰、贝宁、印度、阿富汗及苏联的材料进行研究，得出了这一结论。

美国学者丹尼斯·体特洛克的《印第安祖尼族故事讲述者的多种声音》对美国新墨西哥州祖尼人的故事流传情况进行了调查，发现在不同的情况下，故事有不同的作用与不同的讲法，其思想内容和语言形式均有所变化。

以色列学者亚历山大·塔玛的《犹太谚语中的假日周期》，研究了25 000多则谚语。对它的多种声音、多种功能进行了理论概括，说明民间文学在民族认同中的作用。

坦桑尼亚学者韩姗查·牟斯塔发的论文《民间叙事和信任的建立:坦桑尼亚民间预兆的权威和心理影响》,研究民间信仰根据各种预兆来卜知世事时,故事在解释预兆中的重要权威作用,这是对人类历史经验的利用和尊重。

爱尔兰学者峨·帝尔牟德·交兰的《地方知识和民族记忆》,论证了民间叙事的双重作用:它不仅表现了地方的风土人情等地方知识,而且也是宝贵的民族记忆和历史的证据,可以作为现代国家团结的纽带。

民间叙事的历史价值

民间叙事是口头的历史,不只历史传说和史诗,即使是童话、神话、寓言故事,也具有很大的历史价值,各国学者有许多新的研究成果,这在过去是报道不多的。

肯尼亚学者克拉瑞·牟马尼义的《瓦塔委拉的历史:隐藏着的现实》,对极丰富的民间口传文学作了历史分析。

希腊学者安娜·科特罗马-帕帕米切尔的《从口头到书面的历史传统》,认为历史记载都是由口头叙事作品开始的,从自传、传说到回忆录、正史是一种自然的发展。

捷克学者朱占娜·普劳丰道娃的《捷克 1968—1989 年革命中文人的自传故事》、波兰学者委奥来塔·克劳切克-瓦西里夫斯卡的《记忆权威在波兰进步转变中的作用》、孟加拉国学者拉曼的《孟加拉自由战争中的口头历史和民族认同》等文,根据各国的历史经验,说明人民群众的历史记忆保存在民间叙事之中,成为民族解放的重要精神财富,正确地反映了历史,具有重要历史价值。

法国的哈罗尔德·尼曼的《童话故事:记忆和历史》,说明童话故事中幻想成分很多,著名的贝洛童话是神奇的,但从中仍然可以追溯当时的历史。

孟加拉国学者艾波·赛义德·哈格由的《民间叙事和集体同一性的建构》,从故事谚语等民间文学作品中的民间记忆的历史,看它们对研究民族文化和国际文化交流的价值。

西班牙学者苏珊娜·韦气-沙哈克的《西班牙犹太人的传统民谣的历史和意义》,研究从 1492 年至今 500 多年的资料,说明历代民谣中所歌唱的历史人物、英雄人物和事件,对研究历史具有重大的价值。

肯尼亚学者连巴拉·蒙皮沙的《自传的回忆和一个国际女英雄卡林·布立克新》、瑞典学者包·尼尔生的《工人的记忆作为叙事的分析》,以及非洲学者斯皮兰扎·思地机的《神话是历史的根基》,对史诗、传说及神话的历史价值都有生动的分析和论证。

印度沙达拉·赖扎里的《一个被遗忘的民俗》、阿根廷学者玛利亚·帕列罗的《阿根廷民间故事与书面文化记忆:关于死亡会见》等文对人民生活民俗的历史作了研究。

美国学者林达·迪夫的《英雄故事专家的记忆权威》、印度学者贾瓦哈拉·汉都教授的《宫殿典型:民间文学和口头历史》、印度学者克义肖尔·巴太齐尔纪的《印度教神话和东北印度部落王国历史的关系》、弄·比瑞安的《伪造的圣经:历史的记忆和一个民间故事的共同保存》、保尼拉·拉特瓦拉的《民间传说:非官方的历史——家庭和家族的记忆》、罗马尼亚学者巴维尔·罗伞多由的《事件、传说和历史感觉的神秘化》、尼古拉依·康士旦丁尼斯库的《第二次世界大战后的民间故事》、哈各尔·吉芬的《口头历史——开放的结构》、芬兰学者劳里·哈威拉提的《民族诗歌的底层和传统的记录》,这些文章从民间叙事作为民族记忆、人民历史的重要表现形式,研究它与民族底层——工、农、商乃至各阶层生活的关系,它的开放的结构、不断的变异,乃至幻想成分的加入、象征意义的形成等问题,都作了不同的研究。

民间叙事与法律、政治

民间叙事的记忆权威,在法律、政治等重要的社会活动中,也有不容忽视的作用,如美国学者艾·韦吉的论文《诉讼的记忆:口头传统在祖尼人诉讼案件中作为证据的价值》、南非学者凡·海尔丁的《在南非怎样讲述故事能有助于获得民心》、以色列学者哈格尔·沙拉蒙的《民俗作为感情的战场:当代以色列的一个政治缓冲器》、美国学者瓦洛里克的《18 世纪晚期器官盗窃故事的传播路线和社会问题的关系》、意大利学者克里门特·马拉拉的《叙事创作的功能》、尼日利亚学者雷比卡·奥来的波的《“奥里克”的实用价值》、肯尼亚学者瓦·蒙该·波瓜的《内罗毕的马他土著文化——在群众文化中建立同一性的策略》、瑞典学者阿沙-吕央斯特隆的《妇女解放运动：无尽头工作的意义——三个女人关于阶级、性别、年龄等她们生活史的讲话，20世纪中，瑞典中产阶级开始从本地的生活模式进入到福利社会》、美国学者瓦冈夫·米达的论文《黑人谚语对解放黑奴的雄辩》等等，这些论文都从不同方面论证了：民间文学作为证据在打官司的法庭上起过重要作用，在社会政治斗争中，亦有重要的鼓动、宣传作用，在反抗民族压迫的斗争中，在竞选的游说中，在争取妇女权益的运动中，民间叙事都有重要价值。这在会议讨论中受到与会者的关注。

民间记忆的特点

民间叙事的记忆是通过口传艺术形式保存下来并广为传播的。其产生、传播和记忆的保存都有许多特点，会上有不少这方面的文章进行探讨：乌干达学者汪比的文章《民间叙事的技能与背景》、爱沙尼亚迈里利·米茨瓦里的《试论一个传说现实化的背景》、肯尼亚学者崩的喜·瑞纪那的《旅行经验和故事流行的建造》、肯尼亚学者开图拉·克因该的《斯瓦希利史诗中的自传问题》、肯尼亚学者久拉·帕早莱的《论谚语的形成》、埃及学者于瓦·哈瑞里的《摩西的升迁：民间叙事中幻想形成的记忆》、爱沙尼亚学者马内·科瓦的《个人经验的故事和一个20世纪预言的记忆》、埃及学者那比拉·沙林的《两个埃及故事在类型分类中命名的沉思》、肯尼亚学者迦其尔里的《天才的平民记忆：肯尼亚民间叙事中妇女的困难与选择的问题》、肯尼亚学者玛丽·牟切里的《通过阿机科雨部落的谚语产生记忆》等文，从不同方面研究民间记忆的现实背景、个人经历与旅行乃至性别特点等问题。

民间叙事中的长篇作品长达几万行、几百万字，能熟练地记忆与演出，确是需要天才的，这种技巧引起了学者的极大兴趣。

肯尼亚学者约瑟夫·牟丽卡的《非洲社会中女孩社会化的口头叙事作品中记忆的产生》，认为非洲女孩从小就受到口头故事的强大影响，传统的力量非常巨大，尽管这些压迫妇女的故事对他们和整个妇女都产生了明显不利的效果，但她们仍然继续讲下去。卡吉林·恩动果的《女性的记忆和矛盾：斯瓦希利语的谚语中的女性描写》，记述了父权制压迫下妇女的悲惨命运。文章认为:谚语是讲话时作为一种“民间经典”使用的,是人类生活经验、生产经验和社会经验的结晶,被认为是人类“最早的记忆”,妇女口齿伶俐,在口头记忆中有重要作用。

保加利亚学者奴柯劳拉的《口头叙事中的性别和同一性》,分析了保加利亚穆斯林口头传统中的性别与思想的关系。劳米·西太米的《对民间叙事中的神和性别解释的错误》,对班图语民间叙事研究中不分时间、空间对神和性别的解释一概而论的错误进行了批评。

爱沙尼亚学者李斯托·加夫的《男性和女性故事讲述家与英雄、女英雄的关系》,对不同性别的讲述者对性别对立的态度作了分析研究。

肯尼亚学者米瑞英的《叙事中性别意识的产生》;马拉维学者蒙尼卡·牟以塞里的《马拉维老故事的创造和双重自觉》,分析了女性在故事讲述中的重要地位以及男女讲述者在讲述中对性别的双重自觉。

尤索夫·门扎地的《斯瓦希利语中台尔瑞布通俗音乐中的性别叙事》、牟以该·各墙加的《肯尼亚口头故事中的妇女形象》、弗里中尼的《妇女犯罪小说作为妇女运动的记忆》,对民间叙事中的妇女形象和妇女生活内容及其特色进行了调查和研究。

民间叙事的记忆,在表现技巧、形式上也有自己的特点,会上也有一些论文对此进行了探讨,如:

印度学者凯拉西·维坦乃克的《奥利亚故事讲述者的巧计》,分析了故事讲述者为加强记忆效果而运用的各种手法。

西班牙学者曼吕尔的《儿童故事中最大的开场程式》,从众多的儿童故事中找出运用最多的一种程式,说明故事权威的运用和讲述者的权威,它与社会权力、才能关系甚大,这在西班牙和拉丁美洲故事中都是如此。

相关的论文还有瓦柯的《个人自我讽刺故事的传统、记忆和创造》、牟各的《儿童故事中的幻想》、芬兰的卡斯吞·布列金好吉的《丹麦阿甲沙岛的传统化装表演中主持人的捷才》、艾米里亚·依利伐的《神话的逻辑——作为认识的形象》、芬兰的安尼克·开夫奥拉-布雷金吉的《为什么我记住的都是我做的》、赛里斯体罗的《路克以各故事的样式、风格和意义》、弗劳拉的《环境因素对故事内容的影响》、韦努立克的《儿童恐怖故事和社会环境》、英国学者罗宾·格匀代夫的《记忆、叙述和创造:负载威尔斯古老传统的戏剧节目》等。其中,罗宾·格匀代夫从1964—1985年在威尔斯对3 000人进行了采访,录下了650

小时的磁带，关系到15 000个研究问题项，该文对民间记忆的特点、地位、价值、思想、意义和功能、记忆与遗忘、创造与加工、观众与影响等等问题进行了全面的研究。

民间叙事与书面写作

中国学者段宝林的两篇文章引起了与会者的很大兴趣。

一篇是《民间文学与大作家》，从中外文学史上伟大作家与民间文学的关系作了系统的论证，因此文已在《印度民间文学研究》(英文版创刊号)发表，所以他又提供了进一步研究的成果：《论文艺上的雅俗结合规律》。用中外古今的大量事例证明：民间文学是作家书面文学的始祖和奶娘，文艺史上主要的文艺形式几乎都是首先由民间文学中创造出来而后为作家艺术家运用并加以提高的，几乎所有第一流的大作家、艺术家都是认真向民间文艺进行学习和借鉴的，文艺史上的许多创作高潮都同学习民间文艺有渊源关系。这是从宏观上进行理论规律探讨的文章，在大会中是甚为罕见的，在会上宣读与散发后引起较大反响。其他学者的文章多为微观个案研究方面的，如塞尔维亚的卓亚·卡拉诺维克的论文《圣徒沙瓦和民间传说在书面和口头历史中的观察》、非洲学者奥尔加·巴拉拉也瓦的《坎泰口头传说中英雄形象的发展：从历史上的王子演变为机智的战士》、以色列学者艾里·雅赛夫的《犹太民间叙事中权威的意义——书本和记忆中的人民》。体体卡的《关于猫的故事》把口头和书面中有关猫的故事进行集中研究，发现其异同及变化轨迹。

阿根廷学者马扎尔·布拉奇的《报刊中的"传统水塘"研究》对1930—1950年这20年间报纸刊物中关于"传统水塘"的描写与民间叙事的关系进行了比较。

崩的喜·瑞纪拉的《过去、现在和未来在记忆上的资本化》，从口头与书面资料中研究旅游如何利用民间传说使景点增加文化色彩，更加吸引游人，对"旅游热"的到来起促进作用。

总之，此次"民间叙事记忆的权威问题"专题讨论会，进一步深化了关于"民间叙事——活的文学"的研究，对民间叙事的价值论进行重点研讨。这对于开发民间文学这一巨大的文化资源，对引起世人对民间文化的重视，将会起积极作用，这也是目前国际上对民间文学进行立体研究趋向的进一步发展，值得我们注意。

民俗文化考察札记

在肯尼亚开会的间隙及顺访埃及、希腊的过程中，对此三国的民俗文化进行了一些考察，增加了不少感性知识，这是书本上得不到的。

在肯尼亚，我发现这个非洲国家对环保非常重视，是联合国环境保护机构的驻地。这里对野生动物的保护做得很好。不仅在巨大的野生动物园中稀有动物得到了保护，即使在一般公路上，如果压死了一只野兔，也会受到追查的，我援建同志反映了这种情况。

在会议期间，住在肯尼亚大学，受到热情的优待。黑人对中国人特别友好，这是中国在经济建设和卫生体育等各方面真诚地援助非洲的必然结果吧！

在埃及，参观了金字塔、埃及博物馆及南方卢克索的法老古墓和巨大的神庙，还到亚历山大港参观了古堡、夏宫等四个古罗马遗物博物馆。看到几千年前的面包和最古老的金字塔（阶梯式的而不是平面的），联想到山东少昊陵也是阶梯式的金字塔和中南美的类似建筑，不知是否有渊源关系？在国王古墓的壁画中，还发现四条腿、有翅膀的三头蛇，有龙的特征（已拍照）。

在希腊，参观了许多古雅典的神庙遗址和奥林比亚的古运动场、神庙旧址，还参观了考古博物馆、民俗博物馆。发现古埃及写实的人物雕像早已传入希腊，对古代希腊雕刻艺术的成熟可能有不小的影响。

1995 年到印度开会，对印度古代文化和民俗也有一些考察。这样对四大文明古国都有了一些感性的了解，结合书本知识，深深感到我们中华文化的深厚底蕴，值得很好发扬。四大文明古国只有中国是几千年连续不断的，也是不断吸收外国文化成果的。我们要发扬这种协和性、包容性的优良文化传统，努力吸取外国文化的精华，创建我们最先进的中华文化。

（原载《国际学术动态》2000 年第 6 期）

民间叙事理论的创新问题

——关于理论自信与教条主义

《文化遗产》2014年第3期的头条发表了《谁在叙事，为何叙事，如何叙事——"非遗"保护的田野立论与概念拓展》，提出了一个很重要的问题：在非遗保护中如何进行理论创新，这确实是非常重要的。但是，这种创新是一种新的探索，往往会出现一些新的复杂问题，是需要进行讨论的。本文就想对此篇文章的观点，提出一些不同的看法，参加讨论。

一、"谁在叙事：关于'传承人'的田野立论与概念拓展"

此文作者在田野作业中，接触到许多故事家，发现其中有一种城市的、知识分子故事家，据说传统民间文学理论认为他们不是来自民间，"持有非民间的身份"，所以需要在理论上进行突破。作者提出应该按照美国史诗研究家弗里和芬兰民俗学家航科的理论将其定位为"文化精英型传承人"，就名正言顺了。作者认为这就是"拓展原有的'民间文学传承人'概念"的理论创新。

对此，我有些不同的看法，不知道该不该提？

我以为，这里至少有这样三个问题。

第一，对这种"原有的民间文学传承人"概念，作者没有指出这种理论的出处，据我所知，在中国当代，这是不存在的。因为我们的传统民间文学基本理论，从来就把城市的、文人的民间文学口述者，看成是正宗的民间文学传承人，并没有把他们的身份看成是"非民间的"。

请看，从60年代以来，段宝林的民间文学教材《中国民间文学概要》在谈到"口头性"时即说："在社会主义时代，人民的范围扩大了，脑力劳动者知识分子也是人民，也有口头创作。劳动人民掌握了文化，能够在书面进行创作了。这些新的情况说明，民间文学的口头性发生了一定的变化，但它并未消失，而且仍然起重要的作用。一方面，口头创作还大量存在，唱民歌、讲故事等口头文学形式将永远不会消灭；另一方面，有些作品尽管开始在书面创作出来，也还是为了在口头演唱、流传，并且要在流传中进行修改、经受考验，才能真正成为优秀的民间文学作品。因此，社会主义民间文学的口头性仍然是它的重要特征。书面创作的作品也必须保持口头艺术的特点，并能在群众中流传、为群众所接受，才能成为民间文学。缺乏口头艺术特点的作品，尽管出自劳动群众之手，也不能列入民间文学的范围。例如天安门诗歌多用旧诗词形式和书面文言词汇创作的作品。……书面的民间创作，只要是具有口头性的，可能在口头流传的，都可归入民间文学。如今民间口头作品还有电子化流传的特点，在广播、电视、录音、录像乃至网络、手机短信中，得到了更大范围的流传，这是口头性的新发展。不管是哪种形式，民间文学的口头艺术特点都必须保持和发扬，这样民间文学才能受到欢迎，才能得以广泛流传，如果用朗诵法去念故事，用书本文言去写故事，那就不是民间文学而成了个人书本创作。”①

这里说的很清楚，知识分子也是人民，他们的口头创作，当然也是正宗的民间文学。怎么会是“非民间”呢?

确实，外国的传统民俗学理论认为，民俗、民间文学是农村农民的创作。但这是非常陈旧的观点，就是在西方也早已经被“城市民俗学”突破了。我们讲理论创新，不能把早已经突破的理论作为标的，而应该看到已有新的理论才好。

另外，还有一个不好的趋势：一切以外国理论为标准，对中国人的理论创新，采取排斥的、视而不见的或不屑一顾的态度。

学术研究应该是平等的，在真理面前人人平等，不能有亲疏高下之分，不能说只有外国人才能创新理论，中国人就一定不行。是不是这样呢?

事实上，只要对中国民间文艺学的历史稍有了解，就可以发现我们对于知识分子口中的民间文学作品，从来是看成是正宗而加以重视的。早在60年代，中国民间文艺研究会贾芝同志派人去采录新疆知识分子玛纳斯奇居素甫·玛玛依口中的伟大史诗《玛纳斯》，他是根据唱本学习演唱的，而且后来陶阳同志还请他自己来记录史诗。从来也没有人否定其民间性。

① 段宝林：《中国民间文学概要》（第四版），北京大学出版社2009年版，第9—10页。

第二,民间文学是不是"文学"?

作者认为,民间文学与文人作家文学有"本质的不同",不能算"文学创作"。

此文说:"无论怎样考量,他们口中、笔下的故事仍然与作家文学有着本质的区别,若将他们的故事归为'文学写作',不但他们本人不认同,'作家文学'的阵营似乎也不能认同。"他们写下的口头故事为什么不能算文学写作呢,因为这是口头故事的记录,所以就不能算文学。

其实,民间文学能不能算文学,这个理论问题,鲁迅早在30年代就已经解决了。在他的名著《门外文谈》中有一篇《不识字的作家》,开头就说:"在不识字的文盲群里,其实是有作家的。"接着就说民间故事家就是"不识字的小说家"、民歌手就是"不识字的诗人"。

于此可见,鲁迅作为伟大的文学家,是认为民间文学是文学的。民间口头文学和文人书面文学都是文学,没有本质的不同,只有形式即载体的不同。民间文学也是文学,这个本质和作家文学是一样的。像古代的国风民歌和乐府民歌,都是和文人作品编在一起的,都是精英,甚至还是比一般文学作品更高的经典,可以说是精英中的精英。

当然,我同意作者所说的"应加强对这类传承人的关注和研究"。当然这也是一种理论创新。

第三,现在流行的"精英"概念,就是一个歧视劳动人民的错误提法。

按照这种理论逻辑,把从事书面文学写作的知识分子文人说成是"文化精英",那么不识字的劳动人民当然就是"非精英"了。难道不识字的劳动人民中就没有精英吗?如果说有,那么怎么又说是"非精英"呢?这不是自相矛盾吗?

再说难道文人中就没有非精英的败类吗?这些坏家伙难道也是精英吗?这是完全说不通的吧!

关于"精英"的概念,早在80年代的《民间文学》月刊上,就有人提出了严肃的批评,认为:"'精英文化'是一个糊涂观念,我以为应是'书本文化'才妥。"①

科学研究的逻辑性的第一个要求就是"概念要明确"。所谓明确,就是概念不能模糊,更不能错误、不正确。不错,可以说"'精英'是流行的说法啊!"现在一般的报刊上这种提法随处可见,但是,流行的难道就是对的吗?我们要不要独立思考呢?

---

① 段宝林:《民间文化与立体思维》(上册),大众文艺出版社2010年版,第152页。

我们既然进行科学研究，就不能随大流，就不能不讲科学，而降低自己的科学要求。科学就是要坚持原则，敢于说不，而不能随波逐流。

二、“为何叙事：关于‘语境’的田野立论与概念拓展”

作者说：“人们为什么要讲故事？民间叙事的本质究竟是什么？……以往学术界归纳出来的民间文学四大特征、五大功能都未必能够完整而又准确地涵盖这些问题。”

所谓的五大功能是什么呢？文中提到“道德训诫、理想诉求、情绪宣泄表达、对社会与对人生”的看法几点，这里所说的“功能论”固然不全面。但是民间文学的价值论研究，早在60年代就已经提出了“三大价值”的几十种语境①。后来又写进了民间文学教材《中国民间文学概要》等书中。应该说还是能够涵盖主要的语境和功能的。

此文所强调的非遗调查中的语境，有的已经脱离了原来的“自然生态”。这也并不是现在才有的。过去我们的调查采录，也有许多是请口述者离开原来的讲述环境进行记录的。这并不是新问题，过去的采录家们都已经想出了种种对策。文章中提到的所谓“新出现的一些问题”，完全可以用已有的理论来解决。作者在文中似乎也没有提出什么新的理论和概念的拓展。

三、“如何叙事：关于‘文本生产’的田野立论与概念拓展”

作者根据芬兰航科教授和美国史诗研究家弗里的理论，把“文本生产”划分为四种类型：(1)口头文本或口传文本；(2)大脑文本；(3)源于口头的文本。(4)以传统为导向的文本。

---

① 参见中国民间文艺研究会上海分会编：《中国民间文学论文选》(上册)，上海文艺出版社1980年版；《北京大学学报》1964年第3期；段宝林：《中国民间文学概要》(第四版)，北京大学出版社2009年版，第20—40页。

这些洋概念非常模糊不清，大多是很难令人了解的。作者虽然作了一些解释也还是没有说清楚。

文本生产是一个新概念。什么叫“文本生产”呢？原来就是把口头文学记录下来，产生了文本。过去我们叫“民间文学采录”或“民间文学记录”。这里用“文本生产”代替“记录”、“采录”，意思是完全一样的，并没有任何理论创新。

但是新名词给人以陌生感，丰富了我们的词汇。我们常常误认为引进新名词就是理论创新，其实名词并不等于理论。如果概念不清楚，反而越说越糊涂。这是教条主义的一种恶果。

上述“口头文本或口传文本”是很好理解的，生产文本，就是通过记录产生文本，凡是从口头记录的文本，都是口头文本。这是我们传统的民间文学理论一贯的提法和做法。不是什么创新。

新奇的“大脑文本”就说不清楚了，作者说是“主要来源于讲述者脑子里的‘模式’的故事”记录。难道还有不根据自己的大脑而讲述的故事吗？每个故事家都有自己的特点，并没有同样的什么“模式”。作者也说不清楚什么叫“模式”。在传统的民间文学理论中强调民间文学作品的集体性，同时也辩证地看到每个讲述人的个性。而且集体性是通过个性表现出来的，“集体和个人是辩证统一着的两个方面，集体是由个人组成的，‘个体是群体的部分物质力量及其一切知识和一切精神能力的化身’，创作者是集体而演出者却常常是个人，许多即兴的歌谣和故事常常是由个人触景生情创作出来的，至于那些体现了集体创作成果的艺人、歌手的个人创造性就更大了。在演唱中个人起重要作用，在集体成就的基础上，人民喜爱的艺人、歌手总要进行个人天才的艺术创造，有自己独特的艺术风格”①。

这是我们根据民间文学调查研究的大量事实，而概况出来的理论，是符合辩证法的真理。现在并没有什么新的理论来取代得了它。

“源于口头的文本”指的是“跟口头传统有密切关联的书面文本”。这同口头文本有什么不同呢，不都是“源于口头”的吗。看了注释才知道，这是指的古籍文献或宗教经籍中的史诗文本。可是作者在文章里却说“如王树铮、刘则亭记述的故事”就是这种“源于口头的文本”。这显然与航科、弗里所说的原意大不相同了。

---

① 段宝林：《中国民间文学概要》（第四版）北京大学出版社 2009 年版，第 14 页。

作者又提出了一个"以传统为导向的文本",即汇集加工与创编的文本。这里没有说清楚是讲述人的汇集、创编,还是记录整理者这么做的。如果是讲述人的汇集与创编,这是完全可以的,如果是记录整理者,则是有很大问题的。在过去的民间文学理论中,早已有很好的分析:汇编各种异文的整理,叫做"综合式整理",是相对于一般的"单一式"整理的一种特殊的整理方法。西方学者如丁乃通先生是非常反对整理的,更反对综合式整理了。如果根据非遗要求的本真性原则,这种整理的文本,已经是文学版本了。而非遗要求的是科学版本。

这里所说的"两种版本"的理论,是我们传统民间文学理论的一种基本观点。

现在这种传统理论,仍然能派上用场。

这就是在非遗的申报中,必须用忠实记录的"科学版本";而在普及推广非遗的时候,则可以用经过整理的"文学版本"。所以西方学者完全否定整理的观点是不可取的。

本来作者所拥有的外国理论资源本身都说不清楚,运用这种洋理论进行划分的文本类型,当然也就大有问题了。作者认为这就是传统民间文学理论的问题。这似乎说不过去。

不能只看到国外权威人士的理论,加以主观的运用,而无视我们中国学者的理论创新。这绝不是那一个人的创新,而是我们所有中国民间文学调查研究者,辛辛苦苦的长期的劳动成果,我们应该了解这些成果,研究这些成果,超越这些成果。但是要超越创新绝不能笼统地认为这些理论已经过时而全盘否定。而要一条条有分析地否定。

教条主义者对过去的理论照搬照抄是不对的。理论研究不能从理论出发、从概念出发,而要从实际出发。从"田野立论"进行理论创新本来是很好的。然而,对过去的传统理论不了解,不知道过去的理论成果,则往往会"重新发现新大陆",这就不是创新,而且也不符合科学伦理和科学准则。

2000年,在BBC和英国许多权威教授们发起的全球网上调查中,马克思当选为"1000年来最有影响的思想家",其票数远远超过第二名爱因斯坦。

我们认为马克思主义的唯物辩证法是最科学的研究方法,建立在马克思主义基础上的民间文学基本理论,是从实际出发而产生的科学理论。它不仅有相对真理(其中的时代局限性不具有永恒的意义),而且相对真理中还包含着绝对真理的成分,这些科学真理却具有永恒的意义,所以是不能全盘否定的。

事实上，我们的民间文学基本理论的研究成果，已经得到了国际上的很高评价。段宝林教授的民间文学教材《中国民间文学概要》获得意大利1996年的人类学大奖"彼得奖"即是一例。

段宝林教授是教育系统第一个参加国际学术组织的人，曾经主持翻译了AT分类法的《民间故事的类型》和丁乃通的《中国民间故事类型索引》；他曾经去五大洲32个国家参加"世界民间叙事研究学会"的学术会议和民俗考察。他是非常重视向外国学习的。他的研究生好几个人到国外留学，获得博士学位后，有的回国工作（如彭牧），有的成为美国加州大学的终身教授和中国研究中心主任（如阎云翔）。

他在60年代就已经是事实上的博导，1965年指导后来成为俄罗斯科学院院士的李福清写博士论文。[①]李福清后来在台湾清华大学等处讲学6年，有人说他是讲的俄罗斯民间文学，其实不是，他是讲的中国民间文学，内容主要是他在北大系统听段宝林教授讲的民间文学理论（他得到一份完整的讲义，1981年根据讲义编写的教材《中国民间文学概要》出版后，他立即告诉当时的德国洪堡大学亚非学院院长梅薏华，"说这是一本很好的书"。这是具有国际视野的学者的科学评价。梅薏华是北大中文系1960年毕业生，她的毕业论文也是段宝林指导的。

他是60年代坚持民间文学系统教学的唯一者，自编的讲义当时油印过3次。钟敬文先生说："段宝林坚持讲民间文学课，60年代讲了六七遍，有张志新精神。"钟先生主编教材时没有用以前的苏联体系，而用了段宝林教授教材的理论体系。

改革开放以来，段教授又广泛学习国内外各种民间文学理论成果，进行实质性的理论创新：

在"民间文学本体论"方面：首先提出了民间文学立体性特征和民间文学内容特征——直接人民性；立体性和立体思维的理论得到了学界许多人的认同。《立体文学论》专著有台湾文津书店（1997）和北京高等教育出版社（2007）两种版本。因为可以理解的原因，这本书倒首先在台湾出版了。十年之后才在北京出版，这是很不正常的吧。值得注意的是台湾中国文化大学的著名民

① 这篇博士论文《三国演义与民间传统》已经收入由王元化主编的"海外汉学丛书"1997年在上海古籍出版社出版。在前言中，他介绍了导师段宝林指导的情况。

间文学专家陈劲臻教授专门写了两篇很长很长的文章，高度评价立体性理论，认为是中国民间文学理论的主要创新成果。

在“民间文学价值论”方面，他首先提出了“三大价值”和“第三资料库”的理论，又在光明日报发表《文艺上的雅俗结合律》论证了民间文艺在文艺史上的根基作用。这是对他在70年代发表的《民间文学在文学史上的地位与作用》重要理论的发展，作为一个普遍的文艺规律提了出来。此文段教授曾经在1978年10月兰州会议上做过大报告，为改革开放后的民间文学大发展“吹响了开台锣鼓”（宋德胤教授语）。鉴于人们对民间文学的轻视，民间文学价值论是他当时的研究重点。

在“民间文学方法论”方面，为了使得民间文艺集成的收集记录工作更加科学，他在提出立体性理论的同时，提出了民间文学描写研究和立体描写的科学方法。

段宝林教授早在1979年就已经参加了音乐家协会《民间歌曲集成》的特约编审工作，在工作中他感到民间文学也应该搞集成，于是向中国民间文艺研究会的领导贾芝同志建议进行民间文学普查，学习音乐家协会的办法搞集成。后来1984年终于开始了民间文学三套集成伟大的文化工程。

据文化部代部长高占祥同志说：“联合国教科文组织对中国的民间文艺集成的工作，评价非常高，认为它应该是世界各国的典范。”这对于后来联合国教科文组织制定非遗保护公约，无疑起到了很大的作用。

可是有些人不承认民间文艺集成也是保护非遗，以致不重视集成工作的经验和理论。他们只搞重点保护，不搞全面保护。结果造成许多问题，如腐败的索贿问题、少数重点传承人和广大的传承人的矛盾等等。①

其实，段宝林教授早已提出“非遗的两种保护”的方法论②，认为必须把重点保护（动态保护）和全面保护（静态保护）结合起来，在《非遗保护中的几个紧迫问题》等文中，甚至说，不搞全面保护是“方向性的错误”。③

改革开放以来，我们引进了许多外国理论，其中有许多科学真理和方法，我

---

① 郑向春：《奖励制度与非遗传承研究——以苗族〈亚鲁王〉传承为例》，《文化遗产》2014年第3期。

② 段宝林：《非物质文化遗产精要》，中国社会出版社2008年版、2009年再版。

③ 段宝林：《民间文化与立体思维》（上册），大众文艺出版社2010年版，第39—128页，其中有许多保护非遗的理论创新，都是科学的，从实际出发的，适时的、符合现实需要的。

们需要很好学习和运用。但是,不能因此而全盘否定或无视我们中国的理论。

我们应该有民族的自尊心和自信心,应该有理论自信、民族自信。不能一味地把外国理论当成最高权威,而要全面地了解国内外的各种理论成果,不要有偏见、门户之见,要实行“在真理面前人人平等”的科学原则,贯彻而不是抵制“百家争鸣”的方针,进行科学的批评与反批评。这样才是科学发展的正道,而不是歪门邪道。

因为段宝林坚持马列主义科学方法,引起了一些人的反对,为此他对一些用洋教条,如“民间文学是民族无意识的一种精神文化产品”来否定民间文学的意识形态性——思想性、艺术性的观点,进行了认真严肃的批评。但是至今没有得到刘锡诚同志的反批评。据说他是不同意批评意见的,为什么不反驳呢。进行学术研究不应该害怕批评。据说中国民间文艺家协会研究部开会,讨论刘锡诚的著作等等学术研讨会,刘锡诚也都不敢请段宝林参加。

这样排斥异己,似乎不是一个正派的学者所应该做的。对于一个真正的学者来说,彻底的唯物主义者是无所畏惧的,真理是不怕批评的。马克思主义正是在批判中发展的。

当然,如果不是真理,就无法进行反批评了。不知被批评的刘锡诚同志以为然否?我希望不同观点应该进行光明正大的批评与反批评,而不要运用权力——文化霸权在背后搞鬼。李瑞环同志说得好:“权势是暂时的,真理才是永恒的!”在人类历史上,有许多科学规律和定理、无数客观的历史事实,都是永恒的真理。科学研究就是要追求真理。那种“无是非”的风派理论是取消科学研究的、反科学的,因而是完全错误的。

(2014 年 9 月 30 日下午 6 时于北京大学五道口嘉园)

王派《水浒》书的文学特色管窥

——比较文学的一个尝试

王派《水浒》是扬州评话的重要代表。它继承了二三百年来扬州评话的艺术成果并作了新的发展。著名艺人王少堂先生在60多年的艺术实践中，不仅接受了扬州评话两大《水浒》书流派（邹光斗派的宋十回、石十回和卢十回以及宋承章派的武十回）的艺术经验，而且还广泛学习其他评话艺人（如康国华、朱德春等）的长处，同时又注意不断向内行请教，将自己的生活体验溶入评书之中，在演出中不断总结创新，终于形成了自己独特的艺术风格，成为扬州评话《水浒》书中影响最大的一个流派，从其发展源流来看，它也继承了古典小说、戏曲和曲艺、民间传说故事等各种水浒题材作品的文艺成果。它是整个"水浒"文学的集大成者。

根据现有的条件，本文想着重进行王派《水浒》的比较研究，这是对比较文学的一个尝试。比较文学主要指不同民族、不同文化的文学之间的比较研究，也包括不同体裁文学作品之间的比较研究和作家书本文学与民间口头文学之间的比较研究。它可分为影响研究与平行研究两个方面，这两个方面都是评话研究所需要的。通过影响研究可以弄清王派《水浒》的历史发展脉络，它的艺术源流，这是纵向的比较；而通过平行研究进行横向的比较，则可以更好地了解扬州评话王派《水浒》书的艺术特色。

我们可以将王派《水浒》同施耐庵的小说原作进行比较，从二者的异同，了解扬州评话艺人是如何继承、发展古典小说的艺术成果的。如果从整个"水浒"题材作品的源流来分析，可以看到长篇小说《水浒传》也是由民间传说、曲艺说书与戏曲等作品中的"水浒"故事加工创作而成，它又大大影响了后来的曲艺、戏曲与民间传说，这关系是相当复杂的。在《水浒传》小说之前的传说故事可以用"第一性的水浒传说"来表示（简写为"民间水浒传说①"），而受了"水浒"影响产生的"水浒"传说则是"第二性的水浒传说"（民间水浒传说②），曲艺、戏曲也是如此。其源流图可列表如下：

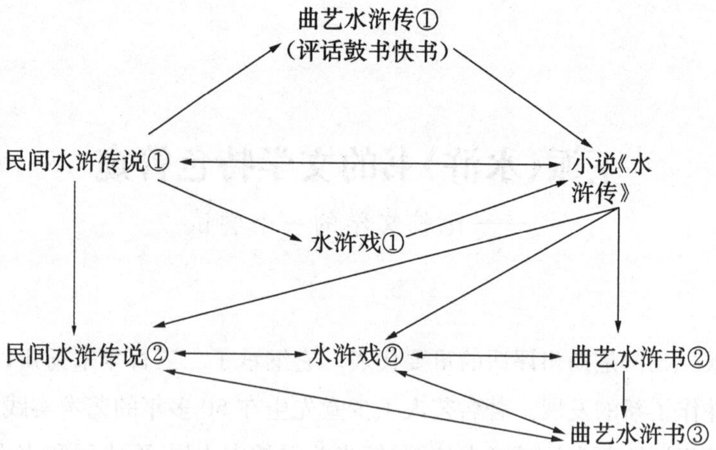

由此可见,扬州评话王派《水浒》是吸取了民间传说、历代曲艺艺人的创造和古典小说的艺术成果而形成的。进行比较研究也需要将它同民间水浒传说故事,“水浒”题材的鼓书、快书等曲艺作品,各种水浒戏以及其他有关作品进行比较。最近出现了一些“水浒”题材的电视、电影,它们也吸取了扬州评话的艺术成果,也需要进行比较,找出它们的异同并研究其原因,从中可发现其相互关系。但是这里主要对王派《水浒》的文学特色作一点粗浅的比较,作为起步的探索。

一、王派《水浒》与民间水浒传说

王派《水浒》书是极其宏伟的长篇巨作,共有四个十回四百多万字。每个十回都有百万字左右,相当于一部《红楼梦》。每个十回都是一部完整的作品,四部书却又互相勾连。故事情节有头有尾,有很强的连贯性,组织结构严密而有系统,环环紧扣,成为一个整体。其中包容了众多的人物,除水浒英雄一百零八将外,还有许多的反面人物,过场人物……其容量极大,为古今中外文学史上所罕见。而水浒传说故事却异常短小,多一人一事的零星传说,也有将几人几事串连起来的故事,但很少。宋元时代的水浒传说只留下片言只语,不用说了,即使现代记录的“水浒”传说也多是很短小的。宝文堂书店出版的华积庆编《水浒英雄外传》(上、下),王太捷、朱希江主编的《水泊梁山的传说》等书所收的故事,短的几百字一篇,最长的也只有六千多字,如《武松找"出息"》。民间传说可以说是一颗颗闪光的珍珠,它反映了人民群众心目中梁山好汉的英雄形象,但却比较零散,不成系统,许多作品比较粗糙,不够完整,是一种文艺的璞玉,它们和经过长期琢磨的艺术精品王派《水浒》是大不一样的。由传说到戏曲、小说、评话,有一个长期的发展过程。南宋说话中有《石头孙立》《青面兽》《花和尚》等名目,是分属于公案、朴刀与杆棒等行当中的"局段"和"序头",它们是由不同艺人演出的短篇故事,可能同民间传说比较接近。直到《宣和遗事》才由说书艺人将许多短篇故事串连起来。但记述简单,只是故事提要,其中的水浒故事部分只有 3 000 多字。由这部话本可见,艺人除吸收了许多民间口头传说外,还节录了许多书面资料,如《南烬纪闻》《窃愤录》等,直到施耐庵更广泛吸取了书面文献和口头文学中的水浒故事才写成 120 回 96 万多字的小说《水浒全传》。扬州评话是在小说《水浒传》的基础上发展起来的,所以也包容了专业作家、艺人的创造成果,它比传说更加丰富、细密,比作为萌芽状态文艺的零星传说要成熟得多、完整得多。

民间水浒传说在思想上比小说、评话更直接地表现了人民群众鲜明的爱憎,内容更加单纯、尖锐,往往对欺压群众的恶霸地主、官僚军阀进行猛烈的抨击和诅咒,对梁山好汉们饱受欺压、打抱不平的义举和封建社会的黑暗现实都直截了当地进行描写。然而传说所写的反抗斗争往往是自发的、单个的,缺少组织性。王派《水浒》书继承和发展了小说艺术成果,对封建统治阶级的丑恶本质进行了更加深刻、更加全面的揭露,对城市政治斗争和社会矛盾揭示得更加充分。从许多章回的描述看来,王派《水浒》书的政治性更强,在思想上比传说更加深刻,但有时也掺杂了一些市民的偏见,在尖锐性方面有时不如传说。

在人物塑造上,民间传说中水浒英雄的性格往往比较单纯,只突出了他们见义勇为的反抗精神和斗争的坚定性,而王派《水浒》中的人物性格却要丰富和复杂得多。如宋江这个人物在民间传说中是嫉恶如仇的,又是胆大包天的,现在最早记述水浒英雄的文献是南宋末年淮阳画家龚开的《三十六人赞》,在根据传说等资料所写的序言中,说宋江"与之盗名而不辞,躬履盗迹而无讳",对宋江的赞语是"不假称王,而呼保义,岂若狂卓,专犯忌讳"。在人民心目中宋江是"狂卓"的,"专犯忌讳"的。元代陈泰 1323 年(元至治癸亥年)路过梁山泊安山镇时听到船工讲宋江故事,其印象是"宋之为人,勇悍狂侠"。鲁迅也认为古人所记传说中的宋江性格“与今所传性格绝殊”。[①]王派《水浒》中的宋江形象固然具有传说故事中那种见义勇为的反抗性，但也继承了小说中那种仁义长厚、乐善好施的特点，宋江那种善于团结人、组织领导起义斗争的政治家风度有所加强。

我们还可以从武松打虎的描写看到传说与评话的不同文学特点。传说中的武松打虎没有独立成篇的记录，只是《武松找“出息”》传说故事中的一个情节，描写比较简略且多幻想成分。这个传说是国际上广为流传的“问活佛”型故事的一种表现，说武松年轻时跟父亲学武艺，听父命到泰山极顶问老人“怎样才有出息”，沿路碰到拾粪老人与龙王小太子都要他代问问题，“问二不问三”，他只问了别人的问题，帮助别人解决了困难。但自已也得到了宝珠和美满的婚姻。这关键情节之一是打虎——他虽未问自己的问题，但从龙王太子处得到了宝珠，用宝珠打死了老虎，于是又得到了幸福的婚姻，自己的问题也就得到了解答。传说写武松从泰山回家途中揭榜打虎，老虎一叫、一扑、一剪之后武松刀劈拳打都未打死老虎，却用宝珠把老虎的天灵盖打了一个窟窿，鲜血直流，一蹦老高，落地还站着，但已经死了。整个打虎过程的描写非常简略，只有 300 多字，动作细节只 11 个，加上对老虎作细节的描写 13 个，总共才 24 个细节。打虎过程的前部大致与小说、评话相似，但后面起决定作用的不是靠武松的武艺和力量，而是靠龙王太子所赠的宝珠，他打死老虎是轻而易举的。这种描写显然是浪漫主义幻想手法的表现。而王派《水浒》中对武松打虎的描写却细致得多、复杂得多，是现实主义的杰作。

在扬州评话“武十回”中，第一回的第一节就是武松打虎，可以说两三个小时，是一个独立的完整的段落，共 18 000 多字，超过传说几十倍。只是打虎的部分也有三四千字，超过传说十多倍。其描写武松打虎的细节 110 个，老虎的动作细节 114 个，还有打虎时心理活动的细节 48 个，总共 272 个细节，也超过传说十多倍。一粗一细，对比鲜明。评话写打虎不只写动作而且写心理活动，不只在打虎时有 48 个心理活动的细节，而且在一开始就对打虎进行心理上的铺垫，从酒店中听说有虎开始，写武松对打虎的态度和认识，突出他“明知山有虎，偏向虎山行”的英雄气概。在打虎活动中，武松的心理活动也写得细致，听到虎啸时想到为千万人除害而抖擞上阵，在搏斗中又想到打老虎的要害部

① 鲁迅：《马上支日记》，见《鲁迅全集》(第三卷)，人民文学出版社 1958 年版，第 237 页。

位……这些复杂的心理描写都是传说所没有的。评话对打虎动作的细节描写也很多,它细写了老虎的"三威",武松如何破三威,然后又如何拳打脚踢,反复苦斗,才打中要害把老虎打死,不但打死而且打趴下了,落了架。评话对"虎死不落架"作了一段解释,这种解释和评论也是评话独特的艺术手法。此外评话对老虎形象的描绘、对老虎习性的说明,都有仔细的叙述。如写"虎困"——老虎的亮相,写虎饿了三四天,因为飞禽走兽都被他吃光了,又解释它怎样吃天上飞的、地上跑和水里游的,最后还用一篇"虎赋"来概括老虎的威武形象,运用了书面文学的成果,其内容就比传说要丰富得多了,更重要的是这些描写尽管有艺术夸张的成分,但却是严格的现实主义笔法,其细节描写是写实性的,真实地表现了典型环境中的典型性格。

二、王派《水浒》与山东快书《武松传》

山东快书同鲁西南民间传说故事关系密切。因为水泊梁山就在鲁西南一带,这里的水浒故事很多。山东快书发源于此,许多段子都取材于这里的民间传说,往往一段书就是一个韵文的传说。其中描写农村生活的段子,如《东岳庙》写武松赶会时打击恶霸土豪李家五虎的斗争,《石家庄》写武松装媳妇等等故事,都是扬州评话所没有的。不少段子如武松打虎、狮子楼、十字坡、闹公堂、闹南监、快活林、飞云浦等,则是山东快书与扬州王派《水浒》都有的,但山东快书主要是诗体韵文,艺人对故事内容已作了许多提炼加工,比较简略,人物故事都重新改编过,表现了农民的生活情趣和思想意识。像"武松学拳到过少林寺,功夫练到八年上"。这种说法与民间传说完全一致。梁山等地广泛传说武松曾在少林寺学武练拳达八年之久(一说三年)。又如快活林酒楼在山东快书中被说成了"蒸酒坊",就同评话大不一样。这是由于山东快书与民间传说主要流传在农村,艺人与观众多为农民之故,许多山东快书艺人是业余的或半专业的,农忙种地,农闲到小镇上说书,这就使山东快书带有很强的泥土味,与产生在城市的扬州评话大异其趣。

山东快书《武松传》不只在思想情趣上、生活内容上与扬州评话《武松》有差异,而且在艺术描写上也有自己的特点。因体裁不同,山东快书的艺术表现比较粗放有力，喜用夸张手法，用浓重的线条勾勒武松的英雄形象，同扬州评话工笔细绘的描写大不相同。下面还以武松打虎为例进行具体的对比。

首先，山东快书《武松传》对老虎的心理描写很有层次，随着武松打虎的动作不断变化。开始见到武松的时候，老虎很高兴："这个家伙不小哇！叫我两顿也吃不完。"于是猛扑上去，但扑空了，感到奇怪："往日里不费这大的劲，今天为的哪一桩？"第三次又扑上来还是没扑上人，反而被武松卡住脖子按在地上。这老虎没吃过这个亏，想振起来，它说："我不干啦！"武松说："你不干可不行啊！"老虎说："我得起来呀！"武松说："你先将就一会儿吧！"老虎说："我不好受哇！"武松说："你好受我就完啦！"这一段拟人化的对话，实际上是一段内心对白，是在打虎的相持阶段——关键时刻对武松与老虎心理活动的巧妙说明。老虎是不会说话的，在这里艺人让它说话，这种艺术想象虽是幻想的产物却使人感到真实可信，是浪漫主义手法的一种生动体现。而扬州评话王派《水浒》就大不一样，它也写老虎的心理活动，但只有四个细节，写得很少，而对武松的心理细节则写得很多，有 48 个细节，比山东快书多近两倍(山东快书中武松的心理细节只有 19 个)。这是由扬州评话的现实主义风格所决定的。扬州评话实际上是一种口头的长篇小说，它同《水浒传》小说的现实主义艺术是一脉相承的。在艺人长期演出的过程中其现实主义细节描写不断丰富，特别注意细节真实，而对浪漫主义幻想手法的使用就极其慎重，一般很少用到。因为人物的心理活动比较好体会，所以写得多，而对老虎的心理就难以捉摸。让老虎说话，这种幻想的笔法在评书中就更难以同整个现实主义风格协调了。通过这种鲜明的对比，可以看出王派《水浒》创作方法上的现实主义艺术特色。

其次，扬州评话王派《水浒》对打虎动作的描写也比较细致，武松打虎的动作细节有 110 个，其对立面老虎的动作细节 114 个，二者总计 224 个，而山东快书对武松和老虎的细节描写总共只 78 个，只有扬州评话的三分之一稍多。当然，山东快书篇幅很短，有如此之多的动作描写，其密度已很大了。这两种艺术都是富有动作性的。这是共同的特点，但两种体裁，一粗一细则又是不相同的。

当然，并不是说扬州评话王派《水浒》书的细节描写处处都比山东快书细致。山东快书中有些细节是王派《水浒》书中所没有的。如它描写武松进了酒店，酒店内空无一人，这武松连喊三声没人来搭话，把桌子一拍开了腔："(白)酒家！拿酒来！"大喊一声不要紧，好家伙！直震得房子乱晃荡！哗哗啦啦直掉土，只震得那酒缸，"嗡嚨！嗡嚨！嗡啦嗡啦的震耳旁"。这段描写很生动，却与明末清初著名扬州评话艺人柳敬亭的描写相似。据张岱《陶庵梦忆》记忆，柳敬亭说武松在打虎之前进了酒店，“蓦地一吼，酒店内空缸空瓮，皆嗡嗡有声”。如此的细节描写是很细的，也是很生动的。奇怪的是几百年前扬州评话中的这一细节描写在现代扬州评话王派《水浒》书中反而没有了，而在山东快书中却津津有味地唱了出来。这似乎是使人大惑不解的。但通过古今比较，我们也可以发现，这段描写夸张得超出了生活常态，带有较大的浪漫主义成分。在柳敬亭时代，扬州评话还处在初期发展阶段，浪漫主义成分还比较多。经过几百年的发展，扬州评话中的现实主义因素大为加强，因而这类巨大夸张的描写已大大减少。所以这类细节也被扬弃了，而代之以对市井生活更现实的细致描写。

三、王派《水浒》与古典小说《水浒传》

施耐庵的长篇小说《水浒传》是一部伟大的现实主义古典名作。它是在民间传说、评话艺人的话本说书和水浒戏等等基础上创作出来的。经过作家的熔裁加工将众多的英雄斗争故事融为一体，反映了封建社会的主要矛盾，歌颂人民起义的斗争，具有丰富的思想内容和高度的艺术技巧，成为我国长篇小说的开山之作、典范之作。扬州评话王派《水浒》是乾隆时代以来逐渐形成的，它的底本正是施耐庵的长篇小说《水浒传》。王派《水浒》的四个十回，包括了小说的核心部分。把它们的异同加以比较，可以发现王派《水浒》继承了什么，又发展了什么。

从总的情节、结构上看，扬州评话王派《水浒》书和小说是基本一致的。评话保留了小说的主要情节作为基本线索，在思想内容和艺术形式上都充分继承了《水浒传》的优点并扬弃了它的弱点，对小说的现实主义艺术作了新的发展和提高。我们知道，《水浒传》描写封建社会的腐朽和黑暗是相当深刻的，塑造了许多可歌可泣的起义英雄形象。但由于作者在思想上的封建主义局限性，常常歌颂封建皇帝，使起义领袖宋江念念不忘招安，这是违背历史真实的。评话是活的艺术，在演出中不断增加新的内容，能随着时代的进步而发生变化，同小说比较起来，王派《水浒》新增设了许多人物和事件，并且把小说中原有的情节作了很多扩展和铺叙，使细节更加丰富，描绘更加细致入微、精深细透。这种增加、扩充和变化正是王派《水浒》艺术特色之所在。它充分反映了封建时代晚期扬州等地的城市生活形形色色的社会现实，这是两百多年来历代评话艺人的集体创造。

现就武松打虎的描写作些比较，以见王派《水浒》文学特色之一斑。从第一部分的对比中，我们看到评话对酒店的描写比小说具体多了。小说只讲酒店在阳谷县境内而未指明是什么地点，评话则具体描绘了“景阳镇”的市容。小说只简单交代这是一个农村小酒店，而评话则具体描写了酒店在街道上的位置和它的三间新草房，还写了酒店的“五新”（新的锅灶、案板、桌凳、柜台还有新的人），特别描写了酒店新人——二十多岁的小老板和十八九岁的店小二。把小说中面貌不清晰的酒家一人变成了三个人，而且各有自己的性格，虽然着墨不多，却入木三分，具有一定的典型性。店小二“围裙系得俏波波的，面带笑容”主动请武松进店打尖。为了夸耀好酒还背了一段诗词，这是一个受城市文化熏陶过的很机灵的青年酒保。他很好地侍候武松喝了三十碗酒（比小说多了一倍）。整个喝酒的过程是相当曲折有趣的，到武松喝完付款时，更出现了一场微妙而尖锐的斗争，突现了人物性格。

争吵是从武松的银子引起的。他应付四钱五分银子却拿出一块一两五钱多的大银子出来。小老板在称银子时耍了花招，他眼瞟着微醉的武松报出银子的重量：“爷驾！你老人家这个银子是一两——还欠一分呢”，少报了五六钱。说书艺人解释说，他为什么不报九钱九而报“一两——还欠一分”呢？这拖长音是个试探，看武松是否心里有数，如武松说“不止一两”他就说：“我还没说完，还有五钱四分呢”，如“一两”两字出口，见来人若无其事，就来个“还欠一分呢！”武松只问银子够不够，听说还多五钱四呢就说：赏给小二不用找了。说罢武松出门而去，小二却和小老板争起银子来。他们都知道这块银子不止一两，都想自己拿了它然后再找钱给对方，说了许多理由要这块银子，各不相让。直争到老东家回来，知道小老板如此压秤就骂他黑心，说：“你这颗心，怕的黑漆都退过光了，生意人压秤有的；上下分把半分了不得了，你成上钱银子朝下压，直接是黑店了！……”当了解到客人是路过的，上景阳岗去了，老东家知道他们只顾争银子未告诉人家有老虎的事，立即叫小二去追并把这块银子全赏给了小二。……这一段描写虽短，却活脱脱描绘出了很有特色的三个市井人物形象。小老板的奸商行径，店小二的精明强干，老东家则是一个奉公守法比较讲究商业道德的商人。经验使他知道商业活动中偷奸耍滑是不得人心的，绝非长久之计。这一段生动的描写说明了艺人对城市商业活动的熟悉，观察生活、表现生活的细致。小老板称银子的细节是非常真实而典型的现实主义描写。艺人通过老东家的口来谴责他，表现了人民对奸商的不满，也体现出作为商业中心的扬州在长期商品经济中积累起来的丰富经验。对市井生活的生动描写是王派《水浒》的最重要特色之一。

在上山打虎的部分，王派《水浒》的描写比小说要丰富得多。首先对武松打虎前的心理描写更加细致深入，如写他看到告示知道真有老虎之后的懊悔，怕小二笑话他回去的思考，以及想到"大丈夫还怕一只老虎吗"，决心"把老虎打死为万民除害"，从而"明知山有虎，偏向虎山行"大步上山。这一段描写心理活动有"意识流"的味道，比小说中的简单交待要复杂得多了。小说只写武松不怕老虎"只顾上去看怎地"，而评话却写了思想斗争，更明确了打虎为万民除害的崇高目的，英雄人物的思想境界更提高了。这是完全符合武松一贯的打抱不平为民解难的性格特点的，绝不是简单的拔高，这描写是真实可信的。

评话与小说对比，既有继承也有发展，既有增益也有删削。像武松上山的描写，小说在见告示前还见了大树刮了皮所写的两行字，武松认为是"酒家诡计"而未信有虎，直到看见榜文才"方知端的有虎"。评话则删去了树上警告之语的一段叙述。从艺术上看这段描写固然反映了一些民俗细节，但可有可无，删了反而更加精练。可见王派《水浒》并非一味求繁求多，而是该详则详，可略则略，是相当精练的。这个特点在柳敬亭说书时即已形成，张岱说柳敬亭说武松打虎"其描写刻画，微入毫发，然又找截干净，并不唠叨"。这个特点为历代优秀的扬州评话艺人所继承。著名作家老舍先生听王少堂说书后，说他的书中"没有一个浮词废字"，惊叹王派《水浒》书语言艺术之高。赵树理也常听王少堂先生说书，认为他是一位杰出的"语言艺术大师"。这绝非偶然。

小说对武松与老虎的搏斗，描写非常精彩，但比较简略，还不足一千字。对老虎的描写，小说只写它"吊睛白额"、"又饥又渴"，而评话却从这两句生发出一千多字来，对老虎的形貌、动作、习性作了仔细的描绘。写它如何出洞，如何借风狂啸，如何用声威把飞禽走兽吓得全身瘫软而成了他的口食，如何吃光了天上飞的地下跑的水里游的而饿了几天。这些对老虎背景的描写，不只是一种铺垫而已，同时也是对打虎过程的描写。

小说写老虎拿人有三个动作——一扑、一掀、一剪。而王派《水浒》则改成

“三威”——一声虎啸，先声夺人；二威一扑；三威是尾扫。把“掀”的动作改成了虎啸，并且放在前面作为第一威，这种改动把老虎的形象与打虎的斗争描绘得更加生动而全面了。同前面对老虎习性的描写紧密衔接，天衣无缝。这虎啸凭借风力震撼山崖，使飞鸟走兽失魂落魄，也使武松从梦中惊醒，并深感它的厉害。但他并不害怕，决心打虎充满了自信，把头巾往上一抹，腰带收紧又打个结，带头朝左右一塞，前后衣角塞紧，又把靴子蹬了一蹬，袖子卷了一卷，迎着老虎准备一场恶战。这段描写不长却有 15 个细节，这是打虎英雄的亮相，同时也是对老虎第一威的胜利。通过对虎啸的描写反衬出英雄气概，使打虎活动有声有色地进入高潮。

小说先写老虎的一扑一掀一剪与武松的避让，然后再写武松举棒反攻，一共只几百字；而评话却用几倍的篇幅将老虎和武松的动作交叉描写。小说写武松把哨棒打空落在枯树上折成两段；而评话却说是老虎把哨棒拦腰一咬，嘎喳一声把哨棒咬成三段。这个细节把老虎的利牙快嘴的威力写得更加生动。小说写武松一下子揪住了老虎的顶花皮，然后脚踢其面门，又打了五七十拳使老虎七窍流血一命呜呼；而评话的描写要曲折得多。当武松要揪老虎五花皮时，老虎很机灵地把周身毛片一紧，从武松手底下窜过去了，窜到武松背后，翻了一跟斗打个滚又朝武松扑来，武松一闪，它又扑空，这才被武松揪住。接下来写武松按着老虎，用脚将虎眼一一踢瞎，然后又踢断虎的尾巴根，骑上老虎使拳照虎头打了十多下，却不中要害。经过思考，武松又对着老虎右耳门狠砸，砸得它左耳门里冒出一根丈把长的“红丝线”——淤血来，因为用力太大，右边的血只好从左边冒出去了，艺人说是“只能走后门啦!”这才打死了老虎。这个幽默的说法颇能渲染出打虎胜利的心情而引起观众的共鸣。这些描写都使整个打虎过程更加有声有色，更加生动曲折而引人入胜，比小说细致得多。小说写打虎过程总共只 76 个细节，而评话则为 272 个，超出了两三倍，其中有武松心理活动的细节描写 48 个，而小说则主要只写打虎动作，几乎未写打虎时心理活动。似乎打虎时无暇思考，小说这种现实主义描写对一刹那的闪念用放大镜去仔细分析，用慢镜头再现出来，这同样是符合现实主义原则的。打虎心理的描述更能揭示武松英雄的内心世界，使打虎动作更加实在而有力。这些都是评话大大超出小说之处。

当然，从对比中我们也可以发现，在一些细节描写中评话在现实主义运用上还有些问题。例如武松按着老虎时它的脚还在地上扒，小说写它“把身底下扒起两堆黄泥，做了一个土坑”；而评话则说“把地下扒了四个深塘下去，把地下的泥土石头扒起了一大堆。一个说是黄土，一个说是泥土石头，到底哪种说法好？到过景阳岗的人都知道，那是一个黄土岗子，从写实的角度看当然以黄土为好。大约施耐庵去梁山泊一带作过考察，所以写得实在。而扬州评话艺人可能未到过阳谷，只是凭想象说，以为山一般是石头山，而石头又扒不出坑来，当然是石头泥土混在一起了。这就不如小说更近于现实。另外，在武松打死老虎之后，小说写武松想把老虎拖下山去，“就血泊里双手来提时，哪里提得动，原来使尽了气力，手脚都苏软了”；而评话却删去了这个细节。可能是因为如此描写更能显示英雄力大吧，其实删去是很可惜的。用现代心理学的原理来分析，小说这段描写确是相当真实的神来之笔，一般人在危急中可以产生几倍的力量来创造奇迹而事后又反而不行了。这种描写可使武松形象显得更加真实，显出他是有血有肉的人而不是神，这是更加符合现实主义原则的。

由于篇幅所限只能以点滴见一斑，而打虎一段显然不能包容王派《水浒》极其丰富的内容。王派《水浒》中对官场黑暗深刻揭露的许多描写，如《武松》中的陈洪辩罪、康文辩罪等名篇，都是小说所没有的，王派《水浒》中的那许多精彩描写确是现实主义艺术的新的重大发展。艺人对城市生活十分熟悉，对官府、商店酒楼饭馆的情况了如指掌，因而许多描写都精深细透、入木三分。可以说王派《水浒》书是近代城市生活的百科全书。当然，它还需要不断发展，才能适应新的时代、新观众的活的艺术趣味。好在评话艺术作为现代的史诗是活的艺术，是可以在今后的演出中不断随社会的发展而变化的，王派传人王筱堂、王丽堂、李信堂等人正为此而努力。

（原载《文艺百家》1989年第3期）

古树新花，根深叶茂

——“曲艺进校园”第 50 场演出观后

曲艺是民间的说唱艺术，形式多样，随历史发展而不断创新，具有强大的生命力。然而，由于社会生活的剧变，传统的曲艺也出现了某种危机，如何使古树开出新花，扎根在新时代的土壤之中，是一个迫切需要解决的问题。北京市曲艺家协会在三年之前组织了“曲艺进校园”的演出活动，把曲艺送到基层送到青年中去，受到热烈欢迎。第一场演出是从北大开始的，如今第 50 场又回到北大演出，场面更大了，节目的质量也更加进步了。

“曲艺进校园”第 50 场演出和第 100 次曲艺讲座 1999 年 11 月 27 日在北京大学新建的豪华宾馆勺园 7 号楼的“多功能厅”隆重举行。北大校领导、名教授和市文联的领导人也赶来参加，还有中外学生与进修教师济济一堂。

主持人崔琦，实际上是曲艺讲座的主讲人。在报幕时，进行曲艺知识的生动讲解，说明各曲种的特色、历史渊源、伴奏乐器和各位演员及其作品的神妙之处。

如此有说有唱有表演的现场演出，既使观众得到了很好的艺术享受，又普及了曲艺知识，非常亲切自然、热烈愉快，被誉为“最好的讲课”。

节目非常精彩，有久负盛名的名曲名段，也有新鲜活泼的新词新作。演员阵容也很强大，有年近八旬的笑星，也有崭露头角的新秀。实际上，不管从艺术内容还是艺术技巧方面看，这都是一台艺术水平很高的精彩演出。

最叫人难忘的是长寿笑星郭全宝的精彩演出。他和汪宝琦合说的双簧实际上也是一台很好的相声。这位相声艺术大师的表演真是炉火纯青，句句出彩，使人尽情大笑，忘乎所以。

他先是解说“双簧”这个艺术形式的来由和特点，然后拿出一个头箍和小硬辫儿来，说头上需要装点一下，顺手往头上一戴，这小辫儿就树立在头前了，引起了一阵惊奇与哄笑。这还不够，他说还要化妆一下，于是打开粉盒拿粉扑在脸上拍了两下，立即就涂上了几块大白。“好！这真像可爱的大熊猫了！”这正是双簧演员的典型化妆。把后台的工作挪到台上来做了，做得这样巧妙，又引起一阵更大的欢呼，简直太绝了。

化妆完了，进行正规的双簧演出。

当后边的演员说到“我要抠，要抠，要抠出我的眼珠”时，他不干了，跳了起来，又逗起一场大笑。

后边人怎么说，他就怎么表演，后边人捉弄他，让他反复不断地做同一个动作时，他又跳起来不干了。如此逗捧，不断引起大笑。

最后他说光坐着表演不能发挥他的“特长”，他要改革——跳起来演才痛快。于是扭起了大秧歌，又跳又扭，把北京街头老人秧歌队的各种欢乐舞姿都作了夸张表演，又是妙语连珠、憨态百出，大家笑得前仰后合，轰笑声震动了大厦。这位年近八十的笑星，还如此富有青春的活力，特别令人钦敬。这样精美的演出是令人终生难忘的。

著名河南坠子专家马玉萍的《借髢髢》[①]也非常风趣，说说唱唱之间把一个妇女回娘家借穿戴的平常事儿，表现得妙趣横生，塑造了两个农村妇女的活泼形象。其唱腔明快优美，发音清亮悦耳，听起来既明白清楚又十分动听，使人得到美好的艺术享受。主持人报幕时介绍说，拉板胡伴奏的是马玉萍的老伴李云祥。几十年的共同演出，使二人的配合十分和谐默契，而那清脆宛转的板胡在这位老艺术家手中，同马玉萍的唱词一样声情并茂，使人感到这板胡还真是会说话儿哩！

梁厚明的快板书《人间真情》讲述了一个当代新故事：一个四五岁的小孩儿从15层楼的窗户上跌落下来，最后却化险为夷。梁厚明把这惊险的场景娓娓道来，伴以快板的节奏，说得特别扣人心弦。说到紧张的地方，略一停板，全场静得鸦雀无声，大家瞪大了眼睛，屏气等待着下面的情节发展。这位大学生出身的曲艺名家的精彩演出，不仅使大学生们备感亲切，而且使一些听汉语还不太熟练的外国专家和留学生也听得清楚明白，句句入神，坐在我身旁的日本东京都立大学的落合守和教授说，这是他听得最清楚的一个节目。

著名演员李金斗、陈涌泉的相声《汾河湾》是个古今交汇杂糅的荒诞式段子。李金斗刚下飞机就急匆匆来赶场演出，克服了旅途疲劳，竟演得兴致勃勃，不断甩出一个又一个满堂彩的大小包袱儿。这一对老搭档配合自如，逗捧

---

① 髢，音 dí，发饰也。

都有不少新的发挥,有的是新的安排,有的是即兴现挂儿,却都能丝丝入扣,恰到好处,令人捧腹。

张志强、康友纯的对口快板《新一代老一代》是在国庆五十周年献礼演出中获得一等奖的优秀节目。这个新段子的作者下了工夫,把新老两代人的不同思想作了非常生动、巧妙的对比描写。许多从生活中提炼出来的细节富于特征性、典型性,演员的演技高超,不断引起笑声,并且使人在笑声中受到启示,发人深思,留下深刻的印象。

评书《张飞请孔明》是《三国演义》中没有的"书外书",根据民间故事改编而成,很有喜剧意味。演员刘朝口齿伶俐,表演干净利索,有评书大师刘兰芳的风度。她说孔明主要靠张飞请出山的,"三顾茅庐"主要靠张飞。这当然是一种带有荒诞色彩的传闻,但却说得头头是道,精彩纷呈,把张飞和孔明如何做手势打哑谜,孔明和张飞各自如何解释手势的含义,说得非常风趣清晰,给人留下很深的印象。

曲艺,唱曲是具有代表性的。此回"曲艺进校园"的第一个节目就是唱的新段子《北京曲艺唱北京》。演出者也是两位新人龚依和朱以以。这个新节目富有时代色彩,唱出北京新的变化,新颖、别致,表现了曲艺唱腔新的神韵,先声夺人,给人以新鲜的感受。

钟玉杰的京韵大鼓《重整河山待后生》等节目也是震撼人心的,感情充沛,声音圆润清亮,很见功力。

曲艺演唱确是很高级的歌唱艺术。曾记得新中国成立之初,大鼓单弦艺人魏喜奎在世界青年联欢节的歌唱比赛中曾荣获国际金奖。这一事实说明曲艺的艺术价值是很高的,受到了国际音乐大师们的赞赏。戏曲艺术大师梅兰芳、程砚秋和一些歌唱名家也是注意借鉴曲艺的歌唱艺术的。

记得1960年第三次全国文艺工作者代表大会曾在人民大会堂开了十多天大会。我的位子正好挨着魏喜奎和王昆,我常看到她们二人形影不离非常亲密,当时就印象很深,深深感到王昆这位大歌唱家对魏喜奎艺术造诣的重视。她们的友谊确是亲密无间的。由一些细小的事情也可以看得出来。有一回在开会之前,她们提前入座了,王昆坐下去之后,皮软椅忽然发出一声怪叫,犹如老猫的叫声。王昆马上站了起来,叫魏喜奎听这有趣的"猫叫",于是她又重新坐了下去,那"老猫"真的又叫了一声。于是二人哈哈大笑。这笑声使我也受到了感染。魏喜奎原学唐山大鼓,又学奉调大鼓,后又演单弦、曲剧,其演唱方法非常科学，始终金声玉振，令人百听不厌。可惜她前几年过早地离开了我们。

可喜的是，在这次演出中，我似乎又听到了魏喜奎那甜美的嗓音。当然，魏喜奎并没有来，那是中青年演员张蕴华演的《三女夸夫》（单弦）。那歌唱艺术之精确实带有魏喜奎的神韵。这种中国式的民族唱法，音色比某些美声唱法更加柔和明丽，吐字清晰明白，共鸣自然流畅，伸展自如，如行云流水，令人陶醉，我看到如此高超的民族歌唱艺术后继有人，内心十分欣慰，从而对曲艺的前途充满信心。

曲艺确是很高超的艺术。在新时期虽然受到外来的挑战，但它历来就是不断创新跟随时代一道前进的。它根深而叶茂具有独特的艺术魅力，在今后也一定会不断发扬其传统的美质，同时改革创新，迎着时代的风雨，走向新的辉煌。

“曲艺进校园”的活动如今已发展到不少省市。并发展到“曲艺进工厂”、“曲艺下农村”……都受到了热烈的欢迎。艺术的强大生命力正在群众之中涌动。只要我们千方百计想办法使曲艺发扬优势、改革创新以引起广大观众的喜爱，我坚信：曲艺的前景是无限光明的。曲艺的百花园一定会百花盛开、争奇斗艳，花香传遍大千世界，使世界更加美好！

（原载《曲艺》2000 年第 5 期）

昌黎秧歌剪影

河北省的民间舞蹈《跑驴》是全国有名的,曾经不止一次在北京演出,受到全国人民的赞赏和热爱。这《跑驴》就是由昌黎的地秧歌《王小赶脚》改编而成的。改编者是昌黎县东关的周国宝老大爷。最近我们怀着很大的兴趣,访问了他。周国宝老大爷年近八旬,从事秧歌演出活动有好几十年的历史了,对昌黎地秧歌非常熟悉。他和他的艺友们向我们谈了许多生动的情况。

全城轰动的地秧歌

周大爷说,过去昌黎的地秧歌非常热闹,过年的社火演出和巡游有狮子、旱船、花车,还有高跷秧歌,而以地秧歌为主。秧歌队扮演各种剧目,前面是武的,后面是文的。每逢节日、庙会,总要扮秧歌,从正月初二一直闹到十五,一早起床就梳头、搽粉,穿戏装,化起妆来,上午九点钟出台,中间休息,吃饭几次,一直闹到黑夜八九点钟甚至到午夜一两点。秧歌队到处串演,轰动全城,大伙儿特爱看,只要秧歌队一来,连看戏的也不看了,都来看秧歌。秧歌扭到哪儿,群众就跟到哪儿,吸引力可大哩!当时演出实在紧张,但周大爷说,虽然起早贪黑四处跑,因为爱好它,就不知道累,非但不累,还越干越心盛。可回家后躺下就累得睡着了,第二天一早又起来扮。这样连干十多天……

扮秧歌有两种:一种是有扭有唱的,一种是只扭不唱的哑剧。

秧歌队一进庄,鞭炮一响,锣鼓打开场子,领头的就开唱,然后大家一起和唱,先唱些吉利话,表示"年年唱秧歌"、对节日的祝贺。然后敲锣打鼓吹起唢呐就跳。跳一阵,再唱,唱一节,锣鼓一响,再跳,如此轮番表演,唱的和跳的都可以轮换歇歇气,喝点水,润润嗓子,休息休息筋骨。现在唱的越来越少了,大伙儿爱红火,多演只跳不唱的了。这种舞蹈形式,其实是一种哑剧。虽然是哑剧，但伴奏的唢呐可以模仿人声，说话、唱词都模仿得惟妙惟肖，使群众自然地回忆起那熟悉的剧情。

一帮秧歌队可以扮许多戏。几个主要角色，扮演主要剧情，又跳又演。由于演得像，扭得好，群众十分喜爱，百看不厌，老跟着秧歌队跑，你说怪不怪。

秧歌为什么有这样大的艺术力量呢?

据老艺人和群众说，这首先是由于演员有功夫。演员们虽然都是普通的农民，完全是业余演出。但地秧歌群众性很强，他们往往从小就扭，根底很深。像周国宝老大爷家，祖孙几代都是扭秧歌的名角。他从小耳濡目染，入了迷，老是琢磨着怎样演得像，演得红火，招人喜爱。昌黎几个著名老艺人的秧歌，艺术上各有特长，叫人看了还要看。鲁春风嘴功好，脸部动作十分丰富，生动得很；张千的屁股功好，他一扭起来，简直笑死人。

群众的这种反映是很实在的。我们亲眼看到了张千艺人的表演，深感他艺术的高超。我们访问时，张千老大爷正患病在床，但一提起秧歌，劲就来了。说了几句就下地扭起来，边扭边说。他说扭秧歌的步子要分男女，男是男的走法，女是女的走法。他自己是男角女角都会扮。扮古装戏，女的都是小脚。张千用一种夸张的动作，手舞足蹈全身扭动起来，模仿小脚女人走道，一下子像是要摔倒似的，屁股一扭，又歪到另一边去了，动作十分灵活而协调，浑身都是戏，幽默而生动，引人入胜。

张千在新中国成立初期曾去华北歌舞团教民间舞蹈，可是他自己并没有上过舞蹈学校，甚至也没有一个专门的师傅，完全是自己钻研出来的。他从小就爱看秧歌，谁扭得好就跟谁学，没事还对着镜子扭哩。他说只要入了迷，艺术上就能不断创新，达到很高水平。

秧歌之所以如此引人，还由于它所扮演的剧目都是群众最喜爱和最熟悉的，并且只是挑选其中最精彩的片断加以表演，当然更受人喜爱了。秧歌演出，主要靠各种动作和表情惟妙惟肖地把人物演活了，使人们得到艺术上的满足，甚至叹为观止。

地秧歌的许多节目来自民间小戏。在小戏中，小喜剧是最为丰富的。像《瞎子摸竿》《顶灯》《打灶王》《王小赶驴》《锯缸》《拣棉花》等就是秧歌队经常演出的经典节目。虽然秧歌是哑剧，要边演边走，但在唢呐、锣鼓伴奏下，通过演员的精彩表演，却能把曲折的剧情表现得淋漓尽致，实在令人赞叹。下面是周国宝老大爷所说的几个节目的表演情况。

《瞎子摸竿》

周大爷说，旧社会瞎子常出外给人算命打卦。妇女们爱算卦。姑娘媳妇同瞎子讲好了价钱请他算命。瞎子一弹弦，招引好些妇女来听。瞎子算卦全靠随机应变，顺着竿往上爬。他先是试探着说，女人爱笑，一笑，就表示说对了。但也有算错的时候。一次一个瞎子把一个姑娘算成了媳妇，再算成要生大小子什么的，可就挨骂了。有的妇女更厉害，一下子把瞎子探路的麻竿扔到门外去，把瞎子往门外一推。瞎子没竿走不了路，他就摸竿吧，剧情就进入高潮了。

瞎子摸竿可不那么好摸着。表演非常热闹。一摸，瞎子摸到鸡粪上去了，一闻，不是味儿，大伙笑得不行。一笑，瞎子更急，四处乱摸，追着人跑……赶出庄还挨狗咬，没人替他撵狗，他踹在狗脚上，狼狈得很，尽逗人发笑。瞎子还过河，用麻竿探探深浅，拉拉袜子，然后迈过去。要进庄了，听到鸡鸣，先拍打拍打帽子，抖落抖落，掸掸鞋，然后吹上笛子唤头。一听到笛子声，妇女们就来看，姑娘开开门，狗往外跑咬瞎子，吓得他直划拉棍子，十分引人发笑。有时狗咬了瞎子的大腿，瞎子就跺脚骂人。妇女们对瞎子说好话，安慰安慰他，让他算卦。讲好多少钱卦礼，领进门去。“乒！”瞎子脑袋撞在门框上了，疼得他蹲在地上揉个不止。然后进屋，摸板凳坐那儿，喝点水，弹弦了。又问多大岁数，生辰八字，掐指一算，伸出指头，说：“不是老大就是老三。”女的说：“我是老二呀！”这就出瞎子洋相了……

扭秧歌不讲话，凡鸡叫狗叫等声音，都靠唢呐吹，让喇叭替演员说话，群众连估带猜，都能听懂。唢呐的乐曲也是一套一套的，由演员指挥伴奏。看到瞎子把棍子一举，乐队就奏《瞎子摸竿》。这个节目很受欢迎，近年还在演，照了相，还上了电视。周国宝老大爷所说的演出情况，正是他自己对剧情的心得体会和演出经验的结晶，从中可以看出地秧歌演出的特点。我想，这个节目实在是非常精彩的，十分幽默生动，又有教育意义。它出尽了瞎子算命的洋相，揭了迷信的老底儿。瞎说就要挨骂，瞎子摸竿的动作是十分典型化的喜剧镜头。我们不能不叹服群众艺术家才能之高超。在如此集中的场面里，包容了多么丰富的生活内容和喜剧要素，思想感情同艺术形象的结合是多么和谐统一啊，真是天衣无缝，炉火纯青，无怪乎群众百看不厌。

《顶　灯》

周大爷说《顶灯》也是好节目，演的是男人赌钱、不学好挨老婆揍的故事。男人要钱闹鬼，两口子日子不好过。他女人让他上街去买粮食，他却到赌场把钱输光了。咋办呢？没米下锅了，他不管，等天黑了，他在口袋里装上沙子回家蒙混过关。女的正干活呢，见男人回来了，问"粮呢？"一摸袋子，见是沙子，拿起烧火棍子就打，她理正么。男的就这儿藏那儿躲的，只好求饶："别打了，叫我干啥就干啥。"老婆说："愿打愿罚？""愿罚！""给我顶着灯！"还要他磕头。还拿棍子比划，不好好顶着就揍，他就跑，钻到狗窝里去了，钻出来一露头，老婆一打又缩回去，最后赌徒讨饶："再不赌了。"二婶拉架说："别打了，改了就中了。"这才不打了，让他把灯放下……这些表演喜剧性很强，也很有教育意义，在重男轻女的情况下，民间艺术把男的打倒在地，出尽了洋相，如此大胆地向封建思想挑战，是很不简单的。

《打灶王爷》

这个秧歌戏更热闹，张千扮灶王，累得直喘气。周大爷扮老爷子，信佛，正给灶王爷烧香呢；老太太不信，说这不灵，有啥用，敬了他咱还穷，不如不要他。老太太把灶王牌位也打掉了，吓得灶王吱哇乱叫，把小鬼吓得乱跑。老太太追着灶王打，灶王跑这跑那，狼狈不堪。这是个武秧歌，反抗性更强。

地秧歌的群众性是很强的。周大爷说，昌黎大多数群众过去都会跳地秧歌，不少人还会跳高跷秧歌。他因为在冰上跳高脚秧歌摔了一跤，所以才专跳地秧歌的。张千老汉说："每年庙会节日闹几次秧歌，都是人山人海。不少人都爱扭会扭，一听到锣鼓和喇叭点儿，浑身都哆嗦，就想扭，不扭不舒服。春节期间天那样冷，扭秧歌又不能穿棉衣，就穿着夹衣，一扭一整天。"农民艺术家这种对艺术的热爱，这种入迷的劲头儿，正是民间艺术魅力的根源所在吧！如今他儿子也爱上了秧歌，已经扭得相当好了。

列宁说："艺术属于人民，它必须在广大劳动群众中有其最深厚的根基。……它必须为这些群众所了解和爱好。"①我们要创造社会主义的艺术，只能走这条路。我们要审视人民大众的爱好和需要，学习高超的民间艺术并提高它们。昌黎秧歌正是河北大地上开放出来的绚丽艺术花朵，应该在新时代放出更加灿烂的光华。

（1981年9月—1982年2月于北京大学燕园）

① 《马列主义研究资料（1983年第6辑）》，人民出版社1983年版，第114页。

民间史诗研究

神话史诗、英雄史诗与故事诗

——《史诗博览》前言

史诗是民间叙事诗的一种，是关于重大历史题材的民间叙事诗。史诗的篇幅往往很长，英雄史诗多在万行以上，最长的达一百万行左右。

英雄史诗是最古老的巨型文学作品，多已流传了千年以上。在各民族文学史上，史诗都是作家学习的典范之作，在国内外产生了极其巨大的影响。

史诗在欧洲和印度的文学史上，都有崇高的地位。

荷马史诗《伊利亚特》《奥得赛》，印度史诗《摩诃婆罗多》与《罗摩衍那》，都受到人们极大的尊重。

然而在中国，情况却大不一样。

文学史中不提史诗，学文学的人往往不知道中国史诗为何物。一些专家、权威也同样如此。甚至在《中国文学概论》(1998)这样的重要理论著作中，竟然明白地说："中国没有民族史诗。"专家如此，一般群众当然更不用说了。在新中国建立之前，学术界普遍是这种认识。然而六十年来，至今变化不是很大。

难道中国真的没有史诗吗？

当然不是！中国不但有史诗，而且很多、很长，最长的《格萨尔王传》有一两百部一百多万行，实际是"世界第一长诗"，篇幅远远超过希腊、印度史诗。《江格尔》《玛纳斯》也有许多部一二十万行，合称"中国三大史诗"，此外哈萨克族、赫哲族、鄂伦春族、鄂温克族、傣族等民族都有自己的英雄史诗。

这些史诗是1958年以后在编写少数民族文学史和采风运动中陆续发现的。

由于中国文学史的讲授者和研究者不了解少数民族文学，他们的所谓"中国文学史"中就有意无意地忽视少数民族文学，所以他们就可以振振有词地说："中国没有民族史诗"①，当我以"三大史诗"去问他是不是"中国文学"时，他

① 袁行霈：《中国文学概论》，高等教育出版社1990年版。

竟然说:“我说的是汉族!”我又问:“汉族能代表整个中国吗?”时,得到的回答是:“大家都是这样做的!”

确实,过去的文学史都不写少数民族文学。我们正确的态度应该是努力学习少数民族文学,使“中国文学史”名副其实起来。

从1959年开始,文学研究所何其芳所长已开始大抓少数民族文学史的写作。

为此我和文研所各民族民间文学研究室的研究人员孙剑冰、卓如、祁连休等同志曾与中央民族学院(后改名“中央民族大学”)藏语专业的教师王尧、佟锦华、耿玉芳、陈践践等同志和民族宫博物馆馆长马扎布等人一起赴西藏调查了几个月,采录藏族文学资料与文物。当我回京时,路过青海省,发现他们在宣传部长黄静涛领导下,发动群众到藏族地区搜集到许多《格萨尔王传》的手抄本和木刻本,并且已翻译了几种印成内部资料本。我当时向青海民间文艺研究会的左可国同志要了两套,每套有五六本。有贵德分章本和赛马称王之部、花岭诞生之部、天岭卜筮之部、地狱救母之部等等。当时我给了北京大学图书馆一套,自己保存一套,这一套对我有启蒙作用。于是在我的讲义中才写了关于《格萨尔王传》的很长一大段。我开始领略到这部伟大史诗的雄浑壮丽的美,我深深地感受到这是我们中国文学史上闪闪发光的文学明珠,是文学史家们应该大书特书的经典作品。

当时青海还印了许多《格萨尔王传》的参考资料,如苏联和蒙古人民共和国专家写的关于《格斯尔》史诗的论文,还有《史诗格萨尔中的谚语》等等,对教学都很有参考价值。

与此同时,在贵州、云南、广西、新疆等省、区,也都开始发动大学师生和文艺工作者到民间采录民族史诗,印了好几十本资料。有的后来陆续翻译出版了汉文本。西藏、新疆等地发现了“活着的荷马”:许多“忠肯”、“江格尔奇”、“玛纳斯奇”还在民间演唱史诗《格萨尔》《江格尔》《玛纳斯》,于是记录了许多部史诗,成绩惊人。过去苏联人曾在吉尔吉斯和新疆记录并出版了《玛纳斯》三卷本,而我们的著名“玛纳斯奇”居素甫·玛玛依(一译朱素甫·玛玛依)却会唱八部,当时已记了六部。

非常可惜的是,这些资料在“文化大革命”十年动乱中几乎被损毁殆尽。几木箱《玛纳斯》史诗的记录稿放在文化部的,后来竟找不到了。艺人受到迫害,史诗文本被焚毁,青海印的内部资料本也成了珍稀之物。译者之一的王沂暖教授手头连一本也没能留下。他知道我保存了一套，北京大学图书馆也有保存本，只好向我借用。我当然寄给他去翻译出版，尽量满足他的要求。后来他在甘肃人民出版社出版了十多部《格萨尔王传》的译本，每出一本，给我寄一本，竟使我对这部史诗的了解不断增加。在1978年10月召开的“兰州会议”（即“全国少数民族文学教材编写暨学术讨论会”）上，我教材讲义中的一章《民间长诗简说》（后发表时改为《民间长诗管窥》），成了大会印发的文件之一。大会决定向全国呼吁，大力强化对民间文学的调查研究，为被迫害的史诗艺人平反，由新华社通电全国，起了很大作用。

1983年在贺敬之同志领导下，贾芝同志支持下，少数民族文学研究所所长王平凡同志主持召开了西宁的全国史诗讨论会，同时，办了一个《格萨尔》史诗采录工作培训班，由我主讲“民间文学的特征”。我发现，过去青海省收集到二三百部手抄本、木刻本的《格萨尔》史诗，在“文革”中徐国琼同志从焚书的烈火中抢救出了许多珍贵的版本，这是了不起的成绩，应该充分肯定，他们深入青海、康藏牧区、农区，收集史诗，十分辛劳，但是十分遗憾的是，只收了书面的史诗而未能从艺人口头记录，条件所限是一个原因，但主要原因恐怕还是对史诗的口头艺术特点的认识不到位。于是在讲习班强调了史诗的口头性、变异性和集体性等民间文学特征，强调发现史诗艺人和进行口头采录的重要性、必要性。在各族专家的共同努力下，会议之后，史诗的采录工作更加科学、全面，西藏、青海、四川、新疆、内蒙古都发现了一大批史诗艺人。后来开了一些艺人唱史诗会演大会，几十位艺人参加，盛况空前。改革开放以后，录音、录像的条件大为改善，刻录下了几千个史诗光盘、录音带和录相带等。在芬兰召开的国际史诗大会上，中国代表团放映了史诗演唱的录相。“在中国，史诗还活着”，引起了轰动。

“三大史诗”的调查研究工作受到国家的特别重视，被纳入了国家五年计划中的重点科研项目，经费有了保证。

1986年国家民族事务委员会、中国社会科学院、文化部和中国民间文艺研究会联合召开《格萨尔》史诗调查研究工作总结、表彰大会，对采录、翻译、演唱、传授《格萨尔》史诗的艺人、研究人员、组织者等进行了表彰奖励。出版社陆续出版了几十本上百本史诗的藏文本和汉文本。《江格尔》《玛纳斯》的情况也都如此。

同时《藏族文学史》《格萨尔研究集刊》和各省史诗研究通讯内部刊物也印了不少。

此外，还出版了一批史诗研究的专著。如民间文艺家潜明兹的《史诗探幽》(1986)，蒙古族作家、研究员安柯钦夫的《中国少数民族三大英雄史诗论稿》(1991)和耿昇研究员翻译的法国石泰安院士的巨著《西藏史诗与说唱艺人的研究》(1994)。

从1990年到1998年，甘肃民族出版社还陆续出版了赵秉理编的五大本《格萨尔学集成》(1—5卷)。1990年浙江人民出版社还出版了介绍三大史诗的小册子普及本。1994年到1999年内蒙古大学出版社隆重推出了很有分量的几本史诗研究专著，均由中国社科院少数民族文学研究所的专家所著，其中有刘亚虎的《南方史诗论》、任钦・道尔吉的《江格尔论》、降边嘉措的《格萨尔论》、郎樱的《玛纳斯论析》等等，这是前所未有的盛举。

《南方史诗论》不只包涵英雄史诗，而且重点对南方各省的许多神话史诗作了详细的研究、探讨。这是第一部全面论述中国神话史诗的专著。而神话史诗在世界各国都记录不多，更无研究专著，这确是独具中国特色的重要研究成果，对人们了解神话史诗的全面情况很有帮助。

史诗作为民间文学，是一种立体的文学，所以要进行立体的研究，对有关演唱民俗背景和说唱艺人的研究，也受到了重视，这就比单纯进行文本研究的成果，有更新的意义。例如李缵绪编《阿诗玛原始资料集》(1986)、杨恩洪的《民间诗神——格萨尔艺人研究》(1995)、阿地力・托汗的《居素甫・玛玛依传》(2002)、任钦和郎樱编的《叙事文学与萨满文化》(1990)、钱舜娟的《江南民间叙事诗及故事》(1997)、覃乃昌主编的《布洛陀寻踪》(2004)、郑土有的《吴语叙事山歌演唱传统研究》(2005)等等，都是用新的科学方法"立体描写"进行描写研究的成果。

"立体描写"的方法是研究活态史诗等口头文学的一种最先进的科学方法。在本书中我们介绍了它的具体做法，进而讲到"六维立体思维"的科学思维模式。对人们更全面、更深刻地观察和思考有广泛的实用意义。由于过去缺少这种文化自觉，对史诗的考察和研究只局限于平面的文本分析和比较，但史诗是现实土壤里开出的艺术花朵，是活的"水中之鱼、树上的花"，如果只看到花而看不到叶子和树根，这种考察未免肤浅而且片面，是不够科学的。由平面研究发展到立体的研究，这是历史的必然，也是新中国民间文学研究的一项巨大的创新进展。我写了文章《从平面的文本研究到立体的考察》，在雅典召开的国际民间叙事研究学会第十五次世界大会上发表，受到国外专家们的特别关注。美国俄亥俄州立大学中文系的马克・本德尔教授已写了评论拙作

《中国民间文学概要》的文章在日本的英文刊物《亚洲研究》上发表。我相信，对中国史诗的立体研究也一定会取得更大的成果。当然，这要靠年轻的一代深入民间调查才能奏效。

令人惊喜的是无锡吴歌中心地区的朱海蓉经几十年的调查、搜集与整理，完成了汉族英雄史诗《华抱山》三卷，两万多行，被过伟教授列入“中国四大史诗”。这就又否定了“汉族没有英雄史诗”的结论。

总之，我们在史诗调查、研究和普及工作中已经作出了如此许许多多的巨大成果，事实业已表明：中国史诗是丰富多彩的，是受到广大人民群众热烈喜爱的，并且早已受到了国外专家的热切关注。

然而，奇怪的是，我们的学界、文艺界的主流“精英”们，对此却无动于衷，并不关注中国史诗，也不评论，也不研究，更不宣传，甚至还说出“中国没有民族史诗”这样莫名其妙的话来，这确是很不正常的。

我在1962年给58级学生讲民间文学课时，他们已经五年级了，开始时很不重视，以为民间文学是“哄小孩子的玩意儿”。然而，学完之后，情况根本不同了，他们说：“我们学过了古代文学、现代文学、当代文学、外国文学、文艺理论等文学课程，再学民间文学课，就像打开了一个新的天地，看到民间文学里确有很多东西是一切文人所不可企及的。且不说各民族宏伟的民间长诗，就说短小的谚语和阿凡提、巴拉根仓的短小笑话，也是作家写不出来的。……”在“恍然大悟”以后，感到过去的“轻视，主要是由于无知，但不可否认多少也有些旧观点的影响”(栾勋同学语)。

过去的“精英教育”，封建式的文人，是看不起民间文学的。

轻视的原因，主要是由于无知。但伟大的作家则别有慧眼，能从沙中识金，并善于沙里淘金，从而把民间文学中闪光的金子打造成文学史上光采夺目的精美作品。屈原、李白、杜甫、施耐庵、罗贯中、吴承恩、曹雪芹、鲁迅、郭沫若、茅盾、沈从文、赵树理、李季、贺敬之等作家的代表作品，都和学习民间文学有关，外国的情况也是如此，世界顶级的小说大师列夫·托尔斯泰说过：“如果不谦虚的话，我的《战争与和平》可以称为俄国的《伊里亚特》。”如果谦虚的话呢？他会说“是够不上《伊利亚特》的”。荷马史诗是欧洲所有作家学习的典范，不管是多大的作家，都是要毕恭毕敬地认真学习的。如果学习得好，写成荷马史诗式的作品，他会引为最大的光荣。这一点从托尔斯泰的话中就可以看得出来。对吗？

少数民族大多数没有文字，全靠口传的民间文学。就是有文字的少数民族如藏族、维吾尔族、蒙古族、彝族、纳西族、傣族等等，文人的书面文学也远不如民间文学丰富而优美。其数量更远远不如民间文学。民间文学是作家文学的导师和奶娘。

高尔基说："不懂民间文学的作家是坏作家。"

这话确是从事实总结出来的经验之谈。反过来"逆定理"也是正确的。凡是第一流的大作家都是重视并认真学习民间文学的，这是一个艺术规律——雅俗结合律的一部分。我的论文《文艺上的雅俗结合律》1987年12月15日在《光明日报》发表后，受到热烈欢迎，至今无人质疑或反对，这是事实，是客观的规律，否定不了的。

由此可见，我们学习民间文学知识，学习少数民族文学知识是多么重要了。而民间史诗就是其中最重要的内容之一。如果缺少中国史诗的知识，是不能说真正了解中国文学的。

朋友！你了解民间史诗吗？

你了解"中国三大史诗"是什么吗？

你了解神话与史诗是什么关系吗？

你知道哪些"神话史诗"？

汉族有史诗吗？

吴歌长诗《华抱山》可以称为史诗吗？

"中国四大史诗"是哪四部？

世界第一长的史诗是什么史诗，有多长，是什么民族的？

史诗《格萨尔》流传在什么地方，它的演唱艺人叫什么？

史诗《江格尔》是流传在所有蒙古族地区吗，如果不是，它流传在什么地区和部族之中呢？

英雄史诗《玛纳斯》是什么民族的，共有几部，多少万行？

"活着的荷马"有多少，你能举出两三位吗？

在中国文学史上，真的"没有民族史诗"吗？

如何估价民间史诗在中国文学史中的地位呢？

为什么广大民众至今仍然非常喜爱民间史诗的演唱？

为什么说神话和史诗表现了人类童年的天真，作为永不复返的阶段而显示出永久的魅力呢？

在非物质文化遗产保护工作中，对史诗应该如何保护呢？

"中国史诗集成"是由什么文化部门主持编印的呢？

"中国史诗集成"的抢救究竟如何进行，有什么重大意义呢？

凡此种种问题，特别是关于史诗的基本知识，都是需要我们认真回答的，不然，很难说是一个合格的有文化的人，也很难说是一个合格的文艺工作者。对吧！

为了普及史诗知识，我们编了这本《史诗博览》，希望读者像进入"史诗博览会"一样，看到中外史诗的概貌。对中国神话史诗、"四大史诗"也可以看到一些较深入的情况。

过去的中国文学教育几乎不谈史诗。

因而这本普及史诗知识的《史诗博览》，就是一本填补空白的书！

由于是初次的尝试，欠妥之处肯定不少，诚恳地希望专家和读者多多指教，以利史诗调查研究的进一步提高。这是一项必要的、重要的、崇高的工作，需要大家群策群力来完成。

（2009 年 5 月 10 日晨）

略谈史诗与比较文学

比较文学正在兴起，特别是中西文学的比较，已引起了广泛的注意。但要比较得好，首先必须把中西文学的有关情况都弄清楚才行，否则难免瞎子摸象、盲人瞎马之失。比方“中国”这个最基本的概念，在一些比较文学论者心目之中往往搞不清楚。对“中国文学”的内涵，也就容易以偏概全，发生常识性的错误。像“中国神话少而零碎”、“中国没有史诗”等等完全背离事实的论断，往往在报刊上通行无阻，屡见不鲜，这种比较研究结论之错误也就可想而知了。

最近看到一篇文章，是谈中西诗歌比较的，文中有云：“中国诗向来就不注重叙事，史诗在中国可以说不存在。”持这种观点的人在比较文学研究者中不知占多大比例，恐怕此文还是有一定代表性的吧。记得博学的黑格尔在《美学》第三卷中全面地论述世界各国的史诗时也曾经断言：“中国人却没有民族史诗，因为他们的观照方式基本上是散文性的……”①今天看来，这个结论未免大谬不然了。且不说两三千年前的《诗经》中即已有了小型史诗《生民》《公刘》和叙事诗《氓》等；就说长篇英雄史诗，在我国也是十分丰富的。我国有世界最长的史诗《格萨尔》（藏族），据王沂暖教授最近所作的“不完全统计”，这部史诗有106部100万行以上，远远超过希腊荷马史诗与印度两大史诗。这部藏族的民族史诗在西藏、青海、四川、甘肃、云南等广大藏族地区家喻户晓，有口皆碑。在蒙古族广大地区也有《格斯尔》长篇史诗流传，《格斯尔传》有清初蒙文本，已译为汉文，新中国成立后又记录了老艺人琶杰的《英雄格斯尔可汗》，汉译本已出二部，以上三书均由人民文学出版社出版。布里亚特苏维埃社会主义自治共和国等处出版过格斯尔史诗的单行本。蒙古族还有长篇史诗《江格尔》，新疆正在收集，约有十多万行，汉译本（部分）一万多行已由人民文学出版社出版。柯尔克孜族英雄史诗《玛纳斯》有八部20多万行，近几年已从老艺人居素甫·玛玛依口中记录下来，正在补充收集其他艺人演唱的异文，并译为汉

---

① ［德］黑格尔：《美学》（第三卷），朱光潜译，商务印书馆1998年版，第170页。

文。此外哈萨克族还有许多长篇史诗正在记录与翻译之中，蒙古族还有许多短篇史诗。我国云南、贵州、四川、广西等广大地区更有许多神话史诗，像《苗族古歌》有十多部数千行。这些众多的史诗难道都不算中国的吗？难道不都是中国文学的必不可少的组成部分吗？

我们一些文学研究者心目中的“中国”，似乎只指汉族，以偏概全，目中无少数民族，对我国丰富多彩的少数民族文学茫然无知，不以为羞，反以为荣。这怎么能符合现代科学研究的要求呢？许多外国学者早已对我国的《格萨尔》《江格尔》《玛纳斯》三大史诗十分关注，千里迢迢，前来了解、搜集。几十年前，一位年轻法国女学者大卫·尼尔曾深入藏区在传说中的格萨尔故乡调查十多年，回国后出版了《格萨尔》的部分译文。法兰西文学院著名院士石泰安关于《格萨尔》的论著长达600多页。苏联学者也曾在我国新疆调查，出版了《玛纳斯》单行本(虽然只有三部，但印得很好)。苏联学者对蒙古史诗《江格尔》也进行过许多研究，而这部史诗的发源地却在我国的新疆。蒙古学者对《格斯尔》也有深入的研究，出版过专著。在西德，对“中亚史诗”(“中亚”包括中国新疆、内蒙古)展开了大规模的翻译和研究。我国的史诗早已引起世界许多学者的重视。如今我国对三大史诗正进行“抢救”录音与记录，《格萨尔》等三大史诗的搜集与研究已列为我国第六、第七个五年计划中的文学研究重点项目。《格萨尔王传》《江格尔》的汉文译本已出版了好几本，1985年中国民间文艺出版社出版了《格萨尔研究集刊》等专门研究的论著。为什么我们一些学者对这些纯粹的中国史诗至今仍然视而不见呢？应该是正视我国各民族民间文学的时候了吧！

(《北京大学校刊》1986年2月15日)

《布洛陀》的人性美

《布洛陀》史诗八卷本，已经在2004年由广西民族出版社出版，2005年在田阳布洛陀庙会期间召开了全国性的学术讨论会，笔者曾经写了一篇相当长的学术论文《神话史诗〈布洛陀〉的世界意义》①，运用六维的立体思维，从世界范围内对世界各国的神话史诗进行了初步的具体比较与论证，对史诗《布洛陀》的宗教美与摩教的世界意义也进行了粗浅的分析，提出了许多新的概念与创新的理论。此文在我们民间文化研究的同行中反映较好，但是在文学史研究领域内却毫无反响。

他们一般都认为中国文学史就是汉族文学史，少数民族文学他们是不研究的，所以对我们的研究成果从来不看，有些人自以为精英，甚至不屑一顾。

这是很不正常的，但是却很难改变。

这里有陈旧的落后文化观的根深蒂固的影响，认为人民不识字就没有文化；也有过去极左思潮的遗毒，认为民间宗教是"封建迷信"；当然，也有我们的工作做得不够的地方。

我们还没有史诗的精选本——文学版本；我们的普及工作也还做得不好，还未能把我们的研究成果很精炼地在媒体亮相，反复宣传。这是一个非常艰巨的任务，需要我们坚持不懈地做下去。

此次大会决定出版论文集，是非常必要的，是很好的明智之举。对于创新来说，论文集甚至比专著更重要，新的观点更多。因为研究就要创新，而新的理论却要受到陈旧理论和保守思想的阻挠和反对，人们的认识也都有一个过程，这是一种常态。就像破冰前进，要打破坚冰，就要群策群力，反复敲打。要有领导的支持，还要有大家齐心协力的奋斗，坚持不懈的奋斗。相信世界是在进步的，先进的文化观必然会越来越得到普及，得到越来越多的人们的认同。我们的研究成果的出版越多越好，论文集要打进文学主流和学校中去。

---

① 段宝林：《神话史诗〈布洛陀〉的世界意义》，《广西民族研究》2006年第1期。

我以为我国各民族的神话史诗是各族人民的智慧创造，是极其宝贵的非物质文化遗产，应该在文学史上有一定的地位，应该让我们的青少年了解，这关系到民族文化优秀传统的发扬和继承，关系到民族精神的当代传承。

因为神话史诗常常与民间信仰、民间宗教结合在一起，是民间宗教的经书，所以常常被误解，被否定。这是几十年来的事实。改革开放以来，马克思主义的两大原理：实事求是、群众路线的科学精神得到发扬，民间宗教得到了重视和研究，像布洛陀庙会的开放，几十万人参加，就是一个很好的例子，说明这是非常得人心的。但是要在科学上加以深入的研究和说明，还是一个非常艰难的任务。

这是一个非常复杂的研究课题，如果用传统的线性思维、点性思维去研究，或者用教条主义的方法去研究，都是绝对不能得出科学结论的。必须以辩证的立体思维——六维的立体思维去观察和思考，才能由浅入深、打破偏见，真正触及本质，解决问题。

下面我就想在过去研究的基础上，进行更深一层的探索，研究一下神话史诗《布洛陀》的人性美。其中必然要接触到什么是人性、人性的内涵、神与人的关系、民间宗教的崇拜等等很多复杂的问题，这是全新的探索，不一定正确，希望能听到不同的批评意见，上一次的文章，谈布洛陀的世界意义，没有听到不同意见，我很不满足。

布洛陀庙会每年有几十万人参加，这个事实就充分说明，布洛陀崇拜、布洛陀神话是非常符合人民的意愿的，当然也是符合人性的，这不只是一般的人性，而且是美好的人性，即人性美。

1994 年在《庙会的民俗本质》①一文中，我着重分析了庙会的宗教美、市场美和艺术美，还详细论证了什么是美，说明了西方美学，只是艺术哲学，只研究艺术美不研究生活美的局限性。

我们的研究是对国内外占统治地位的西方美学体系的重大突破，可惜未能引起应有的重视，可能因为《民间文化论坛》发行量太小，美学研究者未能看到。也可能是无知和偏见在起作用，许多人不能真正看懂那篇文章。

今天我要进一步更深入地探讨人性美的问题，这是一个更大、更重要的美学问题。希望民俗学家、美学家、宗教学家们多多批评指正。

---

① 段宝林：《庙会的民俗本质》，北京《民间文化论坛》1994 年第 3 期。

布洛陀是民间宗教中的神，神也有人性吗？

这是一个很自然的问题。我以为，神当然是有人性的。

因为神是人所创造出来的。

人是怎样创造神的呢？

人是按照自己的样子去创造神的，正如一位哲学大师所说：如果狮子能够造神，它们的神的形象就是狮子的样子。神怎么会没有人性呢？只是因为我们过去缺少立体思维，对神的人性缺少研究而不能认识到而已。

现在的问题是要具体化，由抽象上升到具体，来具体分析一下神的人性之所在，它究竟表现在哪几个方面？

在探讨神的人性之前，首先要明确人性的内涵。

人性是非常复杂的，现在一般谈人性往往最重视人的动物性，谈弱肉强食的进化论，谈饮食男女等等人的生理属性。

不错，人是动物的一种，有动物性，这当然是对的，但是并不全面，是以偏概全了。

人不只有动物性，而且人之所以为人，还有许多和动物不同的特性。

人会劳动，会思考，会创造，有文化，不仅有物质文化，而且有精神文化、社会组织文化，这劳动性、创造性、社会性等等都是动物所没有的，这些难道就不是人性吗？

当然是人性！而且是更重要的人性，更高级的人性。

正如马克思所说："人的本质并不是单个人所固有的抽象物。……在其现实性上，它是一切社会关系的总和。"①

人的动物性是低级的人性，这种人性美，也需要研究，但这是低层次的美。而我们绝不能忽视了更高层次的人性美，我们应该对人性美作更全面、更深入的研究。

这种研究与社会上流行的人性概念不同，如上所述，这正是我们的优势所在，我们比他们更全面、更科学，这是我们立体思维的优越性，是马克思主义者的科学创新。

科学的真理虽然常常暂时不为人知，得不到某些专家的承认，然而终究会取得社会认同的。因为，这也是人民在思想文化上翻身解放的需要，也是建设

---

① 肖前、李秀林、汪永祥主编：《历史唯物主义原理》，1983年版，第396页。

社会主义和谐社会的需要，也是人类文化不断前进的需要。

过去，一提起民俗，就认为是“封建迷信”。

因为很多民俗活动都带有民间信仰的成分，要崇拜祖先、天地、神灵等等。

如今已经开放得多了。但是在思想上，特别是不少干部的思想上总是不放心，总是怕犯搞封建迷信的错误。

我在《民俗与迷信》(岭南民俗 1986 年创刊号)、《论傣族文学中的因果报应问题》(1982 年《傣族文学讨论会文集》)中都对民俗中的科学内核进行过辩证的分析。

这些文章都收入了 2010 年出版的我的文集《民间文化与立体思维》[①]之中。

另外，我还在中央教育电视台 1 台(CETV-1)的专题讲座中讲过两讲《中国民俗文化》，也对所谓封建迷信问题做过具体的分析批判。这两讲从 2007 年一直播放到现在，不断反复广播，说明还是很受欢迎的，但是似乎影响还是不大。

许多人，包括文化部门的一些所谓专家和领导们，对所谓迷信还是心有余悸，盲目否定、排斥，甚至还给扣上了什么违反人权、反人性的大帽子。

其实，这还是“左”的影响在作怪。

机械地用现在的标准来衡量过去，缺少历史观点，缺少辩证的具体分析。

我们分析神话史诗《布洛陀》的人性美，就是要作为一个具体的个案来看看民间宗教中的神灵，究竟有哪些方面的人性美？分析一下现在当代社会中的人们为什么要崇拜布洛陀？

我以为人性美在《布洛陀》中有多方面的表现。

首先，来看看布洛陀在物质生活方面的人性美。

饮食男女是人类最基本的生活需要，从古到今，从猿到人，从原始人到文明人，有一个发展过程。神话史诗《布洛陀》很好地反映了这个过程。

南丹壮族有个神话说，在远古的时候，人们吃各种野兽的肉，就是没有吃过鱼。因为鱼住在山崖峭壁上，人们打不到，射不着。布洛陀教人用火烧，果然把鱼烧掉下来，还烤得很香很鲜。鱼求布洛陀保护，布洛陀叫它们下水，这就不怕火了。人们又去找布洛陀，布洛陀叫人织网捕鱼。鱼儿成了

---

① 段宝林:《民间文化与立体思维》，大众文艺出版社 2010 年版。

人们的小菜。①

这里表现了人们发现吃鱼的物质美，很香很鲜，但是，同时也表现了劳动创造的美，这是人性不同于动物的地方。这同时也是一种精神美，这是更高级的人性美。

神话史诗在"造万物"（赎谷魂经）中，不仅歌颂神的创造，而且也描写了人的劳动，赞颂了人类劳动的美：

妇女拔秧一束束，
男人整秧一把把，
田中插秧似绣花，
垌里插秧如绘画；
三周长成壮苗，
五周即可耘田……

这里没有了幻想，完全是写实的境界。不过，神话毕竟是神话，幻想和夸张是更常见的：

谷粒像柚子那么大，
谷穗像马尾那么长；
用梯子去抬抬不动，
用扁担去挑挑不起；
三人同吃一粒米，
七人同吃一穗谷……

这种对劳动成果的喜悦，在诗中变成巨大的艺术幻想和夸张。这是对劳动的热情赞颂，更是对人性美的突出的赞颂。

神话史诗对人类劳动巨大威力的赞颂，常常表现为许许多多巨人形象的创造。

在各民族神话和史诗中，劳动的巨人是层出不穷的。在苗族古歌中有府方、剖帕等等三十多个巨人，在汉族有顶天立地、开天辟地的盘古，补天的女娲，射日的后羿等等，在白族《打歌·开天辟地》中盘古盘生两兄弟化为巨人木石伟，创造日月和万物；彝族阿细人神话史诗《阿细的先基》说天地是阿颠神和

---

① 广西民协编：《广西民间文学作品精选·莲花山仙踪》，广西民族出版社1998年版，第12—15页。

阿志神创造的；壮族的射日英雄是特康；在布依族摩经中，也有造天造地的布灵，布灵还创造了太阳、月亮。他是怎样创造太阳和月亮的呢？摩经说，布灵用红石岩敲打、磨圆成日月。这些创造世界的英雄都是戴天履地的巨人，这些巨人形象的创造，是神话史诗的一个伟大的艺术成就，这虽然是一种不自觉的艺术创造，然而却是对劳动创造世界的极其生动而又深刻的艺术描写，突出了劳动的极其伟大的改天换地的无穷威力。这种对劳动美的歌颂，当然也是对人性和人性美的激情赞颂。

这些巨人，不仅开天辟地，而且还创造了世界上一切人类需要的东西。

混沌下来造箱子，
上粱王下来造菜园，
布洛陀下来造万物，
姆六甲下来造万物。①

劳动的美，是更高层次的人性美，神话史诗在表现劳动美的时候，还同时表现了人类生活中对待劳动的非常复杂的情况，表现得相当深刻，发人深思。请看：

《布洛陀》经诗唱道：

猪来造良田，
狗吃白米饭。

这里用神话的幻想，表现人类发明农业的一个故事。

故事情节是这样的：猪用嘴拱地成田，而狗却去冒功，布洛陀就赏狗吃白米饭，反而把猪给杀了。

后来发现了真相，又罚狗吃屎，让猪吃白米饭。

这个神话不仅叙述农业生产的远古历史，同时也非常真实地反映了人类社会的阴暗面，虚报冒领，贪天之功为已有，这种情况在私有制社会中是屡见不鲜的，甚至在社会主义社会中也常常可以见到。神话史诗代代传唱，就深刻地揭露并谴责了这种丑恶的思想和作风，从反面表现了人性美，这是忠诚老实的人性美，一种非常朴实而崇高的人性美。

神话史诗对劳动美的反映，往往通过幻想的形式。不仅在情节上有很大的变动、变形。而且往往有很大的夸张。

---

① 张声震主编：《布洛陀经诗译注》，广西人民出版社 1991 年版，第 434—465 页。

它表现了人类童年的天真，是人类进步的美好体验。

史诗中描写了人类物质生活进步的历程：

先世还没有发明火
人像乌鸦一样吃生肉，
人像水獭一样吃生鱼，
人像猴子一样吃谷子……

《布洛陀摩经》还描写古人创造陶器的艰难过程：

婆和泥造坛，
放进火里烤，
烘得大坛破，
坛破变成火灰的妖怪，
坛裂冲犯了祖宗……

当人类没有掌握自然规律时，在精神上是非常软弱的，他们不得不崇拜鬼神，陶器烧坏了，就以为是妖怪在破坏，从而产生原始的宗教信仰，但是这种信仰的目的，还是为了战胜妖怪，为了建设美好的生活，为了实现人类美好的理想。

神话与史诗产生在人类的童年：原始公社时期，离封建社会还有很长一段距离，怎么能和封建迷信挂上钩呢？可是人们就把封建迷信的大帽子扣在它身上，实在是很不科学的。我们要拨乱反正，珍视我们民族的这些极其宝贵的非物质文化遗产，认识到它们无与伦比的文化价值。

在布洛陀史诗中，制陶竟然和创造太阳联系起来。史诗是这样描写他如何制造太阳的：

先用泥土捏成团，
放在火中烧红它，
再用蛟龙眉毛来镶边，
甩上天就成了发光的太阳。

捏土、火烧，这是古人制陶劳动的主要工序，史诗运用神话思维，把它想象成可以烧成太阳，这种艺术想象和巨大的艺术夸张，是现代人所难以想象的，惊人的。这是人们对制陶的劳动发明的最热情而崇高的赞颂。

在神话史诗中不仅描绘了物质文化创造的美和美感，而且也有古人反映组织制度文化、精神文化的创造而产生的美和美感。

关于婚姻和家庭,《布洛陀》神话史诗唱道：

天下处处被水淹，

只剩下伏羲两兄妹

兄妹两人结夫妻……

生下儿子像磨刀石。

这里反映了远古兄妹结婚的历史事实。在汉族也有同样的说法,唐诗中就有“女娲本是伏羲妹”和“女娲本是伏羲妇”这两种说法。

怎样来理解这个奇怪的事实呢?

马克思晚年非常注意当时刚刚兴起的人类学,写过许多人类学笔记,他曾说过,在古代妹妹也是妻子,这是一种原始的婚制。现在看来是很野蛮的,但是在当时却是社会上的正常行为,我们不必大惊小怪。

人类有一个从野蛮到文明的发展过程,如果没有马克思的历史观点,对此是难以理解的,这就是马克思主义科学观点的优越性。立体思维的第四维,就是时间一维,在观察任何事物的时候,都要考察它的产生、发展、消亡的整个过程。绝不能离开历史环境抽象地去思考,那样必然会用今日的标准去衡量古人,从而得出错误的结论。

过去的帝国主义者、殖民主义者对待亚非拉美的原住民,就是如此,把他们的文化全部都看成原始、落后甚至是应该消灭的文化,结果,造成了人类文化的浩劫,造成了无法弥补的巨大损失。

后来,一些比较开明的进步人类学家,看到欧美国家文明人也有许多不文明的甚至是野蛮的行为;而被西方学者看成“野蛮人”、“原始人”的东方国家和地区的原住民,在他们的生活文化中却存在着不少文明的文化。《文明和野蛮》等等作者们提出了一个新的理论——文化相对论,认为任何文化在当时当地环境下都是很好的,无所谓先进和落后、文明和野蛮的分别。

如此平等地、科学地对待东方文化,当然是一种科学的很大进步,是我们必须充分肯定的。尽管它还可以更加完善,但是它在世界人类学、民俗学研究中至今仍然是占有很重要的地位的,对古代文化和亚非拉民族文化的研究起到了好的作用。

我们要以马克思主义的历史观点,以文化相对论的观点来充分肯定神话史诗中的积极因素,看到其中所体现的人性美。

史诗除描写了在物质生活方面的人性美之外,还描写原始人的伦理观念的进化步伐：

那时人间还没有伦理，
世上还没有立规矩道理，
那时建房造屋杀父来吃肉，
那时杀了孙子把肉送外婆，
那时家公与儿媳共枕席，
那时女婿与岳母共床眠，
布洛陀在上面看见一切……

这里的描写更原始了，兄妹婚还是同辈的，而这里却是不同辈分的，是群婚制的原始家庭，而且还吃人肉，是非常原始的一种风俗。

在《唱童灵》一段中，还唱道：

从前还没有伦理，
还没有孝丧的礼仪，
活鸟吃死鸟的毛，
活人吃死人的肉。

在此时，有一位改革家童灵进行了改革，他说：

要吃父亲的肉我们不忍心，
各人兄长的肉各人吃……
要用牛肝来代替母亲的肝，
要用牛胆来代替父亲的胆。

他为什么要改革呢？因为他看到母牛生小牛，生产时非常痛苦，他的母亲告诉他说：女人生儿女更加痛苦，这对他产生了很大的刺激，于是就提出要改革。

但是众人都反对，于是他去问布洛陀，去问姆渌甲……得到了这两位大神的认同。

于是，童灵杀了水牛，把甜酒坛打开，请众人来共同庆祝改革的胜利。

原始人由于生产力太低，食物不够吃，在迫不得已时，只好吃人肉。这是全世界都存在过的陋俗。在生产提高之后，就会改革掉这种民俗了。史诗反映了这个历史事实，是远古流传下来的民间记忆，是弥足珍贵的。

这里描写的是人性的进步，以牛肉来代替人肉，由动物性进步到了人性，改革了野蛮的陋俗，也就体现了人性美的胜利。当然也是对人性美的歌颂。

当然，这个进步也是斗争的结果。雷婆见童灵改革了陋习，就要打雷劈死他。

他抓住雷婆的儿子青蛙,问雷婆为什么那么厉害?

青蛙说她有铜鼓,于是童灵用牛皮做鼓,雷婆来劈时,就打鼓抵抗,牛皮鼓打退了铜鼓。

可见改革胜利来之不易。这个描写是发人深省的。

在家庭关系方面,布洛陀史诗描写了婆媳打架的事件,媳妇力气大,把婆婆打倒在地,说她偷了自己的棉纱,婆婆跌倒了,惊叫:

我若偷了你媳妇的棉纱,
我的脸就蓝得像蓝靛,
我的手就黑得像乌鸦,
我的眼就突出变瞎,
你若还在冤枉我,
你死了尸首就变臭,
你就变得能吃不能动。
……

这是私有制产生之后的一种观念,家庭内部也有偷窃的问题,婆媳之间,还要赌咒发誓,矛盾相当剧烈。

于此可见,这部神话史诗在长期的流传过程中,吸取了各个时代的历史成分,思想观念比较复杂。

偷当然是丑恶的,但是,史诗表现的是反对偷鸡摸狗,这是美好的。从反面表现了人性美。

史诗对媳妇与家庭长辈的礼数,也有歌唱。

媳妇的行动,在长辈面前有种种禁忌:

错在大伯面前乱坐,
错在家公面前露身,
错在背地里偷东西吃,
错在公婆面前擤鼻涕……

这种礼数似乎已经有了封建社会的味道。对长辈是非常尊敬的。与前面的婆媳打架,大不一样了。在长期的社会生活中,人们不断总结经验,认识到老人的经验丰富,老马识途,可以避免走弯路,是家庭的重要财富。史诗唱道:

老人嘴巴藏真言,

老人肚里有良方。

这老人的经验就是胜利的重要保证。老人死后，就成为祖先，而祖先崇拜则是中国民间信仰中最重要的一个方面，祖先也是人们祭祀的神祇，在祖先的神位面前和对待其他的神祇一样，是必须毕恭毕敬的，史诗唱道：

不能在神位面前转身，

要退行出门后才能转身，

要先退左脚，后退右脚……

尊老爱幼、慎终追远，是中华民族的共同优良传统，这是一种很好的社会美，也是精神美。当然也是一种人性美，这是毫无疑问的。

布洛陀是壮族最古老的祖先，同时也是人们最崇敬的最大的神。这是壮族的人文始祖，是集体智慧的化身。

布洛陀的意思是“全知全能的智慧老人”。

布洛陀的艺术形象是相当复杂的，他是神，又是人。

布洛陀是从母系社会到父系社会过渡时期的人物，是民族形成期的最大首领。

这是社会发展到一定高度的领导人物，已经由最初的开天辟地、造天造地的劳动巨人，逐渐演变成为一个全能全智的王。

摩经神话史诗把各种创造发明都归之于他，人们样样都要向他请教，并且样样都要依靠他的功德：

请布洛陀来就财源滚滚，

请布洛陀来就祛病消灾……

可能壮族最早的祖先是母系氏族社会的祖母神姆渌甲（米六甲），后来社会发展到父系氏族社会，于是布洛陀就取代了姆渌甲。据说“摩经”原为“姆经”，是姆渌甲的经书。瑶族神话史诗《密洛陀》之中，存在着不少古壮话的成分，可能是由壮族流传到瑶族去的。①

姆渌甲就是壮族母系社会的始祖神。到了父系氏族社会，正是私有制、国家产生的时代，多神崇拜也被一神崇拜取代了，布洛陀也就成为众多神灵的主宰，为了树立他的权威，人们把各种大神的创造，诸如开红水河、造田种地、播种五谷、造黄牛、造水牛、打鱼虾、养鸡鸭、造房屋乃至开天辟地、创造日月等

① 中国少数民族文学学会编：《神话新探》，贵州人民出版社 1986 年版，第 444 页。

等，都说成是在他指使下的作为。

神话和史诗说布洛陀所统领的各种神灵有130多种，如工匠神、祖婆、祖师、土地神、贩牛神、打贼神、九头鸟（造果子神）、三妹（造爱情女神）、四脸王（造日月）、蛟龙、蜾蜂、雷公、神农、耕作大王、太上老君、伏依兄妹、盘古、混沌婆等等。他所收罗的各种大神，竟包括了许多民族的各种神灵。[①]这是由多神逐渐发展到一神的现象，反映了人间社会民族国家的统一。

这当然是一种社会进步的表现，是一种社会美。

人是社会的动物，人是一切社会关系的总和，这种社会美，自然也是区别于动物性的比较高级的人性美。

从人间社会来看，布洛陀是民族的大王，是壮族的始祖，而在人民的心目中，则成了最大的神。

关于布洛陀的出生，有种种说法。有的神话说，布洛陀是由石蛋中生出来的；有的说，他是从岩洞里走出来的。

这些神话反映了原始社会的石头崇拜。

这是怎样产生的呢？

因为原始人的最早的工具就是石器，工具的使用大大地提高了生产效率，使人们得到很大的欣喜，于是人们就体验到了石头的神奇，从而产生了这个神话。

这件事就说明，布洛陀和劳动是密不可分的，血肉相连的。

由原始公社发展到国家，布洛陀由劳动英雄逐渐变成了首领、大王，这是人性的变化发展。

因为生产力的提高，除自己消费之外，有了积余，于是产生了私有制，产生了剥削，产生了阶级。

这在当时是一种社会的巨大进步，所以人们对国王是非常崇拜的。把他崇拜成神，就使他不会死亡，得到了永恒的生命。

人性的结构是复杂的，有一个很长的历史发展过程，由低到高，大致可分为三个层次：

最原始的人性是动物性，人类刚刚从动物分化出来，从类人猿到人猿，开始萌发的人性逐渐加多，但仍然以动物性为主，其人性的成分占次要的地位。

---

① 覃圣敏主编：《壮傣民族传统文化比较研究》（第5卷），广西人民出版社2003年版，第253页。

其人性主要是劳动以及在劳动中产生的智慧、思想。他们尝到了劳动的甜头，劳动的能力不断提高，手和大脑发达起来，最终演变成为真人。这个过程有几百万年之久。

这样人性就渐进到更高的层次，人性美也由低到高，由物质生活的美，进步到社会美、精神美。这个过程也有几十万年，而在近几千年，随着社会进步速度的加快，人性美的发展速度也在加快。

人性美的进步在有文字以后，可以从许多文学、艺术、历史等等著作中见到。但是在文字产生之前，则必需要靠第二资料库——考古文物和第三资料库——民间文化来了解。

在民间神话和史诗的口头传承中，生动地保存了人类几千年来进化的历史过程，这也是人性美的进化过程。从《布洛陀》摩经史诗的丰富内容，人们可以很清楚地看到这一点。

几千年来，人性美发展到许多方面：从劳动美、创造美、智慧美、情感美、思想美，到社会美、友谊美、自由美、平等美、法制美、市场美、革命美、战斗美、和谐美、团结美、统一美，到精神美、理想美、艺术美、悲剧美、喜剧美、形式美、结构美、语言美、宗教美、道德美、科学美，等等。

人性在现实中，并没有统一的、抽象的存在。

人性总是存在于具体的人身上。所以，具体的人性有时代性、阶级性、阶层性、地区性、民族性、职业性、生理性。具体的人分别属于不同的时代、阶级、阶层、地区、民族，分别属于不同的职业、性别、年龄段，不同的性格、气质、风俗习惯等等。这些都是人性美的具体表现。

摩经神话史诗《布洛陀》中所包含的各种各样的人性美，主要统一于壮族人民的人性美，它有一个由低到高的层次，并且还吸取了其他民族的各种文化成果，大大地丰富了自己的人性。

共性存在于个性之中。共同的人性美，也就是绝对的人性美，这就是它的永恒性、全人类性，它表现在布洛陀身上，就使摩经史诗具有永恒的、普遍的、全人类的、世界性的意义。

这就是劳动创造之美，团结统一之美，克服一切困难、实现理想、改革开放、为人民谋福利、祛灾求福之美……这些都是更高级的人性美。

记得法捷耶夫说过：蒙古史诗《江格尔》，具有永恒的审美价值，将来到了共产主义理想社会仍然会受到人们的欣赏。当然，还是马克思讲得深刻：希腊神话与史诗反映了人类童年的天真，具有永恒的艺术魅力。

这个理论对于摩经神话史诗《布洛陀》当然也是适用的。

不过，我们应该看到希腊的神话与史诗是经过了长期的、多次的艺术加工，已经达到了很高的艺术水平，而我们的神话史诗却还比较原始。

如果从收集原始资料的要求看，是应该保存原貌、不能改动的。这是科学版本的要求。这是静态保护非物质文化遗产的基本要求，是不能动摇的。

但是，还有一种文学版本，是为了文学普及而出版的。

要求把神话和史诗作品，在保持和加强其艺术本真特色的前提下，适当做一些艺术加工，使作品在艺术上更加精美，更加受到读者的喜爱。

这也是一种保护，不这样就难以使作品在当代存活下去。这实际上是给了作品以新的生命，使这些古老的作品，在新的社会条件下，能够继续给人们以艺术的享受和思想的启发。这是非物质文化遗产的活态保护。

这种神话与史诗的活态保护是相当困难的。

因为历史时代的反差太大，要整理、改编甚至重新创作，都要对古代作品进行全面的、深入的调查研究，了解它在群众中流传、演唱的情况，全面掌握并研究它的各种异文、版本，然后才能进入创作过程，写成史诗的新版本，从而受到人们的喜爱。

这个工作是非常困难的，也是非常有价值的。我希望，摩经神话史诗《布洛陀》，能够有各种新的整理本、改写本和重新创作的版本。要完成这一重要的非物质文化遗产的活态保护，是一个极其复杂而困难的工作，但却是特别光荣而伟大的历史任务。既然每年三四月间（农历2月19日到3月初9）有几十万人来敢壮山赶布洛陀庙会，既然整个壮族民众都崇敬祖公布洛陀，这就反映了神话史诗的巨大影响。我们完全有条件把这部伟大的古代史诗整理好，这是时代赋予我们的神圣职责。

（2011年3月19日）

世界第一长诗——《格萨尔》

《格萨尔》(又译为《格萨尔王传》)是1964年才有汉文版的,但只出了半部《霍岭大战》就碰上"文化大革命",直到20年后才出了下半部,但是法文版早在几十年前就已经有了,当然不是全译本而是简本。这是人类学家大卫·尼尔的译本。她为了调查西藏文化,住在藏民家中,拜藏民为干父母,住了一二十年。著名学者,法兰西学院院士石泰安在20世纪40年代亦曾在四川康巴地区调查,盛赞《格萨尔》是"非常优秀的民族史诗",回国后写成大部头的著作《西藏史诗〈格萨尔〉及其歌手研究》。此书前几年已译为中文在北京出版。

在中央电视台"中华文明之光"150集大型电视片中,有一集是专讲《格萨尔》的,主讲人是我和藏族学者降边嘉措。在泰国"西藏文化周"的喜庆日子里,我很高兴对这部伟大的史诗作了一个简要的介绍。有些内容是电视片所没有的。

《格萨尔》流传在整个藏区(包括西藏、青海、四川、云南和甘肃等地),在民间家喻户晓,过去是人人会唱的。谚语说:"每个藏人的口头,都有一部格萨尔故事。"1960年我们在西藏调查时,常常听到普通农民、牧民给我们唱《格萨尔》史诗片段。在后藏的拉孜县城,有一位藏族妇女给我们讲述了好几天的故事,很多故事都是《格萨尔》中的。她是铁匠的女儿,随父亲到处打铁,听得多。

《格萨尔》史诗极长,共有100多万行。比过去公认的"世界第一长诗"印度大史诗《摩诃婆罗多》要长好几倍。印度史诗只二三十万行。希腊《荷马史诗》更短了,只一万多行而已。所以《格萨尔》堪称"世界第一长诗"绝无问题。因为以前没有好好调查,所以不为人所知。自从新中国成立后,特别是1959年,在政府领导下,由青海省民间文艺研究会发动汉藏学者到整个藏区进行了广泛的收集工作,当时搜集到木刻本和手抄本的各种《格萨尔》共约2 500多万字,还用汉语译出了十几部。我1960年由西藏回北京时路过西宁,曾得到左可国先生赠送的好几种内部铅印本,这成了我民间文学教学和研究的重要参考。后来写进讲义《中国民间文学概要》之中,此书以《格萨尔》作为民间史诗的代表作了重点分析。但当时只搜集书写本而未从艺人口头搜集，所以并未弄清此一伟大史诗在民间流传的全部真实情况。

1983年在青海西宁召开了史诗学术讨论会，同时举办了第一次《格萨尔》讲习班，由我主讲了"民间文学的口头性特征"和《格萨尔研究方法论》①。因为史诗是在人民口头演唱的，所以各种抄本、木刻本都是不完全的、过时的，一定要到民间去进行记录才能了解史诗在民间的原貌。于是对《格萨尔》的普查、记录成了中国社会科学研究的重点课题被列入国家的几个五年计划之中，经费得到保障，发现了许多杰出的艺人（钟恳），老艺人扎巴（原为半专业艺人、农民，后来是修路工人）会唱三四十部，只记录了二十几部就去世了，非常可惜。但年轻的牧民姑娘玉梅据说会唱50多部，扎巴老人听了一部她的录音，说比自己唱的还要丰富，如今正在拉萨进行录音记录，已用藏文出版了一些。

在广泛普查的基础上，进行综合统计，去其重复，共得到50多部100多万行。初步弄清了这部伟大史诗的全貌。

《格萨尔》的内容主要是讲述格萨尔大王的一生，他的出生、成长及赛马称王历次征战，最后地狱救母，回归天国。

格萨尔是"岭国"的国王。他原是天帝最小的儿子，为了拯救人民的苦难而下凡。投胎在一个牧民家中，从小放牧，生活很苦，被称为"穷小子"（交惹），在一次赛马称王的比赛中，他骑着瘦马一举夺魁，从而成为"世界雄师格萨尔大王"，并得到了美女珠牡的爱情。此后外敌频频入侵，每一次入侵就有一部史诗讲述打仗的故事，打了几十次仗，就有几十部史诗。有的部长，有的短。一般都有几万行。最有名的是《霍岭大战》（又译为"平复霍尔"），还有《保卫盐海》《大食财国》。甚至还有《征服魔王希特勒》的新篇。这说明史诗活在民间，不断增加新的内容，像滚雪球一样越滚越大。

史诗中有远古的成分，在佛教之前，藏人信本土的"本教"。佛教传入后曾有冲突，因此黄教对史诗是排斥的。但红教喇嘛则把格萨尔当成佛教的护法神来崇拜，在一些寺庙中有格萨尔的塑像，红教喇嘛记录了不少格萨尔史诗，但也有所删改，所以手抄本和木刻本不但过时，而且也不够忠实。现在录音，就比较忠实可靠了。佛教是7世纪传入藏区的，所以史诗的时代更在此之前，至少数百年，是在神话、传说、民歌、谚语、说唱等等民间艺术文学的基础上发展起来的。

① 段宝林：《格萨尔研究方法论》，《民族文学研究》1987年第4期。

所以人民非常喜爱，每当喜庆节日及冬夏夜晚，藏民都要请艺人来演唱这部史诗。

史诗艺人并不是由师傅带出来的，他们说是“神授”给自己的。在放牧时睡在牧场草地上做了一个梦或大病一场之后，就突然会说唱《格萨尔》了。有的艺人说梦见格萨尔把自己肚子剖开，放进去一部大书，于是就会唱很多部史诗了。有的艺人说梦见格萨尔交给我任务，要我唱他的事业，我要完成这神圣的任务。这当然都是想象，用以解释为什么艺人不识字却会说唱几十部史诗。玉梅在拉萨常常会迷路，找不到住处，但是说起大王的三十员大将的名字、相貌和战斗故事、对话等等，却出口成章，令人惊奇。他们于是把这种技艺归之于“神授”。其实，她父亲即会唱多部史诗，她特爱听，到处去听，从小耳濡目染，自然地记住了，碰到一件刺激性的梦或大病之后，就开口演唱，越唱越好。作为神圣的事业，是可以创造奇迹的吧。

《格萨尔》史诗极富艺术感染力，藏民人人爱听爱看。艺人说说唱唱、讲述故事，大段大段地抒情。艺人神采飞扬，听众心领神会。史诗富于神话色彩却又充满浓烈的生活气息，内容非常丰富，被称为“藏族生活的百科全书”。如今“精校本”正在整理翻译之中，汉文本将陆续出版。

80年代在芬兰召开的“世界史诗学术讨论会”上，我们放映了《格萨尔》艺人演唱会的录像，引起轰动，芬兰总统曾专门接见中国代表交谈。因为各国的史诗多已沉寂，而在中国“史诗还活着”，这是多么令人惊奇啊，但却是事实。

论史诗《玛纳斯》的立体研究

柯尔克孜族英雄史诗《玛纳斯》是中国“三大史诗”之一，其篇幅仅次于藏族的世界第一长诗《格萨尔》，是中国伟大的非物质文化遗产。经过26年的抢救，已出版八部23万行，远远超过国外的三部，但在字数上则比国外的50万行要少。

《玛纳斯》是民间口头创作，是活在人民生活中的史诗，具有民间文学最主要的特性——立体性，因此，对“玛纳斯”的研究必须运用最先进的科学思维——立体思维，进行立体研究。这是辩证唯物主义科学方法的具体运用。

民间文学是立体的文学，与文人书本文学不同，它不只是一种纯文学而是实用文学；不只是平面的语言艺术，而是一种活动的立体的表演艺术；它不是只有一种定本，而是有许许多多不同的异文的、不断变异的活的口头艺术；它不只有艺术欣赏价值，而且有众多的科学价值，必须进行多角度、多侧面的立体研究。作为一种活的艺术，民间文学的生态环境，活动的“文化空间”，演唱场合、相关习俗、群众反映，与艺人的互相影响，群众怎样参与创作、影响创作，艺人、歌手、故事家的演唱表演为什么比书面记录有大得多的艺术魅力？作品是在哪些场合演出，如何演出（表情、声音、动作……）？在不同场合如何变异？作品的时代性、地方性如何变迁？有多少实用目的和社会功能？对艺人的生平的详细调查与研究（作为一个艺术家，他的创作过程与发展轨迹），这些都是立体研究的重要课题。

由于对史诗的立体性特点缺少认识和理解，60年代青海在搜集《格萨尔》时只注意手抄本和木刻本的书面史诗，而忽视了口头流传的更加生动活泼的史诗。1983年青海史诗学术讨论会议期间办了《格萨尔》讲习班，我作了民间文学特性的报告，提出加强描写研究。此后才注意了对艺人的调查与口头史诗的记录。在研究中不只研究文本而且注意其立体性特征，如艺人传承的神授问题，后来还出版了《民间诗神——格萨尔艺人研究》（1993）等等。在《玛纳斯》研究中，我们也高兴地看到一些立体研究的成果，如专著《〈玛纳斯〉的多种异文及其说唱艺术》《〈玛纳斯〉演唱大师居素甫·玛玛依评传》(1998)等。郎樱《〈玛纳斯〉论》(1999)的修改稿主要是重点加强"史诗的口承特点"和变体比较等等。但仍需大力加强立体研究的自觉性和全面性才好。

我曾经在1985年3月4日的《人民日报》上发表了一篇小文《活着的荷马》,对中国活的三大史诗作了介绍。

根据我对居素甫·玛玛依的两次访问(1979年、1993年)和参阅有限的书面资料的理解,我以为英雄史诗《玛纳斯》的立体研究和本文研究一样,都是大有可为的,而立体研究比平面的本文研究更加迫切。这不仅是因为本文研究必须在立体研究的基础上才能深入,而且是因为立体研究必须进行深入调查,运用立体思维的科学方法对活的史诗的演出艺人、观众、文化空间、创作、变异动态过程……进行实地考察与描写研究,随着社会的现代化飞速发展,史诗的生态环境与艺人的老化,急需进行"抢救"保护,对艺人的传承与年轻化进行调研与试验。这都是刻不容缓的急迫的工作。

在《玛纳斯》的创作过程方面,居素甫·玛玛依的哥哥尽量搜集了中亚各国和新疆各地的书面和口头史诗的记录本多种,然后进行综合整理写成八卷本的手抄本,这就是居素甫·玛玛依演唱的基础,由此可见其中包容了由古至今众多艺人的创作成果,具有国际性。但歌手艺人在演唱中却不断进行艺术加工,居素甫·玛玛依告诉我:在演唱中有四不动——人名、地名、历史、英雄,但在艺术表现方面,为了使史诗更受欢迎,更加动人,每次演唱都在描写形象方面作一些加工,加工最多的是英雄形象的描写,使英雄更高大、更美好,有时也增加新的故事如第二部赛麦台依死后复活。此外,在情节不太清楚的地方,要加一些东西使它更清楚明白。这是他个人的简述,此外改动之处还很多,我以为把所有艺人的创造都调查一下记录下来,对了解史诗艺人的个性和整个创作过程都是非常重要的,这对了解史诗的时代性、地方性也很有好处。为史诗比较研究提供了宝贵的材料。每个异文只是作品的一个侧面,异文的总和才是整体。

在《玛纳斯》艺人研究方面,最好对所有艺人都写艺术传记,像铁米尔的本子是很美的,他虽然已去世,仍要进行调查,对他的徒弟、家属、同乡进行调查,好好总结他的艺术经验。对各种风格的艺人都要记录、调查。

在《玛纳斯》的演出情况方面,各种演出场合(如节日、婚礼、丧礼、聚会、休息娱乐等等)的演出情况进行详细的描写记述——从开头到结尾,从艺人到观众，不仅进行录像、录音而且进行文字描写与记录，把艺人与观众的心理表现和反映都记下，研究艺人为什么如此投入——他演唱起来什么都不顾了，全身心投入，坐在地上（不能坐凳子、椅子），全身都动，有表情、动作、舞蹈，说话的声音，演唱的曲调都因人物的男女老少而有所不同，使观众激动得大笑起来或大哭、流泪，为此演出艺人是费尽心力的，非常的累，所以要喝羊尾巴油，从开始就喝，唱八小时要喝五斤炸出来的羊尾巴油。四十岁以后才能正式演出，为什么？主要原因是史诗太激动人了，四十岁以前演唱容易变疯。居素甫·玛玛依特别喜爱史诗，他在睡梦中也会大声演唱，吵醒了家人，家人见他唱得大汗淋漓，不忍心叫醒他。“文革”中他被打成“散布反动史诗的地方民族主义分子”，被关进牛棚和牲口住在一起，身上被皮靴踢成重伤，站在凳上挨斗被一脚踢倒，大牙也摔坏了，到北京才镶上了牙，变年轻了。他当时靠玛纳斯支撑自己，一个人上山放羊时大声唱《玛纳斯》，回村则小声地唱，自言自语地唱，几天不唱就像生病一样难受。他痴迷于史诗有时使人把他看成“疯子”。由此可以研究史诗艺术魅力的根源，研究书面记录如何保持史诗的艺术感染力。

此外，对史诗的实用功能、开发创新以及新的艺人的培养等等，都可进行深入调查。1993 年他的小孙女阿赫拉伊七岁就已会唱《玛纳斯》200 多行了。1992 年玛纳斯奇演唱会有 50 多人参加，都是值得注意深入研究的。新疆非物质文化资源很丰富，值得很好研究、开发。

立体研究与搜集整理、翻译出版工作

史诗《玛纳斯》在柯尔克孜人民中演唱时，具有极大的艺术感染力，对这种艺术魅力需要进行深入的调查研究，并把研究成果体现在史诗的搜集、整理与翻译的过程中，才能使《玛纳斯》成为一部各族人都非常喜爱的文学经典。

我们知道，作为立体文学的英雄史诗被记录下来之后，就变成了平面的语言艺术，而失去了立体艺术的许多生动活泼的元素，它的艺术感染力与吸引力，比活在民间口头的立体史诗要差得多了。如何使史诗变成书本文学以后仍然保持立体艺术的特色，是一个非常值得研究的课题。

我是 1961 年在《天山》月刊上第一次见到《玛纳斯》史诗的片断汉译文的。

看了之后，非常喜爱，感到此史诗汉译诗意浓烈，形象鲜明，语言也很优美，保持了口头文学的生动性，是非常好的文学作品。当时就写了一封信给《天山》编辑部谈了我的感受。后来又看到一些译文，如侯尔瑞先生翻译的《阿依曲莱克》(艾什玛特·玛木别特)，据译者说这一异文"韵律特别优美"，"具有很强的口承文艺特点"，在整理与翻译中，比较注意保留史诗语言的韵律美，保持口承文艺的特点，如一些语句的反复和较固定的程式语言——套语，这些都是很好的经验。

史诗作为一种文学作品，语言艺术当为最主要的方面，就语言艺术的记录、整理与翻译来说也有几个方面。首先是形象的鲜明和生动，史诗常运用夸张手法突出人物性格的特点，也运用套语描写人物外貌，但其内心深处则是独具个性的，所以史诗人物性格不是类型化的，而是具有个性特征的某种典型人物。在艺术结构上有句子或段落的重复、重叠，这是口语艺术为了加深听众印象而采用的。同时，也使演唱者便于记忆，这个重复的某些程式(套语等)也是史诗常用的。在语言修辞上，口语的生动性，运用赋比兴等传统手法，使语言色彩非常浓烈绚丽，所以好的史诗是诗意欲滴，富于感情的，叙事与抒情紧密结合是一个突出优点，爱憎分明富于感染力，使歌手感到演唱特别吃力，而观众则如醉如痴沉浸在史诗的意境之中。

我们看到好的整理本与翻译本都有这个特点，能把这种"活的史诗"的生动感人之处突出地反映出来。但是也有些作品，未能做到这样生动感人。主要当然还是在语言艺术上，未能传达出史诗口语艺术之美。这是一种立体的语言艺术美，几个方面缺一不可。不但人物、形象要突出、鲜明，而且结构紧凑而情节有曲折起伏，语言也要富于音乐性、富于诗意，用真正诗的语言来表现，这是很高的要求。所以苏联过去翻译诗歌都要请著名诗人参加(如阿赫美托娃就参加过中国古诗的俄译工作，和汉学家费德林合作)，中国也有成功的范例，如公刘参加了《阿诗玛》的翻译、整理，陈贵培、王松翻译傣族长诗，都是富于诗意的。《玛纳斯》的某些译本也是好诗，使人爱读。

为了使书面的史诗充分传达出活形态史诗的艺术魅力，我以为记录、整理者和翻译者最好能把史诗的立体性特征溶化在记录稿和译文之中，例如各种异文变体中好的东西可以集中起来，艺人的表情、表演动作和歌唱声音的大小、强弱，都对听众产生影响，这些都是艺人感情的体现，记录、整理者、翻译者需要设法把这种情感也充分体现出来，这可能要作一些加工，这种艺术加工完全是对口语艺术的一种生发与加强，而不是另行创作，也不是作者的改编。作为科学版本，最好用注释、说明来把立体性描写出来。不能改动。但作为文学版本，则可以在语言艺术方面作较大的加工，使它的文学感染力更强，使史诗更加优美。

由口头演唱的史诗通过记录、整理、加工等文人作业，使史诗成为一部优秀的文学作品，这是十分必要的，也是非常艰巨的。像荷马史诗，是反映希腊人在公元前12世纪抢劫特洛伊城的战争。战后即产生了许多歌谣、传说和游吟诗人的演唱等记述这一民族战争的作品，直到公元前9世纪的荷马时代，已形成了歌唱特洛伊战争的许多史诗，其中有许多是记述整个战争过程的，艺术性不高，被淘汰了。只有荷马的两大史诗《伊利亚特》(伊利昂纪)、《奥德赛》(奥德修纪)，集中描写一段战争九年之后的故事。这两部史诗，每一部的内容和形式都很完整统一，有人认为这是盲艺人荷马在民歌、传说的基础上创作的，但在荷马之后200多年中，直到公元前6世纪，荷马史诗才记录下来。每年7月在雅典娜的节日进行艺人歌唱史诗演唱的大赛，由庇士特拉图政府委托学者们整理各种抄本，记录下这两大史诗。后来，在抄写过程中又不断经过文人的一些文学加工，到10世纪才形成了今天的荷马史诗。

印度的两大史诗《摩诃婆罗多》与《罗摩衍那》的情况也与荷马史诗相似，季羡林先生说："印度两大史诗都标明了作者。《摩诃婆罗多》(大史诗)的作者毗耶娑(Vyāsa)，意思是'扩大者'，引申为'编纂者'，这不像一个人的名字。可见毗耶娑决非《摩诃婆罗多》的真正作者。《罗摩衍那》的作者，传说是Valmiki，音译'跋弥'，意译'蚁垤'。"传说此人修炼静坐，几年不动，身上都成了蚂蚁窝，这就是"蚁垤"。所以季先生说："这种说法有点牵强附会，不会是事实。他不过是把前人口头流传的作品，做了加工、整理、统一、协调的工作。"① 芬兰史诗《卡列瓦那》(一译《卡勒瓦拉》)原来也是一段一段零散的唱词，由乡村医生隆洛托把它们记录下来，加以整理、统编而成的。《格林童话》也有文学加工，甚至被邓迪斯等人叫做fakelore(假民间文学)，这当然是不对的，它基本上是民间的，只是作了一些文学的润饰加工而已。由以上成功的经验，可以看出，文学版本的记录、整理和翻译，是可以而且必须作适当的加工创编的，其目的，完全是为了还原活的口头作品的艺术魅力。一方面是把演唱表情、动作写进本文之中，使作品更丰满、更生动；另一方面，也要把其他异文中好的东西吸

① 季羡林：《比较文学与民间文学》，北京大学出版社1991年版，第244—245页。

收进来，使整理本真正能体现作品的"全貌"，因为一种异文（变体）只能代表本作品的一个侧面，全部异文的总和才能代表作品的整体全貌。

《玛纳斯》的八卷本（科学版本）已经出版，这是一个很好的基础，但还有不少异文（其他艺人的唱本）尚待搜集、出版。同时，因全部史诗篇幅太大，需要有普及性的文学缩写本，散文体、诗体都需要。史诗中的片断精彩篇章，也可以单独出版，以广流传。这是使这部伟大史诗真正成为全世界人民欣赏的文学珍宝所必须完成的伟大工作。我们绝不能轻视。事实上，文艺作品的广传也可以带来巨大的经济效益。目前美国文化产业已成国民经济中的第一大产业，年收入好几百个亿，占全国总收入的70%。发展文化产业特别需要开发民族民间文学宝库。在立体研究的基础上作立体的文化开发，这也是一个不可或缺的重要环节。

（2005年10月20日于北京大学中关园）

汉族民间长诗新发现

除《孔雀东南飞》《木兰辞》等叙事诗外，汉族似乎没有民间史诗与故事诗。这个成见已被打破。

早在50年代，湖北省就出版了山歌体民间长诗《钟九闹漕》和《崇阳双合莲》。这是两种五句子山歌叙事长诗。据调查此类山歌体长诗是很多的，只1986年《湖北民间叙事长诗、唱本总目提要》第一集即收入136部长诗唱本提要，可见其蕴藏之丰富。①

《钟九闹漕》（又名《钱粮案》）是反映清末湖北省崇阳县农民抗粮斗争的小型史诗。清代末年内外交困，为了偿还巨额战争赔款，清政府拼命搜刮民脂民膏，赋税大增，农民不堪重负，起而反抗，直至武装起义。长诗首先描写人民所受的残酷盘剥和痛苦，官家大斗进粮“见十加一还嫌少，天理良心放一边”。人民忍无可忍，终于官逼民反，发展到揭竿起义。钟九领导众英雄率领农民义军，直捣黑暗官府，“三军司令称元帅，五色旗幡插四方”，虽官府使用了钱色诱骗、收买分化、监禁屠杀等进行镇压和破坏，还是不能阻挡起义军的前进。当然，由于种种原因，起义归于失败。长诗描写了起义的全过程，塑造了一批起义英雄的形象，对人物并未进行简单化的描写，如起义军内部开始也有思想斗争，有人认为“官要民死民就死”、“世间只有忍为好”。也有些好官如金县令是“为官清如水”的。这些都写出了生活的复杂性，如此揭露封建制度的腐朽黑暗就更加深刻。②

《华抱山》（一名《公道歌》）是明代吴歌史诗，以三部两万行的篇幅，歌唱起义英雄华抱山三代人对封建压迫的反抗斗争。这是一首起义造反的长诗，不能公开大唱，只在华家子孙后代同族之中传唱，往往在过年期间聚族时传唱，以对祖宗的自豪和忠诚，代代相传，一直传了三百多年，在流传中不断丰富，已

① 《华抱山》（三卷本），朱海容记，江苏文艺出版社1997年、1999年、2006年版。

② 孙敬文等采录：《钟九闹漕》，湖北人民出版社1957年版。

成了华氏家族的传家之宝，传男不传女，秘不示人。在改革开放以后，吴歌长诗开始受到重视，《江南十大民间叙事诗》也出版了，无锡文化馆的朱海容先生，在记录了《沈七哥》《小五姑娘》《薛六郎》等九首吴歌长诗后，即开始集中力量搜集这部卷帙浩繁的吴歌史诗《华抱山》。虽然 1961 年即已开始记录，但“文化大革命”中被烧毁了。只好重新去找老歌手华祖荣等回忆、记录、整理、核对，在 1997 年出版了第一集，1999 年出第二集，2005 年又完成第三集的记录整理，并出版问世①。

太湖地区是华抱山起义的地方，这里也正是吴歌流行的核心地带，农民在田间地头、河上划船时特别爱唱山歌，所以用山歌编唱可歌可泣的起义斗争是很自然的事。长诗反映的是明末太湖边的农民起义，领袖华抱山(人称“小龙人”)的神奇出生与武术功夫是超人的，他可以力大抱山，为打抱不平而率众起义，组成公道军，他被称为“公道大王”。在太湖边占吼山为王，遭御林军围剿。在起义斗争的描写中，长诗把太湖地区的风土人情和英雄人民的各个方面都作了生动的描绘。华祖龙、华抱山(小龙人，又称大龙)、华小龙、小小龙祖孙四代，不屈不挠，始终前仆后继进行反抗斗争，许多情节非常感人，催人泪下，具有很丰富的生活内容与强烈的艺术感染力，确是一部杰出的民间史诗。

“长诗反复渲染了起义农民心声中的一个亮点：

历来换官勿换印，
只有公道换乾坤。
……
吴歌吴谣万万千，
歌唱公道换新天……

《华抱山》以劳动人民集体的艺术智慧，巧妙而凝练地概括了被压迫人民的生活斗争经验，鲜明而生动地显示出被压迫人民所感悟的历史真理……”②人民盼望翻身坐江山，把华抱山一家作为龙子龙孙加以描写，就是要取代腐朽的明王朝，取消那些压迫人民的苛政。“华家(夏)有龙子，代代传龙人”的造反精神贯串在整部史诗之中。当地东亭镇的“龙亭桥”，为南北交通要道，即与史诗中许多故事有关，起义军的中心吼山有“龙峰”，附近还有“龙头桥”、“龙颈桥”、

① 中国民间文艺研究会湖北分会编：《湖北民间叙事长诗唱本总目提要》(第一卷)，1986 年。

② 吴欢章：《论太湖民间英雄史诗〈华抱山〉的艺术智慧》，《〈华抱山〉国际研讨会论文集》，时代文艺出版社 2003 年版，第 36 页。

"龙珠庙"、"龙须浜"等等，都表现了当地人民对起义胜利的信念。

长诗反映江南土风民俗甚多，如庙会进香、高跷戏文、坐夜宣卷、坐堂拜唱、评弹说唱、山歌对唱、送葬祭典、神话想象、农家景物、谈情说爱、采莲放鹞、渔米丰欠等等，都有生动的诗意歌咏。用农民语言，唱农民生活，原汁原味，虽不无粗粝之处，却表现了农民艺术的原创性，别有一番艺术风情。纯真的浪漫主义幻想和深厚的现实主义描述交相辉映，自然成趣。

长诗语言技巧表现了民间诗歌的特质，抒情与叙事紧密结合，借景物抒发感情，又与比喻象征相结合，排比对话，淋漓尽致，反复咏唱，真情侠义，理至情尽，催人泪下。用"乱山歌"的自由体，在七言基础上，灵活变化，音律响亮，节奏自然，松紧适度，这种诗体，很值得新诗借鉴，它的包容的力量非常巨大，描写各种社会生活都那么活泼自然，情灵摇荡，曼丽单纯。这是太湖吴歌艺术的集中展示，也是两千年来吴声歌曲的继承和发展。

长诗的艺术感染力是很强的。上海文艺出版社民间文学室的元老、《故事会》的创始编辑和《江南十大民间叙事诗》(1989)一书的责任编辑钱舜娟(迅坚)先生说："读完长达六千多行的《华抱山》我禁不住热泪滚滚，说不清是什么原因。也许是由于十二年四千三百八十余天的苦苦焦虑等待，流下了酸涩之泪；也许是由于这部意义重大，足以打破'汉族无英雄歌'、'江南无英雄诗'等定论，足以补写进《中国文学史》，也无愧于进入世界文学宝库的《华抱山》如此美好，使我流下了欣喜之泪；也许是英雄华抱山最后为民牺牲的壮烈情景，使我义愤填膺，流下了悲愤之泪……迄今每次想到，我依然热泪盈盈。"①

有人说《华抱山》只是叙事诗不是史诗。马克思说："……就某些艺术形式，例如史诗来说，甚至谁都承认：当艺术生产一旦作为艺术生产出现，它们就再不能以那种在世界史上划时代的、古典的形式创造出来"②，作为荷马史诗是不自觉的艺术创作，当作家出现之后，就有了个人创作的史诗，马克思说："《伊利亚特》能够同活字盘甚至印刷机并存吗？"③"于是出现了《亨利亚特》来代替《伊利亚特》。"④《亨利亚特》是个人创作，已不是那种"古典的形式"，这是对的。

① 苏州市民间文艺家协会编：《叙事史诗〈华抱山〉国际研讨会文集》，时代出版社2003年版，第354页。

② 《马克思恩格斯全集》(第十二卷)，人民出版社1962年版，第760页。

③ 《马克思恩格斯选集》(第二卷)，人民出版社1972年版，第114页。

④ 《马克思恩格斯全集》(第二十六卷第一册)，人民出版社1972年版，第296页。

然而，在民间口头流传的史诗却仍然存在，所以仍然有史诗产生的“必要条件”。于是，中世纪出现了许多欧洲文学史上一致公认的民族史诗《尼伯龙根之歌》(德国)、《罗兰之歌》(法国)、《熙德之歌》(西班牙)，还有北欧的民族史诗《卡列瓦拉》(芬兰)乃至埃达、萨迦史诗(冰岛)等等。虽然与荷马史诗的“古典形式”已有所不同，但仍有一定神话色彩，以重大历史为题材，所以仍然是史诗。中国的《嘎达梅林》《张秀眉之歌》以及《华抱山》等英雄史诗仍然可以在民间出现，这是顺理成章的事。①

改革开放以来，汉族还发现了神话史诗《黑暗传》，有口唱与书面唱本两种形式流传。《黑暗传》用山歌体唱天地开辟、洪水滔天等发展历史。从混沌初开，盘古开天辟地，女娲造人，三皇五帝等一直唱下来，全诗有一万多行，是民众口头传承的历史教材，虽文学性不强，但却包容了许多神话传说材料和民众(主要是农民和下层知识分子)对历史的理解。对了解人民的历史观、世界观很有参考价值。

汉族的爱情婚姻长诗与少数民族的情况大致相似，以歌唱封建社会的婚姻悲剧为主。因汉族的封建统治更加严密，婚姻爱情悲剧也更加惨烈。从湖北山歌长诗《崇阳双合莲》与吴歌长诗《五姑娘》可见一斑。

《崇阳双合莲》(又名《双合莲》)是民间歌手据 1849 年发生的一件真人真事编唱而成。1954 年由湖北人民出版社出版了宋祖立等人的记录整理本。

长诗记述崇阳县女子郑秀英与落第秀才胡三保的恋爱悲剧。他们暗中相爱，以绣花的双合莲为信物，私订终身，这在中国传统封建制度下，是反对父母包办婚姻的极大罪行，在宗法制度下，被族长发现后，作为“辱门败户欺祖宗”的大逆不道之举，将她毒打，并卖出族门，她不堪凌辱，自杀身亡。胡三保也被打入牢中，被活活折磨而死。一位铁匠对此事十分不满，在打铁时以五句子山歌编唱此事，边编边唱，越编越多，“借山歌以泄愤”，传唱开去，经众多歌手加工，修改、丰富，成为一首优美的爱情叙事诗。这首故事诗突出地控诉了封建制度的残暴，它迫害婚姻自由、扼杀人性。长诗的女主人公郑秀英，不顾父母已包办订婚，勇敢地与胡三保相爱，横遭毒打而致死不屈，“骨头打烂心不变，心中只想意中人”。这种为争取个人自由而进行斗争的坚定性，是非常感人

---

① 陈真：《吴歌英雄史诗〈华抱山〉与史诗理论的突破》，见《黄河文化论坛》，山西古籍出版社 2008 年版，第 68—75 页。

的。她美好理想爱情的毁灭，使人无限同情，从而自然对封建制度充满了憎恨。

吴歌爱情长诗《五姑娘》①，流传在苏浙以太湖为中心的吴语地区，长达3 000多行，以山歌唱五姑娘与长工徐阿天的爱情悲剧。此诗在100多年前的同治年间即已在江南流传，并遭到了当时的江苏巡抚丁日昌的严禁，列入他查禁"淫词小说"的名单之中，名曰"杨丘大山歌"。杨丘大即杨金大的异文，是五姑娘哥哥的名字，杨金大的妻子辣椒心是江南女地主的典型，她像对待长工一样压迫四姑娘和五姑娘，让她们干重话，吃住都和长工在一起。当五姑娘和长工徐阿天相爱后，她更加不满，把四姑娘卖到广东，又常常挑动杨金大毒打五姑娘。辣椒心仗势调戏长工徐阿天遭拒绝后，即赶走了他，并逼五姑娘到磨坊小屋自尽。正在五姑娘要上吊自杀时，四姑娘逃出虎口远路乞讨回来，救下了妹妹，并让她与徐阿天一齐逃往太湖中的小岛避难。等五姑娘逃走后，四姑娘自己却放一把火把小屋烧了，自己活活烧死，使兄嫂以为五姑娘已死，而不再追究。三年后，五姑娘让徐阿天去接姐姐，被杨金大以杀人放火罪送到官府关押，最终折磨致死，五姑娘赶到苏州见到他已死，也投河自尽。

长诗《五姑娘》充满江南水乡气息，赞美了纯真的爱情，暴露了社会的黑暗，歌颂了舍己救人的四姑娘，表现了劳动人民的人性美。长诗用吴歌乱山歌的形式编唱，句式自由，在七言的基础上变化很大，有的叠句垛句长达一百多字。在四姑娘劝说五姑娘和徐阿天逃走时，她唱道：

难勿着我一双姐妹都是交了磨苦运，
搁在磨盘上左磨右磨、千磨万磨、磨来磨去
磨得我七分头像鬼、三分头里像个人……

她让二人赶快逃到自由的地方去成亲，而自己决心反抗兄嫂：

哪怕阿哥阿嫂对我千般打，
阿姐我皮肉受苦
想着你二人成双成对，
就会勿喊一声痛，
勿说一声悔。

此诗在太湖地区一般歌手都会唱，有的会唱一些抒情段落，如《五姑娘十二月

① 陆阿妹等口述，张舫澜、马汉民、卢群搜集整理：《五姑娘》，江苏人民出版社1984年版。

花名》等,而老歌手则全唱两三千行,苏州陆阿妹在七十多岁时,还唱出了三千五百多行(经过整理,发表时只剩下了二千二百多行)。在50年代,杭州文艺工作者还将《五姑娘》改编为戏剧演出。

民间叙事诗与曲艺关系密切,许多曲艺可作民间叙事诗看。如宋代的《董解元西厢记》以及用乐器伴奏演唱的史诗如蒙古族《格斯尔》等,均为曲艺。汉族的许多曲艺唱词,凡是诗意比较浓烈的,当然也是一种民间叙事诗,这是毋庸置疑的。所以说"汉族没有民间叙事诗"显然是不符合事实的。随着对曲艺研究的深入,更多的民间叙事诗将会一部一部地发掘出来。我们应该把现当代曲艺划归文学史研究的范围,曲艺文学应该成为文学史的一部分。事实上,《三国》《水浒》《西游记》《金瓶梅》、"三言二拍"等"说话",都是说故事。"话"就是故事,就是小说,这些中国最伟大的小说,早已成为文学史中的重镇。这个历史的经验说明研究曲艺对当前中国文学史研究的必要性。早在唐代的变文中,即已产生了一些叙事诗、史诗式的作品,如美国加州伯克利大学就有学者把《伍子胥变文》作为史诗来研究。所以民间叙事诗与曲艺的分类之间是有交叉的。我们不能只研究古代的说话小说而不屑于去研究活的曲艺说书、唱词。如此错失时机,将会引起子孙后代的谴责和自己的后悔。

吴歌英雄史诗《华抱山》总序

——汉族英雄史诗与国外的比较说略

江南人民喜爱唱山歌，种田时“喊山歌”，唱种田“号子”，摇船走长途时，更喜爱一路唱山歌，所以吴歌非常盛行。早在先秦时代，即已有了“吴吟”、“吴歈”之类的称呼。顾颉刚先生在《吴歌小史》中说：“吴歌最早起于何时，我们不甚清楚，但也不会比《诗经》更迟。”①这是很有道理的，吴歌至少已有了两千多年的历史。

汉晋以来，吴声歌曲“白伫歌”、“子夜歌”等等，在《乐府诗集》44 卷至 51 卷中共记载了 340 多首。鲍照的《吴歌》3 首、李白的《子夜秋歌》都是文人的拟吴歌，属文学创作，属五言短诗体裁。中唐以后，逐渐有了类似竹枝词的七言吴歌。苏东坡曾有拟作，歌唱“游女长歌缓缓归”，这种七言四句一首的格式已和现代的“山歌体”相似了。鲁迅先生认为这是民歌受七言诗体影响的结果。唐朝诗人刘禹锡在湘西竹枝词“道是无晴却有晴”的诗句中，以“晴”谐“情”，宋代苏轼在杭州写的“破衫却在重缝处，一饭何曾忘却时”，以“缝”谐“逢”，以“忘却时”谐“忘却匙”。南宋杨万里、赵彦卫等人记录的“吴中舟师”之歌“月儿弯弯照九州”更是典型的吴歌了。明代冯梦龙记录了一本山歌集《童痴二弄》，分 10 卷共 345 首七言四句体的民歌。但因加上了呼语和嵌字、衬字，所以句子有的比七言要长许多，如卷三的一首《一边爱》写单相思的：

> 郎爱子姐哩姐弗爱个郎，
> 单相思几时得成双？
> 郎道姐呀，
> 你做着弗做个大人情放我在脚跟头困介夜，
> 情愿拨你来千憎万厌到大天光。

这说明，吴歌是不断变动、发展的，它的艺术容量也是不断扩大的。

---

① 顾颉刚：《吴歌・吴歌小史》，江苏古籍出版社 1999 年版。

但因调查研究不够深入，顾颉刚1919年搜集的《吴歌甲集》和后来的乙集、丙集，都还只是四句头山歌的短诗，直到改革开放以后，才发现了民间流传的多首吴歌长诗，1989年上海文艺出版社出版了《江南十大民间叙事诗》，这是从30多部吴歌长诗中精选出来的，打破了“汉族无民间长诗”的陈说。在10首长诗中，朱海容搜集整理了3首，即《沈七哥》《小青青》《薛六郎》，可见他在吴歌长诗记录、整理工作中的重要地位。据姜彬同志在《吴歌》序言中所说：“以无锡为中心的太湖沿岸几个县，是长篇吴歌流传的中心地区；吴歌的蕴藏量极其丰富……”朱海容先生生活和工作在这个“吴歌长诗流传的中心地区”，具有得天独厚的条件。他从小就是“小吴歌迷”，会唱许多山歌，20世纪五六十年代开始采录民歌，和歌手们结下了深厚的情谊。他和“山歌大王”钱阿福，“山歌精”华祖荣，“山歌师傅”唐泉根和张浩生以及“无锡的刘三姐”唐建琴等著名歌手，都有长期的密切交往。在与歌手的交往中，朱海容获得了吴歌长诗的许多线索，然后就多次反复采访歌手，记录整理了许多吴歌长诗，1980年发表的《沈七哥》，引起了国内外专家的重视，德国波恩大学的瑶贝克教授用两年时间，把《沈七哥》译为德文。这部长诗早在清代同治七年（1868年）江苏巡抚丁日昌查禁110种“淫词小说”的目录中即有记载，名为《沈七哥山歌》，至少已在民间流传了一两百年。朱海容多年来收集到几种唱本，其中有70多行的手抄本，有1 600多行的长短句石印本，同时从许多歌手口中记录下许多不同的异文，然后进行综合整理，使长诗尽量恢复原貌。这是一种非常艰巨而又复杂的劳动。

正是在过去经验的基础上，朱海容同志又从老歌手华祖荣那里发现了吴歌英雄史诗《华抱山》，这是一部20 000行的长诗，歌唱了华抱山三代人的英雄事迹，因为时代相当久远，并且只在家族内部传承，所以搜集的难度更大。由于朱海容与歌手的诚挚友谊和多次反复的采录，也由于他在整理工作中善于把各种零碎的材料连缀起来，经过十多年坚持不懈的努力，终于使这部宏伟的史诗全部采录整理出来，使这部在民间深藏了两三百年的史诗出现在世人面前，这是一个更大的突破，打破了多年来人们信守的“汉族无英雄史诗”的论断。《华抱山》共3集，叙述华家三代人领导人民进行反暴政的起义斗争的悲壮历史，长达20 000行，这是名副其实的英雄史诗。

当然，也有人不承认这是史诗，而说它是“英雄叙事诗”，据说史诗只能产生在人类的童年时期，此后就不可能再出现了。其实这种理论是对马克思的话的一种误解。马克思确实说过："就某些艺术形式，例如史诗来说，甚至谁都承认：当艺术生产一旦作为艺术生产出现，它们就再不能以那种在世界史上划时代的、古典的形式创造出来；因此，在艺术本身的领域内，某些有重大意义的艺术形式只有在艺术发展的不发达阶段上才是可能的。"①

又说："阿基里斯能够同火药和弹丸并存吗？或者，《伊利亚特》能够同活字盘甚至印刷机并存吗？随着印刷机的出现，歌谣、传说和诗神缪斯岂不是必然要绝迹，因而史诗的必要条件岂不是要消失吗？"②

由于这些话，一些论者就得出了这样的结论：史诗只能产生在远古文明初期，即原始公社末期和阶级社会初期即所谓"英雄时代"。这种史诗理论曾经流行了相当长的时间，但自改革开放以来，学者们对这段话又有了新的不同解释。首先，马克思认为"当艺术生产一旦作为艺术生产出现"，是指民间创作变为作家文人创作，这是写不出《伊利亚特》那样的史诗来的，"于是出现了《亨利亚特》来代替《伊利亚特》"。③但是，在民间文学中却仍然可以创造出史诗来，如中世纪的几部著名史诗《罗兰之歌》（法国）、《尼伯龙根》（德国）、《熙德之歌》（西班牙）等等，这一事实说明，在封建社会仍然可以产生史诗，虽然这些史诗在艺术上不如荷马史诗，但却仍然是史诗，这是一致公认的。其次，马克思说，随着印刷机的出现，神话、传说、歌谣等口头文学必然要绝迹，"史诗的必要条件岂不是要消失吗？"这是一个疑问句，其前提是口头文学消失，这是由于史诗创作是建立在神话、传说、歌谣的基础上的。如果这些口头创作仍然存在，史诗的"必要条件"并未消失，当然史诗产生的条件也就仍然存在，这是顺理成章的事。只是马克思说印刷机出现之后，口头文学"必然要绝迹"，是需要用实践来证实和检验的。事实上，口头文学——歌谣、传说等等是可以与印刷机并存，永远不会消失的。我们对马克思的话要理解它的精神实质，不能机械地照搬，因为马克思主义是需要不断发展的。

从吴歌的流传、发展来看，在明代，这种口头文学曾经在民间非常盛行，引起了著名文人冯梦龙等的注意。从明清直到现在，在农民中还有许多民间歌手，他们在劳动中、生活中都需要唱歌，特别是在水中行船到一个比较远的地方时，摇橹的人就要唱比较长的歌，在晚上乘凉和冬季农闲时，农民们也需要

① 《马克思恩格斯全集》（第十二卷），人民出版社 1962 年版，第 760 页。
② 《马克思恩格斯选集》（第二卷），人民出版社 1972 年版，第 114 页。
③ 《马克思恩格斯全集》（第二十六卷第一册），人民出版社 1972 年版，第 296 页。

唱长篇吴歌，这正是许多吴歌长诗产生的“必要条件”。清同治年间（1867年）江苏巡抚丁日昌曾下令查禁的“淫词小说”中就有吴歌长诗10种，如《沈七哥山歌》、《赵圣关山歌》、《小红郎山歌》、《杨邱大山歌》（即《五姑娘》）、《薛六郎偷小姨》等至今仍在民间流传，其中4部已编入《江南十大民间叙事诗》，并于1989年正式出版。

史诗是长篇叙事诗的一种，它和爱情叙事诗不同，是歌唱重要的历史事件的长篇作品，所以是历史叙事诗，也就是史诗。有人说《华抱山》不能叫史诗，只能叫民间叙事诗。其主要原因就是出于马克思对史诗的论述，从而认为远古才有史诗，封建社会不能产生史诗。这种理解是有问题的，已如前述。在西方的文学术语中，史诗叫“epic”，叙事诗也叫“epic”，他们是不分的，因为西方的此类作品不多，或未受普遍关注，所以并未把史诗与叙事诗分别看待。但是，在中国民间叙事诗中，却有大量史诗，不但有英雄史诗，而且有不少更古老的“神话史诗”。也有人把它们都称为“创世史诗”，但其内容并不限于创世神话，故仍叫“神话史诗”为妥。过伟同志把吴歌史诗同人们熟悉的中国“三大史诗”《格萨尔》《江格尔》《玛纳斯》并列为“四大史诗”，这是有一定的道理的。《华抱山》以20 000行的巨大篇幅歌唱明末农民起义的重大历史题材，是一首优秀的民间史诗，不管是从它的内容，还是从它的形式和容量上看，无疑都是史诗。

当然，吴歌史诗与“三大史诗”仍然有不同，“三大史诗”多流传在民间艺人“钟恳”、“江格尔奇”、“玛纳斯奇”等专业或半专业艺人口中，这些游吟艺人可以说唱几天几夜，而吴歌长诗只流传在业余歌手口中，由于《华抱山》是农民造反起义的题材，在传唱中受到更多限制，为了躲避官府迫害，它只能在华氏家族内部传承，甚至还“传子不传女”，虽然能代代相传，但不能经常传唱，所以在记忆和搜集整理中遇到了许多困难。这是可以理解的。但是在华家每年祭祖时，从年初一晚开始都要唱这种史诗：

日头落山把门关，关起门来唱《华抱山》，
子孙年节夜祭祖，年初一唱到三月三。
……
长江长哎长歌长，再唱一个三月三。

他们把唱这首史诗看成是“为祖宗尽孝而唱，为华家争光而传”，所以祖祖辈辈代代相传，一直传到现在。因为无锡是吴歌的中心地区，民歌之风很盛，山歌师傅很多，把祖宗的英雄事迹作为《公道歌》编成长诗来唱是很自然的事，在山歌流行的地区都有“以歌代言”的传统，把传说故事编成韵文的歌来唱，才可以铭记不忘。同“三大史诗”比较起来，《华抱山》的确有它的特点，但就其内容、形式和规模来看，把它们并列为“中国四大史诗”是完全可以的。它是目前发现的汉族唯一的长篇英雄史诗，确实弥足珍贵。中国的这四大史诗都活在民间，是“活的史诗”，要把它们记录下来，是非常艰巨的事。

我们知道，荷马史诗每部一万多行，印度两大史诗要长得多，约30多万行。这是由许多部分的诗篇联结起来的，必须有一位文人把它们记录下来，统编为一个整体。荷马(Homeros)意为“做抵押品的人”，是一个贱民，只能以卖唱为生，是一位游吟艺人，可能是个盲艺人(据说有他的塑像可以作证)，也有人说“荷马”的意思是“组合在一起”，他是把史诗组合起来的“集大成者”。一般认为，荷马生活在公元前9世纪前后，到公元前6世纪雅典宫廷文人才以文字编定其史诗，现存最早的抄本则是根据公元前3世纪至前2世纪的校订本抄录的前10世纪的本子。在多次编定和传抄的过程中，都有文人的加工，这是必然的。印度两大史诗的情况与荷马史诗也差不多，季羡林先生说：

> 印度两大史诗都标明了作者。《摩诃婆罗多》(大史诗)的作者毗耶娑(Vasa)，意思是“扩大者”，引申为“编纂者”，这不像一个人的名字。可见毗耶娑决非《摩诃婆罗多》的真正作者。《罗摩衍那》的作者，传说是Valmiki，音译“跋弥”，意译“蚁垤”……传说他修炼静坐，几年不动，身上成了蚂蚁窝，这就是“蚁垤”，这种说法有点牵强附会，不会是事实。他不过是把前人口头流传的作品，做了加工、整理、统一、协调的工作。史诗的文体、情节基本上是统一的。看来是有一个人在其中起了作用，而这个人就是蚁垤。我们说蚁垤是《罗摩衍那》的作者，只能从这个意义上去理解。①

芬兰史诗《卡列瓦那》也是由一位乡村医生隆洛特经过多年的搜集，然后统编、整理、加工而编写为史诗巨作的。

吴歌史诗《华抱山》的情况与世界上这些史诗一样，它本是山歌师傅华祖荣家传的长歌，由民间文艺家朱海容用了20多年时间采访记录、深入发掘，又经过艰苦的实地考察和整理编写才逐步完成。他查看了华抱山起义斗争的许

① 季羡林：《比较文学与民间文学》，北京大学出版社1991年版，第244—245页。

多遗迹，搜集各种有关的历史传说，和山歌师傅华祖荣老友“同烧饭菜、同住、同吃、同生活”，一起回忆长歌，进行全部记录工作，用半年时间整理出第一、二稿，再用两个月到华家或请华祖荣来自己家，进行核对、补充、调整、修改。为了集中精力把史诗整理好，朱海容一年闭门不出，集中精力整理出了《华抱山》第一部，并于1997年出版。又苦战两年，发掘、整理出第二部，于1999年出版。接着又和华祖荣共同努力四五年，终于在2005年完成了《华抱山》第三部的记录、整理工作。这样，这部两万行的汉族吴歌英雄史诗终于全部抢救完工。这是抢救、保护非物质文化遗产的巨大胜利，具有重要的历史价值和艺术价值。

看到朱海容同志寄来的三部史诗书稿，心潮澎湃。这的确是一部优美的民间史诗，它填补了汉族英雄史诗的空白，是值得庆贺的。因此写了以上的话，聊以表示对这部史诗的基本看法，以就教于方家。衷心祝愿这部宏伟的史诗能尽快出版完整的三卷本，成为当代文学史上的精品，成为中国四大史诗之一，进入世界文化宝库。是为序。

（2005年9月19日于北京大学中关园）

活着的荷马

荷马史诗是西方文学的珍宝。但是，荷马的时代早已过去。如今在西方，史诗的演唱已经绝迹，而在我们国家，史诗还活着。在西藏、新疆、青海、甘肃、四川、云南、内蒙古、黑龙江等地的藏族、蒙古族、柯尔克孜族、哈萨克族、赫哲族以及其他民族中，许多民间艺人还在群众中演唱着英雄史诗，他们都是“活着的荷马”。

我国的“三大史诗”——《格萨尔》《江格尔》《玛纳斯》和其他上百部英雄史诗都还活在人民口头上，其篇幅往往超过荷马史诗。《伊利亚特》和《奥德修记》都只有一万多行，而藏族史诗《格萨尔》则有六七十部，约100多万行，柯尔克孜族史诗《玛纳斯》共有八部，25万多行。（过去苏联的版本只有三部）

长篇巨型英雄史诗的创作和流传是同游吟诗人、歌手艺人的活动密不可分的，他们多是专业的或是半专业的“不识字的作家”，往往能演唱几万行甚至几十万行诗句。他们的记忆力与即兴演唱的才华是惊人的。柯族老艺人朱素甫·玛玛依会唱全部（八部）《玛纳斯》，还会唱其他十几部英雄史诗，共约50多万行诗句。无独有偶，西藏前几年发现一位演唱《格萨尔》的老艺人扎巴，已经八十多岁，但记忆力尚好，可以唱三四十部《格萨尔》，这也有好几十万行，更令人惊奇的是西藏近年又发现了一位年仅二十多岁的女艺人玉梅，可以唱《格萨尔》70部。此外，可以演唱几部史诗的艺人歌手就更多得难以计数了。这些史诗的演唱虽然随着演唱者的不同，内容、风格有所不同，但是基本人物、故事还是共同的、稳定的，是代代相传不断丰富的，可以说是远古以来广大人民群众和说唱艺人的集体创作。

荷马当年是怎样演唱的？当时缺少文字记载，已不知其详。而我国许多“活着的荷马”，却仍然在群众中进行演唱。去年夏天在拉萨还举行了《格萨尔》史诗艺人的会演，有数十位艺人参加。当前，我们要抓紧时机，对各民族英雄史诗进行深入调查，不仅将这些“活着的荷马”的口传史诗记录下来，而且把他们如何演唱、如何传授、如何即兴发挥的情况也记述下来。这种描写研究对于这些伟大史诗的欣赏和研究，对于史诗理论乃至整个文艺美学理论的研究，都是很有意义的。

（原载《人民日报》1985 年 3 月 4 日）

《靖江宝卷》序

1984—1987年夏天，我曾带领北京大学中文系三年级学生来扬州进行民间文学与民俗调查实习。当时了解到靖江县文化馆吴根元馆长等同志已记录、搜集了一些民间流传的讲经。同学们带回这些讲经使我们大吃一惊。宝卷讲经是古代的，怎么现在还在民间活着，这真是一个新的发现，于是我们又请缪炳林同志写了两篇介绍靖江讲经的文章在《北大民俗通讯》上发表。

“宝卷还活着”这个消息使许多同行们感到惊奇。在天津召开的“全国宝卷学术讨论会”上，我也写了专文对此加以介绍，并就如何对民间宝卷进行描写研究，提出了自己的意见。

后来，苏联科学院东方学研究所列宁格勒分所的高级研究员司徒洛娃来北京大学进修，由我负责指导。我也曾带她前来靖江访学，深入到农村，观看了讲经演唱的情况，使她大开了眼界，她很感动，说过去只见过书面的宝卷，并且还翻译了一厚本，用俄文在苏联出版，没想到宝卷讲经在中国还活着，她说以后要写文章做些介绍。

我还把这个发现告诉了扬州大学中文系的车锡伦同志，他也很重视，我希望他就近进行调查，好好写些调查报告。后来他果然来了不止一次，并写了长篇文章，对靖江讲经作了很好的描写研究。

我请靖江的同志对演出情况作了摄影，并和吴根元、缪炳林同志合作写文章在台湾民俗画刊《汉声》杂志发表。我又在《民俗研究》刊物发表了《活着的宝卷》的文章，也引起了很大的反响。

就这样，靖江讲经逐渐走向海内外，为世人所重视。

靖江讲经流传在靖江老岸说吴语的地区，是江南移民从老家带过来的。但已和江南宣卷大不相同，江南宣卷一般都照本宣科，像念经一样宣读宝卷做法事，而靖江宝卷则是由佛头自由发挥随意讲唱，增加了大量民间故事、传说、歌谣、谚语，用靖江土话讲唱靖江生活，语言和故事都靖江化了。有的内容与原来的宝卷（如《大圣宝卷》《梓潼宝卷》《十王宝卷》等）竟毫不相干。这就是说，靖江讲经虽然在形式上仍保留了宗教宣卷的仪规，但只是形式而已，其内涵已被改造为民间生活、民间文学的汇集，表现了农民的心理、思想和感情，惩恶扬善、爱憎分明，并非教人消极厌世而是使人积极向上，积德行善，这是人民自发的精神文明的自然流露，我们决不可简单化地把它们都看成宗教迷信而加以禁止，把污水和孩子一起抛弃了。

由于文化水准不高，科学知识欠缺，农民信佛迷信等思想是很自然的。我们应在尊重他们的同时普及教育、科学知识，使讲经的内容逐渐减少迷信成分。但应该看到宗教的“因果报应”并非全是迷信，在这迷信的外衣下面有科学规律在起作用。“善有善报，恶有恶报”正反映了一种社会规律——凡是干坏事的人，都是没有好下场的。这种现世报在讲经中是最主要的，而“来生报”的宿命论，把希望完全寄托在神佛身上的宗教迷信反而是很少的。这正是靖江讲经人民性之所在。表面的念佛诵经，实际是人民朴素的道德原则的一种曲折的反映，他们相信行善积德做好事是会有好报的，作恶害人是会受惩罚的，这对于劝人行善、维护社会稳定和正常的人际关系、社会秩序是有利的。

靖江讲经作为一种民俗文化，具有民俗的共同特点。据我的研究结果，民俗固然有古代历史的遗留成分，但更重要的本质特点则是当时当地条件下，人民所选择的一种最适合他们生活理想的生活方式，简言之即一种“生活美”。这是在当时当地条件下最美的生活方式，是人民集体的文化创造，是人民审美观念、世界观的自然表现。移风易俗绝不能凭一纸命令即可禁止或创新，一定要在主客观条件都具备时，才能实现。这种主观条件主要就是群众的审美观念、科学知识水平的进步，思想感情的变化，当他们感到原来的风俗不好时，自然会以更好的风俗取代它们。否则，绝不能改变分毫。所以移风易俗的规律不是“先破后立”而是相反，要先立后破，要在主观客观条件都具备了新的更好的风俗的时候，旧俗才会消失。

民俗的发展方向是趋美的。民俗的趋美律就是说，民俗不断向更美的方向发展。民俗的生活美总是相对的，但都不断向着绝对的美进步，增加绝对美的分子。什么是绝对美？我以为这就是真善美的统一。所谓真就是符合科学规律，美和善常常是结合在一起的，社会美主要就是善。

由此我们可知靖江宝卷的发展方向。它是人民的集体创造，是人民所喜爱的，我们应该尊重人民的选择。人民的思想、科学水平在不断提高，讲经的内容也必然更加符合真善美的要求，那些迷信的内容必然会日益减少，那些神圣、菩萨的形象会逐渐成为一种象征符号，人们并不一定都相信他们都是真的，也就不会为迷信所误导。而其中民间文化的精华都会放射出更加美好、迷人的艺术光彩，在人民集体的创造中不断产生出更加精美的艺术作品来。我们热烈地赞赏敦煌壁画、敦煌雕塑的美，欣赏文艺复兴的美术大师米开朗基罗等人的宗教画、圣母像，我们并不是崇拜它的宗教迷信，而是欣赏其中的人性美的光辉和艺术美的魅力。对靖江讲经也应作如是观，使这种至今仍活在民间的艺术不断提高，向真善美结合的方向不断进步，这是由演唱者（实际也是创作者）和群众的文化科学水平所决定的，不以人们的主观意志为转移的。

诚然，不少讲经作品在流传中有不同的异文，有的还比较粗糙，需要文艺工作者加以提高，使它更精美，更符合现代人民的口味和爱好。

为此要做不少工作，目前已有了很好的基础，按照民间文学工作的规范，首先应作原封不动的科学记录，出版“科学版本”，这是很有科学价值的。然后由文艺工作者对它们进行加工。这种加工如是整理，则不能大动，只作文字的规整。如是改写或再创作，则可以大动，重新构思进行新的创作。这是很有意义的工作。希腊荷马史诗是经过文人不断的艺术加工而后定型的。许多伟大的艺术家学习民间文艺，创作出了不朽的文艺经典，如莎士比亚的四大悲剧等杰作，都是根据民间故事传说创作的。而歌德的《浮士德》，是他根据流传欧洲的著名传说，用了50多年的时间创作而成的。《三国》《水浒》《西游记》等不都是文人在民间说书的基础上创作而成的吗？

根据我的研究，世界上第一流的大作家都是认真向民间文艺学习的，从屈原、司马迁、李白、杜甫，到关汉卿、王实甫、罗贯中、施耐庵、吴承恩……都是如此，胡适之说：中国韵文中的一切“新玩意儿”（包括体裁、技巧等等）都是首先从民间文学中产生出来的。鲁迅说：“乡民的本事，并不亚于大文豪”，“从话本说书里是可以产生托尔斯泰和福楼拜尔的！”这已是人所共知的常识，我以为这是一个带有普遍性的艺术规律——雅俗结合律。这是一个文艺繁荣的艺术规律，是不以人的意志为转移的。

靖江的同志们最近把他们多年辛勤搜集的靖江宝卷汇集起来出版，为中国文化贡献了一部独具特色的作品，其艺术欣赏价值和艺术借鉴、参考价值都是很大的。此书的出版，将会推动靖江宝卷的健康发展，并使文艺工作者学习民间文艺得到宝贵的资料，我们不能不对此壮举报以热烈的掌声。

靖江讲经是“活着的宝卷”，也是中国历史上最为生动活泼的宝卷，这是靖江人民的创造，人民艺术天才、智慧的结晶。此书的出版，为人民保存下了珍贵的中国民间文艺的“活化石”，对科学研究功莫大焉，对人民艺术欣赏也将有大益，不仅可丰富人民的文艺生活，而且可以“惩恶扬善”，有利于发扬民族优秀传统，建设新的社会主义精神文明。社会主义不是封闭的，而是开放的，它是集中了人类创造的一切优秀成果而形成的，当然要特别重视民间文化的重要作品了。

这是一部雅俗共赏的文艺作品。

各取所需，人们可以从中找到各种思想与艺术珍宝，去建设我们新的、更加美好的生活。最后，我们不能不怀着激动的心情，衷心感谢为此书的搜集、出版而作出巨大贡献的吴根元、王国良、郭寿明、姚富培、缪炳林等同志，是他们几十年如一日，深入群众，默默奉献，才有了今天如此辉煌的成果，使世人看到别具特色的民间文艺优秀作品，其价值当不亚于敦煌变文与明清宝卷吧！

是为序，祝靖江宝卷产生更多更好的作品，出版更多记录或加工的本子，供大家阅读。

（2001 年 10 月 25 日晨于靖江）

图书在版编目(CIP)数据

民间叙事的立体研究/段宝林著.—上海:上海人民出版社,2018
(段宝林文集)
ISBN 978-7-208-15033-1

Ⅰ.①民… Ⅱ.①段… Ⅲ.①民间文学-文学研究-中国-文集 Ⅳ.①I207.7-53

中国版本图书馆 CIP 数据核字(2018)第 036688 号

责任编辑 郭立群
装帧设计 范昊如 李疑飘 夏 雪

段宝林文集
民间叙事的立体研究
段宝林 著

出 版 上海人民出版社
(200001 上海福建中路 193 号)
发 行 上海人民出版社发行中心
印 刷 上海商务联西印刷有限公司
开 本 720×1000 1/16
印 张 31.5
插 页 2
字 数 508,000
版 次 2018 年 5 月第 1 版
印 次 2018 年 5 月第 1 次印刷
ISBN 978-7-208-15033-1/I·1700
定 价 95.00 元